KB273453

왼손의 숭배자

민혜성 S F 장편소설

차 례

으리의 먼 후손들은, 자신들에게는 아주 뻔한 것들조차
우리가 모르고 있었음을 의아해 할 것이다.
수없이 많은 발견이 먼 미래에도 끝없이 이어질 것이며,
그 과정에서 결국 우리에 대한 기억은
모두 사라지고 말 것이다.

– 세네카,『자연학의 문제』

1장

성운이여, 내 목소리를 들어라

1장. 성운이여, 내 목소리를 들어라

1.

행성 연합 사령부가 디스카디드Discarded의 기함 '오카야마'를 데지레(desiree) 성계 1항성계 네 번째 행성 발할라의 달 뒷편에서 포착한 것은 일주일 전이었다. 그리고 사령부가 은폐장과 EMP를 장착한 요원들을 강습순양함 '리틀 보이' 호에 실어 급파한 게 사흘 전이다.

투입된 요원들의 소속은 연합 방위사령부 3연대, 즉, 통칭 '사냥개 전대(戰隊)'였다.

"실탄 장전."

어두컴컴한 함선 도킹 록 내 무심한 눈빛들이 엇갈린다. 외눈박이 키록스, 루쉰, 에이든을 비롯해 20명 남짓한 특공대원들. 전장터의 피와 포성에 익숙해진 탓에 어엿한 사내가 되기도 전에 군인이 돼버린 남자들. 그들이 방금 명령을 내린 연수의 입을 쳐다보고 있다. 곳곳에서 연합 표준 총기 장구 특유의 장전음이 들린다.

연수가 중앙으로 걸어가서 목청을 높였다.

“이 순간을 기다렸지. 다들 지겨울 테니 긴 말은 하지 않겠다.”

소총수 루쉰이 껌을 짝짝 씹어댔다.

“놈들의 함선으로 돌입한 뒤, 보이는 것들은 모두 죽이고 최단 시간 안에 함교로 진입하여 ‘까마귀’를 찾아라.”

연수가 잠시 숨을 멈췄다가 말했다.

“까마귀는 더 이상 날 수도, 날아서도 안 된다. 그 흉물스런 날개를 오늘 우리가 꺾을 것이다.”

키록스의 외눈이 고글을 통해 빨간 빛을 뿜었다.

연수가 외쳤다.

“너희들이 누군가!”

“사냥개!”

“적의 목을 물어뜯고!”

“내장은 먹어치우고 피를 받아 마신다!”

대원들이 화답했다.

오카야마 호의 기관사 키는 운수가 무척 사나운 날을 보내고 있었다. 측면 동력을 담당하는 3번, 5번 엔진이 전날부터 깜빡깜빡거리는 것부터 기미가 좋지 않았다. 게다가 선임 기관사는 며칠 간 자리를 비운 상태였다. 즉, 키가 연달아 근무를 서야 한다는 말이었다. 기관장은 72시간의 연속 근무가 끝나면 이틀의 비번을 챙겨주겠다고 약속했다. 그러나 그는 54시간째가 되었을 때, 더는 못해먹겠다고 생각했다.

‘니미 빌어먹을. 이러다가 뒈져버리겠네.’

그는 선내 수면실로 들어가 몇 시간만이라도 눈을 붙여야겠다고 생각했다. 그가 일어났다. 척추가 비명을 질러댔다.

그때 키는 이상한 것을 보았다.

기관실 내부 격벽 한 면에 초록 점이 빛나고 있었다. 키는 멍하게 그 모습을 주시했다. 이게 뭐지? 한 번도 본 적 없는, 장소와 전혀 어울리지 않은 인위적인 점. 부자연스럽다.

점이 점점 커져갔다. 그 점이 마치 악마의 눈처럼 키를 조롱하는 느낌이었다.

‘넌 이제 엿된 거야, 키. 진짜 여—엇된 거라고!’

다음 순간 키가 욕설을 내뱉었다.

“이런 빌어먹을!”

리틀 보이 호의 선수가 굉음과 함께 함선 외부 골조와 기관실 격벽들을 뚫고 들어온 것은 바로 그때였다.

몇 초 전까지 기관실 일부를 구성하고 있는 것들은 다음 순간, 더 이상 어떠한 기능도 갖추지 못한 잔해와 쓰레기들로 바뀌었다. 격벽이 완전히 뚫려버렸고 그 틈을 뾰족한 삼각형 모양의 행성 연합 순양함의 선수가 차지하고 있었다. 주변 틈으로 드러난 외부공간으로 온갖 잔해와 공기가 새어나가고 있었다.

연합 강습함선 특유의 고전적인 돌격 수법이 빚어낼 수 있는 최악의 사태였다.

이윽고 바로 하단에 있던 도킹 락이 양쪽으로 활짝 열리고 중무장한 군인들이 쏟아졌다. 사냥개들은 각자 자신의 역할에 맡게 자리를 잡았다. 루쉰을 비롯한 소총수들은 앞열에 선 사이, 통신병 에이든이 광자 주파수를 세팅하기 시작했다. 선 내 전체에 비상 경고등이 빨갛게 빛나고 있었고, 경고음이 계속 윙윙댔다.

군인들의 끝에 나타난 연수는 종잇장처럼 구겨진 기관실을 둘러보았다. 그는 한 켠에 나뒹굴고 있는 너덜너덜한 시체 한 구를 잠시 보다가 에이든에게 말했다.

"에이든, 작업은 끝났나?"

잠시 후, 에이든이 고개를 끄덕였다.

"끝났습니다. 대장. 이제 곧 놈들이 몰려들 겁니다. 기갑 드로이드들입니다."

연수가 손을 들었다. 키록스와 부대원 세 명이 두 명씩 측면으로 산개해 자리 잡았다.

비상시 용도로 사용되는 기관실 차폐문이 열리고 전투 드로이드들이 나타났다. 소형 기관포로 무장한 것들이었다. 연수가 나직이 말했다.

"박살내라, 키록스."

드로이드들의 총구가 부대원들을 겨눴다. 키록스가 허공에 대고 유탄을 갈겼다. 산개했던 부대원들의 유탄도 드로이드들을 향했다.

유탄들이 드로이드 근처에 떨어졌다.

EMP 장이 펼쳐져 격벽과 차폐문에 어지러운 무늬들을 그려냈다. 드로이드들의 제어 시스템이 무력화됐다. 드로이드들이 기계음을 내면서 무너져 내린 걸 확인하고 연수가 수신호를 보냈다. 소총수들이 드로이드들이 들어온 차폐문으로 넘어갔다. 연수와 나머지 대원들이 그 뒤를 따랐다.

오카야마 호의 무장 병력들은 연수와 사냥개들에게 간단히 제압당했다. 선 내 무장병력들이 선실 구역에서 넘어왔지만 변변한 저항을 해보지 못하고 사살당했다. 연수는 선실 입구에 키록스를 시켜 전투 드로이드들을 배치해놓았다.

연수는 함교 앞까지 도착했을 때 적의 소총수들을 만났다. 오카야마의 병력들과 사냥개들이 대치했다. 발포명령을 내리려던 연수는 이상한 느낌을 받았다. 앞으로 나서서 권총을 들고 있는 익숙한 얼굴을 알아보곤 손을 흔들었다.

"안녕하시오, 병욱 함장."

오카야마 호의 함장 병욱이 소총수 뒷편에서 그를 지그시 바라보았다. 연수가 손을 흔들어 보였다.

"반갑소. 상황은 조금 이상하지만. 잘 지냈소?"

병욱이 신중하게 말했다.

"잘 지냈소. 당신이 우리 배를 습격하기 전까진."

연수가 어깨를 으쓱거렸다.

"내 인사가 맘에 안드시오? 나름 최대한 예우를 갖춘 건데, 섭섭하군."

병욱이 이를 갈았다.

“목적이 뭐요? 왜 ‘사냥개’들을 데리고 내 배에 들이닥친 거요?”

“목적? 일단 연합군의 전대장이었던 당신이 이 배 함장으로 여기 이 자리에 있다는 것부터 굳이 내가 설명하지 않아도 왜 우리가 여기 있는지 충분히 설명이 되지 않소? 이유부터 말하자면, 이 배가 디스카디드의 기함이라는 걸 연합이 알게 된 게 먼저고.”

다음 순간, 연수는 웃음기를 모두 지웠다.

“이 배에 ‘화이트 레이븐’이 있다는 게 두 번째 이유이자 궁극적인 목적이오.”

연수가 라이플로 병욱을 겨눴다.

“자, 그러니 배신자 양반. 말해 보시지. 그 빌어먹을 까마귀는 어디에 숨기셨나?”

병욱은 자신에게 가망이 없음을 알고 있었다. 사냥개들이 자신과 선원들을 포위하고 있었고 연수는 자신이 원하는 순간 순식간에 선원들을 제거할 수 있었다. 하지만 그는 자신과 선원들의 생사가 아닌, 다른 것을 생각하고 있었다. 연수가 그로 인해 절박함을 느끼고 있으리라는 점 또한 알고 있었다.

연수가 바로 자신들을 죽이지 않고 대화를 시도한 것은 화이트 레이븐의 행방을 모르기 때문이다.

그는 입술을 혀로 적시곤 시간을 조금 더 끌어보기로 했다.

“연수 대장. 당신도 ‘광산조합’ 출신이지 않소? 당신이 연합군 장교라는 것 자체가 코미디요. 왜 광산조합이 몰락했는지 알고 있소?”

연수가 눈살을 찌푸렸다.

"무슨 소리를 하고 싶은 거지, 함장? 단순히 시간을 끌 목적이면 소용없다고 얘기하고 싶군."

병욱이 권총의 조준점을 내리고는 소총수들 앞으로 나섰다.

"흰소리가 아니오. 내가 디스카디드에 가담한 것은 연합이 광산조합의 몰락과 멸망에 큰 역할을 했다는 확실한 정보를 입수했기 때문이오."

연수가 병욱을 노려보았다.

"헛소리하지 마."

"못 믿겠소? 나도 처음엔 그랬소. 그러나 시간을 준다면, 난 당신을 설득할 자신이 있소."

병욱이 단호한 음성으로 말했다.

"빅 크러시Big Crush를 일으킨 건 바로 연합이오."

"한번만 더 개소리하면 쏘겠어."

병욱이 웃었다. 자신을 겨눈 수많은 총구 앞에서 볼 수 있을 거라고 상상하기 힘든 웃음.

"총을 내리시오, 대장. 내가 다 설명해주겠소."

"발사 준비."

연수의 말에 사냥개들이 탄약을 장전했다. 병욱이 흠칫했다. 연수의 조준점이 병욱의 미간 근처에서 흔들리기 시작했다.

"마지막 유언은 현명하게 남기는 게 좋을 거야, 함장."

병욱이 이를 갈았다.

오카야마 호의 도크가 열리고 소형 전투정이 떠나는 소리가 들린 건 바로 그때였다. 그 소리에 잠시 당황하던 연수가 분노했다.

"너 이 새끼! 까마귀 년을 빼돌렸군?"

병욱이 씩 웃었다.

연수가 발포 명령을 내렸다.

사냥개들과 오카야마 호 소총수들의 라이플이 동시에 불을 뿜었다.

연수는 보았다. 사냥개들의 총탄이 날아가면서 허공에서 멈추는 것을. 그리고 그 찰나 병욱의 득의만면한 면상이 보였다. '‘능력자’가 있었나? 믿는 구석이 있었나 보군.'

연수가 쓴웃음을 지었다.

다음 순간, 사냥개들의 총탄이 병욱과 선원들에게 날아가 박혔다. 그들의 몸이 무너져 내렸다. 선원들이 쏜 총탄은 허공에서 떨어져 내렸다.

병욱은 바닥에 고꾸라진 채, 피거품을 뿜어내고 있었다. 연수는 함장이 허파에 총탄을 맞았음을 알았다. 가망이 없었다. 그가 무릎을 꿇고 몸을 부들거리는 병욱을 내려다보았다.

"당신들은 항상 ‘능력자’가 자신들 곁에만 있다고 생각하더군."

그가 몸을 일으킬 땐 이미 병욱은 피웅덩이 속에서 사망한 채였다.

"수고했다. 대니."

연수의 조카 대니 카를로스가 그의 뒷편에서 짧게 대답했다.

"예, 대장."

연수가 라이플을 뒤로 메고는 몸을 돌렸다.

"함선으로 돌아가서 전투정을 쫓는다."

리틀보이의 선체가 뒤로 물러나기 시작했다. 잠시 아무 움직임이 없다 싶더니 삼각형의 선체가 오카야마 호의 반대편을 향해 추진체를 뿜었다. 멀리 점으로 점점 작아지고 있는 작은 전투정을 향해.

연수는 리틀보이의 조종실에서 전투정의 꽁무니를 응시했다.

"루쉰, 출력을 더 높여라."

"지금이 최대 출력입니다. 대장."

연수는 혀를 찼다.

"언제까지 우릴 꽁무니에 달고 다닐 순 없겠지. 가우스 레일 포 준비."

리틀보이의 선수 하단 포문이 열리고 여러 링들이 줄지은 형태의 포신이 드러났다.

리틀보이의 병기사 겸 통신사 에이든이 신호를 보내자, 연수가 고개를 끄덕였다. 그가 다시 전투정을 보았다.

까마귀.

잡을 수 없다면,

죽어.

웅웅거리는 소리가 들리기 시작하더니, 몇 초간 지속됐다.

"발사."

리틀보이의 함포에서 빛나는 불의 고리가 앞쪽으로 뻗어나갔다.

전투정이 우측면으로 회피기동을 시도하였다.

고리가 빗나갔다.

회피기동을 끝낸 전투정이 리틀보이호 우측으로 방향을 틀어 직행하기 시작했다.

스치기만 했어도 박살났을 텐데. 연수는 아쉬움을 느끼며 다시 명령을 내렸다.

"동력 재충전. 우현 20도 항속."

리틀보이호가 전투정이 방향을 바꾼 경로를 따라 움직였다.

'자신 있다.' 연수는 생각했다. 강습부대의 일선 전투부대장인 연수였지만, 동시에 다섯 강습함선과 한 대의 순양함 전대를 이끄는 연수였다.

레이븐, 네 비행 솜씨는 잘 봤다. 다음 번은 없다.

연수는 화이트 레이븐의 회피 방향과 각도까지 계산해서 함포를 쏠 생각이었다. 그는 리틀보이 호의 사격통제시스템 좌표 내 원하는 구역에 전투정이 들어오도록 몰아가고 있었다.

전투정이 좌표에 들어왔다. 사통시스템 안에서는 조준에 빗나가는 좌표였다. 하지만 연수는 그 좌표가 까마귀를 떨어뜨릴 죽음의 좌표임을 확신했다.

웅웅거리는 소리가 들렸다.

연수가 자리를 박차고 일어나며 외쳤다.

"발사!"

레일 함포의 포신을 감싼 자기장 수치가 정점에 도달했다.

리틀보이와 전투정 앞에 거대한 함선이 나타난 건 그때였다.

루쉰의 당황한 목소리가 들렸다.

"이런 지랄맞은!"

연수가 소리를 질렀다.

"엔진 정지! 엔진 정지! 전면부 출력 최대로! 망할. 너네 정신 안 차리냐? 전면부 RPM 확 땡겨!"

리틀보이가 비틀거리며 후면 엔진 출력을 급하게 거뒀다. 좌측 언진을 아직 꺼뜨리지 못한 리틀보이는 제 자리를 두어 바퀴 돌았다. 이윽고 리틀보이는 그 자리에 서게 정지했다.

조종실 내 당혹스러운 분위기가 짙게 깔렸다. 리틀보이가 급선회하는 바람에 에이든이 통신장비에 머리를 박았다. 리틀보이 호 승무원들은 간신히 몸을 지탱하고 강화 유리를 통해 나타난 장면을 보았다. 어마어마한 길이의 타원형 몸체와 함포들.

선체 측면 엔진부와 상부 갑판에 새겨진 악마 문양.

대원들 모두 눈 앞에서 어떤 상황이 벌어진 것인지 알고 있었다. 하지만 동시에 알 수가 없었다. 일어날 수 없는 일이라고 생각했기 때문이다.

루쉰이 힘겹게 입을 열었다.

"궤장님. 제가 제대로 본 게 맞다면 지금 우리는 '로베스피에르함'을 보고 있습니다."

"나도 안다, 루쉰."

연수의 목소리가 갈라졌다. 이해할 수 없는 일이었다.

그들의 눈 앞에 갑자기 나타난 거대한 함선은 데지레 성계 행정부와 연합사령부를 오랜 세월 고뇌하도록 만든 바로 그 함선이었다.

레지스탕스 디스카디드의 모선.

최후의 기함.

'악마', 로베스피에르.

'어떻게 이렇게 갑자기 나타난 거지? 이건 완전히 물리법칙을 위배하는 일이잖아.'

로베스피에르 함이 연합함대의 골칫거리인 이유는 그 막강한 화력 제원과 내구력 외에도 불가사의한 기동력 때문이었다. 연합의 어떤 함대도 갑자기 나타나 배후에서 불을 뿜어대는 로베스피에르 함을 도저히 막아낼 수 없었다. 저 소리 없이 나타나는 악마 같은 함선에 격추당한 순양함과 구축함만 해도 한 자리 수를 넘은 지 제법 되었다.

기다란 타원형 암회색 선체와 양측 날개, 마스트에 달린 무장들이 저항할 수 없는 위압감을 내뿜었다. 적어도 함 대 함으로 데지레 성계 내에서 이만한 함선은 존재하지 않는다.

연수는 깨달았다. 이제 죽음을 걱정해야 하는 건 자신들이라는 것을.

로베스피에르 함의 도크 베이가 열렸다. 전투정이 그곳으로 곧장 날아가기 시작했다. 연수는 고뇌했다. 어떻게 할까? 어떻게 하는 게 좋을까? 지금 놓치면 이번과 비슷한 기회를 만나는 것도 한 세월이다.

연수는 결단을 내렸다.

“이 시각부터 로베스피에르 함으로 추정되는 함선을 ‘델타’로 지정한다. 델타와의 교전은 피하고 전속력으로 이곳을 벗어난다. 목적지는 알파, 제 2성계. 알파의 실시간 좌표를 수신하라. 루쉰 엔진 출력 최대로.”

루쉰이 고개를 끄덕였다.

리틀보이가 선체를 돌려 최고 출력으로 그곳을 벗어나기 시작했다.

연수를 비롯한 리틀보이의 대원들은 조마조마한 심정으로 전탐(전파탐지) 좌표 내 3차원 맵 상에 갑자기 나타난 빨간 점, ‘델타’로 명명된 로베스피에르 함의 움직임을 불안함 속에서 예의주시했다.

르베스피에르 함은 움직이지 않았다.

“아무래도 여기서 죽을 운명은 아닌가 봅니다. 대장님.”

르쉰이 그를 향해 몸을 돌렸을 때, 비록 그가 눈에 띄게 안심하는 기색이었음에도 뭐라 책망할 수 없었다. 연수 본인도 그와 마찬가지 심정이었기 때문이다. 리틀보이 호의 모든 이들이 그랬다. 연수는 에이든, 전투병과 키록스와 대니, 그 외 승무원들도 같은 생각을 하고 있음을 그들의 표정에서 읽을 수 있었다.

연수는 로베스피에르 함이 자신들을 공격할 의도가 없음을 깨달았다.

‘왜지? 최우선 목표는 까마귀를 구한다는 건가?’

연수는 씁쓸한 표정을 지었다. 그는 혼자 중얼거렸다.

“또 보자, 까마귀.”

2.

도크에 무사히 착륙한 뒤, 전투정의 상부 덮개가 위로 올라갔을 때, 레이븐은 자신을 맞으러 온 장신의 백발 남자와 다른 대원들을 보았다.

"오랜만입니다. 캐시. 다친 덴 없으십니까?"

캐시는 그가 내민 손을 잡고 몸을 일으켰다.

"사냥개들이 이렇게 깊숙이 들이닥칠 거라고는 전혀 생각하지 못했어. 카무라."

레지스탕스의 사격 교관 겸 육전대장 카무라 박은 눈살을 찌푸렸다.

"저희도 그렇습니다. 오카야마 호의 정체가 노출된 건 정말 뼈아픈 일입니다. 어디서 정보가 샌 건지 파악 중입니다."

"됐어. 파악할 필요도 없어. 스파이가 있었던 거지. 앞으로 대원들을 모집할 땐 조금 더 조심해야 할 거야. 프락치가 어디든 있을 테니. 심지어 다크 존Dark Zone에도."

카무라가 고개를 절레절레 흔들었다.

"갈수록 놈들이 영악해지는군요. 알겠습니다. 이번 일을 계기로 스카우터들에게 주의하도록 전달하겠습니다."

캐시는 머리에 두르고 있던 하얀 두건을 벗었다.

"조슈아 대장은?"

"함교에서 당신을 기다리고 계십니다."

캐시는 카무라에게 고마움을 표시하곤 함교로 걸음을 옮겼다. 캐시를 본 대원들이 그녀에게 인사를 건넸다. 캐시. 아직 살아있군요. 로베스피에르의 함선 엔지니어 레드 헤드 미야베. 초로의 남자가 주먹을 쥐고 팔 전체를 위에서 아래로 내리꽂는 수신호로 인사했다. 캐시도 그에 응답해주었다. 광산조합 출신 기관사 경수다. 선원 휴게 구역과 바를 지나간다. 전투기를 모는 파일럿들이 모여서 카드 게임을 하고 있는 모습들이 보였다. 1편대 리더 메이 양은 구석에서 의자를 하나 더 가져와 발을 올리고 졸고 있었다. 그녀의 조종 솜씨는 레지스탕스 내에선 손꼽히는 편이었다. 로베스피에르의 승조원들 중엔 캐시가 알고 지내는 사람들도 있었고, 얼굴만 아는 자들도 있었다. 그러나 처음 보는 인물들도 많았다.

그들 중 대다수가 빅 크러시의 생존자일 것이다.

캐시가 함교에 도착했을 때 조슈아 권은 여럿 사람들과 대화를 나누고 있었다. 작전장교, 통제장교, 편대장들이 그들이었다. 그들이 캐시를 보자 인사했다. 캐시도 인사하고 기다렸다. 조슈아가 그녀를 돌아보았다.

"캐시! 무사해서 다행이야."

캐시가 웃었다.

"당신이 마중나올 줄 알았는데, 안 보여서 놀랐어, 조슈아."

"아, 조금 바빴어. 회의는 여기까지 할까? 필요한 논의 내용이 있으면 개별적으로 연락하겠다."

조슈아와 방금 전까지 3차원 성계 맵을 보며 회의를 진행 중이던 로베스피에르 함의 간부들이 수긍하고는 하나둘씩 자신의 자리로 돌아갔다. 조슈아가 캐시를 함장실로 안내했다.

함장실에 들어온 조슈아와 캐시는 소파에 앉았다. 소파 사이의 테이블위 소액자에는 조슈아와 캐시, 9살쯤 되어 보이는 검은 머리 어린 여자아이와 같이 찍은 스냅 사진이 있었다.

캐시가 말했다.

"유나는 어딨어?"

"잠시 재웠어. 함선 생활이 아직은 익숙하지 않은 모양이야. 다행히 함 내에 또래의 아이들이 있어서 심심하지는 않나봐. 여러 사람들이 돌아가면서 돌봐주고, 공부도 가르쳐주고 있어."

캐시는 사진 속 여자아이, 자신의 딸 유나를 생각했다. 조슈아는 그런 캐시를 바라보면서 부드러운 목소리로 그녀를 불렀다.

"캐시."

"응?"

"돌아와서 다행이야. 정말 걱정했어."

캐시가 눈길을 돌려 조슈아를 보며 웃었다.

"내가 죽을지도 모른다고 생각하니까 겁이 났어, 조슈아?"

"당신에게 무슨 일이 생겼으면, 나는 그 길로 연합 사령부로 쳐들어갔을 거야. 놈들을 가만히 내버려두는 일은 없었을 테지."

"그건 자살 행위야, 알지? 알고 있을 거라고 생각해야겠지?"

"당신이 없는 세상이라면, 죽는 게 낫지."

캐시가 고개를 저었다.

"유나가 있잖아. 내게 무슨 일이 생기더라도 당신은 유나를 먼저 챙겨야 돼. 반드시."

조슈아는 슬픈 얼굴로 캐시를 보았다. 그가 퍼뜩 떠올리곤 벽장 소형 냉장고에서 맥주잔을 꺼내서 따른 뒤 캐시에게 건넸다. 캐시가 행복한 표정을 지었다.

"그야말로 생명수네."

독구멍으로 넘어가는 맥주의 감촉이 따갑고 차가웠다. 캐시는 혀를 내밀어 맥주 맛을 조금 더 음미한 뒤 조슈아에게 말을 던졌다.

"오카야마 호는?"

"수거 편대를 보냈어. 그들이 상황을 정리하고 다시 오카야마 호를 정상화할 거야. 만약 상태가 더 엉망이라면, 남아있는 승조원들을 구조해서 데리고 올 테고."

"잘했네."

"기분이 안 좋아. 연합 놈들에게 크게 한 방 먹은 느낌이야."

캐시는 조슈아의 말을 이해했다. 오카야마 호는 행성연합의 성계 내 궤도 식민지를 급습하기 위한 임무를 띠고 있었다. 또한 유능한 해커이자, 디스카디드가 자랑하는 강습 요원인 화이트 레이븐이 탑승한 기함으로서 레지스탕스 대원들의 큰 기대를 받고 있는 기체였다.

'오카야마를 습격한 놈들 누군지 봤어?"

"아니. 하지만 병욱 함장이 아는 눈치였어. 그가 놈들을 사냥개들이라고 불렀어."

"사냥개 전대? 그놈들이었군."

"아는 놈들이야?"

조슈아는 이를 악물었다.

"연합의 '사냥개' 전대. 첩보, 방첩, 습격, 암살 작전에 투입되는 특임대야. 그놈들한테 잃은 대원들이 꽤 많아. 놈들한테서 벗어난 건 정말 운이 좋았어, 캐시."

"추격해서 박멸했어야 했군."

조슈아가 부정했다.

"그랬으면 당신도 그 싸움에 휘말렸을 수도 있어. 그리고 아직 함선 정비가 다 끝나지 않아서 교전용 무기도 완비되지 않았고. 최대한 자원을 아껴서 놈들에게 더 큰 타격을 줄 수 있는 작전에 투입해야 돼."

캐시는 불타는 행성, 옛 광산조합의 모성 한(韓)을 보았다.

눈이 멀 듯한 하얀 빛이 하늘을 휩쓸고 지나갔던 날.

하늘에서 수많은 죽음들이 지상을 향해 쏟아져 내려왔다. 차갑고 얼어붙은 다크 존에서, 진실을 알게 된 후 그 죽음들을 행성 연합에 다시 돌려보낼 것을 수없이 다짐했던 순간들.

조슈아의 목소리가 그녀를 상념의 갱도에서 끄집어냈다.

"칼 료마가 우리에게 접촉해 왔어. 만나자고 하더군."

캐시는 깜짝 놀랐다.

"'뿌리복고파'와 연락하고 있었어, 조슈아?"

조슈아가 긍정했다.

"우리들 중에도 지지자들이 많지?"

캐시는 오른팔을 위아래로 내리꽂으면서 자신에게 인사를 하던 기관사 경수를 떠올렸다. 그것은 뿌리를 심는 동작이었다. 그러한 행위는 경수가 뿌리복고파의 지지자라는 걸 뜻했다.

뿌리복고파.

자신들의 뿌리를 지구와 원인류에게서 찾는 이들. 고향에서 머나먼 이주 성계의 모든 것이 잘못돼 있다고 주장하는 사람들. 데지레 성계의 인류들 중 자신들의 원 뿌리를 잊지 않고 돌아가야 한다고 믿는 이들을 언제부턴가 뿌리복고파라 불렀다.

데지레 성계에 정착한 모든 인류들의 기원은 370여년 전 성계에 나타난 선단의 대규모 이주선 네 척이다. 그 네 척은 '복희', '아마테라스', '환웅', '제임스 쿡'이었으며, '환웅'은 3행성계 2번째 암석 행성 '한'에 정착하여 광산조합으로 발전하였고, 아마테라스는 자신들이 정착한 4번째 행성을 함선의 이름을 따 그대로 명명했다. 복희와 제임스 쿡이 각각 1성계와 2성계에 정착한 '뉴시드니'와 '신상하이'는 행성 연합의 모태가 되었다.

성계에 인류가 정착한 지 수백년이 흐르고 이민자들이 아닌, 그들의 자손 세대들이 태어나면서 성계의 인류들은 어느덧 선조들이 떠나온 고향에 대해서는 지식과 멀티미디어 자료로 기록된 것을 제외하고는 어떠한 것도 기억하지 못했다.

뿌리복고파는 리더이자 창시자인 '현인' 칼 료마가 주장하는 바 그대로 자신들이 태어난 '멋진 신세계'를 부정하고 기억나지 않지만 그렇기에 더욱 그리운, 모든 인류의 고향이자 어머니인 지구로 돌아갈 것을 주장했다. 연합은 이들을 예의주시하기 시작했다. 아직은 불온세력으로 단정짓고 대대적으로 단속하지 않았지만, 복고파는 연합 주민들의 단합에 잠재적인 위협이자 분리주의자들이었다.

캐시가 일어나 조슈아에게로 다가가 그의 볼을 쓰다듬었다. 조슈아가 눈을 감았다.

"조슈아. 그들이… 우리의 힘이 되어줄 수 있을까? 다시 우리의 기원으로 돌아가야 한다고 말하는 사람들이? 지금 이곳에서 연합이 벌이고 있는 폭정에 항거하지 않고 도망쳐야 한다고 외치는 이들이? 당신은 알고 있을 거야. 누구보다도 당신이야말로 연합이 어떠한 짓을 했는지 뼛속까지 깊이 느끼고 있을 거라는 걸 알아."

조슈아는 피투성이 모습을 한 지연을 보았다.

빅 크러시가 벌어진 날, 그는 신 성남에 위치한 공군기지에서 급하게 나오던 길이었다. 아내인 지연과 딸 에이미를 찾으러.

그의 집은 하늘에서 쏟아진 정체불명의 기체들이 쏜 미사일의 폭격으로 파괴되어 있었다.

그는 에이미를 찾지 못했다. 조슈아는 건물의 잔해에서 죽어가던 지연을 보았다.

그녀를 돕고 싶었지만, 이미 반쯤 무너진 구조물은 자칫 손을 댔다간 무너질 지경이었다. 지연은 그에게 뭐라고 말했지만 조슈아가 들은 건 쉿쉿거리는 소리였다. 그녀의 목울대를 철골이 관통해 있었기 때문이다. 그가 볼 수 있었던 건 그녀의 입에서 뿜어져 나오는 피거품 뿐이었다.

건물이 무너졌고, 쉿쉿거리는 소리도 멈췄다.

조슈아는 지연이 웃는 모습을 본다. 그 장면은 이따금씩 떠

오른다. 그것들은 뜬금없는 시간과 장소에 불현듯 나타나 그의 정신을 괴롭혀댔다. 에이미가 그에게 매달리고 같이 브런치를 만들다 말고 웃던 날들. 피크닉을 나갔을 때의 기억들. 싸우고 웃고 떠들고 서로 보듬던 기억들.

그가 다시는 볼 수 없게 된 모습들.

"우리에겐 힘이 필요해. 캐시."

조슈아는 쉰 목소리로 말했다. 그가 눈을 뜨며 캐시의 손을 잡았다.

"그게 어떤 사람이든 힘이 있고 도움만 된다면, 이용해야 돼. 놈들을 멸망시키고 우리를 지키는 데 조금이라도 보탬이 된다면."

캐시가 그를 가만히 쳐다보더니, 키스했다.

캐시가 선실에 들어갔을 때, 유나는 잠들어 있었다. 캐시는 조심스럽게 옷을 벗고 평상복으로 환복했다. 그때 아이가 그녀를 불렀다.

"엄마!"

캐시가 깜짝 놀란 시늉을 하며 아이를 보았다. 아이가 웃으면서 엄마한테 안겼다. 모녀가 침대 위에 쓰러졌다. 잠시 동안 두 생명체는 서로 얽히고 설킨 채 뒹굴거렸다. 유나가 까르르 웃었다. 캐시는 유나가 자신을 간지럽히자 숨막히는 소리를 내었다.

잠시 후, 지친 둘은 서로 숨을 몰아쉬면서 가만히 누워 있었다. 캐시가 아이의 머리를 헤집었다.

“우리 강아지. 안 자고 있었어?”

“아까 많이 잤어요. 엄마 기다리고 있었지. 왜 이렇게 늦은 거예요? 며칠 만에 보는 거 같잖아.”

“미안. 일하느라. 어땠니? 오늘 공부했니?”

“역사 공부요. 레드 헤드 미야베가 일일 교사였어요. 친구들이랑 같이 ‘1차 이름 전쟁The Firsr Name War’ 진도를 나갔어요. 정말 이상한 이야기였어요. 어떤 이름을 써야 하냐는 논쟁 때문에 전쟁까지 이어지다니. 그것도 그렇게 오래.”

캐시는 피식 웃었다.

“원래 사람들이 그렇단다. 아무것도 아닌 걸 가지고 다투고 서로를 원망하지. 우리의 선조들이 모두 이주민이라는 얘기는 알고 있지? 서로 다른 문화와 환경을 가지고 있던 사람들이었지. 그렇기 때문에 증오는 우리가 이곳에 도착했을 때부터 시작된 거란다.”

“네, 그렇지만 그건 아주 오래전인데요”

“그렇지. 1차 이름 전쟁은 400여년 전 이 세계에 도착한 불씨가 발단이 되어 벌어진 어리석은 전쟁이란다. 하지만 유나. 그건 실제로 정말 이름 때문에 일어난 전쟁은 아니란다. 그러니까 이름을 계승한다는 건 모든 사람이 타고나는 당연한 생득적인 권리인 거야.”

“생득… 뭐라고요?”

“이런, 내가 너무 어려운 단어를 썼구나. 그러니까 누구나 태어날 때부터 가진 권리라는 거지. 우리 조상님들은 다 그랬어.

지구인들은 부모의 성씨를 이어받아. 대부분의 문화권이 다 그랬어. 그러나 여기는 그렇지 않지 않니? 컴퓨터가 아이의 성씨를 무작위로 부여하니까. 누가 누구 자식인지 이름만으로는 알 수 없게 됐지. 그건 사람을 사람으로 인정하지 않는다는 거야. 개성을 없애버리고 역사를 단절하는 행위지. 1차 이름 전쟁은… 그렇게 타인을 인정하지 않은 독선적인 사람들이 다른 사람들을 억압하기 위해 벌인 전쟁인 거지.”

칼 료마는 어쩌면 3차 이름 전쟁을 촉발할지도 모르는 자다. 캐시는 생각했다. 1차 이름 전쟁의 끝에 행성 연합과 광산 조합은 자신들의 세력권 내 서로 다른 문화권을 가진 이름들의 사회와 정계 진출 제한을 폐지했다. 아이가 탄생하면 정부 시스템 추첨 하에 나온 성씨를 가지도록 만들었다.

무작위 성씨는 10여년 후, 2차 이름 전쟁을 촉발시켰다. 끝나지 않는 분쟁들.

20년 전과 10년 전에 각각 행성 한과 발할라가 연합으로 편입되면서 무작위 성씨는 일부를 제외한 대부분의 데지레 성계 인류의 숙명이 되었다.

발할라 주민들은 성씨마저도 가질 수가 없으니, 그것보단 나은 편인 건가? 캐시는 조소를 머금었다.

“유나. 우리는 모두 이주민의 자손이기 때문에 우리의 뿌리와 근원을 잃고 싶지 않은 거란다. 연합 정부는 정체성이란 결국 집단을 만들고 분쟁을 야기한다고 생각하는 거야. 그래서 그런 어쭙잖은 이유로 전쟁이 벌어진 거지.”

인간이 원래 외롭고 자립적인 존재가 아니기 때문일 것이다. 양차 이름 전쟁이 있었다. 50여년이 지난 지금 과거의 불씨들은 이름을 바꾸어 다시 뿌리 복고 운동으로 불이 옮겨 붙었다..

"내 이름은 누가 지어준 거예요?"

"응?"

"나는 엄마랑 이름이 다르잖아요. 원 인류의 행성에서 '이스트 아시아'에 해당하는 이름이라고 들었어요. 그런데 내 성은 아이스이고, 엄마 이름은 '앵글로색슨'인걸? 그래서 생각했어요. 엄마가 아닌 내 아버지가 지어준 게 아닌가 하고. 맞아요 엄마?"

캐시는 당황했다. 그녀는 잠시 유나를 보았다. 아이는 하루가 다르게 자라고 있었다. 그 작은 생명체가 이렇게 자라서 그녀를 진땀을 흘리게 만들고 있었다.

"그렇단다, 아가. 네 이름은 생물학적인 아버지가 지었어. 친부라고 해야겠지."

캐시는 웃었다. 그러나 그녀의 눈은 어딘가 슬퍼 보였다.

"빅 크러시 때 헤어진 그 사람?"

캐시는 일어섰다. 그녀는 방 전등 스위치에 손을 갖다 댔다.

"맞아."

그녀가 불을 껐다.

"그 이야기는 다음에 또 해줄게. 엄마는 오늘 피곤하구나."

3.

신(新) 상하이는 행성 연합의 모성이며, 데지레 성계 2항성계에 위치해 있다. 연합의 방위 사령부는 이곳에 본거지를 두고 있기도 했다. 이주선 복희가 정착한 네 개의 거주 가능 행성 중 하나였으며, 끊임없는 개발 끝에 수많은 연합의 연구단지가 위치한 따뜻한 온대 행성이었다. 당시 행성 개발을 주도한, 지금은 사라졌지만 당시 이주선 복희에 어마어마한 자금을 대고 실제 행성 개발까지 주도한 회사의 이름을 딴 수도 알트라는 연수와 부대원들 같은 어둠 속 특임대들의 주무대이기도 했다.

연수는 오카야마 호 습격이 있은지 정확히 사흘 후 신상하이로 돌아왔다. 사령부에 보고서를 올리자마자 그는 바로 자신의 아파트로 돌아왔다. 기절할 것처럼 피곤했다.

샤워실에서 씻고 나왔을 때, 연수는 해리 카를로스에게서 메세지가 와 있는 것을 발견했다. 그가 답신을 걸었다. 잠시 후, 해리 카를로스의 홀로그램이 전화기에서 나타났다. 연수가 인사했다.

"돌아왔어요, 해리."

해리 카를로스가 연수 카를로스에게 물었다.

"대니는?"

"이번에 자기 역할을 다 했습니다. 놈들의 총탄을 염동력으로 멈췄지요. 레지스탕스 놈들 중에서도 염동력 능력자가 있었는데, 대니를 이기지 못했습니다. 지금쯤 그 녀석도 쉬고 있을 겁니다."

"그래. 까마귀를 놓쳤다고 들었다."

"로베스피에르 함을 만났어요. 고민했지만, 그 괴물같은 배가 나타난 시점부터 결론은 정해져 있었습니다."

"너를 탓하는 게 아니다. 아쉽구나."

"사령부는 별 일 없습니까?"

"디스카디드 놈들의 목적을 알 수가 없구나. 산발적으로 공격해대는데, 최근에는 좀 뜸해졌거든. 그래서 오히려 우리 쪽이 더 초조해졌다. 놈들이 어떤 꿍꿍이인지 알 수가 없으니."

"'뻐꾸기'들한테선 소식이 없습니까?"

"모르겠다. 조슈아 권이 뭔가 다른 걸 꾸미고 있는 듯한데, 극비에 움직이는 것 같다. 놈의 의중을 알고 있는 자가 그 놈 주위에도 없는 것 같구나."

연수는 잠시 생각했다.

"해리, 오카야마 호에서 병욱 전대장을 만났어요."

해리의 눈매가 가늘어졌다.

"변절자가 됐군. 처리했니?"

"예. 그런데 그 자가 알 수 없는 이야기를 하더군요."

"이야기?"

"행성 연합이 빅 크러시를 일으켰다고 했습니다. 그게 무슨 말일까요? 짚이는 게 있어요, 해리?"

해리가 눈을 몇 번 깜빡였다. 그리고는 어이없다는 듯이 실소했다.

"헛소리. 정말 근본도 알 수 없는 이야기구나. 놈들의 대장이 그런 얘기로 사람들을 홀린다는 얘기는 들었다. 병욱 전대장, 그 자도 그럴 줄은 몰랐는데, 멍청한 놈 같으니."

연수는 아무 말도 하지 않았다. 그는 죽음을 각오한 병욱이 했던 말과 그의 표정을 떠올렸다.

그리고 갑자기 나타난 로베스피에르 함.

"로베스피에르 함이 연합의 극비 연구 기술을 탑재하고 있었어요, 해리."

"그게 무슨 소리지?"

"말 그대로, 놈들의 기함이 갑자기 나타났단 뜻이죠, 해리. 그건 오직 연합과학연구소의 몇몇 인물만 알고 있는 최근에 개발이 끝난 기술 아닌가요? 그렇게 나타나는 기함이라면, 그것 말고는 설명이 안돼요."

연수는 잠시 용어를 떠올리려 애썼다.

"워프 드라이브 기술. 웜홀 생성기가 틀림없습니다."

"그게 사실이냐?"

"사실입니다. 저는 직접 봤어요. 그게 맞다면, 왜 연합의 함선들이 갑작스럽게 습격을 당하고 대응할 수 없었는지 이해가 됩니다. 그런데 어떻게 그 기술을 놈들이? 연합과학연구소에 스파이가 있는 게 아닌가요 해리?"

해리가 생각에 빠지는 표정을 지었다.

"한 번 윗 분들이랑 논의해 보세요. 진지하게. 전 이제 좀 자야겠어요."

연수가 하품했다. 해리의 홀로그램이 고개를 끄덕였다.

"자리에 들어라. 피곤할 텐데. 그 이상의 보고는 내가 무마하고 네가 말한 건 내가 챙길 테니, 신경쓰지 마라."

연수가 감사인사를 했다.

"고마워요, 아버지."

해리의 홀로그램이 사라졌다.

연수는 냉장고에서 맥주를 꺼내 1인 소파에 앉았다. 그는 다리를 흔들거리며, 맥주를 들이켰다.

그는 로베스피에르 함을 생각했다.

연수는 예전에도 그처럼 마치 순간이동을 하듯이 나타난 함선을 본 적이 있었다.

20년 전 그 날에. 하늘에 눈이 멀어 버릴 듯한 빛이 가득하던 날.

이터(Eater)들이 타고 나타난 함선들이 그랬다. 그 함선들은 아무도 눈치채지 못했던 여느 일상과도 다름없던 그 날, 이미 하늘을 꽉꽉 채우고 있었다. 지상을 향해 쏟아진 함선들은 건물과 사람들에게 광자 플라즈마와 미사일을 날려댔다.

연수의 눈꺼풀이 부르르 떨렸다.

이터들은 초신성 폭발 뒤에 나타난다. 광산조합이 초토화된 뒤 들어온 연합 정부의 대변인이 말했다. 연합정부가 이터들을 몰아냈으며, 그들의 정체를 파악하는 중이라고. 연합이 관리하게 된 이상, 앞으로 그들이 한에 나타나는 일은 없을 것이라고.

그렇게 말해야 했겠지. 연수는 그 말을 믿지 않았다. 실제로

그 모습을 보았다면 그렇게 말할 수 있을까? 이터들의 비행체
가 기동하는 모습을 보면서 젊은 시절의 연수는 알았다. 저들의
기술력은 성계의 인류의 기술력을 아득히 뛰어넘는다는 것을.

해리 카를로스 중령의 별동대가 그를 발견하지 않았더라면,
연수는 이 자리에 없었을 것이다.

불타는 도시들. 무너지는 건물과 잔해들. 아우성을 지르며
도망다니는 사람들.

큰 소리가 났다. 연수가 문득 시선을 내리니, 맥주캔이 그의
손아귀 안에서 찌그러져 있었다.

연수는 캔을 한참을 쳐다보다가 싱크대로 던졌다.

4.

칼 료마는 3성계의 소행성 지대에서 만날 것을 제안했다.

그는 자신이 직접 로베스피에르 함으로 건너오겠다고 말했다.

캐시는 칼 료마를 처음 보았을 때, 판다를 떠올렸다. 신상하이에서 한 번 본 적이 있던 지구에서 건너온 생물. 칼은 덩치가 큰 장신의 흑인 사내였다. 그는 몇 명의 수행원만 대동하고 로베스피에르 함의 도크를 건너왔다.

카무라가 그를 함장실로 안내하고 나갔다.

"반갑소. 칼 료마요."

조슈아는 칼이 내민 커다란 손을 잡고 흔들었다.

"디스카디드의 조슈아 권입니다."

"반갑소. 여기 이 분은?"

칼이 캐시를 보자 캐시가 목례했다.

"제 동료입니다. 화이트 레이븐. 이름은 들어보셨는지요?"

"아. 레지스탕스의 까마귀라면 성계 내에선 유명하지요. 내가 당신들을 이리 만나게 될 것이라고는 불과 1년 전에는 생각도 하지 못했소."

"저 역시 마찬가지입니다. 요즘은 신도들의 숫자가 대단하시더군요. 제 대원들 중에도 당신의 지지자가 많습니다."

"내 뜻에 공감해주는 고마운 친구들이지. 신도는 아니오. 내가 종교를 만든 건 아니니까. 난 단지 우리 성계의 인류가 나아가야 할 길이 다른 방향에도 있을 수 있음을 알려주고 도움이 필요한 사람들에게 내 힘을 보태줄 뿐이오."

"그런 사람을 누군가는 선지자라고 부르지요."

캐시의 말에 칼 료마는 표정을 살짝 찌푸렸다.

"칼이라고 부르시오. 뭔가 점점 당신들한테 말리는 기분이 드는구려. 뭐, 어쨌든 나한테서 그런 느낌을 받는 사람들도 분명 있으리라고 생각하오."

조슈아가 씩 웃었다.

"저희에게도 도움을 제공해주시면 좋겠군요."

"분명 도움이 될 거외다."

칼 료마가 함장실을 둘러보았다. 캐시는 가만히 그를 관찰했다. 미지에 쌓여 있던 뿌리복고파의 우두머리치고는 꽤나 스스럼없고 호방한 사내였다.

"로베스피에르 함. 연합 함대의 악몽. 그래. 한 번 말해보시오. 당신들의 뒷배가 누군지를. 디우틴인들이오?"

조슈아의 눈꼬리가 올라갔다. 칼이 웃었다.

"그들을 아시는군요, 칼."

캐시가 경악했다.

"어떻게 알고 있죠?"

"이런, 숙녀 분께서 적잖이 놀란 모양인데? 당황하실 것 없소. 이 성계에서 웜홀 생성기를 부착한 함선이라면 두 가지의 가능성일 뿐일 테니."

칼의 두 눈이 조슈아의 시선과 마주쳤다.

"사라진 광산 조합의 것이거나, 아니면 외계인들의 기술이

거나.”

“박식하시군요. 여담이지만, 우리는 웜홀 생성기를 패스파인딩 모듈이라 부르고 있습니다. 당신 말대로, 광산 조합의 기술은 아닙니다. 외계인들의 것이지요.”

칼은 아쉽다는 투로 조슈아에게 말했다.

“이 자리엔 어울리진 않지만, 시원한 음료 없소?”

“맥주도 괜찮으실까요? 전 항상 그걸로 목을 축입니다.”

“매우 좋아요.”

캐시는 조슈아의 냉장고에서 맥주를 꺼내 잔 두 개에 따라 조슈아와 칼에게 건넸다. 칼이 물었다.

“당신은 필요없소, 까마귀 숙녀 분?”

“괜찮습니다.”

“같이 마십시다. 들자구요.”

캐시가 조슈아를 보자 그가 고개를 끄덕였다. 캐시는 자신의 잔도 채운 다음 자리에 다시 앉았다.

조슈아가 말했다.

“솔직히 놀랐습니다. 이렇게 대번에 파악하실 줄은.”

“심증이었소. 빅 크러시 사건은 여러모로 많은 사람들에게 놀라움을 안겼지. 나도 예전에는 무역업과 통역 일을 했던 적 있소. 성계를 오가는 상단에는 깊은 외우주에서 나타나는 정체불명의 이방인들에 대한 이야기가 전설처럼 내려오고 있다오. 그들이 가져오는 정체불명의 용기들. 그것들이 뿜어내는 에너지가 어마어마하다지. 연합 정부가 외계인의 기술 확보에 눈이 벌개져 있는 건 공공연한 비밀이오. 그래, 정말 디우틴인들이 당신들 뒷배요?”

“그렇습니다. 단, 디우틴 사회 전체는 아닙니다. 그들 중 일부가 우리에게 도움을 주고 있습니다.”

“놀라운 일이구만.”

이번에는 칼이 혀를 찼다. 그는 맥주를 단숨에 벌컥벌컥 들이켰다. 캐시는 칼이 어떤 꿍꿍이를 가지고 있는지 궁금했다.

“칼, 나는 당신이 어떤 생각으로 우리에게 접촉한 건지 궁금해요. 당신도 행성 연합을, 적어도 그들의 행위와 철학을 반대하고 있는 건가요? 그럼 우리와 합류하여 연합과 싸울 생각이신 건가요?”

칼이 캐시를 보며 곰곰이 생각에 잠긴 표정을 지었다. 그는 알 수 없는 표정을 지었다.

“연합은 강대해요, 까마귀 숙녀 분.”

“캐시예요. 연합이 강대한 건 저도 알아요, 칼. 그리고 우리는 그 강대한 연합과 오랫동안 싸워왔구요. 그걸 모르진 않으실 겁니다.”

“캐시. 나도 당신이 연합을 상대로 어떤 첩보활동과 암약, 테러를 해왔는지는 잘 알고 있고, 로베스피에르 함과 다른 레지스탕스 대원들의 활약은 익히 들었소. 하지만 전쟁은 또 다른 문제요. 당신들이 하고 있는 건 테러지 전쟁이 아니외다. 연합과 정면으로 승부를 볼 생각인 거요? 만약, 그렇다면 난 정말 가망이 없는 행동이라고 말해주고 싶소.”

“그럼, 왜 저희와 접촉하신 겁니까?”

조슈아가 팔짱을 끼며 말했다.

칼의 검은 눈동자가 조슈아를 향했다. 그렇게 둘은 서로를 바라보았다.

잠시 후 칼이 웃고 조슈아도 웃었다.

“나도 필요하기 때문이오.”

“무엇이 말이오?”

칼이 바닥을 가리켰다.

“워프 드라이브가 가능한 배가 말이오.”

“우리 배는 드릴 수 없습니다.”

칼이 웃으며 조슈아에게 윙크했다.

“내가 그런 도둑놈으로 보이오? 대뜸 찾아와서 배를 달라고 말하는? 내가 원하는 배는 로베스피에르가 아니오.”

“그럼 어디서 그런 배를 찾고 계신 거죠?”

“연합의 비밀 도크에서.”

놀라운 이야기였다. 캐시는 자신도 모르게 멍하게 그 대화를 따라가고 있음을 깨닫고 정신을 차렸다.

“연합이 그런 배를 가지고 있다는 말인가요?”

“그래요. 그리고 난 그 배를 훔칠 생각이오.”

조슈아는 의아함을 느꼈다.

“설마……?”

칼이 그의 의문을 확신으로 바꾸었다.

“모성 지구로 갈 거요. 내 동지들과 함께.”

“‘광속 외우주 탐사 프로젝트’라고 알고 계시오?”

칼 료마의 말에 캐시의 눈이 번뜩였다. 조슈아가 그녀의 어깨에 손을 올렸다. 칼은 그들의 행동을 보고는 고개를 끄덕였다.

“알고 계신 듯하군.”

캐시가 헛웃음을 지었다. 그러나 그녀의 눈은 웃지 않았다.

“알다마다요. 제가 직접 참여했었는데.”

“그랬소? 자원자였소?”

“그랬죠.”

“어딜 갔다 오신 게요?”

“7광년 떨어진 알파 제네시스.”

칼이 안타까운 표정을 지었다.

“고생하셨겠소.”

조슈아는 담담한 목소리로 말했다.

“우리 대원들 중 많은 이들이 그 프로젝트의 자원자 내지는 희생양이었습니다, 칼. 연합은 특히나 광산 조합의 난민들에게 그 프로젝트를 홍보하는 데 열성이었죠. 골칫덩이인 난민들을 처리하기에도 딱 안성맞춤인 프로젝트였으니까요.”

캐시는 그때를 생각했다. 유나를 위해 온갖 일을 마다하지 않았던 지옥 같은 나날들. 지옥이 되어버린 고향 행성 한과 신 상하이, 뉴시드니 등 성계의 행성들을 오가며 행했던 온갖 불법적인 일들. 신종 마약을 밀수하고, 얼굴도 모르는 누군가를 암살해야 했던 끔찍한 나날들.

어느날, 자신을 연합의 요원이라고 밝힌 노년의 남성이 자신을 찾아왔다.

그는 말했다. 연합의 '외우주 탐사 프로젝트'에 참여해서 미확인 지역을 개척하면, 지금까지와는 비교도 할 수 없는 액수의 사례금을 받게 될 것이라고. 더불어 실제 개척한 행성을 식민지로 개발하게 되면 개발 정도에 따라 추가 자금을 지원받게 될 것이라고 말이다. 그 남자는 뱀처럼 미끄러운 음성으로 속삭여댔다.

그녀는 유나와 함께 여러 번의 짧은 항해를 했다. 남자는 그때마다 두둑한 보수를 주었다. 다시 성계로 돌아올 때마다 성계의 시간이 그녀의 시간보다 조금씩 빨리 흐르고 있는 것을 알았지만 그녀는 멈출 수 없었다.

그들이 알려준 마지막 좌표 알파 제네시스로 도착했을 때 캐시가 본 것은 다크 존Dark Zone이었다. 죽은 행성의 잔해와 성간 가스, 표류하다 연료를 잃고 그대로 그곳의 일부가 된 함선들의 무덤. 연합은 외우주 항해가 가능한 엔진 기술을 끊임없이 개발하고 있었고, 테스트가 필요했다. 그들은 캐시와 같은 광산조합의 난민들을 노후한 배에 엔진만 바꿔 태워 죽음의 좌표와 함께 기약없는 항해를 시킨 것이다. 캐시가 그곳에서 만난 건 알파가 아니라 오메가였다. 자신보다 먼저 이곳에 와 죽음을 맞이했던 수많은 광산조합 난민들과 그들의 노후한 함선들. 캐시는 그 어둠 속에서 더없는 공포를 느꼈다. 그 즈음 도착해서 캐시를 태운 함선의 연료는 모두 소진됐다. 함선은 비행 데이터를 자동으로 7광년 떨어진 연합 사령부로 송신했다.

그것이 배의 마지막 임무였다.

성간 가스 폭풍이 함선을 감쌌고 폭풍이 만들어내는 빛이 함선을 때려댔다. 캐시는 다크 존의 어둠과 빛무리들 속에서 유나를 끌어안은 채 죽음을 준비했다.

어떤 항성의 빛도 닿지 않는 심우주 속에서 흐느끼던 그녀는 한 남자를 보았다. 자신이 사랑했던 남자.

캐시의 입이 움직였다.

'보고 싶어. 지금 내 옆엔 당신이 필요해.'

빅 크러시 당시 어지러운 빛들과 함께 그녀의 인생에서 사라진 남자. 그녀에게 유나를 선물한 남자.

캐시는 남자가 자신을 향해 다가오는 것을 보았다.

'죽음이란 이런 거구나.'

고통도 없었고, 순식간에 찾아온 죽음이었다.

'당신은 역시 더 일찍부터 나를 기다리고 있었네.'

캐시는 웃었다.

남자가 그를 향해 말을 걸었다.

"괜찮습니까?"

캐시는 정신을 차렸다.

남자는 그녀를 살피더니 함께 온 사람들에게 뭐라고 지시를 하였다. 이윽고 그들이 그녀와 아이를 부축해서 무너져가는 함선에서 빠져나갔다.

그 남자는 조수아 권이었고, 캐시의 두 번째 전부가 된 남자였다.

자신의 내면 속으로 깊숙이 빠져들었던 캐시는 칼의 목소리에 의식의 수면 밖으로 나왔다.

"초광속 외우주 탐사 프로젝트. 바로 연합이 오래 전부터 계획해온 프로젝트요."

조슈아가 한 방 먹은 표정을 지었다.

"그 배는 웜홀 생성기를 갖추고 있다는 거군요. 디우틴인들이 로베스피에르함에 제공한 것과 같은."

"그게 같은 기술인지는 알 수 없소. 하지만 내 정보원에 따르면, 그게 독자적이든 아니든간에 제대로 작동하는 건 틀림없소."

조슈아는 고민하고 있었다.

"그걸 지금 도와달라는 겁니까? 배를 탈취하는 걸?"

"그래요, 대장."

"당신이 직접 시도하지 않고 우리에게 부탁하는 이유가 무엇입니까, 칼?"

칼은 씩 웃었다. 그는 조슈아의 단도직입적인 추궁에도 전혀 당황하지 않았다.

"우리는 당신들보다 훨씬 인원은 많으나, 게릴라 전이나 방첩 활동을 할 수 있는 요원은 거의 없소. 그런 분야는 당신들이 성계에서 가장 확실하지."

"그럼 우리가 이번 작전을 통해 얻는 건 무엇입니까?"

칼이 눈을 부릅떴다. 캐시는 그의 눈에서 타오르는 열망과 분노를 느꼈다.

칼이 지금껏 감추어 왔던, 그래서 더욱 강렬한 분노였다.

"뿌리복고파의 동맹과 새로운 함선 기술, 그리고......."

"그리고?"

"성계 내 모든 복고파들의 봉기요."

칼이 조슈아에게 손을 내밀었다.

"우린 이 성계 인류의 새 역사를 쓸 거요."

조슈아가 캐시를 보았다. 여러 가지 어지러운 생각들이 캐시를 휘감아 올랐다. 무장봉기, 전쟁, 웜홀 생성기를 단 함선들의 외프 드라이브, 지구로의 귀환....... 그 모든 생각들이 얽혀서 단 하나의 결말로 치달아갔다.

행성 연합의 붕괴.

그게 정말 가능한 일일까?

조슈아가 칼의 손을 잡았다.

"좋소. 해봅시다."

5.

알트라의 하늘은 우주로 도약하는 배들과 행성 도크로 입항하는 배들로 항상 북적였다. 신상하이에 거주하고 있는 인구만 성계의 60%에 육박했고 알트라는 신상하이 주민의 20%가 거주하는 대도시였다. 도시의 항구와 도크는 실제 바다를 통해 오고가는 해운선들과 우주선박들로 항상 붐볐다. 1, 2차 이름 전쟁이 진행되고 성계 내 여럿 행성이 소요 사태를 겪고, 습격을 받았지만 알트라만은 그러한 불온한 의도에 한 번도 노출 된 적 없었다. 신상하이와 알트라를 방어하기 위한 연합 정부의 노력이 어마어마했기 때문이었다. 덕분에, 성계에서 가장 안전한 이곳 알트라의 동부 외곽 지역에 연합과학연구소가 자연스레 자리잡게 되었다.

연수는 연구소 수비대원들이 신분증을 요구하자 자신의 복무증을 보여주었다. 대원들이 고개를 끄덕이고는 연구소 출입문을 개방했다. 그는 오늘 대니를 만나 점심을 먹기 위해 이곳을 찾았다. 대원들이 그를 연합 사령부 소속 '능력자'들이 훈련하고 있는 섹터 B로 안내하였다.

섹터B는 섹터A의 여러 연구실과 가운을 입은 연구원들과 달리 암회색과 검정색 복장을 한 연합군 요인들이 눈에 더 많이 띄었다. 연수는 일면식이 있는 자들과는 가볍게 인사했다. 그를 안내한 수비대원이 더 깊은 곳에 격리된 여러 격벽이 둘러싼 방으로 연수를 이끌었다.

대니는 아무도 없는 어두운 암실에서 보호장구를 착용하고 홀로그램 뿐 만 아니라 여러 오브젝트들에 둘러 쌓여 있었다. 연수는 그 장면을 보며 의아함을 느꼈다.

"이건 무슨 훈련입니까?"

훈련관이 그를 보았다.

"순발력 같은 겁니다. 염동력을 보다 적시적소에 사용하는 훈련이라고 말씀드리면 이해가 되시려나요? 저 오브젝트들을 화면에 표시되는 영역으로 옮기는 겁니다. 시간이 조금이라도 늦으면 벌점을 받게 되고. 벌점이 5점이 되면 실패하는 챌린지입니다."

자세히 보니, 암실 상단에 스크린이 보였다. 스크린에 'A-3'이 표시되자, 대니가 재질을 알 수 없는 오브젝트 중 하나를 허공에 띄워 한구석으로 옮겼다. 'C-14'가 표시되자 다른 오브젝트가 대니의 주변으로 날아왔다. D-1. F-1은 각각 반대편에서 오브젝트가 생성되었고, 정확히 두 오브젝트가 서로의 자리를 바꾸었다.

하이라이트는 다섯 군데에서 동시에 생성된 오브젝트를 대니가 한 데 모아 불태워버린 것이었다. 훈련관이 박수를 쳤다.

잠시 후, 대니가 땀에 흠뻑 젖은 모습으로 암실을 나와 연수를 발견했다.

"대장."

"삼촌이라 불러라. 오늘 비번이다."

대니가 웃었다.

“아직도 방에서 죽치고 저기압일 거라 생각했어요.”

“그러려고 했는데 이 짓도 일주일은 못하겠더라. 시내로 나가서 오랜만에 식사나 하자.”

“잠깐만 기다리세요. 옷 좀 입고 올게요.”

“그래. A윙 가져 왔지?”

“뒷편 격납고에 있어요.”

“좋아. 입구에서 기다릴게. 조금 있다 보자.”

연구소 입구에서 기다리고 있던 연수는 잠시 후 A윙 특유의 플라즈마 모터 엔진 소리를 들었다. 곧 공중에서 대니의 A윙, 알트라 모터 사의 2인승 구형 A윙이 모습을 드러냈다. A윙은 A형태의 뼈대가 차축이 되며, 그 뼈대를 통해 공중 이동 시 균형감각을 유지한다. 대부분 성계 주민들의 개별 교통수단으로 그 모태는 옛 지구의 구형 이동모빌들이었다. 대니의 A윙은 연수가 알기로 거의 8년은 지난 모델이었지만 기동하는 데는 별 문제 없었다.. A윙이 착륙하고, 우측 덮개가 열리자 대니가 보였다.

“타요, 삼촌.”

연수가 탑승하여 시트에 몸을 기대자 덮개가 기계음과 함께 닫혔다.

“달려볼까요?”

대니가 대시보드에 목적지를 입력했다. 곧 자동운전시스템이 가동되었다는 메세지와 함께 이동 시간이 계기판에 표시되었다. 30분.

A윙의 플라즈마 모터가 불을 뿜었다. 이윽고 A윙이 이륙하여 가속도를 더해가며 경로를 따라가기 시작했다.

A윙은 알트라 시내 서부 장웨이 브릿지까지 순식간에 달렸다. 20km에 달하는 장웨이 브릿지는 건설된 지 200년이 지난 지금도 알트라와 주변 도시들을 연결시켜주는 역할을 제대로 수행해주고 있었다. 200년 전만 해도 브릿지를 바퀴를 단 구형 차량들이 오고 갔지만, 지금은 브릿지의 끝과 끝을 연결시켜주는 원통형 공중 차량 통로들을 통해 A윙들이 오가고 있었다. 그 외의 공중은 연합 헌법상 이동이 불가한 공역으로 지정되었다. 이는 연합이 공중 차량들로 인한 주민들이 입을 소음 피해와 시각 공해를 막으려는 시도였다.

대니의 A윙은 브릿지를 통과하여 10분을 더 날아간 끝에 한 식당의 주차 섹터에 내려앉았다. 시동을 끄고 차량에서 내리자 연수는 그곳이 어디인지 알 수 있었다. '객잔'

"요즘 여기가 유명한 곳이니?"

"그럼요. 양갈비 좀 드서 보세요 삼촌. 누린내 없이 아주 깔끔해요."

자리에 들어가자 우아하게 차려입은 여급들이 나타나 그들을 맞이했다. 대니가 미소 지으면서 창가 자리로 안내를 부탁했다.

곧 그들은 여닫이 문 너머의 창가 방으로 안내되었고, 자리에 앉은 연수는 그곳에서 장웨이 브릿지와 시내가 한 눈에 들어온다는 것을 알았다. 대니는 양갈비 4인분과 술을 시켰고, 20여분쯤 지나 테이블이 고기와 수프, 채소들로 세팅되었다.

연수가 비열한 표정을 지었다.

"솔직히 말해봐 조카. 여기 데려온 꿍꿍이를. 너 여기에 애인 있지?"

대니가 당황한 얼굴로 연수를 보았다.

"갑자기 무슨 소리에요?"

"괜찮아. 네 할아버지한테는 얘기하지 않았다. 그렇지만 날 속일 생각은 하지 마라. 훈련 끝나고 항상 누군가와 통화하는 걸 모를 줄 알았어?"

"맹세코 아니에요, 삼촌. 정말 놀라운 혜안입니다만 헛다리 크게 짚으셨네요. 안타깝습니다."

"네 동료들한테도 헛다리인지 한 번 물어볼까?"

대니는 이제 당황을 넘어 경악한 얼굴이었다.

"어떤 놈입니까!"

"글쎄, 뭐 네가 아는 녀석들이겠지?"

대니가 '에이든 이 파렴치한 놈' 어쩌고 혼자 중얼거리는 것을 보며 연수는 대니가 에이든에게만 이 사실을 공개했다는 것을 알았다. 연수는 대니에게 에이든이 동계 파견 훈련을 다른 부대원이 대신 가는 것을 전제로 '어렵게' 말해주었다며, 너무 동료를 타박하지 말라고 위로하였다. 당연히 대니는 기껏 훈련

면제 하나로 자신의 연애사를 판 것이나며 어처구니없어 했다.

방문이 드르륵 열리며, 숏컷의 늘씬한 여성이 서빙 카트를 가지고 나타났다. 그녀가 대니를 보며 눈으로 웃었다.

"또 오셨네요."

언제 그랬냐는 듯 헤벌레 웃고 있는 대니를 보며 연수는 혀를 찼다. 그는 그 여자가 대니의 애인임을 알았다. 여자가 서빙을 다 끝내자, 연수가 물었다.

"그래, 대니와 만난지는 얼마나 됐어요, 아가씨? 뭐라고 불러드려야 할지 모르겠군요."

여자는 잠시 당혹스런 표정을 지었지만 곧 웃으며 답했다.

"티가 많이 났나 보군요. 대니, 이 감 좋으신 분과는 어떤 관계인가요?"

대니는 한숨을 푹푹 쉬었다.

"제 삼촌이예요, 유리. 이럴 때만 쓸 데 없이 감이 좋으신 분이죠."

유리는 우아하게 자신의 가슴팍에 손을 가져가며 허리를 살짝 숙였다.

"반갑습니다, 카를로스 중령님. 당신의 얘기는 대니에게 들어 알고 있어요. 저는 객잔의 주인 유리 이바노바입니다. 원래 이름은 유리나였지만 지금은 유리랍니다. 편하게 불러 주세요."

연수가 웃었다. 그는 이 여인이 마음에 들었다. 대니의 표정을 보니, 유리의 어떤 부분이 그를 사로잡았는지 이해가 되는 듯했다.

“당찬 여주인이시군요. 저는 당신을 여기서 처음 봅니다만, 느낌이 좋네요. 대니를 잘 부탁합니다.”

“그러겠습니다. 그럼 두 분이서 얘기 나누세요. 저는 이제 나가보겠습니다. 대니. 나중에 나가기 전에 봐요. 술은 적당히 하시고요.”

그녀가 방을 나간 뒤, 연수는 대니를 놀렸다.

“되게 멍청해 보인다, 대니. 아무리 좋아도 그 표정은 좀 어떻게 해봐라.”

대니가 헛기침을 했다.

“삼촌, 할아버지한테는 얘기 안하실 거죠?”

“그래, 안할 거다. 그 양반 또 얼마나 극성이냐. 얼마나 귀찮아질지 안봐도 뻔하다. 먹자.”

해리 카를로스는 손자인 대니가 성년이 된 후부터 그의 연애사에 관심이 많았다. 증손주를 보고 싶은 건가? 영감 욕심도 많군.

대니와 연수는 시장했던지 양념에 절여 나온 양고기 구이를 게걸스럽게 뜯기 시작했다. 두 남자의 식욕이 빚어낸 생리적인 하모니가 한동안 식탁 위를 지배했다. 독주를 벌컥벌컥 들이킨 연수는 조금 생각에 빠졌다. 대니는 그런 삼촌의 기색을 알아차리곤 손에 들고 있던 뼈를 내려놓았다.

“왜 그래요?”

“저 여주인한테는 말했니? 네가 능력자라는 걸?”

“얘기했어요. 신경쓰지 않던데요?”

연수가 감탄했다. 유리는 그가 생각했던 것보다 더욱 당찬 여자였다.

빅 크러시 당시 이터들과 조우한 몇몇 인간들은 그때까지 인류가 가진 적 없는 능력을 가지게 되었다. 빅 크러시 이후 연합은 그것이 일종의 염동력임을 알게 되었다. 물건을 움직이거나, 혹은 성질을 바꾸는 능력들. 염동력 능력을 가진 아이들이 마찬가지로 염동력 능력을 가지게 된 부모들에게서 태어나기 시작했다. 대니도 그 아이들 중 하나였다. 그들의 자손들 역시 아버지 혹은 어머니와 같은 염동력을 가지고 있었다. 그러나 아이들은 대부분 불우한 유년 환경을 보내게 되었다. 인간의 몸으로 견디기 힘든 능력 때문에 많은 부모들이 사망했기 때문이다. 대니의 아버지 숀 카를로스도 그러했다.

연합은 그들을 능력자로 규정하고, 별도 등록증을 발급하여 관리했다. 엘리트 사이코키네시스 요원으로 키워내려는 의도였다.

그 말은 '살인기계'와 동의어였다.

그러나 개중에는 능력과 함께 수반되는 지나친 정신적 소모로 인한 자아붕괴를 견디지 못한 이들도 많았다. 약 2년 전, 그러니까 마지막 남은 행성 발할라의 연합 병합 이후 8년이 지난 2,912년 뉴시드니 작은 소도시 코네티컷에서 '우울한 조'라 불리는 조 밀리건이 1,000여명이 넘는 쇼핑몰 내 연합군과 시민들을 집단학살한 사건은 아직도 사람들의 뇌리에서 잊혀질 만하면 회자되곤 했다. 연합군의 엘리트 혹은 정신붕괴. 양극단의 결과가 이들의 숙명이었다. 그리고 그를 막은 자는 대니였다. 뉴시드니의 영웅, 코네티컷의 구원자. 대니는 당시 이야기를 꺼내는 것을 좋아하지 않았다. 연수는 대니 앞에서 당시 이야기를 하지 않도록 특히 조심하려 했다.

대니 역시 정신붕괴를 겪을 위기를 수차례 넘겨왔다. 연수는 두 살이 갓 지난 아기가 여러가지 물건을 허공에 띄울 때 해리가 보인 망연자실함을 기억했다. 대니는 소중한 아이였다. 숀 카를로스가 세상에 남긴 마지막 씨앗.

대니는 거의 연수가 키우다시피 하며 자라났다. 피가 통하진 않았음에도, 그에게 있어 대니는 아들이나 마찬가지였다.

그러한 일련의 이유와 사건들 때문에 연합의 일반 시민들은 능력자들과의 이성적 관계에 대해 특히 터부시하게 되었다. 정신 붕괴를 일으키고, 친지들을 몰살시킬지도 모르는 위험한 능력을 가진 자들을 사위나 며느리로 받는 것을 주저하게 되는 건 당연했다. 그건 능력자들이 평생 진 멍에와도 같았다.

연수는 대니의 밝은 표정에 안심했다. 유리라는 여자에게 크나큰 감사함마저도 느꼈다. 그는 자신이 대니의 행복을 바란다는 걸 알았다. 정말로 바랐다.

언젠가 대니가 그에게 왜 애인을 만들거나 결혼하지 않냐고 물었다. 연수는 자신이 더 이상 그럴 수 없음을 알고 있었고, 대니에게 설명해주었다. 연수가 그렇게 되어버린 건 20년 전 그날부터였다. 그는 대니라도 자신과는 다르게 부디 보통 사람들이 느끼는 행복을 느꼈으면 했다.

“‘정화 프로젝트’는 인원 선발이 끝난 건가요 삼촌?”

대니가 꺼낸 용어가 연합 정부의 초광속 외우주 탐사 프로젝트를 뜻한 것임을 그는 잠시 후에 알아차렸다. 대니는 술을 한 잔 들이켰다.

“거의 끝난 걸로 알고 있어, 대니.”

“거기 군인들은 할당된 인원이 있나요?”

“당연히 있겠지. 각계각층, 온갖 직업과 다양한 사람들이 후보니까 군인들도 포함될 거야.”

“할아버지는 우리한테는 일언반구도 없으시군요.”

대니의 실망한 표정을 보며 연수는 고개를 저었다.

“대니, 너무 실망하지 마라. 그 프로젝트가 어떤 결과를 가져올지는 아직 아무도 모른다. 위험천만한 일이야. 웜홀을 통해 워프 드라이브를 행한 후 다른 성계에 도착했을 때 미지의 영역에서 무엇을 조우하게 될지 가늠하는 건 신의 영역이야. 어쩌면 정말 끔찍한 것들을 보게 될지도 몰라. 우리가 그 프로젝트에 참여하는 걸 해리가 냅둘 것 같으니?”

대니는 끙, 하며 앓는 소리를 냈다. 대니는 술이 떨어졌다는 걸 깨닫고는 술을 하나 더 시켰다. 투명한 액체를 담은 용기가 도착하자 대니가 다시 마셨다. 연수가 그의 손목을 잡았다.

“그만 마셔라 대니. 이미 조금 취했다.”

대니는 연수를 한 번 보고는 자신의 손목을 보았다.

그가 수긍했다.

“알겠어요, 삼촌.”

연수는 안도감을 느꼈다. 대니는 좋은 아이였지만, 가끔 음주에 대한 절제심이 부족한 면을 보이곤 했다. 아마 그 절제력은 객잔 주인의 당부도 한 몫 했을 것이다.

"그런데 왜 지구로 탐사선을 보내지 않는 걸까요?"

연수가 대니를 보았다. 대니가 이해가 되지 않는다는 얼굴로 식탁을 내려다보고 있었다.

"무슨 소리니?"

"그런 기술이 생기면 인류의 모성부터 찾는 게 순서이지 않나 싶어서요. 이상하지 않아요, 삼촌?"

연수도 답할 수 없었다. 그도 알 수 없었기 때문이다.

데지레 성계에 인류가 정착한 지 벌써 400여년 가까이 되었다. 그러나 원 인류의 모성인 지구와 데지레 성계와는 인적, 물적 교류가 이루어질 수 없었다. 지구와 데지레 성계 간은 200년이라는 시공간의 차이가 가로막고 있었다. 이주선단의 선조들은 모두 동면에 들어가 신체 나이를 멈춘 채 잠에 빠진 상태로 성계에 도착했다. 초창기 연합을 구성한 성계의 선조들은 지구에서 날아오는 전파 신호를 포착했다. 그 신호의 뜻은 간단했다.

'이주선단들은 모성의 부름에 답하라.'

그러나 그에 응답할 수는 없었다. 그것은 200년 전 지구에서 날아온 신호였기 때문에. 결국 광자 통신이나 전파마저도 빛의 속도라는 한계를 뛰어넘을 수 없었다.

이주선단의 구성원들은 원 인류의 수많은 모국어들을 구사할 수 있었다. 그러나 세월이 흐르면서 그 용법과 발음들은 변형되었다. 많은 사람들이 데지레 성계가 사실은 디자이어(Desire) 성계임을 알고 있었지만 이미 그 이름은 영어에 익숙하지 않았던 어느 신상하이의 총통이 부른 데서 고유명사로 굳어지고 말았다.

그렇게 우주에 희망의 씨앗을 뿌렸던 원 인류와 이주선단의 인간들 간 교류는 끊어지게 되었다.

더욱 무서운 건 100여년 전부터 시간 차를 두고 날아오던 신호가 중지됐다는 것이다.

데지레 성계의 행정부는 지구를 향해 전파 통신과 광자 통신을 보내는 행위를 그만두지 않고 지속해왔다. 비록 그것이 동시간대의 커뮤니케이션이 아니라 일방적인 내용 전달일지라도 모성과의 연결고리를 잃고 싶지 않았던 이유에서였다.

그러나 어느 날 지구 쪽에서 신호가 중지됐을 때, 데지레 연합 정부는 큰 혼란에 빠졌다. 이것이 무엇을 뜻하는지 알 수 없었기 때문이다.

원 인류가 몰락했거나, 아니면 그들이 우리를 잊었거나.

어쩌면 이 은하계에 남아있는 인류는 데지레 성계의 행성 연합이 전부일지도 모른다.

그것은 성계 내 인류에게 매우 두려운 상상이었다.

연합 정부는 이미 지구를 포기한 것일지도 모른다. 하지만 현재에 이르러 그들은 600여년 전 지구가 생명의 씨앗을 우주로 보낼 때보다 발전된 항해 장비를 갖추고 있었다. 시공간의 차이를 희석시켜줄 초광속 항해(Faster than Light)를 가능케 해줄 워프 드라이브 항법장치였다.

연수는 대니의 술을 뺏어 한 잔 입에 털어넣고는 자리에서 일어났다.

"어디 가요?"

"화장실. 나 다녀오면 나가자."

연수는 머리를 식히고 싶었다.

화장실을 나온 연수는 방으로 돌아오던 길에 한 남자를 보았다. 장신에 하얀 백발을 짧게 친 남자였는데, 풍채가 너무도 좋아 인상적이었다. 그는 잠시 남자를 지켜보았다. 유리가 남자에게 다가와서 몇 가지를 물어보았고 남자가 무어라고 말했다. 거리가 멀어서 연수의 귀에 들리지는 않았다. 연수는 그들에게서 신경을 거두고 방으로 돌아왔다. 대니가 그를 보며 자리에서 일어났다.

"갈까요 삼촌?"

연수가 그러자고 하며 방을 나섰다. 대니가 따라왔다.

유리가 그들을 보고 다가와서는 인사했다.

"식사는 어떠셨는지요?"

연수가 웃었다.

"만족스러웠어요. 어느 분 솜씬진 모르지만 정말 훌륭했다고 전해주세요, 유리."

“꼭 그럴게요. 분명 들으면 기뻐하실 거예요.”

유리가 싱글벙글 웃고 있는 대니의 팔을 잡았다.

“대니, 잠깐만. 나 좀 봐요.”

대니가 의아한 표정으로 그녀를 보았다. 연수가 모른 척하며 고갯짓했다.

‘가 봐.’

대니를 부른 유리는 홀의 한 구석으로 그를 데리고 갔다.

“무슨 일이야, 유리?”

“한 가지 해줄 말이 있어요.”

“그게 뭔데?”

“몸조심 해요.”

대니가 피식 웃었다.

“걱정돼서 그래? 내가 하는 일이 항상 그런데 뭘.”

“아뇨, 오늘은 특히 조심해야 해요.”

대니는 유리의 진지한 표정에 당황했다. 유리는 웃음기 하나 없는 얼굴로 그의 눈을 들여다보고 있었다.

‘당신이 나중에 어떻게 생각할지는 모르겠지만……. 오늘은 무슨 일이 일어나도 몸부터 챙겨요. 알겠죠?’

대니는 저도 모르게 고개를 끄덕였다. 약간 취한 상태였기도 했그. 그녀가 평소보다 조금 감성적이라고 생각했다.

“알겠어. 걱정하지 마.”

유리는 그를 잠시 쳐다보다가 몸을 돌렸다. 대니가 그녀의 어깨에 손을 얹었다.

연수가 그 장면을 보며 웃었다.

"사이 좋은 커플이로고."

유리가 그에게 우아한 몸짓으로 인사했다. 연수는 유리의 허벅지가 길고 아름답다고 생각했다. 그때 연수는 허벅지 안쪽에 그려진 어떤 문양을 보았다.

'멋지군.'

대니는 한 번 더 유리에게 인사했다. 연수가 그를 억지로 끌고 나와야 했다. 그들은 식당의 주차 섹터에서 대니의 A윙에 몸을 실었다. A윙이 연수의 아파트를 목적지로 잡고 공중으로 기동을 시작했다. 쉭쉭거리는 엔진소리가 났다.

브릿지를 향해 날아가던 A윙 안에서 연수는 식당에서 본 백발 사내가 거리에 있는 것을 보았다. 그는 손에 빛이 나는 작은 장치를 딸칵 거리고 있었다. 장치가 계속해서 빛을 산발적으로 뿜었다.

'무슨 장치지? 특정한 형태의 신호인가?'

옆 좌석의 대니는 자동 조종 모드를 켜놓고 몸을 눕히고 잠을 청하고 있는 상태였다. 대니를 깨우려던 연수는 그를 놔두고 잠자코 생각에 빠졌다. 이미 남자는 점이 되어가고 있었다. 연수는 그 점에서 눈을 뗄 수 없었다. 그 풍채 때문이기도 했지만, 무언가 이상한 기분이 들었다. 대체 뭘까?

딸칵거리는 빛. 연수는 예전에 그와 비슷한 장치를 본 적이 있었다. 중위 시절, 1성계 발할라에서 전투 편대 소속으로 합동 기동 훈련을 진행할 때. 전투기 편대들이 비행을 하기 전에는 항상 무언가 필요했다.

기동 위치를 지정해주는 광자 신호기.

알트라 시내에서 절대 볼 수 없는 물건이었다.

다음 순간, 연수는 대니를 격렬하게 흔들어 댔다.

"대니! 대니, 일어나! 지금 그러고 있을 때가 아니야, 대니!"

대니가 신음을 흘리며 몸을 뒤척였다. 연수가 그를 더욱 격렬하게 흔들었다.

"얼른 일어나!"

"아....... 삼촌, 왜요? 무슨 일이에요?"

대니가 일어나는 것과 동시에 A윙의 스크린에 비친 지평선에서 수많은 점들이 나타났다.

점들은 점점 커지더니, 비행기체의 모습으로 변해갔다. 아래위 쌍발 플라즈마 엔진으로 재빠르게 움직이는 기체들. 기체들의 포문이 열리고 미사일 포신이 드러났다.

포신이 도시를 향해 불을 뿜었다.

대니는 A윙 뒷편 창으로 무너져 내리는 장웨이 브릿지를 보았다. 브릿지의 시내 쪽 축이 조각조각으로 땅을 향해 떨어져 내렸다. 점으로 보이는 시민들이 온갖 방면으로 뛰어가는 모습들이 보였다.

디스카디드의 습격이었다.

6.

연수가 외쳤다.

"대니, 대원들한테 연락해라!"

연수는 손목의 핸디툴로 통신기를 작동시켰다. 그는 신상하이의 위성기지에 정박한 자신의 구축함 전대에 위급 경보를 전송했다. 대니는 정신을 차리고 3연대 대원들에게 통신을 돌리기 시작했다. 방금 깨어난 사람답지 않은 기민함이었다. 연수는 온갖 위급 경보 신호를 사령부와 자신의 전대를 향해 송신했다. 제발 빨리.

"대장, 저기!"

연수는 대니의 외침에 창 한쪽을 보았다. 연수는 이를 갈았다.

"로베스피에르!"

지평선 멀리에 커다란 함선이 모습을 드러냈다. 전투기 편대는 함선의 도크에서 쏟아지고 있었다. 로베스피에르 함이었다.

연수의 통신기가 알람소리와 함께 울렸고, 곧 에이든의 목소리가 들렸다.

"대장. 에이든입니다."

"상황은?"

"현재, 승조원 70%가 탑승했고 달에서 출발 대기 중입니다."

"키록스와 루쉰은?"

"알트라에 있다고 응답이 왔습니다."

"좋아, 에이든. 임시 함장을 맡아서 전대를 이끌고 알트라로 와라. 다른 사령부 방위군은?”

“현재 2성계 외곽 방위군이 기동하고 있는 것으로 압니다. 그렇지만 알트라에 도착할 때까지 최소 30분에서 1시간은 걸릴 듯합니다.”

“그럼 우리가 막고 있어야지. 제기랄. 언제쯤 도착할 수 있나?”

“우리 전대는 20분쯤 걸릴 것 같습니다.”

“좋아, 곧 보자. 조심해라. 로베스피에르는 완전 무장 상태인 듯하다.”

“알겠습니다, 대장. 곧 뵙겠습니다.”

에이든과의 통신이 끊겼다. 대니가 말했다.

“대장. 사령부로 가야 하지 않겠습니까?”

“당연하지, 대니. 지금 이 상태로 놈들과 어떻게 싸우겠어?”

대니가 고개를 끄덕이고는 항로를 사령부로 세팅했다.

그때 해리 카를로스의 통신이 걸려왔다. 연수가 통신기를 다시 켰다. 해리의 홀로그램이 나타났다.

“연수. 지금 일이 벌어졌다.”

“해리? 대니와 나도 지금 보고 있습니다. 지금 바로 사령부로 가겠습니다.”

“거기가 급한 게 아냐. 일단의 병력이 과학연구소로 가고 있다.”

연수는 눈앞이 캄캄해짐을 느꼈다. 해리는 침통하게 내뱉었다.

“당장 그곳으로 가라 연수. 거기에는 ‘정화 함’이 있다. 다른 사령부 병력은 시내에서 벌어진 놈들의 습격 때문에 그곳에 지원할 수 없어. 3연대밖에 없다.”

정화 프로젝트의 기함 정화 함. 그것이 레지스탕스 놈들의 목적이었다.

연수는 황급히 목적지 좌표를 다시 설정하려 했다.

대니가 안절부절못하며 말했다.

“대장. 저는 시내에 가보겠습니다.”

“뭐?”

“시민들을 지켜줄 사람이 필요합니다. 사람들이 무방비입니다. 경찰력으로는 막을 수 없어요. 제가 이곳에서 루쉰과 키록스와 합류하여 시민들을 지키겠습니다.”

연수는 머리 끝까지 화가 치밀었다. 대니가 왜 그러는지 알고 있었고 그래서 더욱 욕설을 퍼붓고 싶었지만 그는 간신히 참아냈다. 그는 ‘이 머저리야’라고 외치는 대신 더없이 침착한 목소리로 말했다.

“네가 왜 그러려는지 안다. 대니. 하지만 그럴 필요 없다. 유리는 안전할 거다.”

대니는 눈을 크게 떴다. 연수는 속으로 혀를 찼다.

“유리 이바노바도 디스카디드다, 대니. 넌 속은 거야.”

대니는 충격을 받았다.

연수는 백발 남자와 유리가 대화를 나누던 모습을 떠올렸다. 그리고 그녀의 허벅지에 새겨진 문양을 생각했다. 디스카디드의 표식, 까마귀.

‘내가 왜 그걸 알아보지 못했을까?’

"우린 과학연구소로 간다. 설명은 가면서 해주마. 키록스와 루쉰에게도 연구소로 오라고 전해라 대니."

로베스피에르 함 육전대 교관이자 대장 카무라는 시내에 나타난 전투기 편대가 지상을 유린하는 것을 만족스러운 표정으로 보았다. 전투기 중 하나가 그의 앞쪽으로 굉음을 내며 내려 앉았다. 카무라는 광자 신호기를 품속에 넣고는 그 모습을 가만히 지켜보았다. 상판 덮개가 열리고 나타난 것은 1편대 리더 메이 양이었다.

"타요, 카무라."

"나를 태워주는 거요?"

메이가 눈썹을 찡그렸다.

"영광인 줄 알아요. 나는 아무나 내 애마에 태우지 않아요."

"그거 정말 영광이외다."

카무라가 너털웃음을 터뜨리며 메이의 뒷좌석으로 뛰어 올랐다. 전투기 상판이 다시 닫히고는 자리에서 이륙했다.

기체가 빠른 속도로 저공 비행을 했다. 메이는 플라즈마 포와 폭격용 유도 폭탄과 미사일을 시내를 향해 쏘았다. 건물이 무너지고 시민들이 비명을 질러댔다.

"작전은 어떻게 되는 거요? 언제까지 이대로 계속할 순 없을 텐데?"

"당연하죠. 우리는 빠르게 치고 빠질 겁니다. 놈들의 편대나 수비군이 나타나면 바로 돌아갈 거예요. 여긴 놈들의 집이고, 정면 충돌은 자살행위예요. 그렇지만 이들한테 빅 크러시가 어땠는지 조금이나마 보여줄 수 있는 게 기쁘군요.”

“조슈아 대장도 어지간히 기뻐하고 있겠군.”

“말이 필요한가요?”

메이와 카무라가 웃었다.

전투기 편대는 시내를 빠른 속도로 가로질렀다. 순식간에 시내가 불바다로 변했다. 메이는 1편대의 반대편에서 나타나는 고속정들을 보았다. 알트라 시내 경찰선 들이었다. 메이는 편대에 명령을 하달했다. 전투기들은 저공으로 산개 비행을 했고, 경찰 고속정들이 우왕좌왕했다. 그리고 그것이 그들의 마지막이었다. 산개한 비행체들이 각각 고속정들을 향해 요격용 미사일을 발사해 대었고 고속정들이 불을 뿜으며 땅으로 떨어져 내렸다.

이 모습을 로베스피에르의 함교에서 지켜 보던 조슈아가 고개를 끄덕였다.

“지금이야.”

과학연구소 상공에서 은폐장을 내뿜으며 대기 중이던 캐시와 침투선들이 이윽고 하향 곡선을 내리며 다가가기 시작했다. 캐시의 목소리가 통신음으로 들려왔다.

“곧 멋진 물건 가지고 갈게, 조슈아.”

“몸조심해, 캐시. 여의치 않으면 바로 돌아오라고.”

“느낌이 좋아, 조슈아. 자긴 걱정이 많아서 탈이라니까.”

"그럴지도."

캐시가 웃음을 터뜨렸다. 침투선들은 한 데 뭉쳐서 바깥쪽부터 원을 그리며 회전하며 속도를 올렸다. 연구소 사방에서 모습을 드러낸 가우스 대공포들이 불을 뿜었다. 그러나 대공포들은 침투선들을 모두 빗나갔다. 디우틴식 전투기체 특유의 회피기동이었다. 캐시는 연합이 이들의 회피기동을 연합이 포착할 수 없을 것이라고 자신했다.

'우리 핏값으로 배우고 얻어낸 기술이다, 버러지들아.'

캐시는 점점 광포해지는 기분을 느꼈다. 그녀는 알 수 없는 종류의 쾌감을 느꼈다.

대공포들이 침투선들의 미사일에 모두 박살났다. 고철 덩어리들이 허공을 비산했다. 침투선들이 몇 차례 플라즈마 포문을 연구시설을 향했다.

구멍이 뚫렸고 점점 커져갔다.

지상에서 아우성을 지르며 안으로 대피하는 연구소 인력들이 보였다.

이윽고 침투선들이 연구소 안뜰로 내려앉았다. 캐시는 침투기체들의 플라즈마 포를 연구소의 벽들을 향해 몇 번 쏠까 생각했지만 생각을 접었다. 어디에 그들의 목적인 웜홀을 장착한 연합의 배가 있을지 알 수 없었다.

캐시는 일단의 대원들과 함께 내렸다. 그 중에는 레드헤드 미야베와 기관사 경수도 있었다. 모두 웜홀 생성기를 장착한 미지의 기함을 탈취하기 위해 편성된 대원들이었다.

미야베가 앞으로 나서 이동식 스캐너 시스템으로 연구소를 스캐닝했다. 잠시 후 그가 연구소 한 켠의 구석 쪽문을 가리켰다.

"이 쪽이 연구소를 가로지르는 최단 루트로 통합니다. 따라오시죠."

캐시가 고개를 끄덕였다. 캐시와 대원들은 모두 마스크를 썼다. 그들은 미야베를 따라 연구소로 진입했다.

연구소에 진입하자 수많은 사람들이 이리저리 달려가는 모습이 보였다. 가운을 입은 연구원들, 경비인력들, 연합군인들이 어지럽게 섞여 뛰고 있었다.

미야베가 말했다.

"여기엔 없고, 이쪽으로 계속 들어가면 다른 구역이 나옵니다. 아무래도 그곳에 놈들의 함선을 모아놓은 듯 합니다. 따라오시죠."

연구소 안 누구도 그들을 신경쓰지 않았다. 열린 연구실들 안쪽으로 어지럽게 쓰러져 있는 플라스크와 종이들이 보였다. 캐시는 대원들과 함께 미야베를 따라 연구실 중앙을 관통하는 통로를 가로지르기 시작했다. 미야베는 통로의 끝에 다른 섹터로 향하는 입구가 있다고 했다.

20분 만에 캐시와 동료들은 연구소의 끝에 도착했다. 그들은 그곳에서 문이 열리지 않아 낑낑거리고 있는 한 사내를 보았다.

“우리 좀 들여보내 주시겠어요?”

남자가 몸을 돌려 캐시를 보았다. 캐시가 싱긋 웃으며 총을 겨눴다.

“죽기 싫으면.”

남자가 두려움에 질린 표정으로 손을 들었다. 캐시가 물었다.

“누구신지?”

“사령부 소속 사이코키네시스 훈련관 마후드 사카모토요.”

“좋아요. 마후드. 훈련관이면 이곳으로 들어가는 권한도 있겠죠?”

마후드는 눈을 끔뻑이며 캐시와 대원들을 둘러보았다. 곧 그는 자신의 처지를 깨달았다. 그가 고개를 끄덕였다.

“있습니다. 그러니 날 죽이지 마시오.”

미야베가 씩 웃었다.

“문이나 여시오, 훈련관.”

마후드는 몸을 돌려 제어 시스템 컴퓨터로 다가갔다. 여러 개의 총구가 그의 등을 겨누고 있었다. 그가 몇 가지를 조작하자 제어시스템이 이상한 소리를 냈다.

“문이 안 열려요. 그래서 내가 지금 애를 먹고 있소. 당신들이 공격했을 때 무언가 망가진 것 같습니다.”

“그럼 당신네 연구소 제어 시스템 소스 코드를 넘기시오. 내가 알아서 할 테니.”

마후드의 눈꼬리가 올라갔다.

“그건!”

미야베가 말없이 총구를 그의 이마에 들이대었다. 마후드는 침을 삼키곤 굴욕적인 표정으로 고개를 끄덕였다.

"알겠소. 소스를 개방하시오."

미야베가 왼쪽 손목에 장착한 다기능 전자제어장치의 소프트웨어를 작동시키고는 소프트웨어 접속 경로를 마후드에게 전송했다. 마후드가 그의 눈치를 보며 코드를 몇 가지 컴퓨터 스크린에 입력했다.

잠시 후, 미야베는 자신의 제어장치에 새로운 소스코드가 다운로드 된 것을 확인하였다.

마후드가 말했다.

"그것만으로는 힘들 거요."

"아니, 난 이것만으로 문을 열 수 있소. 당신과 달리."

미야베가 마후드의 다리에 총을 갈겼다. 마후드가 비명을 지르며 무너졌다. 미야베가 웃었다.

"약속대로 죽이진 않았소. 하지만 여기서 죽을지 말지는 당신 운이 결정하는 거요."

그가 연구소 소스 코드 몇 가지를 변형시켰다. 곧 그가 시스템의 결함을 찾아냈다. 연구소의 섹터 간 출입구는 대공포가 한 대라도 파괴되면 작동이 되지 않도록 프로그래밍 되어 있었다. 미야베는 그 부분의 명령어를 수정한 다음 문을 개방시켰다.

육중한 철문이 위로 올라갔다. 캐시가 미야베를 치하했다.

"잘했어요, 미야베. 그럼 들어가 볼까요?"

캐시와 동료들은 안에 들어서자마자 자신들을 향해 다가오는 경비 드로이드들을 발견했다. 캐시가 외쳤다.

"산개해서 숨어요!"

미끄러지듯 다가온 경비 드로이드들이 기관 총구를 개방했다. 캐시는 주변 통로 우측 벽 뒷편에 몸을 숨겼다. 주위를 둘러보니 대원들도 비슷한 모습이었다. 그러나 몇 명은 미처 몸을 숨기지 못했고, 드로이드들의 기관총이 그들을 표적으로 삼았다. 투다다다 하는 소리와 함께 대원들이 쓰러졌다. 피보라가 피어오르며 비명소리가 숨은 이들의 귀를 어지럽혔다. 캐시는 기관사 경수가 몸을 숨긴 벽면이 드로이드들의 공격에 깎여나가는 걸 보았다. 경수는 겁에 질린 표정이었다.

"미야베! 저 드로이드들을 해킹해요!"

그러나 미야베 역시 끊임없이 쏟아지는 총탄에 고개를 들지 못하고 있었다. 캐시가 이를 악물었다.

"해킹하는 데 시간이 얼마나 필요하죠?"

"적어도 3분!"

3분이라……. 캐시의 입안이 깔깔해졌다. 그녀 역시 해킹을 시도할 수 있었지만 미야베보다 빠르게 해낼 자신이 없었다. 캐시는 다른 대원들이 숨은 방향을 보았다. 그쪽엔 드로이드가 두 대, 캐시 쪽엔 한 대였다. 그나마 여유가 있는 쪽은 캐시였다.

캐시는 결심했다.

그녀는 자리에서 몸을 일으켜 EMP 탄을 드로이드들의 중앙을 향해 쏘았다. 캐시의 귀 옆으로 총탄이 스쳐 지나가는 게 느껴졌다. 소름끼치는 순간이었다.

EMP 장이 전개되며 어지러운 전자기장 무늬들을 그려냈다. 캐시 편 드로이드 한 대가 기계음을 내며 무너져 내렸다. 그러나 반대편 나머지 두 대는 EMP 탄이 바닥으로 떨어지는 순간 기관총으로 쏴버렸다. EMP 탄이 무용지물이 되어버렸다.

드로이드들의 렌즈가 캐시를 주시했다. 캐시는 침을 삼켰다.

“헤이, 깡통 친구들. 날 기다렸지?”

캐시는 소총을 드로이드들의 몸통을 조준하고 쏘았다. 총탄이 드로이드들을 맞고 튕겨 나갔다.

드로이드들의 상반신이 캐시를 향해 돌아섰다. 캐시는 도망갈 순간임을 알아차렸다. 드로이드들의 기관총이 불을 뿜었다. 캐시는 공중으로 도약했다. 아크로바틱한 곡선을 그리며 땅으로 착지하며 드로이드들의 사격을 피했지만 왼쪽 팔이 무거워졌음을 알았다. 총탄이 팔목을 스친 곳에서 피가 흘러나오고 있었다. 캐시가 신음소리를 내며 달리기 시작했다. 드로이드들이 미끄러지는 움직임으로 캐시를 쫓았다.

그러한 움직임이 몇 차례 이어졌다. 캐시는 달렸고 드로이드들은 쫓아왔다. 무수히 쏟아지는 총탄을 피해가던 캐시는 점점 숨이 가빠옴을 느꼈다. 어느 순간 그녀는 자신이 막다른 골목에 다다랐음을 알았다. 고개를 돌리자 그녀를 따라잡은 드로이드들의 총구가 그녀를 겨냥했다. 놈들은 캐시를 죽이고 남은 대원들을 죽이러 갈 것이다. 캐시는 아무 저항도 할 수 없었다.

다음 순간, 드로이드 두 대가 서로를 향해 총구를 향하고 발사했다. 드로이드들의 몸이 허물어졌다. 그러나 그것들은 그 와중에도 서로를 향한 뜬금없는 분노를 멈추지 않고 총탄을 갈겨댔다.

한쪽이 허물어지면서 기능이 정지했고, 나머지 한 대는 지직거리는 소리를 내며 무너져 내렸다. 캐시는 뒷편에서 다가오는 미야베와 다른 대원들을 보면서 웃을 수 있었다. 미야베가 한숨을 쉬었다.

"위험했어요 캐시."

캐시가 몸을 일으켰다. 미야베가 손을 내밀었다.

"움직일 수 있겠어요?"

"그럼요. 그런데 아파서 좀 빨리 움직여야 할 거 같아요, 미야베."

미야베가 캐시가 입은 총상을 확인하고는 걱정스러움에 눈살을 찌푸렸다. 그때 경수가 달려와 그녀의 뒷편을 뚫어지게 쳐다보았다.

"걱정마요. 많이 안 움직여도 될 거 같으니까."

대원들이 모두 경수를 보았다. 경수가 앞을 가리켰다.

"여기 앞에 격납고가 있는 것 같소. 바로 이곳이오."

연구소에 도착한 연수와 대니는 파괴된 대공포와 입구 철문을 보았다. 그는 곧 안뜰에서 미리 와 기다리고 있던 키록스와 루쉰을 만났다. 키록스가 보호 장구와 팬텀 소총을 연수와 대니에게 각각 한 자루씩 주었다. 키록스는 고글을 장착했다. 장구를 착용하고 소총을 쥔 연수가 말했다.

"돌입한다."

연수와 3연대 대원들은 빠르게 섹터 A를 지나쳤다. 엉망이 된 연구소 내부를 보며 대니가 분노했다.

"반드시. 죽여버리겠어."

그들은 섹터 B를 향하는 입구에 쓰러져있는 남자를 보았다. 대니는 그가 마후드 훈련관임을 알아보았다.

"훈련관님!"

마후드는 자신에게 다가온 대니를 보며 처연하게 웃었다.

"오늘 참 일진 사나운 날이죠, 대니? 오후에 나갈 때만 해도 이렇게 볼썽사나운 꼴은 아니었는데 말입니다."

대니는 그의 하반신에 생긴 상처를 보았다.

"아무 말 하지 마십시오. 제가 의무대를 호출하겠습니다."

훈련관이 고개를 저었다.

"이 난리통에 의무대요? 다들 도망쳤습니다. 미적거리다간 놈들을 놓칠 겁니다. 어서 가서 놈들을 막으십시오 대니. 중령님. 제 말 이해하시죠?"

연수는 침통한 표정으로 고개를 끄덕였다. 훈련관의 숨소리가 거칠어졌다.

"죄송합니다. 놈들을 막았어야 했지만……. 결국 문을 열어주고 말았습니다."

마후드는 숨을 거두었다. 연수는 침통한 표정의 대니의 어깨를 잡았다.

"가자 대니."

그가 대니를 일으켰다.

"놈들을 조져버리자."

레이더가 대기권에서 일어난 어떠한 불온한 움직임을 감지하였다. 알트라의 대기가 옅은 진동과 함께 약동하고 있었다. 마치 비가 오기 직전처럼. 그러나 그것은 비구름이 아니었다. 구름을 뚫고 금속으로 이루어진 거체들이 모습을 드러내기 시작했다. 레이더상 움직임들이 여러 점으로 바뀌었다. 알파, 델타, 브라보, 찰리, 기타 등등. 성계 방위군이었다.

메이는 하늘을 가득 메운 연합군의 함선들을 보았다. 그의 뒷편에서 카무라가 속삭였다.

"놈들이 나타났소."

메이는 로베스피에르의 함교를 향해 통신을 보냈다.

"외곽 방위군이 나타났습니다."

조슈아도 그 모습을 보고 있었다. 그러나 아직 캐시의 팀으로부터 어떠한 연락도 받지 못한 터였다. 그는 고민했다.

"1편대 리더. 놈들의 규모가 상당한 것 같다. 낭패로군. 우린 시간이 더 필요하다."

조슈아가 잠시 말을 멈췄다가 입을 열었다.

"시간을 좀 더 벌어줄 수 있겠나?"

메이는 침묵했다. 카무라는 그녀가 긴장하고 있음을 알았다. 동시에 그런 그녀를 보는 건 처음이라는 사실을 떠올렸다.

메이가 답했다.

"그러겠습니다. 사령관님."

조슈아는 한숨을 쉬었다.

"미안하다 리더. 2편대도 같이 출격해서 지원하겠다. 조금만 더 시간을 벌어주게. 곧 퇴각 명령을 내릴 테니."

메이는 자신의 유언장이 어디에 있는지를 생각했다. 언제부터인가 불길한 미신처럼 여겨져 유언장을 쓰지 않은 그녀였다. 그리고 그 순간 후회했다. 지금처럼 유언장을 써둘 걸 하는 생각이 절실했던 순간이 없었다.

하늘에서 연합의 방위군이 쏟아졌다. 다섯 개의 강습함과 순양함이 선봉에 섰다. 에이든이 이끄는 연수의 사냥개 전대였다. 그는 성계 방위군과 함께 합류하여 일거에 디스카디드를 박멸할 생각이었다.

격납고에는 우주 비행이 가능한 여럿 함선들이 늘어서 있었다. 캐시와 디스카디드 대원들은 격납고의 크기가 생각보다 방대함을 알고 감탄했다. 도크에 있는 배들은 10여 척이었고 대부분 순양함 크기의 중규모 이상의 최신예 함선이었다. 이러한 함선들이 웜홀 항법 기술을 장착하고 로베스피에르를 쫓는다고 생각한 순간, 캐시는 크나큰 두려움을 느꼈다.

　도크의 중앙에 함선들 중 가장 거대한 함선이 있었다. 다른 순양함보다 몸체가 두 배는 큰 기체의 말끔한 특수 합금 소재가 온갖 빛들을 반사하고 있었다.

　경수가 앞으로 나서 함선 몸체에 새겨진 글을 읽었다.

　"정화? 이름이 정화 함인 듯 하군."

　"정화? 정화라면 지구에서 원양 함대를 최초로 몰고 다녔다는 그 정화?"

　미야베의 믿을 수 없어 하는 목소리에 캐시는 깨달았다. 원인류 모성의 역사서 한 귀퉁이에서 읽은 기억이 났다. 캐시는 정화 함이 초광속 외우주 탐사 프로젝트의 기함이라는 것을 알았다.

　"이 녀석이 바로 그 배였군."

　칼 료마가 손에 넣기를 고대했던 배.

　캐시를 비롯한 수많은 광산 조합의 난민들의 희생으로 탄생한 배.

　캐시는 다크 존에 쓸쓸히 버려진 고철 덩어리들과 배들의 무덤을 보았다.

　그녀는 어둠 속에서 유나를 끌어안고 울었다. 유나의 작은 몸이 죽음을 직감한 듯 바르르 떨리고 있었다. 가스 폭풍 속에 들어간 함선이 요동치며 부서져 내렸다. 삶의 끝이 마침내 허무와 죽음의 다크 존으로 그를 이끌었다.

　신이여. 이 쓸쓸하고 어두운 죽음이 정녕 저와 제 아이의 끝이란 말입니까?

그 진득한 죽음의 구름이 탄생시킨 배. 캐시는 배가 살아 움직이며 그녀에게 말을 거는 음성을 들었다.

'내게 네 피와 살을 바치고, 나를 부활시켜라.'

"캐시. 조슈아 대장에게 연락해야 합니다."

캐시는 퍼뜩 정신을 차렸다. 미야베가 그녀를 바라보고 있었고, 다른 대원들이 함선 진입을 준비하고 있었다. 그녀는 고개를 끄덕이고는 통신 장비를 켰다. 그러면서도 그녀는 두려운 표정으로 함선의 육중한 몸체를 곁눈질했다.

'조슈아. 우리는 괴물을 발견했어.'

"멈춰라."

연수와 3연대 대원들이 그들의 뒷편에서 나타났다.

연수와 루쉰, 대니가 그들을 조준했다. 디스카디드 대원들도 재빠르게 총을 들어올렸다.

잠시 동안 그렇게 그들은 대치했다.

연수가 침묵을 깼다.

"허튼 짓 하지마. 네놈들은 이미 끝났어. 자동 저격 장치가 너희들 모두를 사정권에 놓고 있으니까."

디스카디드 대원들은 깨달았다. 어디선가 날아온 빨간 레이저 포인트가 자신들의 이마를 쏘고 있음을.

도크 상단의 연구실로 통하는 문 뒷편에 숨어 있던 키록스가 씩 웃었다. 그의 외눈 고글은 캐시를 향하고 있었다. 그는 연수의 명령이 들리면 바로 방아쇠를 당길 요량이었다.

"저항하지 말고 총을 내려놔라. 조금이라도 이상한 짓을 하면 다 죽는 거다. 화이트 레이븐. 네 부하들한테 얼른 총을 내려놓으라고 얘기해.”

연수가 씩 웃었다.

“그 유명한 화이트 레이븐을 드디어 이렇게 잡는군.”

승리감에 도취된 웃음이었다. 연수는 동시에 안도감을 느꼈다.

“연수?”

안도감을 더 느낄 새도 없이 연수는 당황했다. 이 상황에서 자신의 이름을 부를 이가 대원 중에는 없었기 때문이다.

“당신 혹시 장연수인가?”

당황스러운 수준이 아니었다. 그의 옛 이름을 부른 이가 누군지 찾은 연수는 경악했다. 화이트 레이븐이었다.

“장연수.”

캐시가 하얀 복면을 내렸다.

연수는 숨이 쉬어지지 않았다.

“캐시... 아이스? 캐시 당신이야?”

7.

캐시는 믿을 수가 없었다.

그 남자가 자신을 바라보고 있었다. 그녀의 첫번째 전부. 지옥이 펼쳐진 그 날 잃어버린 남자. 유나의 아빠. 그녀의 청년기를 가득 채웠던 남자. 부서져가는 함선 안에서 유나와 끌어안고 계속해서 이름을 불렀던 그 남자.

연수는 믿을 수가 없었다.

그는 죽었다고 생각한 부인이 자신을 그렇게 쳐다보고 있는 상황이 도저히 어떤 의미인지 짐작조차 할 수 없었다. 맙소사. 이건 대체 무슨 지독한 꿈이지? 그의 아내였던 캐시 아이스가 디스카디드의 빌어먹을 잡것들과 함께 하고 있었다.

그녀가 바로 화이트 레이븐이었다.

빅 크러시 당시 잃어버린 그 자신의 일부.

연수는 기절할 것만 같았다. 신이 질 나쁜 장난질을 쳐대고 있는 기분이었다.

내가 당신을 얼마나 애타게 찾았는지 알아?

연수의 입에서 억눌린 듯한 목소리가 흘러나왔다.

"왜 당신이... 여기에 있는 거지?"

"그러는 당신은......? 나는 당신이 죽은 줄로 알았는데?"

미친 신이여. 당신은 이 장면을 보고 웃고 있겠지? 그 놈에게는 정말 희극적인 광경일 것이다.

연수는 전혀 우습지가 않았다.

"도대체 왜!"

캐시가 몸을 덜덜 떨었다. 그녀의 눈에 눈물이 가득 고였다. 어떤 말도 할 수가 없었다.

"왜 날 찾지 않았지? 내가 당신을 그토록 찾았는데?"

"캐시 난!"

연수는 온갖 말을 외치고 싶었지만 동시에 아무 말도 할 수가 없었다. 어떤 말이 쏟아져 나올지 알 수 없었기 때문이다. 20년이 넘도록 당신을 찾았다고. 잠에 들면 항상 그날의 악몽을 꾸었다고. 당신 없이 살아온 인생이 얼마나 비참했는지 아무도 모를 거라고. 당신이 사라지고 내 인생은 속 빈 쭉정이였다고.

그녀가 인생에서 사라진 20년 동안 단 하루도 그녀를 잃어버린 걸 후회하지 않은 날이 없다고 말이다.

연수는 선 채로 악몽을 꾸었다. 하늘에서 비행체들이 지상을 향해 쏟아져 내려왔고, 건물이 무너졌고 사람들이 죽어갔다. 이터들이 사람들을 사냥해댔다. 질펀한 피와 시체와 살이 타들어가는 냄새와 포성, 그는 어느 순간 같이 도망치던 캐시가 사라진 것을 본다. 그녀를 찾았으나, 더 이상 그녀가 보이지 않았고 뒷편으로 이터들이 접근한다. 캐시 캐시 캐시 캐시.

어느 따사로운 가을 오후의 한 방갈로 안이였다. 신혼 여행이었을까? 그가 잠에서 깼을 때 캐시가 내려다보고 있었다. 캐시의 웃는 얼굴이 보인다. 그녀의 웃음은 언제나 기분이 좋다. 그녀가 소리없이 입술 모양으로 말했다.

'아이를 가지자.'

　연수가 웃는다. 그가 그녀를 끌어안고 몸 내음을 맡는다. 그녀의 체취가 코 안으로 들어와 그의 후각세포 하나하나에 알알이 박힌다
　캐시 캐시 캐시 캐시 캐시.
　그의 인생보다 소중했던 여자가 그를 보며 울고 있었다.

　각자 서로 대치하고 있던 양측 대원들도 그 상황에 모두 당황했다. 캐시와 연수는 말 없이 서로를 바라보고 있었다. 대니는 그 장면을 바라보며 경악했다.
　‘믿을 수 없어.’
　화이트 레이븐이 지금껏 삼촌 연수가 그에게 말해준 그 여자였다. 그 인생의 단 한명의 여자. 대니는 이 상황을 어떻게 타개해야 할 지 알 수 없었다. 제기랄, 이런 전개를 누가 그린 거야? 이런 변태 같은 상황이라니. 그 순간 대니는 화이트 레이븐이 연수보다 훨씬 젊어보인다는 사실을 깨달았다. 그는 당황스러운 상황에서도 의아함을 느꼈다. 그가 알기로 빅 크러시 당시 연수는 23살이었고, 그의 아내였던 여자는 그보다 연상이었다고 했다. 이게 어떻게 된 일이지?
　캐시의 통신장치가 시끄럽게 울렸다. 조슈아였다.
　“캐시. 조금 더 서둘러줄 수 있을까? 지금 외곽 방위군이 나타났어. 메이 양과 우리 편대원들이 막고는 있지만 버거워. 이대로는 전멸할 거야.”

캐시는 정신을 차렸다. 그녀가 말했다.

"난 가야 돼."

"어딜?"

캐시가 격하게 고개를 저었다.

"가야 돼. 우린 가야 돼 연수. 우릴 보내줘."

캐시의 뒷편에서 대치하고 있던 미야베가 몰래 움직였다.

총성이 울렸다.

미야베가 외마디 비명과 함께 팔을 감싸쥐며 고꾸라졌다.

연수가 외쳤다.

"사격 중지! 제기랄, 키록스! 쏘지 마!"

캐시가 미야베 쪽을 돌아보지도 않고 눈을 부릅뜨고 연수를 보았다.

"당신, 연합의 개가 됐군."

"캐시. 지금 당신이 무슨 짓을 하고 있는지 알아? 연합은 우릴 구해줬어. 이터들에게 유린당한 조합 주민들을 돕고 놈들을 몰아낸 게 바로 연합이라고."

캐시가 소리 높여 웃었다. 연수는 흠칫 했지만 그녀를 제지하지 않았다. 그녀는 실성한 사람처럼 웃어대더니 눈물을 닦았다.

"그래, 그렇게 얘기해, 놈들이? 자신들이 멸망당할 뻔한 광산조합을 구했다고? 그것 참 재미있네."

연수는 아무 말도 하지 않았다.

"병욱 함장이 얘기하지 않았어, 연수? 당신과 얘길 나눈 걸로 아는데? 반대야. 이터들이 광산조합을 공격한 건 바로 연합의 짓이야.”

“말도 안 되는 소리 마 캐시. 어떻게 연합이 외계인들을 마음대로 움직여? 그들이 우리 명령을 받고 움직인다는 건 개소리야.”

연수는 입술을 깨물었다.

“총을 버려, 캐시. 당신들을 죽이고 싶지 않아.”

“당신이 날 쏠 수 있을까?”

연수는 입을 다물었다. 그는 고집스럽게 그녀를 보았다. 캐시는 그 표정을 알고 있었다.

‘제발 연수.’

연수가 고집을 피우면 막기 어렵다는 걸 캐시는 잘 알고 있었다.

“어떻게든 당신을 빼줄게. 하지만 당장은 총을 버려.”

“그럴 수 없어.”

“그래야 돼.”

“그럼 난 죽을 거야. 연합 놈들이 나와 동료들을 죽일 거야.”

“그렇지 않아. 난 연줄이 있어 캐시. 내가 도와주겠어.”

캐시가 입술을 깨물고 소총을 들어 연수를 겨눴다.

연수는 억장이 무너지는 기분이었다.

“캐시 제발.”

“그거 알아, 연수?”

캐시가 일그러진 얼굴로 웃었다. 그녀의 한쪽 볼에 눈물 자국이 보였다.

"난 여기서 죽어도 상관없어. 왜냐면 10년 전 그 때 이미 한 번 죽었거든. 죽는다면, 어차피 죽을 거 차라리 당신 손에 죽고 싶어. 그러니 선택해. 날 쏘든지, 우릴 보내주든지."

10년이라고?

연수는 덜덜 떨면서 생각했다. 뒷편에서 총을 겨눈 대니가 연수에게 속삭였다.

"대장. 명령만 내리신다면 염동력으로 저자들을 제압하겠습니다."

"뭐?"

"희생 없이 저자들을 사로잡을 수 있는 유일한 방법입니다."

"저렇게 많은 자들을 한꺼번에 제압한다고? 그러고도 폭주하지 않을 자신 있어?"

대니는 대답하지 않았다. 연수는 그가 확신하지 못하고 있음을 알았다.

연수는 찰나의 순간이라고 믿기지 않을 만큼 고뇌했다.

어쩌지. 어쩌지. 어쩌지.

캐시를 제외한 모든 이들을 저격하고 캐시를 잡는다면? 해리에게 그녀만 살려달라고 할까?

연수는 결심하고 키록스에게 통신을 조심스레 걸었다.

"신호하면 화이트 레이븐을 제외한 전원을 죽여라, 키록스."

캐시는 연수의 표정을 보고 그 생각을 읽었다. 소름이 끼쳤다.

캐시가 비명을 질렀다.

"연수 안 돼!"

연수가 신호했다. "쏴라, 키록스!"

격벽이 뚫리고 거대한 함선이 도크 격납고로 밀고 들어왔다.

격납고가 굉음을 내며 미친 듯이 흔들렸다. 벽의 일부가 순양함들로 쏟아져 내려 순양함의 몸체를 훼손시켰다. 연수가 본 것은 함선의 선수였다. 그러한 자각도 잠시였고 연수와 대원들은 그 충격에 튕겨나 허공을 날았다.

떨어진 연수는 머리에서 따뜻한 물질이 흘러내리는 걸 알았다. 그의 피였다. 그의 흐릿한 시야에 대원들이 들어왔다. 루쉰은 보이지 않았고, 대니는 정신을 잃은 듯이 사지를 아무렇게나 팽개치고 있었다. 함선에서 여러 사람들이 내렸다. 그 중 선두에 있던 흑인 사내가 소리를 쳤다.

"여긴 우리가 맡을 테니 얼른 로베스피에르로 돌아가시오!"

캐시와 디스카디드들이 움직이는 모습이 보였다. 캐시가 잠시 고개를 돌려 그를 보며 무어라 말했다. 입모양만으로 알기 힘들었다.

대체… 뭐라는 거야?

그는 정신을 잃었다.

"칼이 지지자들과 함께 들이닥쳤습니다. 우리는 그가 타고 온 함선을 타고 로베스피에르로 돌아가고 있습니다."

미야베의 통신 소리가 들려왔고 조슈아가 기쁨의 소리를 질렀다. 함교에서 대기 중이던 작전장교들도 서로를 얼싸안았다.

조슈아는 침착하려 애쓰며 말했다.

"수고했네, 미야베. 귀함까지 얼마쯤 걸릴성 싶은가?"

"10분 정도면 될 것 같습니다."

"알겠네."

조슈아가 고개를 끄덕이고 작전장교를 통해 명령을 내렸다.

"1편대, 2편대 모두 모선으로 최단 시간 내에 귀함한다."

메이는 조슈아의 명을 듣고 지체없이 전투기 편대에 명을 내렸다.

"알파 편대 모두 귀함! 브라보 편대도 귀함하시오."

"라져."

알트라 시내를 어지럽게 날아다니던 편대들이 기수를 돌렸다.

리틀 보이의 함교에서 에이든이 외쳤다.

"전속 기동! 다 격추시켜라!"

리틀보이를 비롯한 성계 방위군이 함포를 개방하고 전투기들을 향해 쏘아댔다. 로베스피에르의 전투기 편대는 절반 정도가 격추된 상태였다.

그때 작전장교가 조슈아에게 보고했다.

"일단의 고속정 부대가 사령부 쪽에서 연구소로 움직이고 있습니다. 고속정들의 후미에는 대형 순양함들이 따르는 것으로 파악되었습니다. 무한급(級) 전함도 있는 것으로 파악되었습니다."

"무한급이라면, 방위사령부의 기함일 확률이 높지 않은가?"

"정체는 파악하지 못했습니다만 그럴 확률도 있습니다."

조슈아는 고민에 빠졌다. 작전장교가 보고한 편대의 규모를 스크린으로 파악한 조슈아는 칼 료마와 그의 지지자들이 막을 수 없을 정도의 규모임을 알아차렸다. 그러나 칼을 도우러 갈 수는 없었다. 로베스피에르도 적함과 교전 중이었기 때문이다. 수많은 가우스 레일 함포가 로베스피에르를 향해 불을 뿜었고 로베스피에르는 빠르게 움직이며 플라즈마 포로 적함을 격추시켰다. 그러나 적의 수가 많았고, 로베스피에르도 선체에 많은 데미지를 입어가고 있었다. 아직 전투기 편대와 캐시의 별동대가 나타나지 않았다.

"적의 전함에서 통신이 걸려왔습니다. 사령관님."

통신장교가 조슈아에게 보고했다.

"연결해."

조슈아가 말했다.

"조슈아 권. 나는 해리 카를로스 상장(上將)이다."

조슈아는 그 이름을 알고 있었다.

"연합군 방위사령부 사령관?"

"그렇다. 그토록 그대를 원했는데 이렇게 마주하게 되는군. 당신은 연합 정부와 총통 각하의 의지를 너무도 안일하게 평가한 것이 틀림없어, 안 그런가? 오늘 이렇게 무도한 일을 저지른 것을 후회하게 해주지. 너희 버려진 들개 새끼들이 더 이상 짖지 못하도록 모조리 이빨을 박살내 주겠다."

조슈아가 빈정거렸다.

"오, 그래? 무섭군. 어떻게 하려고?"

"그대들에게 확실한 죽음을 선물할 생각이다."

무전이 끊어졌다.

조슈아는 연구소로 향하고 있는 것이 해리 카를로스임을 알았다. 승산이 없었다.

조슈아는 결단을 내렸다.

"화이트 레이븐 팀과 편대가 귀환하는 대로 성계를 빠져나간다."

작전 장교는 놀란 표정을 지었지만 곧 고개를 끄덕였다.

"알겠습니다."

조슈아는 작은 구형 상선 하나가 로베스피에르로 향하는 것을 보았다. 캐시였다.

로베스피에르의 도크가 차츰 개방되었다. 캐시는 그 모습을 감격에 차 바라보았다.

캐시의 함선이 로베스피에르의 도크로 들어왔다.

잠시 후 전투기 편대들이 시야에 나타났다.

그 뒤를 연합의 순양함들이 뒤쫓고 있었다.

조슈아는 이를 갈며 외쳤다.

"플라즈마 포 충전! 각 병기사들은 레일 함포가 충전되는 대로 적 기체를 향해 발사!"

함교 내 병기사들이 바쁘게 움직이며 로베스피에르에 장착된 모든 함포들을 예열했다. 신상하이의 어느 때와 다름없는 오후가 주홍 빛 저녁 노을 빛을 머금고 물들어가고 있었다. 조슈아는 아이러니한 아름다움에 슬픔을 느끼며 외쳤다.

"함포 발사!"

수많은 가우스 레일 포와 플라즈마 포가 노을을 찢고 연합군 함선들을 향해 날아갔다. 연합군 함대도 일제사격을 실시했다. 다음 순간 조슈아는 무언가 잘못되었음을 느꼈다.

캐시는 하선하자마자 함교를 향해 달렸다. 배가 기우뚱거리고 있었다. 대원들도 비틀거리며 그녀를 따랐다. 캐시가 외쳤다.

"각자 위치로 붙어요!"

대원들이 그녀의 말대로 각자의 위치를 찾아갔다. 미야베는 통신실로, 경수는 선내 기관실로 향했다. 다른 대원들도 자신들이 함선에서 맡은 룰에 따라 임무 배치에 들어갔다.

캐시는 함교에 도착해서 낙담하고 있는 조슈아를 보았다.

"조슈아! 함선이 흔들리고 있어요. 무슨 일이죠?"

조슈아가 대답하기도 전에 기관실 통신이 들어왔다.

"우현 메인 엔진과 패스파인딩 모듈에 불이 붙었습니다!"

조슈아가 신음을 내뱉었다.

"망할!"

패스파인딩 모듈, 로베스피에르 함의 웜홀 생성기. 웜홀 생성기에 문제가 생긴 이상 초광속 도약으로 성계를 빠져나가는 건 불가능해진 상태였다. 조슈아가 기관장에게 전속으로 신상 하이를 벗어날 것을 명했다.

로베스피에르 함이 육중한 몸을 대기권을 향해 움직이기 시작했다. 에이든은 그 모습을 보며 승리를 직감했다.

“놈들이 달아난다. 돌진!”

연합의 강습함선들이 로베스피에르 함을 향해 돌진했다.

불붙은 엔진과 함께 날아오르는 로베스피에르 함과 전투기 편대, 꽁무니를 쫓는 함선들은 마치 하이에나와 사냥감 같았다.

급격한 움직임에 함교 내 몸을 가누지 못한 통제인력과 승조원들이 비명을 질러댔다. 조슈아는 망연자실한 얼굴로 캐시를 보았다. 그는 낭만적인 색조를 드리우는 저녁 노을과 함께 그 어느 때보다도 죽음이 가까이 다가왔음을 느꼈다. 조슈아는 지연의 웃는 얼굴을 보았다.

‘이렇게 빨리 재회할 거라 생각한 적 없는데.’

조슈아는 이상한 장면을 보았다.

빛과 함께 대기가 일그러졌다. 잠시 후 알트라의 저녁 노을 빛이 가득한 대기를 찢고 미지의 타원형 함선이 나타났다. 마치 그 자리에 원래부터 있었다는 듯이.

디우틴 성계 방위군 부단장인 히프케라노스는 기시감을 느꼈다. 인류의 성계에 온 것은 이번이 두 번째였다.

‘이곳 시간으로 20년 전에도 이랬지.’

그는 불붙은 로베스피에르 함을 보았다.

‘그대 종족은 정말 그대가 얘기해주었던 부나비 같군, 조슈아.’

히프케라노스는 로베스피에르에 통신을 걸었다. 잠시 후 조슈아의 홀로그램이 나타났다.

조슈아는 믿을 수 없다는 듯이 말했다.

“히프?”

디우틴. 로베스피에르 함선을 제공하고 개조를 도운, 연합에는 이터로 알려진 외계종족.

“친구여. 위험에 처해 있는 것 같군.”

“어떻게 여길? 디우틴은 인간의 일에 간섭하지 않기로 한 것 아닌가?”

히프케라노스는 고개를 좌우로 흔들었다.

“평의회에서 디우틴의 기술이 인간의 성계 내 분쟁에 개입된 것을 알아차렸네. 자네들을 우리 성계로 소환하라더군.”

“뭐?”

“저항하지 말게 친구여. 자네들은 나를 따라야 하네.”

조슈아는 함교에서 상황을 알아차렸다. 디우틴 인들이 자신들을 데려가려고 나타난 것이다.

조슈아는 안도했다. 차라리 여기에서 개죽음을 당하느니, 그 편이 나을 것이다.

히프케라노스의 파란 눈이 빛났다. 그도 조슈아의 뜻을 알아차렸다.

에이든은 새로이 나타난 함선을 보고 경악했다. 영상 자료로만 보던 이터들의 함선이었던 탓이다. 이윽고 이터들의 함선이 푸른 빛을 내뿜었다. 곧 그 빛은 폭발해 버렸다. 에이든은 미지의 빛이 빅 크러시 때 나타난 빛과 동일하단 사실을 깨달았다.

‘이건 설마? 아냐, 그럴 리 없어.’

빛이 사라지고 난 뒤 에이든은 로베스피에르함과 전투기 편대, 몇 대의 연합군 함선이 사라진 것을 보았다. 흔적도 없이. 그의 눈에 보인 것은 단지 노을이 뿌리는 주홍 빛에 함뿍 물든 색조들이었다.

에이든은 공포감을 느꼈다. 그는 손을 덜덜 떨면서 함선들에게 귀환 신호를 보냈다.

디스카디드의 알트라 습격 사태는 막을 내렸다.

8.

　3일 후 깨어난 연수는, 해리 카를로스가 칼 료마와 뿌리복고
파 무리를 붙잡았음을 알았다. 또한 머리가 깨질 듯이 아픈 것
도 알았다. 그의 머리에 붕대가 감겨 있었다. 의사들은 그가 뇌
진탕을 일으켰으니, 무리해선 안된다고 말했다.
　연수는 칼 료마를 찾아갔다.
　칼은 연합의 중대 범죄인 특수 수용소 안에서 구속복이 입
혀진 채 수감되어 있었다. 취조실로 안내된 칼은 연수를 보자
웃었다.
　"안녕하시오, 연수 카를로스 중령. 칼 료마요."
　칼이 빙글빙글 웃었다. 연수가 고개를 갸웃했다.
　"왜 웃지?"
　"당신이 카를로스라는 이름을 쓰고 있는 게 우스워서. 본명
은 장연수 아니오? 화이트레이븐과 그렇게 대화하는 걸 들었
는데?"
　연수는 멍한 표정을 지었다. 그는 칼의 몰골을 보았다. 3일
이었지만 벌써 한 번 취조를 당한 듯했다. 피가 그의 뺨에 엉겨
붙어 있었고 침이 굳은 흔적이 보였다. 해리는 일처리가 매우
재빠른 사내였다.
　연수가 말했다.
　"물어볼 것이 있어."
　"무엇이오?"

"당신은 선지자 칼 료마잖아. 지구로 돌아가야 한다고 말하는. 정화 함의 존재를 알고 있었나? 당신과 손잡은 디스카디드 놈들이 함선의 존재를 알고 있었어."

"알고 있었소."

"어떻게?"

칼은 쓴 미소를 지었다.

"그 물건은 광산조합 것이오, 중령. 본디 연합의 것이 아니거든. 예전에 본 적 있소. 20년 전 빅 크러시 때."

연수는 도저히 그의 말을 이해하기 힘들었다. 칼은 그의 기색을 눈치채곤 재미있다는 듯이 웃었다.

"당신 조합 출신이지요 중령? 빅 크러시를 봤소?"

"직접 당했지."

"그런 것 같았소. 당신들의 얘기를 도청했는데, 화이트 레이븐의 남편이었다고 하더군. 캐시 아이스 말이오."

칼이 진지한 표정을 지었다.

"그녀에게 딸이 있는 것을 알고 있소?"

누군가 명치를 세게 가격한 느낌이었다.

"뭐?"

칼이 고개를 끄덕였다.

"그럼 그렇지. 그런 것 같았소. 그녀에겐 열 살 남짓한 딸이 있소. 유나라고 하는 것 같더군. 그러나 아이의 아버지가 조슈아 권은 아니오."

"그 아이가 내 딸이란 말인가?"

"난 그렇게 얘기하진 않았지만, 캐시는 그렇게 믿고 있더군."

비로소 연수는 캐시가 그를 향해 마지막으로 던진 말이 무슨 말인지 알았다.

당신에게 딸이 있어.

우리 딸.

연수는 몸이 떨리는 것을 느꼈다.

"열 살…이라고? 어떻게 나이가 그것밖에 안되지? 만약 정말 내 딸이라면 스무 살은 되어야 할 텐데?"

칼이 딱하다는 듯이 그를 보았다. 그는 기침을 하고는 말했다.

"물 좀 주시오. 아무래도 목을 좀 축여야겠소."

연수는 잠시 생각하다가 물을 가져오도록 했다. 감시인이 물을 가져왔고, 칼은 접시에 입을 대고 물을 벌컥벌컥 들이켰다.

갈증을 푼 칼이 말했다.

"캐시 아이스는 여러 차례 연합의 외우주 탐사 프로젝트에 참여했소. 쑥대밭이 된 행성 한에서 살아남기 위해서였지. 확보한 인천 함의 엔진을 분석해서 임의로 만들어낸 각종 엔진들의 성능을 시험하는 프로젝트. 그 프로젝트가 무엇인지는 알고 있겠지요?"

연수는 모든 것을 이해했다.

아인슈타인의 타임 패러독스인가. 광속에 가까워질수록 시간은 상대적으로 흐른다. 관측자와 상대 모두. 아아, 그래. 너무도 유명한 이야기지. 천재 과학자들. 멋진 이론들. 당신들의 지성과 성취물에 박수를 보내지. 당신들 덕에 세상은 진보하는 거야. 그리고 당신들 덕택에 나 같은 얼간이도 이딴 외딴 세상에서 이런 멍청한 표정이나 짓고 앉아 있는 거라고.

캐시에게 10여 년의 시간이 흐르는 사이, 성계는 20년이 지났다. 지금 당신들 모두가 그 말을 하려는 거잖아, 그렇지?

캐시. 나는 당신을 관측한 적 없는데. 당신을 찾고 싶었지만 한 번도 찾을 수가 없었는데. 당신이 나이 들어가는 걸 보지 못했다고. 내 딸이라는 아이가 자라가는 것도 몰랐고. 20년 만에 나타나서 사실은 당신이 화이트 레이븐이고, 캐시 아이스라고, 내 딸은 열 살이라고? 나보고 지금 그걸 받아들이라는 거야?

이건 정말 너무하잖아.

연수는 웃음이 나올 것만 같았다. 그러나 전혀 우습지 않았다.

빅 크러시 당시 연수는 스물둘, 캐시는 스물다섯이었지만, 지금 연수는 마흔셋이었으며, 캐시는 서른다섯 즈음일 것이다. 아즈 명쾌한 계산. 오케이, 이해했어.

칼은 연수의 망연자실한 표정을 보았다. "중령?"

연수는 흐느꼈다. 칼이 있든 말든 상관없었다. 그냥 계속해서 눈물이 흘러나왔다. 한없이 흘렀다.

칼은 잠시 말없이 그 모습을 지켜보았다.

잠시 후 그는 애써 담담하게 말했다.

"내 이제 당신에게 진실을 말해주리다 중령. 빅 크러시는 광산조합이 성계 최초로 개발한 웜홀 기술을 장착한 세 함선 인천학, 군산함, 로스앤젤레스함이 첫 비행을 통해 디우틴 인들의 성계에 도착함으로써 시작되었소. 디우틴 정부는 그 세 척의 함선의 도착을 침략이라고 오해했고, 함선을 공격하기 시작했소. 삽시간에 군산함, 로스앤젤레스 함은 격추되었고 인천함은 다시 행성 한으로 웜홀을 만들어 도망왔지. 당신도 보았듯이 웜홀을 만드는 순간은 그 어떤 때보다 밝은 빛이 방출된다오."

이터들이 나타나기 전 보인다던 초신성 폭발.

웜홀 생성기가 만들어낸 푸른 빛.

"그리고 디우틴의 군대는 인천함을 쫓아 그 웜홀을 타고 행성 한에 들이닥쳤소. 위기를 예방하기 위해서. 그들도 겁에 질려 있었소. 워프 드라이브 테크놀로지를 가진 외계 종족을 만나리라고는 생각도 못했겠지."

칼의 얼굴이 점점 납빛이 되어갔다. 그의 호흡이 거칠어졌다. 연수는 고개를 들어 그의 눈에서 자신처럼 눈물이 흐른 자국을 보았다.

"나는 칼 에이지. 당시 해리 카를로스 중령의 명령으로 광산조합 정부의 외우주 이종족 교류 프로젝트에 연합이 파견한 외계 통역사였소. 나는 인천함에 배치되었지. 그리고 카를로스 중령의 명령대로 디우틴 함대에 보내는 통신을 조작해서 전송했소."

이게 무슨 말일까? 연수는 뜬금없는 분노를 느끼며 칼을 보았다. 그의 세계가 무너져내리는 소리가 들리는 듯했다.

"해리? 통신? 무슨 통신을… 보냈다는 거지?"

칼은 고통스럽게 내뱉었다.

"'우리는 데지레 성계의 인류이며, 당신들을 정벌하러 왔다.

항복 의사를 표시하지 않으면 당신들 디우틴의 모성을 모두 불태워 버리겠다.'"

연수는 몸을 일으켰다. 자신도 인지하지 못할 정도로 순식간이었다. 그가 칼 료마의 멱살을 잡아 땅바닥에 내동댕이쳤다. 와장창, 하는 소리와 함께 테이블이 깨졌다. 칼은 숨을 쉬지 못해 컥컥거렸다.

연수가 죽일 듯한 표정으로 그의 턱을 내려다보았다.

"미친 새끼, 어디서 수작질이냐?"

칼이 아무 말도 못하고 그의 턱에서 침이 흘러내렸다. 아랑곳않고 목을 조르던 연수는 손에 힘을 뺐다. 칼은 한참동안 가쁜 숨을 몰아쉬었다. 연수는 그 모습을 말없이 지켜보았다. 그의 몸이 분노로 떨리고 있었다.

칼 료마는 목 주위를 구속된 손끝으로 힘겹게 쓸고는 연수를 곁눈질했다.

연수는 가만히 바닥을 내려다보고 있었다.

그가 쉰 목소리로 말했다.

"내 아버지가, 해리 카를로스가 당신에게 명령을 내렸다고?"

칼이 기침을 했다.

"그렇소. 중령."

"증명할 수 있나?"

갑자기 칼이 웃기 시작했다. 그는 온 취조실이 울리도록 웃어제꼈다. 그것은 두려운 광경이었다. 구속복을 입은 테러리스트가 미친 듯이 웃고 있었고, 연합군 중령이 침울한 표정으로 앉아 있었다. 연수는 그를 찢어죽이고 싶었다. 그러나 동시에 그의 다리에 매달려 울고 싶었다. 그는 계속 칼의 웃음소리를 듣고만 있었다.

칼의 웃음이 잦아들었다. 그는 아직도 킥킥대고 있었다.

"뭐가 그리 우습나?"

"우습지. 안 그렇겠소, 중령? 누구보다 해리 카를로스를 증오해야 할 당신이 그 자를 아버지라 부르니 말이오."

칼은 순식간에 침울해졌다. 그의 기분이 연수를 만나면서 계속 오르락내리락거리고 있었다.

"한 번도 후회하지 않은 적이 없소, 중령. 내가 저지른 짓을. 내가 연합에 환멸을 느낀 것도, 지구로 다시 돌아가야 한다고 한 것도 그것 때문이오. 후회하오! 그리고 증오하오! 당신의 아버지, 해리 카를로스를! 그 인간도살자를!"

칼의 눈에 핏발이 섰다. 그가 다시 웃었으나, 그의 눈은 시뻘개져 있었다.

"허무하지 않소? 그는 다시 나를 봤으나, 나를 기억하지 못했소. 세월이 오래되어서 그럴까? 나는 그토록 잘 기억하는데. 그 날을 잊을 수가 없는데 말이오!"

연수는 깊은 피로감을 느꼈다. 그는 자신의 눈을 주물렀다.

"다시 한 번 말한다. 증명할 수 있나, 칼? 방금 당신이 한 말을."

칼이 광기어린 웃음을 멈추고 부은 눈으로 연수를 보았다.

그의 눈에서 분노가 이글거렸다.

“해리의 개인 컴퓨터를 뒤져보시오. 연합군 데이터베이스에서 삭제된 칼 에이지의 기록을 찾을 수 있을 테니. 당시 내 암호명으로 검색해보시오.”

“암호명?”

칼이 이를 드러냈다.

“‘별의 사절’”

9.

해리 카를로스는 사령부 장성급 회의가 끝나고 집무실로 돌아오는 길이었다. 머리가 지끈거렸다. 1, 2, 3성계 외곽 방위군의 사령관들과 합동참모사령관은 이터들의 존재에 대해 계속해서 설왕설래했다. 그러나 몇 가지 합의점은 찾았다. 그들은 인류에 위협이 될 존재이며, 갓 개발된 웜홀 생성기를 전 함선에 탑재해야 한다고 말했다. 해리는 이를 악물었다.

'머저리들.'

그 기술은 이제 갓 '복구'된 것에 지나지 않았다. 양산하려면 아직 시간이 더 필요했다. 이터들은 대체 왜 나타난 것인가? 아직도 이해할 수 없는 건 바로 그 점이었다.

디우틴이 누군가를 돕고 있다는 것인가? 로베스피에르를?

해리는 집무실에 들어섰다. 자신의 책상을 찾은 그는 스탠드를 켰다.

그는 피곤함을 느끼며 제복 단추를 풀었다. 소형 냉장고에서 와인을 꺼내 책상으로 돌아와 앉았다.

와인을 잔에 따른 그는 문득 이상함을 느꼈다. 해리는 자신의 컴퓨터 모니터를 켰다.

그는 누군가 자신의 컴퓨터를 건드렸음을 알았다. 시스템이 절전 모드에서 활성화되고 있었다. 그가 주위를 살피며 서랍을 열었다.

해리는 자신의 총이 없어졌음을 알았다.

"많이 피곤해 보이는군요, 해리."

어둠 속에서 침대에 앉아있던 실루엣이 연수 카를로스로 변했다. 해리는 마치 마술을 보는 듯한 느낌을 받았다. 연수 카를로스를 닮은 실루엣이 상반신을 일으켰다.

"연수. 이거 원, 놀랬잖나."

"죄송해요. 회의가 끝나고 오시는 길인가 봅니다. 디스카디드 놈들은 찾았습니까?"

"말도 마라. 디스카디드가 문제가 아니다. 20년 만에 다시 나타난 이터 놈들 때문에 공황상태야, 늙은이들. 직접 놈들을 본 적도 없는 것들이 말만 많다니까. 웜홀 생성기를 전함에 부착하고 놈들의 성계로 워프 드라이브 후 공격해야 한다고 말하는 자도 있어. 믿을 수 있겠니?"

"두려운가 보죠. 사람들은 알지 못하는 것을 두려워하는 법이니까요."

해리 카를로스는 2차 이름 전쟁을 생각했다. 그의 청년기를 집어삼킨 광풍. 이름 때문에 서로 죽고 죽인 사람들.

"맞다, 아들아. 겁쟁이들이지."

"내가 모르는 아버지의 모습은 뭘까요, 해리?"

연수가 침대에서 일어났다. 해리는 연수의 손에 본인이 찾던 총이 쥐어져 있는 걸 보았다.

"연수."

연수가 총으로 해리를 겨누었다. 연수의 눈빛을 보고 해리는 장난이 아님을 깨달았다.

연수는 여차하면 해리를 쏠 생각이었다.

"무엇을 본 거니?"

"당신의 진짜 얼굴."

"그게 무슨 소리냐?"

"'별의 사절', 기억 나요?"

"뭐? 그게 무슨 소리냐?"

"칼 에이지는 기억해요, 해리?"

해리는 입을 다물었다. 연수는 그의 표정을 보며 웃었다.

"기억은 하시나 보네요. 컴퓨터를 좀 뒤졌죠. 그런데 얼굴은 기억 못하시나 봐요?"

해리가 눈살을 찌푸렸다.

"20년 전 일이다. 내가 그걸 다 기억할 수 있겠니?"

"칼 료마. 그 자의 얼굴을 다시 한 번 보세요."

연수는 킥킥거리며 웃었다.

"기회가 된다면 말이예요."

연수는 갑자기 말을 멈췄다. 해리는 문까지 거리를 재었다. 영 시간이 나오지 않았다. 연수는 그를 순식간에 죽일 수 있다.

"그 놈이 칼 에이지였구나. 버린 말은 다시 신경쓰지 말아야 돼, 아들아. 너에겐 큰 발견이었을지 몰라도 내겐 매우 식상한 일이란다."

연수는 그를 쏘아보며 내뱉듯이 말했다.

"왜 그랬어요, 해리? 왜 그 많은 사람을 다 죽게 만든 겁니까?"

해리는 그를 가만히 쳐다보았다. 연수는 참을 수 없는 갈증을 느꼈다. 그는 정말로 방아쇠를 당기고 싶었다. '그냥 당겨버리면 안 될까?', 그러나 그럴 수 없었다.

"나를 쏠 생각이니, 아들아?"

"나는 당신 아들이 아니야."

해리, 대담한 남자 해리. 빅 크러시 당시 별동대를 조직해서 광산조합 난민들을 구하고 다닌 해리. 최연소 나이에 영관 계급으로 진급한 엘리트 해리. 연합사령부 2성계 방위군 사령관이자, 외우주 탐사 프로젝트의 소장 해리.

그리고 수천만 명을 고기 덩어리로 죽어가게 만든 학살자 해리.

"당신이 광속 외우주 탐사 프로젝트 인원도 선발했습니까?"

해리는 연수의 눈과 총구를 보았다.

그는 직접 자원자들을 구하고 다녔다. 희생자들을 찾아 행성 한을 누비며.

"당신은 캐시 아이스를 내게서 앗아갔어. 내 아내."

"그 아이가 원했다."

연수가 눈을 부릅떴다.

"놀랐니? 사실 고백하자면 나는 그들을 모두 기억한단다. 희생자들. 칼 에이지? 그 녀석은 자기 얼굴을 바꿨어. 예전엔 그런 모습이 아니었단다. 외우주 탐사 프로젝트? 자원자들 모두 기억하고 있다. 다 삶에 지친 버러지들이었지. 나는 놈들에게 꿈을 준 거야. 당장 내일도 내다보기 힘든 그들에게 미래를 선물한 거지. 그 아이가 원했어. 생계가 급했거든."

"광산조합 사람들에게도 그렇게 얘기할 수 있어요? 그들의 내일을 파괴한 당신이? '나는 당신들의 미래를 빼앗아갔다! 그러나 나는 다시 당신들에게 미래를 하사하노라! 나는 별의 신, 데지레의 수호자, 전지전능한 해리 카를로스니까!' 너무 재밌지 않아요, 해리?"

연수가 눈을 부릅뜨고 총을 쥐쥐 않은 손을 열정적으로 움직이며 고래고래 소리질렀다. 해리가 미간을 찡그렸다.

"그만해라."

"아뇨! 20년이나 지나서 이 재미난 연극을 알게 됐는 걸요! 좀 더 즐겨야죠! 어떻게 그만둬요? 해리, 당신이라면 그럴 수 있겠어요?"

연수는 불타는 지평선을 본다. 하늘에 나타난 함선들이 비처럼 쏟아져 내렸고, 사람들을 학살했다.

젊은 시절의 캐시가 그에게 살려달라고 소리쳤다.

연수는 깊이를 알 수 없는 끈적거리는 어둠이 시야를 가린 것을 보았다.

"정화 함? 인천 함이겠죠. 맙소사, 그깟 웜홀 생성기 하나 달린 배 한 척 때문에 수천만명의 사람들을 죽게 만든 겁니까?"

진실은 그것이었다. 초광속 외우주 항해 기술을 확보하기 위해 광산조합을 몰락시키고 인천 함을 빼돌린 것.

해리의 별동대는 광산조합 주민들을 구하기 위해서가 아니라, 혼란을 틈타 인천함을 접수하기 위해 한에 투입된 것이었다.

지금 인천 함은 과학 연구소의 도크에서 수리를 끝내고 출항 준비를 하고 있다.

정화 함.

연수가 총을 든 손으로 자신을 향해 가리켰다.

"나를 왜 양자로 거둔 겁니까? 대체 뭐 때문에요? 왜 나를 이 꼴로 만든 거요?"

연수는 젊은 시절의 해리를 기억했다. 정의로운 해리, 민간인들의 죽음에 누구보다도 가슴 아파했던 해리. 그건 다 뭐 였을까.

"숀이 너를 구하려고 했기 때문이다."

연수는 죽은 숀을 생각했다. 대니의 아버지. 대니를 생각하자 한없는 슬픔이 밀려들었다.

"그리고 네게서 나를 보았다. 그래서 너를 구했다."

해리는 연수를 발견했을 때, 자신을 보았다. 이름 때문에 죽은 부모의 시신을 수습했던 모든 걸 잃은 젊은 청년을.

"그래요? 그럼 이번엔 어디 자신을 구해 보시죠, 해리 카를로스 사령관."

연수가 해리를 겨냥했다.

탕!

총성이 울렸다. 총구에서 연기가 피어올랐다. 해리는 자신의 왼쪽 뺨에서 피가 흘러나왔지만 개의치 않았다.

탄은 빗나갔다.

"넌 나를 쏠 수 없다."

연수도 방금 발포로 그것을 깨달았다. 그는 총을 든 손을 내려다 보았다. 그가 다시 해리를 겨누고 총을 쏘았다.

또 빗나갔다. 총탄은 해리 뒷편의 벽에 구멍을 내었을 뿐이다.

해리가 아무 변화 없이 무표정하게 그를 바라보고 있었다.

"으아아아아아아!"

연수가 소리질렀다. 그는 책상을 발로 걷어찼다. 해리의 개인 컴퓨터와 콘솔이 우지끈 소리를 내며 부서졌다. 연수는 멈추지 않고 방 안의 기물들을 박살내었다. 손으로 내리 찍고 책상 다리를 들어 유리를 내리치고, 초상화를 반으로 동강내고 발길질을 했다. 그러고도 한참이나 울부짖으면서. 해리는 가만히 그 모습을 바라보았다.

미칠 것 같은 고요의 시간이 찾아왔다.

혹독하리만치 느껴지는 시간이 흐른 후 연수가 입을 열었다. 의아할 정도로 차분하고 슬픈 음색이었다.

"대니도 압니까?"

해리가 고개를 저었다.

"모른다."

"다행이군요. 내게도, 대니에게도, 해리 당신에게도."

연수는 속에서 무언가 울컥하는 것을 느꼈다.

"그 아이에게는 절대 이 사실을 얘기하지 말아요. 절대로."

"얘기할 생각 없다. 그 아이의 불안정한 정신에 걱정거리를 더할 일 있니?"

연수가 탄창을 개방해 흘리고는 침대 밑으로 걷어찼다. 그가 터벅터벅 걸어서 방문을 열었다.

"어쩔 생각이니?"

"당신이 알 바 아닙니다."

해리는 연수의 어깨를 향해 그의 이름을 불렀다.

"연수."

"한 번 더."

연수가 몸을 돌렸다. 그는 충혈된 눈으로 눈물을 머금고 해리를 보았다.

"한 번만 더 내 이름을 부르면, 그 땐 정말 당신을 죽여버리겠어."

해리는 아무 말도 하지 않았다. 그는 직감적으로 연수가 떠나려는 것을 알았다.

"어딜 가려는 거냐?"

"멀리, 아주 멀리. 이 지긋지긋한 시궁창 냄새가 나지 않는 곳으로."

연수가 나직이 중얼거렸다. 그리고는 문을 나선 뒤 닫았다.

10.

칼은 어둠 속에서 구속복을 입은 채 아무렇게나 온몸을 늘어뜨린 상태로 누워 있었다. 입 안이 텁텁했고 팔 다리 관절과 허리가 비명을 질러댔지만 개의치 않았다.

암흑 속에서 나타난 해리 카를로스가 말했다.

'외계인들에게 통역 하나만 해주겠나, 칼? 매우 간단한 통역인데.'

칼은 그 자의 눈에 떠오른 야망을 본다. 칼의 정신을 평생 좀먹게 만든 위험한 야망을.

칼은 불타는 사람들을 보았다.

하늘에 나타난 외계인의 불가해한 폭력 속에 사람들이 불타고, 녹아내리고 있었다.

남자도, 여자도, 노파도, 아이도, 개도, 고양이도, 나무도, 모두 불타고 있었다.

'나는 이런 걸 바라지 않았어.'

칼은 어떤 별을 본다. 거대한 항성이다.

그런데 빛이 아닌 어둠을 내뿜는 별이다. 숨막히는 고통과 속이 보이지 않는 어둠이 자신의 몸에 불붙어가는 것을 느낀다.

어둠이 그의 몸을 잠식해 들어간다.

그는 죽음을 원한다. 유일하게 자신을 구원해줄 수 있는 더없이 순수한 죽음.

이상한 소리가 들렸다. 다급한 발소리와 총소리. 발소리는 멀어지는 듯하다가 곧 가까워졌다. 칼은 가만히 귀를 기울였다.

연기가 칼의 방으로 들어온다. 칼은 무언가 심상치 않은 일이 벌어진 것을 깨닫는다.

연수 카를로스, 그가 독방 문을 발칵 열고는 소리친다.

"칼, 얼른 나와!"

방독면을 쓰고 있다.

방문 밖으로 온갖 사람들이 움직이는 소리가 들렸다.

"이게 대체 무슨 일이오, 중령?"

"당신이 하려던 걸 대신 해주고 있는데. 테러라는 게 대단히 상쾌한 일이군. 안그래도 스트레스 받던 참인데. 이럴 줄 알았음 좀 일찍 시작해볼걸 그랬어."

칼은 연수의 말이 하나도 이해가 되지 않았다.

"내가 하려던 게 뭐요?"

"정화 함 접수."

칼이 입을 벌렸다. 연수가 그에게 방독면을 내밀었다.

"지구로 가야지, 칼. 당신 사람들과 함께."

연수가 웃었다.

"갈 거지? 나도 머리 식히러 여행이나 좀 해볼까 하고."

연수는 칼과 지지자들을 탈옥시켰다.

칼은 수용소의 경비 인력들 대부분이 총상을 입고 바닥에 누워있는 모습을 보았다.

연수는 칼과 지지자들을 격납고로 향하는 수용소 뒷편으로 이끌었다. 중간에 분기점이 나왔을 때 연수가 칼에게 말했다.

"먼저 가서 승선해, 칼. 여기 정화 함 승선 명령 프로토콜이야."

연수가 프로토콜이 입력된 장갑 형태의 다기능 제어장치를 내밀었고 칼이 왼쪽 손목에 장착했다.

"나는 따라오는 나머지 놈들을 처리하고 갈 테니. 얼른 가."

칼은 그러겠다고 했다. 연수가 몸을 돌렸을 때 칼이 그를 불렀다. 연수가 그를 보았다. 칼이 말했다.

"죽지 마시오, 카를로스 중령."

"나는 이제 카를로스가 아니야, 칼. 장연수이라고 불러."

"알겠소, 중령. 기동 준비하고 있을 테니, 빨리 돌아오시오."

연수는 고개를 끄덕이고는 그들을 보냈다.

격납고에 도착한 칼은 정화 함을 발견했다. 정화 함은 소란과는 관련이 없는 듯 고요히 정지된 채 그 자리에 있었다. 칼은 동료들과 함께 함선에 승선했다. 이윽고 칼과 동료들은 승선 준비를 마쳤다.

그 상태로 정화 함과 어둠 속에서 그들은 연수를 가만히 기다렸다.

그가 돌아올 수 있을 것인가? 알 수 없었다. 돌아온다 할지라도 그가 칼의 동료가 될 수 있을까? 칼은 반신반의했다. 진실의 구덩이 속에 나체로 던져진 남자가 어떠한 선택을 할지 감이 잡히지 않았다.

소총을 든 남자가 격납고에 나타났다. 연수였다.

칼 료마가 미소를 지었다. 연수가 정화 함으로 다가와서 외쳤다.

"승선을 원한다. 탑승자는 장연수."

"목적지는 어딘가?"

"지구."

"환영하오, 장연수."

연수는 함선 도크가 열리는 모습을 보았다.

푸른 빛이 허공에서 생성됐다.

빛은 점점 구체의 모습으로 커지더니, 주위 공간을 일그러뜨렸다. 정화 함의 주변에 역장이 펼쳐졌다. 역장이 점점 뭉치더니, 원통형으로 변했다.

푸른 원통이 정화 함의 앞에 형태를 찾았다. 속이 보이지 않는 깊고 푸른 통로였다. 은은한 푸른 빛이 사방으로 퍼져나갔다.

정화 함의 엔진이 불을 뿜었다. 이윽고 함선은 통로 속으로 사라졌다.

다시 어둠이 내려앉았다.

캐시가 두 모녀가 쓰는 방에 돌아왔을 때 유나는 역사책을 읽고 있던 참이었다. 유나는 엄마를 보자 책을 덮었다. 캐시는 아이를 앞히고 머리를 땋아주기 시작했다. 모녀는 잠시 말을 하지 않았다. 캐시는 아이의 머리를 땋아주는 그 시간이 더 없이 소중하고 편안했다.

유나가 말했다.

"내 생물학적인 아빠를 만났어?"

캐시는 가슴이 철렁했다.

"어디서 들었니, 유나?"

"조슈아 아저씨가 말해줬어요. 엄마가 매우 슬프고 힘이 없으니 잘해주라고 하셨어요."

유나가 몸을 돌려 캐시를 보았다. 딸의 맑은 눈을 보며 캐시는 슬픔이 자신의 몸에 퍼져가는 것을 느꼈다. 아빠 없이 자란 아이. 아이는 어릴 적부터 엄마의 슬픔을 이해했고, 그것을 가만히 받아들일 줄 알았다. 다크 존에서 유나는 두려움에 떨면서도 캐시의 등을 토닥였다.

언제부터였을까? 이 아이가 이렇게 성숙해진 건.

캐시는 눈물이 차오르는 걸 느꼈지만 웃었다.

"유나가 많이 컸구나. 정말 엄마보다 어른스럽네. 그래. 아빠를 만났어. 둘 다 서로 죽었다고 생각하고 있었던 거야. 한 쪽은 10년을, 한 쪽은 20년을 그렇게."

"상대성 이론의 시간 왜곡 때문에?"

"맞아. 때로는 우주가 그렇게 약한 사람들을 괴롭히곤 한단다, 유나야. 어쩌면 그리움은 네 아빠 쪽이 더 컸을 거야. 아빠는 훨씬 더 오랜 세월 동안 아팠을 거란다."

캐시는 그녀를 보던 연수의 상처입은 짐승 같은 눈을 떠올렸다.

유나가 캐시를 끌어안고 품에 얼굴을 묻었다.

딸이 물먹은 목소리로 말했다.

"아빠는 이름이 뭐예요?"

캐시는 아이의 등을 토닥였다. 다크 존에서 두려움에 떨던 때와는 반대로.

"장연수. 고향 방식으로 성을 앞에다가 붙이면 장연수란다."

캐시가 웃으며 자신의 보물의 귓가에 속삭였다.

"그럼 우리 유나는 장유나, 혹은 유나 장이 되지."

캐시는 연수를 생각했다.

함교에 선 연수는 빛무리들을 보았다. 빛무리들이 이리저리 움직이며 그의 눈을 어지럽혔다. 20년 전 자신이 보았던 빛이 이토록 밝고 환했다는 것을 당시에는 미처 인지하지 못했다. 빛무리들 중에 캐시의 얼굴이 보였고, 대니의 모습도 보였다. 그는 폐허가 가득한 행성 한의 모습을 보았다.

연수는 방갈로를 보았다. 방갈로 속의 캐시는 웃고 있었다. 그녀가 말했다.

'아이를 가지자.'

그가 그녀를 끌어안는다. 그녀에게는 10년의 세월이, 그에게는 20년의 세월이 빛무리들 속에서 순식간에 흘러갔다. 연수는 자신이 시간을 거스르는 항해자임을 알았다.

빛의 끝에 도달했을 때, 연수는 모든 소리들이 사라진 곳에 홀로 서 있었다.

그것도 잠시, 그의 눈 앞에 온갖 성운이 펼쳐졌다. 빛나는 항성이 보였다. 원 인류를 탄생시킨 불타는 별, 태양이었다.

그는 성운을 보았다. 성운들 중에는 데지레 성계도 있을 것이고, 알지 못하는 미지의 성계들도 있을 것이다. 로베스피에르 함과 캐시도 분명 그 중에 있을 것이다.

연수는 자신의 목소리가 성운에 닿기를 바랐다. 억겁의 시공간을 뚫고 그녀에게 가 닿기를.

마지막으로 단 한 번만.

사랑해, 캐시.

눈물이 왈칵 쏟아져나왔다.

성운이 수만 가지 빛을 연수의 뺨에 뿌렸다.

2장

레지스탕스

2장. 레지스탕스

1.

비릿한 물 내음이 난다. 끝없이 펼쳐진 대양이 이리저리 거품을 뱉어내며 철썩거린다. 바닷물들이 어지러이 뒤섞이는 소용돌이 사이에서 촉수들이 나타났다가 사라졌다. 정오의 시간에도 붉은 빛을 뿌리는 노회한 태양이 이 장면을 지켜보고 있다.

바다 한가운데 돔이 있다. 돔 안에는 대리석 구조물들이 하늘을 향해 서서 돔 위에서 철썩거리는 파도를 바라보고 있다.

핏방울이 대리석들 사이로 점점이 떨어진다.

옆머리를 짧게 쳐올린 남자 둘과 여자 하나가 나타난다. 한 남자를 여자가 부축하고 있고 뒷편의 남자는 라이플을 들고 주위를 견제하면서 나아간다. 입 사이로 신음이 새어 나온다. 기절해버릴 것 같았지만 남자들은 멈추지 않았다.

멈추면 다신 달릴 수 없다.

원 모양의 강습함이 정박해 있는 모습이 행로에 나타난다.

여자가 외쳤다.

"시체들이 사라졌어!"

뒷편에서 경계하던 남자가 여자에게 말한다.

"얼른 벗어나야겠어. 유경. 바로 이륙 준비해! 그 친구는 반드시 격리시키고."

여자의 어깨에 기댄 채로 비틀거리던 남자가 신음을 흘린다. 여자가 말한다.

"당신은 어떡하고?"

"당신이 함선에 탑승하는 동안 뒤를 살필게. 얼른 가!"

여자가 남자의 멱살을 잡아 끌어와 키스하며 소리친다.

"연우. 죽지 마, 알았지?"

남자가 고개를 끄덕였고, 여자가 남자를 부축해서 힘겹게 우주선으로 다가간다.

여자와 부상입은 남자가 사라진 뒤, 연우는 라이플을 들어올리고 주위를 경계한다. 땀이 흐른다. 돔 바깥을 쳐대는 거대한 파란 물결들이 쏴아, 하는 소리를 만들어냈다.

쏴아─

그 사이로 이상한 소리들이 들린다. 무언가 땅에 끌며 움직이는 소리다.

그의 시야에 하반신이 날아간 채로 몸을 끌며 다가오는 시체들이 나타났다.

몇 시간 전까지 그의 동료였던 시체들이었다.

연우는 속으로 셋을 센 후 플라즈마 탄약을 장전하고 라이플의 플라즈마 온도를 높였다. 플라즈마가 시체들을 향해 날아갔다. 시체들이 조각조각나버렸다.

유경은 부상입은 남자를 조종실 뒷편에 내려놓았다. 조종간에 앉은 유경은 함선의 시동을 켰다. 엔진소리와 진동이 느껴졌다. 연료는 절반 넘게 남았다. 그녀는 아광속 비행 모드를 준비한다. 그녀가 함선 밖의 연우의 뒷모습을 향해 스피커로 부른다.

"얼른 돌아와!"

연우가 고개를 끄덕인다. 그는 라이플을 뒤로 메고는 달린다. 아니, 달리려고 했다.

조각난 시체들이 한 데 뭉쳐서 커다란 몸체가 되었다.

늪이 연우를 향해 다가왔다. 유경이 비명을 질렀다.

"안 돼!"

시체 덩어리의 주둥이가 길어졌다. 연우가 라이플을 겨누고 갈겨댔다. 인간의 팔다리가 조각조각나 사방으로 튀며 피보라를 뿜어댔다.

"얼른 가, 유경! 출발하라고!"

유경은 함선의 기관포문을 개방했다. 그리고는 창에 나타난 조준경을 통해 괴물을 조준하고 마구 버튼을 눌렀다. 기관포가 돌아가며 초음속의 포탄을 괴물에 박아 넣었다. 포탄이 괴물을 다시 분해해버렸다. 연우는 피를 뒤집어썼다. 그는 눈 부위만을 닦아내어 시야를 확보하고는 함선으로 향했다.

연우는 복부에 끔찍한 고통을 느꼈다.

윗쪽 배 앞으로 무언가 솟아나와 있었다. 흐르는 듯이 움직이는 투명한 칼날이었다. 그가 고개를 돌렸을 때 붉은 눈빛의 외계인이 보였다. 외계인이 왼쪽 손목의 장치에서 나타난 칼을 거두었고 연우는 그대로 입에서 피를 쏟으며 주저앉았다.

유경은 시체가 다시 한 데 뭉쳐 일어나는 것을 보았다. 시체 괴물은 주저앉은 연우 앞에 섰다.

괴물이 부들거리는 연우의 몸을 들쳐 올리더니 그대로 몸 중앙의 기다란 주둥이를 벌려 연우의 몸을 스르륵 집어넣었다.

그리곤 씹어댔다.

유경은 멍하게 그 장면을 보았다.

곧 식사를 끝낸 괴물이 우주선을 보았다. 그리고 외계인도 우주선을 보았다. 그들의 뒷편에서 그림자들이 나타났다.

유경은 외계인과 괴물의 뒷편에서 끊임없이 몰려오는 시체들을 보았다.

그녀는 덜덜 떨리는 손으로 아광속 비행을 작동시켰다. 기체가 두둥실 떠오르더니 빛을 내뿜기 시작했다. 빛이 된 우주선이 하늘을 향해 수직으로 비상했다.

스쳐 지나가는 온갖 물체들이 우주선을 감쌌다. 우주선은 바다 행성을 벗어난 것이다. 광속의 20%의 속도로 우주선은 성계를 벗어나고 있었다.

유경은 허탈함에 빠져 잠시 조종석에 몸을 늘어뜨렸다. 연우가 죽었다. 비명과 울음이 터져나올 것 같았다.

그녀는 뒷편에서 덜그덕거리는 소리를 들었다.

유경은 흠칫하며 고개를 들었다. 땀이 주르륵 흘렀다.

'정신차려.'

아직 끝난 게 아니다. 그녀가 데려온 남자를 격리시키지 않았다. 남자가 눈을 뜨기 전에 얼른 격리시켜야 했다. 그녀는 남자를 놓아둔 조종실 뒷편을 보았다.

남자가 사라졌다.

유경은 자동권총을 조심스럽게 집어들었다.

아직 끝난 게 아니었다.

"저 불을 보아라. 저건 문명을 태우고 시커먼 뱃속으로
삼켜버린 야만의 불이다. 우린 오늘 어머니 우주가
길러낸 숭고한 문명의 싹을 하나 잘라버린 것이리라.
그 죄를 어찌 씻을 수 있을까? 우주가 심연의 구덩이로
변하는 날까지 우리는 영원히 저주를 면치 못할지니......."

— 행성 한 공습 직후, 아돌라 성계 디우틴 방위군 부단장
히프케라노스의 항해일지에서 발췌 —

2.

그녀의 아버지는 1년에 한 번 두 딸을 데리고 수도에서 세 시간 떨어진 안지 계곡의 별장으로 데리고 갔다. 그녀가 '아빠'라는 단어를 입에 담기 시작한 두 살 이후로 매년 한 번도 빠짐없이. 별장을 가는 일은 소중한 의식의 일종이었다. 한 해는 별장을 가기 전과 후로 나뉘었다. 별장에서 그녀는 별을 보았고 불 근처에서 잠들었으며 밤의 정적을 북돋는 많은 이야기들을 들었다. 자정을 넘어가는 시간이 되면 아버지는 멀리서 빛을 비추는 다른 세계의 태양들과 별자리를 알려주었다. 손에는 아버지가 만든 매콤한 국수와 바베큐를 든 채 이야기를 들었다.

해먹에서 잠든 그녀는 수많은 꿈을 꾸었다. 꿈 속에서 우주를 가르는 함선들을 보았다. 함선들은 억겁의 어둠을 뚫고 외로운 빛을 뿜으며 비어버린 시공간을 달리고 있었다. 이야기 속 개척자들을 보았고 지금은 사라진 전설적인 외계 생명체를 보았다.

언젠가 그녀는 광활한 어둠 속을 헤엄치고 있는 어떤 생물을 보았다. 온몸이 새하얀 거대 생물은 그녀가 아버지에게 들은 옛 개척 시대 이야기 속 바다 행성에 나타나는 원시 바다 생물 같은 모습이었다. 길쭉한 목과 둔중해 보이는 몸과 여섯 개의 다리를 가지고 있었다. 그러나 그녀는 그 생물에게서 정체를 알 수 없는 아름다움을 느꼈다. 무엇보다도 그 눈이 아름다웠다. 여러 겹의 뿌연 막에 둘러싸인 눈은 온갖 반짝임을 머금고 있었다. 그녀는 넋을 잃고 그 눈을 보았다. 생물은 그녀에게 눈길도 주지 않고 헤엄을 쳐댔다.

그러다 살아 움직이는 어둠이 생물을 조여 들어왔다. 느리지만 점진적으로. 그녀는 비명을 지를뻔했다. 그녀는 어둠이 영역을 넓혀 나가는 것을 보고 있을수밖에 없었다. 마침내는 거대한 해양 생물의 몸을 잠식해 버리는 어둠은 마치 아무렇게나 흩뿌려진 물감들 같았다. 그녀는 버둥거리는 생물의 아름다운 두 눈에서 생명의 빛이 꺼져가는 모습을 보았다. 무척 두려운 모습이었다.

잠에서 깨어난 그녀는 자신이 울고 있음을 알았다. 하염없이 눈물이 흘러넘쳤고 어깨가 들썩거렸다. 아버지는 서럽게 울고 있는 딸에게 다가와 그녀를 품에 안아주었다.

"쉬, 유리나. 무슨 일이니? 왜 그렇게 속상해 하니?"

그녀는 아버지에게 자신이 꾼 꿈 속 생물에 대해 말했다. 어둠 속에 잠식된 아름다운 해양 생물과 그 눈에 대해서. 빛을 꺼뜨리려던 어둠에 대해서.

"유리나, 그건 꿈이란다. 꿈 속의 어둠은 결코 널 어떻게 할 순 없단다."

아버지는 딸의 머리를 쓸어넘기고는 어깨를 계속 토닥여주었다.

"명심하겠니, 딸? 어둠이 널 어떻게 하지 못하도록 항상 나와 네 언니가 네 옆에 있다는 걸."

그녀는 고개를 끄덕이고 다시 자신도 모르게 잠에 들었다.

다시 해양 생물을 볼 수 있기를 바라면서. 어느새 자신이 속으로 침잠해 들어갔던 어둠의 느낌도 잊은 채.

그런 날이 있었다.

그리고 그녀의 아버지는 어둠 속으로 사라졌다.

건조한 바람이 발타자르 고원에 불어왔다.

풀들이 적색의 흙 사이 사이에 듬성듬성 돋아나 흔들렸다.

바람은 모든 걸 기억했다. 이 고원이 생기고 난 이후부터의 모든 것들을. 앞날을 걱정하는 남녀의 발자취가 있었다. 젊은 목동 청년들의 한숨과 사랑이 있었고, 전쟁과 죽음과 피가 있었다. 때론 역사가 그런 식으로 간섭하곤 했지만, 대부분의 시간 동안 고원의 시간은 멈춰 있었다.

그 모든 시간에 바람은 거기 있었다.

바람은 고원의 한쪽 끝에서 먼지구름을 일으키는 물체를 본다.

점점 커진 물체는 매끈한 카본 소재 몸체를 가진 호버 바이크의 윤곽으로 바뀌었다. 바이크 아래쪽으로 먼지구름이 길게 피어올랐다.

바람은 호기심을 느꼈다. 호버 바이크의 탑승자는 날씬한 여자였다. 숏컷의 여자는 방풍용 쌍안경을 쓰고 복면을 둘렀다.

여자는 속도도 줄이지 않은 채 고원 군데군데 놓여 있는 바위들을 넘어 최고 속도로 달렸다.

멀리서 두세 명의 남자들이 그 모습을 지켜보았다.

고원을 가로지른 바이크가 천천히 속도를 줄였다. 바이크의 엔진 소리가 작아졌고 여자가 훌쩍 뛰어내렸다. 남자들 중 연장자로 보이는 자가 한 걸음 다가왔다. 왼쪽 눈가에 칼자국이 인상적인 남자였다. 그의 허리춤엔 권총집이 매달려 있었다. 뒷편의 남자들은 소총을 아래로 늘어뜨리고 있었다.

"오랜만입니다, 유리."

여자가 복면을 내렸다.

"오랜만이야, 예나. 아내는 건강하지?"

칼자국 남자는 여성스런 이름을 가지고 있었다.

"별 일 없습니다. 당신 근황 이야기는 더 들을 만한 것들이 있겠죠."

"경우에 따라서 재미있을지도, 아니면 골치아플지도 몰라. 그건 전적으로 당신들이 판단하겠지만."

"인사를 나누러 오신 겁니까, 제안을 하러 오신 겁니까?"

"둘 다야. 카란은 잘 있어?"

"식사 잘 하고, 일 열심히 하고. 지금은 당신을 기다리고 있죠. 그리고 오랜 시간동안 연락도 없으셨던 것에 대해 매우 서운해하고 있습니다. 당신은 그 분을 만날 준비가 됐습니까?"

"나는 항상 이 순간이 올 거라고 생각했어, 예나."

예나는 유리를 알 수 없는 눈으로 잠시 보다가 고개를 끄덕였다.

"알겠습니다."

고원의 끝에 허름한 1층 벽돌 집이 하나 '생겨났다'. 바람은 깜짝 놀랐다. 언젠가 보았던 집이었지만, 그 집이 사라졌다가 나타나는 모습을 보는 건 항상 신기했다.

"여기인가? 잘 숨겨 놓았네."

"얼른 들어가시죠, 유리. 더 길어졌다간 놈들이 포착할 겁니다. 아무도 없는 것 같지만 누가 우리를 감시하고 있을지 알 수 없습니다."

바람은 가슴이 쿵쾅거리는 듯한 느낌을 받았다. 유리가 심호흡을 하고는 집의 현관 문고리를 잡았다.

유리가 사라졌다.

바람은 넋을 놓고 그 모습을 보았다. 남자들은 호버 바이크로 뛰어올라 몇 번 조작했다. 곧 바이크가 벽돌집 측면의 창고로 스스로 들어갔다. 소총을 든 남자들에게 예나가 고개를 끄덕였다. 그들이 사라졌고 예나 혼자 남았다. 바람은 생각했다. 대체 무얼 하는 자들일까?

예나가 갑자기 고원의 한 곳을 노려보았다.

바람은 예나와 눈이 마주쳤다. 비명을 지를 뻔한 순간이었다. 말도 안돼.

바람을 노려보던 예나는 뭐라 중얼거리고는 몸을 돌려 문고리를 잡았다.

예나가 사라졌고, 벽돌집도 사라졌다.

바람은 자신이 언제 다시 그들을 보게 될지 궁금했다.

집 안으로 들어간 유리는 밖에서 보았던 것과 전혀 다른 구조의 내부 구조를 마주하게 되었다. 집은 5층이었으며 깨끗한 복도를 따라 걸으니, 곧 엘리베이터가 나타났다.

엘리베이터 앞에는 하얀 정장을 입은 남자가 서 있었다. 머리를 말끔하게 빗어넘긴 남자는 유리를 보더니 다가왔다.

"안녕하세요, 유리. 보스께서 기다리고 계십니다."

"어디로 가면 되지, 쥬디?"

그도 여자 이름을 가진 남자였다.

"꼭대기 층입니다. 들어가서 4층을 누르시면 됩니다."

"5층이 아니라?"

"5층을 누르면 다시 아까 그 장소로 돌아가게 되실 겁니다."

"알았어."

엘리베이터가 도착했다. 문이 열리고 은색 실내가 드러났다. 유리가 탑승해서 4층 버튼을 누르자 문이 닫혔다.

엘리베이터 문이 다시 열렸을 때 유리는 코스 요리가 차려진 식탁과 한 남자를 보았다.

"유리 이바노바."

앉아 있던 남자가 말했다.

"카란 셰티."

카란 셰티가 웃으며 맞은편 자리를 가리켰다.

"식사는 안했지? 앉아."

"딱히 배고프진 않아."

"그래도 앉아. 내가 필요해서 온 거잖아? 난 식사하면서 대화를 나누는 걸 좋아해. 알잖아?”

우리는 잠시 생각하다가 고글을 벗고는 카란 셰티의 맞은편에 앉았다.

“들어, 유리. 맛있을 거야.”

카란이 포크와 나이프를 들고 고기를 썰기 시작했다. 유리도 식기를 들었다. 샐러드와 구운 감자, 연어 스테이크, 치즈가 접시에 놓여 있었다. 유리는 갑자기 허기를 느꼈다. 카란은 포크를 놀리기 시작한 유리를 보며 웃었다.

“그래, 발할라엔 언제 온 거야?”

“며칠 됐지.”

“3년만인가?”

“4년.”

“오자마자 연락할 거라고는 기대하지 않았지만, 어쨌든 잘 왔어. 난 항상 네가 어떻게 살고 있는지 궁금했었거든. 그립지는 않았어? 난 네가 우릴 그리워할 거라 생각했어.”

“그리워했어, 카란. 내가 어떻게 널 잊겠어.”

“거짓말.”

유리가 포크를 멈추었다.

“새빨간 거짓말.”

“카란.”

“넌 우릴 그리워한 적 없어, 이바노바. 우릴 버리고 저항군이니 뭐니 가당치도 않은 짓거리를 하는 걸 내가 아무렇지도 않게 생각할 것 같았나? 넌 가족들을 버렸어.”

“내겐 가족이 없어, 셰티.”

“우리가 네 가족이었어, 유리.”

유리는 카란 셰티의 차분하고 지적인 인상의 이목구비를 눈에 담는다. 그는 항상 담담한 남자였다. 그러나 그 속에 숨겨진 뜨거움이 꿈틀거리고 있음을 모르는 자는 발할라에 존재하지 않았다.

“먹어, 유리. 먹으면서 얘기하자.”

유리는 포크를 내려놓았다.

“카란. 할 말이 있어.”

“먹고 얘기하자. 나 아직 식사 안 끝났어. 너도 방금 막 시작했잖아? 메인 요리가 이렇게 남았는데 벌써 끝낼 필요 없어.”

“나를 도와줘, 카란. 네 도움이 필요해.”

“유리.”

“혁명이 일어날거야.”

카란 셰티의 까만 눈이 그녀를 응시한다.

“그날이 오면, 우리 형제들의 도움이 필요해, 카란.”

카란 셰티는 식탁을 물렸다. 쥬디와 예나가 들어왔다. 식탁이 빠진 자리를 순식간에 카란 셰티의 심복들이 채웠다. 유리를 본 그들 중 몇 명은 놀란 표정을 지었으나, 대부분은 그녀를 보지 않거나 말을 삼갔다.

카란 셰티가 담배에 불을 붙였다.

“형제들. 유리 이바노바 동지가 돌아왔다.”

의도적으로 그녀를 외면하던 남자들이 다 그녀를 보았다. 전사들. 붉은 바람을 타고 사선을 넘어 죽음을 나누었던 형제들.

불모의 행성 발할라가 키운 바람의 남자들이었다.

“형제를 버린 자는 다시 붉은 바람이 될 수 없습니다.”

얽은 얼굴의 사내가 말했다. 테레지아였다. 카란 셰티의 남자들 중 가장 완고한 남자였다.

“그녀는 우릴 버린 게 아닙니다, 테레지아.”

가진이 말했다. 상대적으로 젊은 축에 속했다. 그는 어린 시절 테레지아에게 사격술을 배운 남자였다. 유리가 눈으로 고마움을 전했다.

“그녀는 자신의 신념을 위해 우릴 잠시 떠난 것뿐입니다. 다들 알잖습니까? 그녀는 우릴 대신해서 연합 정부와 싸우고 있습니다. 유리 이바노바가 그러는 동안 붉은 바람은 무얼 했습니까?”

“말조심하는 게 좋을 거다, 가진. 형제들을 모욕하지 마라!”

“그 잘 돌아가는 혀를 뽑아줄까?”

예나가 눈살을 찌푸렸다. 몇몇 남자들이 가진을 위협하며 악다구니를 썼다. 가진도 지지 않고 그들을 노려보았다. 카란 셰티는 그런 일들에 흥미없다는 듯이 눈길도 주지 않았다. 테레지아가 카란 셰티를 보았다.

“대장. 이 자리가 대체 무얼 위한 자리인지 모르겠습니다. 그녀를 다시 바람의 딸로 받아들이겠다는 겁니까?”

남자들이 테레지아의 말을 듣고 서로 언성을 높였다. 그녀를 다시 받아들이자고 말하는 자, 받아들일 수 없다고 떠드는 자들이 팽팽하게 맞섰다. 순식간에 방 안이 시끄러워졌다. 카란은 귀를 막으며 어깨를 으쓱였다.

"아, 시끄러. 글쎄, 테레지아. 그녀가 그걸 원하는 것 같진 않은데? 유리의 이야기를 한 번 들어보자구. 다들 조용해, 조용!"

예나가 목재 테이블을 탕탕 내리쳤다. 남자들이 점차 입을 다물었다.

유리가 말했다.

"여러분. 다시 뵙게 되어 정말 기쁩니다. 내 영혼의 형제들이여."

유리는 조금 더 목과 배에 힘을 주고 말했다.

"먼저, 제가 다시 붉은 바람 형제단에 들어오려고 돌아온 게 아님을 분명히 해두려 합니다. 하지만 일단 비난이든, 우려든 제 얘기를 다 듣고 해주시길 바랍니다."

방에 모인 남자들이 가까스로 말을 참고 그녀의 목소리에 집중했다.

"다들 알다시피, 저는 4년 전 형제단을 떠나 디스카디드에 투신했습니다. 저는 지금 이곳에 조슈아 권의 사절로서 와있습니다. 제겐, 아니 조슈아를 비롯한 모든 디스카디드에겐 형제단이 필요합니다. 우린 연합 정부와 본격적으로 전쟁을 시작할 작정입니다. 형제들이여. 나는 아직도 '재앙의 날'을 기억합니다. 그대들도 잊지 않았으리라 생각합니다."

몇 명이 낮은 목소리로 동감의 뜻을 표했다. 그러나 곧 목소리는 사그라들었다.

"우리 발할라 주민들은 연합 정부에겐 항상 눈엣가시였죠. 우리는 놈들에게 완전히 굴복한 적이 없으니까요. 그러나 그들에게 결코 불의를 저지른 적도 없습니다. 그런데 놈들이 우리에게 무슨 짓을 했습니까? 연합에 가입하기를 거부했단 이유만으로 그놈들이 우리의 부모와 형제들, 친구와 자녀들에게 무슨 짓을 저질렀나요?"

카란 셰티가 웃음기를 거두고 유리를 쏘아보았다. 유리는 그 눈빛을 그대로 받아주며 말했다.

"예, 그래서 우리가 형제단을 결성했죠. 붉은 바람 형제단은 1성계, 아니 인류 세계 최고의 전사들입니다. 내가 여기 온 이유는 전사들이 필요하기 때문입니다. 압제자들을 물리치고 싶나요? 에이먼 소로스와 그놈의 파렴치한 행정부에 철퇴를 가할 시간입니다. 우리는 1성계 뿐 아니라 2성계, 3성계까지 진격할 겁니다. 우리와 같이 싸웁시다. 아니, 싸워야 합니다. 혼자라면 힘들지도 모릅니다. 그러나 우리 곁엔 뿌리복고파도 있습니다. 이름과 뿌리를 빼앗고 살 길을 없애버린 연합에 대항해서 우리처럼 뭉친 자들이지요. 그들도 디스카디드와 함께 합니다."

카란의 부하들이 고개를 끄덕이며 서로 그 말이 옳다며 중얼거렸다. 유리는 방 안의 분위기가 점점 고조되는 것을 느꼈다.

"내게는 발할라를 행성 한으로 만들겠다는 말로 들리는데, 유리 이바노바?"

테레지아였다. 남자들이 말을 멈추고 유리와 테레지아를 보았다.

테레지아가 말했다.

"너는 우리를 사지로 내몰고 있어. 행성 한이, 광산 조합이 지금 어떤 모습이 되었는지 모르는 이가 없다. 설마 그게 단순히 우발적으로 일어난 외계인의 공격 때문이라고 하지 않겠지? 알 만한 사람들은 거기에 연합 정부가 개입되어 있음을 있음 짐작하고 있다. 너는 우리에게 확신을 주어야 한다. 재앙의 날이랬나? 말 잘했다. 나는 그 날 연합 정부가 우리들에게 보여준 압도적인 힘을 기억한다. 발할라 자치정부는 저항도 제대로 못해보고 분쇄당했지. 왜 우리가 에이먼 소로스와 그의 군대를 상대해야 하지? 우리가 네놈들 같은 불만종자들과 함께 하려면 좀 더 명확한 무언가가 필요해."

가진이 헛웃음을 지으며 말했다.

"테레지아, 되려 당신이 지금 우리 형제들을 모욕하고 있는 거 알아요? 우릴 겁쟁이로 만들고 있는 건 바로 당신이라고."

카란 셰티가 한 손을 들어 가진의 입을 막았다. 가진이 항의의 눈빛을 보내자 카란이 차가운 표정으로 고개를 저었다.

'기다려라.'

유리가 방에 모인 자들을 둘러보았다. 여자의 이름을 가진 전사들. 모두가 그녀의 대답을 기다리고 있었다.

유리는 자신의 마음 속에 떠오른 문장들을 되새겨 보았다. 그리고는 이 말을 해도 될지 한 번 더 고민한 다음에 입을 열었다.

"마지막으로 우릴 도울 자들이 있습니다. 바로 디우틴 인들입니다."

카란 셰티의 담배가 모두 타버렸다.

둘만 남았을 때, 카란 셰티가 말했다.

"마지막 말은 일부러 안하고 있었던 거지?"

의자에 앉아 눈을 감고 있던 유리가 눈을 떠 카란을 보았다.

"그거 정말 사실인가? 디우틴이 우릴 돕는다고?"

유리가 발을 내려다보았다.

"아직 확실한 게 아니군? 너는 내 부하들과 날 꼬드기기 위해 사실인 것처럼 얘기했어. 그런데 너조차도 완전히 확신하지 못해. 내 말 맞지?"

"카란."

"맞군."

카란 셰티가 고개를 끄덕였다.

"그럴 거 같았어. 널 보낸 것도 그렇고. 조슈아 권이 직접 전언을 보내지도 않고 말이지."

"통신은 감청당하기 쉬워."

"어떻게 해서든 연락하는 방법은 있어, 유리. 네 대장은 어디에 있는 거지?"

"아돌라 성계. 디우틴의 세계에 있지."

카란이 이곳에서 처음으로 놀라는 모습을 보여주었다.

"뭐? 왜 그곳에 있지?"

"너가 놀라는 모습을 보니 그래도 기분 좋네. 내가 100퍼센트 모두 거짓을 말한 건 아니야, 카란. 조슈아 대장은 디우틴 평의회에 소환됐어."

유리가 고개를 흔들었다.

"그들이 우리에게 무슨 용건이 있는지는 아직 잘 모르겠어. 디우틴이 알트라에 나타나서 로베스피에르함을 데려갔을 땐 워낙 정신이 없었으니까. 조슈아 대장은 이번 기회에 그들의 조력을 얻으려고 할 거야. 항상 그럴 생각이었으니까."

카란이 마호가니 의자에 털썩 앉았다.

"디스카디드가 연합의 수도를 공격했다는 소문이 사실인가 보군. 난 처음에 헛소문이라고 생각했었어."

"사실이야."

카란이 하, 소리를 내며 크게 웃었다.

"역시 당신이야. 난 당신이 대범해서 좋다니까."

"아직도 그래? 4년 전에 내가 대답도 하지 않고 당신을 버렸는데?"

카란의 눈이 유리의 눈을 마주했다.

"아까 못 들었어? 가진은 당신이 우릴 잠시 떠난 거랬잖아. 날 잠시 떠난 거 아니었어, 유리?"

카란이 일어나 유리에게 다가왔다. 그의 셔츠 윗 단추가 풀어져 있었다.

“지금이라도 늦지 않았어. 다시 그때로 돌아갈 수 있다고.”

유리가 고개를 저었다.

“난 지금 그런 데 관심없어, 카란. 네게 줄 관심마저 온통 혁명에 쏟고 있다고.”

“곧 다시 날 원하게 될 거야, 유리 이바노바. 약속하지.”

성계에서 가장 유명한 우주해적이 셔츠 단추를 채우고는 방문으로 걸어갔다.

“어디 가?”

“잠시 드라이브 하고 올 거야. 쉬고 있어, 유리. 지금 바로 가야 하는 건 아니지?”

“모레 출발할 거야. 그때까지 답을 줘, 카란.”

“알았어. 내일 다시 얘기하자고. 네 방을 마련해놓으라고 부하들에게 얘기해놨으니, 쉬고 있어.”

방문이 닫혔다.

유리는 대니 카를로스를 생각했다. 한때 그녀의 마음을 모두 가져갔던 염동력 능력자.

3.

감시탑에 오른 가진을 본 예나가 말했다.

"왔나."

"예나, 당신이 새벽 감시 담당입니까?"

"감시는 내가 하는 게 아니라 탐지기가 하는 거지."

빛을 쏘아서 반응하는 물체를 탐지하는 광자 탐지기가 발할라와 발할라가 속한 1성계 연합군의 동향을 주시하고 모니터링하고 있었다. 형제단을 보호하는 가장 중요한 장비가 어쩌면 광자 탐지기일지도 모른다고 가진은 생각했다. 가진은 소총을 감지기 근처에 내려놓고는 의자에 앉았다.

"당신은 많이 놀라지 않은 것 같군요."

예나가 가진을 흘긋 보았다.

"내가 왜 놀래야 하지?"

"그녀가 돌아왔잖습니까. 반갑진 않던가요?"

"조금 반가웠다."

"저도 그랬습니다. 언젠가 돌아올 거라고 믿고 있었죠. 바람은 고원에 다시 돌아오게 돼 있습니다. 그렇지 않습니까?"

예나는 대답없이 눈을 감았다. 가진도 그의 대답을 기다린 건 아니었다.

"4년이 지났지만 그녀는 변함이 없더군요. 당차고 자기 생각을 말하는 데 주저함이 없었습니다. 예전보다 더 많은 것을 보고 배우면서 성숙해진 것 같았습니다. 저혼자만 그런 유리를 반가워한 사람은 아닐 거라고 생각합니다. 왜 테레지아는 그녀를 그렇게 몰아세운 걸까요?”

예나가 입을 열었다.

“그는 두려운 거다. 그리고 조금 더 조심스러운 사람들의 의견을 대변한 것일 뿐. 그를 너무 미워하지 마라.”

“미워하는 게 아닙니다. 다만 안타까운 겁니다.”

“많은 의견이 있을 것이다. 아까 테레지아가 맡은 역할이란 바로 그런 의견들을 표출하는 것이었다. 테레지아와 같은 남자가 낸 우려가 묵살당하지 않고 공유된다는 게 중요하지. 그 우려가 해결된다면 나중에 커질 수 있는 갈등요소를 제거하는 게 되니까.”

예나가 눈을 떴다.

“테레지아는 자신이 해야 할 말을 한 거다, 가진.”

가진은 예나의 말을 곰곰이 생각했다.

“유리가 한 이야기를 기억하나? ‘재앙의 날.’ 그곳에 있던 남자들 대부분을 움찔하게 만드는 단어였지. 그러나 동시에 황소마냥 다루기 힘든 거친 남자들이 한 자리에 모인 곳에서 들을 거라 절대 생각할 수도 없었던 말이었지. 그들은 꽤 진지하게 유리의 이야기를 들었을 거다. 그게 그녀가 노린 효과라면, 최소한 본인이 의도한 바를 절반은 이루었다고 봐야겠지. 나는 그녀가 영리했다고 본다.”

“그녀의 제안에 대해서는 어떻게 생각합니까?”

“아직 잘 모르겠다. 다만…….”

“다만?”

예나는 고원을 보며 예전의 유리를 생각했다. 아직 앞날에 대한 기대감을 가지고 있었던 아이.

"그 제안이 우리를 어떤 길로 인도할지 감이 잡히지 않는다."

"그렇습니까? 저는 유리 이바노바를 믿습니다."

"우린 해적이다. 가진. 아무리 포장해봐야 그 사실은 변하지 않아. 대장이 공격하란 놈들 공격하고 함선을 나포하면 돼. 유리 이바노바가 무얼 제안했든, 대장이 받아들이면 나도 상관없어."

가진은 고원을 달려가는 호버 바이크를 보았다. 예나는 유리인 줄 알았다.

"대장의 호버 바이크입니다. 이 시간에 무슨 일일까요?"

가진이 말했다. 예나는 카란의 바이크가 멀어지는 모습을 지켜보았다.

카란은 발타자르 고원을 내달렸다.

바람이 바이크의 몸체를 강하게 밀어냈다. 칼날 같은 바람에 몸이 찢어질 것 같았다. 카란은 멀리서 움직이는 소떼를 보았다. 능선에 늘어선 소들은 목장에서 방목하는 것들이었는데 그 날 오전에는 능선 아래쪽에 있었다. 녀석들은 능선 위에 모여 풍경화의 점처럼 보였다.

카란은 고원에 이름붙은 사내를 생각했다. 발타자르 메이어. 그는 태양계에서 출발한 이주선단 네 척이 데지레 성계에 도착했을 때, '제임스 쿡'에 탑승하고 있던 자였다. 그는 고향에서 '외팔이 발타자르'라 불린 중앙아메리카 출신 갱이었다.

　제임스 쿡 함은 성계를 구성하고 있는 세 개의 항성계 중 은하 지도상 가장 지구에서 가까운 항성계에 뿌리를 내렸다. 현재 1성계라 불리는 세계였다. 적색거성 '베히모스'를 중심으로 네 개의 암석 행성(그 중 하나는 바다 행성을 쌍성 위성으로 거느리고 있었다)과 하나의 가스형 행성이 공전하고 있던 1성계에 정착한 제임스 쿡 함 탑승자들은 옛 세계 지구 모성의 오스트레일리아에서 온 자들이었다. 그들은 자신들이 처음으로 정착한 성계 안쪽의 풍요로운 지구형 행성을 '뉴시드니'라 명명했다.

　지구로부터 200광년. 반신반의하는 심정으로 출발해 260년을 걸쳐 도착한 슈퍼지구 중 하나가 녹음이 뒤덮은 세상임을 목격한 이주민들의 심정은 어떠했을까? 발타자르는 자신의 자서전에서 자신이 아무도 모르는 세계에 떨어진 우주 공간의 '로빈슨 크루소'가 된 기분이었다고 기술한 바 있다.

　'망할. 환상적이라고? 이제 여기서 농사짓고 사원도 짓고 신을 만들고 부족을 이루어서 새로운 인류의 조상처럼 다시 살면 된다는 거야? 로빈슨 크루소도 이거보단 낫겠다.'

　뉴시드니의 형제라고 부를 정도로 크기도, 구성 성분도 비슷한 발할라에 인류가 정착한 것은 지구 서력으로 2,575년쯤이었을 것이다. 행성 자체의 원생 식물과 지구에서 가져온 식물들이 가장 적응을 잘했던 뉴시드니의 남반구와 동반구 쪽에 각각 정착한 이주민들이 초대륙의 서부와 중부에 대한 갈등을 일으켰을 시점이었다. 정확히 제임스쿡 함의 뉴시드니 착륙 25년 후였다. 갈등은 남부와 동부의 국지전 양상으로 치달았다.

상대적으로 인구가 적었던 동부에 속했던 발타자르는 지구에 있을 당시부터 몸에 익힌 갱단의 수법으로 부하들을 통제하여 남부를 습격했다. 요인 암살과 납치, 게릴라전, 뉴시드니 대양에서의 해적질을 통해 전쟁의 균형을 점차 자신들에게로 가져왔다. 발타자르는 그것으로 승기가 자신에게 넘어왔다고 생각했다. 그러나 그는 남부의 이주민 뿐 아니라 동부의 이주민들도 지긋지긋한 전쟁을 끝내고 싶어한다는 사실을 알지 못했다. 어쩌면 알았을지라도 그들의 열망이 어느 정도로 진지한지 파악하지 못했다.

남부와 동부는 하나의 정치체로 통합하였고, 발타자르는 뉴시드니의 불온 인물이 되었다.

반발한 발타자르 메이어는 자신의 추종자 수천 명을 거느리고 쌍둥이 암석 행성, 좌표 Q-4에 정착하였다. 그는 그곳을 '전사의 전당', 즉 발할라라고 이름 붙였다.

카란은 당시 발타자르가 이 모래 행성에 정착할 당시 어떤 기분이었을지를 생각했다.

쌍둥이 행성과 닮았지만 그 풍요로움과 정확히 극단에 자리한 불모성을 간직한 이 대지가 그에게 어떻게 보였을지를 말이다.

기회의 땅?

풍요로운 형제들에게 터전을 빼앗긴 추방자들의 땅을 그렇게 부르는 건 악취미 아닌가? 발타자르는 가슴에 가득한 분노를 품은 불한당이었다.

역사는 그런 불한당들에 의해 움직이는 법이다.

카란은 자신이 고민하고 있는 이 판이 가능성이 낮고 리스크가 큰 일임을 알았다. 유리 이바노바가 조슈아 권의 전언을 전달하자마자 알 수 있었다. 그럼에도 이렇게 두근거리는 건 이 도박의 어느 한 부분이 카란의 마음 속을 휘젓고 있기 때문이었다. 그 불확실성의 끝에 무엇이 있을지 그는 궁금했다. 카란은 무엇보다 불확실하고 위험한 그 판이 자신을 파멸시킬지도 모른다는 사실이 마음에 들었다.

그는 개척자 발타자르의 자손이며, 성계 최악의 해적이기 때문이다.

카란 셰티는 얼굴이 일그러져라 웃으며 호버 바이크의 속도를 올렸다.

먼지가 어지럽게 피어올랐다.

고원 한쪽 끝에는 정갈하게 정돈된 무덤들이 있었다. 아무도 찾지 않는 쓸쓸한 무덤들. 유리는 그곳에 서 있는 남자를 보았다.

"테레지아."

테레지아는 몸을 돌려 그녀를 바라본 뒤 다시 무덤을 보았다.

"여긴 어떻게 왔나, 유리."

유리는 그 물음에 대답하는 대신 질문을 돌려주었다.

"지금도 무덤을 관리하고 있는 건가요? 상태가 좋군요."

“우리가 관리하지 않으면 잊혀진다. 그렇게 잊혀져도 될 무덤들이 아니야.”

“최근에 추가된 무덤들이 있나요?”

테레지아가 그녀를 보았다. 유리는 그의 표정에서 아픔을 읽었다.

“무덤은 계속 추가 중이다, 유리. 그리고 어쩌면 네가 더 많은 무덤을 만들어줄지도 모른다는 생각이 드는구나.”

“율리아의 무덤도 있습니까?”

테레지아는 손을 들어 한쪽을 가리켰다. 유리의 시선이 그 손가락을 따라 가니 잘 정돈되고 제초가 된 무덤이 보였다.

‘사랑스러운 율리아, 여기 잠들다.’

유리가 무덤 앞으로 다가가 손을 합장하고 고개를 숙였다.

테레지아가 그녀의 뒤로 다가왔다. 그는 자신의 품 속에서 목걸이를 꺼냈다. 바랜 금빛 목걸이. 유리는 그 목걸이의 주인이 율리아임일 알고 있었다.

“소중한 이를 잃은 사람들이 모두 복수를 원할 거라고 생각하지 마라, 유리. 두 번 다시 재앙이 일어나지 않기를 바라는 이들도 많으니까.”

유리가 몸을 일으켰다.

“제가 제안한 것들은 형제들이 영원히 종속될 끔찍한 미래를 피하기 위한 겁니다, 테레지아. 당신은 그런 생각을 해본 적이 없나요?”

“해본 적이 있다. 나라고 그런 생각을 안해봤을까? 하지만 유리. 자칫 종속이 아니라 아예 우리가 멸망할지도 모르는 미래라면, 차라리 종속이 낫다. 나는 아직 잘 모르겠다."

테레지아는 손에 들고 있던 병을 들어 뚜껑을 벗긴 후 앞에 놓인 무덤의 비석에다 물을 콸콸 뿌렸다.

"연합과의 전쟁이 무엇을 뜻하는지 네가 알고 있길 바란다. 이 행성엔 아직 연합군이 행성을 점령하던 순간을 기억하는 사람이 많아."

"카란이 곧 결정을 내릴 거예요."

테레지아가 웃었다.

"잘 안다. 그리고 대장이 하겠다고 하면, 그렇게 결정한다면... 우린 같이 할 거다. 형제란 그런 거니까."

카란이 돌아온 것은 다음날 아침이었다. 카란은 꼬박 새벽을 지새며 발타자르 고원을 달리고 또 달렸다. 먼지를 잔뜩 뒤집어쓴 모습으로 돌아온 그는 옷을 벗지도 않고 부하들을 소집했다.

유리가 회의장으로 들어갔을 때는 수십 명의 부하들이 모여 있었다. 뒷편에서 나타난 유리를 카란이 살짝 바라보곤 말했다.

"잘 들어라, 형제들. 붉은 바람은 행성 연합 정부와 전쟁을 시작한다."

탄식이 터져나왔다. 신음에 가까운 소리였다. 웅성거리는 군중 속에서 앞으로 나선 테레지아가 말했다.

"대장. 이미 정해진 겁니까."

“그렇다.”

“알겠습니다.”

그러고 난 뒤 그는 더 말하지 않았다. 유리는 놀라지 않았지만 다른 형제들은 놀랐다. 그가 그토록 쉽게 수긍하리라고 생각하지 못했기 때문이다. 가진도 그리 생각한 듯한 표정이었다. 카란 셰티는 담담한 표정으로 말을 이었다.

“저마다 서로 다른 생각을 하고 있다는 것을 알고 있다. 오늘은 듣지 않겠다. 내 생각은 확고하다. 우리는 연합과 싸운다. 그리고 이길 것이다. 재앙의 날, 우리의 아버지들은 연합 정부에 패배했다. 그래서 비굴과 굴종이 그동안 전사들의 고향에 만연했다. 우린 이 굴종의 고리를 끊기 위해 싸워야 한다. 무엇보다…….”

그는 잠시 말을 멈추고 야수같은 표정을 지은 채 군중을 노려보았다.

“우리는 해적이다. 누가 바람의 아들들이 약하다 했나. 나는 연합 정부에게서 핏값을 받아낼 생각이다. 그리고 그 핏값은 지금껏 우리가 가져본 그 어떤 것보다도 큰 것이어야 한다.”

유리는 대회의장에 모인 남자들의 몸에서 열기가 뿜어져 나오는 것 같은 느낌을 받았다.

“그것이 대체 무엇입니까?”

쥬디였다.

카란이 쥬디를 보았다.

“뉴시드니다.”

남자들이 조용해졌다. 그들은 잠시 카란의 말을 곱씹으면서 그 의미를 되새겨보았다.

뉴시드니라고? 처음에 그들은 당혹스러워했다. 그러나 자신들의 대장은 흰소리를 하고 있는 게 아니었다. 적어도 그 표정은 진지했다. 당혹은 곧 의문으로 바뀌었고 점차 열광으로 승화되어갔다.

누군지는 모르지만 어디선가 짧고 굵은 외침이 터졌다. 곧 여기저기서 부하들이 카란의 이름을 연호하기 시작했다.

"카란! 카란!"

카란 셰티는 황홀경에 빠진 듯한 표정으로 환호를 즐겼다.

카란이 말했다.

"이바노바 동지. 우릴 조슈아와 그의 함대에게로 안내하라. 그리고 그에게 전해라. 붉은 바람이 디스카디드를 기꺼이 돕겠다고. 그 댓가로 내게 뉴시드니를 주어야 한다고 말이야."

유리는 아찔한 기분을 느꼈다.

'조슈아. 나는 분명 당신에게 말했습니다. 내 고향 남자들을 가벼이 봐선 안 된다고.'

그곳에 모인 모두가 카란의 입만 주시하고 있었다.

"예나. 모든 함선을 출격 준비시켜라. 우린 먼저 발할라부터 정리해야 하니까."

예나가 애써 침착한 목소리로 질문했다.

"목적지는 어딥니까, 대장?"

"발할라 기동 전단이다."

첫 전투는 불모의 행성에서 시작되었다.

4.

‘죽은 개들의 거리’의 서쪽 외곽에 위치한 ‘하오웨이 펍’에 들어선 대니 카를로스는 잠시 눈살을 찌푸렸다. 지린내가 코를 찔렀기 때문이다.

더러운 펍에는 여럿 부류의 얼간이들이 모여 있었다. 뚱쟁이 노파, 약쟁이, 강간범, 삼류 갱들, 총기를 항상 지니고 다니는 정체 모를 여자들, 개척 행성 가네시가 만들어낼 수 있는 최악의 인간들이 모여 온갖 소음과 무질서와 범죄의 삼중창을 만들어냈다.

대니는 바 한 구석에 자리를 잡았고 다가온 바텐더에게 주문했다.

“싱글 몰트 위스키 아무거나.”

머리를 뒤로 묶은 여자 바텐더는 고개를 끄덕이고는 사라졌다. 잠시 후 유리잔을 가지고 와 그의 앞에 내려놓았다.

“감사합니다.”

그는 잔을 그대로 들이켰다. 취기가 오르는 것이 느껴졌다. 며칠간 고생한 몸이 비명을 질러댔고 머리가 아팠다.

“적당히 마셔요, 대니. 벌써부터 달리면 나중에 어떻게 앉아 있으려고 그래요?”

대니는 자신의 옆에 다가온 자가 가네시에 함께 파견 온 3연대 소속 에이든이라는 것을 알았다.

그도 바텐더를 불러 위스키를 시켰다.

“오늘 근무인 줄 알았는데?”

에이든이 눈을 찡그렸다.

"루쉰과 바꿨습니다. 제니가 아파서요. 요즘 당신이 여기에 죽치고 있다는 얘기를 들었죠. 그런데 당신 몰골이 왜 그래요?"

"딸아이가? 어디가 아픈데?"

"몸살이요. 크게 아픈 건 아닌데 애가 아프다고 할 때마다 가슴이 내려앉아요. 요즘 같은 땐."

"유부남이라 그래. 나같은 싱글들은 두려울 게 없지."

"대니 거짓말하지 말아요. 내가 보기엔 당신도 평생 싱글로 살아갈 사람은 아닙니다."

에이든은 목소리를 낮추었다.

"그녀한테서는 별 소식 없어요?"

"누구?"

"객잔의 주인 말입니다."

"개소리하지 말라구, 에이든. 그녀는 디스카디드야. 내가 어떻게 반역자를 만나겠어?"

"오늘 정말 재미없군요 대니. 당신이 그런 걸 상관할 사람이 아니란 걸 내가 알고 있단 건 세상 모든 사람들이 알고 있다는 뜻입니다."

대니는 펍 안쪽에 모인 무리들을 눈짓으로 가리켰다.

"사실은 말이야, 에이든. 요즘 유리 이바노바를 생각할 겨를이 없어. 현재 내 최대 관심사는 저 놈들이거든."

에이든이 대니가 가리킨 구석진 곳을 보았다. 덩치와 단발머리.

"뭡니까, 저것들은?"

“‘압제로부터의 해방을 위한 모임’이라고 하더군.”

“오, 근무 중이었어요, 대니? 그것도 몰랐네요.”

“다시 요즘 이야기를 하자면, 근무 중인지 아닐지 매우 헷갈릴 때가 많아. 밀린 잔업 수당도 아직 신청 못했다고.”

“좀 여유를 가져요, 대니. 쉬는 날까지 이러면 어떡합니까? 하루 이틀 이 일 할 거예요?”

“저 놈들 뿌리복고파야.”

에이든이 입을 다물었다. 그가 남자들과 단발머리를 보고는 다시 대니를 보았다.

“대니. 넘겨짚지 말아요.”

“몇 주 전부터 놈들을 지켜보고 있었어, 에이든. 그 시기가 언제일지는 모르나, 놈들은 분명 김진수를 알아.”

“어쩐지 휴가를 길게 갔다오는 게 아닌가 생각했습니다. 당신 조부님의 명령입니까?”

“맞아. 난 잠시 파견근무를 하고 있는 거야.”

“충고 하나 하자면요, 대니. 지금 당신 표정이 얼마나 볼만한 지 아십니까? 나라면 지금 당장 여기를 나가서 사우나를 가겠어요. 나도 예전에 철야로 꼬박 4일간 잠을 못자고 3성계 소행성대에 숨은 해적 놈들을 쫓아 다녔을 때 미쳐버릴 뻔 했습니다. 어떤 느낌인지 잘 알아요. 오장육부가 꼬여버리고 식은 땀이 계속 난다니까요. 저놈들이 정말 뿌리복고파일 수도 있겠죠. 그런데 지금 당신은 수상하단 냄새를 폴폴 풍기고 있어서 100m 밖에서도 맡을 수 있을 지경이에요. 제발 좀 가라앉혀요.

그리고 좀 충전하고 다시 오는 게 좋겠다는 게 내 의견입니다.”

대니가 에이든에게 웃어보였다.

“충고 고마워, 에이든. 다음엔 제때제때 속옷 갈아입을게.”

대니가 의자에서 엉거주춤 몸을 일으켰다.

“올바른 위생관념에 대해 저 친구들과 좀 얘기를 하고 올까?”

“대니, 아서요. 그러다 일을 더 크게 키울 거라구요. 저 놈들이 사라지는 걸 원하는 건 아니겠죠?”

대니는 사라진 유리 이바노바를 생각했다.

“그래, 맞아.”

그는 다시 앉았다.

대니의 조부인 해리 카를로스 사령관은 손자에게 계속해서 불온 분자들이 모이는 아지트를 감시할 것을 지시했다.

“조만간 큰 일이 있을 거다, 대니. 폭풍전야다.”

대니는 그 폭풍이 해리의 폭풍인지, 아니면 신상하이와 성계에 닥칠 폭풍을 의미하는지 궁금했다. 해리는 자신의 기분을 숨기는 데 유능했다.

“뿌리복고파가 곧 봉기할 거다. 놈들은 기회만 노리고 있다. 데지레 성계를 혼란의 가운데에 쳐넣어버리고는 자신들이 그토록 원하는 지구로 돌아갈 생각이겠지. 대니, 그건 메뚜기떼와 같다. 지나간 자리에 아무것도 남겨두는 법이 없어.”

해리는 삼촌 연수에 대해서는 아무 말도 하지 않았다. 그가 사라진 지 벌써 한 달이 넘었음에도.

그러나 대니는 알고 있었다. 연수 카를로스가 뿌리복고파의 교주 칼 료마와 함께 사라졌다는 것을. 그것은 로베스피에르 함을 몰고 온 조슈아 권이 칼 료마와 그를 따르는 뿌리복고파들과 함께 신상하이의 수도 알트라를 공격한 직후에 벌어진 일이었다. 중대 범죄인으로 수감되어 있던 칼 료마와 지지자들이 탈옥했고, 그걸 도운 자가 연수였다는 얘기가 계속 나돌았다.

칼 료마와 연수 카를로스.

그리고 연합의 과학연구소에 고이 잠들어 있던 연합군 극비 프로젝트 함선 '정화 함'도 사라졌다.

인류의 숙원이었던 초광속 우주 항해(Faster Than Light), 즉 워프 드라이브를 마침내 실현한 함선.

대니는 칼 료마가 지구로 향했으리라고 확신했다.

해리는 사라진 연수에 대해 아무 말도 하지 않았다.

대니는 해리와 연수 사이에 무슨 일들이 있었던 건지 궁금했다. 그러나 그 뒤엔 알게 되면 돌이킬 수 없는 사실이 숨겨져 있음을 본능적으로 느꼈다.

가네시 시티의 우중충한 건물들에 비가 내렸다.

대니가 하오웨이 펍과 거리를 수색하고 다닌지도 2주가 넘었다. 그는 행성 가네시 시티에서 여러 부류의 인간들을 만났다. 대부분 연합의 사회 보장 등록증을 가지고 있지 않은 뒷골목 인생들이었다. 가네시의 주민들은 연합 정부의 공무원들을 두려워했다. 공무원들이 자신들의 얼마 남지 않은 삶의 편익마저 박탈해갈 것이라고 생각하는 듯했다. 대니는 그들을 보며 들개를 떠올렸다.

가네시의 주민들의 이름은 제각각이었다. 그들의 이름은 조상들의 고향인 모성 지구의 온갖 성과 이름이 아무렇게나 덕지덕지 기워진 직물처럼 붙여져 있었다. 사카이 무하마드, 아영 쉔, 이슈바트 블라도 등. 대부분 1차 이름 전쟁 이후 연합 정부에 의해 무작위적으로 부과된 성을 가지고 있었다. 그 성은 정부의 작명기계가 모성 지구의 수많은 문화권에서 아무렇게나 가져온 것들이었다. 2차 이름 전쟁 후 일정액의 세액을 납부하고 성을 바꾼 이들도 있었지만 그런 자들은 소수였다. 바꾸지 못한 성을 가진 그런 자들이 많은 곳일수록 치안이 불안했고 불온 세력들이 기거하고 있을 확률이 높았다. 사회주의자, 분리주의자, 약쟁이, 디스카디드, 범죄조직, 양아치, 뚜쟁이들.

2성계 신상하이에 정착한 '복희' 함은 모성 지구의 도시 상하이에서 건조되어 진수식까지 치렀다. 승선원 60%는 중화 민족이었지만, 나머지 40%는 함선의 건조에 일조한 다양한 나라 출신들이었다. 이것은 한국의 환웅, 일본의 아마테라스, 오스트레일리아의 제임스 쿡 세 척의 이주함선도 마찬가지였다. 비중의 차이는 있었지만 동아시아, 태평양에서 출발한 네 척의 이주선단은 지구 내 수많은 국가들의 염원을 담은 다국적 함선이었던 것이다.

행성 가네시를 개척한 가네시 샤르마는 이주선단 ‘복희’를 타고 온 지질학자였다. 가네시는 인도 정부의 후원을 받은 영국계 인도인이었다. 그는 초창기 신상하이 개척 1세대 동안 폭발적인 인구 증가를 예견하고 성계 내 3번째 행성인 늪과 뻘로 가득한 행성을 개발할 것을 주장했다. 당시 좌표명으로만 불렸던 이름없는 행성에 여러 번 탐사선을 타고 직접 갔던 가네시는 수많은 연구 데이터를 남겼으며, 행성의 테라포밍에 대한 다양한 방법론을 저술하였다. 가네시의 염원은 그의 생전에 이루어지지 않았다.

그러나 그의 사후 100여년 뒤, 행성 신상하이에 정부가 안정적으로 들어서고 이주 계획을 본격적으로 수립했을 때, 가네시의 연구는 많은 도움이 되었다. 가네시의 연구를 바탕으로 늪 행성이 빠르게 테라포밍화 되었던 것이다. 그 계획은 주로 늪지대에 서식하는 특정 이끼류들의 배양과 산소 형성이 바탕이 되었다. 신상하이 정부는 행성의 이름을 ‘가네시’로 명명하였다.

가네시가 다시 살아나 끝도 없이 이어진 슬럼가와 범죄의 온상이 된 행성을 보면서 어떻게 생각할까?

대니는 하루는 단발머리만이 펍에 나온 것을 보았다. 그런데 단발머리가 대니를 보며 웃더니 자리로 다가와서는 바텐더에게 말하는 것이다.

“싱글 몰트 위스키 두 잔. 하나는 이 분께 제가 사겠어요.”

여자 바텐더는 이번에도 항상 그러던 것처럼 고개를 끄덕였다. 대니는 정말 경쾌한 동작이라고 생각했다. 잠시 후 술잔이

나왔다. 대니가 고개를 살짝 끄덕여 보였다.

"감사합니다."

"별말씀을. 당신은 대니 카를로스 아닌가요?"

대니는 속으로 자신의 멍청함을 탓했다.

"그러는 당신은?"

"저는 아리라고 해요."

그녀가 싱긋 웃었다.

"어른스럽지 않은 이름이죠."

대니가 술잔을 들어보였다.

"멋진 이름인데요."

"옆에 앉아도?"

"상관없습니다."

아리가 고개를 끄덕이고는 대니의 옆자리에 앉았다. 대니가
잔을 흔들고는 말했다.

"이제는 다들 잊었을 줄 알았습니다만, 아닌가 보군요."

"글쎄요. 저도 긴가민가했어요. 하지만 어떻게 잊겠어요?
우울한 조 사건을 잊는다는 건 쉬운 일이 아니예요. 만나서 반
가워요."

'또 그 이야기군.'

대니는 아리가 눈치채지 못하게 살짝 눈살을 찌푸렸다.

"개인적으로 그다지 유쾌한 경험은 아니었습니다."

"저런. 제가 얘기를 꺼내면 안되었나 보네요."

"아닙니다. 술도 사셨잖아요. 괜찮아요. 말씀하셔도 돼요."

대니는 이 기회를 놓치고 싶지 않았다. 단발머리를 통해 정보를 얻어내야 했다.

"그자를 제압하는 게 어렵지 않았나요?"

"알고 있던 것보다 훨씬 강했죠. 저도 엄청 애를 먹었답니다."

"그자가 그곳에서 죽인 사람이 1,000명이 넘는 게 사실인가요?"

"정확히는 1,492명이었죠. 주말이었고 평소보다 더 고객이 많았거든요."

스무 살의 대니가 2년 전 뉴시드니의 코네티컷 외곽 쇼핑센터에 파견되었을 때 조 밀리건은 이미 많은 사람을 죽인 뒤였다. 쇼핑센터의 외벽은 금이 심하게 가 언제 무너져도 이상할 게 없었다. 즐비한 시신 속에서 조는 망연자실한 표정을 짓고 있었다. 대니는 조를 알고 있었고, 전혀 상황에 맞지 않았음에도 그에게로 다가가서 이렇게 말했다.

"이봐, 조. 좀 어때?"

대니는 신상하이의 사관학교에서부터 조를 잘 알고 있었다. 그들은 항상 서로를 보면 그런 식으로 인사하곤 했다.

조는 대니를 향해 손바닥을 펴 겨누었고 그를 확인하고는 한숨을 쉬며 손을 내렸다.

"너였군, 대니. 빌어먹을. 좋지 않아. 다 죽여버렸거든."

"그런 거 같군."

"그들이 너를 보낼 거 같다고 생각하긴 했어. 날 잡으려면 너 말곤 없었겠지."

“괜찮아?”

“괜찮지 않아, 대니. 전혀 괜찮지 않아.”

“대체 왜 그런 거야?”

“내가 원한 게 아니야. 절대. 그렇지 않다고. 소리가 들렸어. 그리고 정신을 차리니 사람들이 뒈져 있었어.”

“소리가 들렸어?”

“소리가 들렸어. 너도 알 거야, 대니. 소리가 들리면 멈출 수 없어. 그들이 살려달라고 절규했어. 그들을 살리려면 내가 먼저 그들을 죽여야 했어. 비로소 그들은 평온해진 거야. 아님, 내가 평온해졌거나.”

“그렇군.”

“대니.”

“응?”

“너도 알잖아, 그렇지?”

대니는 고개를 끄덕였다. ‘이해해.’

건물에서 계속 쩍쩍거리는 소리가 났다. 대니는 곧 그곳이 무너져내릴 것임을 알았다. 대니는 불안한 표정으로 주변을 둘러보며 말했다.

“저기… 이제 어쩔 거야?”

조가 헛웃음을 지었다.

“어쩔 거냐고? 그건 내가 너에게 물어봐야 할 것 같은데? 나를 잡든지 사살하든지 둘 중 아냐? 상부에서 그렇게 지시했겠지?”

“맞아. 그자들의 지시는 명확하지. 우리 중 하나는 살아 있으면 안 돼.”

대니는 한숨을 쉬었다.

“나와 같이 가자. 내가 어떻게든 해볼게.”

“같이 가면? 내가 어떻게 될 거 같아? 응? 대니, 그런 결말은 애당초 존재하지도 존재할 수도 없어.”

“조.”

“난 가지 않겠어.”

“결심한 거야?”

조는 잠시 말없이 자신의 피로 물든 손을 내려다보았다. 그가 고개를 들어 대니를 본다. 대니는 조의 눈에서 그의 뜻을 읽는다.

현실로 돌아온 대니는 쓴 표정을 지었다. 단발머리 아리가 물었다.

“원래 그 사람 무서운 사람이었나요?”

“조가요? 아니, 그렇지 않습니다. 누군가를 쉽게 죽일 수 있는 인물이 아니었죠. 오히려 반대였습니다. 그는 지나치게 세심한 정신력을 지닌 사내였습니다. 내가 누군가에게 조가 사람을 죽였다는 이야기를 들었다면 사고였을 거라고 생각했을 겁니다. 그는 좋은 사람이었어요.”

대니는 그 뒷 이야기는 하지 않았다. 자신의 힘이 불완전해졌으며, 자신 역시도 때로 제어가 안될 것 같은 느낌을 받는다는 사실을. 연합의 엘리트 염동력 요원이었던 자신이 어느 순간 이 모든 것에 의문을 품어버렸다는 것을.

"아리, 괜찮다면 당신 얘기를 좀 해주시죠."

대니가 말했다. 아리가 그를 향해 웃어보였다.

"별로 얘기할 게 없는데요? 제 증조할아버지는 개척자들의 후손이었죠. 1세대 개척자요. 인공수정을 통해 태어난 사람들이 아니라 정말로 수백년 전 건너온 개척자였죠. 그렇지만 어디 떵떵거리고 사는 게 쉽나요? 인간들의 사회는 항상 한정된 먹을 것과 주거할 곳을 사이에 둔 투쟁의 역사죠. 우리 증조할아버지와 할어버지, 아버지도 마찬가지였어요. 증조할아버지는 개척자들의 후손이었으나, 이름을 연합정부에게 빼앗겼죠. 컴퓨터가 지정해준 주거지와 이름, 곧 정체성에 염증을 내고 새로운 세상을 찾아 이 늪 행성에 오게 된 거죠. 그렇지만 결국 가네시도 연방에 편입되었고, 연방의 여느 하층민들과 다를 것 없는 삶이 후손들에게도 이어진 거죠."

아리가 웃었다.

"지금 당신은 그런 인생을 보고 있답니다. 이곳 펍은 제 아버지가 딸에게 남긴 유산이죠."

"아, 주인이셨군요."

"제게 남은 유일한 아버지의 재산이랍니다. 전 제 아버지의 얼굴도 기억이 안 나요. 제가 갓난아기일 때 집을 나갔다더라구요."

대니는 그녀에게 진한 동질감을 느꼈다. 그가 그녀에게 한 잔을 청했다.

"인생이 그런 거 아니겠어요? 어디로 흘러가는지는 흘러간 뒤에야 알 수 있는 법이죠. 예상할 수 있는 항로라는 건 그 어디에도 없답니다.”

아리가 잔을 부딪혔다.

“목적지를 알 수 없는 항해자끼리 건배.”

대니는 단서를 잡았다. 그의 정보원 중 하나가 − 그는 신경성 약물을 복용하지 않으면 계속 입을 씰룩거리는 남자였다 − 뿌리복고파들의 회합 장소를 알려준 것이다. 대니는 처음에 그 남자를 믿을 수 있을지 의심했다. 그러나 남자가 입에 올린 이름이 그를 움직이게 했다. 그 모임의 이름이 바로 ‘압제로부터의 해방’이었기 때문이다.

대니는 죽은 개들의 거리 끄트머리에 있는 오래된 바를 찾았다. 건물은 3층이었는데 밖에서 보았을 때 다 쓰러져가는 흉가처럼 보였다. 건물의 외곽으로 접근 금지 팻말과 울타리까지 둘러쳐져 있었다.

건물에 들어서자 한 남자가 그를 제지했다.

“누구요?”

“연수 야스히로. 초대를 받고 왔는데.”

“그런 이름 들어본 적 없는데.”

“곧 자주 듣게 될 거요. 얼마 전에 행성 한에서 왔소. 하오웨이 펍에서 이곳을 가르쳐주더군.”

대니가 위조한 신분증을 보여주고는 뿌리복고파들 특유의

인사법을 보여주었다. 왼 주먹을 가슴 앞에서 내리꽂는 모양. 남자가 호의적인 표정을 지었다.

"그쪽에서 오셨군. 몰라 뵈어서 미안하오. 요즘 특히 보안에 민감하거든. 안쪽으로 들어가 보시오. 연회장은 2층에 있소."

대니는 감사 인사를 하고는 2층으로 올라가는 회전 계단을 올랐다. 계단을 오르고 복도를 지나 몇 개의 방을 지났다. 칠이 벗겨진 큰 문이 살짝 열려 있었고, 그 틈으로 빛이 흘러나오는 게 보였다. 대니는 점점 커지는 소리를 들었다.

"……복해서 말하자면, 이번이 마지막 기회입니다."

1,000여명은 되는 남녀들이 커다란 홀에 모여 있었다. 대니가 그들의 후열에 슬그머니 합류했지만 아무도 그를 쳐다보는 사람은 없었다. 대니는 목을 길게 쳐들고 연단 위를 보려고 애썼다. 연단 위에는 마른 남자 한 명이 빠르게 돌아다니며, 연단 밑쪽의 군중들과 눈을 맞추고 있었다.

연단 위에 있는 자는 그가 찾아다니던 김진수였다.

행성 한 출신의 분리주의자, 칼 료마의 핵심 심복. 대니는 자신의 심장이 쿵쾅거리며 뛰는 것을 느꼈다.

김진수가 말했다.

"이번이 마지막 기회입니다. 놈들의 억압에서 벗어날 마지막 기회. 절대 놓치지 마십시오. 이번을 놓치면 당신과 당신 자식들에게 씌어진 굴레를 벗는 일이란 요원한 게 되어 버릴 테니까. 내 말이 맞나요?"

군중들이 그렇다고 화답했다. 대니는 앞 열에서 덩치와 아리를 보았다. 그들은 열정적인 표정으로 김진수의 말을 경청하고 있었다.

종교 단체 모임 같은 느낌이군그래. 대니는 헛웃음을 지었다.

그러나 대니는 김진수의 다음 말에는 웃을 수가 없었다.

"가네시 자치정부가 우리에게 협력하기로 했습니다. 지상에서의 공격은 우리 뿌리복고파가 이끌게 되겠지만 공중과 우주에서의 공격은 디스카디드와 가네시 자치군이 지원하게 될 것입니다."

대니는 다리가 꺾이는 듯한 느낌이었다. '할아버지.'

그는 해리를 생각했다.

'이건 단순한 소요와 봉기 차원이 아니야.'

반란이었다. 군중들이 함성을 질렀다. 홀의 공기가 점점 위험해지고 있었다. 이곳에 모인 폭도들은 미친 듯이 고함을 지르면서 소리쳤다.

"압제자들을 죽여라!"

"죽여라!" "에이먼 소로스와 놈의 파렴치한 정부에 응징을!" 그들은 연합 정부의 총통을 도륙내버리겠다고 외쳤다.

김진수가 소리쳤다.

"압제자들에게 죽음을!"

열광적인 군중의 환호 때문에 대니는 정신이 나가버릴 것만 같았다. 대니는 그대로 돌아서 홀을 나왔다. 일주일, 가네시 자치정부의 반역, 어서 이 사실을 연합 사령부에 보고해야 한다.

건물 입구에서 대니를 제지했던 남자가 그를 보며 물었다.

"벌써 끝났소?"

"거의 그런듯 싶소."

대니는 대답하는둥 마는둥 하며 문을 박차고 나섰다.

"어이." 누군가 그를 불렀지만 대니는 뒤를 돌아보지 않았다.

그는 되도록 사람들의 눈에 띄지 않도록 메인 도로가 아닌 뒷골목 쪽으로 빠져들었다. 길들은 비포장이었고 구불구불했다. 비가 와서 진흙이 흘러내려 그의 옷을 엉망으로 만들었다. 그러나 대니는 개의치 않았다. 자신의 손목에 장착된 핸디툴을 통해 교신을 시도하려 했다. 하지만 교신이 이루어지지 않았다. 아무런 신호도 잡히지 않은 것이다. 대니는 이 구역의 인프라가 원래 시원찮은 것인지, 아니면 누군가 통신을 방해하고 있는 것인지 궁금했다.

누군가 그를 불렀다.

"연수 야스히로."

대니는 멈췄다. 뒤를 돌아보니 회합장소의 입구를 지키던 남자가 그를 향해 다가오고 있는 것이 보였다.

대니의 옆쪽 길에서 덩치가 다른 남자와 함께 튀어나왔다. 그들은 펄스 라이플을 손에 쥐고 있었다. 덩치가 끌고 온 남자는 입구 쪽을 주시하며 감시했다.

덩치가 말했다.

"왜 이리 서두르시나? 그토록 참석하고 싶은 모임이었을 텐데."

대니가 말했다.

"약속이 있었다는 걸 깜빡했지 뭐요. 근데 누구시죠?"

“당신은 나를 알잖아. 계속 염탐하고 있었으면서.”

“무슨 말인지 모르겠군요. 전 그저 우연히 모임을 보게 된 것뿐입니다.”

덩치가 웃었다.

“그래? 그럼 이 친구도 모른단 말이지?”

덩치의 뒤에서 단발머리가 걸어나왔다.

“아리.”

아리가 웃었다.

“또 뵙네요.”

“당신도 복고파인가? 자신의 뿌리가 무엇인지 알지도 못할 만큼 오랜 세월이 지났을 텐데?”

“그래도 어디로 내 인생이 흘러가는 지는 알 수 있는 세상을 만들고 싶어서요.”

대니는 가만히 그녀를 바라보다가 고개를 저었다.

“고작 그런 걸 위해? 수많은 사람들이 피를 흘려도 상관없단 말인가?”

“대니, 당신은 날 이해하지 못할 거예요. 앞으로도 영원히.”

아리가 차갑게 말했다. 대니가 입을 다물었다. 그는 유리를 떠올리고는 자신을 비웃었다. ‘여자들이란, 항상 날 엿먹이는 군. 그래놓고는 마지막에 가서는 내가 자신들을 이해하지 못할 거라고 말하겠지. 대니 카를로스. 넌 정말 변한 게 없구나.’

입구를 감시하던 남자가 걸어와 그를 겨누었다.

“우리는 모르는 사람을 절대 초대하지 않아. 아리가 당신을 안다더군, 코네티컷의 영웅 씨. 사실 우리는 당신이 온 걸 알고 있었다."

대니는 자신이 함정에 빠진 것을 알았다.

"그래, 야스히로 씨. 여기서 죽겠소, 아님 얌전히 우리를 따라가시겠소?"

대니는 대답없이 그들을 향해 팔을 뻗었다.

머리 속에서 무언가 부서지는 소리가 들렸다. 우측 뇌인 것 같았다.

덩치의 펄스 라이플이 떠올라 서로 부딪히고는 폭발해버렸다.

아리가 외쳤다.

"조심해요!"

그녀가 허리춤으로 손을 가져갔다. 그러나 그는 더이상 손을 움직일 수가 없었다. 덩치가 그녀를 불렀다.

"아리!"

아리의 이마에 땀방울이 흘러내렸다. 허리춤의 총을 집으려던 그녀의 손이 부들거렸다.

대니가 입을 열었다.

"총을 잡지 않는 게 좋을 거야, 아리. 그리고 당신들도. 좋은 말로 할 때 여기서 사라지지 않으면 뇌수를 끓어오르게 만들어주지."

덩치가 눈을 부릅떴다. 입구를 감시하던 남자도 자신의 처지를 깨닫고 아무런 행동을 취하지 못했다. 아리는 계속 대니를 노려보았지만 몸을 움직이지 못했다. 대니는 자신의 승리를 예감했다. 대니는 그자들의 뇌에 충격을 주어 기절시키려고 했다.

대니의 몸이 떠올랐다. 뭐지?

대니는 자신의 몸이 길 옆 기둥에 날아가 처박히는 걸 느꼈다. 머리에 뜨뜻한 감각이 느껴졌다. 피였다. 그는 맥없이 기둥에서 떨어져 바닥으로 떨어졌다.

정신을 잃기 전 그는 멀찍이서 자신을 향해 걸어오는 다리를 보았다.

김진수였다.

5.

　대니는 눈을 떴을 때 자신이 철창 속에 갇혀 있음을 알았다. 뒷머리가 아직도 지끈거렸고, 입 속에서 피맛이 느껴졌다. 온몸의 관절들이 아팠다. 망할. 일진 사나운 날이군. 대니는 그저 일진이 사나울 뿐만 아니라 본인의 목숨도 부지할 수 있을지 조차 알 수 없는 처지가 되었음을 알아차렸다.

　철창은 견고해보였는데, 그의 염동력으로 부술 수 없도록 탄소 합금으로 다중 잠금 장치가 되어 있었다. 게다가 전류까지 흐르고 있었다.

　철창 바깥 복도 쪽의 철문이 열리고 남자가 들어왔다.

　김진수였다. 그가 철창을 사이에 두고 의자에 앉았다.

　진수가 말했다.

　"안녕하세요?"

　"…별로 안녕하지 못해요."

　"그런 것 같군요. 안이 좀 누추한 걸 이해해주셨으면 합니다. 연합정부도 그렇겠지만 우리도 고질적인 예산부족에 시달리거 든요. 그래도 밖에서 자는 것보단 나을 겁니다. 이래보여도 가 네시 자치정부가 제공해준 장소랍니다."

　대니는 그를 가만히 지켜보다가 말했다.

　"당신, 진수 김이라고는 안 부르는 거지?"

　"그럼요. 성씨를 앞에 내세우지 못하게 한 건 연합 정부입 니다. 제가 따를 이유가 없지요. 모성 지구에서부터 우리는 원래 성씨를 앞에, 이름을 뒤에 붙였죠. 당신네 작명법은 그와는 반대지만."

"그럴 거 같았어."

대니가 주변을 둘러보았다.

"여기가 가네시 정부의 구류시설이란 말인가?"

"맞아요. 당신 같은 프락치들을 위한 장소랍니다, 대니 카를로스 씨."

대니는 왼팔에 장착했던 핸디툴이 없어진 것을 알았다.

"내 핸디툴을 가져갔나?"

"당신에 대해 궁금한 게 많았거든요. 코네티컷의 구원자에 대한 얘기는 저도 여러 번 들어왔습니다. 영웅적인 행동이었다고 생각합니다."

"칭찬 고마워."

"별말씀을. 그런데 어떻게 염동력을 지니게 된 거죠? 당신은 제 고향 사람이 아니잖아요."

"모든 염동력 능력자가 행성 한 출신은 아니라는 건 나만 아는 비밀은 아닐 텐데?"

"알죠. 하지만 모든 염동력 능력자들이 20년 전 행성 한에서 일어난 외계인들과의 조우와 관계 있다는 건 압니다. 인류의 유전자에 염동력 능력인자가 만들어진 건 그때부터였으니까. 그날 주로 희생당했던 한 출신들 중 능력자들이 많은 이유도 그때문이죠. 물론 그 당시 파견을 왔었던 연합정부의 군인들도 일부 지니고 있고요. 제가 생각하기엔 당신의 아버지나 할아버지대에 어떤 계기가 있었던 게 확실하군요.”

“내 아버지가 염동력 능력자였어. 빅 크러시 사건 때 행성 한에 파견되었고. 사건이 끝나고 돌아와서 얼마 안 가 사망했지만.”

“염동력 후폭풍이었나요?”

“그랬다고들 하더군.”

“안됐군요. 이건 진심입니다.”

대니는 기절하기 전 보았던 광경을 떠올렸다.

“날 기절시킨 건 당신인가? 당신도 염동력 능력자인 거요, 김진수 씨?”

진수가 고개를 끄덕였다.

“그래요. 내가 그랬습니다. 까딱 잘못했으면 내 소중한 대원들 세 명을 당신한테 잃을 뻔했으니까. 그래, 어때요? 당신이 보고 들은 일들 우리가 잘 할 수 있을 것 같습니까?”

“그걸 왜 나한테 묻는 거지? 어련히 알아서 잘 하고들 계시겠어, 안 그래? 게다가 가네시 정부까지 당신들에게 협력하고 있으니 말야. 칼 료마와는 어떻게 연락을 하고 있는 거지? 어디 있는지는 모르지만 분명 상상도 못할 정도로 먼 곳에 있을 그 자가 어떻게 당신들에게 혁명과업에 대한 지시를 하는 거지?”

“내가 그의 명을 받고 움직인다고 생각하는 겁니까?”

진수가 크게 소리내어 웃었다.

“무슨 소리지? 칼 료마가 당신들의 리더 아닌가?”

“아, 보통은 그렇게들 생각하고 있죠. 당신 말이 반은 맞고 반은 다릅니다. 당신네 연합군도 알고 있는 사실일 테지만, 칼은 지금 지구에 가 있습니다. 지구에서 데지레 성계까지 200광년인 건 알죠? 그쪽에서 우리한테 전파를 보내고 싶어도 200년이 걸리는 거리라는 겁니다. 대니, 설령 초광속엔진이 실제 존재하고, 우리가 그곳으로 갈 수 있을지는 모르지만, 통신의 한계를 아직 극복하지 못한 건 매한가지입니다.”

“그 말은……. 데지레 성계 내 뿌리복고파들의 움직임은 칼 료마와는 독자적인 거란 뜻인가?”

“그런 건 아니구요. 칼도 우리가 곧 전쟁을 시작할 거라는 걸 알고 있을 겁니다. 칼이 떠나기 전에 이미 논의했던 거라서요. 다만 성계의 뿌리복고파들은 현재 내 명령을 듣고 있소.”

진수가 말했다.

“칼은 내 소중한 친구입니다. 그리고 뿌리복고 사상은 우리 둘이 같이 만든 거지요.”

대니는 뒤통수를 한 대 맞은 느낌이었다.

“당신이 머리였군.”

“맞아요. 축하합니다. 정답.”

“그 사실들을 내게 애기해주는 이유가 뭐지? 날 죽이지 않은 이유는 또 뭐고. 뭔가 속셈이 있는 것 같군.”

진수가 손뼉을 쳤다.

“머리가 잘 돌아가시는군요. 그래요. 사실 난 지금 매우 기분이 좋습니다. 단순히 밀정 하나를 잡은 거라고 생각해서 족칠 생각이었는데, 당신 같은 사람을 확보하게 된 건 정말 행운이라고밖에 생각할 수 없거든요.”

“나를 볼모로 쓸 생각인가?”

“비슷해요. 어쨌든 당신은 해리 카를로스 사령관의 유일한 피붙이죠. 2성계 방위군과 본격적인 전쟁을 시작할 때 당신의 존재는 해리 카를로스에게 매우 큰 부담이 될 것이오. 아니면, 당신을 사절로 쓸 수도 있고. 지도자는 항상 전쟁과 협상을 동시에 준비해야 하는 법이죠.”

대니가 진수를 비웃었다. 진수의 의아해하는 표정에 대니의 웃음소리가 더욱 커졌다.

“당신은 내 조부님을 잘 몰라. 테러, 반역 집단과 협상이라고? 차라리 특공대를 보냈으면 보냈지, 결코 당신들과 협상을 할 위인이 아니야. 충고하는데 김진수 씨. 협상하려고 생각할 동안에 조금이라도 더 준비를 단단히 하는 게 좋을 거요. 당신들이 상대해야 할 연합군의 규모는 만만치 않을 테니까.”

진수는 웃었다.

“두고 보자구요, 대니. 사람이 하는 일에 절대란 건 없습니다.”

그가 일어났다.

“불편한 거 있음 말해요. 침대는 넣어주지 못해도 잠자리 외엔 크게 불편하지 않게 챙겨드릴테니.”

대니는 아무 말도 하지 않았다. 진수도 대답을 바라지 않았던 듯, 수감실을 나갔다.

혼자 남은 대니는 에이든이 그를 찾아내려면 얼마의 시간이 걸릴지 계산해보았다.

유리는 핸디툴의 홀로그램 통신 수신기능을 작동시켰다. 잠시 후 통신기에서 청아한 연결음 소리가 났다. 핸디 툴에 홀로그램이 떠올랐다. 하얀 머리의 다부진 체격의 남자, 육전대장 카무라 박이었다.

"유리. 발할라입니까?"

"맞아요, 카무라."

"붉은 바람과의 협상은 어떻게 됐습니까?"

"그들은 우리를 돕기로 했습니다. 발할라에서부터 공격이 시작될 거예요."

"잘됐군요. 훌륭히 협의를 끌어냈어요, 유리."

"다만 카란 셰티가 내건 조건이 있는데, 조금 까다로워요."

"조건? 그 자가 뭘 요구했습니까?"

"전쟁이 끝나고 뉴시드니를 자신들에게 달라더군요."

카무라가 어이없어하며 말했다.

"누가 해적 아니랄까봐, 날강도 같은 요구가 따로 없군."

"일단은 조슈아 대장에게 전달하겠다고 했어요. 와스프, 그녀도 알아두셔야 할 것 같아요."

"유리, 걱정스럽군요. 그게 정말 사실이면 우리가 제어할 수 없는 자들을 끌어들인 것 아닐까요?"

"이미 시작됐어요, 카무라. 그리고 대장이 그들이 무슨 요구를 하더라도 붉은 바람이 필요하다고 하셨습니다. 이 전쟁에서 이기기 위해선 그들이 필요해요."

"조슈아 대장이 제발 옳은 선택을 한 거였음 싶군요."

유리는 한숨을 내쉬었다.

“다른 쪽은 어떤가요? 2성계와 3성계는요?”

“희소식이 있어요, 유리. 가네시 정부도 우리에게 협력하기로 했답니다. 그쪽은 김진수에게 일임해놨는데, 곧 그들의 계획에 따라 우리들도 뿌리복고파 측에 추가 공격 함선들을 파견할 겁니다.”

“가네시 정부가요? 일이 생각보다 빠르게 진행됐군요, 카무라.”

“가네시의 정부 수반 사카이 지사는 우리 쪽에 조금 더 떨어질 게 많다고 생각하는 것 같습니다. 궁극적으로 그는 연합 체제가 붕괴되고 가네시가 독립하길 바라고 있어요. 지금처럼 반독립적인 행성으로 신상하이에게 종속되는 걸 바라지 않는 거 같더군요. 민족주의자인지는 아직 잘 모르겠습니다.”

“나도 그분을 정확히 알지는 못해요. 하지만 제 아버지와 막역한 친분이 있었죠. 당시엔 제가 많이 어려서 얘기를 해본 적은 없어요. 계속 접촉하고 그들이 원하는 게 뭔지 알아봐요, 카무라.”

“알겠습니다.”

유리는 생각했다. 곧 시작될 전쟁에 많은 이들이 각각 다른 이상과 생각을 품고 임하고 있었다. 유리는 이것이 좋은 징조인지 알 수 없었다. 각기 다른 생각이라는 건 곧 균열이 생기기 쉽다는 것을 내포하고 있었다.

그러나 한 가지는 확실했다. 연합의 붕괴를 바라는 이들이

셀 수 없이 많다는 사실.

"곧 돌아가야겠네요. 제가 자리를 너무 많이 비웠죠?"

"아닙니다. 곧 발할라에 도착합니다."

"모스크바 함에는 별 일 없죠?"

"별 일 없습니다. 다들 함장님이 돌아오길 기다리고 있습니다. 아, 하늘이 지휘실에 들어왔고 융커우가 새로운 편대원으로 정식 신고하였습니다."

유리가 활짝 웃었다.

"잘됐군요. 실력은 괜찮나요?"

"직접 보시면 놀랄 겁니다. 매우 우수한 재원들인 것 같습니다."

"정말 기특하네요."

"그 말을 전해주면 좋아할 것 같습니다, 함장님."

"곧 봐요, 카무라. 조슈아 대장에게 보낼 메세지를 작성했으니 전달 부탁할게요. 방금 당신과 나눴던 내용들이에요."

"알겠습니다."

카무라의 홀로그램이 사라졌다.

카무라는 통신을 끝냈다. 그는 유리가 자신에게 보낸 메세지를 확인하고는 시간을 확인했다. 조슈아와 통신을 할 수 있는 시간이 되기까지는 아직 30분이 남아 있었다. 그는 함교로 향했다.

모스크바 함은 대형급 전투순양함이었다. 유리 이바노바 함장을 필두로 하여 300여명의 승조원들이 탑승해 있었다. 통제실 인원들이 카무라를 보고 인사했다. 카무라는 육상 강습부대인 육전대의 대장이기도 하지만, 유리가 자리를 비우는 동안 임시 함장을 맡고 있었다. 카무라는 10분쯤 지나 함교에 도달했다. 함교에 서자 하늘 브라보가 그에게 경례했다.

"오셨습니까, 함장님."

"하늘, 난 임시 함장이다. 그렇게 열렬히 경례하지 않아도 된다."

"그래도 현재 모스크바 함의 지휘관은 함장님이십니다."

"기합 들어 있는 모습은 보기 좋구나. 실전에 투입해서도 그 모습을 보여줄 수 있도록."

"그러겠습니다!"

애송이였지만 하늘 브라보를 보고 있으면 기분이 좋았다. 곧은 심성을 가지고 매사에 열심인 아이였다. 노회한 군인 카무라는 그런 친구들을 보면서 때로 자신의 젊은 시절을 떠올렸다.

함교의 출입문이 열리고 융커우 멕이 들어와 경례했다.

"육전대장님. 융커우 멕 전입 신고드립니다."

"제복이 잘 어울리는군, 융커우. 파일럿 생활 깨나 한 고참 같은 느낌이야."

융커우가 씩 웃었다.

"감사합니다, 대장님."

"정찰은 별 일 없었나?"

“예, 은폐하고 있는 연합의 개들은 보이지 않았습니다. 이곳은 안전합니다.”

“수고했다. 돌아가서 쉬어라.”

“알겠습니다.”

융커우가 나가기 전에 앉아있는 하늘을 흘긋 보고는 보일락말락 미소를 지었다. 하늘은 경직된 모습으로 융커우가 보이지 않는다는 듯이 눈에 띄게 스크린에 집중하고 있었다. 카무라는 하늘이 눈치채지 않게 웃고는 말했다.

“하늘, 광자 통신, 전파 통신을 모두 준비해라.”

“예, 함장님.”

하늘이 통신병, 통제병들을 통해 광자통신기와 전파통신기를 작동시키기 시작했다. 모스크바 함의 상단 중앙 덮개가 열리고 원추처럼 생긴 광자 발생기가 우주 공간을 향했다. 광자와 전파는 모두 빛의 속도로 진행되는 통신이다. 현재까지 인류가 발견한 가장 빠른 매체였다. 조수아 권과 디스카디드의 기함 로베스피에르는 그 빛과 전파마저도 닿으려면 오랜 시간이 걸리는 먼 곳에 있다. 데지레 성계에서 110광년 떨어진 외계인들의 행성계 아돌라에. 그러나 그들은 100여시간마다 한 번 정해진 시간에 통신을 주고받을 수 있다.

웜홀을 통해서.

카무라는 한 달 전쯤 로베스피에르함에 탑승해 신상하이의 수도 알트라를 습격했을 때를 떠올렸다.

로베스피에르 함은 성계에서 유일하게 웜홀 생성기를 부착한 함선이었다. 그리고 그것은 조슈아가 자신의 친구인 디우틴인 히프케라노스를 통해 얻은 기술이었다. 왜 그 기술을 이종족인 인류에게 제공한 것인지는 불분명하다. 그들은 한 달 전 연합 정부도 웜홀 기술을 개발했으며, 칼 료마를 통해 그 함선이 신상하이의 연합 과학 연구소에 정박해 있는 사실을 알게 되었다. 성계 인류 최초로 개발한 웜홀 항법이 가능한 함선의 이름은 '정화 함'이었다. 함선이 진수식을 올린 날은 인류가 마침내 시공간의 제약을 벗어서 외우주 항해를 시작할 수 있게 된 순간이었을 것이다.

칼 료마는 자신을 따르는 뿌리복고파와의 동맹을 걸고 배를 탈취할 것을 제안했으며, 이를 승낙한 조슈아와 디스카디드 대원들은 알트라를 공격하여 거의 마비 사태로 몰아갔다.

이미 20년 전에 그 순간을 예견했다는 사실을 행성 한 출신이 주축이 된 디스카디드 대원들은 모두 알고 있었다.

행성 한의 광산 조합 정부가 물리학자 경윤 스타인벡과 수학자 나바로의 연구를 통해 웜홀 기술을 개발한 것이다.

디우틴 군대의 공격만 아니었다면 그 기술은 훨씬 일찍 상용화 되었을 것이다.

빅 크러시(Big Crush).

20년 전 웜홀을 통해 나타난 디우틴은 행성 한을 공격했다. 웜홀 생성기를 장착한 행성 한의 세 함선 인천함, 군산함, 로스엔젤레스함이 시험 비행으로 디우틴 인들의 세계에 넘어간 것이 발단이 되었다. 함선들의 등장은 디우틴을 자극했고 함선들은 공격을 받았다. 로스엔젤레스함과 군산함은 격추되었고, 인천함은 가까스로 모성 한이 있는 3성계로 웜홀 워프를 진행했다. 그러나 그 웜홀을 타고 온 디우틴 함대가 한을 무차별적으로 폭격했다.

그 날 한에서 증발해버린 인류의 수만 6천만명이었다.

어쩌면 조슈아 권의 친구 히프케라노스는 인류에 죄책감을 가지고 있는 건지도 모른다.

알트라 습격의 마지막 시점에 연합군 함선들의 포격을 당한 로베스피에르는 웜홀 워프를 할 수 없게 되었다. 웜홀 생성기가 파손되었던 탓이다. 로베스피에르에 탑승했던 카무라는 그때를 기억했다. 로베스피에르는 마지막 희망을 걸고 전속으로 우주를 향해 기동했고 연합군 함선들이 그 뒤를 쫓았다.

그때 로베스피에르의 앞에 히프케라노스의 함선이 나타났다. 히프케라노스가 웜홀을 만들었고 그대로 로베스피에르와 몇 기의 연합군 함선이 사라졌다.

카무라는 디우틴의 아돌라 성계에 도달해서 조슈아의 명을 받았다.

"여기에 계속 있으면 우리 일을 진행할 수가 없네, 카무라. 디우틴의 웜홀 통신기를 통해서 계속 연락을 줄 테니, 유리를 도와 우리의 과업을 진행하게."

조슈아는 히프케라노스에 부탁해 카무라를 다시 데지레 성계에 급파했다. 카무라는 유리의 함선 모스크바의 육전대장으로 합류했다.

이제 곧 디우틴의 웜홀이 열리고, 조슈아와 연락을 주고 받을 수 있다.

아무것도 없는 우주 공간에 푸른 빛이 일렁거렸다. 공간들이 일그러지더니 찌그러진 형태의 왜곡된 공간이 형성되었다. 짙은 쪽빛의 원통. 모스크바 함의 함교에 있던 지휘 인력들이 그 모습을 조용히 지켜보았다.

웜홀이었다.

곧 통신기에 메세지들이 도달하기 시작했다.

하늘이 다가와 카무라에게 말했다.

"함장님. 통신이 도착해 있습니다. 홀로그램을 투사할까요?"

카무라가 고개를 끄덕이자, 그녀가 홀로그램 생성기를 투사했다.

조슈아 권의 홀로그램이 함교 중앙에 떠올랐다.

곧 익숙한 음성이 들렸다.

"별일 없었나, 카무라."

카무라는 어떤 내용부터 말해야 할 지 잠시 고민했다.

6.

　카무라와의 통신이 끝나고 조슈아는 잠시 생각에 빠졌다. 곧 생각을 정리한 그는 통신실을 나와 자신의 거처로 걸음을 옮기기 시작했다.

　통신실은 15층이었다. 통신장비들은 아돌라의 외부 궤도 우주 기지국과 연결되어 있었다. 기지국은 아돌라의 모든 전파들을 주기적으로 아돌라 세계들로 향하는 웜홀을 통해 전송하고 있었다. 데지레를 향한 웜홀은 조슈아의 요청으로 특정한 시간을 정해두고 최근부터 임시적으로 추가된 채널이었다.

　조슈아의 거처는 '방문인의 탑' 35층에 마련돼 있었다. 탑은 기다란 원뿔 모양이었는데, 탑이라기보단 어렸을 적 수업시간에 본 지구 모성의 피라미드 같은 모습이었다. 다만 탑은 정점이 뾰족하지 않고 오목한 형태를 하고 있었다. 탑 내부의 벽은 아무것도 없는 것처럼 투명했다. 인간들이 만든 구조물이라면 커다란 유리창들이 탑의 벽을 이루고 있었을 것이다. 거기엔 아무것도 없었다. 조슈아는 아직도 건물 구조에 도통 적응할 수가 없었다. 가까이 가면 지상으로 추락할 것만 같았다. 그러나 분명 손을 뻗으면 그곳엔 딱딱한 질감의 벽이 만져졌고, 투명한 벽을 통해 밖이 보였다. 밖에서 본 탑은 유리나 투명한 창 같은 건 보이지 않는 피라미드였을 뿐이다. 조슈아는 디우틴 인들이 어떤 기술로 이러한 구조물을 만든 것인지 사뭇 궁금했다.

　조슈아는 벽 바깥쪽으로 나선형의 도크에 정박 중인 함선들을 보았다. 나선팔 중 하나엔 로베스피에르 함이 정박해 있었다.

그의 배는 외계인들에게 압류당했고 조슈아를 비롯한 승조원들은 방문인의 탑에서 머물고 있었다. 비록 외계인들의 대우는 공정했고 흠 잡을 데 없이 깔끔했지만, 그들이 자신들을 구류하고 있다는 건 분명해 보였다. 이동과 통신의 자유를 특별히 박탈당하지 않았음에도 조슈아는 그 사실을 명백히 인지했다.

조슈아는 승강기에 탑승했다. 승강기 역시 밖을 볼 수 있도록 투명했다. 그는 눈을 질끈 감았다. 몇 초도 안되어 승강기 문이 열렸다. 35층에 도착한 것이다.

복도를 건너 자신의 방에 도착한 조슈아가 문을 열자 캐시 아이스가 보였다.

"조슈아."

"캐시, 유나는 어디 있어?"

"밖에서 정원을 돌아다니고 있어. 통 건물 안으로 들어오려 하지 않네요. 바깥이 더 볼 게 많고 신기한가봐."

"유나는 걱정 말게, 우리 전사들이 곳곳을 지키고 있으니."

조슈아는 자신이 보지 못한 캐시의 맞은편에 외계인이 하나 서 있는 걸 보았다.

"히프."

히프케라노스가 기다란 손가락으로 찻잔을 들어올렸다.

"아이스 양? 자네들 호칭으로는 아이스 씨라고 불러야 하는 거겠지? 아이스 씨와 얘길 좀 나누고 있던 참이었네. 자네가 통신실에 갔다고 알려줘서 기다리던 참이었거든.”

“캐시. 나 없다고 벌써부터 외간 남자를 들이는 거야? 충격적인걸?”

“그러길래 평소에 잘하라고 했지? 이번 기회를 계기로 정신을 좀 차리길 바라, 아저씨.”

“종이 다르니 너무 걱정말게. 그 점은 아이스 씨도 충분히 숙지하고 있을 거야.”

조슈아는 어이없다는 표정으로 히프케라노스를 보았다. 캐시가 풋, 소리를 내며 웃었다.

“히프. 원래 이렇게 진지한가요? 아니면, 디우틴 인들에겐 원래 농담이란 문화가 없는 건가요?”

“농담이라구요, 아이스 씨? 전혀 생각지도 못했네요. 물론 우리도 농담을 즐기는 종족입니다. 다만 인간들의 어떤 저속하면서도 본질을 직접적으로 건드리는 접근 방식의 농담에 익숙해지려면 조금 시간이 걸릴 것 같군요. 그게 농담이었다니, 대단히 참신하게 느껴집니다.”

“관둬, 캐시. 여기서 조크 몇 개 만 더했다간 오늘 다른 대화를 못하고 하루종일 그 얘기만 해야 될 거야. 디우틴 인들 앞에선 그 어떤 점잖은 체하는 신사 양반도 견딜 수 없을 테니까.”

“방금 그것도 농담의 일부인가? 아니면, 나나 내 종족에 대한 공격인가? 공격이라기엔 너무 부드럽군. 자네들 종족은 헷갈리는 농담을 잘 구사하는 것 같아, 조슈아.”

조슈아가 한숨을 내쉬었다. 히프케라노스가 말했다.

“그냥 별 뜻없이 해본 소리였네.”

“가끔씩 히프, 자네가 실은 다 알고 있는 게 아닌가 싶을 때도 있어. 일부러 무지한 척 하는 거야, 그렇지?”

히프케라노스가 웃었다.

“뎨지레 성계와 통신은 잘 끝났나?”

“끝났어. 몇 가지 새로운 소식도 있고. 이건 우리 일이지만 자네가 들어도 크게 상관은 없을 것 같은데, 온 김에 같이 듣겠나?”

“사양하겠네. 인간들의 일은 인간들의 것이지. 내가 들어봤자 괜한 생각만 많아질 것 같아.”

“알겠어. 캐시, 우리 얘기는 조금 이따가 하자고.”

“알겠어, 조슈아.”

조슈아가 의자에 앉아 히프케라노스를 보았다.

“무슨 일인가, 히프? 새로운 소식이 있나?”

“내가 새로운 소식을 가지고 온 건 어떻게 알았나?”

“그냥 감이야. 이쯤 되면 새로운 소식을 가지고 올 때가 되지 않았나 싶어서. 그리고 나흘 만에 보는 거잖아. 우리가 이곳에 머무른 것도 벌써 한 달이 되어가고. 제발 어떤 식으로든 일이 진행이 되었길 바라, 히프.”

“맞네. 평의회의 결정이 이루어졌네.”

조슈아는 순간 집중력이 고도로 상승하는 것을 느꼈다. 캐시 또한 그러했다.

히프케라노스가 말했다.

“곧 이번 사건에 대한 심리가 진행될 걸세.”

조슈아는 실망감을 감추기 어려웠다.

“고작 진행한다는 게 심리라고?”

“조슈아, 내가 예전에도 얘기했다시피 평의회의 결정은 때론 시간이 필요해. 인간들 기준으로는 너무 긴 시간들이겠지만, 그만큼 신중에 신중을 기하려는 것이네. 각기 은하계 다른 곳에서 온 대표 의원들 간의 조율도 필요한 일이고 말일세. 절대 누락되는 의견 없이 만장일치에 다다라야 하기 때문에 그런 걸세. 이해하게, 친구여.”

“히프, 당신 종족의 그 신중함과 조심성에 대해서는 나도 높이 평가하고 있어. 하지만, 우리가 이곳에 온 지 벌써 한 달이야. 지금 데지레 성계에는 나와 대원들, 그리고 로베스피에르 함이 필요해. 알잖아? 우린 중요한 일을 하고 있던 중이었다고.”

“거대한 규모의 폭력을 동반하는 일 말인가?”

조슈아가 눈살을 찌푸렸다.

“뭐?”

“거대한 규모의 폭력, 조슈아. 수많은 이들의 인생을 송두리째 앗아갈 폭력 말일세. 자네 행성계의 정부를 부정하고 체제를 엎어버리고자 하는 반동 아닌가?”

조슈아는 입을 다물었다. 잠시 후 그가 낮은 목소리로 말했다.

"히프, 네가 그렇게 얘기해선 안 돼. 우린 디우틴의 공격에 멸망할 뻔한 사람들이야."

히프케라노스가 움찔거렸다. 그는 한 손으로 머리를 받치고 고개를 저었다.

"미안하네, 조슈아. 그런 식으로 얘길 하려던 건 아니야. 다만 자네가 자네들의 행위에 대해 어떠한 원칙을 견지하지 않으면 변질되기 십상이라는 생각 때문에 나도 모르게 그런 식으로 달한 거야."

"무슨 말인지 알 듯도 해, 히프. 이 얘기는 그만하고 어쨌든 계손해서 얘기해보라고."

캐시가 안심하는 표정을 지었다. 정신적으로 피로감이 극대화되었던 순간이었다.

"심리는 며칠 뒤 있을 예정이네. 일단 자네나 자네 대원들 중 일부가 참고인 자격으로 면담을 하게 될 거야. 어떤 식으로 결론이 날지도 모르고."

"한 달 전 신상하이에 자네와 자네 함대가 나타나 우릴 이곳으로 데려올 때부터 각오하고 있었어, 히프. 만약 심리가 확정되고 내가 피고인 신분이 되면 어떻게 되나? 데지레 성계로는 당분간 돌아가기 힘들겠지? 자네들의 웜홀 기술을 우리 배가 무단으로 사용한 게 대체 어느 정도의 중죄인가? 나는 감도 오지 않아."

"큰 죄네, 조슈아."

"큰 죄라고?"

"그렇게 말했네. 우리가 특히 이종족들에게 제공하는 걸 금지하는 기술이 웜홀 기술이네. 우리 문명의 핵심기술이지. 중형을 선고받을 수도 있어."

조슈아는 머리 속에 갖가지 생각이 떠올랐다가 사라지는 걸 느꼈다. 막상 그의 입으로 흘러나온 말은 덤덤했다.

"그렇군."

히프케라노스가 나간 뒤, 조슈아는 침묵에 빠졌다. 캐시가 그에게 다가가 볼을 어루만졌다.

"걱정하고 있는 거야?"

"걱정? 캐시, 난 내가 어떤 처분을 받을까 두려워서 이러는 게 아니야. 나는 이곳에서 속절없이 발이 묶이게 될까봐 그게 걱정인 거야."

"알아. 당신은 겁쟁이가 아니지. 데지레 성계에서 전쟁이 이제 곧 시작될 거라 생각하기 때문에 그렇게 조바심을 내는 거잖아. 그 곳에 있어야 한다고 생각하는 거지?"

"제길, 이 자들이 대체 왜 나한테 이 짓거리들을 하는 건지 이해가 되지 않아. 까짓거 로베스피에르가 달고 있던 워프 드라이브 기술이 자신들의 기술이라고 쳐. 근데 그게 어때서? 히프케라노스가 우리에게 호의로 제공해준 기술이야. 따지고 보면 그에게도 책임이 있다고. 게다가 전말이 어떻게 됐든, 행성 한에서 디우틴의 공격으로 우리 동족 수천만 명이 20년 전에 학살당한 건 엄연한 사실이잖아. 심리? 재판? 내게 사죄해도 모자랄 판에 지금 내 발을 한 달 간 묶어놓고 한다는 게 심리라고? 중형을 선고할 수도 있다고? 캐시, 이해가 돼? 우린 여기가 아니라 데지레에 있어야 돼. 유리 이바노바와 우리 동지들을 도와 연합 정부에 대한 공격을 시작해야 한다고!"

"카무라가 뭐랬어? 현재 상황이 어떻게 돌아가고 있대?"

"순조로운 것 같았어. 유리는 붉은 바람 해적들을 끌어들였고, 뿌리복고파 김진수의 주도 하에 가네시 자치 정부까지 합류했대. 우리는 연합도 무시 못할 전력을 갖추어 나가고 있어."

"그게 사실이라면 정말 잘됐네!"

"잘 된 게 아니라 그곳에 우리가 있어야 한다니까, 캐시. 이 중요한 때에 우리가 그들에게 조금이라도 힘이 되어야 해. 나는 내 사람들에게 이곳에서 디우틴 인들의 협조를 얻겠다고 말했어. 그런데 망할, 방해라도 받지 않으면 다행이군!"

캐시가 그의 머리를 쓰다듬었다.

"조슈아."

조슈아가 대답하지 않자 그녀가 다시 그를 불렀다.

"조슈아."

그가 캐시를 보았다.

"우리 마음의 짐을 조금만 내려놓자. 그래서 당신이 카무라를 유리, 그녀에게 보낸 거잖아? 대원들은 당신이 무얼 원하는지 너무도 잘 알고 있어. 그들은 어린애가 아니야. 당신이 당장 없다고 우왕좌왕할 사람들일까? 당신은 동료들을 믿지 못하는 거야?"

"그렇지 않아. 당신이 무슨 말을 하는지 나도 알아, 캣."

"그리고 와스프도 있잖아, 조슈아. 그녀가 유리를 잘 도와줄 거라고 믿어야 돼."

조슈아는 잠시 침묵했다가 수긍했다.

"맞아."

"지금 우리가 당면한 현실을 봐. 디우틴 평의회의 심리가 시작될 거야. 그들이 어떤 결론을 내릴지, 그리고 만약 그들이 우리를 자신들의 법정에 세운다면 어떻게 대응해야 할지를 지금부터 조금씩 생각해야 돼."

"어떻게 해야 할까, 캣?"

"그들의 법정에 서게 된다면 말이지?"

"나는 그들이 우리를 어떻게 생각할지 모르겠어. 그들은 수십년 전 우리를 동물처럼 사냥했던 종족이야. 비록 그것이 오해에서 비롯된 것일지라도. 그들이 우리를 동등한 수준의 지적 존재로 인정할까? 내 말은 우리가 항상 으레 얘기하듯이 '사람 대접'을 해줄까?"

캐시는 조슈아의 눈에서 언뜻 비친 두려움을 보았다.

"어쩌면 저자들의 감옥에서 방치되어 썩어가게 되진 않겠지?"

그러한 종류의 두려움은 조슈아가 쉽게 보여주는 것이 아니었다. 오로지 캐시, 그녀 앞에서만 한 번씩 드문드문 드러내는 민낯이었다. 캐시는 조슈아의 마음 속에 깊이 자리한 실패에 대한 두려움을 읽었다. 그것은 20년 전부터 다듬어지고 숙성된 깊은 분노와 원한이 응축된 형태였다.

캐시 아이스는 그 모든 걸 이해했다.

"조슈아, 우린 곧 로베스피에르 함과 함께 데지레로 다시 돌아갈 거야. 우리들만이든, 아니면 디우틴의 도움을 얻든 그건 상관없어. 만약 외계인들이 당신을 철창에 넣겠다면 내가 당신을 탈옥시킬 거야. 그 누구도 디스카디드의 조슈아 권을 가둘 수 없어."

캐시의 목소리에 점점 힘이 실렸다.

"다시 돌아간 우리는 연합 정부에 그들이 치러야 할 댓가를 지불하게 할 거야. 놈들은 두려움에 떨면서 생각하겠지. 이 가공할 재앙들이 어디서 시작된 건지를. 죽어가는 그들의 눈 하나하나에 우리는 행성 한의 원혼들의 모습을 새겨줄 거고, 원혼들이 부르는 노래를 귓가에 들려주며 말할 거야. '우리는 네놈들을 잊은 적이 없다'라고. 네놈들이 불러낸 외계인들에게 죽어간 우리의 어머니, 아버지, 형제자매, 친구들, 사랑하는 사람들이 지하에서 너와 네 자손들의 피를 원한다고 말이야."

그는 자신이 어떻게 이런 여자를 만났느지를 곰곰이 생각해 보았다. 소중한 여자. 반려자. 조슈아가 캐시의 손을 잡았다.

캐시가 웃었다.

"그러니 이제 그때까지는 걱정은 잠시 접어두고 우리 귀여운 유나를 데리러 가지 않을래?"

전사 데이웨오는 정원에서 뛰어노는 인간 여자 아이를 지켜 보았다. 아이는 아돌라의 자생 식물들로 둘러싸인 정원을 신기한 표정으로 둘러보았다. 적어도 데이웨오가 제대로 인간의 표정을 이해했다면 경이로움과 호기심이 분명했다. 임시로 방문자들의 탑을 수호하는 임무를 맡은 고위전사 데이웨오는 다양한 방문객들을 보아 왔으나 이종족의 어린 아이는 그 역시 처음이었다.

"유나 아이스!"

인간 어린 아이를 훔쳐보던 데이웨오는 탑의 입구로 나온 성인 인간들을 보았다. 그는 그 인간들을 알고 있었다. 조슈아 권과 캐시 아이스랬나. 디우틴의 웜홀 기술을 무단으로 장착한 함선의 함장과 연인? 데이웨오가 한 달 전쯤 처음 맞이했을 때, 그들은 잔뜩 경계심을 품고 있었다. 지금도 경계심을 완전히 푼 것은 아니지만 훨씬 편안해 보였다.

"엄마!"

머리를 뒤로 묶은 유나가 캐시에게 달려왔다.

"뭐가 그렇게 재밌니? 들어올 생각을 안하네?"

캐시가 말했다.

"식물. 캐시, 이것들 꽃인가? 정말 특이한데? 유나야. 이 꽃들을 보고 있었던 거니?"

"맞아요, 아저씨. 이것 봐요. 잎들이 잔뜩 빛을 머금고 있는데 가까이 가면 빛이 흘러나와요. 그럴 때 마음이 되게 편해져요."

유나가 정원에 만개한 꽃들을 향해 다가가자 꽃이 흠칫거리며 봉오리를 유나에게로 향했다. 곧 꽃잎에서 빛이 흘러나와 유나의 손으로 모였다가 사라졌다.

"유해한 건 아니겠지?"

캐시가 불안한 듯이 말하자 조슈아가 어깨를 으쓱했다.

"방문자들이 기거하는 탑 주위에 독초나 해로운 것들을 심어 놓았을 것 같진 않은데. 걱정하지 않아도 되지 않을까?"

"그 말이 맞습니다."

데이웨오가 걸어오며 말했다.

"그건 독초가 아닙니다."

조슈아가 그를 향해 물었다.

"이 꽃의 이름이 뭔지 알 수 있을까요?"

"콤펠입니다. '부르는 꽃'이라는 의미입니다."

캐시가 물었다.

"그게 무슨 의미인가요?"

데이웨오가 그녀를 바라보며 대답했다.

"아주 오랜 옛날, '불경한 자 프로디토르'가 동족을 배신하고 아돌라를 공격했을 때 많은 여성들이 눈물을 흘렸지요. 어머니들, 남편과 연인을 전쟁터로 떠나보낸 여자들. 그들이 다시 돌아오기를 바라며 심은 꽃입니다. 꽃잎이 품은 빛은 여성들의 눈물이자, 동시에 전사들이 돌아오길 바라는 염원이었습니다. 부른다는 건 전장에 나간 전사들을 부른다는 뜻입니다."

"그래서 전사들이 돌아왔나요?"

유나가 데이웨오의 말을 경청하고 있었다. 데이웨오가 미소를 지었다.

"돌아온 사람도 있고, 그렇지 못한 사람도 있었단다, 아이야. 그들은 문명을 지킨 파수꾼들이자 전사들이었어. 우리의 선조들은 돌아오지 못한 전사자들을 기리기 위해 도시 곳곳에 꽃들을 심었지. 네가 지금 보고 있는 것들이 그때 심은 꽃들이란다."

유나는 인자한 음성의 외계인 전사를 올려다보았다. 껑충한 키의 외계인이 조슈아에게 말했다.

"당신들이 어떠한 빛을 찾고자 이곳에 온 지 나는 모릅니다. 그러나 부디 좋은 결과를 얻기를 빌겠소."

"고맙소."

조슈아가 캐시를 보자 그녀가 유나의 어깨에 손을 올렸다.

"자, 들어가자, 유나야. 이제 저녁이니까. 추울 거야. 식사하고 머리 빗어줄게."

유나는 정원에 더 있고 싶었지만 이 시간, 이맘때쯤의 엄마가 완고함을 동시에 알고 있었다. 아이는 데이웨오를 쳐다보며 손을 흔들고는 엄마와 함께 건물로 향했다.

그들이 탑으로 들어섰고 조슈아가 뒤를 따랐다.

들어가기 전 조슈아가 몸을 돌려 데이웨오를 보았다.

"다시 한 번 친절한 말씀 고맙소, 데이웨오."

그리고 조슈아가 탑의 입구로 사라졌다.

데이웨오는 조슈아가 자신의 이름을 알고 있었다는 데 작은 놀라움을 느꼈다.

　방풍 고글을 쓰고 복면을 두른 유리가 호버 바이크 앞에 섰을 때, 뒤편에서 나타난 예나가 말했다.

"잘 가요, 유리."

유리가 예나를 바라보자 그가 어깨를 으쓱했다.

"곧 보자구요."

"그렇게 될 거야, 예나. 언니한테도 내 소식 전해주고."

예나는 허리에 손을 얹고 잠시 땅을 내려다보며 바닥을 발로 문질렀다.

"처음엔 다들 당신을 미워했죠."

"뭐?"

예나가 고개를 들었다.

"연합군과의 전쟁이 끝난 뒤, 발할라의 남자 아이들 대부분의 이름이 바뀌었습니다. 내 원래 이름은 지냑이었어요. 그러니까 18살까지의 내 이름이 그랬다는 말입니다. 내 아버지의 이름은 바르였고, 말하자면 이름이 바르, 성이 네지드였는데, 그 말은 제 성도 네지드였다는 얘기입니다. 나는 지냑 네지드였습니다."

　발할라 인들은 연합이 작명 시스템을 통해 무작위적으로 부여하는 성씨를 거부했다. 그들은 연합의 일원이 된다는 것은 곧 모든 사람의 근본과 뿌리를 부정 당하는 것이라고들 생각했다. 이름 때문만이 아니었다. 행성 연합을 주도한 에이먼 소로스는 연합 내 모든 주민들이 목소리를 자유로이 높이는 것을 원치 않았다. 자치권을 부여한다고는 하지만, 사실상 기존 초창기 행성 연합 창단의 주축이었던 신상하이와 뉴시드니를 제외하고는 세율과 연합 시민의 의무 측면에서 차별을 받았다. 무작위적으로 지구 모성의 데이터베이스를 바탕으로 부여되는 성씨 시스템은 새로이 진입한 성계인들의 정체성에 혼란을 주고 그 구심력을 약화시키려는 행위였다.

근본을 부정당하고 터전을 침략당한 사람들이 어떤 짓을 저지르는지 연합은 매우 잘 알았다. 수십년 전 연합 정부 내에서 있었던 '이름 전쟁'에서 학습했던 까닭이다.

그래서 10년 전 발할라 인들이 봉기했을 때 연합은 차분히 그들을 제압했다.

전쟁이 끝난 후, 연합 정부는 발할라 인의 성씨를 모두 '몰수'했고 발할라 인은 성을 가질 수가 없게 되었다.

발할라가 연합의 구성원이 되고 얻은 댓가가 그것이었다.

그게 끝이 아니었다.

"내 형은 연합의 강제 노역에 끌려갔다가 실종됐습니다. 궤도 비행장을 만들다가 우주 공간을 부유하는 폐선 조각에 맞아 튕겨나갔다는 것만 압니다. 시신을 보지 못했거든요. 아버지는 전쟁 때 죽었죠. 남은 아들까지 잃는 것을 두려워했던 어머니가 제 이름을 예나로 개명하자고 하셨죠. 발할라의 어머니들이 모두 아들의 이름을 딸의 것으로 바꾸고 새로 태어난 남자 아이들에게 여자 이름을 지어 주었습니다. 성인 남자들도 이름을 바꾸는 일이 많았습니다. 연합의 노역에 끌려가는 건 곧 남은 가족의 죽음과도 같았으니까요. 성씨가 없다는 건 반대로 얘기하면 연합이 주민을 관리하기 어렵게 되었다는 걸 의미합니다. '예나'라는 이름이 발할라에 대체 몇 명이었을까요? 남자 아이와 여자 아이까지 모두 합하면요. 연합 인구 조사국은 발할라의 남자 아이들의 출산율이 급감했다고 생각했을까요? 어쩌면 연합 정부도 발할라 인들이 남자 아이에게 여자 아이의 이름을 지어주리라고까지는 생각지 못했겠죠. 그랬기에 우리들은 당신이 부러웠습니다. 자신이 선택한 성과 이름을 가지고 있었으니까요. 이민자 출신에겐 연합의 제약이 아무런 의미가 없었기에 더욱 미웠죠."

유리의 아버지는 연합 정부에 막대한 세금을 지불하고 '이름 상속권'을 승인받았다. 그래서 그가 킬리먼 '이바노프'였고, 딸 역시 유리 '이바노바'일 수 있었던 까닭이다. 그러나 이름 상속권을 인정받지 못한 대부분의 성계 주민들은 부모와 자식의 성이 달랐다. 발할라 인은 무작위로 부여되는 연합정부에 성마저 허용되지 않았다. 끊임없이 부여되는 과중한 노역만이 남겨졌을 따름이었다.

유리는 한숨 짓는 중년 여성을 보았다. 여자 아이 이름을 한 아들을 끌어안으며 여자는 눈물을 흘렸을 것이다. 마지막 남은 아이를 잃지 않으려 그녀는 어떤 선택을 했을까? 사망 신고를 통해 주민 등록 시스템에서 지우거나, 여자 이름으로 개명하거나. 그녀는 어린 시절을 생각했다. 그런 발할라에 이방인으로 처음 나타난 그녀에게 향한 적개심과 두려움을.

"당신도 아마 느꼈을 테지요? 우리 모두가 당신에게 호의적이진 않았습니다. 아마 어렸을 적 당신도 꽤나 힘들었을 거라 생각합니다."

예나는 적개심에 홀로 맞서 싸우던 어린 유리를 생각한다.

"맞아, 예나. 고백하자면 꽤나 터프한 유년 시절이었지."

"당신이 붉은 바람이 되었을 때도 회의적인 시선들이 있었죠. 당신은 너무나 잘해냈습니다. 유리. 나는 당신이 자랑스러웠어요. 어느새 당신은 발할라 인이 되어 있었죠. 그런 당신이 저항운동에 가담하겠다고 떠나 버렸을 때 사람들이 손가락질했습니다. 발할라 인인 척 했지만 바람의 노래를 결국 들을 수 없는 여자였다고들 했죠. 당신이 어떤 생각으로 그런 건지도 모르면서 말입니다."

예나가 유리의 눈을 똑바로 들여다 보았다.

"나는 그렇게 말하는 자들에게 좆까라고 했습니다."

"예나?"

"그 개자식들에게 닥치라고, 아는 거라곤 쥐뿔도 없으면서 함부로 주둥아리 쳐놀리지 말라고 했습니다. 그래도 아가리를 닫지 못하는 놈들은 제가 직접 닫아줬습니다. 그제야 입을 다물더군요. 그래야 했습니다, 유리. 그 놈들은 유리 이바노바를 잘 몰랐습니다. 사람들이 당신을 정말 이해했다면 그렇게 말하지 못했을 겁니다."

예나의 깊은 눈두덩이에 웃음이 떠올랐다.

"유리, 나는 당신을 압니다. 그리고 당신을 믿습니다. 이 전쟁의 시작이 우리를 어디로 끌고 갈지 아직 알 수는 없지만, 이래야만 한다는 걸. 당신이 이유 없이 형제들을 사지로 몰아넣을 리가 없다고 생각합니다. 어쩌면 조금은 고통스러울지도 모르는 길입니다만, 나중에는 당신이 옳았다는 것이 증명될 겁니다. 우리 이바노바가 그렇다고 말하면 그런 거겠죠. 유리 이바노바가 연합 정부에 맞서 싸워야 한다면 싸워야 하는 겁니다."

유리는 잠시 어린 시절을 생각했다. 속절없는 바람들에 인생을 내맡겨야만 했던 시절을. 치고박고 싸우면서 정들었던 형제들과 그들과의 갈등을 기억했다.

그들은 유리의 형제들이었다. 붉은 바람을 떠난 후에도, 형제들은 계속 그 자리에 있었다. 유리를 바라보면서.

"예나, 고마워. 당신 말이 맞아. 나는 우리 형제들을 저버린 적이 없어. 이 길의 끝에서 우리가 만나게 될 것은 영광의 날이 될 거야."

우리가 예나를 안았다. 약간 부끄러운 느낌도 들었다. 항상 냉소적이었던 예나가 그런 식으로 자신의 마음을 표현해준 데 대해 무언가 자신도 답을 해야 한다는 느낌과 뒤섞여 매우 이상한 기분이었다. 그럼에도 유리는 그가 고마웠다.

"형제들에게도 전해줘. 내가 그들을 잊은 적이 없다고 말이야."

"알겠습니다."

"카란은 어디 있어? 가진도 그렇고 인사를 하려고 했는데 다들 보이지가 않네.”

“아, 다들 일하러 갔습니다.”

그리고는 의미심장한 미소를 지었다.

“그동안 쉬었으니, 부지런히 일해야죠. 안 그래요?”

“뭘 그렇게 넋을 잃고 보고 있나?”

가진은 쥬디의 목소리에 고개를 돌렸다. 로브를 입은 쥬디가 그를 보며 웃고 있었다.

“여기 규모를 가늠하고 있었습니다. 쥬디, 여기 와본 적 있어요?”

쥬디가 코웃음쳤다.

“해적이 공항을 올 일 있어? 나 잡아가라는 거나 마찬가지지. 그렇지만 사실은 여러 번 왔다. 삼촌이 세관에서 일했거든. 마지막에 왔을 때가 4년 전인데, 그때보다 더 증축한 것 같다. 더 커진 것 같은데.”

가진은 내압 처리된 강화 유리 밖으로 다시 눈을 돌렸다.

발할라 중궤도 우주 공항은 발할라의 대기권과 우주 공간의 어슴푸레한 경계에서 홀로 밝게 빛나고 있었다. 인포메이션 센터의 가이드에는 공항의 가로 길이가 3km라고 했다.

중궤도 우주 공항은 주로 함선들의 중간 기항과 기타 특수 목적을 위해 사용되는 연합 국영 시설들이다. 타 행성계로 가야 하는 함선들이 발할라를 경유지로 사용할 때 지상에 착륙하지 않고 대기권 밖 중궤도 공항에 들러서 정비를 끝내고 출발하곤 했다. 착륙과 정박에 막대한 연료가 소모되기 때문이다.

또한 대부분의 군용 납품 업체들도 이곳을 거쳐서 지상을 향하곤 했다. 이중 삼중의 보안을 위해서였다.

검역소 문이 열리고 검역 대원들이 쏟아져 나왔다.

"연합 검역반입니다. 다들 3열로 서세요. 송장을 꺼내고, 별도로 가지고 온 짐들은 우측의 검색대 앞에 놓으시길 바랍니다."

"가진. 놈들이 나왔다. 가자."

쥬디가 가진의 팔을 툭 쳤다. 가진은 부랴부랴 로브 단추를 채우고 옆에 놓았던 가죽 가방의 손잡이를 잡았다.

둘은 검색 구역 안쪽으로 향하는 사람들의 행렬에 합류했다.

검역반들은 사람들이 내민 핸디 툴에 자신들의 검색기를 가져다 댔다. 대부분 검색기 상단에 초록색 불이 들어왔다. 그러나 간혹 빨간 불이 들어오는 이들도 있었고, 그들은 검역반의 안내에 따라 따로 추가 조사를 받는 줄로 빠졌다. 10여분쯤 지나서 줄이 많이 줄어 곧 그들의 차례가 되었다.

나이 들어 보이는 검역 대원이 가진과 쥬디를 멈춰 세웠다.

"어디서 오셨소?"

쥬디가 웃으며 말했다.

"텐진 코퍼레이션입니다. 기동 전투단 기지에 납품할 물건들입니다. 저는 릭이고, 여기 이 친구는 요지라고 하죠. 요즘도 검역반이 할 일이 많으시네요. 할만해요?"

검역대원이 투덜거렸다.

"말도 마쇼. 물동량이 많아져서 나날이 일은 늘어나는데 통인원 충원은 없습니다. 이러다 정말 죽겠단 말이오."

"이래서 항상 윗놈들이 문제죠. 아랫사람들 손이 얼마나 부족한지 모르고 어떻게든 하면 된다는 속터지는 소리만 한단 말입니다."

"맞소. 어쨌든 이 짓도 더 이상은 못해먹겠다는 친구들이 한둘이 아니오. 텐진 코퍼레이션이면, 군수업자들이구만. 아직도 연합군과 거래를 트고 있소?"

가진이 말했다.

"신용 관리와 납기가 생명이죠. 한 번도 채무를 미납한 적이 없어서 중앙은행 기준 신용도가 1등급에 납기도 늦은 적이 없답니다."

"좋겠구먼. 돈 나오는 거위를 잡은 거요."

"더 노력해야죠."

"심사증을 보여주시오."

가진이 핸디 툴을 내밀었다. 검역 대원이 검색기를 갖다댔다. 가진은 심장이 쿵쾅거리는 소리를 들었다.

검색기에 초록불이 들어왔다. 가진은 속으로 한숨을 내쉬었다. 검역 대원이 안쪽을 가리켰다.

"들어가보쇼."

가진과 쥬디는 투덜대는 남자를 지나쳐 검역 섹터 안쪽으로 향했다.

안쪽으로 들어가니 사람들이 훨씬 많았다. 대부분이 연합과 거래하는 납품업체들이었다.

쥬디는 안쪽을 살피다가 다른 업체 사람들과 입씨름을 하던 수속 심사 부스의 남자 심사원을 발견했다. 쥬디가 남자를 가리키며 손짓했고 가진은 고개를 끄덕였다. 둘이 남자 앞으로 가자 말소리가 잘 들렸다.

"아, 그러니까 안된다고 말했잖아요. 심사증은 심사증이고, 여기부터의 절차는 별도라고 몇 번이나 말했잖습니까! 입국 서류 다 꺼내시고 검사증, 심사증, 신원 확인증, 물품 이동증과 정부 상공인 인증서 모두 다 보여달란 말입니다! 뭐라고요? 없어요? 그럼 저기 줄 뒤로 가서 사유서 작성하고 추가 서류 발급 신청하시든가. 그럼 어디서 기다리냐고? 낸들 아나! 공항에서 노숙하든 아니면 원래 계시던 곳으로 돌아가든, 알아서 하시오! 서류를 꼼꼼히 준비하지 못한 건 그쪽 잘못이지, 우리가 편의를 봐줘야 하는 사항은 아니지!"

입국 수속 심사를 받던 상인은 수속 심사 부스의 입국심사원에게 쌍소리를 지껄이고는 뒷편의 다른 줄을 향해 걸어갔다. 쥬디는 인상을 찌푸리고 있던 심사 요원에게 다가가 서류를 내밀었다.

"고생이 많으십니다. 텐진 코퍼레이션의 릭이라고 합니다. 오늘 정말 재수 없는 날이죠? 그럴까봐 심사에 필요한 서류를 모두 준비해왔습니다요."

요원이 그를 흘긋 보고는 서류뭉치를 받아들었다.

쥬디는 심사대 명패에서 심사원의 이름이 '마커스'임을 알았다. 쥬디는 심사원이 뉴시드니 출신일 거라 짐작했다. 그래, 마커스 어디 한 번 보라고. 흠 잡을 데 하나 없을 테니까. 너는 그저 우리 서류들에 도장만 쾅쾅 찍어주면 되는 거야.

마커스가 말했다.

"서류엔 하자가 없군요."

뒷편의 가진이 신뢰가 담긴 미소를 지었다. 마커스가 그들에게 서류를 돌려주며 물었다.

"입국 목적은 기동 전투단 기지 납품이라구요?"

"그렇습니다. 다 군수물자입니다. 부식부터 피복류, 자잘한 군장류와 부품까지."

"보시면 아시겠지만 분기마다 주기적으로 납품하는 업체입니다."

가진이 말했다. 마커스는 쥬디와 가진을 번갈아 쳐다보았다. 상대적으로 젊은 축에 속하는 가진은 발할라 인들 중에서도 호리호리하고 여려보이는 인상이었다. 카란은 중궤도 공항으로 출발하기 전에 쥬디와 함께 가진을 지목하면서 '위협적으로 보이지 않아서'라고 말했다. 가진은 괜히 그 말이 마음에 걸렸다.

"물건은 어디에 있죠?"

"24번 도크입니다."

"원래는 물건과 함선도 다 검사해야 하지만, 특별히 하지 않아도 되겠죠? 기지와 10년 넘게 거래한 업체기도 하고, 지금 좀 머리가 아파서 말입니다."

쥬디가 마커스를 고른 이유가 바로 이것이었다. 그는 속으로 발할라 출신 가수 데릭의 '봄이 와요, 폭풍처럼 휘몰아치는 봄이' 곡을 두 번 부르며 씩 웃었다.

이 불쌍한 친구야. 이제 곧 재미난 일이 벌어질 거라는 건 당신은 감히 상상도 못할 거야.

쾅쾅쾅. 마커스가 가진과 쥬디의 입국 심사증, 그리고 그들이 가지고 온 화물 반입 서류들에 도장을 찍고는 외쳤다.

"다음 사람!"

구형 상선 안에서 카란은 쥬디의 통신이 걸려오자 핸디툴의 버튼을 눌렀다. 홀로그램 모드를 해제한 뒤 쥬디의 음성만 들었다.

"입국, 통관 절차 완료되었습니다, 대장."

카란은 만족스러운 듯 웃었다. 마치 자신이 좋아하는 장난감을 손에 쥔 아이처럼.

"좋아. 그럼 이제 놀아보자고. 테레지아, 출발해라. 쥬디, 가진 신속히 따라와라."

"알겠습니다."

조종실에 있는 테레지아의 목소리가 들렸다.

"출발하겠습니다, 대장."

궤도 공항 24번 도크에 정박해 있던 상선이 후진으로 느리게 몸체를 빼낸 후 지상을 향해 움직이기 시작했다.

카란은 허리춤에 매달린 플라즈마 커터 손잡이를 꺼내어 작동시켰다.

손잡이에서 쏟아져 나온 플라즈마가 칼날 모양을 이루며 눈이 멀어버릴 듯한 광원을 뿜어냈다.

카란은 플라즈마 커터를 손에 쥐고 다리를 까딱거리며 즐거운 상상에 빠져들었다.

8.

뉴시드니 출신의 발할라 기동 전투단 대원 데스먼드 제니스는 점심 식사 후 2시쯤, 군수 물자를 실은 배가 기지에 도착하는 것을 보았다. 익숙한 상호의 배였다. 데스먼드는 지휘실에 텐진 코퍼레이션 소속 상선이 기지 도크로 다가옴을 알렸고 지휘부 당직 대위는 상선의 입항을 허락했다.

데스먼드와 근무 중이던 위병들은 상선 도크로 향했다. 상선의 이름은 블루 왜건이었다. 이름에 어울리지 않게 푸른 페인트 도료가 벗겨진 빛바랜 암회색이었다.

상선의 후편 창고문이 개방되었다. 안쪽에서 20여명의 남자들이 지게차를 운전하여 바깥으로 물건을 실어 날랐다. 데스먼드는 그들을 가만히 기다렸다. 운전을 끝내고 곱슬거리는 검은 머리에 어두운 피부를 한 남자가 다가와 인수증을 내밀었다.

"춥네요, 원. 봄인데 봄 같지가 않네요."

"그렇죠? 오시느라 고생 많으셨습니다. 요즘 회사는 별 일 없죠?"

"별 일이라도 있으면 좋겠소. 재미있는 일이 없어서."

"저도 마찬가지입니다."

"곧 재미있는 일이 많아질 수도 있소."

데스먼드와 함께 나타난 대위가 말했다. 곱슬머리가 그를 물끄러미 보며 데스먼드에게 물었다.

"이분은?"

“아, 이번에 새로 오신 하세베 대위님입니다.”

“텐진 코퍼레이션은 어느 행성 소속이요?”

“가네시에 본사가 있습니다. 지분은 대부분 신상하이의 국영 기업 주도의 컨소시엄이 가지고 있고요. 뭐, 가네시가 아니라 신상하이 쪽이라고 보셔도 됩니다. 물류창고와 제 사무실이 신상하이에 있거든요.”

“그렇군. 그쪽 성함이 뭐요?”

“케이라고 합니다, 대위님.”

“성씨는 있겠지? 발할라에 부임 온 뒤 성씨를 물어보는 게 습관이 되어서 말이오.”

케이는 잠시 아무 말도 없다가 씩 웃었다.

“발할라 출신입니다요, 대위님. 그래서 성씨가 없습죠.”

대위가 눈살을 찌푸렸다.

“발할라 출신이 출세했군. 어떻게 2성계까지 흘러간 거야?”

“제 삼촌이 발할라 여자와 결혼했죠. 삼촌이 저를 많이 아껴서 가네시와 신상하이로도 자주 데리고 갔답니다. 연합 법령이 속인주의라 성씨를 부여받진 못했지만, 뭐 그게 중요하겠습니까? 사람 노릇 하고 살 수 있다는 것만으로도 감지덕지죠. 어쨌든 제가 최고로 존경하는 삼촌 덕에 운 좋게 텐진에 취직하여 지금 이렇게 제 모성의 연합군 기지와 거래를 트게 됐습니다.”

“운이 좋군. 하지만 자기 ‘뿌리’를 제대로 인지한다는 건 중요하지. 근본은 바뀌지 않거든. 그래도 축하하네. 썩은 시궁쥐가 드글거리는 곳을 벗어나 사람답게 살게 됐잖소? 모쪼록 그

근본을 다른 곳에서는 숨기고 지금처럼 살아가는 게 좋을 거란 말이야.”

케이는 그 대위가 마음에 들지 않았다. 그는 대위의 인상을 마음 속에 새겼다. ‘족제비 같은 자식.’

데스먼드가 헛기침을 하고는 케이의 눈치를 살피며 말했다.

“물건들을 안쪽 창고로 옮겨주실 수 있을까요? 그리고 제가 오늘 사령부로부터 전달받기로는 급하게 귀하 측으로 함선 수리용 부품과 자재들도 같이 보냈다고 하더군요. 방금 보니, 지금 적재되어 있는 거 같던데 그것도 창고와 격납고 쪽으로 옮겨주시면 감사하겠습니다, 케이.”

“그러겠습니다. 이봐, 들었지 다들? 얼른 움직이고 빠지자고.”

남자들이 스무 대가 넘는 지게차를 운전하여 위병들의 안내를 받아 창고와 격납고 쪽으로 물건을 옮기기 시작했다. 그 모습을 지켜보던 하세베가 데스먼드에게 말했다.

“쓰레기 같은 놈들이야.”

“예?”

“저 남자만이 아니라 대다수가 발할라 놈들이야. 보이나, 데스먼드?”

데스먼드가 지게차를 운전하는 운전자들을 보았다.

“저는 잘 모르겠습니다 대위님. 어떻게 아셨습니까?”

“오늘 위병소에 신고된 방문자 명단에서 모두 확인했지. 그래서 나온 거야.”

“그러셨군요. 수상한 사람들은 아닙니다 대위님. 꽤 오랫동안 거래를 해온 업체입니다."

"다음부턴 거래선 바꾸는 거 생각해봐. 본부에 정식으로 보고하고. 발할라 인들은 못 믿을 놈들이야. 아직도 전쟁의 기억을 가지고 있는 자들이 많다고. 이곳 기지 대원들이 뉴시드니 출신들로만 구성된 건 이유가 있기 때문이라고."

데스먼드는 뭐라 얘기를 할 지 고민했지만 하지 않았다. 하세베 대위는 완강한 남자였다.

"알겠습니다. 기안 써보겠습니다. 격납고 쪽 창고 적재 과정을 체크하러 가보겠습니다, 대위님?"

"그래."

데스먼드가 사라지고 하세베는 한동안 위병소를 둘러보았다. 한 시간이 지난 후 그는 기지 본부 지휘실 쪽으로 걸음을 옮겼다.

본부 지휘실에는 당직을 서는 병사들이 무장해제를 당한 채로 양손을 머리 위에 올리고 앉은 자세로 묶여 있었다. 하세베는 당황한 표정으로 부하들을 보았다.

"너희들 지금 뭐하고 있는 거야?"

"보시다시피 얌전히 명상하고 있는 중이야, 대위."

하세베는 문간에 기대어 서 있던 남자가 팔짱을 풀고 나타난 것을 보았다. 케이였다.

"아니, 당신은?"

하세베가 허리춤에 손을 가져가자 케이가 휘파람을 불었다.

“나라면 그러지 않을 거야. 손목 날아가기 전에 관둬, 대위.”

하세베는 권총을 꺼내 들었다.

다음 순간 하세베의 오른쪽 손목이 날아갔다.

핏방울이 흩날렸고, 하세베는 끔찍한 고통에 비명을 지르며 주저앉았다.

커이가 손에 플라즈마 커터를 손에 들고는 그를 내려다보았다.

“그러지 말라고 했잖아.”

하세베는 끔찍한 고통 속에 기절할 것 같으면서도 상황을 파악하려 애썼다. 어렵지는 않았다. 성계에서 플라즈마 커터를 사용해 모든 걸 썰어버리는 인간은 오직 하나였으니까.

“카란… 셰티!”

“조금 더 일찍 소개해주지 못해 미안하군.”

카란은 부끄러운 듯이 웃었고, 해적들이 지휘실에 들이닥쳤다.

“대장. 기지를 순조롭게 점거 중입니다.”

테레지아였다. 카란이 알아들었다는 사인을 보냈다.

기지 내부에서 불길이 치솟아 올랐다. 지휘실 바깥에서 총성이 울려퍼졌고 비명소리가 들렸다. 펄스 라이플의 총열이 회전하는 소리와 함께 건물 일부가 무너져 내렸다.

하세베는 이 상황을 믿기 힘들었다.

“당신들 대체 어디서 나타난 거지?”

하세베는 깨달았다.

“그 짐들!”

카란이 입을 동그랗게 모으며 감탄했다.

“눈치가 빠른걸 대위? 맞아. 이 친구들은 우리가 가져온 짐들 속에서 튀어나왔어. 멋지지 않아? 발타자르도 이걸 보면 그 놈들 참 머리 잘 돌아가는 놈들이라고 흡족해하지 않을까?”

하세베는 이를 악물었다. 손이 덜덜 떨리고 침이 튀어나왔다. 손목이 잘린 환부에서 묵직한 고통이 불에 달군 꼬챙이로 사정없이 찔러대는 것처럼 전해져왔다. 그는 이를 딱딱 부딪히며 말했다.

“카란 세티, 어리석은 짓이다. 행성 외부를 돌고 있는 기동편대와 지상군이 이곳으로 곧 들이닥칠 거다.”

“그래, 그러기 전에 끝내야지. 그래서 내가 지휘실에 온 거 잖아?”

카란도 그 정도는 계산하고 있었다. 지휘실의 통제권을 확보한 만큼, 행성 내 다른 육군 기지에서는 기동전단의 상황을 알 수 없을 것이다. 그러나 기동전단이 교신에 응답이 없으면 곧 이상하게 생각할 것이다. 카란은 자신들에게 주어진 시간이 서너 시간이라고 생각했다.

카란이 핸디툴을 켰다.

“데스먼드. 어떻게 됐나?”

데스먼드의 응답이 들렸다.

“다섯 척입니다. 대형순양함 한 척, 중순양함 두 척, 나머지는 강습함 두 척입니다. 곧 점거하고 이륙하겠습니다.”

"좋아."

하세베는 고통도 잊고 고함을 쳤다.

"그 새끼가! 어떻게 그 새끼가 발할라의 개만도 못한 인간 떨거지들과 내통을!"

"고귀하신 대위 나으리. 좀 조용히 못하겠나? 그게 바로 당신과 나의 '근본적인' 차이란 말이야. 출신성분이 뉴시드니이든 발할라든 난 그 친구가 마음에 들면 다 받아들인다고. 당신 같이 아무도 믿지 못하는 작자는 평생 이런 수준의 신뢰는 받아 본 적도 없겠지."

테레지아가 조용히 말했다.

"아까 꽤 맘에 담아 두신 모양이군요, 대장."

"하! 내가? 그렇지 않아."

"대장, 가진입니다."

가진이 교신했다.

"어디에 있나?"

"기지 상공에 있습니다. 놈들 대공포가 멈춘 거 보니 지휘실은 다 장악하신 거 같군요."

"곧 데스먼드가 형제들과 함께 탈취한 배들을 가지고 이륙할 거다. 궤도 폭격을 준비해. 기지를 쓸어버려라."

"일을 너무 크게 키우는 건 아닐까요?"

"상관없다. 놈들이 눈치채고 덤비는 건 더 바람직한 일이야. 다 박살내버릴 생각이거든."

가진은 숨을 삼켰다.

“여기서요?”

“그래, 탈취한 배들도 참여시키겠다.”

데스먼드가 말했다.

“대장, 아직 대원들이 함선들을 완벽하게 다룰 수 없습니다.”

“운전은 가능하잖아. 그냥 함포만 개방해서 전방으로 쏴. 나머지는 우리가 엄호할 테니.”

“알겠습니다. 해보겠습니다.”

카란은 교신을 끝내고 바닥에 피를 뿜으며 꿈틀거리는 하세베의 손을 들어 그의 눈 앞에 흔들어보였다.

“이 손을 통해 오늘 어떤 교훈을 얻었는지 하늘에서 곰곰이 생각해봐. 그럼 대위, 잘 가도록.”

플라즈마 커터가 허공을 갈랐고 하세베의 목이 분리됐다. 피가 분출했다. ‘대위, 잘 가도록.’ 하세베는 그런 의미 없는 말이 자신이 세상에서 마지막으로 듣게 될 말이었음을 생각도 하지 못했다. 그의 머리는 자신의 몸을 보았다. 약간의 고통과 슬픔이 밀려들었다. 하세베의 머리가 벽을 맞고 튕겨나 굴렀다.

그의 입이 몇 번 뻐끔거리다가 멈췄다.

데스먼드는 투덜거리면서 대형순양함 ‘마녀사냥꾼’ 함 내부로 진입하자마자 소리질렀다.

“자, 지금부터 이 함선은 붉은 바람의 것이다. 저항하면 죽인다!”

데스먼드와 함께 들어온 해적들이 선내 통제 인력들을 향해

라이플을 겨눴다.

“데스먼드? 이게 무슨 짓이야?”

그를 알아본 함선 내 승조원들이 달려왔다. 데스먼드는 그들을 향해 웃어주었다.

“사실 저 데스먼드는 붉은 바람 해적단이었다는 매우 교과서적인 전개입니다. 모두 물러들 나요. 이봐요, 내가 아는 사람 같은데. 가오숭? 전단장 님은 어디 계시죠? 얼른 전단장님을 모시러 갑시다. 앞장들 서요.”

승조원들은 경악했다. 누군가 소리쳤다.

“이 배신자!”

그는 허리춤으로 손을 가져갔으나 해적들의 총질에 흉부에 구멍이 뚫린 채 쓰러졌다. 데스먼드는 혀를 찼다.

“쓸데없이 저항하지 맙시다. 당신들을 죽이고 싶진 않습니다. 그러나 꼭 필요하다고 판단되면 여러분들을 망설임없이 죽일 겁니다.”

고요가 잦아들었다. 승조원들이 서로를 곁눈질했다. 데스먼드가 미소를 지었다.

“자, 다시 한 번 말할게요. 지금 당장 무기들을 내려놓고 우리를 전단장에게 얌전히 안내하는 겁니다. 아시겠습니까? 좋아요.”

데스먼드와 수십 명의 무장 해적들은 함교로 안내되었다. 암청색의 영관 장교 제복을 입은 희끗희끗한 머리의 남자가 그를 기다리고 있었다.

"데스먼드 소위."

"린웨이 전단장님."

"얘기는 들었다. 지금 밖에서 소동이 벌어지고 있는 것도 알고 있고. 배를 접수하러 온 것인가?"

"그렇습니다. 이 시간부로 마녀사냥꾼은 붉은 바람 소속입니다."

"받아들이지 않는다면?"

"제 제안을 신중하게 생각해보시는 게 좋을 것 같은데요."

"어떻게 하려고? 포로가 되라고? 차라리 해적이 되라고 하지 그러냐, 데스먼드? 옛날 이야기처럼 말이야. 우릴 던져줄 상어도 준비했나?"

"상어는 없습니다만, 상어보다 더 확실한 걸 준비했죠. 영원한 어둠입니다."

린웨이 전단장은 입을 다물었다. 데스먼드는 담담한 표정으로 말했다.

"선택하십시오 전단장님. 전단장님의 기지는 이미 우리가 접수했습니다. 지휘실도 장악했기 때문에 사령부가 이 사실을 파악하기까지는 아직 시간이 남아 있습니다. 그러나 전단장님과 대원들을 처리하기엔 매우 충분한 시간입니다. 통제권을 저희에게 넘기고 가담하든가 혹은 포로가 되시겠습니까, 아니면 이 자리에서 모두 죽겠습니까?"

린웨이는 한숨을 쉬었다. 함교 내 인력들이 그를 불안하게 곁눈질했다. 린웨이는 자신의 운이 여기까지임을 알았다.

'길었던 운명의 고리가 허무하게 끊어지는 순간이군.'

"한 가지 물어보겠다. 붉은 바람을 움직인 건 누구냐?"

"우리는 친구가 많습니다. 당신들도 잘 알고 있는 친구들입니다."

"잘 알겠다. 역시 그랬군."

린웨이가 함교의 스타 맵의 한쪽 가로 부분에 손을 짚고 기대었다. 스타 맵에는 행성 연합의 성계들이 축소 모형으로 투사되고 있었다. 그는 불현듯 은하맵을 켜 자신의 분신과도 같은 함선을 몰고 마지막 항해를 하고 싶었다.

데스먼드가 말했다.

"배를 넘기십시오, 전단장님."

린웨이가 데스먼드를 불렀다.

"데스먼드."

"예?"

"지옥에나 떨어져라. 씹질할 해적 놈아."

데스먼드는 잠시 멍한 표정을 지었다. 곧 그가 험악한 얼굴을 하더니 전단장을 쏘았다. 노구가 피를 내뿜으며 뒤로 날아가 함교 구석에 박혀버렸다. 비명소리들이 곳곳에서 터져나왔다.

데스먼드가 천장을 향해 한 방 더 갈긴 뒤 차분하게 말했다.

"난 이래서 꼰대가 싫어."

"마녀사냥꾼 함을 모두 장악했습니다. 다른 형제들도 성공한 것 같습니다.”

“좋아, 이륙한다. 곧 그리로 가겠다.”

“예, 보스. 이륙 준비하겠습니다.”

카란이 대원들에게 말했다.

“이동.”

“여기 남아있는 자들은 어떻게 할까요?”

“데리고 갈 시간없다. 곧 발할라 지상군과 행성 외부 편대가 기지에 이상이 생긴 것을 눈치챌 거다. 이미 눈치챘을 수도 있고. 얼른 여길 뜨고 이곳을 증발시킨다.”

그 말을 들은 결박된 지휘실 인력들이 아우성쳤다. 카란은 신경쓰지 않았다. 테레지아가 말했다.

“알겠습니다. 빨리 가셔야 할 것 같습니다.”

카란은 고개를 끄덕이고는 형제들에게 이동을 명령했다.

카란이 격납고로 들어와 마녀사냥꾼 함에 탑승하는 모습을 확인하자마자 데스먼드가 말했다.

“이륙!”

카란은 마녀사냥꾼 함의 함교에 도달했고, 테레지아는 중순양함 캔버라 함에 탑승했다.

함선 인력 중 절반은 협력을 거부하고 포로가 되었고, 절반은 자진해서 함선을 통제하고 있었다. 그들이 엔진을 점화시켰고 곧, 기체가 떠오르기 시작했다. 나머지 네 개의 함선도 같은 모습이었다.

대형순양함, 중순양함, 강습함 다섯 대의 함선은 곧 대기를 향해 날아올랐다.

카란이 함교에 나타났다. 데스먼드가 말했다.

"보스."

"잘했다, 데스먼드. 가진한테 통신 채널을 열어라."

통신이 작동하자 카란이 말했다.

"가진. 궤도 폭격으로 기지를 쓸어버려라."

"알겠습니다. 곧 진행하겠습니다."

기지 상공에 기다란 몸신의 상선이 떠 있었다. 해적단의 폭격기였다. 가진은 폭격 시스템을 가동시켰다. 선체가 잠시 흔들리더니 폭약창이 개방되었다. 옆좌석에 앉은 쥬디가 말했다.

"볼만하겠군."

"그렇겠죠. 꽉 잡아요, 반동이 있을 테니까."

쥬디가 기대하는 표정으로 자신의 좌석 손잡이를 꽉 잡았다.

"난 준비됐어. 얼른 하라고."

기체 하단의 폭약창에서 폭약들이 지상으로 떨어져내리기 시작했다.

"갑니다."

공중에 타원 모양의 물체들이 나타났다. 소형 전술 핵탄두들이었다. 탄두들이 휘파람 같은 파열음을 내며 지상을 향해 내리 꽂혔다.

발할라 기동전단 기지가 박살났다. 가공할 크기의 화염들은 펑지 위에서 펼쳐지는 불꽃 쇼 같았다.

카란은 휘파람을 불었다.

"역시 재래식 폭탄이 화끈하다니깐."

데스먼드는 조금은 복잡한 심경으로 함교에서 그 모습을 내려다 보았다. 그는 수년 간 근무했던 기지가 박살나는 모습을 가만히 지켜보고 있는 중이었다. 사람이란 역시 이상하게 감상적인 데가 있군. 그는 자신에게 지옥에 떨어지라고 외쳤던 린웨이를 생각했다. 빌어먹을 늙은이.

가진이 마녀사냥꾼 함에 통신을 걸어왔다.

"대장. 레이더에 무언가 잡힙니다. 발할라 외부 궤도 쪽입니다. 연합군의 함대가 나타난 것 같습니다."

카란은 자리를 박차고 일어났다.

"생각보다 빨리 나타났네."

데스먼드가 카란을 보았다. 그가 말했다.

"기관 전속. 전투 준비."

카란의 명령이 다섯 함선 모두에 전파되었다.

중순양함 캔버라 함의 통신을 통해 테레지아가 말했다.

"대장, 여긴 아직 우리들밖에 없습니다."

테레지아가 말했다.

"조금만 버텨라. 곧 형제들이 온다."

카란은 아드레날린이 온 몸 구석구석을 휘젓고 다니는 걸 느꼈다. 그는 연합 함대의 급소를 물고 늘어져 죽을 때까지 놓아주지 않을 생각이었다.

대니는 진수가 다녀간 다음 날 오전에(그쯤인 것 같았다) 누군가 쌀국수와 수육 몇 점이 담긴 식판을 철창 아래로 넣은 것을 보았다. 대니는 식판과 음식의 기원에 대해 더 생각하기보다는 얼른 자신의 배를 채워넣는 데 주력했다. 에이든이 자신이 사라진 사실을 알아차린 데는 하루 정도 시간이 걸릴 것이다. 그럼 지금이다. 하지만 대니는 연합군이 자신이 가네시 정부의 구류 시설에 억류되었음을 알아차리는 것이 과연 가능한 것인가 의문을 품을 수밖에 없었다.

다음날 다시 모습을 드러낸 진수가 그 의문을 확인시켜주었다.

"대니, 구조를 바라고 있는 거라면, 헛수고입니다. 당신이 사라진 걸 누군가 안다 해도, 당신이 여기 있을 거라고 짐작할 수 없어요. 그보다는 제 제안을 조금 더 전향적으로 고려해보는 게 좋을 겁니다."

"직접 말해보지 그래?"

"당신의 조부가 제 말을 들으려 하겠습니까? 하지만, 당신의 말이라면 고려는 해보겠죠."

"솔직히 사령관님께 당신들의 제안을 전달하고 싶은 생각은 없지만 내용은 궁금하긴 하군. 무엇에 대한 협상을 원하는 거지?"

진수가 빙긋 웃었다.

“궁극적으로는 모든 행성들의 독립적인 지위를 철저히 보장하는 겁니다. 하지만 당장은 우리들끼리 살아갈 세계를 떼어주고 건드리지 않기만 해도 괜찮을 것 같군요.”

“결국 당신이 말하는 건 연합 정부 체계의 붕괴와 다를 게 뭐지? 내가 전향할 거라고 생각하는 건가?”

“나는 당신이 당장 전향하기를 바라는 게 아닙니다. 그리고 당신이 생각하는 것처럼 모든 행성 간 관계와 교류를 초기화시키자고 주장하는 것도 아니구요. 나는 단지 당신이 우릴 이해하기를 바랄 뿐이에요. 연합군 내에도 우릴 이해하는 사람이 있었으면 하는 마음인 겁니다.”

그가 의자를 가져와 철창을 사이에 두고 대니와 조금 더 가까운 자리에 앉았다.

“카를로스 씨. 당신은 성계 인류의 기원에 대해 관심이 있습니까?”

“관심 있고 자시고 할 이야기도 아니지 않나? 우리가 어디에서 날아왔는지를 모르기도 힘드니까 말이야.”

“예, 그렇죠. 하지만 당신이 알고 있는 이야기란 팩트에 불과합니다. 그 동기에 대해서는 대부분 사람들이 그렇듯 무지해요. 나는 600여년 전 이주선단 네 척이 지구를 떠났을 때 당시의 이주 프로젝트가 계획된 과정을 얘기하려는 겁니다.”

대니는 작은 흥미를 느꼈다.

“계속해봐.”

대니의 표정에서 그의 흥미를 읽은 진수가 만족스러운 듯이 웃었다.

"좋아요. 이야기를 시작하죠. 이주선단이 기획되고 프로젝트가 계획된 건 지구와 태양계를 대표하는 거대한 연합 정부의 탄생을 앞둔 상황이었습니다. 마치, 지금 행성 연합과도 같은 정치체 말입니다. 처음 프로젝트를 기획한 건 한국 정부였죠. 지금의 행성 한, 이제는 존재하지 않는 광산조합 정부와 주민들의 모태가 된 이주선 '환웅'을 설계하고 만든 지역 군소 국가 달입니다."

그는 잠시 말을 멈췄다.

"제 이름과 같은 방식의 작명법을 따른 군소 문화권이기도 하죠. 지역적으로는 아시아 대륙의 동쪽에 속한 작은 나라였다고 알고 있습니다. 하나 알려드리자면, 환웅은 그들의 건국신화에 나오는 시조의 아버지인 하늘의 신을 뜻합니다. 이주선을 건조하면서 그들은 이주선이 새로운 우주시대의 환웅이 될 거라 생각했을 겁니다. 이런 이야기들은 연합정부에 의해 접근이 철저히 차단되어 있기 때문에 처음 들을 겁니다. 연합은 주민들이 '연합 주민'이라는 정체성 외의 다른 정체성을 가지는 걸 경계하지요.

어쨌든 그 즈음 2,280년 당시에는 지금 우리들이 당연하게 생각하듯, 지구 내에서도 군소 국가들 간 장벽이 점차 사라지고 사회적, 언어적 경계와 제약이 희미해지는 시기였습니다. 인류 연합 정부에 대한 생각이 무르익었죠. 대부분의 사람들의 눈에 그것은 곧 대통합의 징조였을 겁니다. 반목과 전쟁을 반복해온 인류가 마침내 앞둔 세기의 기적과도 같은 기념비적인 대통합 말입니다. 그런 형태들이 당시 지구에서 만들어진 여러 소설과 엔터테인먼트 작품에 많이 나오죠. 대니, 당신은 대통합이라는 용어에 대해 어떻게 생각합니까?”

대니는 망설임없이 대답했다.

“그런 건 가능하지 않아.”

진수가 설명해보라는 듯 그를 가만히 바라보았다.

“데지레 성계가 통합되기 전에도 많은 일들이 있었죠? 가장 최근 100년 안에만 헤아려 봐도 1차 이름전쟁, 2차 이름전쟁이 있었고, 20년 전 제 고향인 행성 한에서 빅 크러시가 발생했죠.”

“빅 크러시가 지금 일과 관계 있는 건가? 그 사건은 당신들에겐 정말 안 된 일이야. 그러나 엄밀히 말하면 그건 분명 사고였어. 젠장, 우리보다 우월한 문명 수준을 가진 외계인들에게 일방적으로 공격을 당한 사건이란 말이야.”

“대니, 그건 마치 우연히 날아온 소행성의 충돌 같은 단순한 사고가 아니에요. 거기에는 행성 연합 정부가 연루돼 있습니다.”

대니의 표정이 험악해졌다.

“이제 당신들이 으레 지껄이곤 하는 개소리를 시작하는 건가?”

“그게 사실인지 아닌지는 직접 판단해 보시죠. 아니면 당신 조부에게 물어보시든가.”

대니가 잠시 입을 다물었다. 잠시 후 그의 입에서 억눌린 목소리가 흘러나왔다.

"그게 무슨 소리지?"

진수는 못들은체 하고 말을 이었다.

"어쨌든 다시 이야기로 돌아가죠. 행성 연합 정부처럼 지구도 통합 지구 정부가 출범하기 직전이었습니다."

"잠깐, 방금 당신이 한 말이 무슨 뜻이지? 난 그것부터 확인하야겠어."

"갈했잖습니까. 빅 크러시 사건에 연합 정부가 개입되어 있다고 말입니다. 그리고 당신 조부 해리 카를로스는 연합군의 장성이죠. 그가 아마 많은 걸 당신에게 얘기해줄 수 있을 겁니다. 이 얘기는 그에게서 직접 들으시죠, 대니 카를로스 씨."

"그 말은 내 조부가 직접적으로 빅 크러시와 관련이 있단 말이야? 그 얘기인 거지?"

"그럴 수도 있겠죠."

"확실히 말해!"

"대니, 확실한 걸 원합니까? 확실한 건 그 날 수천만 명이 고깃덩이가 되어 사라졌고, 당신 앞에 있는 작자는 고향 별의 복수를 꿈꾸고 있는 위험한 인물이라는 겁니다. 이보다 더 확실한 게 있습니까? 광산조합 정부는 붕괴되었고, 연합 정부가 행성 한을 보호라는 미명 하에 연합 내에 편입시켰죠. 확실하단 건 이럴 때 쓰는 말입니다. 그리고 당신 조부는 이 사실을 알고 있어요. 그러나 여기서 모든 걸 당신에게 얘기하지는 않겠습니다. 솔직히 당신이 그 사실들을 감당할 준비가 되어 있는지도 모르겠고, 모든 사실을 말함으로써 당신이 어떤 반응을 보일지

불안하거든요. 그러니 우리의 대화 속도에 맞추는 게 좋을 겁니다. 그러면 계속 내 얘기를 들을 수 있을 겁니다. 알겠나요?”

대니에게 여러 생각들이 떠올랐다. 그러나 그는 고개를 끄덕였다.

“알겠어.”

“좋아요. 다시 이야기를 이어가죠. 대통합을 목전에 둔 인류들 중 당연히 우리와 같은 사람들도 있었습니다. ‘대통합이 가능하긴 한 걸까?’ ‘만약 정말 대통합이 이루어진다고 해서 대통합이 우리에게 어떤 좋은 점을 가져오는 걸까?’ 일리 있는 생각이죠? 그럴 수밖에 없었던 게, 통합 인류 정부가 출범한다고 해서 모든 군소 문화권의 구성원들에게 동등한 수준의 복지와 혜택이 돌아가는 건 아니거든요. 참으로 잘 알려진 명제입니다만, 사람은 이기적인 존재입니다. 당장 자기 가족이나 친구가 고통스러워하면 도와줄 수 있어도 머나먼 대륙에서 기아로 고통받는 사람에겐 인색하죠. 사람은 자기 눈에서 벗어나면 관심을 접는 종입니다. 그건 비단 사람만이 아니라 모든 종이 동등합니다. 이런 문제가 해결된다는 건 아득히 긴 시간이 지나고 난 뒤일지도 모릅니다.

모성 지구의 여러 군소 국가들의 지도자들과 국민들 역시 그런 생각을 했습니다. 그래서 그들은 외우주 탐사를 기획했죠. 자신들의 씨앗을 남길 수 있는 행성 후보지들이요. 언젠가 지구의 통합 인류 정부가 출범하고 그들의 불확실한 미래에 어떠한 일이 벌어지더라도 자신들이 이주할 땅을 확보하려는 차원이었습니다. 물론, 그건 그 국가들만에 한정된 이야기는 아닙니다. 그만한 이주선을 만들고 광속에 가까운 아광속으로 머나먼 별들로 항해한다는 건 당시로선 큰 비용을 들여야 하는 모험이었으니까요. 그래서 다른 군소 국가들에도 프로젝트의 후원을 받았죠. 지금 성계 인류의 50~60%가 동아시아 3국과 오스트레일리아에서 온 주민들의 후손이라면, 나머지는 전체 인류 국가에서 온 주민들의 후손인 이유입니다.

우리 선조는 각자 독립적이면서도 평화로운 공화정을 수립하고 친교를 이어가고 싶어했습니다.

카를로스 씨. 이게 행성연합 정부가 존재해서는 안 되는 이유입니다. 지금의 행성 연합은 선조들이 원하던 세계가 아닙니다. 연합 정부와 에이먼 소로스가 모든 행성 구성원들에게 동등한 대우와 복지를 제공해줄 것이라고 봅니까? 모든 행성의 주민들을 차별하지 않으리라고 생각하는 건가요? 당신은 카를로스이고 아버지도, 조부도 카를로스였죠. 당신 조부가 이름 상속권을 샀으니까요. 하지만 나머지 그러지 못한 사람들은요? 그들의 처우는 개만도 못합니다. 행성 한의 제 동포들은 어떻고요? 가장 최근에 연합에 편입된 발할라 주민들에겐 성씨를 가지는 것도 허락되지 않는다죠? 이게 당신들이 원하는 대통합입니까?”

대니는 대답하기 전에 잠시 생각을 정리해야 했다. 진수도 그가 자신의 생각을 정리하도록 내버려두었다.

대니가 말했다.

“이 모든 이야기들은 듣기엔 그럴 듯 하지만 이상적이야.”

진수는 어깨를 으쓱했다. '계속해보시죠.'

"당신이 방금 한 얘기들이 설득력을 얻으려면 실제 있었던 사건들에 대한 판단이 뒷받침되어야 해. 하나는 '연합 정부가 정말 빅크러시 사건과 관련이 있는가?' 그리고 다른 하나는 '발할라가 정말 불공평한 차별 대우를 받고 있는가?'이지. 발할라 건에 대해서는 솔직히 나도 가혹하다고 생각해. 이건 대부분의 연합 주민들이 드러내놓고 말하지는 못해도 동의할 거야. 그러나 당신도 알다시피 연합군을 먼저 공격한 건 발할라 인들이었어. 이건 결국 시간이 해결해줄 문제라고. 점령군과 피점령자 간에 발생하기 마련인 문제들은 언젠가는 옳은 방향으로 마무리난다고. 결국 다시 아까로 돌아와서, 당신은 내게 빅 크러시 사건에 대해 확실한 증거를 제시해야 해."

진수는 의미를 알 수 없는 웃음을 지었다. 음울함마저 느껴지는 미소였다.

"내가 왜 이런 얘기를 당신에게 했는지 압니까, 대니? 당신이 삼촌 연수 카를로스와 아주 가까운 사이였기 때문입니다. 알고 있겠지만 내 친구 칼과 당신의 삼촌은 정화 함을 훔쳐서 우리가 그토록 갈망하던 지구로 향했습니다. 당신 삼촌처럼, 당신도 우릴 이해해줄 거라 생각했습니다."

"당신 착각이야. 난 삼촌이 사라진 날 이후로 삼촌을 보지도, 얘길 나눠보지도 못했어. 그러니, 삼촌이 무슨 생각으로 그랬는지도 이해가 되지 않는다고."

"당신도 우릴 이해하게 될 겁니다. 대니, 당신에게 확인하고 싶은 게 있습니다.”

“뭐지?”

진수는 자리에서 일어나며 손에 쥐고 있던 기기의 버튼을 눌렀다.

기계음이 방 안에 울리더니, 창살이 올라갔다.

창살 밖으로 미세하게 흐름이 보이던 전자기 차폐막도 사라진 듯했다.

대니가 물었다.

“날 놔주려는 건가?”

“아닙니다. 당신에게 보여주고 물어보고 싶은 게 있습니다. 당신이 염동력을 개방시킬지는 보이지 않는 곳에서 예의주시하고 있으니 다른 생각 말고 얌전히 따라 와요, 대니.”

방을 나선 대니는 비슷한 방들이 복도를 따라 늘어선 것을 보았다. 진수는 벌써 저만치 앞서가고 있었다. 그가 황급히 따라붙었다. 곧 그는 자신의 뒷편에서 아리와 덩치가 나타났음을 알았다. 그가 반갑게 말했다.

“잘 지냈어요?”

아리가 그를 흘끗 쳐다보았다.

“몰골이 생각보다 봐줄만 하네요, 카를로스 씨.”

“덕분에 며칠간 푹 쉬었소.”

“좋네요. 그에 대해 감사할 필요는 없답니다.”

"감사는 접어두지. 이제 날 좀 꺼내주면 안됩니까?"

아리가 우아한 동작으로 고개를 저었다.

"그건 진수에게 물어보세요."

"우린 잘 통한다고 생각했는데."

"왜 아니겠어요."

대니가 입을 다물었다. 아리가 입고 있는 빅사이즈 코트의 주머니가 불룩함을 눈에 담아 두었기 때문이다.

진수는 핸디 툴을 통해 조명을 밝힌 뒤, 그를 한 층 더 지하로 데려갔다. 어떤 빛도 들지 않았다. 그곳은 큰 홀이었는데, 구석 면에 가로 5m, 세로 5m 정도의 정방형 방이 하나 더 있었다. 대니는 그곳이 집단 수용소이거나, 어떤 음침한 용도의 실험실 중 하나일 거라고 생각했다. 혹은 둘 다이거나. 그의 생각을 읽기라도 한 듯 진수가 말했다.

"이곳은 원래 초창기 생물학 실험실이었습니다. 가네시에 이주해온 이주민들이 가네시를 테라포밍하다가 발견한 생명체들을 연구한 장소였죠. 그들은 처음에 이곳에 특정 크기나 구조를 갖춘 생명체가 존재하지 않을 거라고 생각했습니다. 땅이 품고 있는 유독한 황산가스 때문이었죠. 소량의 이끼류와 물만 있던 이 행성에서 더욱 활발한 생명활동의 징후를 포착하지 못했던 탓도 크죠. 그런데 황산을 먹고 사는 거대한 동물들이 있었던 건 그들에겐 놀라운 발견이었습니다.

그 동물들은 산소에 매우 치명적으로 반응했습니다. 가네시에 온 생물학자들은 그 동물들을 가둬놓고 여러가지 실험을 하며 가네시 생태에 대해 연구했습니다. 지금은 모두 멸종했지만 그들은 인류와는 또 다른 세계에서 만들어진 생물들이었습니다.

그 이후 이곳은 주로 연합의 정치범 수용소로 이용되었습니다.”

“여기에 무얼 가둬 놓은 거지?”

김진수는 어둠 속에 일렁거리는 그들의 그림자 속에서 슬퍼 보이는 표정을 지었다.

“제 동료입니다.”

그리고 실험실의 전원을 가동시키고 홀의 조명을 켰다.

하얗게 빛나는 빛들이 실험실 안을 가득 메웠다. 대니는 눈살을 찌푸렸다.

텅!

그는 실험실 안에 가둬진 한 남자를 보았다.

남자는 사지가 뒤틀려 있었다. 대니는 자신이 보고 있는 남자의 머리 밑으로 몸통이 기괴한 각도로 뒤틀려 있음을 알아차렸다. 남자가 넓은 실험실 창 너머로 그들을 보며 입을 벌렸다.

인간의 것이 아닌 괴성이 터져나왔다. 대니가 귀를 손으로 덮어 막았다.

“뭐야, 저건? 사람이 맞는 거야?”

남자가 머리로 창을 들이박았다. 텅! 남자의 눈두덩이가 짓뭉개지고 피가 튀었다.

대니가 믿을 수 없다는 듯이 말했다.

“이 자는 누구지? 대체 뭐하고 있는 거야?”

“내가 당신에게 묻고 싶은 게 바로 그거였습니다.”

“뭐?”

“이 남자는 우리 동료인 호건이라고 합니다. 뉴시드니의 위성인 바다 행성 넵투누스로 보냈죠. 연합의 수도 시설을 염탐하고 그곳에 있다는 비밀 시설에 침투하기 위해 파견되었다가 이런 꼴로 돌아왔죠. 대체 무엇이 제 동료를 이렇게 만든 거죠, 대니? 당신이라면 알 거라고 생각했는데.”

대니가 고개를 저었다.

“알기는커녕 무슨 상황인지 지금 이해도 되지 않아. 맙소사. 이 남자 지금 살아 있는 건가? 어떻게 몸이 저렇지? 그리고 저 팔에 돋아난 저건 뭐야?”

대니는 남자의 팔에서 무언가 돋아난 것을 보았다. 대니가 신음을 흘렸다. 그가 힘없이 말했다.

“저건…….”

“네. 팔입니다.”

성인의 팔의 전완근과 이두근에 마치 아기의 것 같은 작고 가느다른 고사리 같은 팔들이 돋아난 채로 움찔거리며 움직이고 있었다. 대니가 헛구역질을 시작했다.

진수가 그런 대니를 향해 씁쓸한 음조로 말했다.

“연합군이 대체 제 동료에게 무슨 짓을 한 겁니까, 대니?”

남자가 다시 유리벽을 머리로 들이박았다. 유리벽에 뇌수가 튀었다.

10.

히프가 조슈아에게 심리가 진행될 거라는 사실을 알려준 지 사흘이 지난 날 오전에 디우틴 평의회의 사자가 히프와 함께 찾아왔다. 그는 히프케라노스보다 조금 더 큰 체구를 가진 외계인이었는데 금색 장신구를 두른 양팔에는 칼자국 비슷한 상처가 나 있었다. 금색 머리 털이 난 그는 자신을 아우레우스라 소개했다.

"오늘 오후란 말이지요?"

통역기를 장착한 아우레우스가 유창한 데지레 성계 공용어로 말했다.

"그렇소, 인간. 평의회 의원인 빅토라누스와 내가 준비를 마친 뒤 이곳으로 직접 찾아올 거요."

"조슈아라 부르시오. 왜 날 그쪽으로 부르지 않고?"

"인간이 우리 세상을 방문하는 건 처음 있는 일이오. 적어도 내가 알기로는. 아직 당신들이 지니고 온 외부 세계의 세균들에 대한 연구와 대처가 진행 중입니다. 사실 대부분의 세균은 우리 과학력으로 컨트롤 가능합니다만, 혹시 무슨 일이 있을지 몰라 만약에 대비하는 겁니다. 그런 연유로 이런 특별한 케이스의 심리 정도는 이곳에서 약식으로 진행해도 상관없다는 평의회의 결정이 있었소. 심리 위원회는 나와 의원님께 모든 결정을 위임했소."

"알겠습니다. 시간은요? 당신들 디우틴 인들의 수명이 우리보다 두 배는 길어서 그런지 시간 관념이 좀 느긋한 것처럼 보이던데. 당신들의 1년은 대략 우리 세계의 2년입니다. 혹시나 지금까지처럼 한 달 내내 심리만 진행하는 게 아닌가 싶어 조바심이 나서 말입니다.”

“심리는 하루면 끝날 거요. 빅토라누스 의원과 내가 같이 진행할 거고, 우린 시간을 질질 끄는 걸 좋아하지 않소. 간략하게 사실 위주로 해서 사건의 개요만 확인하고 진행할 거요.”

“히프, 자네도 같이 오는 건가?”

히프케라노스가 고개를 저었다. ‘그렇지 않네.’ 조슈아는 고개를 끄덕였다.

“알겠습니다. 심리가 끝나면 재판은 언제 열립니까?”

거기엔 히프가 대답했다.

“며칠 뒤에 바로 열리게 될 걸세.”

조슈아는 히프의 어두운 표정이 마음에 걸렸다.

그들은 조슈아에게 인사하고 방을 나섰다. 조슈아는 마음이 안정되지 않았다.

그 날 오후 그들이 방문인의 탑에 도착했을 때, 조슈아는 캐시와 함께 있었다. 캐시의 방에 장착된 스크린에 방문자를 알리는 메세지가 떴고 조슈아를 찾았다. 20층에 마련된 소회의실로 오라는 메세지였다. 그가 의자에서 일어나자 캐시가 그를 끌어안았다.

“잘 다녀와요.”

조슈아가 그녀에게 키스를 하고는 나와서 통로 끝단에 있는 승강기에 몸을 실었다. 승강기는 몇 초만에 20층에 도착했다. 그가 내리자 전사 데이웨오가 서 있었다.

"데이웨오?"

"제 역할은 당신을 안내하는 겁니다. 절 따라오시면 됩니다."

조슈아는 데이웨오를 따라 걸었다. 3분쯤 걸은 데이웨오는 곧 여러 개의 스크린이 붙어 있는 문 앞에 섰다. 그가 스크린에 손을 내밀었고 생체 스캔이 시작되었다. 잠시 후 문이 사라졌다. 데이웨오는 안쪽을 가리켰다.

소회의실로 들어서자 오전에 보았던 아우레우스와 그의 옆에 처음 보는 외계인이 앉아 있는 것이 보였다.

처음 보는 외계인이 말했다.

"여기에 앉으시오."

그가 가리킨 금속제 의자에 조슈아가 앉았다. 금속이었음에도 푹신한 질감이었다.

"반갑소, 조슈아 권. 나는 빅토라누스. 평의회 의원이며, 아돌라 방위군단의 단장이기도 합니다. 10년 전, 인간들의 시간으로는 20년쯤 전에 당신들의 고향 행성 한에 간 적이 있소."

조슈아의 눈에서 불꽃이 튀었다.

"행성 한을 폭격하고 내 동족을 학살한 게 당신인가?"

빅토라누스는 표정의 변화가 없었다. 오히려 그의 옆에 앉은 아우레우스가 조슈아의 살기에 몸을 움찔거리며 반응했다. 히프를 통해 디우틴인의 표정에 익숙해진 조슈아였지만 빅토라누스의 표정은 읽어낼 수가 없었다. '디우틴 식 포커 페이스인가?'

“거기엔 많은 사연이 있소, 조슈아 권. 그렇지만 지금 심리
는 그 사건과는 관계가 없소. 그러니 이제 본론으로 돌아가 봅
시다. 몇 가지 기본적인 사실만 확인하려고 하니 되도록 성실
히 답변해 주시오. 우선 첫 번째, 당신이 조슈아 권이고, 로베
스피에르 함이라고 주장하는 함선의 함장이오?”

“맞습니다.”

“히프케라노스와는 어떻게 알게 된 거요?”

조슈아는 자신이 모든 걸 잃었던 그 날을 생각했다.

“당신네들이 군함을 끌고 와 행성 한을 쑥대밭으로 만든 그
날 이후, 나는 내 아내와 딸을 당신들에게 잃고 수많은 시체들
사이에서 헤매고 있었소. 아 미리 얘기하자면, 내 아내의 이름
은 지연이었고, 딸은 에이미였습니다. 당신은 별 관심 없겠지
만 말입니다.”

빅토라누스는 말이 없었다. 조슈아가 계속 말을 이었다.

“생존자들이 어떻게 살아야 하는지 압니까? 정부는 붕괴되
었고, 도처에는 시체가 가득했소. 정말이지 시체가 가득했단 말
입니다. 페허와 시체와 굶주림이 우리의 전부였소. 연합 정부
에서 물자가 날아온 건 2주가 지나서였소. 당시 행성 한의 광
산조합 정부는 인간들 연합의 일원이 아니었거든. 그래서 그렇
게 뜸들인 거지. 그들은 행성 한과 같은 3성계였던 아마테라스
에서 물자를 보내는 것도 통제했소. 아마테라스는 연합 정부의
일원이었으니 그 지시를 따랐고. 개새끼들. 어쨌든 2주간 우리
는 살기 위해 온갖 짓을 다했소. 시체를 뜯어먹기도 했고. 맞

이 참 죽여주더이다. 그렇게 맛있는 고기는 내 인생에 먹어본 적이 없었소.”

조슈아의 얼굴이 상기되었다. 그는 20년 전으로 돌아가 있었다. 빅토라누스가 손을 들어 그의 입을 다물게 했다.

“본인을 추스르고 필요한 이야기만 하시오, 인간.”

“우선 당신이 내가 히프케라노스를 어떻게 만났는지 알려면 이 이야기들을 다 들어야 합니다, 의원 나으리. 그러면 더 잘 이해가 될 테니까. 당신들이 내 이야기를 들을 준비가 된 건지는 모르겠군.”

“우린 준비됐소.”

아우레우스가 말했다. 조슈아는 얘기를 이어나갔다.

“다시 얘기하자면, 나는 행성 한의 우주군 조종사였소. 계급은 중위였지. 나는 살아남은 내 부하들과 그들의 가족들을 모아 우주군 기지에 캠프를 차렸소. 남자들과 함께 부족한 물자를 꾸렸고 도적떼가 된 주민들을 물리치면서 내 부하들과 내 사람들을 지켰소. 행성 연합 정부가 물자를 보냈지만 그 물자도 무척 부족했소. 그리고 정부도 그게 다였소. 놈들이 한에 들어와 모든 걸 수습하고 연합 정부에 편입시켰을 때는 석 달이 지나서였으니까. 그 기간 동안 내 고향은 무정부상태였소. 그 베이스캠프에서 우주를 예의주시하고 있던 어느날, 난 행성 한의 상공에 당신네 함선이 정박한 채 우리를 지켜보고 있음을 알았소.”

조슈아가 입이 찢어지도록 웃었다.

“내가 어떻게 했을 것 같소?”

"공격했소?"

조슈아가 고개를 끄덕였다.

"그거요. 얼마 남지 않은 편대를 재편성해서 당신들의 함선을 공격했소. 너무도 쉽게 제압당했지. 그들은 우리를 공격하지 않고도 나와 내 동료들의 전투기를 조종 불능 상태로 만들었고, 곧 우리는 그 거대한 함선 안으로 나포되었소. 함선의 지휘관은 히프케라노스였소."

조슈아는 히프를 처음 만났을 때를 생각했다. 죽음을 각오하며 외계인들이 지켜보는 가운데 함교로 동료들과 함께 안내되었을 때를.

아니, 그는 죽으려 했다. 죽어서 아내와 딸의 곁으로 가려고 했다.

처음 만난 히프케라노스는 그들을 자신의 집무실로 안내했다. 죽음을 각오했던 조슈아는 자신들을 향한 외계인의 처우에 놀랐다.

히프케라노스는 아돌라 성계 방어 군단의 부단장이라고 소개했다. 그러면서 그는 인류가 침략군인 줄 알았다고 조슈아에게 말했다.

빅토라누스가 의미심장한 목소리로 말했다.

"그건 경우에 따라서 매우 공격적으로 비춰질 수 있소. 특히 우리처럼 오랜 시간 전쟁을 겪은 종족에겐 말이오. 어쨌든 당신들의 배 세 척이 아돌라 성계에 나타났을 때 우린 무척 당황했소. 그런 식으로 무단으로 워프 드라이브를 진행하는 문명은 처음이었거든.

결론적으로 당신들은 디우틴 연방의 항해 프로토콜을 어겼소. 우리와 교류하는 얼마 안 되는 지적 문명도 워프 협약에 의거하여 사전에 우리와 워프하는 함선들의 명단을 주고받고 있소. 안타까운 일이지.”

“그리고 그 배 세 척 중 하나가 당신들에게 선전포고를 했으니 적으로 간주한 거요?”

“그렇소. 우리로선 당신들을 침략군이라 믿지 않을 이유가 없었소. 그래서 우리는 당신들을 적으로 규정하고, 당신들이 모성으로 도망칠 때 따라 들어온 거요. 후에 있을 추가 보복을 미연에 방지하기 위해서.”

“틀렸습니다. 당신들은 학살자입니다. 히프케라노스는 그 사실을 알고 아돌라로 돌아오지 않고 우리를 지켜보고 있었던 겁니다.”

빅토라누스가 한숨을 쉬었다. 그가 처음으로 보인 감정적 반응이었다. 그동안 말이 없던 아우레우스가 조슈아에게 물었다.

“그때 그는 인류 문명의 동태를 살피겠다고 보고했습니다. 그가 당신에게 사죄의 표시로 우리의 테크놀로지를 제공해주겠다고 했던 겁니까, 조슈아?”

“그는 내게 사과했습니다. 그는 진실을 들려준 것뿐입니다. 세 함선 중 하나가 당신들에게 선전포고를 했다는 사실을 내게 말해주었지요. 나는 이것이 함정이었단 사실을 알았습니다. 당신 종족의 상인들이 놀라운 에너지가 나타나는 광물을 가지고 수백년 동안 데지레 성계에 몇 번 나타난 기록이 있습니다. 당신들의 언어를 이해하는 얼마 안 되는 통역사들도 분명 일부 존재했고요. 그러나 그들은 행성 한에는 나타난 적이 없죠. 당신들의 언어를 이해하는 통역사는 행성 연합 정부에서 파견된 것이 분명했습니다."

조슈아의 표정이 일그러졌다.

"그때 알았습니다. 내 고향 별이 연합 정부의 함정에 빠진 것을. 당신들에게 선전포고한 자는 연합 정부가 광산 조합 정부에 파견한 통역사였을 겁니다. 히프케라노스는 내게 그 사실을 얘기해주었고 나는 우리가 결코 침략 의도가 아니라 친선의 의미로 함선들을 파견했다는 사실을 알려주었죠. 빅토라누스 의원. 6천만 명이 그 날 증발했습니다. 그것이 오해로부터 비롯되었다는 게 너무도 슬프지 않습니까?"

"그래서 히프케라노스는 분노한 당신에게......."

"히프케라노스는 같은 동족을 이런 수렁으로 몰아넣은 행성 연합 정부의 행동에 경악했습니다. 나는 그 자리에서 그들을 용서하지 않겠다고 말했습니다. 내가 죽는 날까지 그들을 공격할 것이며, 연합 정부가 붕괴하는 모습을 보고 죽겠다고 말했습니다. 그러자 히프케라노스는 제게 자신이 타고 있던 함선, 우리가 후에 로베스피에르라 이름 붙인 함선을 주었습니다."

빅토라누스와 아우레우스가 서로를 바라보았다.

아우레우스가 물었다.

"방금 그 진술이 사실이오?"

“그렇습니다. 그렇게 우리는 친구가 되었습니다. 그리고 연합의 악몽 디스카디드가 탄생했습니다.”

진수가 실험실의 전원을 차단했다. 어둠이 내리기 전, 대니는 실험실 안에 있던 호건과 눈이 마주쳤다.

‘대니, 정말 끝내주는 기분이야. 이 기분을 너한테 알려주고 싶어.’

어둠이 내려앉았다.

호건이 잠잠해졌다.

진수가 말했다.

“다들 올라갑시다. 정리를 좀 해야 하니.”

그들은 다시 한 층 더 높은 곳으로 대니를 안내했다. 그가 구금돼 있던 방이 있는 층이었다. 대니는 어둠이 지겨워지려 하고 있었다.

진수는 그를 다른 방으로 안내했다. 아리와 덩치가 진수와 대니를 놔두고는 사라졌다. 그들이 가기 전에 진수가 그들에게 고맙다고 말했다. 대니는 자리에 앉았다. 방은 깔끔한 세피아 톤으로 꾸며져 있었는데 찬장에 찻잔과 다기들이 진열되어 있었다. 진수는 하얀 자기 잔을 꺼내 원두를 끓이고 커피를 탔다. 곧 은은한 향이 방 안에 퍼졌다. 진수가 커피 하나에 우유를 넣었다.

“당신도?”

대니는 고개를 저었다. 진수는 고개를 끄덕이고는 커피 두 잔을 내왔다. 대니는 기분이 나아지고 있음을 느꼈다. 까만 원두액이 너무도 부드러워 보였다. 그가 커피를 홀짝이고는 말했다.

"넵투누스에 파견했던 부하라고 했나?"

"그렇습니다."

"지금 단정하긴 좀 그렇겠지만 앞으론 못 쓰겠는데?"

"그렇지 않았으면 좋겠군요. 조금은 기운이 빠집니다. 난 당신이 뭔가 알고 있을 줄 알았어요, 카를로스 씨."

"미안하지만, 나도 저런 건 처음 봐. 호러 영화에서나 나올 법한 몰골이잖아."

"실망스럽군요. 어쨌든 당신네 연합군이 저런 짓을 한 건 확실합니다. 비밀 시설에 파견되었다가 빠져나온 거니까. 호건을 데리고 온 유경은 아직 정신 치료를 받고 있어요. 약혼자를 그곳에서 잃었거든. 얘기를 들어보니, 그녀가 제정신으로 하는 얘긴지는 모르겠지만 이륙하기 전 나타난 죽은 대원의 시체들이 약혼자를 먹어치웠다는군요. 하지만 그녀가 데려온 호건의 모습을 보니, 또 이 얘기를 단순히 헛소리라고 치부할 수도 없었습니다."

진수가 커피를 한 모금 삼켰다.

"대니, 난 당신을 놓아줄 생각입니다."

대니는 잠시 말 없이 의심어린 눈으로 맞은 편의 남자를 보았다. 그가 말했다.

“정말인가?”

“정말입니다.”

“이렇게 날 놔주는 이유는?”

“당신을 더 데리고 있어봐야 우리가 얻는 게 없을 것 같거든
요. 그리고 어차피 당신들은 우릴 막을 수 없습니다. 또한 당
신이 연수 카를로스가 아끼는 조카라는 것도 이유가 되지요.”

“이해가 안되는군. 날 놔준다니 고맙긴 하지만 후회하게 될
거야. 조금이라도 연합군의 전력을 줄여놓는 게 낫지 않을까?
내가 연합군의 몇 안되는 염동력 능력자라는 걸 설마 까먹은
거야?”

“그럼 이 자리에서 당신을 죽일까요?”

대니는 입을 다물었다. 그는 진수의 동태를 살폈다. 그가
능력을 개방한다면 언제라도 자신이 대응할 수 있도록. 진수
가 웃었다.

“당신도 바라지 않잖아요. 그리고 나 역시 바라지 않습니다.
어쨌든 나도 같은 능력자이고, 능력을 가진 사람들을 보면 뭐
랄까 동료 의식 같은 것도 느껴요. 나처럼 힘들게 살아왔을 거
라는. 대니, 당신 삼촌처럼 당신은 우리를 이해하게 될 겁니다.
다시 볼 수 있기를 바랍니다.”

대니는 뭐라고 말해야 할지 고민했다. 그러나 아무리 생각해
도 분리주의자에게 덕담을 건네고 싶진 않았다. 비록 그가 자신
에게 말해준 진실과 호건의 모습에도 불구하고. 아직은 말이다.

“다시 볼지는 모르겠지만, 당신들이 생각을 바꾸기 바라고

있어. 시작하지 않았다면 더욱 재고해보는 게 좋을 거야. 이건 무모한 짓이야."

"아, 그건 안돼요. 전쟁은 이미 시작됐거든요. 발할라에서 이미 공격이 시작되었고 연합군 기동 전단이 전멸했습니다. 이곳 가네시에서도 시작되었습니다. 난 곧 그 현장으로 가야 합니다."

"뭐?"

"당신이 이곳에 있는 며칠 동안 많은 일이 일어났답니다."

진수가 자리에서 몸을 일으키며 방의 한쪽 문을 가리켰다. 빛이 새어나오고 있는 문이었다.

"커피 다 드시고 저쪽 문을 열고 나가요, 대니. 그러면 그토록 보고 싶어하던 지상을 볼 수 있을 겁니다."

진수가 자신의 자리 밑의 서랍을 열어 물건을 꺼내 그에게 건넸다. 대니의 핸디툴이었다. 대니가 핸디툴을 받아 왼쪽 손을 밀어넣었다. 진수는 아무 말도 하지 않았다.

"또 봅시다, 카를로스 씨."

진수가 나갔다. 대니는 이미 전쟁이 시작되었다는 말을 곰곰이 생각했다. 그는 커피를 버리고 싶지 않았다. 대니는 뜨거웠지만 커피를 들이킨 뒤 자리에서 일어났다.

방의 한쪽 문에서 새어나오는 빛이 대니를 부르고 있었다.

심리가 끝난 지 세 시간이 지났다. 조슈아는 자신의 방 안에서 서성거리고 있었다. 캐시가 그를 가만히 지켜보고 있었다. 불현듯 생각난 것처럼 조슈아가 물었다.

"캐시. 유나는?"

"재웠어."

"아 다행이군."

그는 뭐가 다행인지도 잘 이해하지도 못하는 모습이었다. 캐시가 그에게 살짝 짜증을 부렸다.

"조슈아. 좀 진정해. 나까지 진정이 되지 않는단 말야."

"미안해, 캐시."

그가 한숨을 쉬고는 자리에 앉았다. 캐시가 커피를 타와 그에게 권했다. 조슈아가 반색했다.

"어디서 구한 거야?"

'마셔. 얼마 남지 않은 걸 되게 힘들게 구했어. 메이, 그녀가 줬어."

"메이가? 이런, 그녀는 잘 지내고?"

"당신이 그렇게 살피지 않아도 내가 한 번씩 이곳에 같이 끌려온 우리 동료들의 근황은 확인하고 있으니 걱정마. 동료들도 지금 당신의 사정을 이해하고 있으니."

"캐시, 고마워. 사실 안정이 되지 않는 것 같아."

조슈아가 커피를 마셨다.

심리가 끝나고 빅토라누스는 곧 몇 시간 안에 결과가 결정될 거라고 말했다. 조슈아는 다시 방으로 돌아왔고 캐시와 함께 심리 결과를 기다리고 있었다.

디우틴 인들은 결국 그를 법정에 세울 것이다. 하지만 그 혐의가 무엇이냐가 중요했다. 히프케라노스는 웜홀 항해 기술을 이종족이 사용하는 건 중죄라고 말했다. 그러나 조슈아는 자신이 그럴 수밖에 없었음을, 그리고 비록 오해였으나 디우틴 종족이 인류에 저지른 학살을 빅토라누스와 아우레우스에게 주지시켰다.

어떤 혐의로 그가 법정에 서게 될 것인가? 조슈아는 커피가 몸 구석구석을 돌면서 마음이 조금 평안해짐을 느꼈다.

누군가 문을 두드렸다. 조슈아가 벌떡 일어났다.

캐시가 다가가서 문 손잡이를 잡았고 잠시 조슈아를 보았다. 조슈아는 고개를 끄덕였다.

문이 열리자 히프케라노스가 들어왔다.

"아이스 씨. 이런, 여기 같이 계셨군요."

그는 당황한 표정이었다. 그 표정에서 조슈아는 기대가 사라져감을 느꼈다. 조슈아는 되려 차분한 목소리로 물었다.

"결과가 나왔나?"

히프케라노스가 고개를 끄덕였다.

"나왔네. 사흘 뒤 첫 재판이 진행될 거야. 평의회 재판 형식으로."

"혐의는?"

"예상했던 대로일세. 무단 기술 사용과 유출. 중범죄로 다뤄질 걸세."

조슈아는 힘이 빠지는 것을 느꼈다.

"말도 안돼요!"

캐시의 목소리에서 분노가 느껴졌다.

"조슈아의 얘기를 들었잖아요? 그깟 웜홀 기술 유출이 중죄라면 그 전에 디우틴 인들이 저지른 우리 종족의 학살에 대한 건 하나도 감안되지 않았단 말이잖아요?"

히프케라노스의 표정이 어두워졌다.

"아이스 씨. 인간들의 법과 우리 종족의 법이 어떻게 다른지는 모르겠습니다만, 우리는 별개의 사건들에 대해 서로 감안하지는 않습니다. 그 건은 따로 다뤄져야겠지요."

"하지만!"

"괜찮아, 캐시."

조슈아가 그녀의 말을 막았다. 조슈아는 더없이 침착한 표정으로 히프케라노스에게 말했다.

"사흘 뒤라고?"

"그랬네."

"그동안 날 도와줘서 고마웠지만 조금 더 도와줄 수 있을까, 히프? 내가 무얼 준비하면 될까?"

히프는 잠시 대답없이 조슈아를 보다가 말했다.

"준비할 필요없네."

"뭐?"

"자네는 그저 그들이 물어보는 말에 사실대로 답하면 그만이야."

"히프, 무슨 소리야?"

히프케라노스는 의자에 털썩 앉으며, 한 손으로 머리를 받쳤다.

"피고는 자네가 아니라 나일세. 기소 죄목은 내가 계율을 깨고 이종족의 일에 개입하여 동족의 자산인 함선을 불법으로 개조케 하고 웜홀 기술과 함께 이종족에게 무단으로 제공한 것이란 말이야. 이 재판에서 자네는 증인으로 출석하게 될 걸세. 저들은 나를 용서할 마음이 없어. 나를 나락까지 끌어내리려고 할 거야, 조슈아."

히프케라노스가 말했다.

11.

지상으로 올라갔을 때 대니가 가장 먼저 접한 것은 소리였다. 고함 소리, 깨지는 소리, 윙윙거리는 소리, 달려가는 소리, 철컹거리는 쇳소리, 지지직 거리는 소리……. 소음들 사이로 빛이 있었다. 2성계의 주계열성 '션눙'이 주홍빛을 내뿜으며 뜨겁게 타올랐다. 대니는 잠시 손을 이마로 가져간 뒤 눈을 가늘게 떴다. 공기가 차가웠다. 눈이 빛에 적응하는 동안 몸도 외부 공기에 적응할 시간이 필요했다.

대니가 눈을 뜨자 비탈길이 보였다. 그는 잠시 자신이 나온 바닥 쪽으로 움푹 들어간 문과 근처의 수풀을 돌아본 뒤 걸음을 옮겼다. 이 소리들은 어디서 나는 것일까? 분명 김진수가 대니가 구금돼 있던 시설은 가네시 정부 시설이라고 했다. 그러나 대니는 자신이 어디에 있는지 알 수 없었다.

핸디툴은 초기화되어 있었다. 통신 주소록이 지워져 있어 통신을 수신할 수는 있어도 상대편 신호주소를 기억하지 않는 이상 송신하는 건 불가능했다.

비탈길을 따라 이동하면서 익숙한 도시가 옆으로 보였다. 현재 위치가 도시의 서쪽 외곽임이 분명했다. 대니는 비탈길을 내려와 보이는 다리 밑의 강이 도시를 가로질러 흐르는 루 강임을 알아보았다. 다리에는 아무도 없었다. 오후였고 인적이 드문 곳이 아니었음에도 사람은 한 명도 보이지 않았다. 그가 조심스럽게 다리의 가장자리 인도 쪽으로 건넜다. 다리를 건너오자 상가들이 이어지는 길 초입이 나타났다. 전광판에 테크놀로지 기업인 그라노트 그룹의 최신 핸디툴을 장착한 안드로이드 'G'가 튀어나와 대니를 바라보았다. "핸디툴이 필요하신가요? 그라노트 그룹의 핸디툴은 당신에게 다양한 경험을 제공합니다. 오락, 통신, 의료, 공간도약, 근력 강화, 임사 성 경험. 무엇에 관심이 있으신지요?" 대니는 잠시 고민했다.

"음, 솔직히 마지막 분야가 조금 호기심이 생기긴 하지만 괜찮아. 아직까진 그런 위험한 분야에서 스스로 만족하고 싶진 않거든. 핸디툴이 초기화되어 꽤 불편한 건 사실이지만 말이야. 지금 현재 도시에 어떤 이상이라도 있나, G? 이 소음들은 대체 뭐야? 도시에 폭동이라도 일어난 건가?"

안드로이드가 대답했다.

"현재 도시 중심부에 무장 세력들이 모였습니다. 폭력 등급은 단순 폭동을 넘어섰고 군대와 교전이 벌어지기 직전입니다. 주변부에서도 여럿 인간들이 무리지어 움직이고 있습니다."

"망할, 추천 경로는?"

"대부분의 경로는 수많은 충돌과 적대적 행위를 마주하게 될 확률이 높습니다. 가능성이 너무 많아 추천하기가 힘듭니다. 그나마 충돌 가능성이 낮은 경로로 동쪽의 하늘길을 통해 도시를 벗어나길 추천드립니다."

안드로이드가 잠시 말을 멈췄다.

"그곳에 A윙들이 주차되어 있습니다."

"좋아."

대니는 안드로이드가 알려준 길을 향해 접어들었다.

세 개의 블록을 지났을 때 대니는 블록 사이의 건물 길 옆에서 한 여자가 비명을 지르는 것을 보았다. 누군가의 팔이 그녀의 얼굴을 때렸고 여자가 기절했다. 대니는 잠시 멈춰섰다. 반대편에서 총기를 소지한 젊은 남자들 대여섯 명이 여자를 끌고 사라졌다. 그 중 한 명이 대니를 보며 씩 웃었다. 어디선가 날아온 레이저가 그들이 사라져간 길을 태워버렸다.

대니는 애써 여자의 기억을 지우고는 계속해서 움직였다. 거대한 혼란을 틈타 강도와 난동꾼들이 판을 치고 있었다.

대니의 핸디툴이 울렸다.

"대니? 어딥니까?"

"에이든? 난 '죽은 개들의 거리'에 있어. 며칠 만에 바깥 세상 나왔는데 느긋하게 산책할 상황은 아닌 거 같은데?"

"난리 났습니다, 대니. 장난 아니라고요. 당신 생체 신호가 안 나타나서 계속 찾았는데, 어디 구금돼 있었나 보죠?"

"맞아, 제길. 여기로 올 수 있어?"

"놈들이 대공포를 가지고 있어요. 가다가 격추될지도 모릅니다. 랑데부 포인트를 보내드릴 테니 그쪽으로 와요. 혼자선 위험할 테니 나도 당신을 맞이하러 가겠습니다. 무장은 하고 있나요?"

"아니, 없어."

"최대한 교전은 피하길 바랍니다."

"나도 바보는 아니야."

에이든의 무전이 끊어졌다. 대니는 핸디툴에 뜬 좌표를 보았다. 그는 행로를 바꿨다. 대공포를 지니고 돌아다니는 위험한 놈들이 있다면, 주인없는 A윙을 타더라도 언제 격추될지 알 수 없는 일이었다. 그는 랑데부 포인트가 자신의 위치에서 도보로 30분 정도 걸리는 남쪽 구릉지임을 알아차렸다.

대니는 남쪽으로 이동하면서 온갖 무리들이 거리에서 만들어내는 소동을 보았다. 민간인들이 군인들에게 제압당하고 있었다. 그들은 뿌리복고파처럼 보이지는 않았다. 무장도 빈약했고 어떤 지휘에 의해 움직이는 것처럼 보이지도 않았다. 대니는 쓰러진 건물의 잔해에서 그 모습을 훔쳐보다가 염동력으로 잔해를 치우고는 이동했다.

10분쯤 지나 남쪽으로 길이 좁아지는 지점에 도달했을 때 대니는 뒤를 잡히고 말았다.

"누구냐?"

대니가 몸을 돌리자 연합군 전투복 차림의 군인들이 플라즈마 소총을 들고 나타났다. 대니는 안심했다.

"대니 카를로스 대위요. 연합군입니까?"

지휘자로 보이는 남자가 자신의 핸디툴과 대니를 번갈아 보며 중얼댔다.

"대니 카를로스… 대위. 연합군 2성계 방위사령부 3연대 소속. …3연대? '사냥개 전대' 소속이십니까?"

"그렇습니다."

"그리고 능력자이시군요. 연합군의 소중한 재원이신 귀한

분을 이런 곳에서 만나는군요. 본인은 8군단 수색3대 소속 하만 중사이고 제 소대원들입니다. 어쩌다 이곳에 계십니까? 지금 이곳은 적들과 교전 중입니다.”

“적들이라면 뿌리복고파들입니까?”

“맞습니다. 놈들의 규모가 수만 명입니다. 심지어 무장까지 제대로 했습니다. 지금 여기 말고 도심 중앙부는 혼란 그 자체입니다. 그렇지만 놈들은 곧 진압될 겁니다. 대위님은 어디에 계셨습니까?”

“저는 김진수에게 구금돼 있었습니다.”

하만 중사가 눈을 크게 떴다.

“김진수……? 복고파와 분리주의자들의 우두머리 말입니까? 그를 만났습니까?”

“그렇습니다. 그자에게 당했죠. 그자 역시 저와 같은 능력자일 줄은 생각을 하지 못했습니다. 방심했죠.”

“큰 일을 당할 뻔 하셨군요. 어쨌든 다행입니다. 저흴 만나셨으니. 방위사령부로 복귀하실 수 있게 돕겠습니다. 저희와 같이 가시죠.”

“고맙습니다, 중사. 그러나 괜찮아요. 지금 제 부대원들의 도움을 받아 랑데부 포인트로 가고 있던 참이었습니다.”

“아, 사양하지 않으셔도 됩니다. 저희가 그쪽엔 얘기해 놓겠습니다. 저흴 따라 가시죠.”

대니는 중사가 고집스럽다고 생각했다. 잠시 고민하던 그의 눈에 중사의 어깨 견장 문양이 들어왔다. 두 마리 물고기가 좌우 양쪽을 향하고 있는 문양이었다. 대니의 몸이 굳었다.

"하만 중사."

하만 중사가 몸을 돌려 그를 보았다.

"왜 그러시지요 대위님?"

"8군단 수색대라고 하셨나요?"

"그랬습니다만?"

하만 중사가 의아한 표정을 지었다.

"'어느 별을 좇고 있소. 하나의 별이오, 아님 그 어느 것도 아니오?'"

그것은 유명한 이야기였다. 70년 전 1차 이름 전쟁 당시 누가 아군인지 구분할 수 없게 된 극도의 혼란기에 연합군이 정체를 알 수 없는 자들에게 인사치레 물어본 말이었다.

그리고 그것은 신상하이보다 전쟁의 희생자가 많이 나온 행성 가네시에서 시민들 사이에서 당시 자주 사용되었던 인사였다.

하만 중사의 얼굴이 일그러졌다.

"'나는 어느 별도 좇고 있지 않습니다.'"

하만과 대원들이 플라즈마 소총을 들어올려 대니를 조준했다.

"맞습니다, 대위님. 저희가 좇는 별은 신상하이가 아닙니다. 눈치가 빠르신 편이군요?"

"그 물고기 문양. 가네시 정부군의 문양이지. 그리고 연합군의 수색대가 한가로이 도심을 정찰하고 있을 리도 없고. 혹시 모를 스파이들을 모조리 잡아들이고 있는 거겠지."

하만이 고개를 짧게 끄덕였다.

"제대로 보셨습니다."

가네시 행성 전체에서 뿌리복고파와 가네시 주둔군단이 연합군에 대항하여 교전 중일 것이다. 그리고 지상에서의 교전에서 연합군은 꽤 애를 먹고 있을 것이다. 육안으로는 누가 아군이고 적인지 구분하기 힘들 것이기 때문이다. 대니는 하만이 능력자인 자신을 왜 쉽사리 처리하지 못하는지 잘 알고 있었다. 하만 중사는 교전의 결과를 장담할 수 없을 것이다. 대니는 그가 불필요한 피를 흘리는 것을 원치 않고 있음을 느꼈다.

멀리서 기체가 움직이는 소리가 들렸다. 하만이 손을 들었다.

"조준 중지. 복귀한다."

그가 대니를 보았다.

"가시지요, 대위님. 막지 않겠습니다. 이곳에 얼씬거리지 않는 게 조금이라도 더 수명을 늘리는 길일 겁니다."

하만과 부하들이 사라졌다. 그들이 멀리 사라지자 대니는 긴장을 풀었다.

바람이 불면서 공중에서 강습함선이 나타났다. 대니가 소속된 3연대의 기함 '리틀보이' 호였다. 대니는 기함에 탑승했다. 에이든이 그를 반겼다.

"왜 늦었어요, 대니?"

"적들을 만났어, 에이든. 가네시 정부군이었는데 나중에야 놈들이 변절자란 걸 알았거든."

"이런 내가 보고 있는 게 당신 맞나요? 목이 날아가거나 배에 구멍이 뚫리거나 아니면 몸에서 희미한 빛을 뿜는 것 같진 않은데요?”

“놈들이 그냥 날 보내주었어. 함선이 오고 있다는 걸 눈치챘거든. 불필요한 희생을 피하려 한 거지.”

대니가 잠시 끊었다가 말했다.

“그리고 나 하나 보내줘도 전황에 큰 변화가 없으리라고 생각했을 수도 있고. 지금 가네시는 어떻지 에이든?”

에이든이 우울한 눈으로 어깨를 으쓱거렸다.

“안 좋아요. 가면서 보여드리죠, 대니. 이쪽으로. 대원들이 당신을 기다리고 있습니다.”

대니는 동료들과 오랜만에 재회했다. 그들을 보지 못한지 대략 한 달이 더 넘은 기간이었다. 외눈의 명사수 키록스가 그에게 살아있었냐며 넉살을 떨었다. 체구는 작지만 소총을 다루는 솜씨와 기관 관리는 으뜸인 루쉰이 그와 주먹을 마주쳤다.

“인사는 그 정도면 됐죠, 함장님?”

“함장? 누가?”

“대니, 당신이 리틀보이 호의 새로운 함장입니다.”

“뭐?”

“당신이 사라지고 난 뒤 바로 명령이 교부되었어요. 사라진 연수 대장을 대신해서 당신이 리틀보이 호의 함장이 되었습니다.”

“그런데 정작 함장은 어디 갔는지 참 난감하더라고.”

루쉰이 킬킬거렸다. 대니는 연수 카를로스를 잠시 생각했다. 쑥스러운 기분이 들었다.

에이든이 말했다.

"신임 함장님. 기관 전속으로 가네시를 벗어나야 할 거 같습니다. 항로는 신상하이로 설정하겠습니다. 최종 명령을 내려주십쇼."

대니가 말했다.

"좋아, 에이든. 기관 전속. 대기를 벗어나자마자 최대 속력으로 아광속 드라이브를 진행한다."

"광속의 40%로 진행하겠습니다."

"그래."

함선은 은폐장을 두른 채 붉은 대기를 뚫고 날았다. 대니는 땅에 펼쳐진 광경을 확대된 스크린을 통해 보았다. 온갖 장갑차와 기갑 로봇들이 부서져 있었고 시체가 즐비했다. 연합군들이었다.

"지상에서는 놈들이 확실히 승기를 잡았습니다, 대니."

재래식 펄스 기관포 무장을 한 연합군 로봇의 절반 크기의 소형 배틀봇들이 네 다리로 지상을 활보하며 연합군을 사냥하고 있었다. 뿌리복고파였다.

"우주엔 디스카디드, 가네시 정부 연합군 함대와 교전 중입니다."

대기가 희미해지며 빛의 산란이 나타나지 않는 어두운 공간이 점차 넓어졌다. 가네시 행성 외부의 우주공간이었다. 수많은 전투편대와 순양함, 강습하들이 돌진하고 포를 쏘아대느라 빛이 난무했다.

대니는 우주전에서는 아직 전황이 교착상태임을 알 수 있었
다. 연합군의 함대전력만큼은 제 기능을 발휘하고 있는 것이다.

"참전은 어렵겠지?"

키록스가 반대했다.

"대니, 아니 신임 대장. 우리는 지금 무장도 빈약하고 그런
명령은 정식으로 하달받지 않았어. 우리가 받은 명령은 대장을
온전히 데리고 신상하이로 돌아가는 거야."

"내 조부님이 그러셨어, 키록스?"

"맞아, 카를로스 사령관님의 명이야. 일단 돌아가자고, 대장."

대니는 김진수가 자신의 조부에 대해 했던 말을 생각했다.

"그래, 돌아가자 친구들."

그는 해리 카를로스에게 물어볼 이야기들이 있었다.

리틀보이 호가 아광속 비행 모드에 들어갔다. 신상하이까지
는 3시간이 걸렸다.

12.

　모스크바 함은 가네시 전투에 참여하고 있었으며, 최우선 열에서 연합군의 비행편대를 쏘아 격추시켰다.

　가네시 정부군이 가진 강습함선들이 적들의 순양함을 향해 돌격했고 그 뒤를 디스카디드의 거함들이 일제 포격으로 지원하는 형식이었다.

　함장인 유리는 가네시의 전황을 주시하고 있었다. 카무라의 통신이 들려왔다.

　"함장님, 놈들의 방어가 견고합니다. 놈들의 피해도 크지만 우리도 많은 함선을 잃었습니다."

　유리가 고개를 끄덕였다.

　"알겠어요, 카무라. 하늘. 김진수에게 통신을 연결해줘."

　"알겠습니다, 함장님."

　잠시 후, 김진수가 스크린 하단에 나타났다.

　"친애하는 유리 함장."

　"진수. 현재 이곳 전황이 교착상태예요. 지상은 정리가 끝났는지요?"

　"연합군의 지상 병력은 거의 전멸했습니다. 함대전은 꽤 애를 먹고 있나 보군요. 이럴 때 로베스피에르가 있었으면 훨씬 도움이 됐을 텐데 아쉽군요."

　"그건 지금으로선 바랄 수 없는 거니 생각하지도 말아요. 보낼 병력이 있나요?"

"불리한가요?"

"희생은 적을 수록 좋습니다."

"알겠습니다. 곧 정리를 끝내고 그곳으로 기갑 로봇들을 보내죠. 공중전도 같이 진행할 수 있는 녀석들입니다."

"감사해요."

"참, 대니 카를로스를 만났습니다."

유리는 자기도 모르게 반사적으로 되물었다.

"어디서요?"

곧 그녀는 자신이 당황했음을 알았다. 잠시 뜸들이는 김진수의 목소리가 그러한 바를 시사했다.

"아는 자입니까?"

유리는 이리저리 말을 돌리고 싶지 않았다.

"신상하이의 수도 알트라에서 밀정을 할 때 알던 사이였어요. 우리 연락소이자 거점이었던 객잔에 자주 들렀죠."

"이런, 그런 인연이 있었나요? 먼저 당신한테 얘기할 걸 그랬군요."

"괜찮아요, 진수. 어떻게 그 남자를 만나게 된 거죠?"

"이번엔 그 남자가 가네시에서 밀정 노릇을 하고 있었으니까요. 동지들 눈에 띄었죠. 으레 돌아다니는 조무래기들인 줄 알았는데 해리 카를로스의 손자일 줄은 몰랐습니다. 며칠 간 저희가 데리고 있으면서 얘기를 나눴습니다. 우리 편으로 포섭 시도를 하면서 여러 가지 얘기를 했죠. 뭐 완벽히 돌아서진 않았고 아직 스스로도 확고하다고 생각하는 듯하지만 나중에라도 진실을 알고 우리 편에 설 지도 모르죠.”

“무슨 이야기를 한 건가요?”

“빅 크러시와 행성 한에 대한 애기를 좀 해줬습니다. 두고 보자구요, 유리.”

“알겠어요. 우주전용 기갑 로봇을 보내줘요.”

“그러죠.”

김진수가 사라졌다. 유리는 잠시 생각에 빠졌다.

‘대니, 당신이 이렇게 느닷없이 내 인생에 출현하는 건 반칙이예요.’

그녀는 이것이 어떤 장난질의 한 종류는 아닌가 의심했다. 그녀는 대니를 떠났다. 디스카디드의 알트라 공격이 일어나던 날이 있기 전부터 유리는 그와 이별 할 준비를 해왔다.

조슈아 권의 지휘 아래 공격이 벌어졌고 대니 카를로스는 삼촌인 연수 카를로스와 함께 디스카디드의 공격을 확인하자마자 신상하이에 있는 연합과학연구소로 향했다. 그건 양동작전이었다. 유리와 카무라가 길을 터놓고 기함 로베스피에르에서 쏟아진 전투기 편대가 알트라를 공격하는 동안 캐시 아이스의 별동대가 연합과학연구소에 침투하여 웜홀 항법 군함 ‘정화 함’을 탈취하는 작전이었다.

연수 카를로스는 그것을 간파했고 대니와 함께 캐시를 막았다.

그리고 그 날, 연수 카를로스와 캐시 아이스는 서로가 20년 전 빅 크러시 사건 때 헤어졌던 부부였음을 알게 되었다.

연수는 구금되었던 칼 료마를 탈옥시켜 정화 함을 훔쳐 지구로 향했다. 200년 간 교류가 끊어져 아직까지 지구 정부가 제 기능을 하고 있는지조차 불분명한 인류의 고향으로.

하늘 브라보의 목소리가 그녀를 다시 현실로 끄집어냈다.

"함장님, 본함의 편대가 적들의 강습함에 우측을 돌파당했습니다. 이대로면 얼마 안 있어 편대가 전멸할 것 같습니다."

유리의 눈이 빛났다. 하늘이 다급한 표정으로 말했다.

"편대를 불러들일까요?"

유리는 이대로 편대를 귀함시키면 곧 연합군이 허물어진 우측 진영을 파고 들어와 순식간에 난타전이 될 것임을 알았다. 지상에서 지원병력이 오기까지는 아직 시간이 더 필요했다.

"아니, 불러들이지 않는다."

하늘은 이를 깨물었다. 그녀는 비행 편대에 타고 있을 연인 융커우 멕을 생각했다.

"육전대의 강습함이 적들의 순양함을 세 번째로 박살냈습니다."

다른 지휘장교가 말했다. 전투에 돌입한 육전대 일부가 적들의 순양함에 직접 돌진하여 모스크바 함에 접근하는 것을 막아내고 있었다.

너무 팽팽하다. 유리는 조금이라도 잘못된 판단을 내리면 전황이 확 기울어버리게 될 순간이 왔음을 깨달았다. 연합군은 사력을 다해 공격을 퍼붓고 있었다. 이 공격만 막아내고 반격하면 디스카디드와 가네시 연합 함대가 승리한다.

그러나 이 공격을 막지 못하게 되면?

유리는 결단을 내려야 했다.

"유리 이바노바 동지. 상황이 썩 좋아 보이지는 않는데?"

차가운 기계음에 섞인 카란 셰티의 목소리가 들렸다.

"카란?"

"그래, 나야. 왜 이렇게 연락하기가 힘들어? 내가 꼭 직접 찾아와야만 하겠어?"

"맙소사, 날 항상 놀라게 하네, 카란."

통신음 너머의 카란이 웃음을 터뜨렸다.

"아직 놀랄 일은 끝이 아니야, 유리. 조금 있다 보자고. 일단 저 추한 놈들부터 정리하고."

유리는 스크린 오른편 멀리서 나타난 붉은 형제단의 함선들이 연합군 함대로 향하는 것을 보았다.

13.

카란은 스타맵을 통해 전황을 살펴보았다. 연합군의 함대는 여러 전투 편대들을 거느린 모함들 다섯 척을 보이지 않는 그물 망의 중간중간에 배치된 형태를 기점으로 양날개에 순양함과 구축함들이 상대를 공격하는 형태였다. 반면에 디스카디드와 가네시의 함선은 이에 맞서 중앙의 모스크바 함을 중심으로 주변에 화력이 강한 구축함과 순양함을 배치하였다. 그 밖에 기뢰부설함 등을 내세워 연합군의 강습함이 돌진해오기를 유도하고 있었다. 뒷편으로 지원함들이 끊임없이 나노 기술을 이용해 기체들의 내구력을 보존하며 끊임없이 움직여댔다.

한쪽이 철저히 공격에 치중한 형태라면, 다른 한쪽은 방어에 치중하며 기회를 엿보고 있었다. 카란은 어쩌다 이런 구도가 나오게 되었는지를 알 수 있었다. 비록 가네시 정부군의 함선들이 합류했지만, 공격 역량을 비교하자면 연합군의 막강한 화력을 감당해내기 버거웠기 때문이다.

카란은 눈살을 찌푸리며 짜증을 냈다.

“예나, 데스먼드. 보고 있나?”

예나와 데스먼드의 홀로그램이 스타맵 우측에 나타났다.

예나의 홀로그램이 말했다.

“보고 있습니다. 속이 더부룩한 것 같은 답답함이 느껴집니다.”

“나도 그렇다. 가네시의 얼간이들은 전쟁을 하겠다는 건지 하루종일 이렇게 놈들의 공격을 받아내며 전진할 모양이다. 그러나 이건 내 스타일이 아니야. 데스먼드. 너는 어떻게 생각하나?”

“뭉개버리고 그 자리에다 제 동상을 세우는 게 낫겠습니다.”

카란이 웃음을 터뜨렸다.

“할 수 있어? 어떻게 할 건데?”

“광자포로 중앙을 집중 사격한 뒤 그대로 돌진해서 놈들을 횡단해버릴 계획입니다. 단, 그러려면 지원이 좀 필요합니다.”

“그 다음에 역으로 반격을 받을 텐데?”

“횡단한 반대 단면 측 적들은 저기 웅크리고 있는 친구들이 처리해 줘야죠.”

카란이 흡족한 표정으로 홀로그램들을 향해 말했다.

“데스먼드, 예나. 함대를 이끌고 함께 중앙을 공격해라. 나머지 함정들도 같이 공격한다. 테레지아, 너는 후열의 형제들을 이끌고 나와 함께 놈들의 모함을 공격한다.”

“대장. 정말입니까?”

예나가 믿을 수 없다는 목소리로 말했다.

“데스먼드 형제를 믿어보자, 예나. 유리. 들리나? 우리 함대가 양동작전을 펼칠 거다. 놈들을 둘로 갈라버리고 그 사이 나는 모함을 공격하겠다. 되도록 쓸모있는 행동을 같이 해주도록.”

유리는 혀를 내둘렀다.

“수 적으로 우리가 적은데, 괜찮겠어 카란?”

“언제는 숫적으로 우세했나. 필요한 순간이 오면 화력을 아끼지만 말도록 해.”

“알았어. 믿어볼게.”

유리의 통신음이 사라졌다. 카란은 몸이 뜨거워짐을 느꼈다.

형제단의 함선 이십 여척이 둘로 나뉘어 기동을 시작했다.

가네시의 코를 파고 드는 늪지대의 날카로운 공기 속으로 기계음이 연달아 울렸다.

멀리서 끝없는 주민들의 행렬이 가네시 정부 청사를 둘러싸고 함성을 질러댔다. 김진수는 피로한 눈을 들어 그 광경들을 눈에 새겨 넣었다. 그는 이곳에 없는 한 남자를 생각했다.

‘칼. 우리가 해냈어.’

기갑로봇들의 잔해가 늪지대에 흩어져 있었다. 군인들의 시체는 하루밖에 지나지 않은 것들도 점점 악취를 풍기고 있었다.

“기분이 좋아 보이시네요.”

김진수는 단신의 남성이 자신의 시야에 들어오자 몸을 돌려 그를 보았다.

“지사님.”

가네시의 정부 수반인 사카이 하시모토는 어색한 미소를 지었다. 사카이 지사는 썩어가는 시체들을 보며 코를 막았다.

“멀리 나오셨군요.”

“얼마나 많은 시체를 만든 건가요, 복고파의 지도자여.”

진수는 살짝 얼굴을 찌푸렸다.

“큰 성취입니다, 지사님. 지사님은 그다지 기쁘지 않으신 것 같습니다.”

“큰 성취죠. 허나 성취에는 항상 반대급부가 따라오는 법입니다. 이를테면 저곳에서 썩어가고 있는 군인들처럼 말입니다.”

“저들은 압제자입니다.”

“그리고 얼마 전까지는 제 동료이기도 했었죠.”

진수는 잠시 지사의 낯빛을 살폈다.

“기분이 언짢으실 수밖에 없겠군요. 헤아리지 못한 점을 사과드립니다.”

“사과하실 필요 없습니다. 내가 걱정하는 건 이 혁명이 성공하는 걸 조금이라도 방해하는 요인을 우리가 통제할 수 있는가 뿐이니까요. 다시 말하면, 그런 요인들을 우리가 사전에 인지하고 세심하게 다룰 수 있다면 성공 가능성은 더 높아지지요. 나는 디스카디드와 복고파를 비롯한 다른 레지스탕스들도 그 점을 알았으면 하는 마음에 이렇게 말씀드리는 겁니다.”

“지사님은 적들의 피가 불러올 결과가 달갑지 않으신 거군요.”

“피는 피를 부릅니다. 가장 좋은 해결책은 외교적인 해결이었죠. 그게 결렬되었기에 이런 사태까지 왔지만. 한 가지 당신에게 드리고픈 말은 적들의 원한을 너무 사지 않는 게 좋을 것 같다는 말입니다. 그리고 적의 요인을 놔주는 것도 우리 혁명의 성공에 작은 걸림돌이 될 수도 있지 않을까요?”

“그 사실을 알고 계셨습니까?”

진수가 눈을 치켜떴다. 지사가 쓴웃음을 지었다.

"이 가네시 안에선 내 눈과 귀가 되어줄 장비와 인력이 많습니다. 당신이 그 남자를 구금했던 시설이 내가 빌려준 거라는 사실을 잊지 말아요, 진수."

진수는 혁명을 계획하기 위해 지사를 만나던 때부터 그가 보통은 아니라고 생각했던 바였다. 진수는 꾸밈없이 감탄했다.

"놀랍군요. 예, 제가 대니 카를로스를 놓아준 건 맞습니다. 그러나 전 그가 제 얘기를 허투루 듣지 않았을 것이라고 확신합니다."

"그가 당신의 의문을 해결해 주었나요?"

진수가 고개를 저었다.

"대니 카를로스도 제 동료가 왜 그런 괴물이 되었는지는 알지 못했습니다. 알지 못하는 척한 건지는 모르지만. 제 눈에는 거짓말을 하는 것처럼 보이지 않았습니다."

"안타깝군요. 나 역시 당신 동료들이 당했던 일의 전말이 궁금하던 차였습니다. 나도 그 모습을 보았으니까요."

진수가 처음에 구류시설을 지사에게서 빌린 것은 호건을 가두기 위한 용도였다. 지사 역시 호건이 어떠한 계기를 통해 그런 모습이 되었는지 밝혀내야 한다고 생각했던 것이다.

"상관없습니다. 이대로 놈들을 쓸어버린 뒤 직접 물어보겠습니다."

"그 남자는 쓸모가 없어져서 놔준 겁니까? 의아하군요. 죽일 줄 알았는데."

"언젠가 쓸모가 있을 겁니다. 그는 능력자이고, 어떻게 그렇게 될지 설명하기 힘들지만 자신의 능력의 기원에 대해서도 알게 될 겁니다. 필연적으로 그는 행성 연합에 의구심을 품을 것입니다."

"그 남자가 전향할 거라고 생각하는 겁니까?"

진수는 대답하지 않았다. 지사의 의문이 확신으로 바뀌었다.

"그런 거군요?"

"적어도 제가 들려준 이야기들에 합당한 의문은 가지게 될 거라고 생각하는 겁니다. 그는 해리 카를로스의 손자이고, 해리 카를로스는 연합의 수도와 모성이 있는 2성계의 방위사령관으로 사실상 신상하이의 군권을 장악하고 있습니다. 그들에게 균열을 불러 일으킬 수 있지 않겠습니까? 해리 카를로스는 이 성계의 2인자나 진배 없습니다. 에이먼 소로스도 함부로 다룰 수 없는 인물이지요"

사카이 지사의 표정이 살짝 어두워졌다.

"복고파의 지도자여, 혁명의 동지여. 당신이 어떤 생각을 품고 있든 별로 참견하거나 수정해주고 싶은 마음은 없어요. 하지만 한 가지는 확실히 짚고 넘어가야 할 것 같아요."

사카이는 낮고 강하게 말했다.

"총통을 절대 얕보지 말아요. 당신은 아직 그와 그 주변의 인물들에 대해 아무것도 모르고 있습니다. 총통과 그의 비서실장 수라 핸들러가 2인자를 좌시하거나 키울 인물들은 절대 아닙니다. 그자들은 성계의 세력균형에 조금이라도 균열이 가는 것을 원치 않아요. 오래전 자유당의 킬리먼 이바노프가 축출당한 건 우연이 아닙니다. 만약 해리 카를로스가 2인자처럼 보였다면 가능성은 단 한 가지입니다. 모종의 이유로 총통이 사람들을 속이고 있는 거지요."

진수는 사카이의 말을 곰곰이 생각해 보았다. 지사의 핸디툴을 통해 통신이 걸려왔고, 지사는 잠시 통신 내용을 듣고는 말했다.

"발할라의 해적들이 지금 함대전에 합류했답니다. 어쩌면 우주도 곧 정리될 거 같군요. 일단 이르지만 전투가 끝나면 다들 회동하는 게 어떻겠습니까? 나는 개인적으로 예전부터 그 해적들에게 관심이 많았거든요."

예나는 데스먼드가 탑승한 마녀사냥꾼 함에 통신을 걸었다.

"데스먼드 형제. 다른 함선들과 속도를 맞추는 게 좋을 것 같다."

"속도를 줄이라는 건가?"

"그렇네."

"예나 형제. 내가 당신 명성은 정말 익히 들어왔고, 아주 존경하지만 그 말은 따를 수 없을 것 같군. 전황은 시시각각 달라지고 있어. 한 번 뒤쳐지면 걷잡을 수 없이 무너질 거야. 이 상황을 헤쳐나갈 수 있는 건 놈들이 대응하지 못할 속도 뿐이야. 놈들이 더 단단히 준비하기 전에 들어가야 돼."

"당신의 함선이 견딜까?"

“견뎌. 확실해. 나를 믿으라고, 형제.”

데스먼드는 자신 있었다. 스스로가 익히 보아온 마녀사냥꾼 함의 방어 역장은 집중포화도 견뎌낼 수 있었다.

“이 함선의 역장은 연합의 그 어떤 함선보다도 강해, 형제. 그건 내가 장담해. 날 믿으라고.”

예나는 잠시 침묵했다가 말했다.

“알겠다.”

마녀사냥꾼 함의 시퍼런 역장이 흐르듯이 함선의 몸체를 감쌌다. 함선이 광자포문을 개방하고 불을 뿜었다. 연합군의 순양함들이 마녀사냥꾼함을 향해 방향을 바꿨다. 마녀사냥꾼 함의 뒤를 이어 예나의 강습함과 형제단의 중순양함들이 적 함대의 좌측 면을 향해 함포를 쏘아댔다. 연합군의 함선들이 부서져 내렸다.

마녀사냥꾼 함의 광자포가 연달아 빛무리를 빠르게 발사했다. 광자포에 적중당한 함선들이 부서진 틈으로 데스먼드는 마녀사냥꾼을 몰고 갔다. 푸른 역장이 연합군의 함선들을 사정없이 바깥 쪽으로 밀어냈다. 그 뒤를 예나의 강습함과 중순양함들이 따라왔다. 순식간에 마녀사냥꾼이 지나간 자리를 따라 기다란 푸른 띠가 그려졌다.

연합군 강습함들이 달려들었으나 역장을 뚫는데 고전했다. 그 사이 역장 뒷편에서 나타난 형제단의 순양함과 강습함들이 함선들을 박살냈다.

연합군 함대의 좌측면 중심 축에서 노드처럼 자리를 지키고 있던 우주모함들이 방향을 바꿨다. 데스먼드와 10여척의 해적단을 위협으로 간주한 것이다. 마녀사냥꾼과 가장 가까이에 있던 연합의 모함이 움직이자 전투 편대기들이 같이 방향을 전환했다. 모함의 함교에서 지시를 내린 것이다. 그러자 모함의 공격을 방어 중이던 모스크바 함에 전진할 수 있는 간격이 생겨났다.

유리는 그 틈을 놓치지 않았다.

"지금이다. 돌진!"

그와 동시에 모스크바 함의 전 함포를 개방하고 지원 포격을 가했다.

연합군의 전열에 생겨난 균열이 점점 커지고 있었다.

모스크바 함의 함재기 파일럿 융커우 멕은 어느 순간 자신의 주위에서 날아다니던 연합군 전투기들의 수가 줄어들고 있음을 알아차렸다. 그는 자신의 상관을 향해 통신을 걸었다.

"알파 리더. 놈들의 저항이 약해진 것 같습니다."

잠시 후, 리더가 말했다.

"측면에서 발할라의 해적단이 나타났다, 멕. 놈들의 화력이 분산되고 있는 모양이다."

"멋지군요. 오늘은 이쯤에서 그만해야 될 거 같다 생각했는데, 놈들을 더 족칠 수 있을 것 같습니다."

"몇 기 격추시켰나?"

"아직 다섯 대입니다."

"나는 일곱 대다. 분발하도록."

"마감 때 한 번 보자구요, 달라스"

알파 리더 달라스가 웃었다.

"모스크바 함과 가네시의 함선들이 앞으로 급격하게 움직인다."

대쉬보드에 경고가 뜨더니, 유리 함장의 통신음이 들렸다.

"알파 편대. 적들의 우측 면을 공격하라. 본함 기준 다섯 시 방향."

"알겠습니다. 함장님. 알파 편대, 본함의 다섯 시 방향 전투 기동 실시."

융커우가 소속된 알파 편대가 모스크바 함의 이동 경로에 앞서서 위치한 연합군의 함대를 향해 포문을 열었다. 몇몇 함재기들이 연합군의 반격에 박살났다. 융커우는 이를 악물었다. 융커우는 하늘 브라보를 불렀다.

"이봐, 하늘. 돌아가면 무지하게 지칠 거 같은데 오늘은 좀 신경 써줘. 알았지?"

하늘 브라보는 연인 융커우의 목소리를 듣고는 애써 밝게 말했다.

"알았어, 멕. 죽지나 마. 성대하게 차려줄 테니."

"좋아. 오늘은 절대 죽는 일 없다!"

알파 편대의 뒤를 따르며 유리는 매서운 눈으로 스타맵과 전황을 주시했다.

하늘이 불안한 목소리로 말했다.

“가네시에서 몇 기의 기체들이 날아옵니다. 무인 공격기들인 것 같습니다.”

유리는 스타맵을 보았다.

그녀의 얼굴에 미소가 떠올랐다.

“하늘, 저건 가네시 정부군이다. 김진수가 보낸 지원군이야.”

하늘의 얼굴이 밝아졌다. 유리는 빠르게 판단했다.

“우리는 놈들의 사령선을 찾아야 한다. 아군의 희생이 더 생기는 것을 막고 이 전투를 끝내기 위해서는 꼭 사령선을 찾아야 해. 하늘. 적들의 진영에서 사령선을 찾아라.”

“예, 함장님!”

무인 공격기 10여 척이 전선에 합류하자 연합군은 훨씬 수세에 몰리게 되었다. 이제 함대전의 양상은 반대로 저항군 측에 압도적으로 유리하게 흘러가고 있었다. 그럼에도 연합의 화력은 아직까지 꺾이지 않고 있었다. 카란의 함대는 연합군의 우주 모함들을 잡고자 했지만, 의외로 강력한 저항 때문에 한 대의 모함도 격추시키지 못했다. 유리는 이 전투를 승리로 이끄는 것뿐 아니라 희생을 최소화하기를 원했다.

“함장님. 적들의 강습함과 순양함 뒷편의 모함이 연합군 함재기들의 절반을 보유한 것으로 보입니다. 함재기 신호들의 흐름을 분석한 결과입니다.”

“저 놈이군. 카란. 화력을 합치자. 놈들의 사령선을 잡아야 해.”

카란이 잠시 후 대답했다.

“사령선을 찾았나?”

"우주모함이야. 뒷편에서 제일 많은 함재기들에 명령을 내리고 있어."

"좋아. 같이 가겠다 유리."

카란의 모함과 강습함, 모스크바 함과 함재기, 가네시 정부군의 중순양함이 데스먼드 측 해적단의 반대 면을 맡아서 한꺼번에 진격해 들어갔다.

일사불란하게 움직이는 벌떼 같은 모습이었다. 곳곳에서 포격과 함께 광자포, 플라즈마포, 레일 포탄이 날아다니고 함선들을 부숴댔다.

연합 함대 뒷편의 거대 모함이 모스크바 함 함교 창 바깥 면을 통해 모습을 드러냈다.

잡았다.

유리는 침을 삼켰다.

무인 공격기들은 가네시 정부의 통제시스템의 복잡한 연산을 따라 비행했다. 그 모습을 본 융커우는 혀를 내둘렀다. 그는 사람이 시스템보다 더 예측 불허한 비행을 보여줄 수 있다고 생각해왔다. 그러나 무인 공격기들의 모습은 대신에 훨씬 깊고 복잡한 움직임들이었다.

"알파 편대 복귀한다."

융커우는 깜짝 놀랐다.

"알파 리더? 복귀하라고요?"

“그래. 오늘 우리의 임무는 여기서 끝났다.”

“아직 놈들의 최종 모함이 남아 있고, 함선들도 많습니다.”

“함장의 명령이다.”

융커우는 불만어린 제스처를 취하며 끙, 하는 소리를 냈다.

그러다가 그는 갑자기 깨달았다.

“설마 놈들의 모함을 나포하려는 겁니까?”

“그래, 육전대의 시간이다. 우린 필요가 없어.”

융커우는 감탄했다. 그는 수긍하고 자신이 탄 전투기의 방향을 모스크바 함으로 돌렸다.

함선 간 나포는 복잡하고 어지러운 전장에서는 사실상 이루어지기 힘든 일이었다. 그러나 유리 함장은 그 어려운 시도를 통해 연합군의 완벽한 항복을 받아내려고 하고 있었다.

‘이바노바 함장은 역시 보통내기가 아니군.’

그는 속으로 중얼거렸다.

모스크바 함이 연합군의 사령선을 향해 돌진했다.

모스크바 함의 에어 락 뒷편 도킹 존 안에는 강화 전투복을 입은 육전대원들이 완전 무장한 채 기다리고 있었다.

디스카디드의 육전대장 카무라는 그 사이에 가만히 앉아 눈을 감고 있었다.

그는 이 순간이 맘에 들었다. 카무라의 손에는 그가 소중히 여기는 레일 건 ‘죽음’이 들려 있었다. 카무라는 손을 쥐었다 폈다 하면서 생각에 빠졌다.

그는 행성 한의 정부였던 몰락한 광산 조합의 해병대원이었던 시절로 되돌아갔다.

20년 전, 하늘에서 광선이 쏟아져 내려 와 사람들을 죽였다. 곧이어 외계인들의 군대가 들이닥쳤다. 젊은 20대의 군인이었던 카무라는 무기력한 시선으로 보도블럭에 이리저리 흩어진 동포의 시신을 보았다. 공허한 눈으로 자신을 바라보던 부모 잃은 아이와 붕대를 칭칭 감은 여자와 노인들을 보았다.

외계인들이 수천만의 인류를 학살하던 날.

빅 크러시(Big Crush).

동포들을 지키지 못하고 모성에 펼쳐진 지옥도를 보며 망연자실한 그에게 같은 군인이었던 남자, 조슈아 권이 다가온다.

그가 손을 내밀며 적들을 부숴버리자고 말한다.

카무라는 그 손을 잡는다. 그는 자신의 눈에서 눈물이 흘러내리고 있는 것도 깨닫지 못했다.

함선이 진동했다. 도킹 장치가 움직이는 소리가 들렸다. 곧이어 찰칵, 하는 경쾌한 소리가 났다. 도킹 장치 세팅, 중력 활성화 및 조정이 진행되고 있었다.

카무라는 눈을 떴다.

적들을 부수고 학살할 시간이었다.

그는 자신의 레일건을 본다. 그리고는 레일건의 이름을 중얼거렸다.

"죽음."

14.

모스크바 함의 움직임을 주시하던 카란의 눈이 가늘어졌다.

"일항사! 모스크바 함을 따라 들어가라! 절대 뒤지면 안 된다. 기회가 되면 바로 도킹한다!"

카란은 그렇게 말하고는 자리에서 일어나며 플라즈마 커터를 들었다. 쥬디가 따랐다.

함교로부터 최단 루트로 전투 장구 보관실로 간 카란은 점프 슈트 형태의 강화전투복을 찾아서 착용했다.

"대장, 백병전입니까?"

"맞아, 쥬디. 형제들을 무장시켜라. 돌입한다."

"그냥 격추시키는 게 낫지 않습니까? 공연히 희생이 커질지도 모르지 않나 싶습니다."

"쥬디. 아직도 우리 자매를 모르나? 경애하는 이바노바 동지는 놈들을 제압하고 직접 놈들의 지휘관을 잡을 생각이다. 그리고 그 놈을 통해 전 함대의 지휘계통을 붕괴시키고 항복을 받을 생각이겠지. 그걸 보고만 있으라고? 그건 형제단에 대한 모욕이다. 우린 전리품이 필요해. 저 배는 또다른 전리품이 될 것이고. 디스카디드에게 배를 요구하려면 우리도 역할은 해야지."

쥬디는 카란의 말을 바로 이해했다. 쥬디는 핸디툴을 작동시키고 함대 내 백병전 요원들을 모두 무장시키도록 했다. 그리고는 자신도 강화전투복을 찾았다.

잠시 후 에어록 뒷편으로 해적들이 집합했다. 100여명이 넘는 특공대였다.

모스크바 함이 적들의 기함이자 우조모함의 방어망을 무력화시키고 도킹을 시도했다. 이어서 카란의 함선이 도킹을 완료했다.

도킹 통로가 모두 연결되었고 중력 설정이 완료되었다.

도킹 도어가 열리고 해적들과 디스카디드 대원들이 양쪽에서 쏟아졌다.

해적들과 맞닥뜨린 카무라는 자리에 멈추며 뒤를 향해 손을 들어보였다. 육전대원들이 멈춰섰다. 그는 해적들을 지휘하는 카란을 향해 얼굴을 살짝 찌푸리며 말했다.

"도와달라고 한 적 없는데, 요청을 받으신 거요?"

"요청은 받지 않았소, 카무라 대장."

"그런데 왜 여기 있습니까?"

"도움을 주려고 한 건데. 맘에 안 드나 보군?"

"도움은 그 의도가 확실할 때 열린 마음으로 받아들일 수 있는 거요, 카란 셰티. 당신들이 어떤 목적으로 이 배에 발을 들였는지는 심히 의심스럽소."

카란은 씩 웃으며 도전적인 몸짓으로 비스듬히 카무라의 눈을 마주했다.

'우리 레지스탕스 친구들을 이 커터로 썰어버릴 생각은 아니니까 걱정 마시오 대장."

카무라는 잠시 말없이 해적의 우두머리를 보다가 낮게 말했다.

"쓸데없는 짓 하지 말고 걸리적거리지도 마시오."

카란이 입으로만 웃었다. 해적들과 디스카디드 육전대는 각각 떨어진 거리에서 각자 함선 내부로 진입했다.

모함 내부의 연합군 해병대원들의 저항은 격렬했다. 행성연합의 군인들은 전원 무장하고 소총을 갈겨댔다. 격벽의 일부분이 무너졌고 희생자들이 생겨났다. 그러나 카무라의 육전대원들은 압도적인 화력으로 전진했고 카란의 해적들은 거센 기세로 들이닥쳤다. 선두에 선 카란은 플라즈마 커터를 휘두르며 적들의 사지를 분리하고 몸을 꿰뚫었다. 카무라는 그 모습을 보았다. 그는 칼질을 하는 해적의 이야기를 실제로 접하며 속으로 감탄했다. 그는 처음 발할라 해적단의 두목 이야기를 들었을 때 그것이 어이없는 농담일 것이라고 생각했다.

'저건 정말 커틀라스를 휘두르는 이야기 속 해적이 따로 없군.'

그들은 신속하게 함선을 장악했다. 저항은 끝났고 함교에 도착해서 만난 함대 지휘관이 그들을 보자마자 우울한 표정을 지었다.

"당신들이 이겼소. 축하하오."

그의 계급장엔 둥근 행성이 둘 있었다.

"당신이 지휘관인가? 장군? 사령관? 직함이 뭐지?"

"2성계 기동전단장 루 라이오넬 제독이오."

카무라가 고개를 끄덕였다.

"좋소, 제독. 전 함대에 저항을 멈추라고 명령하시오."

"그리고?"

"우리에게 합류할 자들은 합류하고, 포로가 될 자들은 포로가 되는 거요. 이것도 저것도 원하지 않는 이들에겐 돌아갈 함선을 제공해주지. 하지만 함선과 연료를 넉넉히 제공해줄 수 있다고는 장담은 못하오. 신상하이까지 가는 길이 안전할지 역시도 신만이 아실 거요."

"바보같은 질문이겠지만 거절한다면 어떻게 되는 거요?"

가만히 지켜보고 있던 카란이 목에 엄지 손가락을 그어 보였다.

"바보같은 질문은 하지 말아야지."

카무라가 그를 흘겨보곤 다시 제독을 보았다.

"끝까지 싸우겠지. 우리 역시 지금보다 피해는 더 커지겠지만, 당신들은 모두 죽을 거요."

"우리에게 여러 가지 가능성을 제시하는군. 신사적이야. 그게 조슈아 권의 방식인가?"

카무라가 고개를 저었다.

"이건 존경하는 우리 함장의 방식이오. 아니었다면 당신들을 살려두지 않았겠지. 우리 지휘관은 더 이상의 쓸데없는 피를 보고 싶어하지 않소. 선택하시오, 제독."

"한 가지 당신들의 지휘관이 잘못 생각한 게 있소."

카무라가 말해보라는 듯이 턱짓을 했다.

"총통은 우리의 몸값을 협상하지 않을 거요. 당신들이 데지레 성계에서 동시다발적으로 일으킨 전쟁으로 심기가 매우 불편하거든. 몸값을 협상한다는 건 연합 정부의 약점을 드러내는 일이 될 거요. 결론은, 우린 어차피 죽은 목숨이란 얘기요.”

“그게 당신의 대답입니까, 제독?”

제독이 품 속으로 손을 넣었다. 육전대원들과 해적들이 총구를 겨눴지만 카무라가 손등을 들어올려 그들의 행동을 막았다. 카란이 의심스런 눈으로 루 제독을 보았다.

제독은 담배를 꺼내었다. 카무라는 그를 제지하지 않았다. 제독이 담배에 불을 붙여 입에 물고는 한 모금 깊게 빨아들였다. 카란은 피식거리며 생각했다. ‘참 맛깔지게 빠는군.’ 갑자기 그도 담배가 피고 싶었다.

제독이 말했다.

“당신들 말대로 하겠소. 당신들이 이겼고 우린 모두 항복하겠소. 단, 하나 요청할 것이 있소.”

“그게 뭐요?”

“당신들의 지도부를 만나게 해주시오. 긴히 할 이야기가 있으니.”

연합군 함대는 모두 저항을 멈추었다. 그들은 자신들의 지휘관의 뜻에 따라 대부분 얌전히 저항군에 나포되었다. 몇몇 산발적인 소란과 저항이 있었지만 곧 제압되었다. 커다란 승리였다.

카란은 유리에게 루 제독의 모함을 넘겨줄 것을 요구했다.

카무라는 한숨을 쉬며 나직이 중얼거렸다. "원하는 게 그거였군."

연합군 중 일부는 저항세력에 가담했다. 대부분 가네시가 모성인 병사들이었으며, 일부는 1성계와 3성계 출신이었다. 신상하이 출신 전향자는 드물었다.

카란 셰티는 연합군과의 전쟁으로 해적단의 경험도를 더욱 강화할 수 있었다. 데스먼드와 예나의 함대도 출중한 통솔력을 보여주었고, 연합군의 강습함들과 모함을 확보하게 되었다.

유리는 디스카디드, 뿌리복고파, 가네시, 붉은 바람 형제단의 각 지휘부가 전투의 결과와 다음 계획을 논의하기 위해 모스크바 함에서 회동할 것을 제의했다. 김진수와 가네시의 지사가 으기 전에 유리는 모스크바 함에 신병이 인도된 루 제독을 만나기로 했다.

르 제독은 4평 남짓한 선실에 구금되어 있었다. 세면시설과 침대, 작은 탁자 하나가 비치된 방이었다. 카무라가 그를 유리의 학장실로 데리고 왔다.

우리는 나이 지긋한 제독을 보며 인사를 건넸다.

'안녕하세요? 제가 디스카디드의 지휘관입니다. 유리라고 부르시죠. 루 라이오넬 제독님."

"루라고 부르시오. 조슈아 권을 대신해서 이 전투를 지휘한 자가 누구인지 궁금했는데, 여자였군."

"여자와 얘기하는 걸 꺼리시는 건 아니죠?"

"신경쓰지 않소. 그냥 경험 많은 군인일 거라 생각했을 뿐이오."

“이번 전투로 더 경험을 쌓게 됐죠. 자리에 앉으시죠.”

제독이 유리가 권한 철제 의자에 앉았다. 유리가 맞은 편에 앉았고, 카무라가 문 앞에 섰다.

“저항군의 지휘부를 만나고 싶어한다고 들었습니다.”

“당신과 얘기하면 되는 거요?”

“그렇습니다. 혹시 특정한 누군가를 만나고 싶으신 건가요? 가네시 정부나 뿌리복고파의 지도자라든지요?”

“상관없소. 그저 내 얘기가 전달만 되면 그만이오.”

루는 카무라를 흘끔거렸다.

“저 친구는 계속 저렇게 서 있는 거요?”

“카무라 대장은 디스카디드의 육전대장입니다. 그리고 필요할 때는 저나 조슈아 대장의 경호를 서주기도 하고요. 신경쓰지 않으셔도 됩니다.”

“신경쓰지 않소. 저렇게 굳이 눈치를 줄 것 없이 원한다면 같이 들어도 좋소.”

유리는 잠시 생각하더니 카무라를 불렀다.

“카무라. 여기 앉아서 이 분의 이야기를 같이 들으시겠어요?”

카무라는 몸을 돌려 다가와 앉았다.

“그러겠습니다, 함장님.”

루는 유리와 카무라를 가만히 보았다.

“혹시 담배를 피워도 되겠소?”

“그러시죠.”

유리가 사람을 불러 철제 재떨이를 함장실로 가지고 오도록 했다. 루 제독은 고마움을 표시한 다음 담배를 입에 물고 연기를 내뿜었다. 유리는 참을성 있게 기다렸다.

제독이 말했다.

"전쟁을 그만하시오. 당신들은 연합을 이길 수 없소."

"지금 우리에게 항복한 건 제독님입니다."

"알고 있소. 내 부하들을 구하고 싶었으니까. 쓸데없는 희생을 피하고 싶었던 건 나 역시 마찬가지였소. 난 진지하게 당신들에게 경고를 해주고 싶은 거요. 승산 없는 전쟁으로 피를 흘리지 마시오. 당신들은 질 거요. 그것도 처참하게."

"제독님. 알고 계시리라 생각합니다만, 1성계의 발할라는 우리 편에 섰습니다. 연합의 발할라 기동전단은 박살이 났고, 함선은 우리가 확보했습니다. 뉴시드니와 넵투누스는 수세에 몰려 있고요. 연합은 1성계에서 위태로울 뿐 아니라 2성계에서도 이번 전투에서 가네시를 잃었습니다. 다음엔 어디일까요? 3성계는 한과 아마테라스가 아직 남아 있지만 그들이 과연 연합에 호의적일까요? 제가 볼 때 제독님이 생각하시는 전황과 우리가 보고 있는 전황은 많이 다른 것 같네요. 당장 우리가 연합과의 전쟁에서 100% 승리할 거라고 장담할 순 없지만, 저희가 패배하리라고도 보기 힘들지 않을까요? 대체 왜 우리가 질 거라고 생각하는 건지요, 루 제독님?"

루는 담배를 길게 내뿜었다. 제독의 파란 눈이 우울한 색조를 머금었다.

"당신들이 보고 있는 게 연합군 전력의 전부는 아니오. 총통

각하는 우리가 이곳에서 저항군에게 승리하든 말든 신경을 쓰지 않고 있는 게 확실하오. 이기면 좋고. 지더라도 그저 주의를 돌리는 용도였을 뿐이오.”

“그게 무슨 말이죠? 당신이 우리 주의를 돌리는 용도였다고요.”

“나는 알게 되었소. 총통 각하가 무엇을 하고 있는지.”

담배 연기가 더욱 많아졌다. 카무라가 방 내 공기 순환기를 가동시키자 웅웅거리는 소리가 났다. 유리가 카무라를 보았다. 카무라가 제독의 이름을 불렀다.

“루 제독, 당신은 에이먼 소로스가 무언가를 꾸미고 있는 것을 알아차렸고 그것 때문에 우리가 이기지 못할 거라고 생각하는 겁니까?”

제독이 고개를 끄덕였다.

“그게 뭔가요?”

“사람이 아닌 것들.”

“뭐라고 하셨소?”

카무라가 말했다. 제독이 담배를 입에서 떼고 그것을 가만히 쳐다보더니 유리와 카무라를 번갈아 보았다.

“나는 사람이 아닌 것들이 이 성계에 있음을 알게 되었소. 그리고 그것들은 인간의 힘으로는 죽일 수 없소.”

그는 유리와 카무라의 이해하기 힘든 표정을 보며 웃었다.

“곧 알게 될 것이오. 아마도 내 생각엔 곧. 확실히 말이오.”

모스크바 함에 먼저 도착한 것은 김진수였다. 김진수는 아광속 도약 기능을 갖춘 작은 상선을 타고 모스크바 함에 도착했다. 이어서 사카이 지사가 건너왔다. 카란이 마지막에 쥬디와 함께 나타났다. 카무라는 그들을 회의실로 안내했다. 카무라는 그들에게 곧 함장이 올 것이라고 전했다.

사람들이 하나둘씩 함 내 회의실에 모이자 지사가 말했다.

“이렇게 오늘날 성계에서 급부상하고 있는, 그러나 동시에 연합에 두통을 제공한 영웅들이 모였군요. 아 물론 제 스스로 거기에 해당하지 않음을 잘 이해하고 있다는 걸 알아주시길 바랍니다.”

진수가 말을 받았다.

“영웅이라 부르기엔 아직 우리의 행보는 진행형입니다. 그렇지만 이 유대는 이제 막 시작되었고 아직은 단단하지 못함에도 그 미래가 훨씬 밝다고 얘기하고 싶습니다. 가네시에서 연합의 함대를 축출했다는 건 정말 고무적인 일이니까요. 적어도 오늘 하루만은 다들 승리를 즐기시길 바랍니다. 그리고 제 생각엔 지사님도 영웅입니다. 지사님의 결심이 이번 전투의 승리에 결정적인 역할을 했다고 저는 생각합니다. 연합은 바로 얼마 전까지 자신들의 동료였던 이들과 전쟁을 수행하느라 매우 버거워하는 것처럼 보였습니다.”

“과찬입니다. 조슈아 대장께선 아직도 외계인들의 성계에 있는 것인지?”

카무라가 대답했다.

“그렇습니다. 지금은 모스크바 함의 함장님이 대장을 대리하고 있고 와스프께서 우릴 돕고 있습니다.”

“말이 나와서 말인데, 와스프라는 분은 대체 누구입니까? 얘기는 많이 들었는데 통 정체를 알 수가 없군요.”

카무라가 아리송한 미소를 지었다.

“그 분의 정체는 저희 지도부만이 알고 있습니다. 때가 되면 아시게 될 겁니다.”

“이런, 비밀이 많으시군요. 알겠습니다. 그러고 보니 지금껏 함장님의 성함도 듣지 못한 것 같군요. 그 분의 성함이 어떻게 됩니까?”

그때 함장실의 문이 사라지며 유리가 등장했다.

“직접 소개해드리죠, 지사님. 유리 이바노바입니다.

지사는 잠시 멍한 표정을 짓더니 유리를 유심히 바라보았다.

“이바노바…?”

곧 그가 주저하는 듯 하다가 소리쳤다.

“설마! 아냐, 그럴 리가…….”

지사의 동공이 커졌고 입이 힘없이 벌어졌다.

“당신 혹시 킬리먼의 딸인가요?”

“맞습니다.”

유리가 미소를 지었다.

“생전에 아버지께서 그러셨는데 제 언니에게 정말 좋은 스승이셨다고 들었습니다.”

지사는 흡사 비명 같이 들리는 소리를 냈다.

“이럴 수가! 믿기지가 않는군요. 이리나. 당신의 언니가 내 얘기를 하던가요?”

“그랬습니다, 지사님.”

카란이 거의 알아차리기 힘들 정도로 살짝 눈살을 찌푸렸다. 진수가 믿기 힘들다는 듯이 끼어들었다.

“제게는 두 분이 아는 사이인 것처럼 보이는군요?”

지사가 어이없어하는 표정으로 그를 보았다.

“알다마다요! 킬리먼과 난 절친한 친구였습니다. 의정 활동을 하던 시기에 만났거든. 우리는 비록 나이 차이가 조금 나긴 했지만 뜻이 통하는 정치적 동지였어요. 그의 장녀인 이리나는 내가 아끼는 제자였기도 했고. 이리나한테 동생이 있다는 얘기는 들은 적 있어요. 그래, 그녀는 어떻게 지냅니까?”

“살아 있으니 잘 지내는 거라고 말씀드리고 싶네요.”

“어디에 있습니까?”

“아직은 말씀드리기가 힘듭니다, 지사님. 연합이 보낸 개들에게 항상 쫓기고 있어서. 어쨌든 살아있다는 것만 알아두시길 바랍니다.”

“그래요. 그래. 맞는 말입니다, 함장. 더욱 조심해야지. 나 역시 그녀가 무사하길 바랍니다.”

가만히 듣고만 있던 쥬디가 말했다.

“옛날 추억 이야기를 나누고 계시는데 죄송하지만, 이제 우리 사업 얘기를 좀 해야 하지 않을까요?”

다들 그를 쳐다보았다. 카란이 쥬디의 어깨를 툭 치곤 온화하게 웃으며 말했다.

“잘 아시겠지만 저나 저와 같이 온 이 친구는 해적입니다. 우리는 항상 받을 것을 명확히 하지요. 나는 이번 전쟁에 뉴시드니를 요구했고, 이번 전투에선 연합군의 사령선을 받기로 했소. 다들 명심하시길.”

김진수가 양팔을 벌리며 불만 어린 제스처를 취했다.

“전리품 가지고 불만을 제기하는 건 내 스타일이 아닙니다만, 당신들은 너무도 좋은 것을 가져갔소. 복고파에도 함대는 필요합니다. 우리가 언제까지 당신들의 함대를 빌려서 함대전을 치러야 합니까? 무인공격기만으로는 한계가 있는 법입니다.”

카란이 차가운 눈으로 진수를 쏘아보며 말했다.

“주제에 맞지 않는 걸 바라지 않는 게 좋을 겁니다, 교주. 저 모함을 당신들이 운용하면 연합군에게 바로 격퇴당하고 말 거요. 전투력의 향상을 위해서라면 우리가 가지는 게 맞지.”

진수는 기분나쁜 표정을 지으며 말했다.

“나는 교주 따위가 아닙니다.”

사카이 지사가 그를 달랬다.

“진정하시오, 복고파의 지도자여. 공연히 왜 열을 올립니까? 그나저나 당신들의 솜씨는 정말 대단하더군요, 카란 셰티. 개인적으로 예전부터 당신들을 만나보고 싶었소.”

“그런가요? 애석하게도 전 이 늪밖에 없는 신상하이의 위성

행성 따위는 가본 적도, 별로 관심을 가져본 적도 없었습니다. 듣던 대로 볼품 없는 행성이군요.”

우리가 한숨을 쉬었다. 그러나 오히려 지사가 웃었다.

“역시 대해적이군요. 언변이 보통이 아닙니다. 당신 말이 맞아요, 세티. 누가 이 행성에 관심을 가질까요? 우리는 사실상 신상하이의 식민행성이나 다름없지요. 시궁창이라고 생각해도 별로 할 말 없습니다.”

카란이 코웃음쳤다. 진수가 입을 열었다.

“논공행상이나 전리품 얘기는 사실 크게 문제될 게 없습니다. 우리 모두 각자의 역할을 했고 이쪽 친구들을 빼면 크게 전리품에 관심이 있어하진 않으신 것 같으니까요. 이 자리에서 우리는 다음 계획에 대해 논의해야 합니다.”

카무라가 말했다.

‘맞습니다. 지도자께서 얘기하신 바에 동감합니다. 적들은 다시 공격해올 겁니다. 이번엔 훨씬 더 전열을 가다듬은 다음에. 에이먼 소로스의 연합군 함대는 아직까지 상당수가 남아 있습니다. 우리는 그들보다 한 발 앞서 계획을 세우고 움직여야 합니다.”

유리가 카무라의 말을 받았다.

“1성계는 뉴시드니가 남았고, 2성계는 모성인 신상하이가 건재합니다. 3성계는 아직까지 우리에게 동조하는 아무런 움직임이 없지요. 사실 행성 한이 우릴 돕는다면 좋겠지만, 그럴 확률은 희박하다고 보는 게 좋을 듯 합니다.”

“그래서 다음은 어디라는 거야, 유리?”

“아직은 잘 모르겠어. 다만 우리는 속도를 조절할 필요가 있어. 자칫 이대로 연합군과 격돌했다간 지금 이뤄놓은 것들이 한번에 가루가 되어버릴 것 같은 예감이 들어.”

“그럼 일단 방어 태세를 갖추고 군대를 재정비하는 게 낫겠군요.”

진수가 말하자 카란이 카무라를 보았다.

“도크를 제공해주시오, 카무라. 당신들이나 아니면 가네시에 있는 곳이든 상관없소. 최근에 노획한 함선들을 재정비할 시간도 주고. 나 역시 오늘 획득한 놈들의 모함을 내 새로운 기함으로 사용하려면 시간이 좀 필요하오.”

“모두의 생각이 일치하는군요. 그럼 일단 함대를 재정비하고 향후 있을 연합의 공격에 대한 방비를 강화하도록 하지요. 그것과는 별개로 루 제독이 이상한 말을 했습니다. 혹시 여기 계신 분 중에 연합이 비밀리에 진행하고 있는 프로젝트와 관련한 정보를 가지고 계신 분이 있으신가요?”

“전혀 들어본 적 없어요, 유리.”

“지사님도 마찬가지신가요?”

“그래요.”

유리와 카무라가 눈빛을 교환했다. 유리가 말했다.

“실은 여러분들을 만나기 전에 먼저 구금된 루 제독을 만났습니다. 그가 제게 연합이 사람이 아닌 것들을 만들어내고 있다고 얘기하더군요. 그는 그것이 연합의 비밀 병기라고 생각하는 것 같았습니다.”

진수의 입에서 탄식의 소리가 흘러나왔다. 진수는 쳐다보지 않았지만, 사카이 지사는 자신도 모르게 그를 보고 있었다.

“진수, 뭔가 알고 계신 게 있나요?”

“제 대원 중 호건이라는 친구가 있습니다. 그 친구를 연합의 비밀 시설이 있다는 넵투누스로 다른 대원들과 함께 파견했다가 그 친구와 함께 두 명만 살아 돌아왔죠. 그런데 정말 이상한 몰골로 돌아왔습니다. 그를 데리고 온 유경은 호건을 무조건 격리해야 한다고 말했죠. 유경 대원은 치료를 받고 있는 중이고, 우린 그녀의 말대로 호건을 격리시켜 놓았습니다. 호건은 매우 아파 보입니다.”

“어떻게 아파 보이는데요?”

유리가 물었다. 진수가 눈살을 찌푸리며 그녀를 보았다. 그는 말을 잇기 힘들어하며 말했다.

“ 그것이… 호건은 다른 사람을 공격하려 합니다.”

“공격한다고?”

카란이 말했다. 진수가 말을 이었다.

“그는 내가 알던 사람이 아닌 것 같습니다. 마치…….”

카란이 말을 받았다.

“마치?”

진수가 흠칫, 놀라 카란을 보았다. 그는 자신이 무슨 얘기를 하는지 곰곰이 생각하더니 말했다.

“좀비 같은 모습입니다. 이야기 속에 나오는 좀비 말입니다.”

"좀비라고?"

카란이 혀를 찼다.

"헛소리를 할 성격은 아닌 거 같은데."

"못 믿겠으면 직접 보시죠. 지사님이 제공한 시설에 그 친구를 가둬 놓았으니까요."

유리가 말했다.

"그럼 당신 생각엔 루 제독이 말한 게 지금 당신의 동료와 같은 상태를 말하는 것 같다는 건가요?"

"확실하진 않지만 의심해볼 수 있는 문제 아닐까요, 유리?"

유리가 모두를 둘러보며 말했다.

"제독과 함께 다같이 내려가서 직접 그 대원을 보여주는 게 어떨까요?"

"좋은 생각입니다."

진수가 동의하며 일어났다.

"저는 그럼 먼저 지상으로 내려가 있겠습니다. 준비되는 대로 오시길 바랍니다, 유리. 지사님도 같이 가시겠습니까?"

"아니, 나는 같이 가긴 힘들 듯 하군요. 나 역시 뒷정리할 일들이 좀 있거든. 같이 가서 확인하시고 결과를 알려주시겠어요?"

"알겠습니다."

"이쪽으로 오시죠."

카무라가 안내했고 진수가 회의실을 나섰다. 지사는 자리를 나가려다 말고 유리를 돌아보았다.

“지금은 아직 때가 아니지만, 이리나를 꼭 만나고 싶어요, 유리.”

유리가 미소를 지었다.

“언니도 그럴 겁니다.”

“나는 정말 하고 싶은 이야기가 많아요. 적당한 때가 오면 그렇게 하도록 해요.”

지사가 나서고 난 뒤, 유리는 카란이 가만히 자신을 지켜보고 있는 것을 알았다.

“카란. 당신도 같이 갈 거지?”

“내가 필요해, 유리?”

“당신도 같이 봐줬으면 좋겠어. 우린 한 배를 탔잖아.”

“말은 잘하는군. 사업적인 느낌이야. 난 그것보다 더 많은 걸 기대하고 있어, 유리.”

카란이 유리의 어깨를 잡았다. 그러나 그녀가 몸을 비틀어 뺐다.

“카란. 난 아직 모르겠어. 우린 예전 그대로야.”

“그렇지 않아.”

“적어도 지금은 아니라는 말이야. 난 아직 생각할 게 많아.”

“젠장, 맘대로 해.”

카란은 회의실의 문으로 다가갔다. 그가 나가려다 말고 유리를 돌아보았다.

“저 지사라는 양반, 네 언니의 스승이라고 했나?”

“맞아.”

“많이 친했던 거 같은데?”

“저 분은 아버지의 친우이셨어. 언니에게도 정말 훌륭한 스승이셨다고 했어.”

“내가 보기에 그 이상이었던 거 같은데.”

“뭐라고?”

카란이 씩 웃었다.

“아마도 내 예감이 맞을 거야, 유리. 난 감이 좋거든.”

“무슨 얘길 하고 싶은 거야?”

“아니, 아무것도. 그럼 지상에서 보자고.”

카란이 손을 흔들어 보이고는 회의실을 나섰다.

15.

유리는 어렸을 적 알트라 시 외곽에 있는 동물원에 간 적 있었다. 어린 유리는 그곳에서 많은 동물들을 보았다. 몇 종류 되지 않는 그 동물들은 성계에 정착한 인류에게 접하기 힘든 것들이었다. 한정된 이주선 공간에 실을 짐승들의 종류와 개체 수를 서심하게 제한해야 했던 까닭이다. 종의 다양성 보존을 위해 선택된 몇 안 되는 개체들의 후손인 동물들은 신상하이를 제외하고는 찾아보기 힘들었다. 선택된 동물들은 이주선단과 함께 지구를 떠나 머나먼 별로 이주해왔다. 어찌보면 진정한 '반려동물'인 것이다. 그러나 그것들은 하나 같이 처음부터 주어졌을지도 모르는 야생성을 잃은 채 힘없이 울타리 근처를 배회하고 있었다. 그것들은 연약했다. 지구의 먹이사슬을 모두 가져올 수 없었던 탓에 인간의 보살핌이 없으면 쉬이 죽기 마련인 생명체들이었다. 유리는 아버지에게 지구에 있을 당시의 동물들이 새로운 성계로 도달한 지금과 달라진 게 없는지 물었다. 킬리먼은 어린 딸에게 자상하게 설명했다.

"글쎄, 유리. 600여년은 인간들에겐 20 세대가 넘는 긴 시간일지도 모르지만, 별들의 입장에서는 찰나의 순간이나 마찬가지란다. 종이 분화하기에도 매우 짧은 시간이지. 우리가 지금 보고 있는 종들은 적어도 우리와 우리 가까운 후손들에겐 같은 모습을 하고 있을 거야. 수만년에서 수십만년에 이르는 시간 뒤에는 이 동물들도 각기 다른 모습으로 진화했을지도 모르

지만 말이다. 그건 우리 인간도 마찬가지야. 지금도 모성 지구
에서 삶을 살아가고 있는 사람들과 우리는 아직은 같은 인간이
란다. 하지만 이대로 서로 교류 없이 수만 년이 지나면 다른 종
이 될지도 모르지.”

유리는 아버지에게 초기의 이주선단이 얼마나 많은 동물들
을 실어왔는지 물었다. 아버지는 이주선이 비록 규모가 거대했
지만 동물들이 주거할 공간은 그렇게 크지 않았다고 말했다. 포
유류나 유대류는 인간과 같이 냉동 상태로, 일부는 알을 가져
왔다고 말했다. 각 동물들마다 네 쌍은 넘지 않았다고 말했다.

“그래서 데지레 성계에 있는 모든 동물들은 친족이나 다름
이 없단다. 유전적 다양성이 모성 지구와 비교하면 많이 떨어
지는 편이지.”

유리는 우리 속의 동물들을 보면서 슬픔을 느꼈다.

‘먼 곳까지 인간을 따라와서, 결국 하나도 달라진 게 없구나.’

그 동물들은 사육당하고 길들여지고 우리에 가두어진 것들
이었다.

유리는 동물원에서 난동을 부리는 오랑우탄을 보았을 때 무
심코 응원하는 자신을 발견했다. 다갈색 털의 그 놈은 지구의
따뜻한 나라 출신 조상을 두었다고 했다.

유리는 핏발 선 눈을 부라리는 호건을 처음 보았을 때 문득
그 오랑우탄을 생각했다.

오랑우탄의 절제된 야생성을 보여주는 근육들과는 달리 전
혀 신의 피조물 같지 않은 뒤틀린 사지와 괴기스러운 부착물

들, 관절들.

그가 한 때 그들과 같은 사람이었다는 것을 아무도 믿지 못할 거라 그녀는 생각했다.

진수가 입술 앞에 손을 세웠다.

"쉿. 자극하지 말아요. 아직 우리를 제대로 인지하지 못했으니까."

호건을 가둔 창 앞에 선 그들 주위로 어둠과 미약한 빛이 어우러져 그림자를 만들어냈다.

카무라가 낮은 목소리로 말했다.

"정말 우릴 못 보고 있는 게 맞습니까?"

"그럴 겁니다. 우릴 보면 또 창에 얼굴을 들이 박고 공격적으로 구니까요."

카란이 거친 소리를 냈다.

"이렇게 해서 제대로 보겠소? 한 번 제대로 불을 켜고 보여주지 그러시오?"

그가 조명의 스위치를 찾기 시작했다. 진수가 카란의 팔을 잡았다.

"스위치는 내게 있소."

홀 천장 높은 곳의 조명에 빛이 들어왔다.

호건이 고개를 번쩍 들고는 괴성을 질렀다.

카란이 감탄하며 말했다.

"저건 확실히 대단한 모습이군."

"내 동료이고 훌륭한 부하였소. 그렇게 말하지 말아주시면 감사하겠는데.”

“기분 나빴다면 사과하지. 그렇지만 대단히 흥미진진한 모습이란 건 사실이잖소, 교주?”

“그만해, 카란. 루 제독님. 어떤가요? 당신이 말한 그 괴물이 저런 모습인가요?”

유리의 말에 모두가 루 제독을 돌아보았다. 제독은 창백한 안색이었지만 상당한 절제력을 발휘하고 있는 게 분명했다. 그는 지사의 뒷편에서 한걸음씩 걸어와 창 안쪽의 호건을 보았다.

호건이 머리를 창에 찧었다.

제독이 고개를 끄덕였다.

“그런 것 같소. 내가 알고 있는 것과 비슷한 모습이오.”

“호건의 뇌파를 분석해보았는데 일반 인간의 뇌파와는 많이 다른 모습을 보여주었습니다.”

진수가 말했다.

“상당히 불연속적이었죠.”

“그 말은 무슨 뜻이죠?”

“패턴이 없다는 뜻입니다. 쉽게 얘기하면 생물의 뇌파와는 많이 다르다는 겁니다. 의식이 있을지도 모르지만, 어쩌면 그 의식이라는 건 사람과는 달리 상당히 단순화된 것일 확률이 높습니다. 즉, 지금 호건에게서 인간의 자의식이나 인지력 같은 것을 기대해선 안됩니다.”

“제독님. 당신도 넵투누스에서 저 모습을 한 사람을 본 건가요?”

제독은 헛웃음을 지었다.

"사람? 한 번 더 말하지만 저건 사람이 아니오. 괴물이지. 교주. 당신의 부하는 이미 이곳에 없소. 이성은 잃어버린 채 이해하지 못할 공격성만 간직한 처량하면서도 위험한 물건이란 말이오."

"왜 이곳에 격리한 건가요, 진수?"

유리의 말에 진수는 슬프게 고개를 저었다.

"내가 어찌할 수 있었겠습니까? 당신들은 동료가 저런 모습으로 돌아왔다고 해서 바로 죽일 겁니까? 내가 그를 보냈습니다. 불행한 일이지만 동료를 치료할 길을 찾아야 했습니다. 제가 아까 말씀드렸던 호건을 끌고 유일하게 살아 돌아온 대원이 제게 이 친구를 잘 부탁한다고 말했죠. 그녀도 자신이 넵투누스에서 겪은 일들을 도무지 이해할 수가 없었던 탓입니다. 호건을 죽이기보다 이대로 두는 게 이 사태를 규명하는 데 더 도움이 될 겁니다."

"그 대원은 어디에 있습니까?"

진수가 대답했다.

"가네시 국립 기관 병원에 있어요. 아직 의식이 돌아오지 않았지만."

"지금 만나보기는 어렵겠죠?"

진수가 고개를 저었다.

"안됩니다. 그녀는 안정을 취해야 합니다. 지금 가도 유경의 의식은 돌아오지 않았을 거예요."

“알겠어요. 우리 잠시 올라가죠. 얘기를 좀 나누도록 해요.”

유리는 호건을 보았다. 안구가 있어야 할 자리에 공허한 젤라틴 덩어리가 자신을 노려보고 있는 듯했다.

그들은 진수가 대니에게 커피를 내려주었던 방으로 향했다. 루 제독은 핸디 툴과 무장을 모두 해제 당했지만 따로 포박당하지 않고 자유로이 걸었다. 유리의 배려였다.

기다란 원목 테이블을 두고 각자 앉았다. 한쪽에는 제독과 카무라, 카란이, 반대편에 유리와 진수가 자리 잡았다. 카란이 말했다.

“연합이 어떤 생화학 병기를 준비하고 있는지는 모르지만, 또 저게 뭔지는 모르겠지만 복잡하게 생각할 것 없이 다음 공격지를 넵투누스와 뉴시드니로 잡으면 되는 것 아니오?”

카무라가 어이없다는 얼굴로 카란을 보았다.

“지금 승기를 잡은 가네시를 버리고 바로 1성계로 간다고 말했소? 신상하이의 함대는 막강합니다, 카란 셰티. 우리는 아직 전쟁에서 이긴 게 아니고 해리 카를로스는 연합의 모든 전력을 끌어모아 우릴 공격할 거요. 묻겠으니, 우리 함선이 몇 척이나 됩니까?”

진수가 우울한 표정을 지었다.

“복고파엔 이렇다 할 전투함선이 많이 없어요. 고작해야 다섯 척? 그것도 누구도 거들떠보지 않을 구형 순양함입니다. 각 행성에서 봉기하는 민중들의 지원을 기대할 수밖에요.”

“디스카디드에겐 이십여 척이 있습니다. 물론 거기에 로베스피에르 함은 포함되지 않았습니다.”

진수는 손가락으로 테이블을 딱딱 두들겼다.

“가네시 정부의 8군단은 기동전단을 보유하지 않았어요. 지상군은 많지만 가네시 함선은 당신들이 보신 게 다입니다. 무인공격기와 여덟 척 정도의 함선들이죠.”

“그럼 형제단이 이십여 척이 있으니 대략 오십 대 정도의 함선이 우리 전력이군요. 카란, 여기서 병력을 빼는 건 힘들어. 제독님, 연합이 다시 우릴 공격해온다면 어느 정도의 규모를 예상하시나요?”

제독이 혀를 찼다.

“오십 척이라고 했소? 연합은 이곳 2성계에서만 백 척이 넘는 함선을 끌고 올 거요. 그 뿐 아니라, 지상군의 수는 헤아릴 수가 없소.”

“한 가지 아직도 주저되는 건 어쨌든 지금 우리가 본 샘플은, 미안해요 진수. 이해하기 쉽게 말하는 거예요. 샘플은 호건 한 명뿐이라는 거예요. 아직 확실하지 않은 점에 베팅하기도 힘들지 않을까요? 제독님. 당신은 어디까지 이 일들을 파악하고 계신 건가요?”

제독은 담배를 꺼냈다. 그는 품을 뒤져 불을 찾았다. 카란이 그에게 라이터를 건넸다. 제독이 눈을 가늘게 뜨고 해적을 바라봤다.

“고맙소.”

“나도 한 대 주시겠소, 제독?”

제독은 담배를 하나 꺼내서 잠시 보다가 카란에게 건넸다.

“마지막 남은 하나요.”

“영광이군요.”

“해적이 내게 불을 붙여주는 그림은 한 번도 생각도 하지 못했소.”

“저 역시 연합군 장성에게 담배를 얻어 피게 될 일이 올 줄은 몰랐습니다. 뭐, 살다 보면 별 일 다 있는 법 아니겠습니까?”

유리는 차분하게 제독이 담배를 느끼며 말을 이어나가기를 기다렸다. 오히려 진수가 참지 못하고 제독을 채근했다.

“그래서요, 제독. 얼른 말씀하시죠.”

“어디서부터 얘기해야 할 지 가늠해 보고 있었소.”

제독은 담배를 입에서 떼고는 저항군의 지도자들을 보았다.

“어쩌면 그건 수라 핸들러의 작품일지도 모르오.”

“수라 핸들러라면 총통의 비서실장 말이군요.”

카무라의 말에 제독이 고개를 끄덕였다.

“그렇소. 수라 핸들러. 총통의 비서실장. 어느날부터 갑자기 연합 정계에 급부상한 의문의 인물. 그는 등장한 지 얼마 되지 않아 총통의 오른팔이 되었고 의회를 장악했소. 소로스가 총통 자리에 오르기 전에도 그를 도왔다고 합니다. 다만 내가 아는 총통의 젊은 시절에는 옆에 수라 핸들러가 없었소.”

“그자는 어디 출신입니까?”

제독이 진수를 바라봤다.

"한 출신이오."

"예?"

"행성 한 출신이오. 나도 자세한 건 모르오. 그자의 배경은 그 외에는 모두 베일에 가려져 있소. 나이도 모르오. 다만 빅 크러시 사건 때 행성 한에 있었던 것은 확실하오. 총통께서 그자를 행성 한의 자치정부와의 세금 협상 때 파견한 적이 있기 때문이오. 총통은 항상 수라 비서실장이 같은 일을 겪었기 때문에 그들을 잘 다독일 것이라고 생각한다고 말하곤 했소."

"그자가 좀비와 관련이 있다는 건 무슨 말씀이시죠?"

"넵투누스가 군사 제한 구역으로 지정되고 기지가 조성된 게 그자가 등장한 이후였소. 그는 우리도 모르는 연합군의 여러가지 기밀 프로젝트를 총괄 지휘하고 있소. 신상하이의 국립 과학 연구소와 넵투누스의 연구 시설에서 무슨 일이 벌어지는지는 그자만 알고 있을 거요."

진수가 끙, 하는 소리를 냈다.

"그런 자가 행성 한 출신인데 왜 저는 모르겠죠? 그런 사람이 한 출신이라면 모르는 사람들이 없었을 텐데 말입니다. 들어본 적도 없는 이름입니다."

제독이 어깨를 으쓱했다.

"내가 알 턱이 있나. 내가 이걸 알게 된 건 넵투누스로 극비 파견된 부하들 중 일부가 돌아오지 않았기 때문이오. 그리고 나는 예전부터 그를 믿지 않았소."

“왜죠?”

“그냥 직감이오. 그가 오고 난 뒤 이상한 일들이 많이 일어났소. 그를 반대하던 정치인들과 군인들이 사라지고 주민들도 사라졌소. 그런 일들은 행성연합 내 매체들을 통해 보도되지 않고 통제되고 있지. 그러나 분명히 사실이오. 연합의 주민들이 많이 사라졌소. 어느날은 이웃이, 부모가 사라지기도 하고. 작은 마을 하나가 송두리째 없어지기도 하고. 믿기 어렵겠지만 모두 사실이오. 특히 가네시에서 그런 일들이 유독 많았지.”

유리가 주먹을 너무 세게 쥐어 손톱이 피부를 파고들어 핏방울이 새어나올 정도였다.

그녀는 기시감을 느꼈다.

“넵투누스에는 믿을 수 없는 일들이 벌어지고 있소. 그리고 그것들이 데지레 성계를 위협에 빠뜨릴 거요.”

제독의 담배가 짧아졌다. 그의 동공이 흔들렸다. 유리는 이해할 수 없는 무언가를 두려워하는 남자를 보았다.

“그건 일반적인 테크놀로지가 아니오. 나는 두렵소. 수라 핸들러와 총통이 두렵소. 그들이 무슨 일을 벌이려는지도. 그렇지만 확신할 수 있는 건, 무언가 거대하고 알 수 없는 파멸이 우리에게 다가오고 있다는 것이오. 그리고 미안하지만, 연합도, 당신들도 그 파멸을 이겨낼 순 없을 것이오.”

“말도 안됩니다!”

진수가 소리쳤다.

“제독, 당신은 이해하지 못하는 것을 멋대로 단정짓고 그것을 평가하고 있습니다. 아직 당신도 그걸 백 퍼센트 이해하지 못하고 있지 않습니까?”

카란이 진수를 보며 차갑게 말했다.

“아직 그의 말은 끝나지 않았소. 더 얘기를 들어보고 싶은데.”

제독이 카란을 보며 웃었다.

“더 얘기할 것도 없소. 다만 한 가지는 확실하오. 그들의 뒤에서 이해할 수 없는 어떤 음모가 있는 게 확실하오.”

유리의 핸디툴에서 알람이 울렸다. 통신이었다. 유리가 핸디툴의 통신 포트를 오픈하자, 사카이 지사의 ID와 그의 얼굴이 허공에 투사되었다.

“무슨 일인지요, 지사님?”

“긴급 상황입니다. 놈들이 가네시 주민들을 함선에 태우고 있습니다!”

“뭐라고요? 놈들이라면 연합군 말씀이세요?”

“그렇습니다. 가네시 행성 남반구 누탄 카슈미르에서! 함선은 수십 척이며, 그 규모도 압도적입니다! 놈들이 우리 주민들을 왜 데려가려는지는 모르지만 지금 당장 우주군을 요청하는 바입니다!”

유리가 카란을 보았다. 카란이 낮게 으르렁거리며 해적단에 통신을 연결했다.

“예나, 듣고 있나? 놈들의 함대가 가네시 주민들을 납치하고 있다는군. 저항군과 함께 전 함대 출격해라.”

“알겠습니다, 대장. 저희도 방금 소식을 접했습니다.”

유리는 통제실에 있는 하늘에게 연결했다.

"하늘. 지금 내가 보내는 좌표로 함선을 이끌고 와요. 우리들을 태운 다음 곧바로 가네시 남반구로 갑시다."

유리는 통신을 끊고는 급히 자리를 박찼다.

"다들 나가시죠. 수송기를 타고 접선 장소까지 바로 날아가겠습니다. 진수, 카란, 제독님. 당신들도 일단 모스크바 함에 타셔야겠습니다."

유리와 일행들은 수송기를 타고 곧장 가네시 시티의 상공을 벗어났다. 30분쯤을 날아간 수송기는 곧 모스크바 함을 발견했다. 모스크바 함이 천천히 기체를 낮추었고 하부 도크를 개방했다. 수송기는 도크 안으로 미끄러지듯이 들어갔다.

수송기의 문이 열리는 것을 보던 유리가 카란에게 물었다.

"왜 가네시의 방공망이 작동하지 않았지? 어떻게 놈들의 함대가 이렇게 우리 방어망과 감시망을 뚫고 나타난 걸까? 비록 신상하이에서 함대를 출발시켰다고 해도 가네시까지는 며칠이 걸리고 아광속으로도 최소 두세 시간은 걸릴 거린데?"

"넌 이미 그 답을 알고 있어, 유리. 단지 확신이 가지 않아서 물어보는 거야."

"그게 무슨 말이지?"

유리가 카란을 보았다. 카란은 대답하지 않았다. 유리가 입술을 깨물었다.

"설마? 카란, 설마 놈들이.......?"

카란이 쌍소리를 내뱉었다.

"제기랄, 놈들이 이렇게 빨리 웜홀 항법 장치를 탑재한 함선들을 만들어냈을 줄이야! 워프 드라이브 말고는 도저히 어떤 것도 답이 될 수 없어! 유리, 단지 넌 지금 그 사실을 믿고 싶지 않은 거라고."

행성 가네시 남반구는 누탄 카슈미르라 부른다. 지구 인도 아대륙 카슈미르 출신 개척자들이 붙인 지명과 실제 지구의 카슈미르와는 아무런 관계가 없었다. 누탄 카슈미르는 건조한 사막과 스텝 지대가 대부분이어서 비옥한 충적토가 많았던 모성 지구의 그곳과는 상당히 다른 자연 경관을 자랑했기 때문이다.

융커우는 창 밖을 통해 나타난 초목지대와 이질적인 함선들의 모습을 보며 혀를 찼다.

세 대의 거대 함선들은 초창기 성계로 온 이주선단에서 본딴 듯 길고 큰 타원형이었다.

그리고 주위를 연합의 전투선단이 감싸고 있었다.

"정말 거대한 수송선입니다, 리더. 대규모 이주선들이라 해도 믿겠는데요? 보아하니, 누탄 카슈미르의 인구 상당수가 탑승을 완료한 것 같습니다."

수신기 너머로 알파 리더가 한숨을 쉬는 소리가 들렸다.

"그렇다면 공격은 어렵겠군?"

"정면으로 공격하면 함선에 탑승한 주민들도 위험하겠지요. 하지만 놈들의 함대를 제압한 뒤 나머지 세 척의 수송선의 항해장치 부위만 공격해서 무력화시키면 불가능한 건 아닙니다.”

“좋아. 보고하겠다.”

잠시 후, 알파 리더가 말했다.

“공격 승인되었다. 놈들의 함대를 제압하고 그대로 직진해서 저 수송선들의 엔진 부위를 찾는다. 함대전은 순양함대와 공격전단이 같이 개시할 거다. 우리는 함대를 직접적으로 상대하지 말고 우회해서 수송선들로 곧장 향한다. 이해 안되는 점 있나?”

아무런 대답이 없자, 리더가 고개를 끄덕였다.

“좋아, 우회 기동하라.”

모스크바 함의 편대와 기타 저항군의 편대기들이 우회 기동을 시작했다.

더불어 저항군의 좌익과 중앙에 배치돼있던 마녀사냥꾼과 캔버라 함을 중심으로 해적 선단 20여척이 정면을 향해 전투 기동을 시작했다. 우익은 디스카디드의 함선들이 맡았다.

포탄과 플라즈마가 건조한 공기들을 가르고 날아다니기 시작했다.

이름 없는 함대의 중순양함들이 파괴되었다. 편대기들 역시 마찬가지였다.

연합군의 저항은 생각보다 단단하지 않았다. 통제실에서 전황을 지켜보던 카무라는 그 점을 알 수 있었다.

“놈들의 지휘력이 아직 확고하지 않은 것 같습니다, 함장님.”

유리가 동의했다.

“그런 것 같아요.”

“놈들이 공격함선들을 급하게 구성한 것이 분명합니다.”

“연합군이 왜 가네시의 주민들을 노린 걸까요?”

“어쩌면 루 제독이 알고 있을지도 모르죠. 놈들이 우리 주의를 돌리려고 한 게 아닐까요?”

“주민들을 납치해서요? 하지만 무슨 필요성 때문에요?”

“글쎄요. 보십시오. 저기 적들의 방어선이 무너졌습니다. 알파 편대가 수송선들을 향해 다가가고 있습니다.”

유리는 연합군의 전함들이 파괴된 자리로 파고 들어가는 전투기들을 보았다.

융커우가 보고했다.

“리더. 놈들의 수송선입니다. 전파 스캔 결과, 후방 중앙의 격벽을 뚫으면 놈들의 엔진이 있는 것 같습니다. 그 이상은 알 수 없지만, 그게 저 함선들의 엔진인 것 같습니다.”

“좋아, 전 편대원 전투 기동!”

“무인기체입니다.”

수송선들의 상단 외부 덮개가 열리고 무인기들이 나타났다.

무인기들이 알파 편대에 달려들었고 곧 몇몇 기체들은 회피 기동했다. 알파 편대는 꼬리를 잡히지 않으려 애썼다. 리더가 후열의 편대원들에게 꼬리를 잡힌 편대기들을 따라다니는 무인기들을 격추시킬 것을 명령했다.

“대장! 수송선으로부터 멀어지고 있습니다.”

“나도 알아, 멕. 그렇지만 지금 우릴 성가시게 하는 놈들이 있잖아?”

융커우는 이를 갈고는 같이 회피기동하던 대열을 이탈했다.

“멕. 어딜 가는 거냐?”

“전 신경쓰지 말고, 이주선들의 엔진을 노려요, 달라스.”

융커우의 기체는 제자리를 한바퀴 돌았다.

무인기들의 뒤를 잡은 융커우는 플라즈마 포문을 작동시켰다.

무인기체들이 허물어졌다.

알파 리더 달라스는 창으로 융커우의 방향을 어림짐작하며 엄지 손가락을 들어보였다.

“고맙다, 멕. 돌아가면 술은 내가 사겠다.”

리더 달라스의 기체를 따라 십여기가 넘는 기체들이 수송선들을 향했다.

순식간에 십여 대를 격추시킨 융커우는 그 모습을 보며 미소를 지었다.

커다란 진동소리가 들렸다.

근원을 알 수 없는 진동이 하늘을 뚫고 사방으로 퍼져나갔다.

융커우는 자신의 고막이 계속해서 진동하는 것을 느꼈다. 그는 그 진동이 수송선들에서 나온 것임을 본능적으로 알아차렸다.

융커우는 자신이 탑승한 기체가 갑자기 기울어지는 것을 느꼈다. 시스템이 통제불능이 되었다. 융커우의 기체는 공중을 빙글빙글 돌며 몇바퀴 선회했다.

유리가 경악했다.

"전투기 편대가!"

"융커우!"

카무라는 자리에서 벌떡 일어난 하늘을 보았다. 그녀의 손이 파르르 떨리고 있었다.

융커우는 탑승기의 날개가 부러지는 모습을 보았다. 초원 옆의 자그마한 숲과 나무들이 그의 시야 속에서 커져가는 모습이 그가 본 마지막 장면이었다.

"알파 편대가 추락했습니다."

하늘 브라보가 떨리는 목소리로 보고했다.

카무라는 입술을 깨물었다.

"함장님. 육전대가 출동하겠습니다."

우리가 고개를 저었다.

'안 돼요, 카무라. 저 배들 주위를 돌던 함선들이 모두 통제 불능이 된 걸 봤잖아요."

"하지만 저대로 놔둘 겁니까?"

유리는 눈을 부릅뜨고 스크린을 주시했다.

"수송선이 이륙합니다!"

지휘통제 장교가 보고했다.

수송선들의 개방된 탑승덮개들이 닫혔다. 육중한 몸이 놀랍

도록 빠른 속도로 떠올랐다. ‘어떻게 저렇게 빠르게 움직일 수가 있지?’

주위에서 벌어지는 함대전에는 신경도 쓰지 않는다는 듯이 유유히 움직인 세 척의 수송선들의 앞에 푸른 빛이 생성되었다.

웜홀이었다.

유리는 그 광경을 바라만볼 수밖에 없었다.

알트라로 돌아간 대니는 사령부 내 해리 카를로스의 관사로 향했다. 해리는 대니를 기다리고 있었다. 그는 대니를 보더니 한마디 했다.

“돌아왔구나.”

대니는 소파에 앉으며 말했다.

“제복 차림이군요. 아직도 근무 중이세요?”

“전시니까.”

“감금돼 있다가 세상으로 나오니까 승진해 있더군요. 할아버지 작품인가요?”

“연대장 자리를 비워둘 순 없었다.”

“앞으로 종종 감금될까 봐요.”

“쓸데없는 농담은 하지 마라.”

대니가 피식 웃고는 물었다.

“어머니는요?”

“네 엄마는 걱정 마라. 네 소식을 모르니까. 지금도 가네시에 있는 줄로 알 거다.”

대니가 어처구니없다는 표정을 지었다.

“얘길 안했어요?”

“닐라가 이 소식을 알았다면 심장마비에 걸렸을 거다. 망할, 대니 보이가 납치당하고 감금당했다고 네 엄마한테 얘기하라고? 차라리 혹한기 훈련을 하고 말지.”

“할아버지다워요.”

대니가 쓴웃음을 지었다. 대니의 어머니 닐라는 여린 여자였다. 대니의 아버지였던 숀이 한에서 돌아와 반 정도 미쳐버렸을 때부터 그랬다고들 했다. 그러나 대니는 자신의 어머니가 훨씬 어릴 적부터 마음이 약한 여자아이였을 거라고 생각했다.

대니는 숀 카를로스를 생각했다. 사진과 영상으로만 기억하는 젊고 활력 있어 보이는 남자를.

그는 한 번쯤 아버지와 얘기를 나눠보고 싶었다. 그는 자신이 젊은 시절의 숀 카를로스와 말이 잘 통할 거라 생각했다. 이제 대니는 죽음을 맞이하기 전의 숀과 비슷한 나이가 되어 있었다.

숀.

아버지.

당신이 그 날 행성 한에서 본 게 무엇일까?

당신은 왜 연수 삼촌을 거두자고 해리 카를로스에게 말한 거야?

해리의 목소리가 생각 속에서 부유하던 대니를 떠오르게 만들었다.

"놈들이 널 부당하게 대우하지는 않았니?"

"아뇨. 김진수를 만났는데 비열한 자는 아니었어요. 그 얘기는 들으셨죠?"

"들었다."

해리는 냉장고에서 맥주를 꺼내서 대니에게 던졌다. 대니가 받아서 캔을 땄다. 대니의 목울대가 오르락거렸다.

"그놈이 네게 무슨 말을 하더냐?"

"별 말 아니었어요. 재미있는 말을 하더군요. 연합 정부가 빅 크러시와 관련이 있다는 말을요. 어떻게 생각해요 할아버지?"

"무슨 말인지 모르겠구나."

대니는 해리의 안색을 살폈으나, 해리는 조금도 동요한 기색이 없었다.

"그자는 행성 한 출신입니다, 할아버지. 한 출신들이 요즘 문제가 많은 건 알고 계실 테고. 그는 연합 정부가 빅 크러시를 일으킨 데 대해 강한 확신을 가지고 있었어요. 김진수가 왜 그런 생각을 했을까요?"

"그 외에 또 무슨 얘기를 하더냐?"

"연수 삼촌이 자신들을 이해했다며, 나 역시 자신들을 이해하게 될 거라 하더구요."

"헛소리."

"제게 해주지 않은 이야기가 있죠?"

"대니."

"20년 전 행성 한에서 무슨 일이 있었던 건지 알고 싶어요.

모든 전말. 시작부터 끝까지. 할아버지."

해리가 입을 다물었다.

"분명 석연치 않은 점들이 있어요. 외계인 상인들이 신상하이에 몇 번 나타난 적은 있었죠. 그들은 인류의 존재를 알고 있었어요. 그런데 자신들의 세계에 인류의 함선들이 도착하자마자 공격한다? 그리고 웜홀을 타고 쫓아와서 한을 공격했죠. 왜 그렇게 공격적이었을까요? 예상 외의 공격성이에요. 일부분은 김진수의 말이 옳아요. 대중에게 알려지지 않은 모르는 이야기들이 있어요. 그리고 그자는 할아버지가 그 이야기들을 알고 있을 거라고 했어요."

해리가 대니를 보았다.

"할아버지."

대니는 해리의 눈 뒤에 가려진 무언가를 더듬어보려고 했다. 그러나 쳐다볼 수록 아무것도 보이지 않는 공허한 눈이었다.

"제가 모르는 게 대체 뭐죠? 왜 삼촌은 우릴 떠난 거죠?"

해리는 맥주를 들이켰다. 씁쓸한 맛이 목을 타고 들어왔다.

여러 가지 장면이 겹쳐졌다.

해골들. 노회한 해리의 유년기를 휩쓸었던 광풍의 한 장면.

삐쩍 곯은 아이들이 한 데 모여 두려운 눈빛을 한 채 죽어가고 있었다. 해리는 난자당한 한 남자의 육체를 보았다.

그까짓 성씨 하나 상속했다는 이유로 성난 군중들에게 죽어간 그의 아버지였다.

사람들은 해리의 아버지와 같은 사람들을 상속자라고 불렀다. 나중에 해리는 자신이 겪은 그 날을 사람들이 '2차 이름 전쟁'이라고 부르는 것을 알게 되었다.

헛소리.

그건 그냥 학살이었어. 해리는 다른 장면을 본다.

다음 장면도 그와 비슷했다. 무너진 잔해들. 타서 널브러진 시체들. 외계인의 공격에 삶을 잃은 주민들.

다 그 모양이다. 인생의 시작과 중간과 끝. 그의 인생을 관통하는 이미지들이란 다 그런 것들이었다.

"다 부질없다."

"네?"

"네가 물어보는 것들, 지금 이 이야기들. 다 부질없다는 뜻이다, 대니."

대니는 이해를 하지 못하겠다는 듯 어깨짓을 했다. 해리가 맥주를 들이켰다.

"너도 내게 많이 들었을 거다. 어릴 적 이 할애비가 그 빌어먹을 '이름을 가지지 못한 자들'에게 내 부모를 잃었던 이야기들을. 대니, 네 증조부모 말이다. 그분들은 그렇게 돌아가실 분들이 아니었어. 그리고 20년 전에는 빅 크러시를 직접 보고 겪었지. 10년 전에는 연합으로의 편입을 거부한 발할라 인들의 반란을 직접 진압했고 말이야. 대니. 내가 이 모든 일들을 보고 겪으면서 어떤 생각을 했을 것 같냐? 네 할애비가 어떤 생각을 가지고 이 세상을 살아왔을 것 같냐는 말이다."

대니는 노회한 군인이자 정치인인 해리 카를로스를 보았다.

고집스런 이마와 깊은 눈두덩이 뒷편으로 어떤 굴곡들이 감춰져 있는지를 생각하면서.

"나는 파괴와 학살과 전쟁은 인간의 숙명이란 걸 깨달았다 대니. 아무리 오래되어도 그건 변하지 않아. 우리 선조들은 지구에서 그랬고 이곳에 와서도 그랬지. 데지레 성계에 인류가 정착하고 일어난 작고 큰 전쟁이 얼마나 많은 줄 아니? 자그마치 1,000여개에 이른다. 이건 필연이고 역사 흐름의 법칙이야, 대니. 그런 것 하나하나에 모두 의미를 부여하는 게 얼마나 덧없는 일이겠냐 말이다."

"할아버지. 그렇다고 진실을 모른체하고 넘어갈 순 없어요. 알아야만 해요."

"대니, 진실이고 뭐고 다 결국 커다란 역사의 흐름 속에 잊혀질 뿐이다. 유일한 진실이 뭔지 아니?"

해리가 웃었다. 먼지가 가득 내려앉은 돌멩이처럼 멋없고 결핍된 웃음이었다.

"인간에겐 자기 파멸의 욕구가 있다는 사실이다."

"네?"

갑자기 속에서 웃음이 터져 나왔다. 도저히 참기 힘들었다. 횡경막이 흔들렸고 오장육부가 가려울 정도로 진동했다. 강력한 웃음이 온 몸을 발끝까지 흘렀다가 머리 위로 올라갔다. 참을 수 없는 감정이 그의 모든 얼굴 구멍을 통해 분출되는 느낌이었다.

마구 웃어대는 해리를 보며 대니는 양 손을 들어올렸다가 내

렸다. 처음 보는 모습이었다. 2성계의 군권을 휘두르는 남자가
눈물까지 흘리면서 실성한 사람처럼 웃어대고 있었다.

해리가 어깨를 들썩거리더니 눈물을 닦았다.

“대니, 대니. 이 망할 녀석아. 이제 그만하자. 대체 무슨 얘
기를 들은 거야? 너마저 말이다. 응?”

대니는 아무 말도 하지 않았다.

“숀 그 녀석은 그렇게 죽어버렸고 연수 그 놈은 내게 그딴 식
으로 말하고 떠났는데 말이다. 대니. 너마저 네 아비와 삼촌처
럼 이러기냐? 이건 해도 너무하구나. 정말 어디서 이런 놈들이
나타난 건지. 세상에.”

해리 카를로스는 손자의 어깨를 꽉 잡고 눈을 부릅떴다. 대
니는 그의 거친 숨결을 느낄 수 있었다. 아직 생생하게 움직이
는 그의 견고한 힘을 느꼈다.

“더 이상은 쓸데없는 소리 하지 마라. 이 자리에서 더는 얘기
하고 싶지 않다. 알겠니?”

“할아버지.”

“그만.”

해리가 대니의 말을 막고는 다시 맥주를 들이켰다.

“내일 여기로 손님이 찾아올 거다. 물론 너는 한 번도 본 적
이 없는 손님이지. 널 만나기 원하는 손님들이니 알고 있어라.”

“누군데요?”

“총통 각하.”

해리는 다 마신 맥주 캔을 찌그러뜨렸다.

3장

그림자의 사도

3장. 그림자의 사도

서기 23세기. 인류는 또 한 번의 위기에 봉착했다. 토지의 지력은 줄어들고 인구는 200억을 돌파하면서 행성의 순환체계가 망가져 버렸다. 급증한 인구와 악화된 빈부격차는 여태까지 유지되어온 당시 사회의 시스템을 모조리 위험에 빠뜨려 버렸다. 날이 갈수록 급변하는 기후와 인구경제학적인 위협들은 이제껏 안주해온 지구인들에게 마침내 그들이 외면해온 해결책을 요구했다. 외행성의 개발과 이주 프로젝트가 그것이었다.

여러 국가들이 거대한 프로젝트들을 가동했다. 그럴 여력이 없는 국가들은 거대한 컨소시엄을 형성해서 그 프로젝트들에 힘을 보탰다.

동아시아, 태평양 연안의 국가들은 일반적으로 우수한 교육 전통과 기술적 유산들을 보유하고 있었다. 중국, 한국, 일본이 동아시아 3국과 오스트레일리아 4개국이 각각의 프로젝트를 발족시켰다. 그들의 프로젝트는 거대한 이주함선이었다. 약 50~60% 정도가 각 나라 국적의 수만 명의 과학자, 정치가, 주민들로 채워졌으며, 나머지는 자금을 댄 컨소시엄 국가 출신 지원자들에게 할당되었다. 인류가 항상 염원해 마지 않던 지구 외부의 세계를 탐사하고 개척하는 이주선단 프로젝트가 현실화된 것이다. 이주선들은 아광속의 속도로 200여년을 넘게 항해할 예정이었다. 그들의 정착지는 200광년이 조금 안 되게 떨어져 있는 일단의 서로 모여 있는 성계들이었다. 지구의 천문대들은 그 정착지들에 생명이 정착할 수 있는 확률이 87% 이상이라는 것을 알려주었다. 이른바 '슈퍼지구들로 이루어진 세계'였다.

그들의 프로젝트는 성공했다. 어느 이주선보다 일찍 지구를 출발한 환웅 함이 먼저 정착했고 뒤따라 10만여명으로 가장 규모가 컸던 복희 함과 일본의 아마테라스 함이 정착했다. 오스트레일리아의 제임스 쿡 함은 항로 설정 오류로 그보다 10여년 뒤에 도착했다. 지구 서력 추정 2,543년이 환웅이 3성계에 도착한 해이다. 그곳에서 지구로 성공적인 이주에 대한 소식을 보냈으니, 대략 2745년쯤 도착해야 마땅할 것이다. 만약 초광속 항해 기술이 아직 모성 지구에 개발되지 못했다면, 그들의 함선은 3,000년쯤이 되어서야 데지레에 도착할 것이다.

자, 이제 그야말로 인류의 숙원이었던 '멋진 신세계'가 지구 외부에서 만들어졌다. 결과는 어땠을까? 정말로 낙원이 되었을까?

지금 현실을 보았다면 그 개척자들은 자신들의 후손이 옛 버릇을 고치지 못했다는 데 슬픔을 느꼈을 것이 틀림없다. 인간이 정착한 후 400여년 가까이 성계에는 수많은 광기와 반목이 벌어졌다. 작게는 행성 내부에서, 크게는 행성 간에. 작고 큰 전쟁의 숫자만 그 짧은 시기 동안 천여 회에 이른다.

우리는 여기서 교훈을 얻는다. 생명체의 숙명은 지구의 어느 철학가가 말했듯이 만인의 만인에 대한 투쟁임을. 그리고 그것이 어떤 세계로 옮겨지더라도 변하지 않음을.

전투와 학살은 인류에게 숙명적으로 씌워진 멍에이자 낙인이다

그것을 이해할 때, 지금의 행성 연합의 체계가 얼마나 우리에게 큰 축복으로 다가오는지 이해하게 된다.

연합의 일원으로 연감의 머리말을 장식하게 되어 영광이다. 이 책이 연합의 사회와 문화에 대한 다양한 방면의 이해를 제공하주기를 바란다.

바라건대 더는 이름전쟁이나 빅 크러시 같은 사건이 벌어지지 않기를.

— 2915년, 행성연합 국방 연감 머리말, 해리 카를로스 기고 —

1.

듀랑스는 차가운 겨울 행성이다. 은하 중심 사분면으로부터 아돌라의 반대편 외곽에 위치하고 있으며, 얼핏 어떤 문명도 이곳을 식민화할 생각을 하지 못할 정도로 척박해 보인다. 그러나 행성은 엄연히 디우틴 연방의 일원이었다. 겨울과 여름이 500여 일을 두고 반반으로 나타나고 있으며, 비교적 온건한 적도 지방에 도시가 드문드문 건설돼 있다. 불리한 환경에도 불구하고 듀랑스가 디우틴 종족의 관심을 바게 된 건, 행성의 형성 당시 이루어진 수많은 충돌로 인한 풍부한 광물도 그 이유거니와 고대 외계 종족이 남기고 간 유적들 때문이었다.

일단의 병력이 그곳을 습격한 것이 감지된 건 듀랑스의 미약한 구조 요청 신호가 적들의 방해 전파를 뚫고 아돌라에 도착한 후였다. 빅토라누스는 데이웨오와 근위 전사단과 함께 수 척의 순양함정에 승선하여 그곳을 방문했다.

어지러운 눈발을 헤치고 도시에 도달한 전사들은 황폐화된 시설들을 보았다. 디우틴의 연구소들과 주거 시설들은 부서지고 무너져 내리고 있었다.

그리고 한 켠에 시체들 혹은 시체들의 일부들이 흩어져 있었다.

빅토라누스가 다가가서 흔적들을 살펴보았다. 피와 눈보라와 시체들.

빅토라누스가 데이웨오에게 말했다.

“무슨 일이 있었던 걸까, 데이웨오?”

“전투가 벌어졌던 게 확실합니다.”

“우리 연방에 대한 공격을 감행할 만한 문명이 이 은하에는 이제 없을 텐데. 칼렙은 아니야. 하지만 익숙하군.”

“빅토라누스. 당신은 알고 있지 않습니까?

빅토라누스가 고개를 들어 데이웨오를 보았다.

“내가 생각하는 걸 자네도 생각하고 있나?”

“그렇습니다.”

“다시 나타난 건가? 프로디토르와 그 놈의 숭배자들이?”

“아직 확실하지 않습니다. 어쩌면 제가 틀린 걸지도 모르죠. 변경의 해적들일지도 모르는 거 아니겠습니까?”

“해적들이 행성 하나를 이렇게 엉망으로 만들어버린다고? 난 잘 모르겠군.”

“전 알 것 같습니다. 저길 보십시오.”

데이웨오가 손을 들어 폐허가 된 기지 내부를 가리켰다. 그곳을 본 빅토라누스의 안색이 변했다. 뒷편에서 기지를 조사 중이던 전사들도 그것을 보았다.

하늘을 향해 무언가가 서서히 뻗어가고 있었다.

마치 나무처럼.

빅토라누스가 이를 갈았다.

“생명의 나무다.”

“저걸 없애야 합니다, 단장님.”

“그래. 안 그러면 저것들이 우리를 모두 갈아마실 지경이군.

전사단! 검을 꺼내라!"

어디선가 괴성이 들려왔다. 데이웨오는 번개처럼 손목의 투영기에서 검을 작동시켰다.

'그것'들이었다.

데이웨오는 보았다. 기지 곳곳에, 땅속에서 디우틴 인들이 일어나는 모습을.

그것들은 차가운 피부를 가지고 있었다. 땅 속에서 돋아난 나무 줄기들처럼 허공을 가르고 일으킨 몸들은 상처를 간직하고 있었다. 베였거나, 절단된 부위들이 보였다. 어떤 것은 구멍이 가슴 한 중앙에 커다랗게 자리하고 있었다. 푸른 광채를 발해야 할 디우틴 인들의 눈은 공허하기 짝이 없는 암녹색이었다.

데이웨오는 그 모습들이 마치 영상을 역으로 재생한 것처럼 느껴졌다.

시체들. 살아 움직이는 파괴의 화신들.

데이웨오가 빅토라누스를 보았다. 빅토라누스가 외쳤다.

"전사단 전투 돌입!"

디우틴 전사들이 모두 검을 들었다. 누군가는 손목의 염동력 투영기 형태였고 누군가는 양손에 손잡이를 쥔 소드 그립 형태였다. 디우틴 전사들은 동체시력에 보이지 않을 정도의 빠르기를 가진 전사들이었다.

디우틴 인의 시체들이 괴성을 내지르며, 그들에 비견할 만한 속도로 그들에게 달음박질쳤다. 데이웨오는 대지가 시체들의 발소리로 진동하는 것 같은 착각에 빠졌다.

전사들이 동족의 시체들을 향해 돌진했다.

데이웨오는 검을 휘둘렀다. 시체들의 사지가 갈라지는 기분 나쁜 감촉이 그의 손목에 파동이 와 닿는 것처럼 느껴졌다. 그의 왼팔과 오른팔이 춤을 추자 시체들의 목이 날아다녔다. 오른편에서 다가온 수백의 시체들이 그 하나를 향해서 달려들었다. 데이웨오는 시체들을 향해 돌입해서는 염동력으로 시체들을 날려버렸다. 놈들이 듣기 싫은 소리로 괴성을 질렀다.

빅토라누스는 아래로 검을 휘둘러 시체의 다리를 잘라냈다. 무너지는 시체의 복부에 칼을 내리꽂자마자 빙그르르 한 바퀴 돌았다. 어떤 놈이 팔에서 돋아난 커다란 가시를 그에게 날렸다. 그는 반사적으로 반동을 주어 그 가시를 튕겨냈다. 시체가 중심을 잃자마자 정수리 부분에 빅토라누스의 칼이 꽂혔다. 뼈가 부서지는 소리가 들렸다. 그대로 달린 빅토라누스는 염동력 바람을 날려 그의 앞을 가로막는 시체들을 날려버렸다.

그러나 시체들은 끝이 없었다.

그들은 시체들을 자르고, 베고, 찌르고 부쉈다. 데이웨오는 숨이 가빠지는 걸 느꼈다. 전투에 돌입한지 어느새 한 시간이 넘었다. 비명소리가 들렸다. 데이웨오는 디우틴 하위 전사 중 한 명이 넘어지자 시체들이 번개같이 달려드는 모습을 보았다. 시간이 갈수록 전사들의 수가 조금씩 줄고 있었다. 시체들이 너무 많았다.

쓰러진 전사들이 시체가 되어 다시 일어났다.

데이웨오가 외쳤다.

“이들을 문명의 어머니 곁으로 돌려보내 주도록!”

땀에 흠뻑 젖은 데이웨오는 지평선을 바라보고는 그만 멈춰 서고 말았다.

시체들이 끝없이 일어서서 그를 바라보고 있었다.

놈들은 늘어서서 지평선을 가득 채우고 있었다.

수많은 시체들이 전사들에게 달려들었다. 데이웨오는 자신들의 전투가 말도 안 되는 행위임을 깨달았다. 지금 이곳에서 그들을 상대하는 시체와 지평선에 늘어선 시체들은 수백의 전사대를 압도하는 숫자였다. 수천? 그보다 많아. 데이웨오는 부정했다.

수만은 되어 보이는 시체들이었다.

“함선으로 퇴각한다!”

빅토라누스가 외쳤다.

“의원님?”

“너무 많아. 이륙한 뒤 궤도 폭격을 감행해야 돼.”

데이웨오는 몰려오는 시체들을 보면서 그 방법 외엔 어떠한 것도 대책이 될 수 없다는 것을 알았다.

“전사단 퇴각!”

생존한 전사들이 함선을 향해 퇴각하기 시작했다. 그 와중에도 시체들이 계속해서 일어섰다. 생명을 잃은 그것들은 이제 살아 움직이는 생명체에 대한 무자비한 분노만을 담고 달음박질 치고 있었다. 개중에는 더 심각해져 살아 있을 때의 형체를 알아보기 힘든 기상천외한 것들도 있었다. 데이웨오와 전사들은 염동력으로 도약했다. 한 번에 수십 미터씩 도약한 디우틴 전사들은 함선들로 향했다.

함선들이 그들을 향해 날아왔다. 그들은 각자 순양함에 탑승했다. 탑승이 완료되는 대로 함선들이 각각 떠올랐다. 시체들이 함선에 몰려들었지만 엔진에서 솟아난 불에 모두 통구이가 되었다. 일부 함선은 전사들을 태우지도 않은 채 이륙했다.

잠시 후 듀랑스의 상공에 도착한 빅토라누스는 포문을 개방할 것을 지시했다.

"생존자들이 있을지도 모릅니다."

데이웨오가 빅토라누스의 옆을 향해 말했다. 빅토라누스는 고개를 저었다.

"저 상황에서 생존자를 찾을 수는 없어. 저것들을 정화한 뒤 찾아도 늦지 않는다. 그것이 우주 질병과 조우했을 때 1차적으로 지켜야 할 계율이지, 전사 데이웨오."

데이웨오는 뭐라 말하려다가 입을 다물었다. 그는 빅토라누스에게 '그래서 10년 전에도 인간들을 모두 태워버렸습니까?'라고 말할 뻔 했다.

빅토라누스가 명령을 내렸다.

"각 함선은 폭격을 준비하고 예열하라."

그는 스크린에 비친 나무를 보았다. 생명의 나무는 어느덧 듀랑스의 대기권을 뚫고 우주를 향하고 있었다. 데이웨오는 문득 두려움을 느꼈다. 대체 어떻게 저런 게 우주에 존재하는 걸까?

우주의 병균들.

"저 흉물들을 다 지워버리도록."

빅토라누스가 말했다.

조니우스는 디우틴 사회의 '지도자'였다. 20여개가 넘는 성계를 보유한 디우틴 공동체, 곧 800억 유디안들의 지도자라는 직책은 인간들의 국가 원수보다 더 복잡한 직무였고 비교할 수 없을 정도로 거대한 책임을 지는 자리였다. 디우틴의 각 항성계는 성계 자치 정부를 구성하고 있었다. 개중에는 느슨한 형태의 연합도 있었으며 중앙집권적인 형태를 띄고 있는 것도 있었다. 그러나 그 모든 성계의 상위에 자리하는 것은 아돌라 연방 정부였으며, 각 성계의 지사들은 디우틴 중앙 평의원을 겸하고 있었다.

광명의 칼, 문명의 평화, 그리고 수많은 군소 식민지와 아돌라 중앙 정부에 비협조적인 집단들, 예를 들면 셀림의 신봉자들과 같은 자들도 역시 크게 보면 디우틴이라는 하나의 생물학적, 문화적 공동체의 일부분이었다. 운영해야 하는 세상의 크기가 워낙 방대했기에, 디우틴 지도자는 최소한 한 번의 연임이 보장되어 있었다. 정책의 일관성을 지속시키기 위해서였다. 임기는 디우틴 달력으로 6년이며, 조니우스는 이제 마지막 연임 임기를 2년 앞둔 상태였다.

바꿔 말하면, 그건 내전으로 전임 지도자가 물러난지 어느덧 10년이 흘렀다는 점을 뜻했다. 짧다면 짧을 수 있었지만 수많은 사건들을 경험했던 그는 어느덧 부임 초기와 달리 노회한 정치인이 되어 있었다.

그래서 그는 한 때 성계 방위군 단장이었던 빅토라누스가 그에게 독대를 신청해 앉자마자 이렇게 말했을 때 별로 놀라지 않았다.

"듀랑스 식민지가 습격당했습니다. 지도자."

조니우스는 잠시 뜸을 들이고는 말했다.

"그게 무슨 말인가, 빅토라누스?"

"며칠 전, 근위 전사단을 이끌고 듀랑스 식민지를 다녀오는 길입니다. 방어 기지는 파괴되어 있고, 그곳에 있던 연구자들은 죽임당하거나 사라졌습니다. 수많은 우리 동족들이 '채취' 당했습니다."

즈니우스의 근육이 팽팽해졌다.

"확실한가?"

"확실합니다. 지금 다시 수습하고 있지만 식민지를 안정화시키는 데는 상당한 시간이 걸릴 것 같습니다. 얼마 안 되는 생존자들은 구출했고 아돌라로 송환했습니다. 나머지는 시체들과 함께 태워버렸죠."

"맙소사."

조니우스가 신음소리를 흘렸다.

"그게 뜻하는 건 그럼……"

빅토라누스는 잠시 심호흡을 했다.

"놈들이 돌아온 것 같습니다."

“그게 확실하다면…….”

조니우스가 말했다.

“당장 조사단을 꾸려야겠군. 그리고 전사단에 전시 태세를 발령해야겠어. 연방의 지방군들도 마찬가지고.”

조니우스가 일어섰다.

“사실은, 빅토라누스. 얼마 전에 성소가 습격당했네.”

빅토라누스가 놀랐다.

“예? 아니, 그게 사실입니까, 지도자?”

“그래. 성물들이 파괴되었고, 연결지성체의 일부 크리스탈이 도난당하고 훼손되었어.”

빅토라누스가 이마에 손을 갖다대었다.

“맙소사. 누가 그런 짓을 했단 말입니까?”

“누구일 것 같나?”

“설마 그것도 놈들이 벌인 짓입니까?”

“나는 그렇다고 보네.”

조니우스가 결연한 목소리로 말했다.

“놈들을 찾아내고 소탕해야 돼.”

“옳은 생각입니다만, 그 전에 먼저 재판을 진행해야 합니다.”

“재판? 평의회 재판을 말하는 건가, 빅토라누스?”

빅토라누스가 고개를 끄덕였다.

“놈들은 이 재판을 주목하고 있을 겁니다.”

“그래, 재판은 멈출 수 없지. 이미 내일 아닌가? 평의원인 자네도 참석하겠군.”

조니우스가 궁금한 표정을 지었다.

"대체 무슨 생각인가, 빅토라누스?"

빅토라누스가 단호하게 말했다.

"이참에 놈들의 부역자들을 뿌리뽑을 겁니다, 지도자."

조니우스가 고개를 끄덕였다.

"반격을 준비하자고. 믿고 맡기겠네."

로베스피에르 함에는 함재기 편대가 두 부대로 편성되어 있다. 그 중 1편대는 다수가 조슈아 권이 행성 한의 광산 조합 우주군 대위 시절 그를 따르던 부하들로 구성되어 있다. 메이 양은 조슈아의 부관이었으며, 디스카디드 결성 이후 1편대장을 맡았다.

머리가 붉은 미야베는 레드헤드라 불린다. 그는 로베스피에르 함의 전자전 전문 인력이며, 연합군에 대한 방첩 해커 역할을 맡고 있다.

로베스피에르 함의 기관사 경수는 사실상 함선의 기관장 역할을 도맡아 하고 있다. 그 뿐 아니라, 로베스피에르 함의 웜홀 생성기를 정비 관리하는 임무를 맡고 있는 핵심 기관 인력이었다.

세 명의 로베스피에르 함 승조원들은 당혹감을 느끼고 있었다. 그것은 한 달 넘게 디우틴 인들의 모성 아돌라에 갇혀 있는 것이 새삼스럽게 느껴졌기 때문은 아니었다. 참을성있게 방문인의 탑에서 기거하며 사태의 실마리가 풀리기를 기다리던 그들은 어느날부터 조슈아가 보이지 않자 당황한 것이다.

셋은 방문인의 탑 하단부의 휴게실에 모여 서로 상황에 대해 의견을 나누었다.

메이가 말했다.

"대장이 지금 뭘하고 있고 상황이 어떻게 흘러가고 있는지 모르는 건 저만이 아니겠지요?"

그녀는 앞머리를 넘겼다. 한 달 간 손질하지 못한 머리가 길어져 어깨를 넘어 내려가고 있었다.

경수가 침울한 목소리로 말했다.

"이 재판이 어떻게 끝나든 로베스피에르 함을 외계인들에게 뺏기고 말 거란 생각이 드는 건 어쩔 수 없군요. 그자들은 우리의 자산을 박탈할 생각만 하고 있을 겁니다."

"사실 원래 외계인들의 것이잖아요? 그들은 다시 함선을 돌려받는다고 생각하고 있을 게 확실합니다."

미야베였다. 메이는 한숨을 쉬었다.

"결국 지금 상황에서 우리가 무언가를 물어볼 사람은 단 한 사람밖에 없군요."

"캐시에게 갈 생각인가요?"

"그래요. 내가 대표로 가서 지금 상황이 어떻게 되어가는지 물어볼게요."

그래서 메이는 오후에 캐시의 방 안에서 그녀와 마주하게 되었다.

캐시는 메이를 향해 웃으면서 물을 건넸다.

“메이. 뭐가 궁금한가요?”

“캐시. 히프케라노스의 재판이 곧 내일이예요. 대장은 며칠간 보이지도 않구요. 궁금해서 찾아온 거예요. 승조원들도 일이 어떻게 돌아가고 있는지 다들 알고 싶어 해요.”

“그렇군요. 궁금할 거예요. 사실 나도 뭐든 얘기해주고 싶지만, 저조차도 어떻게 돌아가고 있는지 잘 모르겠어요.”

“잘 모른다구요?”

캐시가 고개를 끄덕였다.

“그럼 대장은 어디에 있는 거죠? 탑 안에서 보이지 않던데. 외부로 나간 건가요?”

“외부 통행은 그들이 허락하지 않아요, 메이. 조슈아는 이 안에 있어요.”

“그게 사실인가요? 통 모습을 볼 수가 없던데요?”

“그럴 거예요. 조슈아는 지금 디우틴의 법률서를 공부하고 있거든요.”

“예? 법률서요?”

캐시가 살짝 웃었다.

“재판 준비를 좀 급하게 하고 있는 것 같아요, 메이. 그이에게 뭔가 생각이 있는 것 같아요. 너무 걱정하지 말아요.”

조슈아는 자신의 턱을 긁다가 깜짝 놀랐다. 수염이 많이 자라 까칠거렸다. 그는 며칠간 방을 나오지 않고 외계인들의 디스플레이 기기를 통해 디우틴 인들의 재판 규정을 공부하고 있었다. 그는 데이웨오에게 자신이 재판을 준비할 수 있도록 자료를 제공해줄 것을 요청했고 데이웨오는 흔쾌히 협조해 주었다. 그는 자신이 받은 방대한 양의 자료를 디스플레이를 통해 열람하며 필요한 정보들을 골라서 노트에 기록해두었다.

조슈아는 어쩌면 이번 재판이 연합과의 전쟁의 향방에 큰 영향을 끼칠 분기점이 될 지도 모른다고 생각했다.

그는 디스플레이를 끄고 자신이 노트에 기록해둔 것들을 다시 한 번 천천히 몇 시간에 걸쳐 읽어보았다. 피곤했다. 그러나 그는 약간의 만족감을 느낄 수 있었다.

아침에 눈을 떴을 때, 조슈아는 귀가 웅웅거리는 기분이 들었다. 그는 가만히 누워 자신이 꿈에서 본 것을 생각했다.

그러나 아무것도 생각나지 않았다. 조슈아는 알 수 없는 상실감을 느꼈다. 그는 몸을 일으키고 침구를 정리했다. 샤워를 한 뒤 말끔하게 세탁된 옷이 도착한 것을 발견하곤 갈아입었다. 탑 측에 고용된 디우틴 고용인들이 정리해둔 것이었다. 외계인들의 일상도 인류와 크게 다르지 않다는 것에 신기함을 느끼는 순간이 한 번씩 있었다. 지금이 바로 그 순간이었다. 조슈아는 방을 나섰다. 투명한 엘리베이터에 탑승하고 순식간에 1층으로 내려왔다. 1층에선 캐시와 로베스피에르 함의 승조원들이 그를 기다리고 있었다. 메이 양이 그에게 인사했다.

"대장."

"메이."

"알트라를 공격한 우리를 디우틴의 재판정까지 이끌었네요."

"그러게 말이야."

"행운을 빌어요. 다시 로베스피에르 함을 타고 데지레로 돌아갈 수 있도록."

"그럴게."

기관사 경수와 해커인 레드헤드 미야베도 있었다. 조슈아는 그들 하나하나에게 다 인사를 했다. 데이웨오가 다가왔다.

"이제 출발할 시간입니다, 인간."

"알겠소, 데이웨오."

조슈아는 유나를 찾으려고 주위를 둘러보았다. 그러나 아이는 코이지 않았다. 캐시가 그를 보며 웃었다.

"자고 있어요."

"아, 그래."

조슈아는 캐시와 함께 외계인들의 원반형 이동기구에 몸을 실었다. 기구가 두둥실 떠오르더니 차폐막을 형성하고는 빠르게 이동을 시작했다.

히프케라노스의 1차 재판이 열리는 날이었다.

　원반형 이동 기구는 아돌라 도심을 가로질렀다. 조슈아는 처음 보는 디우틴 도시의 구조물들을 보며 새삼 감탄할 수밖에 없었다. 전반적으로 건축물은 인류가 만들어낸 것들과는 많이 다른 모습들을 하고 있었다. 그러한 느낌의 구조물들은 어느정도 방문인의 탑에 머문 시간 동안 조슈아도 예상하고 있었다. 그러나 구조물들이 알 수 없는 설계도대로 서로 얽히고 설키면서도 어떠한 불편함도 만들어내지 않고 조화를 이루는 모습은 경탄스러웠다. 허공에는 투명한 질감의 구조물들이 두둥실 떠 있었고 아래에서는 시민들이 알 수 없는 동력으로 움직이는 원반형 이동기구를 타고 이리저리 움직이고 있었다. 어떠한 신호체계도 보이지 않았지만 외계인들은 서로 부딪히지 않고 순서에 따라 부딪힘 없이 각자가 원하는 방향으로 움직이며 사라져갔다. 눈이 어지러울 지경의 복잡함과 빠르기였다. 캐시가 감탄하며 조슈아에게 말했다.

　"디우틴 인들은 우리 문명의 신호체계나 교통수단의 방식과는 완전히 다른 시스템을 가지고 있는 게 틀림없어요."

　"교통 시스템이 뭔가요?"

　"신호등 같은 걸 말합니다. 전진하라든가, 멈추라든가, 좌회전, 우회전, 상승 가능, 하강 주의, 도약 시 마주 오는 A윙 주의. 뭐 이런 것들이요. 당신들의 길에는 그런 것들이 보이지 않네요."

　"아, 뭔지 알겠습니다. 저도 기록으로만 배웠습니다만, 예전에는 그런 게 있었다고 합니다. 꽤 거슬러 올라가야 하는 오

랜 옛날이지요. 그러나 지금 우리 종족에겐 따로 교통 시스템
이랄 게 존재하지 않습니다. 적어도 어떠한 신호체계와 흐름을
관장하는 눈에 보이는 형태의 신호 체계를 말하는 거라면요.”

데이웨오가 말했다. 조슈아가 의아해졌다.

“그렇소? 그럼 어떻게 저토록 물 흐르듯이 교통이 이루어
지는 거요?”

“시민들이 타고 있는 기계의 연결 지성 때문이죠.”

“연결 지성?”

“당신들의 용어로는 뭐라 번역해야 할지 모르겠군요. 굳이
이해하기 쉬운 단어를 찾아서 번역한 것입니다. 그래서 정확하
다고는 말하기 힘듭니다. 어쨌거나 연결 지성이라는 건 우리 사
회 모든 기계와 시민들 속에 내재된 지성을 얘기합니다. 우리는
그것을 하나로 연결시키는 공학을 발전시켰죠.”

데이웨오는 자신의 이마에 쓰고 있던 관을 가리켰다. 그곳에
서 크리스탈이 반짝이고 있었다.

“이게 우리를 지성소에 있는 문명의 어머니와 연결해 줍니다.”

“문명의 어머니가 뭡니까?”

“사회적 지성이자 우리 종족의 자아이지요. 모든 개인은 그
곳에 연결되어 필요한 사항들을 그때그때 바로 알 수 있습니다.
어떤 행위를 하지 않아도 그렇습니다.”

“모든 개인의 지성들이 다 연결돼 있다는 소리요?”

“그렇습니다. 그리고 개인 만이 아니라 인공적인 지성들도
마찬가지입니다. 디우틴 사회의 모든 지성은 수준을 막론하고

한꺼번에 연결되어 있습니다. 거대한 망처럼. 우주 규모로 뻗어간 하나의 광대한 네트워크랄까요. 지성은 지성을 만나 끝없이 진화하고 확대되지요. 생명체의 지성과 인공지성도 서로 영향을 주고받고 진화하는 법입니다."

"믿을 수 없군. 그럼 당신들은 사람이, 적어도 우리 표현을 빌리자면 인공 지능들과 디우틴 시민들이 모두 연결돼 있다는 얘기요?"

"비슷하지만 조금 다릅니다. 하지만 그나마 당신들의 언어로 이해하기 쉽게 설명하려면 그렇게 설명할 수밖에 없겠군요. 인공적인 지성이라고 하지만 수동적인 지성은 절대 아닙니다. 우리를 창조한 조물주가 있듯 그 지성들도 계속해서 발전하니까요. 그리고 지성이 서로 모이고 배우다 보면 어느 순간 융합하기 마련입니다. 교통 시스템도 마찬가지입니다. 각자의 기계의 지성과 사용자의 지성이 한 데 어우러져 서로에게 최적의 경로를 연산해내는 거죠. 우리 사회에서 어느 순간 교통 체계가 필요없게 된 이유가 바로 그것입니다."

"그 지성들은 어디까지 연결돼 있는 거요?"

데이웨오가 미소를 지었다.

"우리에 대해 궁금한게 많군요, 인간."

"당신들은 우리의 거울이오. 우리 종족이 얼마나 이종족을 만나고 싶어했는지 당신들은 모를 거요, 데이웨오. 우리의 고향은 원래 지금의 인류가 있는 세 개의 성계가 아니라 은하계 중심부로부터 3만 광년 정도 떨어진 외곽의 작은 행성이었소.

우리는 별들을 바라보면서 우리 외에 지성이 있다면 어떤 모습으로 어떻게 살아가고 있을지 궁금해 했습니다. 당신들의 모습이 곧 우리의 미래일지도 모른다는 그런 생각을 하고 있소.”

데이웨오와 조슈아의 대화를 듣고 있던 캐시가 말했다.

“디우틴 인들도 인류를 처음 만났을 때 호기심을 느끼지 않았나요?”

“글쎄요 우리 종족은 은하계에서 우리만큼 발달한 문명을 본 적이 없습니다. 당신 종족들의 발전 속도는 상당히 놀랍긴 합니다만, 제가 가진 인상은 그 정도입니다. 조슈아, 당신이 말한 것과는 조금은 느낌이 다를 것 같군요. 그리고 당신들이 우리가 조우한 첫 이종족은 아닙니다.”

“우리 은하에 인류와 디우틴 인들 말고 새로운 종족이 있었다고?”

“있었습니다.”

“그들은 어디 있소?”

“당신들은 보지 못했겠지만 우리 사회에도 있습니다. 그들은 자신들의 선조들에 비하면 정말 비참한 모습으로 살아가고 있지요. 하지만 이건 당신들께 들려줄 만한 이야기는 못 됩니다. 다시 아까의 주제로 넘어갈까요?”

조슈아는 잠시 실망한 표정을 짓고는 조금 전의 주제로 돌아왔다.

“연결된 지성체라는 건 대체 무엇이라 정의할 수 있소? 디우틴 사회는 그 지성에 많은 부분을 의존하는 걸로 보이는데 내

추측이 맞는 거요?"

데이웨오가 곤란한 미소를 지었다.

"그걸 정확히 당신에게 말하긴 지금은 곤란하군요. 시간도 없고, 이종족에게 말해도 되는지 판단이 되지 않습니다. 다만, 우리 종족은 우리가 1만여 년에 걸쳐 만들어낸 이 지성에서 사회 전반적으로 많은 도움을 받고 있습니다."

"그런데 그토록 훌륭한 지성체가 왜 히프케라노스를 이해해주지 못하는 것이오? 그리고 아무리 오해였다지만, 20년 전에는 우리 인류를 공격하고 그토록 끔찍한 짓을 저지른 것이오?"

데이웨오가 조수아를 정면으로 쳐다보았다.

"아무리 탁월한 지성이라도 우주적 단위로 일어나는 모든 일을 예상하고 이해할 수 없기 때문입니다, 조수아. 우주는 혼돈 그 자체이기 때문입니다."

원반형 이동 기구의 속도가 줄어들었다. 데이웨오가 기다란 손을 뻗어 앞을 가리켰다.

"다 왔습니다. 이번엔 당신들의 지성이 히프케라노스 부단장에게 도움이 되길 바랍니다."

디우틴의 재판정은 둥그런 원형 주위로 천여 개의 원반이 둘러싼 형태였다. 중앙에의 홀에는 피고석과 원고석이 가까이 배치돼 있었다. 그러나 인간들의 재판정에서 보듯 판사나 배심원석은 보이지 않았다. 마치 피고와 원고가 맞붙기를 구경하는 투기장과 같은 모습이었다. 조슈아는 재판정이 자신들의 머리 위쪽의 구조물들 안쪽으로 아득히 보이는 것을 알았다.

디우틴 안내자가 그들을 발견하곤 다가왔다.

"안녕하신가요, 인간. 증인으로 오신 거죠?"

조슈아가 고개를 끄덕였다.

"피고 측 증인입니다."

"지금 바로 들어가시면 됩니다. 이쪽 문을 열면 바로 재판정으로 도약하게 됩니다."

안내자가 문을 열자 빛이 쏟아졌다. 조슈아는 살짝 눈을 찡그렸다가 떴다. 캐시와 조슈아는 어느새 날아온 개인용 이동수단이 자신들의 앞에 있음을 알았다. 조슈아가 디우틴 안내자를 보았다.

"이걸......?"

"타면 됩니다."

"알겠습니다. 캐시, 내 손 잡아."

조슈아가 먼저 뭉툭한 앞부분에서 튀어나온 손잡이를 잡으며 몸을 실었다. 조슈아의 손을 잡은 캐시도 탑승했다.

다음 순간 그들의 주위로 쏟아진 빛들의 색깔이 바뀌었다. 조슈아는 자신의 몸이 압력을 받고 있음을 알았다. 상승하고 있었다.

빛들이 서서히 사라져가면서 바깥에서 보았던 재판정의 풍경이 주위로 펼쳐지는 것을 보았다. 조슈아는 어느 순간 자신들이 이동기구 바깥으로 나와 있음을 알았다. 캐시가 그의 어깨를 쳐서 한쪽을 가리켰다. 그들의 앞쪽으로 소재를 알 수 없는 속성의 의자가 두 대 마련되어 있었다. 그들은 자리에 앉았다. 몇몇 디우틴 인들이 그들을 흘끔거렸다.

소리가 들렸다.

"……그렇기에 이러한 행위들의 구성 요소들이 지극히 편협하고 오용될 여지가 크다고 할 수 있으며, 사건의 유기적인 흐름을 고려했을 때 피고발자의 죄를 무겁게 여길 수밖에 없다고 생각합니다."

"잠깐. 인간 증인들이 도착했소."

치렁거리는 머리에 청색 크리스털이 박힌 원형 관을 쓴 재판정 중앙의 디우틴 남자가 손을 들었다. 그는 판사처럼 보였다. 그가 증인석에 도달한 조슈아와 캐시를 가리켰다. 방금 전까지 말하던 자도 그들을 보며 말을 멈췄다. 조슈아는 그가 분명 검사의 소추 역할을 맡은 자일 거라고 생각했다.

조슈아는 그들에게서 눈을 떼어 반대편으로 시선을 보냈고 차분히 앉아 있는 히프케라노스를 발견했다. 히프가 조슈아와 캐시를 살짝 쳐다보고 고개를 끄덕였다. '왔는가?' 조슈아도 고개를 끄덕여 주었다.

판사로 보이는 디우틴 인이 그에게 말했다.

"나는 두나스. 이번 재판의 진행관이오. 지금 말하고 있던 사람은 평의원 길타리온이라고 하고, 피소추인에 대한 소추를 맡았소. 아시고 계신지 모르겠지만 1차 재판은 평의회 재판이고 이 주변에는 1,000명의 은하 평의회 의원들이 소집돼 있소. 다들 당신들에 대한 애기는 들었지만 이곳 법정에 인간이 온 것은 처음이오. 자신을 간략히 소개해주시겠소?"

조슈아가 일어나서 몸을 똑바로 했다. 그는 목청을 작게 한 번 돋우고는 입을 열었다.

"제 언어가 이해가 되는지 궁금하군요."

"언어는 걱정마시오. 당신들의 언어는 모두 말하는 즉시 통역되도록 자리에 통역 스피커가 설치돼 있으니까. 당신도 우리 말을 알아듣고 있지 않소? 같은 원리요."

"알겠습니다, 진행관님. 그럼 시작하겠습니다. 저는 조슈아 권, 로베스피에르 함의 함장이고 데지레 성계의 저항군 디스카디드의 리더입니다. 저와 함께 온 이는 캐시 아이스이며, 제 반려자입니다. 우리는 피소추인 히프케라노스 측의 증인입니다.

그는 잠시 말을 끊었다가 다시 말했다.

"그리고 히프케라노스의 변호인입니다."

몇몇 디우틴 인들이 웅성거렸다. 조슈아는 히프를 보았고, 그가 조금 위축돼있음을 알았다.

두나스 진행관이 씩 웃으며 말했다.

"우연의 일치인지는 모르겠지만, 1차 재판은 평의회 재판이오. 평의회 재판은 보통의 재판과 다르게 격식과 형식이 크게 상관없소. 그래서 내가 질문을 할 수도 있고, 저 쪽에 있는 소추인이 질문을 할 수도 있고, 아니면 여기를 둘러싸고 재판에 참석하고 있는 평의회 의원들도 얼마든지 질문하고 답할 수 있소. 소추인은 하나가 아니오. 정부를 대신하여 평의회의 여당인 '진실 동맹' 측 의원들이 소추인단을 결성하였소. 증인은 피고를 변호할 수도, 공격할 수도 있소. 너무 극단적이고, 공격적이고, 시간을 끄는 짓만 아니라면 어떤 식으로든 발언할 수 있소. 이해했소?"

"이해했습니다. 저희 종족의 진행방식과는 조금 다르지만, 오히려 더 재밌을 것 같군요. 주제에서 벗어나지 않는 한 저는 증언을 할 수도, 변호를 할 수도, 역으로 소추인단에게 질문을 할 수도 있다는 것 아닙니까?"

"재판 규정을 잘 이해했구려."

진행관은 갑자기 얼굴에 웃음기를 지우며 낮은 목소리로 말했다.

"그러면 모두 평의회 재판을 제대로 이해하고 있다고 가정하고 바로 시작하겠소. 괜찮겠소?"

"괜찮습니다."

"좋소. 그럼 먼저 소추인단 측에서 시작하도록 하겠소. 질문 있는 사람은 누구요?"

진행관이 마지막 말에서 목소리를 높였다.

재판정을 둘러싼 원반들의 아랫부분에서 불들이 들어왔다. 어깨의 검 두 자루가 교차하고 있는 문장이 눈에 띄었다. 두나스는 그 중 빨간색 불이 들어온 한 쪽을 향해 말했다.

"입장과 이름을 밝히시오."

"소추인 측 질문자 진실 동맹 의원 디안입니다."

"좋소. 시작하시오."

소추 의견을 말했던 평의원 길타리온이 디안을 향해 몸을 반쯤 돌렸다. 경청하겠다는 의미였다. 히프 역시 디안을 쳐다보았다. 디안이 입을 열었다.

"히프케라노스. 당신은 분명히 '문명의 어머니'께 서약을 한 '서약의 전사'입니다. 웜홀 기술은 우리 문명의 핵심 기술 중 하나이며, 이것을 이종족에게 제공했다는 것은 종족을 배신한 행위에 해당합니다. 그것을 인지하고 있었습니까?"

"존경하는 디안 의원님. 저는 '문명의 어머니'를 배신한 적이 없습니다. 그것은 이종족을 이롭게 하고 우리 종족을 위태롭게 하는 행위가 아니었습니다. 부당한 폭력을 당한 불쌍한 종족에 대한 순전한 동정심과 안타까움에서 비롯된 것입니다."

"그것은 동기에 대한 이야기입니다. 그러나 나는 결과를 이야기하고 있으며, 이 재판의 본질 또한 당신이 야기한 일의 결과에 대해 논하는 자리입니다. 저기에 이종족으로서는 처음으로 우리의 재판정에 앉아 있는 인간들이 우리 기술을 탑재한 함선을 몰고 자신들의 정부를 전복하려고 하고 있지 않습니까? 이것은 엄연히 그들의 역사에 우리가 개입한 것입니다. 그리고 언젠가 그들이 우리 문명에 위협이 되지 않는다는 보장도 없습니다."

"의원님. 분명히 말씀드리지만 인류라 불리는 저들 종족 또한 웜홀 항법 기술을 개발했습니다. 우리보다 훨씬 늦었지만, 어쨌거나 그들의 능력만으로 개발한 것이지요. 여기 계신 모두가 10년 전, 당시 아돌라 성계에 나타난 그들의 함선 세 척을 보지 않았습니까? 제가 그들에게 우리의 함선과 기술을 제공한 것은 사실입니다. 그러나 그것이 저들의 능력에 비추어 볼 때 역사의 흐름을 바꿀만한 것은 결코 아니었습니다. 비록 우리 함대에 큰 타격을 입고 난 뒤 10년 넘게 웜홀 항해 기술을 탑재한 함선을 만들어내지 못했지만, 그것은 시간 문제일 뿐입니다. 그리고 위협은 항상 먼저 적개심을 품은 쪽이 상대를 판단하는 기준일 뿐입니다. 우리가 그들에게 친선을 제의한다면 꼭 전쟁과 불화가 일어나리라는 법은 없다고 생각합니다.”

캐시가 조슈아에게 귓속말했다. “10년 전이라고?” 조슈아가 그녀를 흘끗 보았다. “아돌라 성계의 1년은 우리 세계의 2년에 거의 가까우니까.” 캐시가 이해했다는 표정을 지었다.

히프의 힘있는 목소리가 재판정을 가득 메웠다.

“함선과 기술을 제공한 것은 단순한 물적 보상에 불과합니다. 만약 인류가 그러한 기술에 도달하지 못한 미개한 수준의 문명이었다면 의원님의 말씀도 맞으리라 생각합니다. 그러나 엇비슷한 문명에 그런 작은 호의는 그저 보상에 불과한 것입니다. 전쟁 배상금이라 보아도 좋지 않습니까?”

듣고만 있던 길타리온이 혀를 찼다.

“전쟁 배상금은 공식적으로 정부와 정부간에 이루어지는 것이오, 전사여. 당신의 말이 옳다면 그들의 정부에 보상했어야지, 왜 저자들에게 보상을 제안한 것이오? 저들은 우리의 함선으로 자신들의 정부에 대항하는 세력을 만들었소. 그것은 엄연히 우리 유디안들이 이종족의 내정에는 불간섭한다는 ‘문명 헌장’을 위반한 것이오. 아까 당신은 동정심을 들먹였소. 그것이야말로 당신의 사적인 감정이 앞섰다는 것을 증명하는 것일 수밖에 없지 않겠소?"

히프는 아무 말도 하지 않았다. 조슈아는 히프가 길타리온에게 기세가 눌렸음을 알았다. 조슈아가 캐시를 보았고 그녀가 고개를 끄덕였다. 조슈아는 자신을 얻어 말했다.

"진행관님. 발언하고 싶습니다."

진행관은 놀라서 조슈아를 보았다. 길타리온이 말했다.

"진행관님. 이종족의 발언을 기어이 허락하실 겁니까?"

두나스가 야릇하게 웃었다.

"안될 건 없지 않소, 의원? 한 번 들어봅시다."

길타리온이 고개를 저었다. 진행관은 그것을 못본체했다. 그가 말했다.

"말해 보시오. 인간. 그 전에 입장을 밝히시오."

조슈아는 잠시 진행관의 말이 무슨 뜻인지 고민하다가 이해했다.

"피소추인 측 입장입니다."

"좋소."

조슈아는 헛기침을 했다.

"저는 행성 한 출신입니다. 10년 전, 우리 행성계 기준으로 20년 전 당신들의 함선이 습격한 행성입니다. 디우틴의 막강한 전함이 제 고향 인구의 3분의 1을 학살했습니다.

이게 무슨 소리냐고요? 이 재판의 본질은 시시한 기술 유출에 대한 것이 아니라는 겁니다. 이 재판은 잘못되었습니다. 재판의 주제는 당신들이 저지른 전쟁범죄에 관한 것이어야 합니다. 우리가 이 자리에 왔기 때문입니다. 그리고 우리는 그 죄를 물을 자격을 갖추고 있습니다."

길타리온이 소리쳤다. "불경한!"

조슈아는 길타리온의 뒷편에서 눈살을 찌푸리고 있는 아우레우스를 발견했다. 또한 그는 그곳에서 조금 떨어진 곳에서 주변 의원들보다 더 훤칠한 외계인이 턱을 괴고는 흥미로운 표정을 짓고 있는 것을 보았다.

흥미롭다고?

조슈아는 고개를 돌렸다.

디안 의원이 금속보다 차가운 목소리로 말했다.

"말을 삼가시오, 인간. 이곳은 엄연히 디우틴의 법정이오. 당신은 증인이지 소추인이 아니오."

"의원님. 제가 당신이나 혹은 당신 정부를 고발할 수 있다는 데는 동의하십니까?"

"동의하지 않소."

"왜 그렇죠?"

"왜냐하면 그건 사고였기 때문이오."

"아, 사고요? 여기서 사고라는 말은 어떤 의미입니까? 그 일이 의도하지 않았던 것이라는 뜻에서의 사고입니까, 아니면 많은 인류가 죽어나가든 말든 우리에겐 큰 의미가 없는 해프닝이나 다름없다는 뜻입니까?"

"인간!"

디안이 소리쳤고, 평의회 의원들이 서로 웅성거렸다. 조슈아는 히프를 흘끗 쳐다보았는데 그가 지금껏 본 어느 때보다도 표정이 어두웠다. 조슈아가 보기에 디안 의원은 화를 삭이고 있는 게 분명했다. '그럴 만 하시겠지.' 조슈아는 코웃음쳤다. 하등종족에게 이렇듯 공격을 받았으니 기분이 얼마나 안좋으시겠어?

"인간. 그때의 공격은 당신들이 먼저 선전포고를 했기 때문에 일어난 일이오. 또한 우리의 행정부는 매우 혼란한 상황이었소. 평상시 우리 종족이라면 보여주지 않을 야만성이 발휘될 수밖에 없는 비정상적인 상황이었단 말이오. 당시 정부는 정통성에 문제가 있었소. 지금의 우리 정부는 그와는 성격이 완전히 판이합니다. 당신은 그 점을 이해해야 합니다."

"내 이름은 인간이 아니라 조슈아입니다, 의원님. 저는 당신들 정부의 성격이 어떻게 바뀌었는지는 관심 없습니다. 단지 당신들의 행위가 우리에게 어떤 악영향을 미쳤는지를 말할 뿐입니다. 방금 의원님께서 말씀하셨듯이 저는 지금 이 자리에서 디우틴 함대의 행위와 그 결과에 대해서 말씀드리는 겁니다."

디안이 몸을 움찔거렸다. 평의원들의 웅성거림이 더 커졌다. 어디에선가 소리가 들렸다. "이건 억지요!" "저 인간이 문명의 어머니를 모욕하고 있소!"

진행관이 목청을 높였다.

"의원님들께선 정숙해주시기 바랍니다."

그리고는 조슈아에게 말했다.

"물론 우리의 재판 형식이 비교적 자유롭더라도, 이곳은 재

판정이지 회담장이 아닙니다, 조슈아 권. 본인의 발언 의도를
보다 명확히, 그리고 목적을 확실히 밝히시오.”

“알겠습니다. 진행관님. 제가 하고 싶은 말은 바로 이것입
니다.”

조슈아는 재판정을 왼쪽에서 오른쪽으로, 그리고 오른쪽에
서 왼쪽으로 한 번씩 둘러보았다. 그는 20년간 자신의 속에 묵
혀둔 말을 입밖으로 꺼내면서 알 수 없는 응어리가 터져 나오
는 것을 느꼈다.

“내 아내와 아이, 그리고 동료들이 살해당했습니다. 우리는
다시는 내일을 보지 못하게 되었습니다. 당신들은 사고라 부르
며 애써 외면하는 그 날의 학살 때문에 말입니다. 여기 앉아 계
신 여러분들은 위대한 디우틴 종족의 은하계 행성구들을 대표
하는 의원들이시겠지만, 나와 여기 있는 내 반려자는 오롯이 우
리 행성을 대표하여 이 자리에 섰습니다. 히프케라노스는 우리
에게 잘못을 인정하고 사과한 유일한 외계인입니다. 적어도 제
가 알고 있기로는 이 사건에서 피해자가 가해자에게 사과를 받
은 유일한 사례입니다. 그의 죄를 묻지 마십시오. 그는 유일하
게 양심을 가진 디우틴 인일 뿐이었습니다. 당신들은 그의 죄
를 논할 자격이 없습니다. 당신들의 군대에 죽어나간 동포의 원
혼이 지금도 내 고향을 배회하고 있으니 말입니다. 그러니 저
는 여기서 말하겠습니다. 1차 평의회 재판부터 나머지 재판까
지 문명 헌장에 의거, 외계 종족 학살에 대한 소추를 추가하여
평의회 재판 형식의 이중 재판으로 진행할 것을 요구합니다.”

2.

대니는 다음날 정복을 말끔하게 차려입고 해리의 관사로 갔다.

해리 역시 잘 다린 정복 차림이었다. 당번병이 차와 다과를 준비했다. 손님이 방문한 건 그로부터 한 시간이 지나 3시를 넘은 시각이었다.

당번병이 손님이 방문했음을 알렸다. 관사 마당 안으로 개인용 비행기체들이 도달했다. 하얀색 기체 뒤로 경호 부대의 A윙 네 대가 같이 내려앉았다. 대니는 응접실 커튼 틈으로 그 모습들을 지켜보았다.

대니는 하얀색 기체가 총통의 것임을 알아보았다. 어떠한 플라즈마나 가장 강력한 전자기력의 레일 건도 통하지 않는 매끈한 금속이었다. 대니는 자신이 밖에서도 보일까 얼른 커튼을 쳤다.

10분이 지난 뒤 응접실의 문이 열리고 남자 두 명이 들어왔다. 한 명은 은발의 다부진 체격의 장신이었고, 평상복 차림에 코트를 입고 있었다. 옆의 남자는 안경을 쓰고 카키색 외투를 입고 있었다. 대니는 직접 보게 된 총통이 디스플레이 화면이나 멀리서 본 모습보다 더 강단있어 보인다고 생각했다. 그 옆의 남자는 총통의 비서 실장 수라 핸들러였다.

해리와 대니가 거의 비슷한 타이밍으로 경례 동작을 했다.

해리가 말했다.

"각하. 이곳으로 모시게 되어 영광입니다."

은발의 남자가 해리에게로 다가와 어깨를 두드렸다.

"격식 차리지 말게, 해리. 내가 여기로 직접 찾아온 건 편하게 얘길 나누기 위해서니 말이야."

그가 해리 뒷편에 서서 경례 자세를 취하고 있던 대니를 보며 말했다.

"이 친구가 자네 손자군. 반갑네, 대위. 에이먼 소로스라네."

대니는 1년 전 발할라 합병 10주년을 기념하는 기동 전단 사열식에서 멀리서 총통을 본 적이 있었다. 그때의 총통은 다부지고 빈틈없는 인상이었다. 지금 그는 총통의 짧게 쳐올린 머리와 튀어나온 광대뼈에서 또다시 그때로 돌아간 기분을 느꼈다. 그 사이에서 깊지만 꿰뚫어보려는 듯한 눈이 대니를 가득 담고 있었다. 지금도 총통은 변함없는 정열과 의지를 가지고 있었다.

이 남자가 바로 데지레 성계의 1인자였다.

철의 총통 에이먼 소로스.

대니가 말했다.

"영광입니다, 각하."

"잘생긴 친구군. 사냥개 전대 소속이랬나?"

"그렇습니다."

"자랑스러운 이름이지. 명예의 상징 아닌가? 게다가 코네티컷의 영웅이고. 조를 제압하는 건 힘든 일이었을 거야. 난 그때 사실 진압 부대를 투입할 생각을 하고 있었다네. 어쨌건 자네 같은 인재가 있어서 다행이야."

"감사합니다, 각하."

"그런데 그런 친구가 이번엔 왜 놈들에게 붙잡혔나?"

해리가 당황한 표정을 지었다. 대니는 총통의 눈을 흘끗 주시했다. 그러나 총통은 딱딱한 표정을 짓고 있지는 않았다. 대니는 잠시 생각하더니 말을 이었다.

"자만했습니다."

"그럴 수도 있지. 능력자들의 수는 놈들이 압도적이니까 말이야. 저항군이 우리보다 염동력을 다루는 기술이 우수하고 그 수도 많은 건 분명한 사실이야."

총통이 소파에 앉았다. 옆에서 가만히 듣고만 있던 비서실장도 옆의 1인용 의자에 앉았다. 총통이 앉으라는 손짓을 했다. 해리가 앉으며 대니에게 손짓했다.

대니가 앉자마자 비서실장이 말했다.

"그자와 이야기를 많이 나누었소. 대위?"

"그랬습니다, 비서실장님. 사실상 그 자의 심문과 함께 진행된 대화였습니다."

"일상적인 대화뿐이었소?"

"아닙니다. 그는 저를 포섭하려고 시도했습니다. 제 삼촌이자 3연대장이었던 연수 카를로스와 칼 로마 얘기를 하면서 말입니다."

총통이 빙긋 웃었다.

"솔직하군, 카를로스 대위."

"그저 사실대로 말한 것뿐입니다."

비서실장이 끼어들었다.

"대위, 그가 당신에게 정확히 어떤 얘기들을 했습니까? 그가 했던 모든 얘기들을 정리해서 말하도록 해봐요."

대니는 해리를 보았고, 해리가 고개를 끄덕였다. 총통은 대니의 이야기를 기다리고 있었다.

"그럼 되도록 불필요한 것들은 거르고 핵심만 말씀드리도록 하겠습니다."

대니는 이야기를 시작했다.

인류의 기원에 대한 이야기와 연수 카를로스, 칼 료마의 탈주와 각 행성의 독립에 대한 요구 조건들. 대니는 자신도 모르게 이야기 중간중간에 총통을 곁눈질할 수밖에 없었다. 그러나 총통의 표정은 평온하다 못해 한가로울 지경이어서 자신의 얘기를 제대로 듣고 있는지조차 의심스러웠다.

그러나 그는 빅 크러시에 대한 말은 하지 않았다.

이야기가 끝난 뒤 비서실장이 말했다.

"그가 당신을 회유하려 했군, 대위."

"그런 것 같습니다."

"왜 그가 당신을 이토록 쉽게 보내준 걸까요?"

대니는 비서실장의 차갑고 성마른 표정을 보았다. 그 남자는 말을 많이 하는 스타일은 아니지만 가만히 있다가 생각지도 못한 순간에 화살 같은 말들을 던질 것 같았다. 그의 눈은 기름 때에 절은 기관 기술자의 손수건만큼이나 시린 잿빛이었다.

비서실장이 말했다.

"그런 생각은 당연히 해봤겠죠?"

해리가 헛기침을 하고는 끼어들었다.

"챈들러 비서실장님. 제 손자가 어리석긴 하지만 불온할 사상을 품을 녀석은 아닙니다. 그러기엔 너무 옆도 뒤도 볼 줄 모르는 약간은 바보같은 녀석이랍니다."

대니는 할아버지가 자신을 이렇게 말하자 속으로 혀를 찼다. '손주한테 할 수 있는 최고로 따스한 평가로군.'

촌통도 그런 느낌을 받았는지 피식 웃어버렸다.

"해리, 자네 손자도 어엿한 연합군 위관이잖은가. 평가가 너무 탁하군. 겸양으로 알겠네. 비서실장이 얘기하고자 한 건 김진수가 무슨 생각으로 카를로스 대위를 석방했냐는 거야."

"그들은 제가 결국엔 자신들의 편에 설 거라고 생각하는 것 같았습니다."

대니가 말했고, 나머지 세 남자들이 그에게로 시선을 돌렸다.

비서실장이 말했다.

"어떤 근거로 그런 말을 한 거 같아요, 카를로스 대위?"

"연수 카를로스 중령 때문인 것 같았습니다. 그리고......."

"그리고?"

해리 카를로스는 대니를 노려보았다.

대니, 하지 마라.

대니는 말했다.

"그 자는 연합 정부가 빅 크러시를 일으켰다고 말했습니다."

해리가 이상한 신음소리를 내었다. 총통은 앞에 놓인 찻잔을 들어 몇 모금 마셨다.

"빅 크러시를 연합 정부가 일으켰다고? 재밌군."

그가 찻잔을 내려놓으며 말했다.

"일단 다들 앉게. 특히 해리. 자네가 앉지 않으니 분위기가 어정쩡한 것 같은데. 제발 좀 편하게 얘기하자고. 카를로스 대위 자네도 앉게."

해리는 대니를 노려보았으나, 대니는 애써 외면했다. 해리가 마련된 개인 의자에 앉자 대니도 앉았다.

수라 핸들러는 눈을 가늘게 뜨고 대니를 바라보고 있었다.

총통이 입을 열었다.

"연합 정부가 일으켰다는 건 내가 개입돼 있다는 건가? 아니면 다른 인사가 개입되어 있다는 얘긴가, 대위?"

"거기까지는 알 수 없었습니다."

"그런데 눈이 있고 귀가 있는 자들이라면 연합 기록 보관소에 등재돼 있는 당시의 시청각 데이터들을 실시간으로 볼 수 있었을 텐데? 당시 행성 한을 덮친 외계인들과 그들의 함선이 연합군의 위장이라고 말하려는 건 아닐 테고 말이야."

"김진수는 그 외계인들이 행성 한을 습격하게 유도한 게 연합 정부라고 믿는 것 같았습니다."

"참신하군!"

총통이 짧은 웃음을 터뜨렸다. 그가 말했다.

"그렇다고 가정해보세."

대니가 잠시 뜸들이고 말했다.

“각하?”

“그렇다고 가정해보자고. 대위. 어떻게 우리가 디우틴 인들이 행성 한을 공격하게 만들었는지 방법론적인 것들은 차차 알아보더라도, 일단은 정말 그렇다고 가정해보잔 말일세. 그 다음엔 우리에게 어떤 일이 생기는 건가?”

“각하께선 난관에 처하게 되실 겁니다. 그건 데지레 인류에 대한 배신행위니까요.”

“말조심해라, 대니 카를로스.”

해리가 강한 어조로 대니를 질책했다. 총통이 그에게 손을 저었다.

“아닐세, 해리. 대니의 말이 맞아. 자네를 대니라고 불러도 되겠지, 대위? 고맙네. 대니, 자네는 그저 진실을 얘기하고 있는 걸세. 만약 그런 일이 일어난다면 연합 정부가 곤란한 지경이 되는 건 맞아. 그러니 계속 얘기하게. 정확히 어떤 종류의 난관인가?”

“내전이 격화될 겁니다, 각하. 디스카디드, 뿌리복고파, 발할라의 해적들, 가네시 정부. 이미 연합과 적대시하며 저항군을 구성하는 세력들입니다. 거기에 3성계에서도 행성 한이 봉기할 수 있습니다.”

“행성연합 정부가 지금의 완전한 모습으로 데지레 성계를 통일한지 11년 만에 격랑의 한가운데에 서게 되겠군. 그 말이지, 대니?”

“그렇습니다.”

“그렇다면 어떻게 해야 하나?”

“그게 사실이라면 절대 그 정보가 새어나가지 않도록 막아야 합니다. 그리고 거짓이라면, 단순해지죠. 저항세력을 이번 기회에 일소해야 합니다. 어느 쪽이든 속도가 생명입니다, 각하. 저항 세력이 기승을 부릴 수록 주민들 사이에 연합 정부에 대한 의심의 목소리는 걷잡을 수 없이 커질 겁니다. 그러한 목소리들은 처음엔 생명력이 없지만, 어느 순간 도저히 제어할 수 없을 정도로 커다란 생명력을 얻게 될 겁니다. 지금 당장 신상하이의 모든 함대를 끌고 가서 가네시를 공격해야 합니다.”

총통이 마음에 든다는 듯이 웃었다.

“김진수는 자네라는 사람을 잘못 봤군.”

해리는 약간의 놀라움을 가지고 손자를 보았다. 대니, 너답지 않은 언행이구나. 그는 손자의 그런 모습에서 감탄과 함께 소스라치는 심정을 동시에 느꼈다.

“행성 한의 봉기는 일어날 만한 일인가?”

“반반입니다. 민중들이 이러한 사실들의 진실 여부를 떠나 얼마나 인지하게 될지가 중요합니다. 그러므로 행성 한으로 통하는 외부 유입로를 최소한으로 줄이고 감시하는 것이 중요합니다.”

“음, 그 부분에 대해서는 핸들러 비서실장이 할 말이 있을 것 같군.”

비서실장이 차를 홀짝거렸다.

“한의 자치 정부는 우리에게 완전히 협조하고 있습니다. 지금 이러한 소동이 벌어지고 있음에도. 그건 걱정할 바가 아니에요. 대위.”

수라 핸들러의 잿빛 눈이 더욱 어두워졌다.

“대위, 객잔의 여주인이었던 유리 이바노바를 알고 있지요?”

대니는 입술을 깨물었다.

“사실대로 대답해야겠지요, 비서실장님? 그리고 그걸 질문하신다는 건 이미 제가 생각하는 것보다 더 많이 조사가 진행되었다는 것일 테고요.”

비서실장은 말없이 대니를 보았다.

“맞습니다. 제가 자주 들르던 곳이었죠. 유리 이바노바는 그곳의 주인이었고 디스카디드였습니다. 저 역시 그 사실을 디스카디드가 알트라를 습격했을 때 알게 되었습니다. 머리를 한 대 얻어맞은 기분이었죠.”

“그럼 그녀가 지금 조슈아 권을 대신해 디스카디드를 지휘하고 있고, 기함 모스크바의 함장이라는 것도 알고 있소?”

대니는 누군가에게 머리를 한 대 얻어맞은 느낌이었다.

“아니요, 비서실장님. 그게 사실입니까?”

총통이 말했다.

“정말 몰랐던 것 같군, 대니. 사실이네. 그녀가 현재 디스카디드의 총대장이야. 조슈아 권은 어디에 갔는지 알 수가 없고. 로베스피에르 함도 발견되지 않았지. 자네가 빠져나온 가네시 공격을 지휘한 건 바로 그 여자와 김진수야.”

“생각보다 거물이었군요.”

“우스운가?”

총통의 말에 대니는 자신이 웃고 있음을 알았다.

“그런 웃음이 아닙니다, 각하. 이건 이 상황이 너무 믿기지가 않아서 나오는 헛웃음에 가깝습니다.”

“가까운 사이였나?”

가까운 사이? 대니는 그녀와 자신을 간단하게 어떤 사이라고 말해야 할 지 알 수 없었다.

대니는 유리에게 이성적 호감을 가지고 있었다.

대니는 유리 이바노바를 사랑했다.

“그랬던 것 같습니다, 각하.”

대니는 그 날 밤을 기억했다. 이브닝 드레스의 상큼한 민트빛 눈동자 안에 대니의 모습이 가득 비쳤다.

그녀도 지금 그를 생각할까? 그 날 그와 춤을 춘 건 진심이었을까, 아니면 의도적인 접근이었을까?

둘 다일지도.

그녀의 다리 안쪽에 새겨진 까마귀 문신이 떠올랐다.

멍청한 한 남자를 비웃는 듯한 까마귀의 눈이 생생하게 보이는 것 같았다.

“…해오게, 대니.”

그는 총통이 말하는 앞부분을 놓쳤다.

“예?”

총통은 무표정하게 그를 마주보았다.

“유리 이바노바를 생포하라고 말했네, 대니.”

"그들이 넵투누스로 간다는 첩보가 들어왔소, 대위. 당신이 그들보다 먼저 앞질러 가야 해요."

비서실장이 총통의 말을 받았다.

"넵투누스…라고요? 해왕성 말씀이십니까? 뉴시드니의 위성을 말씀하시는 것 같군요 비서실장님."

"그래요. 유리 이바노바는 넵투누스로 갈 거요."

"그곳에 뭐가 있습니까? 왜 그 자들이 이토록 중요한 시기에 넵투누스로 간다는 것인지요?"

"그곳엔 극소수의 요인들만이 존재를 아는 비밀 연구 시설이 있네."

총통이 말했다.

"생물 병기들을 만들고 시험하는 장소지. 사령관, 자네는 알고 있을 거야. 고유 번호 E로 시작하는 코드만 부여된 무기 목록들을."

해리의 몸이 움찔거렸다. 대니는 자신의 조부가 눈을 부릅뜬 것을 보았다.

'각하, 설마 외계인들의 기술입니까?"

"맞네."

"그것들이 넵투누스에 있었군요."

"그래. 실험하기엔 최적의 장소 아닌가? 거대한 원생 바다 생물들과 물밖에 없는 곳. 출입이 통제된 행성."

대니가 조심스럽게 물었다.

"그것이 어떤 기술들입니까 각하?"

총통은 알 수 없는 미소를 지었다.

"단숨에 이 전쟁의 향방을 바꿀 수 있는 생물 기술이지. 심우주에서 나타나 신상하이를 방문했던 외계인들이 가져온 기술. 대위, 자네도 그 얘기들을 들어서 알겠지?"

"알고 있습니다. 저는 그것들이 어쩌면 지어낸 이야기나 허구일지도 모른다고 생각했습니다."

"허구가 아니네. 이전의 연합 행정부는 외계인들과 교류를 해왔고."

"그들이 디우틴 인들이었습니까?"

"그 이상은 기밀입니다, 대위."

비서실장이 끼어들었다.

"당신과 3연대 부대원들, 특히 리틀보이 호의 대원들은 지금 시각부터 제 지휘를 따르게 될 겁니다. 물론 제 지휘는 사실상 총통 각하의 뜻입니다. 가서 유리 이바노바를 생포해 오도록 해요."

대니는 차렷 자세를 취했다.

"알겠습니다."

해리가 무언가 찝찝하다는 표정을 지었다.

"비서실장님 이 녀석에게 좋은 제안을 주신 건 감사합니다만, 놈들의 동선을 어떻게 파악하지요? 게다가 놈들은 좋은 함선들이 있습니다. 충분한 지원을 해주셔야 할 것 같습니다."

"그럴 생각입니다, 사령관."

"그 말씀은.......?"

"여름 그라노트를 만나면 그녀가 도움을 줄 거야."

총통이 말했다. 대니가 그를 보았다.

"그라노트 사의 사장 아닙니까?"

"그래. 지금 자네들이 차고 있는 핸디툴과 무기, 우주선을 만든 그 회사 말이야. 그 여자가 웜홀 항해가 가능한 함선을 줄 예정이네."

대니의 놀란 표정을 본 총통이 빙긋 웃었다.

"왜들 놀라나? 이미 광산 조합 정부가 20년 전에 만든 걸 다시 만든 것뿐인데?"

총통이 유쾌하게 말했다.

"잘해보라고, 젊은 친구. 자네 삼촌이 우리의 귀중한 함선을 이미 하나 가져갔으니, 그 함선은 사용 후 다시 반납해야 돼. 알겠지? 첫 양산품이 될 놈들이란 말이야."

소로스 총통과 핸들러 비서실장은 그들의 경호부대와 함께 돌아갔다. 왔던 것보다 더 신속한 움직임들이었다.

응접실 창을 통해 날아가는 A윙과 전용기들의 뒷모습을 지켜보던 대니가 몸을 돌려 앉아 있는 해리에게 물었다.

"할아버지는 알고 있죠? 외계인들의 기술이 무엇인지."

"그건 기밀이라는 얘기 방금 들었지 않니, 대니?"

"제가 그걸 알아야 한다는 생각이 들지 않으세요?"

"어째서?"

"상황이 어떻게 돌아가는지도 모르고 머리만 디밀고 헤집고 다니는 고슴도치처럼 멍청하게 굴고 싶지 않아요. 자신도 없고요. 그러다 제 머리를 깨버릴지도 모르니까요."

해리는 한숨을 쉬었다.

"네게 언제나 군인은 명령에 의문을 품어선 안 된다고 말해 왔던 게 소용 없다는 건 알고 있었다. 그리고 네가 이렇게 된 것도 결국 내 탓이겠지. 숀이라면 그러지 않았을 거다."

"아버지를 제가 모른다고 해서 아무렇게나 갖다 붙인다고 제가 다 믿을 줄 아신 거예요? 전 제가 아는 것만 믿습니다. 그러니 할아버지가 얘기했던 아버지에 대한 이야기들은 그저 참고만 할 생각이고요."

"그 말하는 버르장머리는 또 숀을 닮았구나."

대니는 그만 웃어 버렸다. 해리가 손을 딱딱거렸다.

"망할 놈. 정말 어디서 너 같은 녀석을 두고 떠난 건지. 다시 녀석을 보게 되면 혼을 좀 내야겠다."

대니가 웃었다. 해리는 고개를 젓고는 말을 시작했다.

"언제부터 외계인들이 나타났는지는 정확히 기록되어 있지 않다. 보통은 늦어도 150년쯤 전, 아직 연합이 신상하이와 뉴시드니로만 느슨하게 구성되어 있던 시기라고 말한다. 혹자는 그들이 20년 전에 나타났던 디우틴 인들과 동일한 외계인 집단일지도 모른다고 말하지만, 그건 아무도 모르는 일이지. 어쨌거나 그들이 온 건 확실하다. 그리고 의문의 에너지원이 든 용기를 가지고 왔지. 그건 정말 꽉 밀봉되어 있었다. 그 용기가 어떤 원리로 만들어진 건지는 아직 다 밝혀내지 못했다고 들었다. 나도 한 번 본 적이 있다. 인류가 가진 그 어떤 에너지원보다 밀도가 크고 그 어떤 에너지보다 궁극적인 에너지원. 신이 금지한 테크놀로지. 행성 단위도 우습게 파괴할 수 있으며, 반대로 죽은 것도 살려낼 수 있는 힘.”

대니는 자신의 귀를 의심했다.

“뭐라고요?”

“행성계 하나는 우습게 날려버릴 수도 있는 외계인들의 테크놀로지. 나는 그것일 거라 확신한다. 그 날의 행성 한에서 내가 직접 보았으니까. 그놈들의 테크놀로지는 풍요로웠던 행성 한의 자연환경마저 바꾸어 버렸다.”

‘그럼 그게……? 대체 그게 어떤 건지 감도 오지 않는구요.”

“넵투누스에 있겠지. 핸들러 비서실장이 연구시설을 정비한 뒤에 어떤 연구들이 행해졌는지는 자세히 알지 못한다. 내가 아는 건 거기까지다. 대니, 상황이 어떻게 돌아가는지 나도 완전히 이해하진 못하지만 네가 맡은 임무는 중요한 임무인 것 같다. 유리 이바노바를 꼭 잡아와라.”

대니는 아무 말도 하지 않았다. 해리가 그를 보았다.

“너답지 않게 말이 없구나. 그래도 잘됐잖아? 최신 함선도 받고, 여름 그라노트를 보게 됐으니 말이다. 너도 그 여자를 좋아할 거다.”

“제가 왜요?”

“미인이라더구나. 그 여자.”

3.

데스먼드는 가네시 우주 공항 3번 호텔의 4층 끝쪽 객실에 안내되었을 때 그곳에 생각보다 많은 사람들이 있는 것을 알았다. 카란은 부하들과 자신을 멀뚱거리고 있는 그에게 자리를 권했다.

"당황하지 말고 앉아라, 데스먼드."

"생각보다 인원이 많군요, 대장. 카드 놀이라도 하시려는 겁니까?"

테레지아가 그에게 으르렁거렸다.

"카드놀이 같은 소리하고 있군. 뉴시드니 식 농담은 정말 재미가 없군, 데스먼드."

"발할라는 아예 농담이라는 게 없잖습니까? 농담은 마음의 여유가 있는 자들의 전유물이죠."

"그 여유가 어디까지 가는지 보자고."

예나가 끼어들어 둘의 대화를 막았다.

"그만 해요, 테레지아. 데스먼드 당신도 그만해. 여기 이렇게 우리가 모인 건 농담이나 하려고 모인 건 아니니까 말이야."

테레지아를 쏘아보던 데스먼드는 비어 있는 1인용 의자에 털썩 앉았다. 카란이 맥주를 건네자 받아서 삼켰다. 카란이 물었다.

"함선 정비 작업은 잘 되고 있나?"

"문제 없습니다. 커스터마이징은 끝났고, 곧 무기 탑재만 끝나면 라이오넬 제독의 전함을 대장의 기함으로 마음대로 사용 가능할 것 같습니다. 기관과 승조원 인력들도 재구성이 거의 마무리 단계에 있습니다. 캔버라 함의 형제들이 대부분 옮겨갈 듯한데, 캔버라 함의 인력들을 다시 세팅하는 데 조금 시간이 걸릴 거 같습니다. 그 외엔 무리없이 진행되고 있습니다.”

“수고했다. 이제 앉아서 넵투누스에 뭐가 있는지 얘기 해봐.”

데스먼드가 움찔거렸고, 그 순간을 카란은 놓치지 않았다. 그곳에 모인 해적들의 수뇌부들 역시 마찬가지였다.

“넵투누스요?”

“그래. 그 바다 행성 말이야.”

“넵투누스는 대체 왜 궁금하신 겁니까, 대장? 지금 우리 전쟁하고 넵투누스가 무슨 관련이 있단 말입니까?”

“질문에 질문으로 대답하는 거냐? 간단히 설명해주자면, 별동대를 꾸려서 넵투누스로 파견할 것 같다. 거기에 연합의 비밀 연구 시설이 있다더군. 전쟁의 판도를 바꿀 수도 있는 연구 결과들이 있다고 한다. 뭐 들은 바 있나, 데스먼드? 적어도 뉴 시드니 출신이고, 연합군 위관이었던 너라면 뭔가 알 거라 생각하는데?”

데스먼드는 다급한 표정이었다. 예나는 그가 마치 궁지에 몰린 것 같다고 생각했다. 테레지아가 휘파람을 불었다.

“이 녀석이 이렇게 쫄아 있는 걸 보면 뭔가 있는 게 확실한 것 같군요. 데스먼드. 그게 뭐지? 넵투누스에 거대한 바다 생물들 말고 다른 게 있는 건가?”

쥬디와 가진도 데스먼드의 입만 쳐다보고 있었다. 카란이 웃음기를 지우고 그를 바라보았다. 데스먼드는 땀이 등줄기로 흘러내리는 걸 알았다. 쥬디가 말했다.

"당신이 아는 걸 말해보시오, 데스먼드."

데스먼드는 그들을 죽 둘러보고는 한숨을 쉬었다. 탐탁지 않은 듯한 표정으로 데스먼드가 말을 시작했다.

"거기엔 코드네임 E로 시작하는 연합의 비밀 연구 프로젝트들이 있습니다."

"코드네임 E?"

데스먼드가 고개를 끄덕였다.

"그렇습니다. 코드네임 E. 알파벳 E가 무엇의 약자인지는 모릅니다. 알 수도 없고, 알고 싶지도 않습니다. 연합군인들, 발할라와 뉴시드니에서 근무했던 자들은 다들 알고 있습니다. 군인들 사이에서 이상한 소문이 떠돌았죠. 넵투누스로의 파견 근무는 무조건 피하라는 겁니다."

"왜? 일이 힘한가? 나라면 좋을 거 같은데. 요양하는 기분으로 가면 되잖아?"

데스먼드가 테레지아를 노려보았다.

"요양이요? 거기는 결코 요양을 갈 곳이 아닙니다. 그곳에 파견되면 다시는 돌아오기 힘듭니다. 왜 그런지는 아무도 모릅니다. 하지만 그곳에 파견된 자들은 대부분 자신들의 근무지로 그곳을 선택해서 대부분 계속 근무합니다. 돌아오질 않아요. 거의 영구 전출인 셈입니다."

가진이 의아한 동작으로 고개를 갸웃했다.

"그럼 그거 좋은 거 아닌가요? 그만큼 근무 환경이 좋다는 얘기잖아요?"

"돌아오질 않는다니까."

"네?"

"그곳에 간 사람들은 절대 돌아오지 않아. 넵투누스로 근무지가 변경된 사람들은 그 후 다른 근무지로 가질 않아. 그리고 그 후부터 그들을 본 사람은 없었어. 다만 거기에 근무하고 있다는 것만 알고 있지."

예나가 말했다.

"잠깐, 그게 무슨 소리요, 데스먼드? 그저 근무지만 바뀐 것뿐이잖소? 사적으로 만나면 그들이 어떻게 됐는지 알 수 있는 거 아닌가? 연락 수단이야 무궁무진하니까 문제가 되지는 않을 테고."

테스먼드가 예나를 우울한 눈빛으로 바라보았다.

"연락? 연락은 당연히 해봤소, 예나. 안 그랬을 거 같소? 연락도 해보고 직접 찾아가겠다고 이동 승인 허락도 상부에 요청하고, 가족들에게도 연락했소. 하지만 넵투누스로의 방문 허가는 나지 않았소. 알다시피 그곳은 민간인의 출입은 통제되어 있소. 연락은 아무런 회신도 받지 못했소. 가족들도 그들의 얼굴을 두 번 다시 보지 못했다더군. 집으로 돌아오질 않으니 말이야."

카란이 참다 못해 끼어들었다.

“잠깐. 데스먼드. 네가 한 말이 사실이라면, 그 자들이 살아 있는 게 확실한지도 불분명한 것이군? 그들에게 무슨 일이 일어난 건지는 알 수 없지만 살아있는 것도 불명확하지 않나?”

“그들은 분명 살아 있었습니다. 정기적으로 진행되는 성계 합동 훈련 기간에는 그들을 볼 수 있었으니까요.”

“훈련? 그럼 넵투누스로 파견을 간 자들이 훈련 때는 모습을 드러냈단 말인가?”

“그렇습니다. 아무런 일도 없던 것처럼.”

데스먼드는 입술을 질끈 깨물었다.

“그러나 그들은 더 이상 우리가 알던 동료들이 아니었습니다.”

“이해가 되지 않는군. 그게 무슨 말이지?”

테레지아가 심각한 표정을 지었다.

“넵투누스로 파견된 동료들은 우리를 더 이상 알아보지 못했습니다. 잘 지냈냐고 물어도 돌아오는 건 알 수 없는 표정들이었죠. 그 눈빛들은 마치 우리를 처음 보는 사람 대하는 것 같았습니다. 그들은 더 이상 우리를 알지 못했고 아는 척도 하지 않았습니다. 마치 그동안의 기억이 모두 사라진 것처럼 말입니다. 연합 정부가 그들에게 무엇인가 조치를 취한 것이 분명하다고 생각했습니다. 그곳에는 우리만이 아니라 그들의 친지들도 있었습니다. 한 번도 연락이 닿지 않던 자식과 남편, 아내들이 훈련장에서 버젓이 훈련을 진행한다니 기가 찬 노릇이지요.

훈련 장소는 비공개였지만, 그러한 사정들을 아는 동료들이 넌지시 정보들을 흘렸습니다. 그러나 넵투누스로 파견 간 동료들은 자기 가족도 알아보지 못했죠."

가진은 으스스한 감각을 느꼈다. 분명 방 안의 온도 조절 장치가 작동하고 있는 터임에도 한기가 느껴지는 것 같았다. 데스먼드가 말을 이었다.

"그렇게 합동 방어 훈련과 기동 훈련을 진행했던 동료들은 훈련이 끝나고 다시 넵투누스로 돌아갔죠. 우리는 그들이 어떻게 된 건지는 모릅니다. 어느날 우리 중 누군가가 이러한 일의 진상을 파헤치기 위해 넵투누스로 몰래 향했죠. 그 친구는 나머지 동료들의 도움으로 배와 위장 명령서를 갖추고 갔습니다. 어찌보면 반역이라 할 수 있죠. 하지만 그래야 했습니다. 도저히 무슨 일이 벌어지고 있는지 알 수 없었으니까요."

가진이 말했다.

"그래서 무슨 일이 있었죠?"

"그 동료는 돌아오지 않았다. 우리는 그가 죽은 거라고 생각했어. 그럴 수밖에 없었지. 그러다가 어느 날, 그가 나타났다."

예나는 무언가 알 거 같은 느낌이었다.

"그 자도 아무것도 기억하지 못했습니까?"

"백치 같은 모습이었소. 일상 생활에 큰 어려움을 겪을 지경이었지. 자신의 이름도 잘 기억하지 못했으니까. 내 동료는 어둠을 병적으로 두려워하게 되었소. 항상 악몽을 꾸었고, 조금이라도 그림자가 진 곳은 가려고 하지 않았지. 사실상 병신이 된 겁니다.”

데스먼드는 우울한 얼굴로 그때를 회상하는 듯이 얼굴을 들었다.

“넵투누스에 뭐가 있는지 확실하게는 모릅니다. 하지만 누군가 그러더군요. 그 친구는 코드네임 E 프로젝트를 목격한 것이 틀림없다는 겁니다. 대체 거기서 무슨 일이 있었는지 알고 싶지만 이제는 알 수 없게 되었죠.”

“왜 그렇소?”

데스먼드는 총으로 자기 머리를 겨누는 시늉을 해보였다.

“그 남자가 자기 머리를 날려버렸으니까.”

융커우가 눈을 떴을 때 눈을 동그랗게 뜬 하늘이 보였다.

“융커우?”

“하늘? 여긴 어디야?”

하늘이 융커우에게 달려들어 그의 얼굴을 와락 품에 안고는 이리저리 뜯어보았다.

“아야! 아프잖아. 무슨 짓이야?”

“됐어. 그냥 가만히 있어, 멍청아.”

융커우는 하늘의 목소리가 떨리는 것을 알고 몸에서 힘을 뺐다. 그러자 자연스럽게 그녀에게 안긴 듯한 모습이 되었다. 그는 그렇게 몸을 내맡긴 채로 주변을 살폈다.

“여긴 어딘가 병원이거나 요양소, 치료 시설 같은 곳이구

나? 내 몸은 성한 거야? 어디 떨어져 나가거나 불구가 되어버
린 건 아니겠지?"

"닥쳐, 멍청아. 그럴 일 없으니깐."

융커우는 눈을 감으며 양팔로 하늘을 안았다. 눈을 떴을 땐
그의 눈이 벌개져 있었다.

"달라스는 죽었어?"

하늘이 고개를 끄덕였다. 융커우는 잠시 아무 말도 하지 않
았다. 하늘이 말했다.

"우린 되도록 많은 파일럿들을 구하려고 했어. 하지만 달라
스는 구할 수가 없었어, 멕."

"그럴 거라고 생각했어. 대장의 전투기가 추락하는 모습을
봤거든. 우리가 연합 놈들을 막지 못했구나."

"살아난 것만도 다행이야, 멕. 편대원들 중 절반 가까이 전
사했어. 뭔진 몰라도, 그 수송선에서 뿜어져 나온 전파가 전투
기들을 통제불능으로 만들었다고. 너는 나무들 사이에 껴서 간
신히 살아남은 거야. 지금 전투병과반은 완전 초상집이라고."

"정말 기운 빠진다, 브라보."

"융커우."

'불과 몇 시간 전만 해도 달라스와 몇 기를 격추시켰는지 세
고 있었어. 그런데 지금 그는 죽었고 나만 간신히 살아났구나."

하늘이 그를 꼭 안았다.

"아무 말도 하지 마, 융커우. 아무 말도."

그녀가 융커우에게 키스했다. 융커우는 그녀의 혀에서 느껴

지는 짜릿한 맛이 어쩌면 그녀의 눈물이 스며든 건 아닐까 생각했다. 하늘이 그를 침상에 눕히고는 몸을 일으켰다.

"어디 가?"

"피해 상황 보고하러. 내가 올 때까지 쉬고 있어. 몇 시간 걸릴 거야."

융커우는 하늘의 날렵한 허리가 사라지는 걸 보다가 눈을 감았다.

유경은 어둠 속에서 어떤 목소리를 들었다. 남자의 목소리였다. 그리고 그것이 연우의 목소리임을 알았다. 연우는 가라고 외치고 있었다. 벗어나라고. 이 어둠을 피해서 달아나라고.

주변은 온통 물이었다.

유경은 연우를 불렀다.

아파.

연우가 답했다. 유경은 목소리가 들리는 쪽으로 걸음을 옮겼다. 물을 헤치고 깊은 바다 속으로 헤치고 들어갔다. 물 속에서 유경은 눈이 멀어버린 생명체들을 보았다. 그것들은 둥둥 떠다니며 촉수를 이리저리 움지이고 있었다. 생명체들은 유경이 지나가자 촉수를 움직이며 그녀를 쫓아왔다. 그것들은 기분 나쁘도록 유연하게 움직이고 있었다.

아파.

연우의 목소리가 비릿한 물 속에서 아릿하게 울려퍼졌다. 유경은 해저동굴을 발견했다.

이쪽으로 오지 마.

유경은 해초들이 얽혀서 썩어버린 더미들을 보았다. 동굴은 점점 더 깊어져갔다. 해초들을 헤치고 나아가니 더미들이 점점 많아졌다.

더미들 사이에서 이상한 것들이 보였다.

무언가 썩은 해초더미에서 이리저리 흔들리고 있었다. 잊혀진 시간 속 유물처럼 흔들리는 그것은 아무렇게나 물 속에 흩뜨려진 생물의 사체 같은 느낌이었다. 유경은 눈살을 찌푸렸다.

흔들리는 물체 주변에 온갖 생명체가 주둥이를 쳐박고 있었다.

생명체들은 흔들리는 물체를 뜯어먹고 있었다.

물체는 연우의 모습으로 변했다. 살은 다 뜯어먹히고 장기를 드러낸 연우의 얼굴이 고통 속에서 순간 흐릿해졌다. 뜯어먹히는 자신의 뼈와 장기를 내려다보던 고개가 움직여 유경을 보았다. 연우가 손을 들어 유경을 향해 힘겹게 뻗었다. 손은 몇 개의 손가락밖에 남아 있지 않았다.

너무 아파.

게걸스럽게 연우를 먹어치우던 주둥이들이 연우의 손을 따라 유경을 쳐다보았다.

주둥이들은 눈이 없었다. 눈과 같은 기능을 하는 기관이 이미 퇴화되어 사라져버린 심해의 존재들.

유경은 물 바깥으로 튀어 오르듯이 몸을 튕겨 올리며 깨어났다.

"하앗!"

허파 부위가 지독하게 아팠다. 몸 구석구석의 관절과 뼈마디가 몽둥이로 두들겨대는 것처럼 통증이 느껴졌다. 눈을 뜰 수 없을 정도의 강렬한 빛이 쏟아졌다. 유경은 반사적으로 양손으로 두 눈을 가리고는 고개를 아래로 떨구었다. 참을 수 없는 온갖 자극들이 그녀의 감각을 침범해 들어오려 하고 있었다. 이토록 강렬했던 자극들은 한 번도 느껴본 적이 없었다.

"아아아……!"

이대로 죽어버릴 것 같다.

쏟아져 들어오는 온갖 감각들 중에 소리가 들렸다.

"유경…?"

유경은 소리에 흠칫거리며 고개를 움직였다. 본인 스스로도 인지하지 못한 움직임이었다. 그녀는 자신이 움직였다는 사실을 알아차리지 못한 상태였다.

"맙소사! 괜찮아?"

그녀는 자신도 모르게 눈꺼풀을 조금씩 들어올렸다. 흐릿한 상들이 서서히 모습을 갖추어갔다. 눈물이 찔끔 나왔다.

잠시 여러가지 색조들의 사이에서 방황하던 그녀의 눈이 자신을 둘러싼 환경을 온전히 인식하기까지는 약간의 시간과 고통이 따랐다. 하지만 그녀는 곧 자신이 병실 안에 있음을 알게 되었다.

그녀를 바라보고 있는 여자는 유경이 아는 사람이었다.

"…아리?"

"정신을 차렸구나!"

유경이 몸을 일으키려 했으나 힘이 잘 들어가지 않았다. 그녀의 뜻을 눈치챈 아리가 그녀의 손을 잡아 몸을 일으키는 것을 도왔다.

"여긴 병원이네?"

목소리가 갈라졌다.

"그래, 가네시 시티 국립 중앙 병원이야. 네가 모를 거라고 생각하지만 꽤 오랫동안 누워 있었어."

"얼마 동안?"

"뭐?"

"내가 얼마 동안 누워 있었어?"

"한 달이 다 되어가."

"한 달?"

유경은 자신이 그토록 오래 누워 있었으리라고 예상하지 못했다.

"잠시 기다려! 사람들을 부를 테니까."

아리가 서둘러 병실을 나섰다. 유경은 황망히 앉아서 쿡쿡거리는 고통을 참으며 현실을 이해하려고 했다.

가장 먼저 들어온 것은 진수였다. 의사와 간호사들과 함께 나타난 그는 유경의 얼굴을 보더니 다가와서 그녀를 안았다. 당황스러운 스킨십이었고 숨이 막혀왔다.

진수는 몸을 떼고 그녀의 얼굴을 들여다 보았다.

"정신은 드나? 자네 본인 이름은 기억하겠지?"

"네."

"다행이야. 자네가 잠을 좀 많이 잤어야지. 저기 황천길에서 자기 존재를 지우고 온 건 아닐까 싶어서 얼마나 마음 졸였는데."

"저 살아 있어요."

"마지막에 무슨 일이 있었는지는 기억하나?"

"넵투누스에서 탈출했죠. 제 약혼자 연우 대원이 사망했습니다. 호건을 이곳으로 데리고 왔고요."

유경의 얼굴에 비릿한 아픔의 표정이 떠올랐다. 그녀는 쓴 것을 삼키는 느낌을 여러 번 순간 느끼고는 말했다.

"호건은 어디에 있죠? 그를 그대로 두면 안 되는 상태일 텐데요."

아리가 진수를 쳐다보곤 말했다.

"그는 격리되어 있어, 유경. 네가 말하는 그 상태라면 우리도 아주 잘 알고 있어."

"확실한가요? 격리 시설은 어디에 있죠?"

"그건 자네가 신경쓰지 않아도 되네. 가네시 정부에서 제공한 시설이지. 그동안 여러가지 일이 있었어. 혁명 과업도 꽤 진행되었고. 우선은 좀 쉬고 나중에 다시 얘기를 하는 게 좋을 것 같군.”

진수가 그녀의 침상에서 몸을 일으켰다. 그가 같이 들어온 의사와 간호사들에게 몇 마디 말하자 그들이 고개를 끄덕였다. 유경이 당황하려는 찰나 의사가 그녀의 체내에 포도당 성분과 수면제가 들어갈 거라고 말했다. 그들은 그녀가 몇 시간 뒤에 개운하게 일어날 거라고 말했다. 유경은 몸을 까딱할 수 없었다. 그녀는 곧 나른해지는 감각에 몸을 맡겼다.

몇 시간 뒤 유경은 다시 자신의 병실에 찾아온 진수와 아리를 보았다. 그들의 옆에는 처음 보는 여자와 부드러워 보이는 표정의 남자가 있었다. 여자가 자신을 소개했다.

“디스카디드의 유리 이바노바입니다. 몸은 좀 괜찮으세요?”

“괜찮습니다. 힘이 잘 안들어가는 것만 빼면 크게 건강엔 지장없는 듯 하네요.”

유리는 고개를 끄덕이며 옆의 남자를 가리켰다.

“이쪽은 붉은 바람 형제단의 카란 셰티입니다. 이름은 아마 들어보셨을 거라고 생각해요.”

유경은 잠시 바보처럼 입을 벌린 자신이 부끄러웠다. 그녀는 진수 쪽으로 고개를 돌렸다.

“해적단이 우리를 돕고 있나요?”

“형제단이라고 해주시겠소, 아가씨?”

카란이 씩 웃으며 말했다. 진수는 마지못해 고개를 끄덕였다.

"아주 착실히 우리를 도와주고 계신 분들이야, 유경. 우리 편이지. '적어도' 지금은."

"그렇소. 그리고 탐사대의 일원이 될 거요."

유경은 움찔거리며 카란이 입에 올린 단어를 따라 말했다.

"탐사대?"

진수가 유리와 서로 쳐다보았다. 진수가 말했다.

"유경. 우리는 다시 넵투누스로 갈 거야."

유경이 힘없이 말했다.

"그곳을…. 다시 간다고?"

"그렇소. 그러니 당신이 얘기를 해줘야 합니다. 그곳에서 무얼 봤소?"

카란이 말하자 유경이 촛점없는 눈으로 그를 응시했다.

유리가 그녀의 상태를 살피며 조심스럽게 말했다.

"힘든 기억이겠지만, 그곳에서 있었던 일들 기억이 나나요? 우린 당신의 얘기를 듣고 싶어요."

유경은 연우를 보았다. 아니, 정확히는 연우를 씹어삼키던 커다란 주둥이를 보았다. 자신과 대원들을 죽이고 따라오던 뒤틀린 생물들을 보았다. 그녀의 남자는 죽었다. 괴물의 뱃속에서 소화가 끝났을까? 통째로 집어삼켜졌으니 사지는 붙어있을 것이다. 삭아가고 있을까?

그녀는 꿈에서 연우를 뜯어먹는 눈없는 생물들을 보았다.

연우가 말했다.

너무 아파.

세상이 아득히 멀어져갔다. 현실감이 없어지면서 그가 보았던 광경들이 현실감을 띄고 눈 앞에 나타났다가 사라졌다. 눈물이 흘러나오는 듯했다. 유경은 자신이 비명을 지르고 있음을 알았다.

폐부까지 찢어버리는 듯한 날카로운 비명이었다.

4.

2차 재판 당일이 되었다. 조슈아는 데이웨오에게 자신도 이동식 원반기구를 타고 갈 권한을 달라고 요청했다. 데이웨오는 잠시 난처한 표정을 지었으나, 그의 신변에 특별히 불미스런 일이 생기지 않을 거라고 판단했다. 그래서 당일에 조슈아는 캐시와 둘이 함께 이동기구를 타고 방문인의 탑으로부터 출발하여 재판정 앞에 도착할 수 있었다.

그가 재판정 앞 뜰에 내려서 걸어가고 있을 때 누군가 말을 걸었다.

"안녕하시오, 조슈아 권."

조슈아는 자신에게 말을 건 자가 디우틴 인이라는 것을 알아보았다. 디우틴 인 치고도 키가 크고 밝은 에메랄드 빛의 로브를 걸치고 있는 외계인이었다.

"안녕하세요. 누구신지?"

"나는 가트레일, 나나트의 평의원입니다."

조슈아는 순간 그를 기억해냈다. 1차 재판의 법정에서 잠자코 앉아 아무 말도 없이 흥미로운 표정만 짓고 있던 그 디우틴 인이었다.

가트레일이 손을 내밀었다.

"반갑습니다. 내 말이 제대로 통역이 되고 있겠지요?"

"네. 그러니 걱정하지 않으셔도 될 거 같습니다."

조슈아가 그의 손을 잡았다.

손을 내리고 가트레일이 말했다.

"재판 전에 당신과 한 번 얘기해보고 싶었습니다, 인간. 지금 아돌라는 이 재판 때문에 대단히 시끄럽습니다. 방문인의 탑에만 있어서 당신이 알지는 모르겠지만, 사회적으로 상당한 소란과 격론을 불러일으켰죠. 아돌라 시민들이 이토록 의견이 나뉘어 서로 설전을 나누는 장면은 아주 오랜만에 보는 것 같아요."

"지금 분위기가 그런 식이라는 얘기는 들었습니다. 의원님의 일장은 어떠십니까? 진실 동맹의 입장과 같으신가요?"

가트레일이 씩 웃었다. 조슈아는 외계인의 웃음이었지만 무언가 인간의 웃음과 같은 정서를 느꼈다. 그것은 사람 좋은 웃음이자 공감이었다. 그러나 동시에 거기엔 약간의 조소도 깃들여 있었다.

'아직 잘 모르겠지만, 나는 진실 동맹과는 관계가 없습니다. 아니, 어쩌면 반대에 있다고도 할 수 있겠죠. 나는 당신의 입장을 기해하고 있으며 당신의 의견에 동의하고 있습니다. 조슈아 권. 나는 당신을 응원합니다."

조슈아는 이상한 감정을 느꼈다. 그러나 더 이상 뭐라고 물어보기엔 시간이 없었다. 그는 재판정으로 들어가야 했다. 가트레일이 그의 뜻을 알아채고는 말했다.

"얼른 가시오, 조슈아. 나도 뒤따라 가겠소."

조슈아는 가트레일과 인사를 나누고는 법정을 향했다.

재판정을 둘러싼 채로 떠 있는 소형 원형 단상들 위에 서거나 앉은 모습으로 자리한 수백 명의 디우틴 의원들 사이에서는 무거운 침묵이 흘렀다. 어느 하나 이 침묵을 깨뜨리고 싶어하지 않는 것 같은 느낌이었다. 물을 먹은 낡은 융단이 그들 사이에 깔린 것처럼 침침하고 낮고 어두운 분위기들이 재판정을 가득 채우고 있었다. 조슈아는 분위기를 색으로 말한다면 우중충한 먼지같은 회색이 재판정의 색일 거라고 믿었다. 2차 재판이 시작됐지만 아무도 입을 열지 않고 있었다.

별안간 짙은 감색 로브를 걸친 자가 일어섰다. 아우레우스였다.

"'진실동맹' 의원 아우레우스입니다. 이 자리에 모이신 모든 의원께서 인지하고 계시리라 생각합니다만, 이중소추자인 인간 조슈아 권의 요구는 말이 되지 않습니다."

의원들의 시선이 아우레우스에게 몰렸다.

"종족 학살의 책임을 아돌라 정부에 묻겠다는 것이 이중소추의 요지인데, 이미 당시 아돌라 정부의 책임자들은 사라지고 없습니다. 또한 당시 정부의 기조와 정신을 우리 종족이 계승한 것도 아닙니다. 더욱이 흑조자리 성계의, 그들의 용어를 빌리자면 데지레 성계라 부르는 세계의 인간들과는 10년 전에도, 지금도 정식으로 수교를 맺은 것도 아닙니다. 교류도 하지 않고 있는 종족에게 먼저 사과를 할 수는 없는 일 아닙니까? 그렇다면 사과하고 전쟁책임을 배상하기 위해 그들과 수교를 먼저 맺어야 하는 건지 여기 계신 의원님들께 질문하고 싶군요."

　재판정을 채운 의원들이 웅성거렸다. 일부는 고개를 끄덕였고 일부는 옆에 앉은 동료 의원들과 여러 의견을 주고 받았다. 조슈아는 가트레일이 어느샌가 자리를 채우고 앉아 1차 재판 때처럼 재판 과정을 지켜보고 있는 장면을 보았다.

　"그렇게 열성적으로 말하지 않아도 진실 동맹 의원들께서 당시 정부를 정상화하는 데 어떤 노력을 기울였지는 이미 다들 알고 있습니다, 아우레우스."

　조슈아는 눈에 띄게 나이가 들어 보이는 디우틴 인이 방금 발언한 자라는 사실을 알았다. 그 디우틴 인은 다른 의원들보다 덩치는 작았지만 힘이 넘쳐 흐르는 것처럼 몸이 다부졌다. 그의 이마에 난 작은 구멍 같은 호흡 기관이 기능을 상실한 듯이 작아져 있었지만 상대를 바라보는 눈빛은 선명했다. 조슈아는 그가 상당한 입지를 가진 노회한 의원이라는 생각이 들었다.

　아우레우스가 존경의 뜻을 담아 오른팔을 아래로 내리며 허리를 숙였다.

　"'광명의 칼' 역시 그러하지요, 브라흐라 의원님. 제가 드리려던 말씀은 진실 동맹이든, 광명의 칼이든, 아니면 여기 와 계신 다른 은하 의회 소속 의원님들이건간에 이 건에 대해서만큼은 모두가 같은 생각을 가지고 계시리라는 전제 하에 있다는 겁니다."

　아우레우스가 조슈아와 캐시가 앉아 있는 좌석을 가리켰다.

　"저들은 우리에게 배상 책임을 물을 자격이 없습니다. 저들은 '유디안'이 아니기 때문입니다. 그렇지 않습니까?"

“그것은 벨라오스가 칼렙 종족에 대해 했던 말과 논리가 유사한 것 같습니다, 아우레우스.”

브라흐라 의원이 말하자 아우레우스가 움찔했다.

“벨라오스?”

조슈아와 캐시가 서로 시선을 교환했다. 그들이 모르는 이야기였다.

아우레우스의 반대편에 있던 디안 의원이 비난하듯이 말했다.

“브라흐라 의원님. 그 자에 대한 이야기는 금기인 것을 아시지 않습니까?”

“알고 있습니다, 디안. 그런데 왜 그것이 금기인 것입니까? 그 때의 이야기는 지금 이 재판과 밀접한 관련이 있습니다. 비록 그가 몰락하였습니다만, 그들의 잔당이 아직 은하 어딘가에 숨어있는 것도 사실이지 않습니까?”

“그자들은 더 이상 우리에게 어떤 영향도 끼치지 못합니다, 의원님. 그자들의 이야기를 꺼내도 상관없습니다만, 굳이 이 재판과 연결지을 이유가 어디 있습니까? 우리의 지도자 바루아르가 그자들에게 가담했던 것은 맞습니다만, 우리 종족의 방식대로 그와 하수인들에게 철퇴를 가하지 않았습니까? 과거의 죄와 과오를 다시 단죄하자는 것밖에 더 됩니까?”

“아니면 진실 동맹 의원들께서 지난날의 과오를 마주하기 싫어서 우리 사회 내에서 그러한 이야기들을 금기시하게 만든 것 아닙니까?”

브라흐라 의원이 퉁명스럽게 던지자 디안이 말문이 막힌 듯했다.

"지나치게 공격적인 말씀입니다, 의원님."

"자, 그만. 의원님들께서도 그만들 하시기 바랍니다."

잠자코 지켜보던 진행관 두나스가 끼어들었다.

"이쯤에서 첫번째 재판의 피소추인인 히프케라노스, 하실 발언이 있으면 하시기 바랍니다."

"감사합니다, 진행관님. 두번째 재판의 이중소추인 조슈아 권의 말마따나, 우리 종족에게는 분명한 책임이 있습니다. 행위에는 결과와 책임이 따르기 마련입니다. 우리 모두가 잘 모르는 유디안이라고 해서 그를 죽이고 그에 대한 책임을 지지 않아도 된다는 건 가당치도 않습니다.

디우틴 인 전사들이 행성 한의 인간들을 죽인 것은 사실입니다. 그리고 우리가 그에 대한 책임을 지지 않은 것도 사실이고요.

여기 계신 모든 분들께서 외면하고자 하는 사실은, 우리가 어둠의 세력들에게 조종당하고 있었으며, 당시의 일들은 우리 종족의 찬란한 역사에선 있어선 안될, 기록하고 싶지도 않은 과거이기 때문이겠지요.

그리고 진실동맹 의원님들께선 당시 정부를 위해 무던히도 애써주셨고 그 덕에 빠르게 우리가 과오를 바로잡고 정부를 정상화할 수 있었습니다. 하지만 바루아르는 진실동맹의 후보였지 않습니까? 또한 당시 바루아르가 그들의 하수인이었다는 걸 알면서도 그를 묵인하고 지시를 따른 의원님들 역시 이곳에 계시지 않습니까?”

누군가가 일어서서 외쳤다.

“말을 삼가시오, 히프케라노스!”

“아무리 평의회 재판이라고 한다지만, 피소추인은 자신의 왜 이곳에 있는지를 거듭 생각해보는 게 게 좋을 것이오!”

조슈아는 눈살을 찌푸렸다. 캐시가 헛웃음을 지으며 그를 바라보며 말했다.

“연결 지성? 알력이 없는 조화된 사회라며?”

“확실히 디우틴 인들에겐 보기 힘든 모습이긴 하군.”

재판정이 아수라장이 되었다. 각자 발언권을 얻지 않고 떠들기 시작했고 순식간에 소란스러워졌다.

두나스가 언성을 높였다.

“일부 의원들을 그 자리에서 구속시키기 전에 당장 멈추시오!”

그럼에도 소란은 쉽게 가라앉지 않았다.

두나스가 손가락을 딱 퉁겼다.

그러자 극히 소란을 피우던 진실동맹 측 의원 두 명의 원반이 사라지고 유리 관이 내려와 그들의 사이를 가로막았다.

점차 의원들이 조용해졌다. 두나스가 말했다.

“저 분들은 휴정 후에 다시 이 자리로 모셔드리겠습니다. 그럼 두 시간 후에 재판을 재개하겠소. 이상이오.”

잠시 시간을 얻게 된 조슈아, 캐시, 히프케라노스는 재판정 외부의 휴게실에 모였다. 휴게실 밖으로는 법정 경비들이 있어 나갈 수가 없었다.

조슈아가 히프에게 물었다.

"유디안은 뭐지?"

"자네 종족은 자신들을 '인간'이라 부르지? 그거랑 비슷한 뜻이야. 우리는 스스로를 유디안이라 부르네."

히프가 말했다.

"재판정에서의 얘기들을 들으면 우리가 자네들의 평온했던 세계에 큰 논쟁거리를 던져준 모양이군."

"매우, 조슈아. 매우 큰 논쟁거리야. 자네는 조용하던 우리 사회를 아주 엉망으로 만들어놨네. 재판정 밖에서도 지금 이 재판이 아주 큰 이슈라네. 유디안들이 모두 이 얘기만 하고 있어."

"가트레일이란 의원을 아나, 히프?"

"가트레일? 그 자를 자네가 어떻게 아나? 그는 나나트 행성의 대표인 평의원이며 셀림의 신봉자들이라는 집단의 지도자일세."

"셀림?"

"문명의 어머니와 거의 비슷하다네. 다만 그들이 섬기는 셀림은 조금 더 원시적인 형태이지. 그래서 일부 의원들은 그들을 배척한다네. 역사 시대에 실제로 우리 종족과 내전을 치른 적도 있고. 껄끄러운 동족이지."

"그가 날 지지한다는군."

그리고 히프는 쓴웃음을 지었다.

"그와 나나트의 유디안들 역시 동족으로부터 이단이라고 많은 배척을 당해왔으니까. 조슈아. 가트레일만이 아니야. 우리 사회는 이번 재판으로 내홍을 겪고 있어. 그러나 난 개인적으로 우리가 진작 이래야 했다고 생각하네. 치부는 숨길 게 아니라 드러내고 극복해야지."

"극복해가고 있다고? 혼란만 점점 커져가고 있는 듯한데?"

"극복하게 될 거야. 나는 믿어."

"두나스 진행관은 중립적인 재판관인가?"

"자네는 두나스를 어떻게 생각할지 모르지만 적어도 우리 기준으로는 매우 진보적인 성향을 가진 자일세. 그는 체제 중심적인 논리와 정해진 규율에 대해서라면 항상 장난스럽고 도전적인 성향으로 바라보는 유디안이지. 이번 재판부는 그 때문에 꽤나 재미있게 전개될 수도 있을 거야."

"우리 사회가 금기시하고 잊기로 했던 사실들을 당신이 건들였기 때문에 문제가 되는 거요."

누군가의 목소리가 들렸다. 조슈아와 캐시가 일어나 몸을 돌렸다. 한 외계인이 휴게실의 입구에 나타났다. 히프가 그의 이름을 불렀다.

"빅토라누스 의원."

빅토라누스가 인사했다.

"안녕하시오, 히프. 그리고 인간 여러분. 재판정에서는 서로 반대 입장이지만, 그래도 얘기는 할 수 있지 않겠소?"

"무슨 일이신지요, 의원님?"

"더 이상 진실을 이 인간들에게 숨기긴 힘들 것 같아서 말이오. 우리는 당시 사건의 당사자이기도 하니까, 히프 부단장. 학살 명령을 내린 건 상부지만 실제 진행한 건 우리니까. 재판에 들어가기 전에 이자들에게 당시 우리 정부를 장악했던 세력에 대해 얘기해줘야 하지 않겠소?"

히프는 말이 없었다.

"히프케라노스 부단장이 아무 얘기도 해주지 않았나 보구려?"

"무슨 얘기 말입니까, 의원?"

"프로파누스에 대해."

"뭐라고요?"

"정말 모르고 있나 보군. 프로파누스, 당시에 우리 정부를 운영했던 바루아르의 배후에 있는 집단이요."

빅토라누스가 어깨를 으쓱였다.

"어떻게, 얘기를 들어보시겠소 인간?"

캐시가 조슈아의 어깨를 두드렸다.

"일단 우리 앉아요, 조슈아. 대화를 하러 왔다잖아요."

조슈아와 캐시가 자리에 앉자 빅토라누스가 말했다.

"히프, 당신이 먼저 얘기를 시작하는 게 나을 것 같군."

히프는 빅토라누스를 한 번 보고는 한숨을 쉬고는 조슈아에게 말을 던졌다.

“무엇이 궁금한가, 친구?”

“방금 의원님께서 얘기한 ‘프로파누스’가 대체 뭔가?”

캐시는 조슈아가 말을 꺼낸 순간 외계인들의 표정이 흐려지고 침묵이 내려앉았음을 알 수 있었다.

히프케라노스가 말했다.

“그것만 궁금한가, 조슈아?”

“그래. 그거면 이 상황이 다 이해가 될 것 같군. 우리에게 감추려고 하던 것도 이것인 것 같군. 프로파누스가 뭔가?”

그는 주위를 둘러보고는 말했다.

“하기사, 아까 재판정에서 내가 진실동맹 의원들을 몰아붙였던 걸 생각하면, 더 이상 이걸 숨길 순 없겠군. 이 재판의 핵심이 바로 10년 전 진실이니까. 빅토라누스 의원. 감사합니다. 이건 당신께 감사 인사를 드려야 할 것 같군요. 저마저도 이 얘기를 시작하려니 꺼림직한 느낌이 드는 걸 보면, 저 역시 우리 사회의 금기와 관습에 물들긴 했나 봅니다.”

빅토라누스가 고개를 끄덕였다.

“재판이 재개되면 곧 그얘기로 들어갈 것 같소. 두나스는 그럴 작정인 것 같으니까.”

“그런데 한 가지 궁금한 건, 진실동맹 편인 당신이 왜 이러한 제안을 하는 겁니까?”

빅토라누스가 웃었다.

“어차피 알게 될 거 더 이상 숨길 수 없다고 생각했을 뿐이오.”

히프가 그를 보다가 고개를 끄덕였다.

“좋습니다.”

조슈아가 말했다.

“히프, 프로파누스가 뭐지?”

“알고 있는 게 아무것도 없나, 조슈아?”

“당시 아돌라 정부를 운영하던 바루아르? 그 자가 프로파누스인 건 알겠어. 히프 자네가 지금껏 디우틴 정부를 운영한 알 수 없는 세력이 있다는 것도 말했고. 디우틴 인들이 그 사건을 부끄러운 역사로 생각해서 숨기고 싶어하는 것도 알겠고. 그들의 기원이 궁금하네. 바루아르는 자네들 말로는 우리의 총통을 얘기하듯 지도자를 뜻하는 단어이지?”

“그와는 조금 달라, 조슈아. 바루아르는 지도자를 뜻하는 일반 명사가 아니라 이름이자 고유 명사일세. 자네들 세계의 총통과는 조금 다르지만 어쨌든 지도자라고 하자고. 바루아르는 당시 정당하고 적법한 절차의 선거를 통해 선출된 우리 종족의 지도자였네. 진실 동맹 측 후보자였지.”

“그가 프로파누스였나?”

“그랬네.”

“프로파누스가 누군가? 단체인가?”

“‘불경한 자들’이라는 뜻이네. 우리 종족의 일부이면서 문명의 어머니를 배신한 자들을 가리키는 말이야, 조슈아.”

히프케라노스는 한 눈에 보아도 티가 날 만큼 슬픈 표정을 지었다.

"우리의 형제이자 감추고 싶은 이단자들. 그랬네. 행성 한의 대학살을 일으킨 건 그들이었네."

"그러니까 자네 말은… 아돌라 성계 시간으로 10년 전에 디우틴을 장악한 모종의 세력이 있었고 그들이 전쟁을 일으켰다는 건가?"

"그래. 자네가 당시 그 사실을 끄집어내어 재판을 요구한 건 정말로 우리 종족이 잊고 싶어 했던 부끄러움의 역사를 끄집어낸단 의미일세. 우리 종족은 그 시절을 야만과 폭력의 암흑기로 기억하고 있다네. 당시 인간들의 함선 세 척이 우리 성계에 도달했던 건 사실이네. 그리고 세 척 중 기함 역할을 맡은 한 척이 우리에게 선전포고의 의미를 우리 언어로 전달한 것도 사실이고. 우리가 그 사실을 방위군단 사령부에 전달했을 때 사령부는 공격 명령을 내렸네. 상식적으로 생각해보면 아무리 무모한 자들이라도 세 척의 함선으로 이종족의 모성에 나타나서 싸움을 건다는 건 말이 안 되지 않겠는가?"

빅토라누스는 처음으로 불편한 표정을 지었다.

"군인은 명령에 불복종할 수 없소. 그것은 당연한 처사였소, 히프케라노스. 처음 보는 종족이 은하 간 워프 프로토콜도 어겼고, 선전포고까지 했단 말이오. 아무리 그 상황이 미심쩍었다고 해도 나는 결단을 내려야 했소. 사령부 역시 그랬고."

"의원님. 당신을 탓하려는 게 아닙니다. 저는 그저 사실만을 얘기하고 있을 뿐입니다. 조슈아. 당시 우리 정부를 운영하던 자들은 그것이 기회라고 생각했던 게 틀림없어. 나는 분명 그 지시에 반대했지만, 내 반대는 묵살되었네. 그래서 우리는 자네들이 막 진수했던 함선들을 쫓아 행성 한으로까지 갔던 거네.

당시 단장이었던 의원과 부단장이었던 나는 행성 한에 도착해서 이상한 점을 느꼈네. 우리는 이미 두 척을 격파했고 마지막으로 남은 함선, 인천함을 쫓아 자네들의 세계에 수백 척의 함선을 이끌고 왔건만, 인간 종족의 방공망은 너무도 무력했으며, 전쟁 준비도 잘 되어 있지 않았어. 우리의 출현에 우왕좌왕했고 인간들이 당황하고 있다는 것은 한 눈에 알 수 있었어. 그때 난 꺼림칙했던 감정이 확실해졌음을 알았네. 무언가 이상하게 돌아가고 있었어.

나는 아돌라 사령부와 바루아르에게 명령을 재고해줄 것을 요청했네. 그렇지만 사령부는 행성 폭격을 명령했네. 우리는 이미 선전포고를 받았고, 우주의 질서를 어지럽히는 호전적인 이 종족이 등장하기 전에 선제공격을 해야 한다더군."

빅토라누스가 말했다.

'사령부는 우리에게 공격하라는 명령을 내렸고 난 결국 명령을 따랐지. 우리 정부 요인들이 프로디토르의 하수인들이었다는 건 나중에야 밝혀졌소."

"프로디토르?"

히프가 말을 받았다.

"불경한 자 프로디토르. 그 자가 바로 프로파누스를 만든 자일세. 한때는 대우주개척 시대 우리 종족의 새로운 보금자리들을 만들고 별들을 지배하게 해주었던 위대한 지도자, 우리 종족의 자랑이었던 자. 그러나 이제는 이단자, 행성 파괴자, 학살자, 불화와 전쟁의 씨앗이지. 그것들은 우리가 그를 부르는 다른 이름들이라네."

캐시가 눈을 크게 떴다.

"난 그 이름을 들은 적이 있어요! 조슈아, 기억나? 데이웨오가 콤펠이라는 꽃에 대해 얘기해줬던 걸?"

조슈아는 찌르륵, 거리는 감각이 머리에서 배까지 관통하는 느낌이 들었다.

"오랜 옛날, 디우틴 사회를 배신했다던 프로디토르?"

"데이웨오가 그에 대해 얘기를 해준 적이 있나?"

"스쳐 지나가듯이."

조슈아가 고개를 갸웃했다.

"하지만 이해가 잘 되지 않는 점이 있군. 데이웨오는 분명 그 꽃들이 심어진 시기가 아주 오래 전의 이야기처럼 얘기했어. 물론 우리가 마음대로 착각한 것일지도 모르지만. 상대적으로 최근에 있었던 일인가?"

"아니. 당신 말이 맞소, 조슈아 권. 프로디토르는 천 년 전부터 존재해왔던 자니까."

"뭐라고요? 그게 무슨 소립니까? 그럼 인간의 나이로 이천 년이나 지난 존재란 말인가요?

“그렇게 되겠지.”

빅토라누스가 동의했다.

“프로디토르는 죽지 않는 존재요. 우주의 어두운 에너지를 사용해서 자신의 생명을 연장시켰거든. 우리 종족을 만든 문명의 어머니는 오른손이었소. 생명과 창조의 에너지를 알려주고, 자연에 순응해서 순환하는 우주의 질서를 알려주었지. 그러나 프로디토르는 우주의 파멸적인 면모와 타락에서 자신의 힘을 찾아내었소. 타인의 생명력을 빼앗아 에너지로 만들고 그것으로 자신의 수명을 늘리는 법을 알고 있었던 것이오. 그는 우주의 오른손이 아니라 그 뒷면, ‘왼손’의 힘에 심취해버린 거요.”

빅토라누스가 계속해서 말을 이었다.

“그리고 그 자를 따르는 무리들은 바로 그 힘을 숭배하지. 그들이 우리 정부를 장악하고 인간들의 생명을 앗아올 것을 명령을 내렸던 거요. 우리는 프로파누스와 천여 년 전부터 싸워왔소.”

조슈아는 지금 이 얘기들을 어디서부터 이해하고 감당해야 할 지 감도 오지 않았다.

빅토라누스가 가라앉은 목소리로 말했다.

“우주의 어두운 면에 빠진 자들. 우리는 그런 자들을 더 이상 유디안으로 보지 않소. 그들은 짐승이오. 파괴자일 뿐이지. 문명의 어머니의 가르침을 어긴 자들. 우리는 그들을 그들이 숭배하는 이 심볼에서 착안해 이렇게 부르고 있소.”

그가 자신의 왼손을 뒤집어 손등을 보여주었다.

“‘왼손의 숭배자들.’”

5.

디우틴의 시간으로 천 삼백 년, 인간들의 시간으로 이천 육백여년 전, 갓 워프 드라이브 항법 기술을 개발한 디우틴 종족은 대우주시대를 열고 검은 장막에 가려져 있던 우주로 나아가는 단계였다. 당시에 디우틴 사회는 아직 분열되어 있었다. 선진화된 사회 시스템의 발달로 그때까지 미숙했던 연결 지성이 완전한 형태를 지니게 된 건 그로부터 오백여년이 지난 뒤였다.

수십 개의 분파와 국가들로 나눠진 디우틴 사회는 서로 완벽히 협력하지 않았다. 작은 내전이 있었지만 그렇다고 방대한 규모의 전쟁으로 번지지도 않았다. 인간들이 그러했듯이, 디우틴 인들도 역사의 발달 과정에서 몇 번의 파멸적인 전쟁을 겪은 경험이 있었기 때문이다.

벨라트리아스라는 디우틴 인 검사가 있었다. 그는 아돌라 행성의 '유드 국'에서 태어나 자랐다. 디우틴 전사들의 가장 밑바닥을 이루는 '돌격대'로 자신의 커리어를 시작한 그는 뛰어난 실력으로 디우틴 국가들 간의 작은 내전에서 커다란 활약을 했다. 그는 점차 자신의 전공을 바탕으로 유드의 사령관이 되었고, 마침내 선거를 통해 지도자로 선출되었다. 그의 치세에 유드 국은 아돌라를 통일했다. 내전은 끝났다. 성계 내의 식민지들도 새로이 설립된 통일 아돌라 행성 정부에 복종했다.

그는 국명을 모든 유디안이 믿는 문명의 어머니, 즉 디우티나에서 따와서 디우틴으로 바꾸었다. 통일 디우틴의 탄생이었다.

더우주시대가 시작되었고 벨라트리아스의 명령 하에 디우틴 함대는 좁은 아돌라 성계를 벗어나 외부 행성들의 개척을 시작하였다. 식민화 잠재력을 가진 행성은 디우틴의 기후학과 생물학, 우주공학의 힘을 빌어 식민화되었고, 불모지들도 함대의 중간 기항지로서 개척되었다. 전성기에 이르른 문명은 그들의 항성계를 포함해서 60여개가 넘는 거주 가능한 행성과 수백 개의 성간 기항지를 거느리고 있었다.

벨라트리아스는 그때서야 외부 세계로의 확장을 멈추고 자신이 획득한 세계의 기반을 다지기 시작했다. 그래봤자 은하의 1/10도 안되는 크기의 세계였지만, 그의 예상보다 은하는 광대했고 디우틴 인들의 생산 능력과 인구 증가 속도는 예상보다 더뎠다. 또한 그의 임기가 끝나가고 있었다. 연임을 할 수 있었음에도 벨라트리아스는 미련 없이 지도자 자리를 사임하고 내려왔다.

유디안들은 그의 퇴임을 슬퍼했다. 그러나 동시에 그들은 그의 외동 아들이었던 벨라오스에게 큰 기대를 걸었다. 어느새 장성한 벨라오스는 자신의 아버지가 갔던 길을 때로는 전사로서, 때로는 거대한 상단의 우두머리로서 개척하고 있었다. 벨라오스는 자신의 아버지처럼 디우틴 사회에 큰 족적을 남기며 지도자의 재목으로 성장하고 있었다.

젊은 벨라오스는 어느 적색 거성이 자리한 항성계의 두번째 행성에서 지성체들이 이룩한 문명 사회를 발견했다. 디우틴 인들이 처음으로 외부 세계에서 만난 이종족이었다. 벨라오스는 자신들보다 훨씬 작은 그 종족이 신비롭고 독자적인 기술을 발달시켜 나갔음을 알게 되었다.

자신들을 '칼렙'이라 부른 그들이 자신들의 문명을 지탱하는 데 이용한 테크놀로지는 우주에 널리 퍼진 '암흑 에너지'를 이용하는 것이었다.

"암흑 에너지? 우주 전체에 널리 퍼져 있는 존재를 파악할 수 없는 그 물질과 에너지들?"

히프가 고개를 끄덕였다.

"그래, 조슈아. 바로 그걸세."

"그걸 에너지원으로 사용한다고? 그런 기술이 존재한단 말인가?"

"존재하네. 그러나 그것은 분명 위험한 기술이네. 우주의 암흑 에너지란 우주의 파멸을 이끄는 첩경이기 때문이라네."

"파멸이라고? 잘 이해가 안되는군."

"설명하겠네. 이 우주가 생성될 때 우주는 수많은 원소들과 질량을 만들어내었고, 그것들은 천체가 되었지. 그러나 그러지 못한 부분들은 텅 비어 있는 듯한 있으면서도 없는 질량과 에너지가 되었어. 그것들이 이 우주의 90% 이상을 차지하는 암흑 에너지라네. 적어도 우리 종족의 물리학자들과 우주학자들은 이 암흑 에너지가 점진적으로 우주에 퍼져가서 마침내 나머지 에너지와 질량마저 소멸시키고 텅 비어버리는 무한한 어둠과 고요가 종국에는 우주의 끝이 될 것이라고 생각하고 있네.”

캐시가 머리를 흔들었다.

“그런데 대체 그 에너지들을 어떻게 이용하죠? 인간들도 암흑 에너지의 존재는 어렴풋이 느끼고 있었어요. 이 우주의 중력과 질량들 사이에 분명히 무언가가 존재하지만 우리가 아는 물질과는 다른 것들이 있다는 것을 믿고있었으니까요. 우리도 그것들을 암흑 물질, 암흑 에너지라 불렀어요.”

“아마 그건 단순하고 이해하기 힘든 사실에 대한 서로 다른 두 문명이 같은 이름을 지은 몇 안 되는 사례일 거요, 아이스 양. 그러나 그것들은 분명 존재하오.

벨라오스는 그들이 소량, 미량의 암흑 에너지를 통해 방대한 에너지를 만들어내는 것을 알게 되었소. 그가 보기에 그것은 디우틴 종족의 역사를 바꿀 수 있는 테크놀로지였지. 사실이 그렇지 않겠소? 우주 물질의 99%는 암흑 에너지이니, 무한한 에너지원이었던 게지. 그래서 그는 칼렙 인들과 교류를 하고자 했소. 그들 종족과 만나 직접 교류를 타진했고, 그들의 대표단을 모성 아돌라로 데리고 왔소. 지금은 그 이후 우리가 만난 여러 이종족들이 있지만, 당시에는 우리 선조들에게도 흥분되는 일이었소. 외계 종족과의 첫 교류였으니까. 모든 시민들이 벨라오스를 찬양했고 퇴임한 벨라트리아스도 아들을 자랑스러워했지.”

빅토라누스가 말을 이었다.

"벨라오스는 칼렙 인들과 연합하여 그들의 힘을 이용해 궁극의 에너지원을 만들 생각을 했소. 이 은하계를 넘어 항성계와 항성계 사이를 오가는 문명이 아니라 은하와 은하, 우주와 우주를 넘나들 수 있는 문명으로의 도약을 꿈꾸었지."

조슈아가 믿을 수 없다는 표정을 지었다.

"칼렙 인들의 테크놀로지가 그런 것을 가능하게 해준단 말입니까?"

히프가 빅토라누스를 대신하여 말했다.

"벨라오스는 그렇게 믿었지. 그는 그들과 친하게 지내면서 그들이 빌려준 장비와 기술을 통해서 심우주를 개척해나갔네. 그러면서 칼렙 인들의 테크놀로지를 연구했지. 왜냐면 명민한 칼렙 인들은 자신들의 기술의 핵심 원리를 그에게 가르쳐주지 않았거든. 벨라오스는 점차 조바심이 났어. 하지만 그때까지만 해도 벨라오스는 온전한 정신과 정의로운 마음을 가진 젊은 전사였어."

"그런데 무슨 일이 생겼군요?"

히프가 캐시를 보며 고개를 끄덕였다.

"정치적 상황이 그에게 불리한 쪽으로 돌아가기 시작했지."

빅토라누스가 말했다.

"그의 아버지 벨라트리아스의 퇴임 이후 한동안 지도자 자리는 공석이었소. 그래서 아돌라는 새로운 지도자를 찾기 시작했지. 당시 무역을 주도하던 상인들이 무역연합체를 결성했네. 그들은 새로운 시대에 맞는 지도자를 선출할 것을 주장했소. 그리고 그 자들이 내세운 것은 벨라오스가 아니라 제니우스라는 젊은 유디안이었소.

벨라오스는 그 사실을 받아들일 수가 없었지.”

벨라오스는 크게 상심했다. 위대한 디우틴, 문명의 어머니가 길러낸 자손들의 지도자 자리는 자신이 아버지에게서 정당하게 물려받을 자리라고 항상 생각했기 때문이다. 그는 인정할 수 없었다. 분열된 종족을 단합시키고 하나의 정체성을 부여한 건 자신의 아버지였고, 우주를 개척해나간 것은 아버지의 행보를 계승한 자신이었다. 또한 동족 내부의 평판이나 명망은 그 누구와 비할 바가 아니었다. 그는 자신이 칼렙 족과 함께 은하계를 개척하기 위해 변방에 있는 동안 일단의 무리들이 반란을 일으킨 것이나 다름없다고 생각했다.

벨라오스는 그럼에도 협상의 여지가 있을 거라 생각했다. 그는 개척을 멈추고 칼렙의 동조자들과 자신 휘하의 부하들에게 개척 행성에 대기할 것을 명령한 뒤 아돌라로 돌아왔다.

아돌라에서 벨라오스는 갓 지도자로 선출된 젊은 제니우스와 평의회 의원들을 만났다. 그들은 그를 극진히 대접했다. 벨라오스는 침착히 자신의 마음 속에 일어나는 의문들을 억누르면서 제니우스와 대화를 나누었다.

얼마 지나지 않아 벨라오스는 제니우스가 지도자의 그릇이 될 만한 자라는 것을 알았다. 아돌라의 유력자 집안 출신이었지만 겸손했으며, 상업과 정치, 테크놀로지에 대한 관심과 조예가 깊었다. 벨라오스는 무역연합 의원들과 나머지 평의원들이 훌륭한 인품의 적임자를 찾았음을 인정할 수밖에 없었다. 그는 비록 자신보다 어렸지만 제니우스에게 호감을 느꼈다. 제니우스는 벨라오스가 매달린 외우주 개척과 칼렙 인들과의 협력, 테크놀로지 연구에 파격적인 지원을 계속할 것을 약속했다. 그것은 아돌라 시민사회의 적극적 지지와 함께할 것이라고 제니우스가 말했다.

벨라오스는 다시금 자신의 자리로 돌아와 고향에 관한 것들을 잊고는 변방으로 돌아갔다.

벨라오스는 아돌라가 자신이 더 이상 발붙일 수 없는 세계가 되었음을 깨달았다. 아돌라는 왕정제가 아니었다. 그의 아버지 벨라트리아스도 자신의 자리를 세습으로 물려줄 수 없으며, 지도자는 선출직이어야 한다고 항상 말했다. 벨라오스는 개척사업을 통해 자신을 따르는 세계를 만들고 싶어했다. 물론 그것이 아돌라 정부와 배척하는 행성들은 아니었다. 하지만 벨라오스는 제니우스가 아니라 조금 더 자신 쪽으로 저울추가 기울어진 세상을 원했다. 당시의 벨라오스는 그것이 나중에는 커다란 불씨가 될 수 있음을 아직 깨닫지 못했다.

그때부터 벨라오스는 칼렙 인들의 테크놀로지 연구에 더욱 매진했다. 그는 자신과 협약을 맺은 칼렙 인들이 암흑 에너지 테크놀로지의 핵심을 가르쳐주기를 원했다. 그러나 칼렙 인들은 벨라오스에게 그것을 가르쳐주지 않았다. 그것은 칼렙과 디우틴 인들의 세계가 100여개가 넘는 행성, 아돌라를 중심으로 1만 광년에 이르는 세상까지 넓어졌을 때까지도 마찬가지였다. 칼렙 인들은 벨라오스의 지식에 대한 갈망을 알고 그에게 경고했다. '장막 너머의 세계'는 현재 우주의 물질계를 구성하는 존재들에겐 허락되지 않으며, 그것은 우주의 균형을 잃게 만드는 힘이 될 것이라고 말했다. 그러나 벨라오스는 멈추지 않았다. 그는 독자적으로 자신의 연구를 계속했다.

한편 아돌라 정부와 평의회는 자신들이 장악한 세계의 어디에선가 불협화음이 일어나고 있음을 발견했다. 많은 수는 아니었지만 변경의 개척 행성들이 정체불명의 세력들의 공격을 받고 황폐화되는 일들이 자주 발생했다. 제니우스와 평의회는 논의 끝에 일단의 전사들을 변경으로 파견하기로 했다. 평의회는 결의안을 가결했고 제니우스는 결의안을 받아들여 실행령을 내렸다.

그들은 아만티를 파견대의 대장으로 임명했다. 벨라오스의 연인이었던 아만티는 디우틴 최고의 검사였다. 그녀는 염동력으로 움직이는 광자 파동의 무형검으로 무장하고 변경 행성인 울라토스로 파견되었다.

아만티는 변경 울라토스에서 한 번도 본 적 없는 칼렙의 군대가 행성을 장악한 것을 발견했다. 디우틴의 변경 행성들을 습격했던 세력들은 칼렙이었다. 아만티는 증원군을 요청했지만 순식간에 칼렙 함대에 포위당했다.

아만티는 증원군이 올 때까지 시간을 벌어야 했다. 그녀는 결단을 내렸다. 자신과 자신을 따르는 전사들로 시간을 벌기로. 그녀는 자신이 지휘한 강습함을 울라토스 근처의 소행성대로 이끌었다. 칼렙 함대가 추격해 왔으나, 그들은 소행성대 내에서 자유롭게 움직일 수가 없었다. 아만티가 노린 것이 그것이었다. 그녀는 가장 가까운 순양함선으로 자신의 기함을 돌격시켰다. 아만티와 전사들은 적들의 함선으로 밀고 들어와 칼렙의 공격대를 광자검으로 도륙했다. 칼렙에 염동력 능력자들이 없는 점도 그들의 짐을 덜어주었다. 한 함선을 끝장내고는 다른 함선으로 돌격하는 식으로 아만티는 다섯 대가 넘는 칼렙의 함선을 통제불능으로 만들었다. 그리고 그때쯤 아돌라 중앙군과 벨라오스가 이끄는 식민행성의 증원군이 전장에 도착하였다.

전쟁은 20일간 이어졌다.

한끝 차이로 승리를 거머쥔 것은 디우틴이었다.

"전투 후 디우틴 평의회가 소집됐소. 그곳에서 벨라오스는 변경 개척에 힘을 쏟느라 칼렙 인들의 의중을 파악하지 못한 자신이 실수했다고 자책했지. 모두가 그의 잘못이 아니라고 그를 위로했소. 어쨌거나, 아만티를 도와 울라토스의 칼렙 군을 격퇴한 데는 그의 공이 컸으니까. 벨라오스는 의회에서 자신이 지금껏 칼렙 인들과의 교류를 주도했지만 그들이 우리와 같은 유디안이 아니라고 말했소. 유디안이 아닌 자들에게 그들 같은 대우를 해줘선 안 된다고 했지. 외우주 개척 시대에 강대한 적을 만나게 된 우리 종족의 지도자들은 당시 사리분별을 할 능력이 없었소. 벨라오스의 말이 큰 설득력을 얻었고 결국 그의 주장대로 칼렙과의 전쟁을 위한 원정군이 편성되었소. 100여개의 행성에서 함대가 징발되었지.

당연하게도 총사령관이자 총군단장은 벨라오스였소. 그만한 자가 없었지. 그의 곁을 연인인 아만티 부단장이 지키게 되었소.”

히프케라노스가 쓴웃음을 지었다. 적어도 그것이 디우틴 인의 표정으로 쓴웃음에 해당한다고 캐시는 판단했다.

“수많은 영웅적인 전투와 패배들이 있었지만, 결국 전쟁은 우리 종족이 승리했소. 전쟁은 20년이 넘도록 진행되었지.”

그 와중에 많은 식민지들이 초토화되었다. 전쟁의 규모는 방대해서 200억이 넘는 디우틴 인의 생명이 희생되었고 칼렙은 멸절하다시피 했다.

“칼렙의 수는 우리보다 훨씬 적었지만 그들의 테크놀로지는 압도적이었네. 교전비는 거의 5대 1이었어. 그렇지만 결국 칼렙 인은 패배했고 현재처럼 자신의 테크놀로지를 잊어버리고 우리 종족의 변경 행성을 떠돌아다니는 안쓰러운 신세로 전락하게 되었지. 우리의 세계도 큰 타격을 입었지만, 어쨌거나 승리는 승리였고 유디안들은 벨라오스를 칭송했네. 그의 정치적 입지는 다시 지도자 제니우스의 등장 이전 수준으로까지 높아지게 되었지.

그리고 벨라오스는 제니우스가 퇴임하자 지도자로 선출되었소.”

빅토라누스가 말했다.

“이제 곧 잠시 후면 재판이 재개되니, 이야기 속도를 높이는 게 낫겠군, 부단장.”

“알겠소, 의원. 거두절미하고, 곧 아돌라 평의회는 이 끔찍했던 전쟁이 벨라오스가 벌인 일이라는 걸 깨달았소.”

“하지만 어떻게요? 울라토스 행성에서의 칼렙 군은 어떻게 된 거죠?”

“그 칼렙 군은 벨라오스를 따르는 칼렙 인들이었소. 벨라오스의 명령에 따라 울라토스를 정복했고, 디우틴의 공격을 받게 된 거지.”

“맙소사!”

캐시가 탄식했다.

“모든 게 그 자가 꾸민 일이었나요?”

빅토라누스가 고개를 끄덕였다.

“그렇소.”

조슈아가 혀를 내둘렀다.

“자신의 정치적 야심을 위해 동족들을 희생한다고? 예삿인물은 아니군.”

“예삿인물? 조슈아. 자네들의 개념을 빌리자면 그 자는 악마야. 그런 자는 두 번 다시 나타나면 안 돼.”

"그래. 동의해. 그런데 벨라오스가 왜 갑자기 이런 일을 꾸민 거지? 계기가 있었나? 이유가 있을 것 같은데."

조수아가 물었다.

"벨라오스는 어떻게 해도 칼렙의 암흑에너지 테크놀로지의 비밀을 알아낼 수 없음을 깨달았던 거지. 그래서 전쟁을 벌였던 거네. 칼렙 인들을 제거하고 그들의 비밀을 알아내기 위해. 처음엔 이 정도로 전쟁이 확전되리라고는 생각하지 않았던 것 같아. 그의 기록들을 읽어보면 명확해지지. 그러나 전쟁은 격화되었고 결국 칼렙 족이 절멸하는 데에 이르게 된 걸세. 전쟁 후 칼렙 인들의 대부분의 테크놀로지를 기록한 아카이브와 시설들을 전리품으로 획득한 벨라오스는 마침내 자신이 잘못 생각하고 있었음을 알게 되었네.

암흑 에너지를 인위적으로 생성하고 제어하고 쓸모 있는 에너지로 변환하는 방법을 칼렙 인들 자신들도 알지 못했던 것을 알게 된 거야.

벨라오스는 암흑 에너지의 가능성을 버릴 수가 없었네. 그는 좌절했어. 하지만 끝난 게 아니었어. 그는 칼렙 인들이 금지했던 방법으로 암흑 에너지를 생성하는 테크놀로지를 알게 되었지.

"그 방법이란 게 뭐지?"

"생명 에너지를 촉매제로 암흑 에너지를 변환하는 것이었네. 그렇게 변환한 에너지는 다른 암흑 에너지와는 달리 다루기가 용이했지. 금지된 지식이었네."

빅토라누스가 말했다.

"우주의 가장 폭력적인 면모가 벨라오스에 의해 드러나게 되었네. 칼렙 인들이 가진 금단의 능력을 상징하는 뒤집어진 왼손이 그것이라네."

빅토라누스의 말에 따라 허공에 뒤집힌 손등의 이미지가 투사되었다.

"칼렙의 원로들만이 다스렸던 왼손의 능력. 파괴와 죽음의 능력. 그 에너지로는 무엇이든 할 수 있지. 수명을 늘릴 수도 있어. 벨라오스는 불멸자가 되었지. 다른 사람이 되는 것도 가능하지. 수백년 간 모든 성계가 사용 가능한 에너지원을 만드는 것도 얼마든지 가능하고. 벨라오스는 디우틴 시민들을 희생시켰어. 더 많은 생명 에너지를 암흑 에너지로 변환하기 위해. 그래서 내전이 일어났소. 천 년이 넘도록 지속된 내전. 그는 상인 연합체를 해산시켰소. 평의회는 와해되었고 행성 간의 내전이 벌어졌지. 벨라오스를 따르는 이들은 '프로파누스'라고 불렸소. '불경한 자들'이라는 뜻이오. 벨라오스는 마침내 프로디토르라 불리게 되었지. '배신자'라는 뜻이오. 그가 배신한 건 당연히 우리 동족이고."

캐시가 탄식했다.

"그런데 그 전쟁은 어떻게 끝난 거죠?"

디우틴은 전쟁의 잔해 속에서 다시 일어섰다. 모성 아돌라의 벨라트리아스와 제니우스의 지도 하에 칼렙과의 전쟁에서 극적으로 살아남은 20여개 행성이 연방을 결성했다. 신 디우틴 연방의 재탄생이었다.

"퇴임한 두 지도자 벨라트리아스와 제니우스가 군대를 이끌었소. 그들은 암울했던 시기의 빛이 되었지. 벨라트리아스는 아들의 타락에 슬퍼하면서도 함대와 패잔병들을 규합했지. 벨라트리아스와 제니우스는 진실동맹을 결성하고 그들의 군대는 프로파누스 군세를 분쇄했소. 그럼에도 전황은 버거웠소. 하지만 전세를 결정적으로 디우틴에 기울게 만든 것은 아만티였지.

프로디토르의 연인, 디우틴 최강의 검사 아만티는 프로디토르와 프로파누스를 배신하고 자신의 동족에 합류했소. 최후의 전투에서 벨라트리아스와 제니우스, 아만티는 프로디토르의 암흑 함대를 격파하고 그를 심우주의 유형지로 내쫓았소. 프로디토르는 심각한 부상을 입고 잠적했소. 그의 모습을 다시 볼 수는 없었소. 그를 가둔 유형지는 누구도 빠져나올 수 없는 곳이었거든. 그러나 그 이후로도 천 년이 넘게 프로파누스의 잔당은 우리를 괴롭혔소. 그리고 10년 전."

"그를 추종하는 무리가 아돌라에 나타난 겁니까?"

히프가 자신의 왼손을 만지작거리고는 말했다.

"10년 전, 우리의 지도자가 된 바루아르는 식민 행성의 모든 생물들을 멸종시켰네. 그리고 흑조자리 데지레 성계의 인간을 공격했지. 그는 프로파누스였어. 프로디토르가 다시 돌아오려는 걸세. 나는 그것을 알았네."

조슈아는 아무 말도 할 수가 없었다. 캐시 역시 마찬가지였다.

"그것이 진실이네."

히프케라노스가 말했다.

한참 후 조슈아가 말했다.

"모든 디우틴, 유디안들이 그 이야기를 금기시할 뿐 아니라 두려워하고 있는 것 같군. 당시 얘기를 끄집어내는 것이 금지되어 있는 건 두려움 때문이었던 거야."

빅토라누스는 긍정도 부정도 하지 않았다. 조슈아의 설명이 맘에 들지 않은 탓이었다. 그러나 그도 부인할 수 없는 사실이었다.

디우틴 사회는 언젠가 다시 돌아올 프로디토르를 두려워하고 있었다.

"나는 이제 알겠어, 조슈아. 왼손의 숭배자들은 어디에나 있네. 그리고 그들은 우리가 예상하지 못한 모습으로 지금도 기회를 노리고 있네. 그림자 속에 숨어서 프로디토르의 가르침을 실현하고 우주 전체를 암흑 에너지로 채우기만을 기다리는 이들이 분명 있네. 아까 그 재판정에서도 당시 프로파누스에게 동조했던 자들도 있어. 우리가 그 자들을 단죄하지 못했기에 그들이 결국 이 사태를 만든 거야. 이 재판은 단순히 내 죄를 논하는 자리가 아니야. 자네들 데지레 인류에 대한 우리의 빚을 청산하는 것과 더불어 왼손의 숭배자들을 인지하고 찾아내는 계기가 되어야 하네."

6.

디우틴 평의회는 통일 디우틴 정부가 출범한 이래 이천년 넘게 지속된 견고한 체제였다. 최초의 지도자였던 벨라트리아스는 아돌라 행성의 지역 국가들의 군벌과 수장들을 평의회로 통합시켰다. 그 후 대우주시대 이후 개척된 행성의 지도자들 역시 평의회 구성원이 되었다. 울라토스 전쟁과 벨라오스와의 내전을 거치면서 디우틴 사회의 중심축으로 떠오른 진실동맹은 평의회가 모든 입법부로서의 정치적인 사항을 의결하고 그 외의 기능까지 가지게 될 것임을 선언했다. 평의회는 사실상 디우틴의 모든 정치적 결정을 내리는 기구이자 사법부의 기능까지 하게 되었다. 인류의 정치체제가 삼권분립이라면, 디우틴은 행정부와 사법 입법 연합의 이권분립, 이권일체 구조였다. 그러한 이권일체는 삼권분립보다 훨씬 일사분란한 전시 대응이 가능했다.

즉, 프로디토르가 된 벨라오스와의 전쟁이 이러한 정치 지형이 이어지게 된 직접적인 원인이었다.

그러한 이유로 진실동맹 소속 유력 의원들의 판단과 발언의 무게는 남달랐다.

재판이 재개되었을 때, 캐시의 눈에는 그러한 디우틴 평의원들의 세력 구도가 조금씩 보이는 듯했다.

'광명의 칼 분파' 소속 브라흐라 의원은 그나마 큰 영향력을 발휘했고 진실동맹 의원들의 존중을 이끌어냈다. 하지만 다른 의원들은 상대적으로 발언하는 장면이 적었다.

"우리가 여기서 계속 같은 얘기를 해봤자 결론은 그거요. 수천만이 죽었고, 누구도 책임을 지지 않았다는 겁니다. 그리고 그걸 행한 것은 다름아닌 우리가 그토록 신뢰하는 문명의 파수꾼들, 우리 전사들이었단 겁니다. 왜 계속 이 핵심을 외면하려 합니까? 정식으로 수교를 맺지 않은 존재들이면 그렇다면 유디안 취급도 못받는다는 겁니까? 사죄하고 청산할 게 있으면 청산해야 합니다.

물론, 초당적 협력이 필요하겠지만 당시 정부를 운영하고, 일부는 바루아르 정부를 지지했던 진실동맹이 특히 그러한 의무를 무겁게 받아들여야 할 겁니다."

"정의를 생각하는 의원님의 뜻은 정말 고귀합니다만, 브라흐라 의원님. 그럼 어떻게 하자는 말입니까? 인간들에게 사죄한 후 다시 한 번 당시 부역자들을 찾아내어 벌을 주고 인간들에게 그러한 조치를 설명하자는 말씀입니까?"

디안이 말했다.

"그건 가당치도 않습니다!"

조슈아는 재판정에서 방청하던 디우틴 인들 사이에서 소란스러운 목소리들을 들었다. 그가 고개를 돌리니 의원석에서 일어선 아우레우스가 보였다.

"그건 억지입니다! 우리 종족 역시 당시 많은 핏값을 치렀습니다."

방청석에서 동조하는 목소리들이 이어졌다.

누군가 낮지만 똑똑히 들리는 음성으로 말했다.

"왜 그게 억지입니까? 제대로 된 사죄와 배상이 이루어지지 않은 건 확실한데요? 저는 소추인 조슈아 권에 동의합니다."

법정이 조용해졌다. 평의원 한 명이 일어서서 의원들을 돌아보고 있었다.

가트레일이었다.

디안이 그를 향해 소리쳤다.

"당신은 셀림과 나나트의 대표로서 그렇게 얘기하시는 겁니까, 가트레일? 이건 동족을 사지에 몰아넣는 행위입니다! 우린 그저 운이 없었던 겁니다!"

"맞습니다! 혼란스러운 시기였고 우리 모두 책임이 있다지만 동시에 우리 모두가 피해자입니다!"

"브라흐라 의원님! 의원께서 이렇듯 우리 동포들을 사지로 몰아가셔서는 안 됩니다!"

두나스가 목소리를 높였다.

"방청석에 계신 분들께선 조용히 하시길 바랍니다. 이 재판에서 발언권을 가지고 있는 유디안들과 인간들만 발언하시기 바랍니다."

두나스가 진저리가 난다는 듯이 고개를 젓고는 조슈아를 불렀다.

"소추인. 말해보시오. 당신의 소추에 대한 당신들의 판단과 어떤 결과가 있어야 한다고 보는지. 단, 핵심만 얘기하시오."

"제가 말하면 그렇게 이루어질 수 있습니까?"

“적어도 참고는 할 수 있소. 하지만 명심할 것은 어쨌든 이곳은 디우틴의 법정이오. 판단은 나를 비롯한 법관들이 하게 될 것이오. 그러니 신중히, 하지만 후회없도록 모든 것을 얘기하길 권장하는 바이오.”

“알겠습니다, 진행관님. 저는 그 당시 이 사건의 전말을 알지 못했습니다. 디안 의원님. 그러나 지금은 어떤 일이 일어났는지를 알고 있습니다. 프로디토르의 신봉자들이 있었죠. 그리고 그들이 평의회와 디우틴 행정부를 장악했습니다. 그들은 불순한 의도를 숨기고 학살극을 일으켰습니다. 저는 당시 디우틴의 지도자 바루아르가 어떻게 축출되었고 그의 하수인들이 어떤 처분을 받았는지 완벽하게는 알지 못합니다. 그러나 분명한 것은 당시 정부에 부역했던 자들이 처벌받지 않았다는 것입니다. 그러한 부역자들 역시 처벌을 받아야 합니다. 그리고 행성 한 주민들에게 정식으로 사죄하고 보상해야 합니다. 그들이 만족할 때까지, 한이 풀릴 때까지 한없는 보상과 사죄가 따라야 합니다. 그게 제 결론입니다.”

길타리온이 고개를 저었다.

“인간 조슈아 권. 당신의 말에 따른다면 이곳에 얼마나 그 부역자들이 많은지 아시오? 사실상 진실 동맹 의원들의 대부분은 부역자가 될 것이오. 행성 한에 대한 공격에 찬성표를 던진 이들이 대부분이기 때문이오. 그 뿐이오? 당신의 친구인 히프케라노스 역시 부역자라는 비난에서 자유로울 수 없소. 어쨌건 당시 빅토라누스 의원과 함께 행성 한을 공격했던 함대를 빅토라누스와 함께 지휘했기 때문이오. 그가 당신에게 사과를 했다고? 우리 모두가 감옥에 가야 한다는 말이오? 우린 속았소. 우린 그때의 죄와 관계없소."

"의원님. 저 역시 청산해야 할 저의 죄가 있다면 그대로 처분을 받아들일 생각입니다. 그리고 인간들에게 사죄할 것입니다."

히프케라노스가 말했다. 길타리온이 소리쳤다.

"그것은 개인의 사죄일 뿐이오! 당신이 우리 평의회의 뜻을 거스를 순 없을 것이오! 그리고 그 전에 부단장 당신은 먼저 디우틴의 자산을 외계 종족에게 허락없이 함부로 제공한 죄에 대한 벌부터 받아야 할 것이오. 그것은 명백히 반역행위니까."

"그것은 반역행위가 아닙니다! 이종족에 대한 학살을 방조하고, 진실을 은폐하고 외면하여 문명의 어머니의 얼굴에 창피함을 주는 당신들 진실동맹이야말로 반역자들 아니었습니까! 자신들의 정신적 후계자들이 프로파누스에게 속아 저지른 짓들을 알게 되면 건국자 벨라트리아스와 제니우스가 무덤 속에서도 통탄할 것입니다."

"말씀을 삼가시오, 부단장."

길타리온이 분노가 서린 표정으로 손을 떨었다. 캐시가 조슈아에게 속삭였다.

"디우틴 인이 저렇게 분노하는 모습을 보는 건 처음 봐."

"나도 마찬가지야 캐시."

그때 지금껏 발언하지 않고 있던 빅토라누스가 말했다.

"히프케라노스 부단장의 말이 모두 틀린 건 아닙니다."

길타리온이 믿을 수 없다는 표정을 지었다.

"빅토라누스 의원님?"

"우리가 프로파누스에게 속아 명예롭지 못한 일을 벌인 건 사실이잖습니까? 벨라오스가 만약 이 모습을 보고 있다면 어떻게 생각할까요?"

길타리온 의원이 충격을 받은 듯이 말했다.

"벨라오스라고요?"

"프로디토르 벨라오스를 모릅니까? 지금도 우리가 이러고 있는 모습을 보면 매우 좋아하겠죠."

"그는 죽었습니다!"

디안이 말했다. 그의 목소리는 떨리고 있었다.

"대체 무슨 얘길 하시는 겁니까, 빅토라누스?"

브라흐라가 외쳤다.

"프로디토르는 죽지 않았소! 그는 아직도 우리의 세계를 노리고 있소!"

빅토라누스가 브라흐라 의원을 향해 고개를 숙여 보였다.

"감사합니다 의원님. 예, 그가 우리의 세계에서 쫓겨났죠. 하지만 의원님들도 아시지 않습니까? 당시 그는 죽지 않았다는 것을."

디안 의원이 고개를 저었다.

"그렇지요. 하지만 빅토라누스 의원, 당신의 말이 맞지만 상식적으로 그가 지금까지 살아있을까요?"

"그는 암흑 에너지로 자신의 생명을 연장시켰습니다."

“그건 그 당시 얘기요. 그 이후 그를 보았다는 얘기는 어디에서도 나온 적 없습니다. 우리의 윗 세대들이 그를 은하 중심부의 유배지로 보냈습니다. 우리 전사들이 은하계를 샅샅이 뒤졌으나 그의 잔당들과 숭배자들은 발견했지만 그가 다시 유배지를 나왔다는 증거는 확인하지 못했습니다. 그는 죽은 게 틀림없어요”

“10년 전 일은 어떻게 생각하십니까? 그가 살아있지 않고서야 그런 일이 발생할 수 있습니까?”

“발생할 수 있지요. 충분히. 프로디토르를 신봉하고 그의 뜻을 따르고자 했던 자들은 그 간악한 자가 사라진 후에도 많았소. 하지만 그들은 모두 성공하지 못했소. 바루아르가 비록 우리를 경악하게 만들었지만 프로파누스가 우리 종족을 더 이상 장악할 수는 없소.”

‘의원님은 행성 한 공격을 포함한 특수 상황 결의안을 발의 하셨죠.”

리안이 입을 다물었다. 그가 적개심이 담긴 목소리로 말했다.

“그 얘긴 왜 하는 것이오?”

“그게 정말로 의원님의 뜻이었습니까?”

‘뭐요?”

“그게 정말 당시 상황을 판단하고 독립적으로 제안하신 것인지를 묻는 것입니다. 이상하지 않습니까? 의원님께선 이종족과의 교류에 큰 관심을 보여왔던 생물학자이자 역사학자셨습니다. 옛 칼렙 인들의 문명을 연구하는 데 오랜 세월을 할애

하셨죠. 인간 종족에 대해서도 상당한 관심을 보이셨던 걸로 압니다. 그런데 왜 그들을 학살하는 데 그토록 쉽게 찬동하셨 냐는 겁니다."

디안은 충격을 받은 얼굴로 말을 더듬거렸다.

"나는 그저 당론을 따랐을 뿐이오. 그리고 아돌라를 외계 종 족이 침략한 것은 실로 큰, 큰 사건이었소. 아시잖소, 의원? 그것은 프로디토르와의 전쟁 이후 거의 천 년이나 지난 일이란 말이오. 당신도 우리 당론을 따랐으면서 내게 그런 질문을 하 는 건 실례지 않소?"

"당론을 따랐을 뿐이라구요? 그렇다면 당시 진실동맹의 당 론이 이종족과의 확전이었다는 말씀이군요. 한 가지 분명히 해 야하는 것은, 당시 우리 동지들과 시민들은 이 우주에서 우리 정도의 문명을 이룩한 종족이 흔치 않다는 사실을 알고 있었습 니다. 바꿔 말하면, 실제로 인간과의 전쟁이 벌어지게 되면 그 들에게 파멸적인 사건이 일어나리라는 것도 알고 있었고요. 다 들 모르시는 건 아닐 겁니다."

길타리온이 빅토라누스를 손가락질하며 비난했다.

"그 명령을 직접 실행에 옮긴 것은 바로 당신이오, 빅토라누 스! 지금 디안 의원을 겁박하는 겁니까?"

"겁박이라니요, 의원님. 그렇지 않습니다. 저 역시 이 죄의 가장 큰 부분을 차지하고 있습니다. 조슈아 권. 내 죄가 크다고 밖에 할 수 없소. 그러나 결국 나는 정부의 명에 따랐소. 돌이 켜 생각해보면, 잘못된 명령은 설령 그것이 지도자의 명령일지라도 거부할 수 있어야 한다는 것입니다. 내 두번째 죄는 그것을 너무 늦게 깨달았다는 데 있소."

조슈아는 대꾸하지 않고 가만히 앉아 빅토라누스의 말을 기다렸다. 그 또한 조슈아의 대답을 기다린 것은 아니었다.

"행성 한 공습 이후 바루아르의 정체를 모두가 알게 되었습니다. 그를 심연으로 끌어내린 게 누구였는지 다들 잊지 않았을 거라 생각합니다."

"빅토라누스. 물론 당신의 공로는 인정하지만......."

"의원님. 저는 우리가 인간들에게 지은 과오를 인정하고 보상해야 한다고 생각합니다. 그리고 그런 관념에 기대 생각한다면, 이 이중재판의 결론도 그렇게 어렵지 않습니다. 히프케라노스 부단장에게 중죄의 혐의를 씌우기는 힘들다는 것입니다. 만약 정말로 독립적이고 개별적인 주체로서 생각한다면 그게 맞지 않겠습니까?"

빅토라누스는 주위의 디우틴 의원들을 둘러보았다.

"그렇지 않습니까, 동료 의원님들?"

그리고는 두나스를 향해 말했다.

"이상입니다, 진행관님."

캐시가 조슈아에게 속삭였다.

"이곳 디우틴의 재판은 정말 이상해, 조슈아. 하고 싶은 대로 얘기하면서 아무도 제지하지 않고, 이제와서 이상이라고 진행관에게 얘기하잖아?"

"아무도 말하지 않는 걸 봐, 캐시. 빅토라누스는 상당히 큰 영향력을 평의회에서 발휘하고 있는 게 맞는 것 같아. 디우틴의 재판이 이상하다기보다는 빅토라누스의 입지가 압도적이라고 봐야겠지. 처음엔 마냥 우리의 적이라고만 생각했어. 정말 종잡을 수 없는 자란 말이야.”

“조슈아, 그래봤자 빅토라누스는 우리 동족들을 학살한 자들 중 하나야.”

“알아, 기다려보자고, 캐시. 이 재판이 어떻게 결론지어질지.”

두나스는 고민하는 표정을 지었다. 그가 천천히 입을 열었다.

“이중재판의 피소추인 첫번째는 히프케라노스, 소추인은 진실동맹입니다. 그리고 두번째 피소추인은 정황상 진실동맹이고, 소추인은 인간 조슈아 권이고. 하나는 종족의 핵심 기술과 자산 유출, 하나는 전쟁범죄. 두 개의 소추는 밀접하게 연관되어 있습니다. 하나의 결과가 다른 하나의 반대급부로 작용하게 될 것이 확실해지고 있단 말이지요.

형사 사건이 아니므로, 증거와 입증은 필요없소. 사실에 대한 판단이 중요할 뿐이지요. 결국 진행관은 단 하나의 결론이 점차 머리에 떠오르고 있습니다. 이를 입밖으로 꺼내는 건 두려운 일이지만 말하겠소. 존경하는 의원님들 앞에서 말입니다.”

두나스가 잠시 말을 멈추었다가 빠르게 말했다.

“프로파누스의 부역자들이 누구인지를 밝히고 합당한 처우를 해야 한다는 말입니다. 아직 완전히 찾지 못한 그림자 속에 숨어서 벨라오스의 사도 노릇을 하던 이들을 다시금 밝혀내야 한다는 결론입니다.”

순식간에 장내가 시끄러워졌다.

그 와중에 히프케라노스는 고개를 끄덕이고 있었다.

의원들과 청중의 동요를 눈치챈 두나스가 더욱 강한 톤으로 목소리를 높였다.

"프로디토르와 그의 사도들은 언제나 다양한 형태의 생명을 탐했소. 그들이 천착했던 암흑 에너지에 대한 갈망이 그렇게 만든 것이지요. 그리고 본 재판부는 이 건과 관련해서 놀랍게도 이곳에 모인 의원들 중에도 그러한 분들이 있었으며, 아직도 은밀히 그림자의 사도로 암약하고 있는 자들이 있다는 다양한 증언과 증인을 확보했습니다."

그것은 곧, 아수라장이었다. 의원들이 소리를 질러댔다. 진실동맹의 의원들은 재판의 정당성에 대해 목소리를 높였으며, 몇몇은 빅토라누스에게 배신자라고 소리질렀다. 재판을 방청하던 시민들도 혼란스럽기는 마찬가지였다.

빅토라누스가 목청을 더욱 높였다.

"한 달 전, 듀랑스 식민지가 공격받고 연구소 내에 있던 우리 과학자들이 죽임을 당하거나 사라졌습니다! 그 사건을 알고 있는 자들은 얼마 되지 않습니다. 그리고 나와 근위전사단은 그들의 흔적을 추적했습니다. 우리는 듀랑스를 공격한 함대가 단순한 해적이 아님을 알아냈습니다."

빅토라누스가 디안 의원 쪽으로 몸을 돌렸다. 조슈아는 영화의 한 장면을 보는 듯한 느낌마저 들었다.

"디안 의원. 잘 알고 있으시리라 생각합니다. 당신이 관여

된 사건이니까.”

“대체 무슨 말을 하는 거요, 빅토라누스?”

“당신이 보낸 부하들이 듀랑스 행정부를 습격했고 그들의 도시를 불태웠소. 우리가 모를 줄 알았소? 자, 말해보시오. 벨라오스는 살아 있소? 어디에 있는 거요?”

디안은 창백한 얼굴로 웃었다.

“나는 당신이 무슨 말을 하고 있는지 모르겠소. 다들 서로 왜 자꾸 동료 의원들을 겁박하려는지 모르겠군. 안 그렇습니까, 브라흐라 의원님?”

브라흐라 의원은 빅토라누스를 쳐다보고는 다시 디안을 보았다. 그는 그러한 행동을 여러 차례 반복했다. 어찌해야 할 지 알 수 없어하는 제스처였다. 길타리온이 어렵사리 입을 열었다.

“빅토라누스……. 대체 지금 그 말들이 무슨 얘깁니까?”

빅토라누스는 디안에게서 눈을 거두지 않았다. 그가 나직이 말했다.

“전사 데이웨오가 설명해드릴 겁니다.”

재판정의 한켠에 소음이 일어나더니 데이웨오와 여러 명의 전사들이 각자의 원반에 타고 나타났다.

“아돌라 치안공관 근위대 소속 고위 전사 데이웨오입니다. 긴급한 건입니다. 여기 계신 분들은 들으시기 바랍니다! 저는 아돌라 행정부의 대리인으로 이 자리에 급파되었습니다. 프로파누스의 잔당들이 아돌라에 숨어들었습니다. 그자들이 문명의 어머니가 지키는 성소에 잠입했다는 사실이 밝혀졌습니다.

그들은 듀랑스를 공격했던 자들과 같은 집단인 것으로 판단되고 있습니다. 이에 따라 금일을 기점으로 해서 아돌라 행성 내에 일시적으로 연결지성의 접속이 원활하지 못할 것입니다. 프로파누스가 아돌라의 연결 지성 노드를 공격할 우려가 있기에 아돌라 행정부가 내리는 조치입니다.

이곳 의회에 그러한 혐의와 연관된 인사들이 있습니다. 디우틴 연방 정부의 헌법상 프로파누스와 관련된 모든 사건에는 어떠한 불체포 특권도 적용되지 않습니다. 적법한 절차에 따라 다음에 해당하는 의원들의 신변은 구금될 것이며, 다음 마지막 재판에 피고인의 입장으로 출석하게 될 것을 선언합니다.”

캐시가 숨을 삼키는 소리가 들렸다. 조슈아 역시 무언가 긴박하게 돌아가고 있음을 알았다. 그는 주먹을 꽉 쥐었다.

“짧게 호명하겠습니다. 진실동맹 의원 카이우스, 하일트라, 디안, 길타리온. 광명의 칼 제루스, 칼라트라스, 게모니우스. 문명의 평화 요비우스, 데시르타, 칼리움, 옴니우스. 베르하르트 식민지의 의원들, 행성 얀 의원들, 모두가 해당되는 사안입니다.”

의원들 중 일부의 이동식 원반기구가 투명하고 매끄러운 차단막이 솟아올랐다.

의원들이 비명을 질렀고, 삽시간에 온갖 발언이 터져나왔다. “당장 멈추시오!” “맙소사, 이건 의회에 대한 모독입니다!”

“저 자들일까?”

캐시가 덜덜 떨며 말했다.

“그런 것 같아. 저 자들이 프로파누스라는 혐의를 받고 있는 의원들인 거겠지. 하지만 뭔가 이상해. 이건 디우틴 인들의 방식 치고는 너무 급진적이야. 제발 우리에게 불똥이 튀지 않았으면 좋겠군.”

“조슈아, 히프케라노스가 긴장하고 있어.”

조슈아는 피고석의 히프를 보았다. 그는 아무말도 하지 않았지만 끊임없이 돌아가는 상황을 예의주시하고 있었다.

“그 역시 생각하지 못했겠지. 빅토라누스가 그린 그림일까? 저자는 처음부터 이럴 작정이었을 거라고, 캐시.”

조슈아는 빅토라누스를 보았으나, 뒤를 향하고 있었기에 표정은 보이지 않았다.

두나스가 엄숙하게 선언했다.

“해당 의원들을 다음 재판까지 구류하겠습니다. 사안의 복잡함과 심각성을 감안하여 2차 재판의 결론까지 마지막 재판에서 한꺼번에 판결 내리도록 하겠습니다. 이상입니다.”

7.

더니는 구름 끝을 뚫고 우주까지 뻗어 있을 듯한 긴 타워의 끄트머리 쪽을 흘끗 보았다. 타워의 중층부 이상부터 비행차와 공중 호버들이 쉴새 없이 움직이고 있었다. 그 중 일부는 기다란 우리관을 타고 빌딩내부를 드나들고 있었다. 대니는 이 건물을 설계한 공학자가 얼마나 머리가 아팠을지를 생각했다. 계속 보고 있던 자신도 머리가 이상해질 듯했다.

그는 그라노트 사의 사옥에 와 있었다. 사옥은 신상하이의 수도 알트라의 중심부에 위치했다. 마치 거대한 크리스탈과 나선 구조의 여러 금속 팔들을 가진 모습이었다. 대니는 에이든과 함께 A윙을 몰고 사옥 지하에 주차한 뒤 그라노트 사 1층 접견실에서 대기 중이었다.

‘무슨 생각해요, 대니?”

대니가 에이든을 보았다.

“그라노트 사람들 재산은 얼마 정도일까? 세금은 꼬박고박 납브하고 있겠지?”

“원, 시덥지도 않은 질문이군요. 돈이야 천문학적이겠죠. 연합 정부의 사회 간접자본과 군용 장비들은 다 그라노트에서 생산한 거예요. 일반 시민들의 평균적인 가정의 가전제품과 첨단제품들도 다 이곳에서 만든 거고요.”

에이든이 목소리를 낮췄다.

“듣기론 법인세만 연간 1천억 위안이라는군요.”

대니가 휘파람을 불었다.

"1천억 위안? 연합 정부 1년 예산의 20%가 조금 안되는데?"

"말도 말아요, 대니. 그 돈의 티끌만 있어도 당장 일 때려 칠 겁니다."

"이 정도면 솔직히 그라노트 사장의 팬티만 한 뭉텅이 모아서 팔아도 우리 1년 연봉은 나오겠어."

"대니, 저질이에요."

"뭐 어때, 누가 우리 얘기를 들었겠어?"

"대니 카를로스 대위님?"

대니가 깜짝 놀라 고개를 돌리자 꼿꼿한 몸매의 여자 비서가 보였다.

"저는 왕 페이, 사장님의 비서입니다. 사장님께서 여러분들을 집무실에서 기다리고 계십니다. 안내하겠습니다."

그녀의 쪽진 머리를 보던 대니는 무안스런 표정을 지었다. "들었을까?"

에이든이 헛기침을 하고는 대니를 쏘아보았다.

대니가 물었다.

"지금 돌아오신 건가요?"

"아뇨. 대위님이 방문하실 거라는 언질을 받고 오늘은 일정을 잡아두지 않으셨습니다. 이리로 오시죠."

대니와 에이든은 비서가 잡아준 엘리베이터에 올라탔다. 비서는 250층을 눌러주었고 문이 닫혔다. 엘리베이터가 놀라운 속도로 상승했다. 그러나 속도감은 하나도 느껴지지 않았다. 속으로 다섯을 셌을 때 엘리베이터가 멈추고 문이 열렸다.

대니는 창가에 서서 자신을 바라보고 있는 여성을 보았다. 에이든과 대니가 서로 눈을 마주쳤다.

그들이 잠시 뭐라 말할지 몰라 뜸을 들이는 사이 여자가 말했다.

"카를로스 대위님. 반갑습니다. 여름 그라노트입니다."

대니는 잠시 인사에 앞서 자신도 모르게 여자를 보았다. 마른 몸매지만 운동으로 다져진 몸에서 흘러넘치는 알 수 없는 기운이 느껴졌다. 그리고 눈은 자신감으로 번쩍였다. 대니는 사람들이 왜 그라노트 사의 사장을 그렇게 찬양하는지 알 것 같았다. 그는 생각했다. '빌어먹게 멋진 여자군.'

"안녕하세요, 그라노트 사장님. 연합군 3연대장 대니 카를로스 대위입니다. 이토록 유명한 분을 만나뵙게 되어 진심으로 영광입니다. 여기 이 친구는 에이든 중사입니다."

"반갑습니다. 중사님."

"저희가 온다는 얘기는 들으셨죠?"

그라노트 사의 사장이자 그라노트 회장의 딸 여름 그라노트가 살며시 웃었다.

"그렇습니다. 그리고 3연대라면 개인적으로도 잘 알고 있죠. 3연대와 기동전단 쪽 군수품과 함선, 중력 장치 등은 모두 저희 회사가 만들고 있으니까요."

"현재로선 시장에서 가장 성능이 좋은 핸디툴을 만들고 계시기도 하고요."

대니가 자신의 팔에 장착한 핸디툴을 가리키는 몸짓을 했다. 여름이 웃었다.

"칭찬 감사해요. 단순히 덕담을 주고 받는 자리는 아니기 때문에 바로 본론으로 넘어가셔도 좋을 것 같네요. 뭐가 필요하신 겁니까? 비서실장께서 뭐든 지원하라고 하시긴 했습니다."

"함선을 지원받고자 합니다."

"어떤 함선을? 저희는 대부분 원하시는 기능을 가진 함선들을 갖추고 있을 거라 자신합니다. 이온 캐논, 플라즈마류, 레일 포부터 미사일 포대까지. 소형부터 대형까지, 그리고 장거리 항해가 가능한 함선들도 있습니다. 외곽 성역으로 나가시려는 건가요?"

"아닙니다, 사장님. 그보다는 누군가보다 더 빠르게 혹은 비슷하게 넵투누스로 가야 할 일이 생겼습니다."

"넵투누스라면, 기존 사양의 함선들로도 충분히 빠르게 도달하실 수 있을 텐데요?"

"저는 기존의 함선을 원한 게 아닙니다."

대니는 여름을 보며 한 번 웃었다.

"웜홀 생성기를 장착한 함선을 원합니다. 가지고 계시죠? 그라노트 사에서 만든 프로토타입이 있다고 들었는데요."

여름이 어깨를 으쓱였다.

"인정할게요. 그것만은 요구하지 않길 바랐어요. 아직 극비거든요. 몇 기 없는 귀중한 시제품들입니다. 양산품이 나오려면 조금 시간이 더 걸리기도 하고 말이죠. 하지만 비서실장님의 요구라면 어쩔 수가 없군요.”

“정말 그게 있나 보군요!”

에이든이 탄성을 질렀다. 여름이 그를 보며 의미를 알 수 없는 모호한 표정을 지었다.

“네, 있어요. 연합정부의 대적인 조슈아 권도 FTL함선을 소유하고 있잖아요? 우리라고 못 만드리란 법이 없어요.”

“FTL?”

“초광속비행(Faster Than Light). 저희 내부적으로 워프 드라이브 기술을 호칭하는 다른 동의어입니다.”

“그 용어라면 저도 압니다. 그리고 로베스피에르 함의 기술이 인류의 것이 아니라 외계인들의 테크놀로지라고 생각한다면 더 중요한 의미라는 생각이 드는군요, 사장님. 이건 개인적인 궁금증인데, 그 워프 드라이브 기술은 행성 한 정부가 20년 전에 만든 기술과 같은 겁니까?”

“연합 정부의 과학 연구소와 함께 공동 연구하고 있는 연구진들은 모두 그라노트 사에서 파견된 저희 직원들입니다. 그리고 우리는 행성 한 정부의 워프 드라이브, 웜홀 생성 기술을 대부분 이해하게 되었습니다.”

“멋진 일이군요. 그럼 저희들에게 그 프로토타입을 보여주실 수 있을까요?”

여름은 자신의 사무실 중앙의 콘솔을 열었다. 콘솔의 붉은 빛이 여름의 홍채를 인식하고 작동했다. 잠시 후 홀로그램이 나타났다. 그라노트 사의 모든 안드로이드에 탑재되는 인공지능 ‘G’가 분명했다.

“무슨 일이신가요?”

“챙 박사를 연결시켜줘요.”

잠시 후 중년의 남성인 듯한 목소리가 들렸다.

“예, 사장님.”

“챙 박사님. 손님들을 데리고 갈 거예요. 소로스 I과 쿠도를 준비해줘요.”

“알겠습니다.”

통신이 끊어졌다. 대니가 말했다.

“소로스 I이요?”

“가칭이예요. 확정될 확률이 높지만. 새로 만들어질 워프 가능한 중순양함은 소로스 급이 될 거예요. 강습함부터는 쿠도 급이 될 거고요.”

“쿠도라면 뉴시드니와 신상하이를 통합한 총통이군요.”

“정답이에요. 역사에 관심이 많으신가요? 박학하시네요.”

“이 정도로 박학하다고요?”

“요즘엔 무지한 사람이 더 많아요, 대니.”

에이든이 말했다.

대니와 에이든은 여름을 따라 집무실을 나섰다.

여름은 고속 승강기로 안내했다. 문이 닫힌 승강기는 놀라운 속도로 하강하기 시작했다. 에이든이 물었다.

“어디까지 가는 겁니까?”

“지하 25층입니다.”

“그렇게 깊은 곳까지 시설들이 들어차 있나요? 어떤 건축공학이 동원되었는지 궁금할 지경이군요.”

“24시간 감압장치까지 돌아가고 있으니까요. 원래 이 건물은 모든 종류의 우주 방사능 피해와 폭격에 내성을 가지도록 설계가 되어 있답니다. 그리고 회사의 가장 비밀스러운 프로젝트들도 지상이 아닌 지하에 있습니다.”

승강기는 10여초 만에 지하 25층에 도달했다.

문이 열리자 안경을 쓰고 청바지를 입은 마른 체형의 남자가 서 있었다.

“사장님. 준비해 두었습니다. 이쪽으로.”

그가 가리킨 방향으로 일행이 걸어나갔다. 점차 길이 넓어지더니 빛이 쏟아지는 커다란 홀의 입구가 나타났다.

대니는 매끈하게 빠진 순양함 두 척과 강습함이 홀 한가운데에서 어둑어둑한 그림자 사이로 빛을 받아내고 있는 모습을 보았다. 선체 옆면에는 T-I 과 K-I이 각각 음각되어 있었다. 여름이 챙 박사에게 말했다.

“고마워요, 박사님.”

“도움이 필요하면 불러주세요, 사장님. 그럼 이만.”

챙은 홀의 옆면의 겹문을 통해 사라졌다.

대니와 에이든이 서로 잠시 바라보고 있자 여름이 말했다.

“아무거나 선택하셔도 됩니다. 대위님.”

“솔직히 말해서 중순양함이 끌리긴 하지만, 저와 제 연대원들이 그 기능을 100% 발휘하려면 비슷한 사양의 강습함이 더 좋을 것 같네요.”

“쿠도 급을 말씀하시는 거죠?”

“그렇습니다. 저희가 특별한 교육 없이 바로 함선을 다룰 수 있을까요?”

“콘솔의 인터페이스는 친숙한 형태일 거예요. 워프 드라이브 시에 좌표 계산이 조금 까다롭지만 몇 가지 우주 난수와 허수만 올바르게 지정해주면 대부분은 항법 장치가 자동으로 계산할 수 있습니다. 아마 기본적인 물리학과 우주 난수를 아시는 분이라면 큰 무리가 없을 겁니다.”

“다행이네요.”

“그러게, 에이든.”

“그리고…….”

대니가 여름을 보았다.

“연합의 염동력 요원들을 위한 단련실도 있습니다, 대위님.”

“이 작은 우주선 안에 말입니까, 사장님?”

대니가 놀랬다.

여름이 미소를 지으며 말했다.

“영웅을 위한 작은 호의라고만 말해두죠.”

대니가 얼굴을 붉혔다.

“영웅이라니, 가당치도 않습니다.”

“영웅이시죠. 대위님이 그 날 코네티컷에 가지 않았더라면 희생자의 수는 훨씬 늘었을 거예요. 겸양하실 필요 없습니다. 같은 능력자로서 특히 감사하고 있습니다.”

대니는 그라노트의 후계자가 염동력 인자 보유자라는 것을 들은 기억을 떠올렸다. ‘그녀도 능력자였군.’ 에이든이 물었다.

“사장님께선 어떻게 능력을 가지게 되신 겁니까?”

여름 그라노트가 살짝 눈썹을 찡그렸다.

“죄송합니다. 그 질문에는 대답하고 싶지 않군요. 개인적인 일이라서요.”

“에이든.”

대니가 에이든을 말렸다. 에이든도 여름의 표정을 보고 그녀가 해당 주제로 대화하고 싶어하지 않음을 알았다.

“용서하세요, 중사님. 저도 염동력 능력자들을 보게 되면 이상한 동질감을 느낀답니다. 사실 다들 그렇지 않나요? 우리는 모든 사람들이 경원시하면서도 가까이하고 싶지 않은 이웃들이죠. 환영받지 못할 존재라는 건 저 역시 살아오면서 가장 익숙해진 자의식의 일부이기도 한답니다. 저는 어릴 적부터 스스로의 감정을 드러내지 않고 남들의 눈에 띄지 않게 행동하는 법부터 배워야 했답니다. 물론, 상대적으로 저보다 못한 처지의 능력자들보다는 순탄한 삶이었을 거예요. 하지만 그 고립감은 오래가더군요. 대위님은 이해하실 거예요.”

대니가 동의의 뜻으로 살짝 고갯짓을 했다.

“이해합니다, 사장님.”

“그럴 거라 생각했어요.”

여름이 살며시 웃고는 쿠도를 가리켰다.

"들어오세요. 제가 간단히 보여드리죠."

선실에 들어서자 자동 센서가 움직임을 감지하고 조명이 들어왔다.

기다란 원통형의 통로를 지나 20평이 넘는 듯한 통제실이 나왔다. 그곳에 들어서자 여러 개의 콘솔이 놓여 있었다.

대니는 지금까지 보던 함선들에 비해 단순화된 디자인이라고 생각했다. 실제로 같은 체급의 강습함인 리틀보이 호와 비교해서도 더더욱. 그가 이에 대해 말하자 여름이 동의했다.

"맞습니다. 통제실은 기존의 함선들보다 훨씬 단순화되어 있는 형태입니다. 콘솔 숫자가 절반 이하로 줄었지요? 최신 워프 드라이브 자동 항법기가 탑재된 탓이 큽니다. 지금까지는 항법사와 시스템 간 계산을 위한 콘솔이 최소 하나 더 필요했지만 이제는 자동항법장치가 웬만한 요소들을 제어할 수 있게 됐기 때문입니다.

엔진도 다릅니다. 핵융합 클러스터에서 연소실과 동력 발생기를 통해 터져 나오는 직분사 엔진은 이전 버전의 엔진들과는 확연히 출력도, 안정성도 다르지요. 기관 담당자가 일일이 동력 단계 변환마다 핵 사일로를 체크할 필요가 없습니다. 여러가지 차폐 격벽 내부 시스템에서 모두 통제하고 있으니까요. 아직 프로토 타입이지만 획기적인 속도와 내구도를 자랑하는 함선입니다.”

“그런 프로토타입을 가져갈 생각을 하니 기대가 되면서도 한 편으로는 송구스럽네요.”

“그런 마음을 가지셔야 해요, 대위님. 제가 정말 아끼는 아이 니까요. 다정하게 다뤄주시길 바라고 있어요.”

대니는 사장이 농을 던진 건가 헷갈렸지만 그녀의 진지한 표 정을 보고는 미소를 짓지 않았다. 기계 마니아인가 보군. 그는 약간 뜸을 들이며 말했다.

“세심하고… 상냥하게 다루도록 노력하겠습니다.”

에이든이 ‘뭐 저런 얼간이가 있나’하는 표정으로 쳐다보았지 만 대니는 그 눈길을 무시해버렸다.

아직 정식 명칭이 없는 함선 ‘쿠도’에 탑승하고 개방된 타워 윗면을 통해 날아오르면서 에이든이 말했다.

“이거 하나는 확실하군요. 이 자식은 짐승 같은 놈이에요, 대 니. 루쉰 자식이 좋아하겠어요.”

“그 정도야?”

“미친 출력이예요. 최고 속도까지 도달하는 데 채 5초가 조 금 넘을 뿐이에요. 어마어마한 엔진이라고요. 루쉰은 황홀해할 겁니다. 그 자식이 기관실에 살림을 차릴 거라는데 제 전재산 을 걸 수도 있어요.”

“다행이군. 다들 좋아할 거야. 키록스는 말할 것도 없고.”

"얼른 녀석들을 데리러 가자고요, 대장. 바로 호출하겠습
니다."

대니가 승인했다.

통신이 들어왔다.

"누구지?"

대니가 말했다.

에이든이 통신을 켰다.

핸들러 비서실장의 홀로그램이 나타났다.

"카를로스 대위. 수라 핸들러입니다."

"비서실장님."

"새 함선은 맘에 듭니까?"

"무척 맘에 듭니다. 이제껏 보지 못한 출력과 성능이군요."

"당신이 맘에 들어하니 다행이군요."

"어쩐 일로?"

"간단히 브리핑해주려고 합니다."

수라 핸들러가 웃었다. 대니는 그가 웃을 수 있다는 사실이
놀라웠다.

"말씀하십쇼."

"당신들은 넵투누스의 비밀 연구시설로 가게 될 겁니다. 그
러나 사실 그곳에는 알려진 것과는 달리 별도의 관리자들이 존
재하지 않습니다. 그곳에는 오직 소장인 알리스 헤커만 박사
만 있습니다."

"그렇군요."

“박사에게는 당신들이 도착할 거라고 귀띔해줬습니다. 그를 어쩌면 보지 못할 수도 있습니다.”

“그 사람이 연구소 전체를 책임지고 있습니까?”

“설명하긴 힘들지만, 가능합니다.”

“그렇군요. 알겠습니다.”

“당신들은 그곳에 도착해서 유리 이바노바의 신병만 확보하면 됩니다. 그럼 끝입니다.”

“알겠습니다.”

“더 궁금한 사항이 있습니까?”

“없습니다. 비서실장님.”

“그럼 수고하세요.”

비서실장이 사라졌다.

에이든이 어깨를 으쓱했다.

“뭐, 간단한 임무처럼 보이죠?”

“키록스를 호출해봐.”

“알겠어요.”

잠시 후 호출음과 함께 키록스의 홀로그램이 나타났다. 지루한 표정의 키록스가 말했다.

“대장 용무는 다 끝난 거야?”

“새 함선을 타고 영내로 가는 중이다, 키록스. 루쉰은?”

“졸고 있어. 깨울까?”

“응, 10분 내에 도착할 거 같다. 다른 대원들과 함께 승선 준비하도록.”

“알겠어. 그 여자는 어땠어?”

“누구?”

“누구겠어. 듣던 대로 멋진 여자였어?”

“여름 그라노트 사장? 뭐, 멋진 몸매를 가지고 있긴 한 거 같더군. 시간될 때 연락처 알려줄게.”

“진심이야?”

“당연히 개소리지. 그런 여자가 쉽게 연락처를 가르쳐줄 것 같아? 쓸데없는 소린 집어치우고 일할 준비나 해.”

“넵투누스는 재수없는 놈들 투성이라고, 대장. 말이 나와서 말인데, 이번 작전은 정말 내키지 않는다고.”

“유리 이바노바를 잡으면 특별 포상이 내려질 거야. 그러니 조금만 참아.”

“알았어. 특별 포상 따위를 기대하는 건 아니지만. 비서실장의 명령이니. 곧 보자고 대장.”

“그래.”

홀로그램이 사라졌다.

대니는 잠시 생각에 잠겼다. 에이든의 목소리가 그의 주의를 끌었다.

“그 여자를 생각하는 거예요, 대니?”

“유리 이바노바? 맞아. 그녀를 생각하고 있었어. 그럼 안 되나?”

“안될 건 없죠. 남녀 사이 일에 제가 할 말이 뭐가 있겠습니까? 그 여자도 당신을 생각하고 있을 거예요, 힘내요, 대니.”

“닥쳐. 오늘따라 다들 되게 말들이 많군.”

“남들이 관심 가져줄 때가 행복한 겁니다.”

“모르겠어, 에이든. 그녀는 나를 속였어. 알면서도 그랬다고. 젠장, 그 여자가 디스카디드라니, 그것도 거물이었단 말이지. 헬렐레거리는 내가 얼마나 우스워 보였겠어?”

“정말 우습게 생각했는지, 아니면 진지했는지는 직접 만나서 물어봐야 알 수 있는 노릇 아니겠어요?”

“만나서 뭐라고 할까? 보고 싶었다고? 웜홀을 거슬러 당신을 만나러 왔다고? 말이 되는 소리를 해. 그녀는 내 적이야. 그리고 난 그녀를 잡을 거고.”

에이든이 싸늘하게 웃었다.

“꼭 그러라고요, 대장.”

여름은 자신의 집무실 상단 스크린을 통해 날아가는 함선의 뒷모습을 눈으로 쫓았다. 함선의 엔진은 사출구에서 푸르른 빛을 뿜더니 순식간에 멀어져갔다.

쳉 박사가 들어왔으나 여름은 그쪽으로 눈을 돌리지 않았다. 여름은 고개를 흔들고는 눈을 감았다.

“그자들은 정말 염치도 없네요. 심지어 해리 카를로스의 손자를 보낼 줄이야.”

쳉은 아무 말없이 벽장에서 와인을 꺼내 잔에 따랐다. 그가 잔을 내밀자 여름이 받아들고는 웃었다.

“고마워요.”

쳉이 와인을 목구멍으로 넘기고는 입맛을 다셨다.

“왜 자신이 능력자라는 걸 밝혔니, 여름아?”

여름은 와인 잔을 비우고는 쳉 그라노트, 그라노트 그룹의 회장을 바라보았다.

“글쎄요, 왜 그랬을까요 아버지? 조금은 그 자에게 표현하고 싶은 유치한 마음이었을지도 모른다는 건 고백해야겠네요.”

“핸들러 비서실장과 소로스 총통은 우리가 어디서 왔는지 잊지 않고 있단다. 대니 카를로스를 보낸 건 그들이 우리에게 보낸 신호란다. 복종하기로 한 것을 잊지 말라는 거지.”

“우린 이미 많은 것을 그들에게게 바쳐 왔잖아요? 뭘 더 어떻게 해야 할까요?”

“적어도 그들이 없어지기 전까지는 계속이겠지.”

“그것도 조만간이에요.”

여름이 웃었다.

“함선을 다시 준비해야겠네요.”

“그렇구나.”

쳉 박사가 한숨을 쉬었다.

“함장님. 무슨 생각을 하고 계십니까?”

유리가 융커우를 바라보았다. 융커우가 어깨를 으쓱거렸다.

“생각이 많으신 듯해서요.”

“아, 미안. 너무 빤히 쳐다봤지?”

“빤히 쳐다보시는 건 괜찮습니다. 그런다고 닳는 건 아니니까요. 어떤 생각을 하고 계신지 여쭤봐도 될까요?”

유리는 곤혹스러운 표정을 지었다.

“별 일 아니야.”

“보통 사람들이 그런 표정을 지을 땐 정말 하고 싶지 않은 얘기거나, 아니면 자신도 모르게 무심결에 생각하던 어떤 사람에 대해 들켰다고 생각할 때이더군요. 함장님은 어느 쪽입니까?”

“글쎄……. 양쪽 다 일리가 있네. 어느 쪽일 거 같아?”

융커우가 피식 웃었다.

“저를 보고 계셨으니, 적어도 저희 동료들 중 하나일까요? 혹시 제 전임자인 달라스를 생각하신 건가요?”

“그에게 정말 미안하게도, 아냐. 이런, 정말 미안해지는걸……. 난 너와 하늘을 생각하고 있었어.”

“아, 하늘이요? 그녀가 뭘 어쨌길래요?”

“이번 임무에서 융커우, 만약 네가 또 잘못되면 하늘이 분명 날 원망하지 않을까 싶어서.”

“저 말고 더 나은 조종사가 있으십니까?”

“없지.”

“최상의 선택을 하신 겁니다.”

유리는 웃으며 주위를 둘러보았다.

퓌레 호는 모스크바 함 소속 중형 프리깃이었다. 퓌레 호는 자동 항로를 설정한 채로 넵투누스를 향하고 있었다.

“그녀에게 벌써부터 죄책감을 느낀다는 건 아니야. 다만 내

대원들이 조심했으면 하는 마음 뿐.”

“함장님의 마음이 어떤지 제가 다 안다면 거짓일 겁니다. 하나 말씀드릴 수 있는 건, 아직 저희는 여정이 많이 남았다는 겁니다. 출발하기 전부터 눈을 못 붙이셨죠? 지휘관의 피로도는 작전 지휘 능력과 전황에 막대한 영향을 미친다고 하더군요. 함장님. 눈을 좀 붙이시지요. 아직 넵투누스까지는 하루가 넘게 남았습니다.”

“그렇게 해야겠어. 네 말이 맞아, 융커우. 좀 쉬다 올게. 너도 교대자와 제 때 교대하도록 해.”

“걱정 마십시오.”

유리는 통제실을 나섰다. 그녀는 자신의 작은 방으로 돌아와 제복을 벗고는 잠시 몸을 누였다.

그녀는 자신의 핸디툴을 보았다. 통신이 하나 들어와 있었다. 그녀가 반색하며 통신을 켰다. 손바닥마다 조금 큰 정도 크기의 긴 머리에 튜닉 차림을 한 여성의 홀로그램이 나타났다. 유리가 말을 걸었다.

“언니.”

이리나 이바노바가 샐쭉 웃었다.

“어디니, 유리나?

“이제는 유리야, 언니. 어디라고 말할 순 없어. 감청당하고 있을지 모르니까.”

"그렇구나."

"언니도 어디라고 말하기는 힘들겠네. 언제쯤 언니를 볼 수 있을까?"

"그러게. 나도 널 만나고 싶어, 유리."

이리나가 슬픈 표정을 지었다.

"언니, 난 한동안 옛날 기억들을 잊고 지냈어."

"이해해, 유리. 바쁘잖니."

"그런데 요즘 가끔씩 생각이 나. 아버지가 나와 언니를 데리고 다녔던 별장 말야. 기억해?"

"기억하지. 네가 악몽을 꾸기도 했잖니."

유리는 눈가가 달아올랐다.

"나는 그 꿈 속의 생명체가 마치 아버지 같아. 생각할수록."

"유리, 많이 슬픈가 보구나."

유리가 눈가를 문질렀다.

'언니. 못 본지 너무 오래됐어. 10년이 넘었어. 그동안 언니가 죽은 줄만 알았는데, 이렇게 연락이 닿았는데 왜 언니를 볼 수가 없을까?"

"곧 볼 수 있을 거야. 유리. 우린 곧 만나게 될 거야."

"그렇겠지?"

이리나의 홀로그램이 손을 내밀었다.

'유리나. 뭔가 소리가 났어. 통신을 끌게."

"언니?"

"다시 연락할게. 곧 다시 연락할 거야. 무사히 몸조심해."

“언니야말로 몸조심해.”

이리나의 홀로그램이 사라졌다. 유리는 어둠 속에서 잠시 생각에 잠겨 있었다.

아까 융커우에게 말하지 않았지만 그녀는 대니 카를로스를 잠시 생각했다. 카란 셰티를, 자신이 만났던 남자들을 생각하고 있었다.

그리고 사라진 자신의 아버지를 생각했다.

유리는 어릴 적 꿈 속에서 보았던 죽어가던 해양생물을 떠올렸다.

8.

넵투누스의 궤도 바깥에 접근해가면서 유경은 우주 공간에 떠 있는 파란 점이 점점 커지는 걸 보았다. 아득한 어둠과 공포가 끝없이 펼쳐진 허무의 공간에 그 파란 점은 자신의 존재감을 뿜어내고 있었다. 생명의 신호인 물이 온통 뒤덮고 있는 뉴 시드니의 쌍둥이성. 낙원과도 같은 행성의 대기 아래에는 음모가 진득하게 녹아들어 방문자들을 맞이할 준비가 진행되고 있을 것이다.

뒷편에서 카무라의 음성이 들렸다.

"역시나 생각만큼 중력이 강한 행성이군."

유경이 몸을 돌려 카무라를 보았다. 그는 자신의 레일건 죽음을 특수전투복의 홀스터에 찔러넣던 참이었다.

"신상하이의 2배가 좀 안 되는 중력이라고 알고 있는데, 전투복 없이 발을 디뎠다간 금방 지쳐버리겠지. 안 그렇소?"

"중력이 문제가 아니에요. 저 안에 있는 것들이 더 문제죠."

유경은 연우를 집어삼키던 놈을 생각한다. 날카롭게 돋아난 수많은 이들이 연우의 몸을 찢으며 움직여대던 모습을.

어지러움이 느껴졌지만 유경은 가까스로 참았다.

외계인.

연우를 죽인 놈.

'때가 오고 있어.'

그녀는 온몸을 휘감는 한기를 느꼈다. 깊은 곳에서 흘러나오는 한기였다.

선내에 조종을 맡은 융커우의 안내가 방송되었다.

"통제실입니다. 퓌레 호는 30분 내로 넵투누스에 들어갈 겁니다. 은폐장을 두르고 있지만 놈들은 곧 우리가 착륙했음을 알게 될 겁니다. 남반구의 기지 동쪽 10km 해상에 착륙을 시도할 것이고, 해저를 통해 돔에 접근해서 굴착기를 통해 지하로 진입로를 확보하게 됩니다. 이후 과정은 함장님이 브리핑하실 겁니다."

"이바노바입니다. 이후 진입대는 카무라 대장을 비롯한 육전대원들과 형제단이 맡습니다. 융커우를 비롯한 나머지 인력은 후방에서 대기해주세요. 만일의 경우 퇴로를 확보하기 위해 지원거리를 확보해놓아야 합니다. 작전은 2시간을 넘기지 않을 겁니다. 시간이 넘어가면 결과가 어떻든 무조건 본함으로 퇴각하겠습니다."

긴장된 분위기가 감돌았다. 카란만 짐짓 여유로운 표정으로 자신의 플라즈마 커터의 손잡이를 두드리며 중얼거렸다.

"다 베어버리면 돼."

유리가 말을 끝맺었다.

"그럼 갑시다."

은폐장을 두른 퓌레 호는 20여분의 조심스러운 비행을 통해 안전하게 넵투누스 해상에 도달했다. 유리는 스크린을 통해 잠시 나타난 광경에 감탄했다. 바다와 살짝 살짝 엿보이는 빛이 울긋불긋한 색조를 행성 전체에 드리우고 있었다. 그러나 곧 그 광경은 사라졌고 퓌레 호가 빠른 속도로 하강하면서 바다 속 풍경은 어두워졌다. 퓌레 호의 선실 내 감압 장치가 작동하기 시작하며 소음이 발생했다. 승무원들의 생명활동을 지속시키기 위한 몇 안 되는 장치였다.

곧 퓌레 호는 돔 구조물이 위치한 인공 구조물의 뿌리 부분에 도달했다. 뿌리는 금속화합물과 암석으로 결합되어 있었는데 학선의 지질분석 장치는 그것이 여러 가지의 인장력과 부식성어 견디도록 화합적으로 세밀하게 설계된 구조물의 뼈대의 일부분임을 알려주고 있었다.

퓌레 호의 앞 주둥이가 앞으로 튀어나왔다. 주둥이는 곧 시추기처럼 원뿔모양으로 바뀌었고 녹아내리듯이 움직이며 구조물의 측면을 조심스럽게 뚫어내기 시작했다.

에어락 안쪽에 대기하고 있던 대원들은 융커우의 목소리를 들었다.

"생각보다 더 단단하군요. 시간이 좀 걸릴 것 같습니다. 출력을 더 높이겠습니다."

카무라는 그 호기롭던 파일럿의 목소리에 미약한 불안감을 감지할 수 있었다.

"두렵소, 카무라?"

카란이 말했다. 카무라는 고개를 저었다.

"이 나이쯤 되면 두려움 따윈 없소, 해적 양반. 뭔가 꺼림칙해서 그렇소. 그게 데스먼드가 말한 내용들 때문인 것 같긴 하지만, 이곳엔 분명 우리가 모르는 불길한 것들이 있소. 난 그 불안함의 냄새가 마음에 들지 않소. 아주 음침한 느낌이거든.”

“넵투누스에 그런 개같은 짓이 일어나고 있다는 건 정말 아이러니한 일이지.”

“뭐가 아이러니하다는 거요?”

“넵투누스는 발할라에서는 꿈과 같은 곳이오. 발할라는 불모의 유형지며, 유령들의 고향이지. 지금도 발할라 사람들은 밤에 유령들의 목소리를 듣곤 하오. 나 역시 그 소리를 들으며 자랐고. 바람과 흙이 만들어내는 죽음의 유령의 목소리와 발걸음 소리를. 뉴시드니가 가진 커다란 대양과 푸르른 대지는 선망과 질시의 대상이었소. 우리를 쫓아낸 자들이 누리고 있는 모든 불합리하고 불공평한 소유물의 상징으로서. 그리고 그런 뉴시드니가 풍부한 생명력을 지닌 대양행성을 쌍성으로 거느리고 있다는 것 자체가 우주가 우리에게 휘두른 인정할 수 없는 폭거였지. 얼마 떨어지지 않은 곳에서 그 두 바다를 보다가 다시 우리 행성의 메마른 토지와 얼마 되지 않는 바다 같지도 않은 바다를 보게 되면 누구도 인정할 수밖에 없을 거요.”

카무라는 그럴 수도 있을 거 같다는 생각을 했다. 박탈당한 자들이 느끼는 심정을 그 역시 너무 잘 알지 않았던가. 카란이 말을 이었다.

“나는 가끔씩 왜 외팔이 발타자르가 그곳에 정착하지 않았나를 생각하오. 결론적으로 그럴만한 인력과 기술도 당시엔 없었

거니와 적의 공격을 방어하기엔 취약할 만큼 가깝고 잘 드러나
는 위치였겠지. 발타자르 메이어 자신도 생전에 뉴시드니와 넵
투누스를 항상 손에 넣을 궁리만 하고 있었던 게 사실이기도 하
고. 그만큼 발할라 주민들에겐 이곳은 낙원과도 같은 곳이었소.

그런데 연합은 이곳을 주민들을 위한 약속된 보금자리가 아
니라 한낱 비밀 실험, 음모의 공장으로밖에 생각하지 않았다는
거요. 놈들이 음침한 건 알고 있었지만, 이건 특히 화가나는군.
안 그런가, 데스먼드?”

데스먼드가 말했다.

“제가 이상주의자이거나 박애주의자는 아니지만, 연합이 이
성계에 저지른 행위는 심판받아야 합니다.”

“그건 네 옛 동료들도 해당되는 말인가?”

“그렇지 않습니다. 물론 그 중엔 정부에 의심을 품지 않고 정
부의 프로파간다를 그대로 충실히 따르는 자들이 많습니다. 그
러나 저와 같은 이들도 있습니다. 분명 연합군도 이 혁명에 호
응하고 싶어하는 잠재세력이 충분합니다.”

“그들이 호응할 거라고 보시나 보군요. 절대 그럴 리 없어요.”

모두의 이목이 입을 연 유경에게 집중되었다. 데스먼드가 불
쾌한 낯빛으로 물었다.

“무슨 얘기지?”

바닥만 바라보던 유경이 눈을 들어 사람들을 둘러보았다. 그
녀의 눈에는 조소가 어려 있었다.

“놈들은 인간을 인간이라 생각하지 않아요. 에이먼 소로스

와 수라 핸들러가 한과 발할라에서 일방적으로 제노사이드를 일으키는 것을 다들 보지 않았나요? 그자들은 효율적으로 군대를 관리합니다. 총통의 집권 이후로 군 내 소요사태가 일어난 적은 없어요, 데스먼드. 당신이 극히 예외적인 경우일 뿐이예요.”

예나가 말했다.

“유경 대원. 당신은 마치 이 혁명이 성공하지 못할 거라고 믿고 있는 것 같군요.”

유경이 신경질적으로 짧게 웃었다.

“그렇게 보이시나요? 그래요. 난 이 혁명이 성공할지 알 수 없어요. 그리고 그건 당신들은 이해할 수 없는 걸 내가 보고 알게 되었기 때문이에요. 내가 이곳에 왜 왔는지 알아요? 난 죽으러 왔어요. 더 큰 어둠에 삼켜지기 전에 이 모든 걸 끊어버리려 온 거예요. 당신들은 곧 이해하게 될 거예요. 내가 무슨 말을 하는 건지.”

“그건 옳지 못한 말이군요.”

에어락의 진입문이 열리고 유리가 들어섰다.

유리가 청중을 향해 단호하게 말했다.

“우리는 죽으러 이곳에 온 게 아닙니다. 혁명을 성공시키기 위해 온 겁니다. 유경 대원, 이곳에 다시 온 건 분명 힘든 일일 거예요. 얼마나 힘든 느낌일지 솔직히 다 헤아리기 힘들 정도로. 그러나 우린 여기에 한낱 부나비처럼 뛰어든 게 아니예요. 연합의 비밀을 파헤치고 사전에 방지하고, 행성 한과 발할라가 겪었던 불행을 막고자 온 겁니다. 그러니 더 이상 죽겠단 말은 하지 말기 바랍니다. 이곳의 지휘자는 나고, 당신이 김진수 대장의 사람이고 비록 내 직속 부하는 아니지만 그렇게 생각해주었으면 좋겠어요.”

그곳에 모여 있던 이들이 낮은 목소리로 동의한다는 뜻으로 중얼거렸다. 카란은 씩 웃으며 유리를 보았다.

유경은 고개를 저었다.

“이바노바 대장님. 곧 당신도 알게 될 거예요.”

그녀는 더 말하지 않고 전투복 헬멧을 착용했다. 유리는 대답하지 않았다.

에어락이 열리고 문이 열렸다. 유리와 30여명의 대원들은 전투복을 착용한 채로 빠르게 진입했다.

처음 진입구로 나오자마자 유리는 여러 격벽들이 있는 모습을 보았다. 유리는 통신을 개방하고 융커우에게 물었다.

“여기가 어디쯤이지?”

“돔의 최하단입니다. 스캐닝 결과, 상층부를 향해 올라가는 승강기가 200미터 앞에 있습니다. 어디까지 올라가는지는 알 수 없습니다.”

“알겠어.”

진입대는 비스듬하게 난 길을 따라 우측 전면부를 향해 움직이기 시작했다. 잠시 후 융커우가 말한 승강기가 나타났다. 승강기의 규모는 거대해서 동시에 20여명이 탈 수 있는 크기였다. 유리가 말했다.

"우리가 먼저 올라갈게요. 카무라, 육전대원들과 함께 뒤따라와요."

카무라가 고개를 끄덕였다.

승강기에 먼저 올라탄 유리는 승강기가 '지하'로 표시된 부분까지만 운행하는 것을 알았다. 현재 위치는 '해저'인 것으로 보아 아마 다른 루트를 찾았더라면 해저로 나가는 출구가 있었을 것으로 짐작되었다. 유리와 형제단이 대부분인 1차 진입대를 실은 승강기는 지하를 향해 움직였다.

카란이 말했다.

"놈들은 두더쥐처럼 넵투누스에다 이런 어두운 곳에 숨어서 뭘 하고 있었던 걸까?"

"곧 알게 되겠지."

"내 직감이 말하고 있어, 유리. 그건 정말 개같은 일일 거야."

빠른 속도로 승강기가 지하에 도달했다.

승강기의 육중한 문이 좌우로 열렸다.

전투복 바이저 부분에 설치된 조명을 켜고 진입대가 걸음을 옮겼다.

카란은 무언가를 발견하고 플라즈머 커터를 들었다. 곧 그가 커터를 내리며 욕설을 중얼거렸다.

"제기랄, 이건 다 뭐야?"

“이 자식들, 생체실험을 하고 있었던 것 같습니다!”

데스먼드가 외쳤다. 그들이 오른 지하는 하나의 거대한 홀과 같은 모습을 하고 있었다. 그리고 그 홀을 유리관들이 빽빽이 채우고 있었다. 천장에서 흘러나오는 미약한 불빛들이 유리관들을 어슴푸레하게 비췄다.

유리관들 안에는 인간의 사지를 갖춘 것 같은 실루엣들이 듬성듬성 보였고, 그 외에도 네 발 생물처럼 보이는 것들이나 해저 생물 같은 생명체들이 보였다.

“맙소사, 이건 사람들인가?”

예나가 눈을 부릅뜨고 달려가 유리관들을 하나씩 점검하기 시작했다.

무언가 이상하다.

“대장 뭔가 이상합니다.”

예나가 카란에게 말했다. 카란이 눈을 부릅뜨고 유리관들을 하나씩 훑어보았다.

“이건 대체 뭐지?”

유리가 뭐라 말하려던 찰나, 유경의 목소리가 대원들의 바이저 안에 들려왔다.

“그건 인간이 아니에요. 당신들이 보고 있는 건 외계인입니다.”

“외계인이라고?”

카란이 말했다. 유리가 유리관들에 손을 갖다대고는 그 밑에 쓰여 있는 설명들을 읽었다.

"기호명들이 있고, 실험이 시작된 날짜와 기간, 실험체 상태……. 이들은 인간도, 디우틴 인도 아닌 거 같은데……."

예나가 고개를 끄덕였다.

"맞습니다. 두상도 디우틴과 다르고 팔다리의 길이나 신체 구조적인 배열과 비율도 확실히 달라요. 디우틴과 인간이 조금 더 포유류에 가까운 모습이라면, 이들은 양서류나 파충류에 가까운 느낌입니다. 결정적으로 눈도 4개이군요. 이 생물들은 대체 뭐죠?"

"이들은 칼렙 인들입니다."

유경이 말했다.

"칼렙? 그런 종족이 있나, 우리 은하에? 디우틴과 인류 말고 다른 이종족이 있다고?"

카란이 말했다.

"그들은 고대의 종족이예요. 디우틴보다 조금 더 오래된. 디우틴이 그들을 발견했죠. 발달한 종족이었어요. 지금은 비록 이렇게 불행한 처지가 되고 말았지만요."

누군가 이곳으로 오는 소리들이 들렸다. 유리와 형제단은 곧 뒤에서 나타난 카무라와 육전대원들을 보았다. 카무라가 말했다.

"오면서 대화를 들었습니다. 저것들이 새로운 이종족이란 게 확실합니까?"

"유경 대원에 의하면 그렇다는군요."

"다들 이쪽으로 와보십시오!"

예나가 다른 이들을 불렀다. 그들은 격벽들이 끝나는 지점에서 콘솔 패널이 있는 것을 보았다. 다가가서 살펴보니 알 수 없는 문양들이 그려져 있었고, 격자들이 볼록 튀어나와 기하학적인 모양을 이루고 있었다. 일종의 작동 버튼인 것 같았다.

"눌러볼까요, 대장?"

예나가 물었다. 카란은 떨떠름한 표정으로 고개를 끄덕였다. "잠깐, 함부로 건드리지 말……!" 카무라가 제지했지만 이미 예나가 버튼을 누른 뒤였다.

홀이 진동하면서 격벽들이 움직였다. 격벽들은 나오고 들어가기를 반복하더니 통로의 모습을 갖추었다. 유리는 곧 홀의 구조가 바뀌고 새로운 길이 열렸음을 깨달았다.

"이런 제길. 이곳은 미로였군!"

그들은 자신들이 지나온 곳에 있던 유리관들과 외계인의 모습이 사라졌음을 깨달았다. 콘솔 패널도 사라진 채였다.

더불어 자신들이 어느 방향으로 나아가야 할 지 알 수 없을 정도로 다양한 갈랫길이 그들의 앞에 나타났다.

"둘로 나누어서 움직이죠."

잠시 생각하던 유리가 말했다. 카무라가 동의했다.

"그게 나을 것 같습니다."

예나가 말했다.

"방해 전파장이나 EMP는 없는 듯하니 통신은 가능할 겁니다."

유리가 고개를 끄덕였다.

"육전대와 저는 왼쪽 방향으로, 형제단은 반대 방향으로 움직이죠. 무언가를 발견하면 바로 얘기하는 겁니다."

카란이 유리를 쳐다보다가 마지못해 동의했다.

"알겠다."

그는 한 마디 덧붙였다.

"무슨 일이 생기면 바로 불러라, 유리."

유리는 카무라와 육전대원들과 함께 앞으로 나아갔다. 그녀는 통신을 통해 융커우를 불렀다.

"융커우."

융커우가 대답했다.

"예, 함장님."

"우리 위치를 계속 스캐닝해봐. 융커우. 우리는 지금 둘로 나뉘었다. 육전대와 형제단으로. 각자 어디로 가는지 계속해서 위치를 주시해줘."

"알겠습니다. 계신 곳의 구조가 바뀐 것 같은데 사실인지요?"

"그래. 어떤 장치를 건드렸더니 홀의 구조가 완전히 바뀌었어."

"함정은 아닐까요?"

"아직 모르겠다."

“알겠습니다. 계속 주시하겠습니다.”

길은 20여분간 직선으로 계속 이어졌다. 두 개의 분기점을 만나자 카무라가 말했다.

“오른쪽입니다.”

“어떻게 알죠, 카무라?”

“소리를 놓치지 않으려 하고 있습니다. 해적들이 가까운 쪽입니다. 그리고 이쪽 길 모퉁이가 조금 더 낡은 듯한 느낌이 드는 걸로 보아 자주 드나드는 길인 듯 합니다.”

“일리 있군요.”

그들은 오른쪽 길로 접어들었다. 유리는 알 수 없는 금속 소재의 벽의 한 부분에 그려진 기하학적인 선들에서 인간의 형체와 비슷한 것을 보았다. 카무라가 그녀의 마음을 짐작이라도 한 듯이 말했다.

“사람은 아닌 것 같군요.”

“아까 그 외계인일까요?”

“그런 것 같지만 확신하긴 힘듭니다.”

“이곳은 외계인들이 만든 곳일까요?”

‘그럴 수도 있겠죠. 제가 이해가 되지 않는 건, 이들의 이야기가 그 어디에도 전해지지 않고 있단 겁니다. 디우틴 인들과 인루만이 이 우주의 지성체라는 건 오만한 이야기겠지만 이런 존재들을 우리가 그간 간과했었다는 건 믿기 힘들군요. 어쩌면 이들은 아주 오래 전 멸망한 종족일지도 모르겠습니다.”

“유경, 당신도 여기서 이 존재들을 보았나요?”

“그리고 이제 당신들도 보고 있군요.”

“당신이 알고 있는 걸 조금 더 얘기해 주시죠. 칼렙이라는 저 생명체들에 대해서.”

“뭐가 궁금하십니까, 육전대장님?”

“시간이 없으니, 일단 당신이 얘기한 대로 가정해보겠습니다. 이들은 우리나 디우틴처럼 이족보행을 하는 지적인 생명체일 것이고, 당신 말에 따르자면 디우틴보다 더 오래된 존재라는 건데 왜 이런 처지가 된 거요? 저렇게 되어 있는 건 저 개체들만의 문제요, 아니면 모든 칼렙 인들의 공통된 운명인 것인 거요?”

모든 사람들의 이목이 유경에게 집중되었다.

“저들은 디우틴과의 전쟁에서 패했습니다. 아주 오래 전 이야기입니다. 인류가 모성 지구에서 선사시대로 이제 막 나아가고 있던 무렵, 이미 디우틴들은 주위 성계들에 식민지를 건설해나가고 있었습니다. 그러나 이미 칼렙 족은 노회한 종족이었습니다. 팽창도, 발전도 멈춘 채 은둔하려고 했죠. 그들은 강인한 디우틴에게 매력을 느꼈습니다. 정확히는 디우틴의 지도자, 벨라오스에게 말이죠.”

유리는 의아한 표정을 지었다.

“대체 그걸 당신은 어떻게 다 알고 있는 거죠?”

유경이 웃으며 유리와 육전대원들을 보았다.

카무라는 그녀가 아까와는 너무도 다르다고 생각했다. ‘뭔가 이상해.’

"날 따라와요. 내가 발견했던 걸 보여드릴게요, 함장님. 당신들도 곧 알게 될 겁니다."

카란은 줄지어 늘어선 관들로 가득찬 거대한 원형 실험실을 찾아내었다. 카란이 손을 들었다.

"여긴 어디지?"

데스먼드가 중앙의 콘솔 패널들을 훑어보았다. 예나가 물었다.

"분석할 수 있겠나, 데스먼드?"

"가능해요, 예나. 이곳 시스템들은 모두 연합군의 프로토콜을 따르고 있습니다. 보안도 제가 알고 있는 코드들로 이루어져 있습니다."

"시간은?"

"10분만 주시죠."

카란이 고개를 끄덕였다. 데스먼드는 작업을 시작했다. 연합군의 보안 시스템을 우회해서 진입로를 만들기 시작했다.

예나가 흐릿한 관들을 둘러보았다. 그는 눈을 가늘게 뜨고 관들 안에 희끄무레한 형체들이 있음을 알아보았다. 카란이 말했다.

"이것들도 아까 그 외계인들인가?"

"그렇다면 정말 쓸쓸한 일이군요. 존재도 비밀 속에 가려진 채 우주의 한구석에서 실험쥐 꼴이 되어 있단 게 말입니다."

"'불행의 총량은 무궁무진하다.' 들어봤나?"

"이후 강 제독의 말이군요."

행성 개척기 시대의 명 제독 이후 강 제독이 남긴 말이었다. 당시의 데지레 성계에 도착한 인류가 서로 끝없는 반목을 시작했을 때 이후 강 제독이 반란군을 진압하고는 초토화된 마을과 공동체들을 발견하고는 회한에 잠겨 남긴 기록에서 나온 말이었다.

"불행의 바닥은 너무 깊어서 누구도 그 깊이를 가늠할 수 없는 법이지. 이들의 운명을 슬퍼해주자고."

예나가 돌아다니면서 관들을 툭툭 건드렸다. 통통거리는 소리가 울렸다.

"이 관들, 중앙 상단에 있는 저 장치에 연결이 되어 있는 것 같습니다."

예나가 가리키는 곳에 가로 세로 3m와 2m의 육각형 수납장 같은 장치가 엷은 빛을 뿜고 있었다. 카란이 가까이 다가가 살펴보았다.

"일종의 동력장치인가? 에너지 용기처럼 보이는데...? 배터리 같은?"

"그럼 저 관들이 에너지 동력원인 겁니까?"

"외계인들이 동력원이 됐다는 거지? 거지 같은 전개네, 정말."

그때 데스먼드가 말했다.

"저들은 외계인이 아닙니다."

카란과 예나가 고개를 돌렸다. 데스먼드의 표정이 좋아 보이지 않아 예나가 놀랐다. 카란도 그렇게 느꼈다.

"데스먼드. 표정이 안 좋아 보이는군."

데스먼드는 한숨을 쉬었다. 그의 어깨가 움찔거렸다. 예나가 말했다.

"왜 그래?"

데스먼드가 고개를 들었을 때, 예나는 그의 표정에 어린 것이 분노였음을 깨달았다.

"이들은 인간들입니다."

유리는 카란의 통신이 도착하자 핸디툴을 작동시켰다.

"유리, 이쪽으로 와. 봐야 할 게 있어."

"뭔가를 찾은 거야?"

"맞아. 설명하는 것보다 직접 보는 게 나을 거 같아. 좌표를 보내줄게."

유리가 좌표를 수신했다. 유경이 말했다.

"제가 안내하려던 곳이예요. 따라와요."

"그곳에 뭐가 있죠?"

"직접 보시는 게 나을 거예요."

유리와 카무라는 유경을 따라 20여분을 걸었다. 길은 평탄했고, 곧 넓은 복도 사잇길을 통해 실험실이 나타났다. 카란이 뒤에서 나타난 유리를 향해 손짓했다.

"왔군. 이쪽으로 와."

카란은 잠시 카무라를 지그시 보다가 말했다.

"육전대장. 조금 각오하는 게 좋을 거요."

“그게 무슨 소리요?”

“데스먼드. 보여줘.”

데스먼드가 아무 말 없이 그들을 둘러보고는 패널을 작동시켰다.

방 안이 점점 밝아졌다. 패널에 실험실의 일지와 로그 기록들이 나타났다.

유리와 카무라가 가까이 다가가서 그 기록들을 점검하기 시작했다.

유리의 표정이 어두워짐과 동시에 카무라가 신음소리를 내었다.

카무라가 고개를 홱 돌리고 데스먼드를 쏘아보았다.

“이게 대체 뭐요?”

유리가 떨리는 음성으로 말했다.

“다 사실인가요?”

데스먼드가 긍정했다.

“사실입니다.”

“이 미친 소리를 믿어야 한다고?”

카무라가 소리쳤다.

카란이 무미건조한 표정으로 말했다.

“믿어야 할 거요. 보시다시피, 이들은 행성 한의 주민들이오.”

카란이 말을 잠시 멈추었다가 끝맺었다.

“그리고 빅 크러시 때 ‘채취’되어온 희생자들이오.”

9.

"여기 이곳 시설을 운영한 자의 일지가 있습니다. 알리스 헤커만 소장의 일지입니다."

"데스먼드 그 내용들을 모두가 볼 수 있도록 내 핸디툴로 전송해."

"알겠습니다."

카란이 핸디툴을 조작했다. 카란의 핸디툴이 일지를 허공에 투사했다. 알리스 헤커만으로 보이는 눈두덩이가 움푹 들어간 대머리의 얼굴이 나타났다.

모두가 입을 다문 채 그 얼굴을 바라보았다.

'지구력 2897년, 성계력 354년. 3성계에 나타난 디우틴 함대는 한을 향해 무차별 궤도폭격을 퍼부었다. 외계인들의 압도적인 공격에 한의 중앙정부는 사실상 붕괴되었다. 한의 방공당이 작동하였고, 우주군이 요격에 나섰지만 속수무책이었다. 한 뿐만 아니라 성계 내 인류의 전력과 기술력으로 외계인들을 막아내기란 무리였다. 그것은 전투가 아니라 학살에 가까웠다. 새로운 터전으로 이주해온 인류가 처음으로 맞닥뜨린 불가해한 폭력이었다. 사람들은 녹아내렸고, 건물이 무너지고 초목이 증발했다. 셀 수 없이 많은 사람과 시설과 자연이 모두 파괴되었다.'

카무라는 눈을 감았다.

그는 불타는 고향을 다시 보았다. 그는 자신의 손을 보았다.

전우들의 피를 뒤집어쓴 자신의 모습이 보였다.

'눈 뜨고 볼 수 없는 광경이 펼쳐졌다. 시체가 산을 이뤘고 살 타는 냄새가 대기에 진동했다. 부모와 연인, 친구와 친지를 잃은 사람들이 도처에 널렸고 사지가 멀쩡한 이들이 없었다. 더 비극적인 사실이 펼쳐지리라 상상하기 힘든 이때 외계인들의 지상군이 한에 투입되었다. 그들은 마치 사자들처럼 형체가 보이지 않는 검으로 주민들을 학살하고 군인들을 도륙했다. 나는 그 현장을 직접 보았다. 내가 살아남은 것은 정말 기적이라고밖에 말할 수 없다. 그러나 그 날 보았던 광경이 지금도 밤이 되면 내 눈 앞에 나타나 나를 괴롭혀대는 이 상황에서 과연 이것이 기적이 맞는지도 의문이 든다.'

그리고 수확자들이 나타났다.

"수확자? 뭘 수확한다는 거지?"

카무라가 말했지만 아무도 대답하지 않았다.

'그들은 앞서 한을 공격하던 일견 정제되어 있고 질서정연한 디우틴 전사들과는 어딘가 달랐다. 조금 더 난폭하고 퇴락한 느낌이었다. 멸망의 전조처럼 나타난 그들은 저항할 힘을 잃어버린 한의 주민들을 수확하기 시작했다. 수많은 사람들이 아무런 저항도 못한 채 외계인들에게 피랍되었다. 그 숫자를 정확히 알긴 힘들지만 최소한 100만을 훌쩍 넘긴 단위인 것은 확실하다. 그들이 수확자라 불린다는 걸 알게 된 것은 이 연구소에서 그들의 일원을 만나 직접 설명을 들었기 때문이다. 그들은 이런 거대한 단위의 생명을 거두는 일을 오랜 기간동안 행해왔고, 그것을 수확이라 불렀다. 어쨌거나 한의 주민들은 바로 이 시설로 이송되었다. 나는 이 연구소에 부임해오고 나서야 내가 만난 실험체들이 그날의 희생자들인 행성 한의 주민들이었음을 알게 되었다. 프로젝트의 코드네임은 E-19였고 E는 에지브리오스를 뜻했으며, 19는 19번째 수확을 말한다. 에지브리오스란 단어는 수확자들이 스스로를 부르던 호칭이었고 나는 그것이 '선택된 자들'이라는 말임을 그들의 언어를 공부하다가 알게 되었다. 덧붙여 디우틴 사회에서는 그자들을 프로파누스라 부르며, 이는 '불경한 자들'이라는 뜻이다.'

"잠깐! 잠깐만 멈춰보시오."

카무라가 숨을 몰아쉬었다. 그곳에 모인 모든 사람들, 유리와 육전대원들, 카란과 그의 부하들이 그를 보았다. 카무라는 마치 숨이 막힌다는 듯한 표정이었다. 그의 얼굴이 불그락거리고 있었고, 그 모습을 본 유리가 다가왔다.

"카무라."

카무라가 손을 들어 유리의 말을 막았다.

"그러니까, 한을 공격한 놈들이 주민들을 실험체로 쓰려고 했단 얘기란 거요?"

'당신도 그 날 있었잖소, 육전대장. 그 모습을 보지 못했소?'

"나는 놈들의 지상군과 총력전을 펼쳤소. 놈들이 동포들을 납치해갔다는 건 알고 있었소. 그렇지만 그게 모종의 실험을 위한 것이라는 건 몰랐소. 결국 우리 동포들은 한낱 실험도구에 불과했단 말이군, 그렇지? 대체 어떤 실험인 거요?"

데스먼드가 고개를 저었다.

"그건 이 기록을 더 살펴봐야 할 듯 합니다. 아직은 알 수 없습니다. 이 다음의 기록은 방금 해독되었고, 아직 우리도 보지 못한 부분입니다. 대장님. 같이 살펴보시죠."

"알겠소."

'이송된 자들의 절대다수는 한의 주민들이었지만 그와는 다른 출신성분을 지닌 이들도 있었다. 대다수는 반동 분자들, 정치범들과 분리주의자들이었으며, 외계인과의 접촉 이후 초능력을 가지게 된 실험체들도 있었다. 이들 중 괄목할 만한 자제력과 능력을 보여준 이들은 다시 연합군인으로 차출되어 양성될 기회를 얻었지만 대개는 그렇지 않았다. 일반적으로 염동력 능력자들의 정신은 극도로 불안정했으며, 이들을 제어하려는 인력들이 피해를 입기도 했다. 그들은 철저히 실험체, 죄수 취급을 받고 수감되었으며 점점 죽어갔다.'

"염동력 능력자들의 절대 다수는 직접 디우틴 전사들을 마주한 한의 희생자들이었을 겁니다."

예나가 씁쓸한 어조로 중얼거렸다.

유리는 대니를 생각했다.

대니는 항상 자신이 '우울한 조'를 사살했던 날의 저녁을 잊지 못한다고 회고했더랬다. 조를 사살한 이후 대니 역시 정신이 극도로 불안정해졌고, 아이러니하게도 연합의 영웅은 불안감에 시달렸다. 그녀는 자신이 대니를 속였다는 사실에, 대니를 남겨두고 왔다는 사실에 일말의 죄책감을 느꼈다.

‘더니, 나는 제발 어떤 결말이 기다리고 있을지 모를 이 여정의 중간에 맞닥뜨리지 않았으면 좋겠어.’

유리는 다음 순간 대니를 까맣게 잊어버리고 말았다.

‘그리고 연합정부가 보내온 죄수들 중에는 킬리먼 이바노프, 총통의 가장 큰 적수였던 남자도 있었다. 사라졌다던 그 남자가 시설로 이송되어 온 것이다.’

“유리.”

카란이 힘주어 다시 그녀를 불렀다.

“유리.”

유리는 고개를 들어 사람들을 둘러보았다. 그들 대부분은 유리가 어떤 심정을 느끼고 있을지 알고 있었다.

킬리먼 이바노프, 연합의 위대한 정치인이었던 남자는 빅 크러시 직후 사라졌다. 에이먼 소로스가 가장 두려워했던 남자.

유리와 이리나의 부친. 여름의 별장 속 해먹에서 울고 있던 유리를 달래던 남자.

그리고 어둠 속으로 사라진 남자.

“에이먼 소로스! 그 개자식이 킬리먼 님을 죽인 게 맞았어!”

카무라가 분개했다. 그곳에 모인 남자들은 탄식을 터뜨렸고, 개탄했으며, 욕설을 지껄여댔다. 하나같이 연합과 에이먼 소로스를 저주하는 내용이었다. 데스먼드가 카란에게 눈길을 보냈다. ‘계속할까요?’ 카란은 고개를 끄덕이며, 유리의 어깨에 손을 얹었다.

"유리, 지금 어떤 기분일지 알고 있다. 괴롭고 힘들더라도 이 자의 일지를 모두 확인해야 한다. 내 말 이해하지?"

유리가 카란을 보았다. 짧은 순간 그녀의 얼굴에 의미모를 감정들이 스쳐갔다. 그녀의 입에서 어렵사리 만들어낸 말소리가 흘러나왔다.

"나는……."

그녀가 입을 다물자 카란이 고개를 끄덕였다.

"이해해."

유리는 별장의 모닥불이 어른거리는 모습을 보았다. 아버지가 주었던 따뜻한 전골과 요리들을 보았고 냄새를 맡았다. 낚싯대를 가지고 돌아온 아버지에게 안기던 어린 자신이 보였다.

그녀는 어둠 속에 삼켜지며 죽어가는 해양 생물의 새하얀 몸체를 본다. 생물의 육신에서 빛이 사그라들었다.

어둠이 빛을 삼킨다.

유리는 자신이 뭐라고 말하고 있는지도 정확히 알지 못하면서 고개를 끄덕였다.

"계속하세요."

데스먼드는 한 번 숨을 들이쉬고는 일지를 계속 재생했다. 일지의 길이가 어느덧 중반부를 넘어가고 있었다.

'…우리는 실험을 시작했다. 총통은 데커만 연구소와 프로젝트에 관심이 크다. 연구 주제들과 내용들이 세상에 공개되면 우리는 비난을 면치 못할 것이다. 나 역시 실험체들의 운명에 큰 비애를 느꼈다. 그러나 우주라는 너무도 광막하고 쓸쓸한 죽음의 세계에서 우리 종족이 살아남기 위해서 이 연구는 필요하다. 설령 우리의 영혼을 그 댓가로 필요로 하더라도 말이다.

이것은 인류사의 대전환점이 될 것이며, 인류 문명을 우주적 규모로 키워줄 유일한 희망이다.'

"대체 이게 다 무슨 말인 것 같소, 데스먼드?"

예나가 말했다. 데스먼드가 눈살을 찌푸렸다.

"나는 이자들이 지금까지 인류가 가지고 있지 않은 외계에서 온 기술을 연구하고 있는 게 아닐까 하는 생각이 듭니다. 그게 무엇인지는 모르지만요, 예나."

'...암흑 에너지는 우주의 모든 곳에 광범위하게 퍼졌으면서도 그 존재를 확인하기도 힘들고, 사용할 수도 없는 힘이었다. 지금까지는. 그러나 총통과 외계인들의 도움으로 전인미답의 경지가 눈 앞에 있다. 이 실험체들은 궁극의 에너지원을 위한 촉매제이다. 고갈되지 않으며, 우주 어디로든 우리를 데려다 줄 수 있고 행성의 성질을 바꾸어버릴 수 있는 그런 힘을 위한 필수재. 나는 확신하게 되었다. 특히 에지브리오스 그들이 이 프로젝트에 참여하게 되면서 확신하게 되었다.

그렇다. 킬리먼 이바노프와 한의 주민들은 암흑 에너지를 생산하기 위한 신성한 제물들인 것이다.'

침묵을 깨고 융커우의 통신이 들려왔다.

“함장님. 융커우입니다. 급한 일입니다.”

“융커우? 무슨 일이야?”

“아까까지는 감지되지 않았던 움직임과 에너지가 연구소 시설 곳곳에서 감지되고 있습니다. 덧붙여 함선 하나가 갑자기 나타나 연구소에 착륙했습니다. 연합군인 것 같습니다. 곧 그곳에 나타날 것 같습니다.”

“알았어.”

유리가 대원들을 향해 말했다.

“지금 이곳에 곧 연합군이 들이닥칠 것 같아요. 저 일지는 회수하고 나머지는 나중에 확인하죠. 움직여야 합니다.”

“더 확인해봐야 할 게 많지만……. 이곳이 어떤 빌어먹을 곳인지는 알 것 같군.”

카란이 말했다.

“유리. 결정해야 한다.”

유리는 헤커만 소장의 일지의 마지막 내용을 생각 중이었다.

‘아버지.’

그녀는 현실로 돌아왔다.

“유경. 어떻게 나가야 하죠? 알려줘요.”

유경의 안색은 창백했다. 그녀는 입술을 깨물고 유리를 향해 말했다.

“소용없어요. 우린 여기서 다 죽을 거예요.”

“뭐라고요?”

카무라가 눈살을 찌푸렸다.

“유경 대원. 지금 그런 태도는 전혀 도움이 되지 않소. 협조해주셨으면 합니다.”

“육전대장님. 그리고 여러분은 느껴지지 않으세요?”

“뭐가 말이오?”

“죽음이 다가오고 있어요.”

유경이 몸을 덜덜 떨었다.

그녀는 연우를 느낄 수 있었다.

“죽음이 이곳을 덮칠 거예요! 왜 아무도 그걸 느끼지 못하는 거죠?”

카란이 욕지거리를 뱉었다.

“미친 여자 같으니!”

그가 형제단에게 명령을 내렸다.

“출구를 확보해라. 바로 움직인다. 유리.”

유리가 융커우에게 통신을 보냈다.

“융커우 이곳의 바뀐 구조를 다시 스캐닝해줘.”

“알겠습니다.”

그때였다.

연구실이 흔들렸다. 진동은 처음에 미약하게 시작되었다가 점점 큰 강도로 되풀이되었다. 유리는 한 번 휘청거렸다가 다시 균형을 잡았다.

“뭐지?”

“다들 조심해요!”

천장에서 강판과 구조물들이 일부분 무너져 내렸다.

“제기랄! 얼른 나가요! 나가라고!”

형제단과 육전대가 출구를 향해 총탄을 퍼부었다. 출구가 넓어지자 모두가 그곳을 향해 뛰기 시작했다. 그 와중에도 데스먼드는 일지 로그 파일을 회수해 핸디툴에 담아놓는 걸 잊지 않았다.

연구실이 무너져 내리면서 후미에 남겨져 있던 대원 몇 명이 비명을 지르며 사라졌다.

그들은 넓은 중앙 통로로 달려 나왔다. 여러 개의 루트가 있었다. 융커우가 길을 알려주었다.

“좌측으로 이동하십시오.”

그들은 계속해서 달렸다. 융커우가 긴박하게 외쳤다.

“잠깐, 멈추십시오. 구조가 또 바뀌고 있습니다.”

유리는 통로였던 길에 벽이 나타나는 모습을 보았다.

“융커우 서둘러!”

“우측 좁은 길을 통과하세요. 거기밖에 없습니다. 그곳을 지나면 하층부로 향하는 계단이 나타납니다.”

“알았어.”

유경은 달리면서 유령들을 보았다. 죽어간 복고파 동료들의 유령들이 그녀를 부르고 있었다. 유경은 그 존재들을 무시하려 애썼다. 그들은 모두 유경을 향해 손짓하며 자신들에게 합류하라고 을러댔다.

‘무한한 어둠이 산 자들에게 다가가리라.’

“계단이다!”

카란이 외쳤다.

계단은 두 명 이상 지나갈 수 있는 폭으로 펼쳐져 있었다.

"계단을 통해 내려가면 바로 승강기가 나옵니다. 아까 타고 올라갔던 그 승강기입니다. 얼른 그곳을 나오세요!"

융커우가 말했다.

그들이 발걸음을 옮기기 시작했을 때 계단 저편에서 누군가 걸어 올라왔다. 일행은 움직임을 멈추고 계단 입구에 나타난 대머리 남자를 보았다.

계단 입구에 나타난 남자는 잠시 바닥을 바라보더니 고개를 들었다. 우두커니 선 남자가 가만히 유리와 일행들을 바라보았다.

'누구죠?'

유리가 속삭였다. 카무라가 고개를 저었다.

"모르겠습니다."

유리가 남자를 향해 말했다.

"당신은 누굽니까? 소속과 성함을 밝히세요. 우릴 막으려는 겁니까?"

남자가 웃었다. 카무라는 좋지 않은 예감이 들었다. 그는 죽음을 손에 쥐었다. 그가 자신의 총기에게 속으로 말했다. '적들에게 죽음을 선사해다오.' 카란이 플라즈마 커터를 꺼냈다.

"잠깐, 저 자. 알리스 헤커만 소장인 것 같아."

유리가 말했다. 카무라도 일지 영상에서 본 남자임을 알아보았다.

"당신 알리스 헤커만 소장인가?"

카무라가 말을 걸었다.

알리스가 웃었다.

"그건 당신들이 어떤 사람을 보고 싶으냐에 따라 다르지요."

알리스의 모습이 변했다. 마치 퐁듀처럼 흐물거리며 녹아내린 그의 얼굴이 다른 사람의 얼굴로 변화했다. 일행은 경악했다.

"뭐야, 저게?"

카란이 믿기지 않는다는 듯이 말했다.

"맙소사."

유리가 나직이 탄식했다.

유경이 사람들을 헤치고 비틀거리며 앞으로 걸어나왔다. 그녀가 떨리는 목소리로 말했다.

"어떻게... 당신...? 그 얼굴은......?"

유리가 말했다.

"유경. 저 남자 당신이 아는 사람인가요?"

아는 사람 정도가 아니었다. 왼쪽 관자놀이의 흉터와 두터운 가슴팍과 걸음걸이. 그녀가 보고 싶어해 마지 않던 남자였다.

"연우!"

연우가 다시 한 번 웃었다.

10.

뿌리복고파 대원이자 유경의 연인이었던 남자는 한가로운 표정으로 자신이 마주한 사람들을 둘러보았다. 그가 웃음을 짓자 유경의 마음이 철렁거렸다.

"손님 여러분, 반갑습니다. 저는 이곳의 주인을 대신하여 여러분을 마중 나왔습니다. 이곳이 마음에 드셨는지요?"

유경이 되물었다.

"주인이라고?"

연우가 유경을 보며 고개를 끄덕였다.

"그렇습니다. 이곳의 주인께서는 손님들을 관심 깊게 지켜보고 있었습니다. 여러분들이 들어올 때부터 보고 계셨고, 제게 마중나갈 것을 지시하셨죠."

"일종의 심부름꾼인가?"

카란이 속삭였다. 연우가 그의 작은 목소리를 듣고 고개를 끄덕이자 카란은 깜짝 놀랐다.

'맞습니다. 저는 이 순간을 위해 준비된 메신저입니다, 카란 셰티."

"나를 알고 있어?"

"주인님께선 모든 걸 알고 계십니다. 어쩌면 당신들보다도 더욱 당신들에 대해 잘 알고 계실지도 모릅니다."

유리가 앞으로 한 걸음 나서자 연우가 고개만 돌려 그녀를 보았다.

"나는 유리 이바노바, 이들을 데리고 온 사람이자 모스크바함의 함장이다."

"반갑습니다, 유리 이바노바."

"그쪽을 뭐라고 불러야 할까?"

"제게도 이름이 있습니다만, 그저 메신저라고 불러주길 원합니다."

"알겠어, 메신저. 그럼 질문. 이곳의 주인은 누구지? 아니, 하지만 그 전에 그쪽은 연우라는 사람이 맞는 것인가? 지금의 모습은 우리 중 누군가가 알고 있던 모습과 같은 듯하다. 먼저 정체를 밝히길 바란다."

"이 모습은 얼마 전에 침입한 불청객 중 하나입니다. 불청객들이 당신들과 관련이 있다는 것을 알고 대화하기 쉽도록 그 모습을 잠시 빌렸습니다."

유경이 짧은 비명 소리를 냈다. 예나가 부축하려 했지만 그녀는 앞으로 나서며 소리쳤다.

"네놈들은 내 동료들을 무자비하게 학살하고 도륙했어. 그러고는 그들을 살지도 죽지도 못한 괴물로 만들고 씹어먹었어. 틀려?"

"사실입니다. 당신들은 불청객이었고 나는 그래야만 했습니다."

"그런데 왜! 지금 우리한테는 대화를 시도하는 거지?"

"주인님이 원하셨기 때문입니다."

너무도 명료한 답변에 유경은 말문이 막혀버렸다. 유리가 유경의 팔을 잡았다. 그녀가 유리를 바라보자 유리가 고개를 저었다.

"진정해요, 유경 대원. 지금 저 자의 모습 때문에 당신이 어떤 심정일지는 이해가 가지만, 우리는 저 자, 혹은 '저것'의 이야기를 들어봐야 합니다. 조금만 자신을 추슬러 줘요."

유경은 뭐라 말하려다가 고개를 저은 뒤 잠시 말이 없었다. 유리가 말했다.

"고마워요."

유리가 메신저를 향해 말을 건넸다.

"메신저. 당신의 주인에 대해 몇 가지 물어보고 싶은 게 있어."

"주인님에 대해서 어떤 점이 궁금하신 겁니까?"

"그 자가 누군지 알고 싶다. 그 자의 이름, 그자의 소속, 지금 어디에 있는지 등 전반적인 것들을 요약해서."

"어려운 요청입니다. 그 분의 이름은 하나가 아닙니다. 그 분을 동경하고 따르는 자들은 그 분을 에지브리오스라 부릅니다. 그 분께서는 충실한 종복과 피조물들에게도 역시나 에지브리오스라고 이름 붙이셨습니다. 그것은 우리와 그 분의 무한한 결속을 상징하는 이름입니다. 하지만 그 분의 뜻을 헤아리지 못하는 어리석은 자들은 그 분과 우리를 프로파누스라는 역겨운 이름으로 부르지요."

"프로파누스라면 디우틴 인이 맞군. 메신저, 너의 주인은 디우틴 인인가? 네 주인은 벨라오스라 불리는 바로 그 자인가?"

"그 이름도 제 주인님의 옛 이름 중 하나입니다."

"이 시설은 뭐지? 우리가 알기에 이곳은 데지레 성계의 행성 연합 정부 관할이다. 그런데 이곳에서 무얼 하고 있는 거지?"

"먼저 이 시설들은 당신들 인간들이 만든 게 아닙니다. 당신들이 넵투누스라 부르는 이 행성은 사실 한 때 칼렙의 변방 행성 중 하나였습니다. 행성연합 정부는 그저 시설을 관리하기 위한 부가적인 구조물들을 그 위에다 지었을 뿐입니다."

"그래? 그렇다면 너희들 타락한 디우틴들은 연합 정부와 동맹을 맺어서 이 시설을 제공받은 것인가?"

"당신들의 개념을 빌리자면 비슷합니다."

"이 시설의 용도는 뭐지? 우리는 이곳에서 칼렙 인들로 보이는 표본들도 보았고 인류의 표본도 발견했다."

"이곳은 모든 문명의 근본이 될 장소입니다. 우주적 규모의 문명이 가져야 할 테크놀로지를 연구하고 에너지를 생산하는 곳이죠. 문명의 요람입니다. 당신들이 본 표본들은 바로 그 테크놀로지와 에너지를 생산하기 위한 재료들입니다."

유리의 표정이 굳었다.

"재료라고?"

카무라가 더 참지 못하고 소리쳤다.

"네놈들은 연합 정부와 함께 내 고향을 공격했다! 네놈의 주인은 어디있지? 당장 모습을 드러내라."

"주인님은 아직 그러실 수 있는 상황이 아닙니다."

"한의 주민들도 결국 네놈들의 계획을 위한 '재료'였나?"

"맞습니다."

다음 순간, 카무라는 레일 건을 뽑았다.

"카무라!"

카무라가 '죽음'의 총구를 메신저를 향하고는 발사했다. 그곳에 모여있던 누구도 예측하지 못했던 상황이었다. 레일 건에서 츠음속의 속도로 날아간 탄환이 그대로 연우의 몸을 갈가리 찢어버리고 날아가 벽을 뚫어버렸다. 유경이 비명을 질렀다.

"무슨 짓이에요, 카무라!"

카무라가 유리와 나머지 사람들을 돌아보며 말했다.

"저 놈에게 모두 놀아나고 있는 겁니다. 저 정신나간 작자의 궤변을 들었잖습니까? 인간들을 재료 삼아서 이해할 수 없는 거지같은 일들을 행해왔다는 겁니다!

'그래. 그리고 그것들을 더 들어봤어야 하는데 당신 덕분에 못 듣게 되었군, 디스카디드의 육전대장 나으리. 그토록 감정적인 상태의 당신은 우리에게 아무런 도움이 되지 않소."

카란이 차갑게 말하자 카무라가 그를 쏘아보았다.

"입조심하는 게 좋을 거요, 카란 셰티. 당신은 절대로 한 사람들의 심정을 이해할 수 없을 테니까."

"그렇다고 생각하시오? 비록 당신들만큼의 규모는 아니지만 발할라도 연합과의 전쟁에서 많은 희생을 치렀소. 나는 이곳에 우리 행성의 주민들이 있을지도 모른다고 생각하는데?"

유리가 말했다.

"카란의 말이 맞아요. 카무라. 흥분을 가라앉혀요. 나 역시 매우 화가나요. 그렇지만 우리는 저들의 이야기를 조금 더 알아볼 필요가 있어요. 우리가 모르는 이야기들을 모두 들을 필요가 있어요.”

카무라가 유리를 보고는 우울한 표정을 지었다. 곧 카무라가 말했다.

“알겠습니다. 함장님.”

카란이 한숨을 쉬었다.

“그나저나 메신저를 저렇게 박살을 내버렸으니, 이제 어떡한다?”

“걱정할 필요 없을 것 같습니다. 대장.”

예나가 말했다. 사람들이 그를 보자 예나가 손가락을 들어 건너편을 가리켰다. 그가 믿기지 않는다는 음성으로 말했다.

“저길 보십쇼.”

그곳에 모인 자들의 시선이 예나의 손가락을 따라갔다. 그들은 무서운 광경을 보았다.

조각난 연우의 몸뚱이들이 각자 움직이고 있었다. 마치 아메바 덩어리들처럼 움직인 몸뚱이들은 이윽고 한 데 모여 뭉치기 시작했다. 그 질감이 너무 또렷하게 느껴져서 구역질이 날 지경이었다.

“저게 대체 뭐야……?”

데스먼드가 중얼거렸다.

하나로 뭉친 조각들은 잠시 흘러내리더니 곧 연우의 형체를 갖추었다. 연우는 잠시 자신의 몸을 쓰다듬고는 자리에서 일어나 그들을 보았다.

매우 평온한 얼굴이었다.

메신저는 질린 표정을 하고 있는 인간들을 죽 둘러보았다. 아무도 입을 열지 않았다.

메신저가 차분한 음성으로 말했다.

"그럼 이제 제가 질문할 차례군요."

유경은 혼절해버렸다.

예나가 유경을 부축했다.

두려운 광경이었다. 카란은 플라즈마 커터를 뽑았다. 메신저도 분명 그것을 보았지만 본 척도 하지 않았다. 유리가 다시 말했다.

"무슨 질문이지?"

"간단합니다. 당신들이 제 주인님께서 기다려오신 자들입니까?"

"뭐?"

"당신들이 주인님께서 기다려오신 자들이냐고 물었습니다."

유리와 대원들은 서로를 보며 고개를 갸웃거렸다. 유리가 말했다.

"메신저, 당신의 질문이 그게 맞다면, 우리는 대답할 수가 없어."

"왜죠?"

"우리도 모르니까. 당신의 주인이 누굴 기다려온 거지?"

"제 주인님께서는 본인의 '일부'를 기다리셨습니다."

메신저의 얼굴에 일순간 짧은 표정이 스쳤다. 유리는 그것이 애통함이라는 것을 알았다. 메신저가 처음으로 보여준 감정적인 모습이었다.

"일부라고?"

"그렇습니다. 주인님께서는 본인께서 잃어버리신 일부를 찾고 있습니다."

"그게 무엇이지?"

"주인님을 주인님답게 하는 힘입니다. 원래 주인님의 힘이었고, 우주를 지탱하고 만물을 파괴할 수도, 생성시킬 수도 있는 힘입니다. 완전히 다른 물리법칙의 우주로 우리를 인도할 수도 있는 힘이며, 우주 창조의 비밀을 담고 있는 힘입니다."

"그것을 벨라오스, 당신의 주인이 잃어버렸다는 건가?"

"그렇습니다. 주인님께서는 인간들 당신들의 시간으로 20년 전, 흑조자리 행성에서 잃으셨지요."

카무라가 눈을 부릅떴다.

"행성 한에서?"

"그렇습니다. 그리고 그 힘은 분명 이 성계에 있습니다. 주인을 잃은 힘은 주인을 찾아 돌아오려 합니다. 그래서 우리는 당신들을 기다리고 있었습니다. 어쩌면 당신들 중 누군가가 그 흔적을 가지고 있을지도 모르기 때문입니다. 그리고 저는 지금 그 흔적을 유리 이바노바 당신에게서 미약하게 느끼고 있습니다."

"나에게서 느낀다고?"

"그렇습니다. 당신 본인인가요, 아님 당신의 주위에 그런 사람이 있었던가요? 저는 그걸 확인해 봐야겠습니다."

메신저가 앞으로 나섰다.

카무라가 플라즈마 커터를 켰다. 눈이 멀어버릴 듯한 플라즈마가 솟구치며 벽면에다 빛을 뿌렸다. 그림자를 불규칙하게 일렁거렸다.

"물러나라, 메신저."

"그걸로 저를 죽일 수 없습니다. 카란 셰티. 당신들의 테크놀로지로는 저와 제 동료들, 그리고 주인님의 종복들을 죽이기는커녕 생채기도 낼 수 없습니다. 방금 보셨을 텐데요?"

"그럼 죽을 때까지 계속 베어버리겠어."

카무라도 레일 건을 겨누었다.

'너무 경계하지 마시기 바랍니다. 당신들에게 해코지를 하려는 것이 아닙니다. 당신들을 에지브리오스의 '무한 지성'과 연결시키려는 것뿐입니다. 그럼 순식간에 당신들이 주인님의 그림자를 지니고 있는지 알아볼 수 있지요."

유리가 고개를 저었다.

"사양하겠어. 무슨 일이 생길지 어떻게 알지? 게다가 지금껏 우리가 여기서 보아온 광경들이 있는데? 네가 우리를 '재료'로 삼으려 들지 않는다고 어떻게 장담하지?"

"어차피 제가 허락하지 않으면 당신들은 이곳을 나가지 못합니다. 유리 이바노바.”

메신저는 뜻모를 미소를 지었다.

“그리고 당신은 걱정하지 않아도 됩니다. 이들과는 차원이 다른 존재니까.”

“뭐?”

유리가 채 답변을 들을 새도 없이 카무라의 레일건이 다시 한 번 섬광을 뿜었다. 메신저가 찢겨져 나갔고, 카란이 이번에는 카무라를 칭찬했다.

“잘했소, 육전대장!”

예나가 유경을 들쳐메었다.

카란이 유리를 향해 말했다.

“유리, 그 파일럿한테 연락해. 안내해라! 여길 뜨자.”

그들은 메신저가 다시 살아나기 전에 서둘러 그곳을 빠져나왔다. 융커우의 안내를 받아 계단을 내려가니 타고 올라온 승강기가 보였다. 30여명의 일행들은 지체없이 그곳을 향해 달렸다.

“내려줘요.”

예나는 유경이 깨어난 것을 알고는 바닥에 내려주었다. 유경이 한숨을 쉬었다. 카무라가 말했다.

“괜찮소, 유경 대원?”

“괜찮아요.”

“좋소. 우리는 지금 이곳을 벗어나는 중입니다. 얼른 움직
입시다.”

“우린 이곳을 벗어날 수 없어요.”

“뭐요?”

“육전대장님. 그리고 함장님. 카란 셰티. 우린 여기서 죽을
거예요. 벨라오스가 우릴 놔주지 않을 거예요.”

“유경!”

“승강기가 사라졌습니다!”

대원들 중 하나가 외쳤다. 카무라는 승강기가 있던 곳이 비
어버렸음을 깨닫고는 분노를 느꼈다.

“이런 제기랄!”

유리가 융커우에게 물었다.

“융커우, 어디로 가야 하지?”

융커우의 다급한 목소리가 핸디툴을 통해 흘러나왔다.

“모르겠습니다 함장님! 연구소의 구조가 계속해서 바뀌고
있습니다. 마치 살아 움직이는 것처럼요. 믿기지가 않습니다.”

카란이 말했다.

“제기랄, 일단 움직여!”

유리가 말했다.

“어딘 줄 알고, 카란?”

“여기 있다간 무슨 일이 벌어질 줄 몰라.”

“놈들이 왔습니다!”

예나가 돌격소총을 들어 라이트를 후미를 향해 겨눴다.

그곳에 '연우였던 것'이 서 있었다.

연우의 몸은 유체처럼 요동치고 일렁거리고 있었다. 물처럼 흐르는 듯한 모습은 점차 변화하더니 외계인의 모습으로 바뀌었다. 디우틴 인이었다.

유경은 기억을 떠올렸다.

"그놈이었어......."

"누구 말인가요?"

유리가 묻자 유경이 힘없는 표정으로 그녀를 응시했다.

"나와 연우를 쫓아왔던 그 디우틴 인이에요. 아니, 프로파누스라 불러야겠군요."

연우를 뒤에서 찔렀던 프로파누스 전사의 팔목 투사기에서 파찰음과 함께 투명한 칼날이 솟아났다.

중후하면서도 차가운 음성이 프로파누스 전사에게서 들려왔다.

"제 용건은 아직 끝나지 않았습니다."

카란이 플라즈마 커터를 들었다.

"어디 보자고. 그래봤자 저 놈은 하나야."

유리와 대원들도 개인 화기를 들었다.

그때였다.

끔찍한 포효소리가 통로 안을 가득 뒤흔들었다.

포효소리에 화답하듯 여기저기서 짐승과도 같은 울음소리들이 들렸다.

심해 깊은 곳에서 우러난 듯한 불가해한 포효소리.

그리고 때맞추어 여러 곳에서 그 진원지를 알 수 없는 소리와 발걸음 소리, 질질 끄는 듯한 소리도 들려왔다.

"무슨 소리지?"

"괴물들이 오고 있어요."

유경이 말했다.

"우린 다 죽을 거예요."

유경은 꿈에서 보았던 심해 괴물들을 떠올렸다. 주둥이들. 언제나 먹이를 찾아 헤매는 놈들.

주둥이들이 그녀를 찾은 것이다.

11.

검을 팔목에 찬 메신저가 일행들을 향해 내달려왔다.

유리가 외쳤다.

"사격!"

수십 개의 각기 다른 유형의 총구가 불을 뿜었다.

탄환이 메신저의 몸에 박혔다. 메신저는 잠시 움칫거리는 듯하더니 어느 순간 미끄러지듯이 움직여 일행의 바로 앞에 도달했다. 메신저가 유리의 대원 중 한 명의 몸을 무형검으로 분리해버렸다.

"아악!"

피보라가 일었다.

"말도 안돼! 아무런 타격이 없는 건가?"

메신저는 다시 칼을 휘둘렀고 순식간에 두 명의 대원의 사지가 분리되었다. 카무라가 죽음을 겨누고 발사했으나 메신저가 가볍게 피했다. 거의 동물 같은 반사신경이었다. 카무라는 어느새 메신저가 자신을 향해 육박해 들어왔음을 깨달았다. 메신저의 칼이 레일 건을 손에 쥔 카무라의 오른 손목을 향했다.

쾅!

메신저가 뒤로 물러났다. 메신저의 검과 플라즈마 커터의 날이 부딪히면서 폭발이 일어난 것이다. 메신저는 잠시 자신의 팔에 구멍이 난 것을 내려다 보다가 고개를 들었다.

카란이 커터를 겨누었다.

“칼싸움은 나랑 하자고, 외계인.”

“누누이 말하지만 당신들의 테크놀로지는 원시적입니다. 당신들은 아직도 물질과 정신 능력을 조화롭게 발휘하는 법을 몰라요. 당신의 그 명성높은 검마저도 시간을 버는 용도밖에 안 됩니다.”

“시간이라도 벌 수 있다면 다행이군. 이리 와라.”

카란은 그렇게 말해놓고는 스스로 메신저를 향해 달려들었다. 메신저의 검과 카란의 검이 다시 맞부딪혔다. 폭발이 일었다. 검과 검이 맞부딪힐 때마다 폭발이 계속 일어났다. 카란은 완력으로 튕겨 나가려는 자신의 검을 제어하면서 여러 합을 나누고 무형검을 피했다.

손목이 나갈 것만 같았다. 카란은 본능적으로 자신이 메신저의 상대가 되지 않음을 알았다. 메신저는 너무도 가볍게 움직이며 칼을 휘둘러댔다. 반면에 카란의 몸에는 피로도가 쌓이고 있었다. 그는 자신의 검을 쳐내는 외계인의 검이 단순히 물리적인 형태의 것이 아님을 알았다. 그는 한 번 사납게 검을 휘둘러 외계인을 뒤로 물러나게 하고는 검을 바꿔 들었다.

‘보통 검이 아니군. 초능력으로 움직이는 게 틀림없어.’

“맞습니다, 카란. 눈치가 빠르군요.”

카란이 깜짝 놀랐다.

“너, 내 생각도 읽어?”

“우리는 모두 정신능력을 극한까지 끌어올렸습니다. 상대의 감정과 생각도 집중하면 읽어낼 수 있지요. 이제 그 단계의 걸음마를 걷고 있는 당신들도 언젠가는 이해할 수 있을지도 모르지요."

"무슨 소리야. 난 그런 능력 없어."

"당신들에게도 능력자라고 불리우는 인간들이 있지 않나요? 그들이 당신들을 새로운 단계로 이끌 겁니다. 당신들은 아직 깨닫지 못하고 그들을 경시하고 있는 듯하지만."

"그것 참 멋진 얘기군."

카란과 외계인이 다시 검격을 나눴다.

멀리서 지켜보고 있던 유리는 카란의 뜻을 알아차렸다. 그가 예나에게 말했다.

"예나! 이대로 있으면 카란이 버티질 못해!"

예나가 입술을 깨물고는 총을 들어올렸다.

그때 그들의 좌측에 있던 벽이 굉음과 함께 허물어졌다.

데스먼드가 외쳤다.

"저것 좀 보십쇼!"

허물어진 벽의 구멍에서 악취가 풍겼다.

젤리처럼 움직이는 형태들이 나타났다.

인간들의 시체로 이루어진 유체들이었다. 온갖 사지와 장기, 뼈 등이 이루어진 악취를 풍기는 형체들.

모두가 단체로 쇼크에 빠지기라도 한 듯 우두커니 그 모습을 보고 있었다.

시체 젤리들이 그들을 향해 다가오기 시작했다. 젤리는 동강난 대원의 시체들에 닿더니 그것들마저 흡수해버렸다.

"지나스. 다이트머……."

데스먼드가 떨리는 목소리로 말했다. 시체들 사이에서 연합군 제복을 입은 채 움직이는 것들이 있었다. 사지에서 온갖 썩은내를 풍기면서 적의에 가득찬 암녹색 눈동자가 박힌 것들이었다.

그의 옛 동료들.

데스먼드는 왜 그들이 돌아오지를 못했는지를 깨달았다.

그가 총을 장전하며 외쳤다.

"이런 씨발, 갈겨 버려!"

총구들이 마구 불을 뿜었다.

사방에서 젤리 괴물과 시체들이 몰려오기 시작했다. 그 중 일부는 서로 합쳐져 굳어지더니 인간처럼 사지를 갖춘 모습이 되었다. 인간의 형체를 한 덩어리들도 있었다. 그것들은 마치 움직이는 시체처럼 기분나쁜 움직임으로 다가왔다. 형제단 중 일부가 플라즈마 커터를 들고 형체들을 잘랐다. 그러나 그것들은 잘리자마자 곧 합쳐져서 불우한 희생자들을 덮쳤다. 주둥이들이 그들의 척수에 박혀서 걸쭉한 액체들을 주입한 것이다. 형제단원들의 몸이 경직되었다. 주둥이들은 불어나서 거대해지더니 그들을 삼켜버렸다.

비명소리가 여기저기서 터져나왔다.

유경은 악몽의 한가운데에서 굳어서 아무 행동도 취하지 못했다. 카무라와 육전대원들이 무차별 사격을 퍼부어 괴물들을 잠시 물러나게 만들었지만 그뿐이었다. 괴물들은 피해 하나 입지 않고 인간들을 사냥해댔다.

유리가 외쳤다.

"예나! 천장을 쏴! 카란! 이쪽으로 물러나!"

예나가 땀을 비오듯 흘리며 유리를 보았다. 유리가 험악하게 외쳤다.

"빨리!"

예나는 곧 그녀의 뜻을 알아차리고 천장의 구조물들을 향해 돌격소총을 유탄 모드로 바꾼 뒤 발사했다. 날아간 접착유탄들이 천장에 붙었다가 곧 폭발을 일으켰다.

카란은 왼쪽 허리춤에 찬 자동권총을 메신저를 향해 발사했다. 메신저가 피한 틈을 타 카란은 뒤로 물러났고 그들 사이로 구조물의 잔해들이 우수수 떨어져 내렸다.

카란은 자신의 허리춤에 손을 가져다댔다. 피가 흥건하게 흘러나오고 있었다. 작지 않은 상처였다. 그가 미간을 찡그렸다.

"카란! 후퇴해!"

카란은 일행들이 있는 쪽으로 고개를 돌리다가 시체들을 발견하고는 움찔거렸다.

"뭐야 저것들은?"

그는 지금 이 상황이 이해가 되지 않는다는 표정을 지었다.

"카란 얼른! 빠져나가야 돼!"

카란이 뒤를 향해 내달렸다. 몰려오는 괴물들을 향해 개인

화기들이 불을 뿜었다. 피와 살점, 괴물들의 신체가 날아가고 흩뿌려졌다. 카란은 플라즈마 커터를 휘두르고 베고 찔러댔다.

비명소리가 커졌다.

예나는 점점 숨이 가빠져 오는 것을 느꼈다. 젤리들에게서 튀어나온 촉수 같은 것들이 대원들의 사지를 휘감아 절단해 버렸다. 예나는 스스로도 그 촉수를 피하다가 왼쪽 팔에 상처를 입었다. 피가 흘러나왔다.

"후퇴!"

일행들이 뒷편 승강기를 향해 물러났다. 대원들 중 많은 수가 살해당했다. 이제 남은 인원은 그들을 포함해 모두 10여명 남짓이었다. 유리는 피 냄새와 땀 냄새가 섞인 역한 냄새들을 맡았다. 괴물들에게서 나는 악취가 그 역함을 강화시키고 있었다.

살아남은 대원들이 승강기 쪽으로 발을 딛었다. 데스먼드가 승강기 앞을 지키면서 카란을 향해 외쳤다.

"대장 서둘러요!"

카란이 이를 갈면서 괴물들을 분리했다.

폭풍이 일었다.

유리는 기류가 이상해짐을 알았다. 점점 뜨거워진 공기가 통로 중앙으로 모이고 있었다.

메신저가 공중으로 떠올랐다.

메신저는 마치 보이지 않는 계단이 있기라도 한 것처럼 허공을 걸어 올라갔다.

염동력이었다.

허공에 뜬 메신저는 그대로 뜬 채로 잠시 서 있다가 말했다.

"멈춰라."

그리고 다들 멈춰버렸다.

유리, 카란, 예나, 카무라, 데스먼드, 유경 그리고 나머지 대원들 모두 그 자리에 굳어버린 것처럼 멈춰 버렸다.

유리는 경악했다. 말하기 위해 입을 움직이려 했지만 목소리가 흘러나오지 않았다. '모두가 굳어버렸어. 이것도 저놈의 능력인가?'

괴물들이 다시 움직였다. 느리지만 확실한 의도를 가지고.

인간들을 죽이기 위한 철저한 살의.

대원들이 하나 둘씩 괴물들에게 죽음을 당했다. 어떤 대원은 배에 구멍이 뚫리고 장기가 흘러나왔고, 형제단원 중 하나는 목이 날아갔다. 누군가는 통째로 들어올려져 삼켜졌다.

카란의 옆구리에서 계속 피가 스며나오고 있었다. 그는 처음으로 깊은 절망감을 느꼈다. 자신이 아무것도 할 수 없다는 무력감과 죽음에 대한 공포가 어우러진 감정이었다. 절망은 피가 흘러나오는 상처에서부터 점점 사방으로 퍼져나가 온 몸에 퍼져벼렸다. 그는 자신들 모두가 여기서 죽을 것임을 깨달았다.

유리는 갑자기 자신의 몸을 짓누르던 보이지 않는 제약에서 벗어났음을 느꼈다. 그들의 몸을 움직이지 못하게 하던 메신저의 능력이 사라졌다.

"당신을 체포해야 하는 게 맞는데, 그러기에는 매우 복잡한 상황 같군."

우리는 방금 들은 목소리를 그곳에서 들었다는 사실을 믿기 힘들었다.

복도의 끝에서 연합군 소속의 군인들이 나타났다. 그들을 이끄는 남자는 바로 그 자였다.

그녀의 연인.

"대니."

"오랜만이야, 자기."

대니가 쓴웃음을 지었다.

"우리 할 얘기가 많지?"

대니가 유리 이바노바를 처음 만난 곳은 알트라 덩샤오핑 호텔에서 열린 차오차오 소장의 진급 기념 연회장에서였다. 그녀는 코발트 블루 빛깔의 이브닝 드레스 차림이었고 그의 동료 중 한 명이 그녀를 그에게 소개했을 때 대니는 코발트 블루가 자신의 머리 속을 가득 채우느라 어떤 단어도 그 순간 떠오르지 않는다는 걸 알았다. 그녀가 웃으며 먼저 말을 걸었다.

"코네티컷의 영웅께서는 많이 과묵하신 편인가 봐요? 제가 마음에 안드시나 보죠?"

코네티컷의 영웅, 뉴시드니의 구원자, 슬레이어즈 슬레이어(Slayer's slayer). 대니는 그러한 호칭들을 기꺼워한 적이 없었다. 그것들은 죽기 전 조의 공허한 눈빛을 떠올리게 했기 때문이다. 그러나 대니는 그때 처음으로 자신이 자랑스러웠다. 이 멋진 여자에게 각인될 수만 있다면 어떤 호칭이라도 즐거이 수용할 의사가 있었다.

"그 호칭이 마음에 드는 건 처음이군요. 당신 덕분인 것 같습니다."

"재밌네요. 왜 제 덕분이죠?"

"불러주는 사람의 의도와 그 사람에 대한 애정에 따라 듣는 상대방의 기분도 달라지는 법이니까요."

"그 말은 제가 마음에 든다는 말인가요?"

"그렇게 받아들이셔도 부정하지 않겠습니다."

"매우 솔직한 분이시네요, 대위님. 초면에 너무 진도가 빠르다고 생각하지 않으세요?"

"빠르든 늦든, 결국 이루어질 일은 이루어지게 되어 있습니다."

"우리 사이에 어떤 일이 이루어질까요?"

"그건 천천히 알아보면 되지 않을까요?"

"아뇨. 거기엔 별로 동의하지 못하겠네요."

대니는 낙담했다.

유리가 그의 손을 잡았다.

"전 당신을 빨리 알아보고 싶거든요."

더니는 그녀를 사랑하게 되었다. 대니는 그녀가 천진한 모습을 보일 때도 있지만 가끔씩 깊은 눈을 할 때가 있다는 것을 알았다. 그 깊은 눈매 아래의 사연을 그녀가 모두 얘기해준 건 아니었지만 대니는 이해했다. 그것은 가족을 잃은 자들의 눈이었다.

대니는 점점 더 많은 시간을 알트라 근교에서 그녀와 보내게 되었다. 그들은 주말이면 근교의 별장에 들어가서 밖으로 나올 줄을 몰랐다.

하나가 된다는 건, 불완전한 자신을 담고 지탱해줄 또 하나의 나 자신을 발견한다는 것이다. 대니는 깨달았다. 그는 유리를 만나고 비로소 깨달았던 것이다.

게신저가 바닥에 착지했다. 메신저의 뜻이 반영되기라도 한 듯 괴물들은 이 사태를 관망하는 것처럼 움직이지 않고 있었다. 유리는 그 장면에서 메신저가 괴물들을 마음대로 조종할 수 있음을 확신했다.

메신저가 고개를 갸웃했다.

"대니 카를로스. 방금 저 자들의 속박을 푼 게 당신입니까?"

"날 아나? 난 널 모르는데, 외계인. 널 방해한 건 내 염동력이 맞아."

"왜죠? 수라 핸들러가 당신을 보낸 건 이 반역자들을 체포하라는 뜻에서였을 텐데?"

"비서실장은 근본을 알 수 없는 외계인과 생기다 만 젤리와 삼류 공포 만화에나 나올 법한 덩어리와 좀비들이 나를 따뜻하게 맞이할 거라는 말도 하지 않았어."

"나는 총통과 뜻을 같이 합니다. 당신이 지금 벌이고 있는 행동은 마찬가지로 반역이 될 수 있습니다. 유리 이바노바를 체포하고 나머지는 모두 죽이세요."

"거절한다."

에이든이 대니에게 속삭였다.

"대니! 잘하는 짓인 거 맞죠? 젠장, 저 놈이 방금 하는 말 들었잖습니까? 총통의 뜻이라잖아요."

"에이든, 지금 네 눈 앞에 있는 상황을 봐. 저 자들은 반역자가 맞아. 하지만 이 괴물들은? 나는 뭔가 잘못되었다고 생각해. 일단 이것들부터 없애는 게 맞아."

키록스가 유탄발사기를 장전했다.

"나도 찜찜해. 이 괴물들 좀 보라고. 에이든."

메신저가 고개를 저었다.

"어리석은 짓 말길. 총통의 명령을 따르세요. 나는 총통의 동맹입니다. 당신이 어떤 생각을 하고 있는지 모르지만, 이곳에 있는 것들은 총통도 알고 있으며, 그가 원한 것입니다."

"각하께서 이런 불법적인 시설과 괴물들을 원했다고? 이게 다 무엇인데?"

"소로스 총통이 원한 병기, 프로젝트 코드네임 E입니다. 당신은 바로 그걸 지금 보고 있는 겁니다."

다니는 충격을 받았다.

"코드네임 E가 이거였다고?"

"E는 에지브리오스, 즉 우리 족속을 부르는 단어의 첫 머리를 딴 것이며, 당신들 입장에서 외계기술로 만든 병기를 뜻합니다."

"이십 년 전 행성 한의 주민들과 다른 행성 연합 주민들의 희생자들로 만들어낸 것 말이지? 집어치워라 외계인! 너는 인류의 적이야!"

메신저가 대니를 비웃었다.

"제가 인류의 적이라면, 총통과 비서실장도 인류의 적입니까?"

"그렇다."

"뭐라고요?"

"'그렇다'고 했다."

"대니!"

에이든이 소리쳤다.

"당신의 말은 연합을 인정하지 않는다는 겁니까? 반역입니까?"

"반역이 될 수도 있겠지. 그러나 지금 이 괴물들과 인간 껍데기 같은 시체들은 옳지 않다. 명백히 잘못된 것이고 바로잡아야 한다."

메신저가 웃었다.

"강단이 있군요. 그런데 당신이 이번에도 내 능력을 풀 수 있을까요?"

공기가 다시 바뀌었다.

대니는 메신저가 그곳에 있는 모든 사람을 향해 다시 한 번 움직임을 속박시키는 염동력을 걸었음을 깨달았다. 강력한 힘이었다. 잘못 파고들었다간 역으로 들어와 정신을 산산조각내 버릴 것 같은 숨막힐 정도의 압박감이었다.

대니는 다시 메신저의 능력을 풀어냈다.

유리는 일순간 굳었던 몸을 제어할 수 있게 되자 대니가 자신의 능력을 재차 발휘했음을 깨달았다. 카란이 허탈한 듯 중얼거리는 소리가 들렸다.

"내 몸을 제어할 권한을 아무 상관없는 놈들이 가지고 있군. 이런 더러운 경우를 봤나."

메신저가 감탄하는 표정을 지었다.

"대니, 정말 놀랍군요. 당신은 내 예상을 훨씬 뛰어넘는 능력을 보여주었어요. 우울한 조를 죽일 때도 이 정도 능력을 발휘했나요?"

대니의 눈썹이 움찔거렸다. 메신저가 재밌다는 표정을 지었다.

그놈의 입에서 조의 목소리가 흘러나왔다.

"'소리가 들렸어.'"

대니가 눈을 부릅뜨고 메신저를 노려보았다.

"'너도 알잖아, 그렇지?'"

"그만둬."

"'그리고 정신을 차리니 사람들이 뒈져 있었어.'"

"그만두라고 말했다."

“‘죽여줘, 더 이상 피 냄새를 참을 수가 없어, 미쳐 버릴 것 같아.’”

“그만하라고, 이 개자식아!”

염동력 폭풍이 대니의 주변을 에워쌌다. 괴물들 중 버티지 못한 일부가 터졌고 시체들이 꼭두각시처럼 나부끼다가 피를 뿜으며 바스러졌다.

외계인이 다시 연우의 모습으로 변했다.

연우의 눈이 새까맣게 변했다. 그가 걸어오면서 이죽거렸다.

“왜 그래요, 대니? 당신도 이 목소리를 들었잖아요.”

목소리들은 대니에게 죽음을 말했다. 대니는 그 목소리들이 언젠가 자신을 죽이든가, 아니면 주위 사람들을 죽일 거라고 믿었다. 혼자 자신의 숙소에 남겨졌을 때도. 어머니 닐라와 같이 있을 때 그를 찾아와 머리 속을 헤집어놨다. 대니는 그 목소리들을 따르지 않으려 했다. 그는 조를 이해했다.

목소리들이 원한 건 끝없는 죽음이었다.

대니는 죽어가던 조의 눈을 보았다. 생명을 갈구하면서 헐떡이던 숨결의 끝에 사그라들던 마지막 빛 말이다. ‘조, 네가 평화로워지길 바란다. 진심으로 그러길.’

대니가 유리에게 말했다.

“유리. 여기를 벗어나.”

“대니.”

“당신과 하고 싶은 말이 정말 너무 너무 많지만.”

그가 그녀를 보았다. 둘의 시선이 마주쳤다.

“다음에 하자. 각오하고 있어. 쉽게 용서하진 않을 테니까.”

유리는 대니의 눈빛에서 많은 뜻을 읽었다. 비난, 애정, 염려. 견디기 힘들 정도의 감정들이었다.

카란이 침을 뱉었다.

“당신 혼자서 어쩌겠다고? 이 놈들을 혼자서 다 막겠다는 건가?”

“그럴 생각은 없어, 해적 나으리. 나는 만용을 부리는 게 아냐. 이곳에서 염동력을 가진 저 자를 막을 수 있는 건 능력자밖에 없으니까 그런 거야. 오히려 당신들이 확실히 빠져줘야 나와 내 동료들도 안심하고 몸을 빼낼 수 있어. 그러니 꺼져.”

에이든이 투덜댔다.

“여기서 죽을 거라고는 생각도 못했는데.”

“미안하다, 에이든.”

소총수 루쉰이 맘에 안든다는 듯이 혀를 찼다.

“일단 여길 벗어나면 다시 얘기하자고, 대장.”

카무라가 유리의 귓가에다 말했다.

“함장님. 지금 가야 합니다.”

유리와 대원들은 출구를 향해 달리기 시작했다. 그 모습을 지켜보던 대니가 고개를 돌렸다. 메신저가 칼을 들어 대니를 겨누고 달려왔다. 덩어리들이 다시 움직였다.

대니와 연대원들이 일제 사격을 시작했다.

대니는 염동력을 복부로 끌어모았다.

메신저가 멈칫거렸다.

그러자 덩어리들도 멈췄다.

한바탕 대충돌을 예상했던 대니가 의아함에 눈썹을 치켜떴다. 그는 메신저가 자신과 비슷한 표정을 짓고 있는 것을 알았다. 에이든이 속삭였다.

"저 자식 왜 저러죠?"

"글쎄, 갑자기 화장실에 가고 싶은 건가?"

에이든이 보내는 힐난의 눈빛을 무시하고 대니가 물었다.

"뭐하는 거지?"

외계인이 말했다.

'이상하군요."

"무슨 말인지 모르겠군. 그쪽은 상대방과 대화하는 법을 좀 배워야 할 거 같아."

"너무 이상해서 그럽니다. 대니. 왜 당신에게서 제 주인님이 느껴지는 걸까요?"

12.

마지막 재판이 시작되었다.

조슈아는 한쪽에 구금된 의원들을 보았다. 그들은 모두 하나같이 침울하고 황망한 표정이었다. 길타리온은 살기 넘치는 눈빛으로 빅토라누스와 두나스를 번갈아 보았다. '대단히 평온한 분위기군.' 조슈아는 쓴웃음을 지었다. 그는 가트레일을 찾아보았으나 보이지 않았다. 이번 재판에는 불참한 것이리라 생각했다.

방청석에는 많은 수의 로베스피에르 함의 승조원들도 참석해 있었다. 미야베, 경수, 1편대장 메이 양을 포함한 로베스피에르의 간부들 역시 그곳에 있었다.

"이제 곧 시작이군."

경수가 긴장된 목소리로 말했다. 미야베가 고개를 끄덕였다.

"오늘 최종 선고인 것이지? 3심이 아니라?"

"최종 선고. 인류의 법정처럼 3심제로 진행하지는 않아."

경수가 말했다. 미야베가 한쪽을 가리키며 말했다.

"저길 봐."

재판정 한 구석이 소란스러워졌다.

조슈아는 일단의 전사들과 함께 입장하는 정치인들을 보았다. 조슈아는 자신의 옆에 앉은 데이웨오에게 물었다.

"저들은 누굽니까?"

데이웨오가 흘끗 그가 가리킨 쪽을 보고는 말했다.

“지도자 조니우스와 그의 경호 전사들입니다.”

“디우틴 정부 수반 말입니까?”

“맞소. 이 재판은 우리 사회의 이목을 끌고 있습니다, 조슈아. 의회의 구성원들까지 구속될 수 있는 엄중한 사안으로 다뤄지고 있죠. 아돌라의 시민들은 지금 이 재판을 실시간으로 법정 밖에서 주시하고 있습니다. 당신은 성공했어요. 저 안에 갇힌 이들의 면면을 봐요. 당신은 감이 오지 않겠지만, 기라성 같은 의원들이 프로파누스라는 혐의를 받고 있는 겁니다.”

“내가 원한 건 정의였을 뿐이오, 데이웨오.”

“정의는 항상 복수를 동반하기 마련입니다. 당신과 당신의 부인과 로베스피에르 함의 승조원들이 원한 건 결코 단순하게 혐의자에 대한 선고와 그 후 수반되는 평화만은 아닐 겁니다. 당신들 인류 사회의 법정에서 이루어지는 재판을 직접 본 적은 없지만 크게 다르지는 않을 겁니다. 모든 선고는 응당 응보와 복수라는 반대급부를 다른 형태로 구현해낸 거죠. 지금 이 상황을 보십시오. 당신은 우리가 숨기고 싶어했던 치부를 드러냈습니다. 그리고 빅토라누스와 조니우스, 두나스는 그런 당신들을 이용했던 겁니다.”

“그들이 나를 이용했다고? 그건 동의할 수 없는데. 내가 당신들을 이용한 거요.”

“그럼 서로가 이용했다고 하죠. 어쨌든 진실 동맹은 큰 타격

을 입었습니다. 그들의 많은 수가 본의였던 아니든간에 프로파
누스의 부역자가 되어 행성 한을 공격해서 종족범죄를 저지른
건 변함이 없기 때문이지요.”

캐시가 이해가 안된다는 듯이 말했다.

“그런데 왜 단죄를 받지 않았나요?”

데이웨오가 고개를 흔들었다. 본인도 이 상황이 힘든 것이다.

“당신이라면 어떻겠습니까, 캐시? 솔직히 말해서 우리 종족
은 인류와 정식으로 수교를 맺지 않았습니다. 정식으로 수교를
하려면 당신들이 우리가 생각하는 문명의 단계, 즉 워프 드라
이브를 구현해서 시공간의 제약을 벗어난 단계로 도달했어야
가능합니다. 우리 종족의 역사에서 그런 이종족을 만난 건 칼
렙 인들이 유일합니다.

서로 의견 교환도 불가능한 멀리 떨어진 별에 사는 이들에
대해 동정심과 죄스러움을 느끼기란 쉽지 않습니다.”

캐시가 분노했다.

“그건 비겁한 말이에요!”

“맞습니다. 저는 변명하려는 게 아닙니다, 캐시 아이스. 그
러나 그렇게 될 수밖에 없었음을 얘기하려는 겁니다. 우리 시
민들 역시 충격을 받았습니다. 불경한 자들의 흔적을 우리 사
회에서 모두 지웠다고 알고 지냈으나, 그들이 정부 시스템을 장
악하고 그런 일들을 벌였을 거라고 누가 생각했겠습니까? 행성
한 공습 이후 아돌라에선 내전이 벌어졌죠. 다시 피가 흘렀습
니다. 내전은 길지 않았지만, 우리는 벨라오스의 어둠이 아직

걷히지 않았음을 알았습니다.

아돌라 성계와 식민지들은 그 이후 지금까지 계속 긴장을 유지해왔습니다. 모두가 두려움을 다스리는 데 급급해 당신들에게 신경쓸 여유가 없었죠. 그런 때, 조슈아 당신이 나타난 겁니다. 잊혀지고 묻어둔 상처들과 함께. 우리는 비겁했습니다. 그러나 드러난 진실을 못본 체 할 수는 없습니다. 누군가 감추고 싶어도 감출 수 없기 때문입니다. 유디안들은 특히. 우린 사실 일부러 생각하지 않고, 무시하고 있었던 거지요.”

“연결 지성 때문이군, 그렇지요?”

“그것 때문에 아돌라에서는 사회적 사건들을 잊는 것이 특히 힘들죠.”

데이웨오가 숨을 죽이는 시늉을 했다.

“이제 시작합니다, 조슈아.”

두나스가 말했다.

“마지막 재판을 시작합니다. 진실동맹 측에서 모두발언 시작하시죠.”

젊은 디우틴 의원이 앞으로 나섰다.

“진실동맹 다므 의원입니다. 길타리온과 디안, 카이우스를 포함한 네 명의 의원들에 대한 변론을 시작하겠습니다.”

두나스가 계속하라는 손짓을 보냈다.

“우선 그들에게 제기된 프로파누스 혐의에 대해 반박하겠습니다. 방금 언급한 의원들은 현재 프로파누스이며, 당시 바루아크 정부의 부역자라는 혐의가 제기되었습니다. 그러나 그것은 사실이 아닙니다. 먼저 이들이 속한 진실동맹의 연원부터 애기하겠습니다. 진실동맹은 벨라트리아스와 제니우스의 군세가 벨라오스와 그의 추종자들과 내전을 벌였을 때 탄생했습니다. 아시다시피 벨라오스가 칼렙 군대를 거느리고 유디안들을 공격한 사실에 대한 진실을 명명백백하게 밝히길 원한다는 뜻이었습니다. 진실동맹은 겨레의 등불이었고, 불온하고 차가운 계절에 종족이 버텨나갈 수 있는 유일한 희망이었습니다. 그 후 천여 년이 넘는 세월이 흐르는 동안 진실동맹은 건재하였고, 그 의원들은 우리 종족을 유지해오는 힘이었습니다. 진실동맹의 의원들은 벨라오스의 대적자였습니다.

두 번째로 말씀드리고자 하는 건 결과의 고의성에 대한 문제입니다. 흑조자리 성계의 인류와 그들이 현재 속한 성계의 인류들은 아직 그 세력이 미약하며, 정식으로 수교를 맺지도 않았습니다. 또한 그들과의 불행한 과거는 사실 사고에 가깝습니다. 지금 만약 이곳에 온 저 인간들과 아돌라 방위군의 부단장이었던 피고 히프케라노스의 말대로 당시 연루되었던 모든 관련인들을 단죄하거나 탄핵한다면 우리 사회에 적잖은 영향을 끼칠 게 분명합니다. 그것도 안 좋은 쪽으로 말입니다. 때로 진실은 효율을 위해, 그리고 집단을 위해 묵과되어야 합니다. 그리고 그것이 사고에 의한 결과들이라면 더더욱 그러합니다. 대신에 우리는 이번 일을 계기로 더욱 조심하는 법을 배우게 될 것입니다.

우주는 무궁무진하며 언제나 기회와 위험이 동시에 도사리고 있습니다. 우리 동족은 오랜 세월을 문명을 발전시켜오면서도 지적인 생명체를 두 부류밖에 만나지 못했습니다. 이젠 역사로 남은 칼렙 족과 인류입니다. 이종족과의 조우가 항상 긍정적인 방향으로 끝나리라고는 생각하기 어렵습니다. 이종족과 조우할 때마다 우리 사회의 중역들을 법정에 올리게 된다면 그 누가 중책을 맡으려 하겠습니까?

군명의 어머니는 분명 우리가 지혜로운 선택을 하기를 바랄 것입니다. 저 역시 재판부가 그러한 선택을 하리라고 생각합니다. 이상입니다."

크므의 발언을 듣는 동안 조슈아는 반감이 솟구쳐 오르는 것을 느꼈다. 그가 캐시에게 속삭였다.

"궤변이야. 만약 저 말대로라면 디우틴 인들이 은하를 자기 발 아래로 두기로 결심할 경우 그에 맞서는 이종족을 절멸시키더라도 문제가 되지 않아."

"본성 지구의 역사에도 저런 논리들은 더러 있었어. 저들은 지금 자신들이 프로파누스에게 협력한 것을 어쩔 수 없었다는 듯이 넘어가려 하고 있어. 심지어 그로 발생한 결과들조차 언급하기를 금기시하면서 말야. 이건 마치 역사 수정주의 같아."

"자, 이제 우리 친구가 나설 차례군."

두나스가 히프케라노스를 향해 말했다.

"피고. 마지막 발언을 하시오."

히프케라노스가 피고석에서 일어서서 방청석과 원고석, 의원석들을 죽 둘러보았다. 그의 눈이 마지막으로 조슈아와 캐시를 향했다.

조슈아는 거리가 있었지만 히프의 눈에서 스쳐 지나가는 무언가를 읽었다.

히프케라노스는 조슈아를 보고 있지 않았다.

그는 폭격에 무너져내리던 행성 한의 도시들과 살해된 주민들을 보고 있었다.

멀리 떨어진 조슈아는 히프가 무슨 생각을 하고 있는지 알 것 같았다.

"존경하는 재판정님, 그리고 의원님들, 방청객 여러분. 10년 전, 저는 죄를 저질렀습니다."

재판정이 술렁였다. 원고 측 의원들과 방청석에서도 예상하지 못했던 서두였다.

캐시가 당황한 목소리로 말했다.

"조슈아. 히프가 무슨 애길 하는 거지?"

조슈아는 쉽사리 입이 떨어지지 않았다.

"자신의 혐의를 인정하는 것처럼 보이지 않아?"

"기다려. 기다려보자, 캣."

계속해, 친구. 난 들을 준비가 됐어.

조슈아는 앞으로 몸을 기울였다.

10년 전부터 준비가 되어 있었다고.

히프케라노스가 고개를 들어 원형 재판정을 둘러보며 양손을 펼쳐보였다.

"제 죄는 동족의 자산과 기술을 무단으로 유출한 게 아닙니다. 제 죄는 수많은 생명을 잿더미로 만들었고, 부당한 명령에 저항하지 못하고 묵과한 것입니다.”

히프의 어조는 너무도 담담했다. 그러나 실제로 그가 어떤 휘몰아치는 감정을 느끼고 있는지 조슈아는 느낄 수 있었다. 오랜 세월 정제되고 스며들어 원액처럼 우러나게 된 근원 깊은 감정들이었다.

“누군가는 죄가 없다고 말할 겁니다. 그저 명령에 따랐을 뿐이라고 말하겠죠. 저 역시 그렇게 생각해보지 않았던 것도 아닙니다. 숨기 편한 방패와도 같습니다. 국가가 시켰다. 아돌라 정부의 명령이었다. 나는 아돌라 방위군의 부단장이며, 아돌라를 공격해온 이종족을 격퇴시키고 보복을 막기 위해 사전에 그들의 모성을 공격했다

그러나 우리의 행위는 명백한 과잉 대응이었습니다. 또한 800억 유디안들의 생명과 재산뿐 아니라 우리 종족에 비전을 제시해야 하는 아돌라 행정부가 권력의 정당성에서도 문제가 있음이 드러났습니다.

나는 후회합니다. 더 적극적으로 부당한 명령에 저항하지 않았음을 후회합니다. 시대의 어둠이 찾아올 때 그 당사자로서 집단의 논리를 수긍하고 수용한다면, 우리 종족에게 발전이란 없을 것입니다. 잘못은 되풀이되기 마련입니다. 계속해서 안일함과 수동적인 자세에 젖어든다면 마침내는 우리 유디안들을 품은 문명의 어머니마저도 우리가 길을 잘못 들어도 우리를 다시 광명으로 이끌지 못할 것입니다.

존경하는 진행관님. 지금 우리는 중요한 기로에 서 있습니다. 엄연히 당시 아돌라 행정부도 선출된 권력이었습니다. 그들의 행위에 대해 정식으로 사죄하고 흑조자리 성계의 인간들과 정식 수교를 맺어야 합니다. 그럼으로써 우리가 우리 은하계의 책임감 있는 일원이라는 것을 이종족뿐 아니라 우리의 자라나는 세대에게 보여주어야 합니다. 우리는 칼렙 인들과의 역사를 다시 재현해선 안됩니다.

저는 이 자리를 빌려 선언합니다. 인간들에게 저의 죄를 사죄하고, 우리 세대의 미래에는 발전과 번영이 함께할 것이라는 걸.”

침묵이 재판정을 감쌌다. 아무도 입을 열지 않았다. 고요 속에서 조슈아는 뜨거운 무언가가 가슴 속에서 견디기 힘들 정도로 솟구쳐 오르는 것을 느꼈다.

‘에이미.’

그는 이제는 부를 수 없게 된 딸의 이름을 불렀다. 조슈아는 그 날 이후 두 번 다시 딸을 보지 못했다. 무너진 건물들 속에서 생명이 꺼져가던 아내 지연을 보았다. 그것마저도 운이 좋은 편이었다. 희생자들을 찾지 못한 생존자들이 대다수였으니까. 콘크리트 틈 사이에 끼어 있던 그녀의 목을 부러진 철골이 관통하고 있었다.

죽어가던 그녀는 눈을 부릅뜨고 그를 보며 슬픈 표정을 지었다. 입으로 문장을 만들었으나, 그녀의 목은 말소리를 만드는 기능을 상실한 상태였다. 쉿쉿거리는 바람 빠지는 소리가 났다.

'미안해.'

뭐가 미안해서였을까? 그게 그녀의 마지막 말이었다. 조슈아는 그 후로도 지연이 무엇을 미안해 했는지 문득 문득 생각했다.

'이거면 된 걸까? 당신, 이거면 된 거라고 생각해? 이걸로 당신들을 지키지 못한 날 용서할 수 있을까?'

조슈아가 어깨를 들썩였다. 갑자기 아내와 딸이 너무 보고 싶었다. 그들은 떠나갔지만, 20년 동안 살아있을 때보다도 더욱 사무치게 그의 가슴 속에 깊게 자리 잡아버렸다. 캐시가 그의 어깨를 감쌌다.

둔탁한 소리가 났다.

두나스가 의사봉을 두드리는 소리였다.

"제 148-12호, 148-13호 이중재판의 판결을 시작하겠습니다.

148-12호 이종족에 대한 자산반출에 대한 고. 피고 히프케라노스, 원고 진실동맹. 148-13호 우주적 규모의 전쟁범죄에 대한 피고 진실동맹. 원고 인간 조슈아 권 및 로베스피에르 함승조원들.

본 재판부는 다음과 같이 판결합니다. 148-12호 재판은 객관적인 준거와 상황, 사건 구성원들의 행위로 미루어보아 분명한 자산 반출이 있었으며, 이는 동족의 미래에 큰 재앙으로 작용할 수도 있는 것임이 명백하다. 특히나 워프 드라이브 테크놀로지는 우리 종족의 문명을 지탱하는 핵심적 기술임에 이견이 없다. 이를 타 종족이 손에 넣어 미래에 어떠한 영향력을 행사하게 될지는 알 수 없으나, 만에 하나라도 그것이 역효과를 낳아 우리 종족에 중대한 도전으로 나타날 가능성이 매우 큰 것으로 사료된다. 여러가지 상황과 의도에 있어서 다양한 해석의 여지가 있으나, 피고의 행위는 유디안들에 대한 배신 행위이니 중죄로 다스리는 것이 마땅하다.”

히프케라노스의 표정이 어두워졌다. 빅토라누스는 심중을 알 수 없는 표정이었다. 진실동맹의 다므와 구금된 의원들은 반대로 점점 기대에 부풀어올랐다. 두나스가 계속 말을 이었다.

“본 재판은 이중재판인 바, 148-13호의 판결로 바로 이어간다. 148-13호 전쟁범죄 역시 148-12호와 마찬가지로 객관적인 준거와 상황만으로 판단했을 때 당시 구성원들이 많은 생명을 학살한 것이 사실이다. 과잉대응이냐 아니냐, 구성원들의 개인적 도덕이 당시 상황과 국가의 명령보다 우선하는지에 대한 논제에 대한 판단은 현 재판부가 결정할 일이 아니라 아돌라 구성원들 모두가 연결지성을 통해 더 오래된 기간 동안 논의해야 할 복잡한 사안임을 미리 전제하고자 한다.

그러나 학살을 지시한 당시 아돌라 정부의 정통성에 문제가 많았다고 본 재판부는 판단한다. 잘못된 정권의 잘못에 대한 책임은 후임 정부가 지는 것이 맞는 것으로 판단된다. 그러지 않을 경우 그 누구도 책임을 질 수 없게 되기 때문이다. 또한 이곳에 있는 많은 인사들 역시 직간접적으로 당시 정부의 중요 의사결정권자들이었으니, 책임에서 자유로울 수 없다.

본 재판부는 다음과 같이 판결한다. 제 148-12호의 피고 히프케라노스의 죄는 유죄이다. 제148-13호의 진실동맹과 아돌라 행정부 역시 유죄이다. 148-12호의 피고에겐 형을 적용하기에 앞서 유예기간을 가지며, 148-13호의 피고 역시 유예기간을 가진다. 148-13호의 피고 아돌라 행정부와 구성원들은 지금부터 3개월 안에 흑조자리 인류 종족과 접촉, 정식 수교를 진행한다. 또한 10년 전, 이종족의 시간으로 20년 전에 벌어진 사건에 대한 죄목을 명명백백히 밝히고 배상을 진행한다. 피고 히프케라노스는 해당 사건에 대한 유의미한 업무를 진행하도록 명한다.

현재 구금된 당시 부역자들인 의원들에 대한 개별 재판은 각자 추가로 행할 것을 본 재판부는 평의회 의결을 제안한다.

"이상."

데이웨오가 조슈아의 어깨에 손을 얹었다.

"축하하오, 인간."

조슈아가 그를 올려다보자, 데이웨오가 웃었다.

"말해주고 싶었소. 정말 잘된 일이라고 생각합니다."

"감사하오, 데이웨오. 그런데 뭐가 말이오? 난 아직 뭐가 뭔지 모르겠소.."

"나도 많은 생각을 했습니다. 그러나 이런 일이 가능할 거라고는 차마 생각하지 않았죠. 우리는 오만한 종족이오. 우리가 우리 죄와 과오를 인정하는 건 정말 드문 일이오. 시작만으로도 큰 전환이 이루어진 것이라 생각하오, 조슈아. 두나스가 우리 종족의 죄를 말했잖소. 우리 종족이 논의할 의제로 행성 한의 학살이 격상됐다는 것만으로도 개인적으로 큰 사건이라 생각합니다."

"그럼 이제 어떻게 되는 건가요? 진상조사단이 꾸려지는 건가요?"

"그렇게 될 겁니다. 배상도 진행되겠지요."

"배상? 누구한테?"

"당신들 성계 정부와 주민들일 겁니다."

조슈아가 인상을 찌푸렸다.

"성계의 어떤 정부 말이오? 설마 연합 정부는 아니겠지? 그놈들 역시 단죄의 대상이오."

"그럼 행성 한 정부가 되겠지요."

"한은 연합의 위성 정부가 된 지 오래입니다. 그들 역시 적법한 정부는 아닙니다."

"복잡하군요. 정작 사죄와 배상을 받아야 할 주체가 없다니. 어쨌거나 그건 차차 논의될 겁니다."

조슈아가 눈을 감았다. 캐시가 그를 얼싸안았다.

"우리가 이겼어, 이겼어. 조슈아."

두 번째 아내의 손을 잡으며 조슈아는 과거의 장면들을 보았다.

하늘에서 죽음의 빛이 내려온지 벌써 20년이 지났다는 데 조슈아는 두려움을 느꼈다.

캐시는 연수 카를로스를 생각했다. 자신을 향해 믿을 수 없는 표정으로 총구를 겨누던 옛 남편.

20년. 그와 그녀를 누구도 가보지 못한 외계인의 법정으로 이끌어온 세월이 자그마치 그랬다.

"여기 계신 의원님들과 재판부, 지도자, 그리고 인간 여러분들께 감사드립니다."

빅토라누스의 목소리였다. 조슈아는 눈을 떴다. 빅토라누스는 어느새 단상 앞으로 원반을 타고 날아와 청중을 향한 채였다. 진실동맹 의원들 중 많은 수는 힐난하는 표정이었다. 이 사태를 만든 책임을 그가 지고 있다고 생각하는 듯했다. 빅토라누스가 양팔을 양옆으로 들어보였다.

"이곳에 모인 대부분의 의원들께서는 특히 바쁘신 와중에도 종족의 앞날을 위해 먼 곳의 연방, 개척지, 식민지에서 와주셨습니다. 근래에 보기 드문 단결력이었습니다. 또한 우리 유디안들의 미래가 밝다는 것을 알 수 있었습니다."

두나스가 고개를 갸웃하는 것이 보였다.

"한 가지 더 말씀드리겠습니다. 듀랑스를 공격했던 프로파누스와 잔당들의 소재가 파악되었습니다."

"그들이 어디에 있소, 빅토라누스?"

지도자 조니우스가 말했다.

빅토라누스가 씩 웃었다. 조니우스가 고개를 갸웃거렸다.

빅토라누스가 침묵했다. 그 잠시간의 어색한 고요함이 재판정을 장악해버렸다.

이상하다. 조슈아는 직감적으로 무언가를 느끼고 자리에서 몸을 일으켰다.

빅토라누스가 입을 열었다.

"이곳에 있습니다."

재판정이 고요해졌다.

"듀랑스를 공격한 건 저입니다."

재판정의 한쪽에서 비명소리가 터져나왔다. 의원들이 구금된 원형 구조물이었다.

디안이 다른 의원들을 베어 버렸다. 그는 자신과 같이 갇혀 있던 다른 의원들을 모두 도륙해버렸다.

그의 팔목 부근에서 공간이 일그러져 있었다.

"저건 당신들이 사용하는 검 아닙니까?"

조슈아가 말했다. 데이웨오도 그것을 알아보았다. 디우틴 전사들의 염동력을 증폭시켜 공간을 일그러뜨리는 검. 무형검 혹은 광자 무형검이랬나? 그러나 그것과는 조금 달랐다. 그 주위에서 쉭, 하는 파열음 소리가 계속해서 났다.

상당히 거슬리는 소리였다.

"더 사악한 형태의 것이오, 조슈아. 저건 우리 전사들의 무형검과는 다릅니다. 프로파누스의 암흑검이오. 생명력을 태워 암흑 에너지로 구현하는 염동력이지. 너무도 사악해서 프로디토르와의 대전쟁 시기 이후 우리 사회가 금지한 것입니다. 지금은 누구도 그 사용법을 모르는 기술들입니다. 저들을 보십시오."

조슈아가 데이웨오가 가리킨 쓰러진 의원들을 보았다. 디안의 검에 쓰러진 의원들의 몸이 썩어 들어가는 것을 본 데이웨오가 이를 갈았다.

"저놈들의 검이 의원들의 생명력을 흡수하고 있소!"

재판정 곳곳의 청중들이 자신의 의복을 벗어댔다. 어두운 자색 로브들이 드러났다.

저 놈들을 본 적이 있어. 조슈아가 주먹이 하얘질 정도로 꽉 쥐었다.

빅 크러시가 일어난 행성 한에서.

주민들을 학살하고 시체들을 거두어간 이터(eater)들의 복장.

자색 로브들의 손목 투사기에서 암흑검이 솟았다.

"프로파누스 배신자들!"

자색 로브의 빅토라누스가 프로파누스 전사들의 앞에 나타났다.

데이웨오가 떨리는 음성으로 외쳤다.

"빅토라누스……어떻게 우릴 배신할 수 있습니까? 당신을 믿었는데……!"

빅토라누스는 차가운 얼굴로 비스듬히 데이웨오를 바라보았다.

"동족 전체가 내 주인을 배신한 건 어떻게 생각하나, 데이웨오?"

"빅토라누스!"

아우레우스가 무형검을 들고 달려들었다.

프로파누스 전사들이 아우레우스를 둘러쌌다. 검광이 번뜩였다. 아우레우스가 여러 번 검격을 나누었으나 뒤에서 일격을 맞고 쓰러졌다.

조니우스와 그의 경호원들이 움직였다.

빅토라누스가 허공으로 떠올라 조니우스의 앞에 내려섰다.

"조니우스."

"빅토라누스."

조니우스는 허탈한 표정을 지었다.

"네놈들을 모두 몰아냈다고 생각했는데……."

"우리는 죽지 않는다. 우리의 왕께서도 그러하다. 나의 주인께서는 네놈들의 허섭스러운 문명의 창녀가 스러지는 모습과 이 우주가 종말을 향해 치닫는 모습을 모두 보실 것이다."

"프로디토르는 지금 어딨나?"

"그건 그 분의 이름이 아니다. 참람된 호칭으로 내 주인을 욕보이지 마라, 조니우스."

조니우스는 빅토라누스의 위압적인 모습에도 아랑곳하지 않았다.

"그 자는 영광된 본래 이름을 잃은 지 오래다. 이런다고 우리 종족 모두가 네놈들을 인정할 거라고 생각하는가? 너희들은 10년 전에도 그랬듯이 강력한 저항에 직면하게 될 것이다."

"글쎄, 그 분의 힘은 네놈들이 생각하는 것보다 훨씬 강력하다. 인정하지 않으면 절멸시키면 그만이다."

"그는 돌아오지 못해. 프로디토르가 쫓겨난 심우주에서는 워프 드라이브 도약도 안 돼."

“그건 네가 걱정하지 않아도 돼.”

빅토라누스가 암흑검을 들어올리며 웃었다.

“우리는 벨라오스 님이 잃어버렸던 힘의 일부분을 흑조자리 성계의 인간들에게서 찾아내었다. 그것도 방금 막. 그분께선 이제 그 힘을 통해 돌아오실 것이다.”

조니우스의 경호원들이 벨라오스에게 달려들었다. 빅토라누스의 모습이 사라지는 것 같더니, 경호원들의 뒷편에서 나타나 그들의 몸뚱아리에 칼을 박았다.

“캐시!”

조슈아가 캐시를 불렀다. 재판정 곳곳에 나타난 프로파누스 전사들이 의원들과 청중들을 도륙해댔다. 조슈아가 캐시의 손을 잡았다.

“이곳을 빠져나가야 돼!. 데이웨오! 우리를 도와주시오!”

데이웨오가 조슈아를 보았다. 그의 얼굴엔 혼란스러움이 역력했다. 그가 조니우스 쪽을 가리켰다.

“하지만!”

“이미 늦었소! 지금 얼른 이곳을 벗어나야 한단 말이오!”

데이웨오는 다시 한 번 조니우스 쪽을 보았다. 프로파누스 전사 두 명이 그들 쪽을 돌아보고는 육박해왔다.

“전사 데이웨오!”

조슈아가 외쳤다. 프로파누스 전사들이 어느새 그들의 앞에 도달해 있었다. 조슈아가 그들의 검을 피해 쓰러졌다.

“조슈아!”

캐시가 비명을 질렀다.

데이웨오가 무형검을 뽑아들고 프로파누스 전사들을 향해 돌진했다. 첫 전사의 다리를 베어버린 데이웨오는 두 번째 전사의 체중을 실은 일격을 막아낸 후 오른쪽 팔에서 무형검을 추가로 뽑아 목을 날려 버렸다. 데이웨오가 쓰러진 조슈아의 손을 잡아 일으켰다.

“고맙소.”

“어디로 갈 계획이오, 조슈아 권?”

조슈아가 말했다.

“로베스피에르 함으로 갑시다.”

“조슈아!”

히프케라노스의 목소리였다. 히프케라노스가 그의 앞에 착지했다. 그의 뒤편으로 미야베, 경수 등의 로베스피에르함 승조원들이 있었다.

“내 승조원들을 보호했군. 고맙네 히프.”

“어서 가야겠어.”

“그래. 다들 로베스피에르함으로.”

캐시는 일방적인 살육이 벌어지고 있는 재판정을 보았다.

그들은 곧 데이웨오와 히프케라노스를 앞장세워서 재판정 밖을 빠져나왔다.

13.

메신저가 검을 내렸다.

그는 잠시 고개를 갸웃하고는 대니를 보았다. 메신저의 눈이 커졌다.

메신저가 대니를 향해 웃었다. 웃음소리가 점점 커졌다.

대니는 외계인의 행동을 이해할 수 없었다. 그는 유리와 일행들이 사라진 것을 확인하고 속으로 셋까지 세었다. 대니가 메신저를 향해 말을 걸었다.

"왜 웃지?"

'이럴 수가, 어떻게 이럴 수가. 이리도 기가 막힐 수가 없네요."

"내가 이해할 수 있게 말해줄 생각은 없는 거지?"

"아, 미안합니다. 큰 깨달음을 얻어서요."

"깨달음은 중요하지. 깨달을 수록 더 훌륭한 사람이 된다는데는 나도 이견이 없어. 그래. 나도 훌륭하게 만들어 줄 수 있을까?"

"웃기지 마요, 대니 카를로스. 당신은 그보다 더 대단합니다. 얼토당치도 않은 힘이 당신 안에 있다는 걸 과연 누가 알았을까요? 주인님의 일부가 당신 안에 있다는 걸 말입니다."

메신저가 히죽거렸다. '무척이나 기쁜 모양이군.' 대니가 생각했다.

"모르겠지만, 당신과 유리 이바노바도 보통 인연이 아니군요. 적어도 수라 핸들러는 확실히 알았겠죠. 당신 안에 무엇이 있는지를 말입니다."

메신저가 말을 마치자마자 성큼 대니의 앞으로 다가왔다.

"대니!" 에이든이 총탄을 갈겼다. 부대원들의 개인화기가 불을 뿜고 플라즈마가 날아들었다.

대니가 메신저를 공격했다. 메신저의 몸 안의 모든 액체를 끓어오르게 만들 생각이었다.

메신저가 사라졌다.

"놈이 사라졌어!".

"어디야?"

대니의 귓가에 나지막한 목소리가 들려왔다.

"뒤입니다, 대니."

대니가 몸을 돌리려는 때, 메신저가 대니의 '안으로' 들어왔다. 대니는 그가 자신가 일체화되고 있음을 본능적으로 깨달았다. 대니의 몸이 뻣뻣하게 굳어버렸다.

모든 감각이 마비되었다. 메신저가 그의 몸을 제어해버렸다. 지릿거리는 감각이 온 몸을 관통하고 지나갔다.

대니는 흐릿해지는 감각 속에서 메신저의 목소리를 들었다.

"당신에게 그 힘을 준 건 당신의 부모가 아닙니다. 당신은 누군가요, 대니 카를로스. 당신이 정말 그 힘의 주인이라고 생각합니까?"

메신저가 웃었다.

"아닐 걸요?"

그의 의식이 희미해졌다.

대니는 찬바람을 느꼈다.

대니는 처음에 자신이 차가운 대양의 한가운데에 버려진 부유물이라고 생각했다. 그만큼 춥고 황량하고 사위를 분간할 수가 없었다. 대니는 눈을 떴다.

찌그러진 공간과 빛줄기를 뿜어내는 별들이 보였다. 빛은 흘러가는 듯 하면서 중심을 향해 움직이고 있었다. 그 중심에 어둠이 있었다.

그걸 어둠이라고 불러야 할까? 빛과 시간마저 삼켜버리는 그것을 단순히 어둠이라고 부를 수 있을까?

블랙홀.

대니는 블랙홀 사이에서 움직이는 무언가를 보았다.

그것들은 블랙홀의 틈바구니에서 나타났다. 찌그러진 거대한 악마의 공으로부터 벗어난 수많은 함선들이었다.

'대니 카를로스.'

'그'가 우주 공간의 틈바구니에서 대니를 불렀다.

'누구냐?'

질문을 끝내기도 전에 대니는 알아차렸다. 그에게 말을 건 것은 블랙홀이었다.

'반갑다, 아들아.'

'아들이라고? 당신 같은 아버지를 둔 기억이 없는데.'

'너는 내 아들이다. 모두가 내 자식들이다.'

'모두?'

'그래, 대니. 네가 죽였던 그 불쌍한 아이도. 네가 가끔씩 생각하는 그 아이.'

대니는 깨달았다.

'조 밀리건.'

목소리는 잠시 침묵함으로써 대니가 깨달음을 음미할 시간을 주었다.

'당신은 대체 누구지?'

'나는 모든 것의 시작이 되었다. 나는 어디에나 있으며, 관조하고 있다. 우주의 가장 비밀스런 곳에서 은하와 별의 운행을 가늠하며 새로이 태어나는 행성과 죽어가는 별들, 생명과 문명 사이에서 균형을 관장하고자 했다.'

'저 함선들은 당신의 것인가?'

'그렇다.'

'당신은 사람이 아닌가?'

'그렇다.'

'내 안의 힘이라는 건 염동력을 말하는가?'

'작고 미약한 네 동족은 그렇게 부른다. 그러나 그렇게 좁은 의미만으로 정의할 수 없다.'

'이 힘은 나의 것인가?'

'너는 답을 알고 있다.'

'당신의 것이었군.'

‘그렇다.’

‘조의 힘 역시.’

‘그리고 네가 그의 힘을 흡수했지.’

‘그렇지 않아. 그 후 내 힘은 매우 불안정해졌어.’

‘그것을 제어할 수 없게 만든 건 오로지 네 두려움이다, 아들아.’

그는 조의 시체를 본다. 대니의 마음 속 깊이 내재되어 있던 공포는 항상 그 장면으로부터 시작되었다.

‘재차 묻겠다. 내 힘의 본래 주인이 당신인가?’

‘그렇다.’

‘그게 사실이라면, 어떻게 당신의 힘이 내 안에 있게 된 거지?’

‘흑조자리 행성에서 나의 종복들이 네 아비를 만났다. 종복들에게 나눠주었던 내 힘을 그가 가져갔지.’

대니는 직감했다.

‘행성 한 말이군.’

‘그렇다.’

‘나는 대체 누구인가?’

‘너는 이 우주에 균형을 가져올 열쇠이다.’

‘균형이라고? 그것이 어떤 우주인가?’

‘암흑 에너지로 가득한 우주.’

‘네가 바란 게 그것인가?’

‘그리고 모두가 바라게 될 것이다.’

‘어떻게 내가 그러한 일을 행하는 열쇠가 된 거지?’

‘네 안에 있는 내가 잃어버린 힘. 내가 그 힘을 되찾음으로써 모든 건 완성되었다.’

‘너는 어디에 있나?’

‘나는 억겁의 시간이 흐르는 그림자 속에서 이 우주를 지켜보고 있었다.’

‘블랙홀 말인가?’

‘그림자는 단순한 물리적 정의로 이해할 수 있는 성질의 것이 아니다.’

그 세월이 얼마나 길었을지 짐작도 가지 않았다. 대니는 떨리는 자신의 음성을 들었다.

‘내가 그걸 열어버렸군.’

목소리는 대답하지 않았다.

‘너는 누구인가?’

목소리가 말했다.

‘나는 오래된 존재이다. 그만큼 내겐 많은 이름이 있다. 그러나 나를 가장 오래 상대한 적들은 이렇게 날 부른다.’

함선들이 웜홀들을 열었다. 워프 드라이브였다.

‘왼손의 숭배자. 그림자로 추방당해 마침내 그림자가 되어버린 자.’

수많은 칠흑색 함선들이 하나 둘씩 빛을 뿜으며 사라져갔다.

목소리가 말했다.

‘배신자 프로디토르. 그림자의 사도 벨라오스.’

대니는 그 이름들을 몇 번이고 곱씹었다.

‘한 가지 궁금한 것이 있다. 나는 그 질문에 대한 답을 들어야 한다.’

‘말하라.’

‘빅크러시를 일으키고 한의 주민들을 학살한 게 당신인가?’

목소리는 망설임없이 대답했다.

‘그렇다.’

대니가 누워 있다. 천장이 보인다. 모빌들이 보였다. 진회색 벽지의 방이었다. 왠지 모를 익숙함이 느껴지는 장소.

한 남자가 그를 향해 다가온다. 꺼칠꺼칠한 질감의 피부 안쪽으로 깊어보이는 눈두덩이가 음영을 그리고 있고 짧은 수염들이 듬성듬성 돋아 있다. 남자의 이목구비가 낯익다. 대니는 그가 자신을 닮았음을 깨닫는다. 혹은 자신이 그를 닮았거나.

‘대니.’

남자가 그를 들어 올린다. 그가 대니를 안고는 흔든다. 대니가 남자를 부르려 했지만 아무 소리도 나오지 않았다. 그저 힘 없는 손가락들만 버둥거릴 뿐이다.

‘언젠가 너가 나와 술을 한 잔 기울이는 날이 오겠지? 우리 꼬마 사자 대니 보이.’

남자가 대니를 안고 노래를 흥얼거린다. 그의 큰 손이 대니의 등을 토닥거리고 어루만졌다.

눈물이 날 것 같았다.

‘대니.’

대니는 어느새 나이를 먹은 현재의 대니로 돌아와 있다. 숀 카를로스가 그를 한 번 더 부른다.

‘대니.’

대니가 숀을 본다. 그의 눈에 어린 슬픔을 본다. 대니가 손을 뻗어 뭐라 말하려 하지만 숀이 고개를 젓는다. 그가 대니를 한 번 더 지그시 바라보고는 몸을 돌려 걸어간다.

‘아버지.’

숀의 모습이 어둠 속에 점점 잠겨 사라져간다.

어둠이 일그러진다.

그것은 블랙홀이었다.

“대니!”

에이든이 대니의 뺨을 철썩 때렸다.

대니가 고개를 흔들며 눈을 떴다.

“에이든?”

촛점이 흐릿하다가 분명해졌다.

“어떻게 된 거지?”

“맙소사, 정신이 듭니까, 대장? 요즘 참 식겁할 일이 많아요, 그렇죠? 당신까지 그러지 않았음 좋겠네요.”

대원들이 그를 걱정스럽게 바라보는 모습이 보였다. 키록스는 손가락을 우두둑 꺾더니 차분한 눈빛으로 대니에게 이상이 없는지를 곁눈질했다. 루쉰은 주위를 둘러보며 경계하고 있었다.

대니가 물었다.

"어떻게 된 거지? 여긴 어디야? 외계인은? 괴물들은? 다 어딜 가고 우린 어디에 있는 거지?"

에이든이 양팔을 올리며 모르겠다는 시늉을 해보였다.

"우리도 모릅니다."

"무슨 일이 있었던 거야? 분명히 외계인이 내게 접근했고......."

"우리가 기억하는 것도 거기까지에요. 한 가지 확실한 건 그놈이 당신의 뒤에 나타나서 어떤 행위를 했어요. 우리 모두는 그 다음 기억이 없어요. 그 다음 기억은 우리가 이곳으로 돌아와 버렸다는 겁니다."

그들은 함선 쿠도의 탑승구 앞에 있었다.

키록스가 중얼거렸다.

"이해할 수 없는 일이야....... 대장. 기억 나는 게 있어?"

대니가 자신도 모르게 몸을 떠는 걸 보며 키록스가 고개를 갸웃했다.

"괜찮아, 대장?"

대니가 한숨을 쉬었다. 부대원들은 아무것도 모르지만 그는 분명히 기억하고 있었다. 블랙홀 속에서 나타난 함대, 그에게 말을 건 목소리를 기억했다.

"이제 어떡할 거예요, 대니?"

"디스카디드 놈들은 다 탈출한 건가?"

"그런 거 같습니다."

"그럼 우리도 빠져나간다. 임무는 실패다."

경계를 서던 루쉰이 몸을 돌려 실망한 낯빛을 드러냈다.

"실패인 겁니까?"

"저 안으로 들어갈 자신 있어? 괜히 시체나 만들지 말고 돌아가서 보고한다. 이상. 다들 탑승해."

"알겠습니다, 대장."

대원들이 쿠도의 탑승구를 개방했다.

대니는 탑승하기 전 연구소 쪽을 돌아보았다. 그는 원인모를 한기를 느꼈다. 자신이 기억하지 못하는 것들 중 무언가 중요한 게 있었다.

그는 진저리를 치며 쿠도에 승선했다.

루 제독은 어둠 속에서 어떤 소리를 들었다. 그는 몸을 일으켜 앉아 방 안의 라이트를 켜려고 했다. 그가 스위치를 눌렀으나 어둠은 그대로였다. 라이트가 먹통이 된 것이다.

스윽스윽 끌리는 소리가 났다. 제독은 탁상 위에 놓았던 휴대용 플라즈마 라이트를 켠 뒤 높이 들었다. 넓은 수감실의 모습이 어슴푸레한 모습이 보였다.

한 남자가 서 있었다.

빛에 익숙지 않았던 안구가 차차 적응해갔다. 제독은 눈을 몇 번 깜빡이고는 그 남자를 향해 라이트를 비추었다. 남자의 모습이 서서히 그의 눈에 들어왔다.

루가 말했다.

"아니, 당신은……?"

남자가 웃었다.

"비서실장, 당신이 여길 어떻게……?"

비서실장은 아무 말도 하지 않았다. 루가 창살로 다가갔다. 그는 이동하다가 라이트를 한 번 떨어뜨렸다. 그가 얼른 다시 라이트를 주워 앞을 향해 비추었다.

수라 핸들러는 보이지 않았다.

그곳에는 오직 그 뿐이었다.

루의 몸이 떨렸다. 그는 침착하려 애썼다.

무언가가 끌리는 소리가 다시 들렸다.

루는 소리의 방향을 재보았다. 그가 등진 수감실 맞은편에서 나는 소리였다. 그는 소리가 나는 방향으로 라이트를 돌렸다.

인간의 형체가 보였다. 팔이 꺾인 모양의 사람이 비척거리며 걷고 있었다.

맙소사, 저건 뭐야?

루는 역한 악취를 맡았다.

시체 썩는 냄새. 그는 라이트를 들어올려 비추었다.

호건이 그곳에 있었다.

루는 이 상황을 이해할 수 없었다.

어떻게 저 괴물이 이곳에 있는 거지? 분명 호건은 자신보다 한 층 아래의 특별 수감실에 특수 구속복 복장으로 수감되어 있었다.

즉, 누군가가 호건을 이곳에 들여놓은 것이다.

호건이 제독을 시야에 고정시켰다. 그 놈은 분명 자신의 앞에 방해물이 있음을 인식하기 시작했다. 짐승 같이 노란 눈에 조금씩 악의가 담기기 시작했다.

그 놈이 뇌수가 터져 버린 쪽 눈으로 제독을 바라보며 의미를 알 수 없는 울음소리를 냈다. 제독은 신경이 쭈뼛쭈뼛 곤두서는 감각을 느꼈다. 놈이 자신을 향해 걸어오기 시작했다. 침착하자. 제독은 입술을 질끈 깨물었다. 그와 괴물의 사이에는 창살이 있다. 무슨 일이 벌어진 건지는 아직 모르지만, 당장 호건이 그를 죽일 수는 없다.

딸깍, 하는 소리가 들렸다. 공포가 제독의 온몸을 제어해 버렸다.

그가 있던 수감실 문이 활짝 열린 것이다.

제독은 아무것도 생각할 수 없었다. 이제 그와 호건 사이를 가로막는 것은 아무것도 없었다.

제독은 무기를 찾으려 했다. 머리 속에서 온갖 생각들이 소용돌이쳤고 아드레날린이 분비되었다.

악취가 더 심해졌다.

제독은 호건이 달려오는 소리를 들었다.

퓌레 호는 아광속 엔진을 가동한 채 전속력으로 1성계의 궤도를 벗어나고 있었다. 어느덧 프리깃은 성계의 마지막 끄트머리에 와 있었다. 유리가 물었다.

"융커우. 가네시까지는 얼마 남았지?"

"하루는 더 걸릴 것 같습니다."

"더 빨리는 안 되겠지?"

"지금이 최대 속력입니다."

"알았어. 특이사항 있으면 바로 보고해줘."

"알겠습니다, 함장님."

유리는 통제실을 나와 승무원 구역으로 이동했다. 그곳에 앉아 쉬고 있던 대원들이 도어가 열리고 나타난 유리를 보았다. 유리가 걱정스러운 표정으로 말했다.

"카란은 좀 어때?"

예나가 한숨을 쉬었다.

"모르겠습니다, 유리. 겉으로는 이상 징후는 없는 듯한데, 지금 계속 안색이 안 좋네요."

카란은 선실 한 구석에 마련된 임시 침상에 누워 있었다. 그의 얼굴에 땀이 계속 흐르고 있었다.

"제독 절차와 항생제는 모두 투여했는데?"

"그렇습니다. 차도는 없네요. 기지에서 우리가 알지 못하는 외부 세균이라도 감염된 건지도 모르겠습니다."

데스먼드가 말했다.

"제기랄. 그 외계인 놈의 짓이 분명합니다."

"나도 그렇게 생각해. 원인은 모르겠지만 분명히 뭔가 있었어."

예나가 걱정스럽게 말했다.

"가네시로 돌아가서 정밀 검사를 받아봐야 할 것 같습니다."

"하루는 더 걸린다네."

"시간이 얼마 없군요."

"제길, 최대한 빨리 가야지."

"통신도 보내셨습니까?"

카무라가 물었다. 유리가 그를 돌아보았다.

"통신?"

"우리가 넵투누스에서 본 사실들, 그리고 저놈들이 숨겨둔 병기들과 괴물들. 놈들이 어떤 식으로 그것들을 이용할지는 모르지만 대비하라는 내용의 통신을 가네시로 보내셨냐는 겁니다."

"이륙하는 즉시 보냈어요. 하지만 역시 그것도 고작 우리가 도착하기 몇 시간 전에 도착할 거예요. 거리가 있으니까."

"답답하군요. 이럴 때 로베스피에르 함이 있었더라면."

"나도 계속 그 생각 중이었어요. 카무라."

카무라가 입술을 질끈 깨물었다.

"놈들은 우리가 많은 것을 알게 된 이상 더 이상 감추려 들지 않을 겁니다. 공세로 전환하겠죠."

"맞아요. 대책을 세워야겠어요. 조슈아 대장이 서둘러 와줬으면 좋겠군요."

그때 카란이 그녀를 불렀다.

“유리…….”

“카란?”

해적들과 유리, 카무라가 그에게로 다가갔다. 카란이 부들거리며 눈을 뜨고는 말했다.

“너와 할 얘기가 있다.”

“단 둘이?”

“단 둘이.”

유리가 해적들을 보았다. 예나가 고개를 끄덕이고는 형제들에게 나가라고 손짓했다. 그들이 나가고, 카무라가 뒤따라 선실을 나갔다.

유리가 카란에게 몸을 숙였다.

“괜찮지 않아 보이네, 카란.”

“완전 죽겠다.”

“죽지 마. 아직 내겐 네가 필요해.”

“그것 참 영광이군. 사랑한다는 말과 비슷하게 들리는데?”

“그렇진 않아.”

카란이 키득거렸다. 유리도 헛웃음을 지었다. 카란이 말했다.

“유리.”

“말해.”

“널 사랑했다.”

유리는 잠시 말을 하지 않았다.

“뭐?”

“그런 생각을 나 혼자서 몇 번 하곤 했다. 네가 발할라에 오지 않았더라면, 내가 지금처럼 되지는 못했을 거라고. 네가 나라는 녀석을 일깨워줬어. 내가 스스로 견디고 지도자로 일어서는 데는 내 옆에 있던 네 존재가 컸다, 유리. 그래서 네가 돌아왔을 때 내심 기뻤다.”

카란은 어린 시절의 유리와 자신을 보았다. 모래바람들 사이에서 미래를 맹세하던 작은 소녀를. 그녀가 떠난 후 항상 생각하던 미래는 어느덧 낡은 사진처럼 색을 바래갔다.

“카란.”

유리는 마음 한구석이 먹먹해졌다. 그녀가 그의 손을 잡았다.

“내가 널 도운 건, 아니 나와 형제들이 널 도운 건 변함없이 네가 형제라고 생각하기 때문이다. 시대의 등불, 저항의 상징이었던 킬리먼 이바노프의 딸, 유리나 이바노바. 네 원래 이름.”

유리가 자조적으로 웃었다.

“나 스스로가 강해지기 위해 발할라로 오면서 이름을 남성형으로 바꿨다는 사실 자체를 아는 사람은 거의 없지. 너를 제외하고는 지금은 우리 언니밖에 몰라.”

유리가 애잔한 표정을 지었다.

“참 우스운 일이지. 너희들은 여자의 이름을 가지고 있는데, 난 남자의 이름을 가진 여자가 되었어.”

카란이 쓴표정을 지었다. 그가 갑자기 심하게 콜록거렸다.

“괜찮아?”

“괜찮다, 유리. 한 가지 물어볼 게 있다.”

“물어볼 것?”

“이리나, 네 언니 말이야. 그녀는 어디에 있지? 사카이 지사가 오매불망 기다리는 네 언니.”

“모르겠어. 그녀와 연락이 닿은 건 몇 년이 채 되지 않았으니까. 나는 언니가 죽은 줄로만 알았어.”

“직접 만나보지 않은 건가?”

“통신을 통해서만 연락했으니까. 연합정부에 계속 쫓기고 있는 상태랬으니. 나도 돕고 싶었지만 그녀는 자신이 어디에 있는지를 극구 알려주지 않았어.”

“네게 연락이 닿은 자가 네 언니라는 걸 믿을 수 있을까?”

“그녀는 나와 언니밖에 모르는 과거의 사실들을 알고 있었어. 그래서 이 일이 어느정도 정리되면 내가 그녀를 찾기로 맹세했지.”

카란이 한숨을 쉬었다.

“정리가 단기간에 될 거 같지는 않군. 에이먼 소로스 그 놈과 연합 놈들이 꾸민 꿍꿍이를 보고 있자니 말이다.”

“나도 그럴 거 같아.”

카란이 눈을 감고 몸을 떨었다. 유리가 그의 손을 더욱 세게 쥐었다. 한동안 그러던 카란이 눈을 떠 그녀를 보았다.

“대체 어디가 아픈 거야, 카란?”

“몸이 이상하다. 그곳을 나온 뒤부터 계속.”

“난 죽음이 싫어. 내 주위 사람은 더욱”

그녀는 모스크바함 알파리더였던 달라스를 생각했다.

“내가 쉽게 죽을 거 같나? 그렇게 쉽게 안 죽거든?”

카란은 쿡쿡거리며 웃었다.

"그 연합군 놈. 대니 카를로스라는 놈이지? 예전에 뉴시드니에서 미쳐버려서 주민들을 학살하던 능력자를 골로 보내버린?"

"맞아."

"그 놈을 사랑하는 거야, 유리?"

그녀는 대답하지 않았다. 카란이 되물었다.

"사랑하는 거냐고 물었어."

"굳이 대답해야 해, 카란?"

"하, 불공평하군. 그토록 네 마음을 얻으려 노력했지만, 정말 사람 맘은 모르겠다니까. 쉽게 되는 게 하나도 없어."

카란은 씁쓸하게 웃었다. 유리는 그가 계속 하고 싶은 말을 감추고 있다고 느꼈다.

"카란. 무슨 말이 하고 싶은 거야? 너답지 않아. 변죽만 울리지 말고 얘기해봐."

"우리의 약속은 꼭 지켜라. 그 말을 하고 싶었다."

"약속이라면 뉴시드니 말야?"

"그래. 그 행성은 형제들의 것이다."

"난 확언한 적 없어. 그리고 행성 하나를 가지겠다는 그 위험한 야심에 개인적으로 동의한 적은 없고."

카란이 으르렁댔다.

"넌 반드시 약속을 지켜야 할 거야. 안 그러면 네 새로운 동료들까지 모두 박살내버릴 테니까."

"전향적으로 생각해보겠어. 그러나 그걸 논의하기에는 아직 절반도 못 간 것 알지, 카란?”

“안다. 그리고 사실 한 가지 부탁할 게 있었다.”

“부탁? 어떤?”

카란은 입을 다물었다. 그는 잠시 생각하더니 인상을 찌푸렸다. 그는 눈을 흘겼다.

“생각이 바뀌었다.”

“뭐?”

“너한테 부탁을 좀 하려고 했는데 됐다. 억울해서라도 못 죽겠다. 어떻게 해서든 다시 일어날테니, 신경쓸 거 없다. 짜증나서 죽지도 못해.”

“무슨 말이야?”

“나가라, 날 좀 쉽게 내버려둬.”

“카란?”

“나가.”

카란이 고개를 돌려버렸다. 유리는 잠시 그의 옆모습을 주시하곤 말했다.

“알겠어.”

유리는 선실을 나섰다.

“함장님? 통제실로 와보셔야 할 거 같습니다.”

나서자마자 융커우의 목소리가 들렸다. 유리가 말했다.

“뭐지?”

“다수의 함선들이 2성계의 궤도 외곽에 나타났습니다.”

“뭐? 어디의 함선들?”

“저도 모르겠습니다. 처음 보는 형태입니다. 한 가지 확실한 건, 인류가 만든 함선은 아닌 것 같습니다.”

“내가 갈게.”

유리가 급히 통제실로 향했다. 융커우가 긴장된 목소리로 말을 맺었다.

“예감이 좋지 않습니다, 함장님.”

가네시 관청에 마련된 집무실에 있던 진수는 캔버라 함에서 긴급 통신이 들어온 것을 확인하고 통신장비를 가동했다.

“진수? 나 테레지아입니다.”

“테레지아. 지금 내가 보고 있는 것과 같은 걸 보고 있나요?”

“그런 것 같소. 성계 끝자락에 나타나기 시작한 저 함선들, 어디서 온 거요?”

“나도 모르겠어요. 연합의 함선일까요?”

“모르겠소. 그렇지만 아닐 거 같소. 저 함선들은 갑자기 나타났단 말이오. 그 말은 워프 드라이브를 사용했다는 뜻이거든.”

진수의 옆에 있던 아리가 헉, 하고 숨을 들이마셨다.

“그건 설마, 외계의 존재란 얘기잖아요?”

“제기랄, 디우틴인가?”

“알 수 없소. 하지만 준비를 해야할 거 같소. 전 함대를 기동태세로 바꿔야 합니다. 가만히 있다가 개죽음당하기 싫으면 얼른.”

“하지만 지금? 유리 함장도, 카란 셰티도 없잖소?”

“있는 사람들끼리 어떻게든 해봐야지. 얼른 지사한테 알리시오.”

“알겠습니다. 테레지아. 지상에서도 대비하겠습니다. 계속 연락을 주고 받읍시다.”

“알겠소.”

통신이 꺼졌다. 아리가 당혹스러운 표정으로 진수를 보았다.

“디우틴 아닐까요?”

“모르겠어. 그럴 확률도 크지. 하지만 그 외계인들이 나타난 건 최근에는 한 번뿐이지. 로베스피에르가 신상하이를 습격했을 때. 그리고 그 땐 한 척이었어. 지금처럼 수많은 함선이 나타난 건 오직 단 한 번 뿐이었지.”

“빅 크러시.”

“맞아.”

“이대로 있을 수 없어요. 저들이 디우틴이 아닐지도 모르지만, 정체를 알 수 없지만 그런 일이 일어나지 않도록 대비해야 해요.”

“맞아.”

진수의 불안감이 점점 고조되었다. 그는 자리의 호출버튼을 누르고 지사의 방을 지정했다.

그러나 그는 그럴 필요가 없었다. 누군가 그의 집무실 문을 쾅쾅 두드린 것이다. 그럴 수 있는 사람은 오직 한 명이었다. 그가 문을 옅었을 때 사카이 지사가 상기된 표정으로 들어와 외쳤다.

“죽었습니다!”

“누가 말입니까?”

“루 제독 말이오! 살해당했어요!”

진수의 충격받은 표정을 본 사카이가 고개를 흔들었다. 정신을 차리려는 행위였다. 아리가 말했다.

“아니, 지사님? 대체 누가 그런 짓을 했다는 건가요? 그게 사실인가요?”

사카이는 본인도 믿을 수 없다는 듯이 말했다.

“사실이오! 그리고 루는 우리가 아는 사람에 의해 죽었소!”

진수가 숨막히는 표정으로 물었다.

“그게 누굽니까?”

“호건이오!”

“예?”

사카이가 덜덜 떨며 말했다.

“누군가 호건을 풀어주었습니다. 응? 무슨 말인지 이해하시겠어요, 진수? 당신들 동료 호건이 산책하던 고양이처럼 한 층을 올라와서는 루 제독, 그 가여운 양반을 갈기갈기 찢어발겼단 말이에요.”

유경은 눈을 떴다.

누군가 자신을 부르고 있었다.

그는 자리에서 몸을 일으켰다.

‘내 딸아.’

유경은 몸을 덜덜 떨었다. 말도 안 되는 무언가가 자신에게로 들어오려 하고 있었다.

‘내 딸아.’

“누구야? 날 부르는 게?”

주둥이. 주둥이였다. 주둥이가 또 그녀를 부르고 있었다. 유경은 눈을 감았다.

‘너는 나를 알고 있다, 가여운 내 자녀야.’

유경은 알고 있었다. 넵투누스에 도착하기 전부터. 그녀가 잠에 빠져 있을 때부터 그녀를 부르던 목소리였다.

연합의 비밀 시설 안에서 그녀를 인도하고 어느샌가 그녀의 안에 들어와 있던 목소리였다.

그녀는 목소리에게서 헤어나올 수 없었다.

‘너는 나를 받아들였고, 나는 너를 이제 해방시켜주려고 한다.’

그랬다. 그 말이 옳았다.

유경은 눈을 떴다.

목소리가 말했다. 움직이라고. 그녀는 자신의 선실을 나와서 터벅터벅 걸어가기 시작했다.

‘네 껍질, 널 이루고 있는 물질의 속박에서 벗어나리라.’

그랬다. 그럴 것이다.

‘가거라. 그에게로 가거라.’ 목소리가 말했다.

유경은 목소리가 인도하는 곳에 도달했다. 그녀가 멍한 눈으로 자신이 앞에 선 선실이 어디인지 확인했다.

카란 셰티가 누워 있는 곳이었다.

‘그래, 바로 그곳이야.’

목소리가 말했다.

14.

아돌라 시내는 난장판이었다. 자색 로브들과 디우틴 전사들이 얽혀서 전투 중이었다. 광자 기관포를 장착한 기관차량이 미끄러지듯 움직이며 포문을 열었다. 귀를 찢는 파열음에 고개를 든 히프케라노스는 일단의 요격기들이 날아가는 모습을 보았다.

"놈들이오, 히프케라노스!"

데이웨오가 외치며 하늘 한구석을 가리켰다. 조슈아와 캐시의 눈이 그 손을 따라갔다.

대기가 진동했다. 크기를 가늠할 수 없는 진원으로부터 비롯된 떨림이 건물과 대지를 강타했다.

압도적인 몸체의 흑색의 커다란 알처럼 생긴 타원형 함선들이 나타났다.

"맙소사."

캐시가 탄식했다.

"저거 미친 듯이 크네?"

미야베가 얼빠진 목소리로 말했다. 조슈아는 입을 깨물었다. 함선의 몸체는 거의 대부분의 시야를 가려버릴 정도로 거대했다.

히프케라노스가 말했다.

"수확함이야……."

"수확함?"

조슈아는 히프케라노스의 얼굴에 떠오른 경악스러움과 절망감을 보았다. 그것은 현실화 된 악몽을 목도한 자만이 지을 수 있는 표정이었다.

조슈아 역시 그것을 본 적이 있었다.

20년 전 행성 한에서.

"저 이단자들이 설마 아돌라 시민들을 수확하려고?"

데이웨오가 사태를 파악하고 울부짖었다.

"안 돼! 그럴 수 없어!"

알들의 중앙부 덮개가 양쪽으로 열렸다.

기다란 금속체가 아돌라 도시를 향한 채로 드러났다. 십여 개가 넘는 거대함선들의 포신들이 곧 도시를 정조준했다.

"놈들이 함포를 발사합니다, 대장!"

메이가 말했다.

함포들이 불을 뿜었다.

함포에서 튀어나간 수많은 포탄이 아돌라 시내에 떨어져 내렸다.

비명소리들이 커졌다.

조슈아는 그 포탄들이 일반적인 포탄이 아님을 깨달았다. 그것은 포자였다. 불운한 디우틴 시민들 중 일부는 날아온 포자들에 의해 옴짝달싹할 수 없게 되어버렸다. 이윽고 포자들이 회전하면서 깔려버린 시민들을 '삼켜버렸다.' 그것들은 시민들의 몸 위에 줄기를 뻗기 시작했다. 여러 개의 줄기가 뻗어나와 하늘을 향해 뻗어나가기 시작했다. 그것들은 점차 나무와 같은 모습을 갖추기 시작했다.

아돌라의 전사들이 나무를 향해 돌진했다. 그러자 프로파누스 흑전사들이 나무 주위에 모여들었다.

보이지도 않는 속도로 암흑검과 광자무형검이 교차하는 칼부림이 벌어졌다.

"경비선이오! 모두 타시오!"

데이웨오의 외침에 모두가 바라보니, 그는 디우틴 시내 경비선 한 척에 탑승하여 조종간에 손을 얹은 채였다.

"이대로 방문자들의 탑을 지나서 아돌라 우주모항으로 가야 합니다! 어서!"

"놈들이 이쪽으로 오고 있소!"

더 지체할 시간이 없었다. 조슈아와 캐시의 지휘 아래 로베스피에르의 승조원들이 경비선에 올랐다. 마지막 인원이 오르기 전에 어디선가 발사된 광자포가 경비선 옆 선착부두를 강타했다. 경비선이 핑그르르 돌며 중심을 잡지 못했다. 데이웨오가 경비선의 중심을 다시 되돌리기 위해 안간힘을 썼다. 조슈아가 욕설을 뱉었다.

"이런 젠장!"

그가 내려다보니 이미 올라타지 못한 미처 탑승하지 못한 승조원들이 프로파누스에게 도륙당하고 있었다.

경비선은 그들을 포기하고 이륙했다. 기체는 잠시 비틀거렸지만 곧 최대출력으로 비행 모드에 들어갔다.

"오, 조슈아. 저건 뭘까?"

캐시가 조슈아의 어깨를 두드렸다. 조슈아는 아돌라의 상공에서 아래를 보았다.

거리에 널려있던 디우틴과 프로파누스 전사들의 시체에 나무들이 가지를 뻗었다. 가지들이 시체를 휘어감아 올랐다.

가지의 뒷편에서 일단의 시체들이 일어나는 모습이 보였다.

"망할, 저게 뭐야? 죽은 자들이 일어나고 있잖아? 내가 지금 제대로 보고 있는 거겠지, 캐시?"

"저건 '강탈당한 자들'이네, 조슈아."

히프가 말했다.

"강탈당한 자들이라고? 뭘 강탈당한 거지?"

"생명의 나무에 몸과 영혼을 강탈당한 자들이라는 뜻이지. 그들이 가지고 있던 생명의 정수는 이미 저 나무들의 뿌리로 가고 없네. 저 간악한 이단자들은 저런 식으로 우주의 수많은 생명들을 수확해왔지."

조슈아는 깨달았다.

"벨라오스, 그 자가 생명 에너지를 축적한다고 했던 게 바로 저런 방식인가?"

"맞네. 혐오스럽기 그지 없는 모습이지."

기체를 조종하던 데이웨오가 말했다.

"어떻게 동족의 심장부에 저런 무도한 짓을 한단 말입니까, 히프케라노스!"

"데이웨오. 나도 지금 이해가 가지 않아. 저자들은, 빅토라누스는 아돌라를 아예 파괴할 작정인가?"

데이웨오가 분노를 터뜨렸다.

"그자에게 속았습니다! 듀랑스의 그 사건도, 그리고 이 재판도 모두 그 자가 그린 그림이었던 겁니다!"

"그게 무슨 소린가, 데이웨오?"

"디우틴 연방의 대부분의 평의원들이 지금 저기 있잖습니까! 연방의 다른 행성과 식민지들은 큰 혼란에 빠질 겁니다! 지도자들이 공석이기 때문에요! 듀랑스 기지에 생명의 나무를 심어서 주의를 돌려놓고는, 처음부터 재판정을 장악해서 문명의 어머니를 약화하고 연방을 식물정부로 만들 생각이었던 겁니다!"

"정말 화가나지만 그 말이 맞는 것 같네."

"그럼, 지금 디우틴 정부는 저들을 격퇴할 능력이 없는 거요, 데이웨오?"

조슈아가 물었다.

"지금 여기선 저들을 막을 수 없다고 보는 게 맞을 것 같습니다. 인간."

히프가 눈을 감았다. 곧 그가 말했다.

"조슈아 자네 의문이 맞는 것 같군."

"무슨 소리지?"

"연결 지성이 느껴지지 않아. 얼마 전 성소에 침입했던 프로파누스가 뭔가 조치를 취한 게 틀림없어. 문명의 어머니도 우릴 도울 수 없다는 뜻일세."

누구도 말을 꺼내지 못할 정도로 숙연해졌다.

히프케라노스가 슬픈 목소리로 낮게 말했다.

"아돌라는 끝났어."

경비선은 은폐모드로 방문인의 탑에 도착했다. 탑에는 아직 프로파누스가 들이닥치지 않은 상태였다. 그러나 이미 그곳에 상주하던 디우틴 담당자들은 공관을 비운 상태였다. 빈 사무동과 여러 관리동 건물 안에서 급히 철수한 흔적들만 남아 있었다. 조슈아와 캐시는 밖에 모여 있던 일단의 승조원들을 만났다. 그들을 경비선에 태우게 하던 캐시는 유나가 아직 나오지 않았음을 알았다.

"조슈아. 유나가 아직 나오지 않았어!"

조슈아가 아차, 하는 표정을 짓고는 방문인의 탑을 가리켰다.

"가자, 캐시! 데이웨오. 이륙 준비를 하고 있으시오. 얼른 합류하겠소."

"알겠습니다만, 괜찮겠소, 조슈아?"

"데이웨오. 내가 함께 갈 테니, 우리가 오면 바로 이륙할 수 있게 해주시오."

히프케라노스가 말하자 그제서야 데이웨오가 받아들였다.

'오래는 못 머무르니, 서두르십시오."

그들은 탑의 승강기를 타고 35층으로 수직으로 상승했다.

35층에서 조슈아와 캐시는 곧바로 그들의 방으로 달려 방문을 열었다. 그러나 안에는 어떤 인기척도 느껴지지 않았다.

"유나가 없어."

그들은 방을 나와 유나의 이름을 부르며 층 곳곳을 누볐다.

35층의 외부 유리벽들이 아돌라 모항을 향해 있는 남향에 도달했을 때 히프케라노스는 프로파누스 흑전사를 보았다.

흑전사가 칼을 겨누고 선 상대는 유나의 손을 잡고 있는 메이 양이었다.

"메이!"

메이가 그들을 흘끗 보았다. 흑전사가 움직였다. 조슈아가 소리쳤다.

"조심해!"

메이가 기관권총을 꺼내어 흑전사를 향해 쏘았다.

총탄이 허공에서 폭발했다. 흑전사는 불과 8m 정도의 거리만을 남겨두고 있었다. 히프케라노스가 함성을 지르며 공중으로 떠올라 메이의 앞에 내려섰다.

"유나를 데리고 얼른 피신하시오!"

메이는 지체하지 않고 유나를 품에 들어 올리고는 조슈아와 캐시를 향해 달렸다. 히프가 소드 그립 형태의 무형검을 허리춤에서 꺼내어 발검하자마자 흑전사의 검이 날아들었다.

격검이 시작되며 쨍, 하는 소리가 들렸다. 수 차례의 검이 교환되었다. 두 명의 전사는 복잡한 스텝을 그리며 검을 교환했다. 그런 상태가 몇 분 동안 계속되었다. 두 전사가 서로 검을 맞대고 힘싸움을 하였다. 곧 히프가 거칠게 검을 휘둘러 흑전사를 자신에게서 떨어뜨려 놓았다.

흑전사가 손가락을 들어 히프를 가리켰다.

"아돌라는 우리가 장악했다. 그만 포기해라, 부단장."

"배신자들. 네놈들이 이긴 것처럼 느껴지겠지? 하지만 전쟁은 이제 막 재개되었을 뿐이다. 우리 선조들이 그랬듯, 프로디토르는 다시 한 번 차가운 우주의 심연으로 쫓겨나게 될 것이다.”

흑전사가 괴성을 지르며 달려와 무지막지한 속도로 검을 휘둘렀다. 눈에 보이지 않을 정도의 빠르기였다. 그는 상대의 괴력에 자신이 짓눌리는 것을 느꼈다. 그는 필사적으로 무형검을 휘둘렀다. 상단 공격. 하단 방어. 스텝은 잽싸게. 몸을 휘돌리며 중간 찌르기를 막고는 적의 어깨를 향해 호를 그리며 검을 날린다. 격렬하게 부딪힌 검에서 파직 거리는 소리가 들린다. 흑전사가 뒤로 물러났다가 반원을 그렸다. 히프 역시 그 원을 따라 움직였다.

흑전사가 달려든다. 히프는 점프해서 그를 피한다. 착지하자마자 흑전사가 뒤돌아본다. 히프는 검을 양손으로 잡고 강, 중간, 약의 호흡대로 상단 베기 후 중간 찌르기를 구사한다. 온 힘을 실은 검격을 흑전사가 한 발을 뒤로 빼며 피하고는 핑그르르 히프의 뒤로 돌아간다. 사각이 생겨버렸다. 히프는 방어할 생각을 포기하고는 몸을 던진다. 적의 검이 그의 어깨를 스치고 상처를 낸다. 히프가 염동력을 투사해 흑전사를 밀어낸다. 그러나 흑전사가 바로 육박해 들어온다. 히프가 검을 중간 높이로 들어 방어한다. 한 번 두 번 그리고 우측 측면 가르기. 히프가 검을 놓치고 만다. 인간들의 비명 소리가 들렸다.

히프는 몸을 웅크린 채 흑전사를 노려보았다. 예사로운 솜씨가 아니었다. 히프의 상처는 깊지 않았지만 검을 놓친 게 문제였다.

흑전사가 무형검을 높이 들었다. 끝을 보려는 것이다.

그 순간, 히프는 어떤 감각을 느꼈다. 그는 모든 염동력을 집중하여 흑전사의 몸을 휘감았다. 흑전사가 저항했으나 히프의 구속을 풀어낼 수 없었다.

히프케라노스가 탑 밖으로 흑전사를 날려버리며 소리쳤다.

"쏘시오, 데이웨오!"

경비선이 떠올라 흑전사를 향해 주포를 쏘아댔다.

흑전사의 몸이 찢겨나갔다. 그 비명 소리가 벽면에 어리듯이 잔인한 메아리를 만들어냈다.

캐시가 메이에게서 유나를 건네받아 안았다. 캐시는 상기된 얼굴로 유나의 얼굴 곳곳을 만져보았다.

"괜찮아, 우리 딸? 다친 덴 없고?"

유나가 고집스런 표정으로 입을 앙다물었다.

"난 괜찮아, 엄마."

메이가 대견하다는 듯이 말했다.

"조금 놀라긴 했지만 유나는 아주 의젓했어요. 한 번도 울지 않고 저와 같이 있었어요, 캐시."

"고마워요, 메이. 진심으로요."

"아니에요."

"메이. 나도 정말 고마워. 자네가 아니었으면 정말 아찔했을 것 같아."

조슈아가 말했다. 히프가 다가와서 그들을 향해 말했다.

"시간이 없네. 우린 바로 우주모항으로 가야 하네."

경비선이 35층의 깨진 유리면 옆으로 다가왔다.

조슈아가 경비선을 가리키며 지체 없이 말했다.

“다들 가자고.”

그들은 아돌라 우주모항도 흑전사들이 장악했음을 보았다.

데이웨오와 히프케라노스가 앞장서고 나머지 승조원들이 뒤를 따랐다. 두 디우틴인을 제외한 인간들은 무장이 없었기 때문에 주위를 끊임없이 경계해야 했다.

함선들은 나선팔 형태의 도크들에 있었다. 그러나 흑전사들의 수가 많아 쉽사리 돌입하기란 힘들어 보였다.

“저들을 정리해야 이륙이 가능할 것 같군.”

히프가 말하자 데이웨오가 고개를 끄덕였다.

“전투에 돌입하겠습니다.”

“숫자가 꽤 되는데? 무모한 생각이오, 데이웨오.”

“하지만 부단장님. 저희에겐 저 함선 말고는 아돌라를 빠져나갈 방법이 없습니다.”

조슈아가 주위를 둘러보고는 자신 없는 듯이 말했다.

“개인화기가 없는 인간은 방해만 될 뿐일 것 같군. 미안해, 히프. 도움이 되질 못해서.”

“아니야, 조슈아. 데이웨오. 저들의 숫자가 얼마나 되지?”

“스무 명은 되어 보입니다.”

“상대할 수 있겠나?”

데이웨오가 잠시 생각하다가 무형검을 꺼내들었다.

"해보겠습니다. 부단장님."

그때였다. 도크 입구에 모여 있던 흑전사들이 그들을 향해 달려오기 시작했다. 긴박함을 알아차린 건 미야베였다.

"놈들이 우리를 봤습니다!"

"제기랄 숫자가 너무 많아!"

일촉즉발의 순간이었다.

일단의 전사들이 염동력을 통해 히프케라노스와 데이웨오의 앞에 착지했다. 십여 명이 넘는 전사들이었다. 히프는 믿을 수 없다는 표정으로 그들을 지휘하는 남성 디우틴 인을 보았다.

"가트레일?"

"또 봅니다, 부단장."

가트레일은 뒷편을 향해 한 번 웃어주고는 흑전사들을 향해 검을 겨눴다.

"셀림을 위하여!"

셀림의 전사들이 발검한 채로 흑전사들을 향해 달렸다. 히프와 데이웨오도 정신을 차리고는 함께 달음박질쳤다. 셀림의 전사들은 흑전사들을 두려워하지 않았다. 오히려 기세가 오른 그들은 빠르게 흑전사들을 제압했다. 히프와 데이웨오도 미친 듯이 검을 휘둘렀다.

마지막 흑전사의 몸을 가트레일의 검이 꿰뚫었다. 푸른 피가 흘러나왔다. 가트레일은 검을 흔들어 흑전사를 반대편으로 던져버렸다. 캐시는 유나의 눈을 가리고 있었다.

정리가 마무리되자, 히프가 그를 향해 꺼림칙한 듯이 말했다.

"감사하오, 가트레일."

"별말씀을요, 부단장."

"재판정에는 보이질 않던데, 우릴 따라온 것이오?"

"저도 이곳에서 탈출해야 할 것 같아서 말입니다. 당연히 우리드 태워주시겠죠, 부단장님?"

가트레일이 로베스피에르함을 가리켰다.

"물론 당신뿐 아니라 인간들에게도 양해를 구해야겠지만."

데이웨오가 불쾌해하는 기색을 내비쳤다.

"의원님. 저는 당신의 전사들이 아돌라에 온 줄은 모르고 있었습니다만. 어떤 보고도 받은 적이 없습니다."

"그래서 덕분에 이 위기를 모면했지 않소, 데이웨오? 그저 필요한 일이 있을까봐 내 전사들을 대동하고 온 것뿐이오. 그리고 지금은 말다툼을 할 겨를이 없는 것 같소. 나와 내 전사들도 당신의 손님으로 탑승하게 해주겠소, 조슈아 권?"

마지막 말은 조슈아를 향한 것이었다. 조슈아는 잠시 고민했지만 답은 하나였다.

"영광입니다, 가트레일 의원님."

"고맙소."

가트레일은 일그러진 데이웨오의 얼굴을 향해 미소를 지었다.

"뭐합니까, 데이웨오? 당신은 아수라장이 된 아돌라에 남을 거요?"

로베스피에르 함의 지휘실에 다시 서게 된 조슈아는 잠시나마 감격스러움을 느꼈다. 오랜 시간이 지난 것처럼 느껴졌다. 몇 명의 사망자나 부상자가 있었으나, 대다수의 승조원들이 탑승한 상태였다. 동력 상태 역시 잘 관리되었고 신상하이 습격 당시 피해를 입었던 워프 드라이브용 웜홀 생성기인 패스파인딩 모듈도 말끔히 수리가 완료된 상태였다.

기관장 경수가 그를 향해 경례했다.

"복귀를 축하드립니다, 대장님!"

"반갑네 경수. 기관 상태는 어떻지?"

"좌현 메인 엔진, 우현 메인 엔진 이상 없으며, 주동력도 모두 완전 가동 가능합니다. 장거리 항해용 패스파인딩 모듈과 좌표 계산기도 훌륭합니다. 목적지만 정해주시면 이 은하 끝이라도 바로 도약하겠습니다."

"좋아. 모두 확인했다."

조슈아는 잠시 눈을 감고 심호흡했다. 모두가 그를 바라보고 있는 것이 느껴졌다.

조슈아는 눈을 뜨면서 외쳤다.

"로베스피에르함. 이륙! 아돌라를 벗어난다."

"알겠습니다!"

"메인 엔진 상승 기동!"

육중한 몸체에 동력이 전달되며 진동이 느껴졌다. 급박한 순간이었음에도 조슈아는 알 수 없는 쾌감을 느꼈다.

로베스피에르는 빠르게 아돌라의 대기권을 향해 치솟아 올랐다. 조슈아는 스타맵을 주시했다.

레이더 담당 미야베가 다수의 미확인 기체를 발견하고 보고했다.

'함장님. 아돌라 상공에 다수의 중형급 이상의 함선들이 떠 있습니다."

"예상하고 있었지. 함선 타입은?"

"패턴 적색. 알 수 없습니다. 외계인의 함선들로 보입니다."

조슈아의 옆에 있던 히프케라노스가 고개를 끄덕였다.

"프로파누스 놈들의 것이군."

가트레일이 말했다.

"일정 고도 이상이 되면 워프 드라이브로 벗어나야 합니다."

"하지만 목적지는 어디로 해야 한단 말입니까, 의원님?"

조슈아가 레드헤드를 불렀다.

"미야베. 아돌라의 웜홀 통신은 아직 열려 있다. 데지레 성계 쪽을 스캐닝 해보도록."

침묵 속에 긴장된 분위기가 흘렀다. 잠시 후 미야베가 입을 열었다.

"2성계를 중심으로 데지레 성계에도 마찬가지 패턴이 확인됩니다. 프로파누스인 것 같습니다."

"제기랄."

캐시가 말했다.

"어떡하죠? 지금 우리가 저들을 피해 달아날 곳이 마땅치 않아요."

데이웨오가 말을 받았다.

"달아난다고 하셨습니까, 캐시 아이스? 차라리 잘됐습니다. 아돌라를 침공한 적들을 격퇴하고 이곳에서부터 반격을 시작하는 게 어떻습니까?"

히프케라노스가 고개를 절레절레 흔들었다.

"데이웨오. 근위단의 무용은 나도 익히 들어서 알고 있지만 자살하려는 게 아니라면 그러지 맙시다."

데이웨오가 히프를 향해 항변했다.

"의원님. 전사의 명예를 폄훼하지 마십시오. 아돌라가 넘어가면 사실상 우리 문명은 끝입니다. 프로디토르가 있던 시기에도 아돌라가 함락당한 적은 없었습니다. 차라리 이렇게 된 거 목숨을 걸고 적들에 맞서 싸워야 합니다."

그때 가만히 듣고 있던 가트레일이 나섰다.

"다들 생각이 많아 보이시는데 죄송하지만 제가 하나 건의하지요."

모두가 그를 보자 가트레일이 여유로운 표정을 지었다.

"당신들은 하나 놓치고 있어요. 우리는 나나트로 가야 합니다."

모두가 조용해졌다. 조슈아와 캐시를 제외한 인간들은 그곳이 어딘지 몰라 그러했고, 히프케라노스와 데이웨오는 당황했기 때문이었다.

"나나트? 당신의 고향별 말입니까, 의원님?"

조슈아가 물었다.

“질문해줘서 고맙소, 조슈아 권. 나나트는 은하 사분면의 중심으로부터 30도 기울어진 불라스 성단 한가운데에 있는 내 고향을 말합니다.”

“그곳은 이단자들의 땅이오!”

데이웨오가 소리질렀다. 히프는 아무 말도 하지 않았지만 약간 낭패스런 듯한 기색이 느껴졌다. 가트레일은 데이웨오 쪽은 쳐다보지도 않은 채로 계속 말을 이었다.

“그들이 이단자라면, 그들의 지도자인 내가 어떻게 연방 평의회의 일원이라고 할 수 있겠습니까, 데이웨오?”

“그건 어쩔 수 없는 정치적 합의의 결과일 뿐! 당신들은 일반적인 유디안들과 다릅니다!”

“자, 그럼 여기 모인 디우틴 인과 인간들에게 물어보겠습니다. 과연 지금 이 상황에서, 연방의 대다수 의원들이 아돌라에 모여서 살해당하거나 프로파누스의 인질이 된 상태에서, 어떤 누가 적들에 대항해 싸울 수 있을까요? 우리 셀림의 전사들 말고 현재 그 대안이 있습니까?”

데이웨오가 말하려 할 때 히프가 손을 올렸다. 가트레일이 히프를 바라보았다.

“의원님. 확실히 당신의 말은 일리가 있습니다.”

“감사합니다, 아돌라 방위군 부단장님.”

“부단장님.”

“데이웨오, 현실을 직시하게. 지금 연방의 모든 행성들의 지도자가 아래 아돌라에서 변을 당하고 있지 않나? 우리가 현재 믿을 건 가트레일 의원과 셀림의 전사들일 수밖에 없네.”

데이웨오는 더 이상 말하지 않고는 생각하는 듯했다. 잠시 후 그가 나직하게 말했다.

“알겠습니다. 지금은 도저히 방법이 없는 건 확실하군요.”

조슈아가 나섰다.

“그럼 우리는 목적지를 나나트로 정해야겠군요. 그곳에서 다시 정비한 뒤 어떻게든 이 난국을 타개할 방법을 찾아야 한단 말이지요? 그것이 전쟁이든, 혹은 다른 수단이든 간에.”

히프가 동의했다.

“맞네, 조슈아.”

“알겠어. 미야베. 항로를 설정해라. 의원님. 나나트의 좌표를 알려주십시오.”

“알겠습니다.”

가트레일이 알려준 좌표로 미야베가 항로를 설정했다. 설정을 끝내자마자 미야베가 말했다.

“얼른 워프 드라이브를 해야 합니다. 프로파누스 함선들이 우리에게로 빠르게 다가오고 있습니다.”

조슈아는 레이더를 보았다. 미야베의 말대로 여러 개의 점들이 로베스피에르를 향해 움직이고 있었다.

“엔진 충전! 패스파인딩 모듈 가동! 워프 드라이브 실시!”

로베스피에르의 웜홀 생성기가 육중한 중력을 생성시키면서 돌아가는 떨림이 전해져왔다.

도약이 3분 앞으로 다가왔다. 조슈아는 옆에 선 캐시의 얼굴에 서린 그늘을 보았다.

"캣? 왜 그래?"

캐시가 그를 보았다.

"조슈아. 저긴 다크 존 근처야."

"뭐?"

조슈아는 입력된 목적지 좌표를 보았다. 그제서야 그는 캐시가 무슨 말을 하고 있는지 깨달았다.

"설마 저곳이?"

"그래. 당신이 날 구해줬던 성간 죽음의 구름. 해리 카를로스가 나를 아무렇게나 내던진 우주 심연. 데지레 성계로부터 이토록 가까운 곳에 디우틴의 세계가 있었다니… 믿기지 않아."

조슈아는 깨달았다. 그 좌표는 한때 남편이었던 연수를 잃은 캐시를 외우주 탐사 프로젝트란 미명 하에 연합의 사령관 해리 카를로스가 파견했던 장소로부터 몇 파섹 떨어지지 않은 거리였다.

조슈아는 잠시 그녀를 보다가 캐시의 손을 꼭 쥐었다.

"괜찮아 캣. 지금은 모두가 함께 있잖아."

"응. 알아. 단지 놀란 것뿐이야."

조슈아가 캐시를 안았다.

푸른 구가 로베스피에르 함의 앞에 나타났다.

로베스피에르는 다가오는 적함들을 떨치고 구 안으로 항속을 시작했다.

팽창한 푸른 구가 찌그러드는가 싶더니, 수 초의 순간 안에

점으로 수축해 버렸다.

로베스피에르 함이 워프 드라이브를 시작했다.

15.

대니와 3연대 대원들은 신상하이의 수도 알트라 외곽의 부대 영내로 복귀했다.

영내는 소란스러운 분위기였다. 다양한 소속의 부대원들이 이리저리 뛰어다니고 있었다. 대니는 몇몇에게 말을 걸었지만 그들은 대니와 연대원에게 신경도 쓰지 않았다. 대니는 상등병 덩치 한 명을 간신히 붙잡을 수 있었다.

"상병! 정신 차려라!"

상병은 눈을 꿈뻑꿈뻑하더니 대니를 보았다.

"어? 당신은? 대니 카를로스 대위님?"

상병이 그에게 경례했다. 그러나 혼란스러움이 어린 동작이었다. 대니가 경례를 받고는 물었다.

"이름이 뭔가?"

"샤오한입니다."

"샤오한. 지금 영내가 왜 이리 소란스럽지? 다들 뭣 때문에 우왕좌왕하는 건가?"

"대위님, 모르십니까?"

"나와 내 동료들은 지금 도착했네."

"아, 미확인된 다수의 함선들이 성계에 출현했습니다. 아마 외계인들인 것으로 보입니다."

"뭐라고?"

대니가 경악했다.

“그 함선들이 어딨는데?”

“지금 성계 외곽에서 나타나서 이곳을 향해 오고 있습니다.”

대니가 목소리를 높였다.

“그런데 다들 뭘 하는 거지? 서둘러 전투 태세를 갖춰야 하는 거 아닌가?”

“그래서 다들 우왕좌왕하고 있는 겁니다. 어쨌거나 출격준비를 해야 하는 것은 맞습니다. 그러나 방향은 그 함선들을 향한 게 아닙니다. 저희는 가네시로 출격하라는 명령을 받았습니다.”

“대체 왜?”

“총통 각하의 긴급명령이 내려왔습니다. 저 외계인들은 우리 아군이며, 저들과 합동으로 가네시의 반군을 공격하라고 명령이 하달되었습니다.”

대니는 대원들을 내려준 뒤 A윙을 찾았다. 에이든이 물었다.

“대장 어디 가요?”

“할아버지를 뵈러.”

“이 난리통에요? 외계인들이 오고 있다는데?”

“그러니 더욱 찾아봬야 할 거 아니겠어?”

대니가 A윙에 탑승하고는 시동을 켰다. 에이든이 황급히 다가왔다.

“대니!”

"에이든. 임시함장을 맡아서 가. 알겠지?"

데이든이 대니의 눈을 보았다. 대니는 결연했다. 에이든이 이를 깨물었다.

"대니. 걱정됩니다."

"걱정할 게 뭐 있나?"

"아시잖습니까? 우리가 넵투누스에서 본 것들을. 뭔가 지금 이상하게 흘러가고 있습니다. 저는 바로 출격하지만, 혹시나 기회가 되면 우리 가족에게 내 안부를 전해주십시오."

"자네가 직접 전하지 그래?"

"그럴 틈이 없습니다. 지금 바로 가네시로 가야 할 것 같아요."

대니가 고개를 끄덕였다.

"알겠어. 할아버지를 뵙고 난 뒤 직접 찾아보고 자네 안부를 전해주지. 하지만 장담은 못해."

"알겠어요. 고마워요."

에이든이 경례했다. 에이든은 루쉰과 키록스, 나머지 연대원들과 함께 리틀보이로 탑승했다.

연대원들을 배웅한 대니는 곧 A윙을 타고 이륙했다. 그는 해리 카를로스의 기함이 있는 비행장을 목적지로 설정하고 이륙했다.

A윙이 자동비행 모드로 접어들면서 간헐적인 신호음을 냈다. 대니는 기체 창으로 보이는 수많은 A윙들과 알트라 시내를 멍하니 바라보았다. 그 상태로 몇 분이 지난 후 대니는 불현듯 닐라에게로 전화를 걸었다. 신호음이 몇 초 간 이어지더니 중

년 여성의 얼굴이 상단 모니터에 나타났다. 곱슬거리는 다갈빛 머리와 약간은 고집스러운 듯이 올라간 눈꼬리, 부드러운 인상을 주는 광대와 작은 입술. 대니의 어머니 닐라는 예나 지금이나 인상이 변하지 않는 편이다.

닐라가 놀란 표정을 지었다.

"대니!"

"엄마. 오랜만이에요. 저에요."

"잘 있니? 왜 이렇게 연락이 없니? 얼마 전부터는 연락도 잘 안되더니만……. 네 할아버지가 네가 중요한 임무로 잠시 연락이 안될 거라고만 얘기해줬단다. 이렇게 계속 내 잠자리를 뒤숭숭하게 만들 참이니?"

"비밀 임무가 있었어요. 잠복도 해야 했고요. 외부 통신은 아무래도 제 정체가 들킬 염려가 있어서 당분간 꺼뒀어요."

"네가 왜 그 일을 해야 하는지 모르겠구나. 예전부터 말했지만 나는 네가 그런 밀정 노릇을 하는 게 마음에 들지 않는단다. 엄연히 네가 속한 부대는 밀정과는 거리가 먼 거 아니니? 이번에 무슨 일이 있어도 내가 네 할아버지한테 이런 임무는 더 이상 하지 않도록 얘기하마."

대니는 고개를 흔들었다.

"엄마는 참 변함이 없네요. 어쨌든 전 무사하고 제가 알아서 제 일은 관리할 테니 너무 염려하지 마세요."

"그런데 어디니? 엄마 얼굴 본 지도 오래되지 않았어? 이러다 내 아들이 실제로 어떻게 생겼는지도 잊어버리겠구나."

"전 지금 이동 중이예요. 할아버지를 뵈러 가는 길이고요. 지금 이렇게 보고 계시잖아요."

"이런 모니터 말고 실제의 네 얼굴 말이다, 대니 보이."

대니는 살짝 눈썹을 찡그렸다. 그 호칭을 부르는 사람은 이 세상에 그의 모친 단 한 명뿐이었다.

어쩌면 한 명 더 있었을지도 모르지만 그는 이젠 존재하지 않았다.

대니는 본론으로 들어갔다.

"엄마. 사실은 저 뭐 하나 궁금한 게 있어서 연락드렸어요."

닐라가 서운한 목소리로 말했다.

"너는 네가 뭔가 필요한 게 있을 때만 연락을 하는구나."

"죄송해요. 꼭 알아야 해서 그래요. 아버지에 대한 거예요."

닐라는 잠시 말이 없었다.

"뭐가 궁금하니?"

닐라는 항상 숀에 대한 얘기가 나올 때면 긴장하곤 했다. 대니 역시 어릴 때부터 그 사실을 느끼며 자라왔다. 그리고 대니는 이제 닐라가 왜 그랬는지에 대한 작은 확신이 점차 생겨나는 것을 느꼈다.

"아버지가 돌아가시기 전에 있었던 일들에 대해서요."

"왜 갑자기 그 시절 이야기가 궁금한 거니?"

"제가 몰라서요. 어머니도 할아버지도 잘 얘기해주시지 않으니까. 연수 삼촌도 마찬가지였고."

"네가 알아야 할 만한 일은 없었단다. 그 뿐이야."

“엄마. 비록 내가 기억도 잘 나지 않는 어린아이 시절이지만, 뭔가 석연치 않은 일이 있었다는 것쯤은 저도 알아요. 행성 한에 할아버지와 함께 파견되었다가 빅 크러시를 겪고 돌아온 후 숀 카를로스가 이상해졌다는 건 비밀도 아니잖아요.”

“네 아빠는 아팠다.”

대니는 닐라의 얼굴에 괴로움과 비통함이 스치는 것을 보고 가슴이 아팠다. 닐라가 계속 말을 이었다.

“네 아빠는 아팠고 그건 본인 잘못이 아니었어. 네 아빠는 20년 전 그곳에 가지 말았어야 했어. 나는 지금도 네 할아버지를 그것 때문에 원망한단다. 알잖니.”

“아버지가 돌아와서 어떻게 된 건가요? 병을 앓았나요?”

닐라가 한숨을 쉬었다.

“그이는 조금 아팠지. 그걸 병이라고 부를 수 있을지 모르겠구나. 네 아빠의 병은 치료할 수 없었단다. 결국 돌아가시고 말았지. 행성 한을 다녀온 사람들이 그런 증상이 많았어. 오, 대니. 지금 이 얘기를 해야 하는 이유가 뭔지 알 수 없구나. 그 때의 이야기를 내가 정말 싫어하는 건 너도 잘 알고 있잖니?”

“죄송해요, 엄마. 사실은 제가 기억이 나서 그래요.”

“뭐? 뭐가 기억났단 말이니?”

“그 시절 일이요. 기억이 났어요.”

닐라의 당황한 표정을 보며 대니가 슬프게 웃었다.

“아버지가 절 죽이려 했었잖아요. 그렇죠?”

‘언젠가 너가 나와 술을 한 잔 기울이는 날이 오겠지? 우리 꼬마 사자 대니 보이.’

숀이 말했다.

대니는 현재의 자신보다 몇 살 정도밖에 차이가 나지 않는 젊은 숀을 본다.

그 날 대니의 방에 들어온 숀은 갑자기 발작을 일으켰다.

‘대니 보이.’

숀은 괴로워하며 자신의 어린 갓난아기에게 다가갔다.

그가 다가와 대니의 목을 짓누른다. 꼬마 사자 대니 보이가 울음을 터뜨린다. 천장으로 보이는 모빌들이 어지럽게 떨어져 끊어진다.

숀 카를로스는 왜 어린 아들을 죽이려 했을까?

‘그 손 놔라, 숀!’

어떤 남자가 급히 대니의 방 안에 들어온다. 그의 뒤에서 비명을 지르는 닐라가 따라 들어오는 게 보인다.

남자가 묵직해 보이는 쇳덩어리를 들어 숀을 겨눈다. 권총이다.

대니는 직감적으로 숀이 그 남자에게 사살당했음을 깨닫는다.

기쳐버린 숀이 대니의 목을 짓누르던 행위를 멈추고 남자에게 달려든다.

연수 카를로스가 권총을 발사한다.

닐라의 비명소리가 더욱 커졌다.

“대니…….”

모친이 그의 이름을 불렀지만, 그 목소리는 울먹이고 있었다. 대니는 죄책감을 느꼈다.

“어떻게 알게 됐니? 그 때의 일을 어떻게 기억하게 된 거니? 지금까지 살아오면서 한 번도 너는 그 때 일을 기억하지 못했단다. 그런데 대체 어떻게 알게 된 거니?”

“설명하기엔 너무 길고 복잡해요. 엄마. 그리고 너무 속상해하지 마세요. 전 아무렇지 않아요.”

대니는 거듭 닐라를 달랬다.

“정말이에요, 엄마. 전 단지 제가 기억하는 게 맞는지 알고 싶은 것뿐이에요. 그때의 일들로 괜히 엄마가 다시 상처를 떠올리게 만들 생각이 아니에요. 그러니 제발 울지 마세요.”

“오, 대니. 손은 많이 아팠단다. 정말 많이 아팠어. 한의 주민들이나, 한을 다녀온 연합의 많은 군인들이 비슷한 증상을 보였단다.”

“그래요. 그건 비극이에요.”

“네 아빠를 용서하거라. 그는 대니 보이, 널 정말 사랑했단다.”

대니는 어린 자신을 안고 토닥거리며 노래를 흥얼거리던 숀의 모습을 본다.

눈물이 고였다.

“알아요, 엄마. 제가 지금 겪은 일들은 꼭 얘기해 드릴게요.”

“대니, 대체 무슨 일이니? 나는 너무 무섭구나. 지금 무슨 일들이 일어나고 있는 거지? 그런 거지? 갑자기 지금 총통 각하께서 긴급방송을 하고 있는 것 알고 있니? 임시 계엄령이 도시에 내려졌어. 아직 얘기가 나오진 않았지만 조만간 우리들은 벙커로 이동할지도 모른다는 얘기도 있고. 그리고 네가 이러는 걸 보니 뭔가 있는 게 분명해.”

“나중에, 나중에요 엄마. 꼭 말씀드릴게요.”

“무사해야 한다, 댄. 너마저 위험해지면 난 살 수가 없어.”

“사랑해요 엄마. 곧 연락드릴게요. 혹시 무슨 일이 있으면 주민들과 다 함께 벙커로 들어가세요.”

통신이 꺼졌다. 닐라의 얼굴이 사라졌다.

목적지가 5분 거리였다.

대니는 착륙을 준비했다.

비행장은 시끄러웠다. 갖가지 기동전단과 강습상륙단 소속 부대원들이 바삐 이륙을 준비하느라 여기저기 오가고 짐을 실어나르고 있었다.

관제 담당 소위가 그의 신원을 확인하고 착륙을 허가했다. 대니가 기체에서 내리자마자 그를 향해 물었다.

“사령관님께선 어디 계시는가?”

“이륙 준비 중이십니다. 제너럴 쿠도 함 앞에 마련된 임시 막사에서 마지막 점검 중이십니다.”

“안내해주게.”

“알겠습니다.”

그는 관제 담당 소위가 부른 일병의 안내를 받아 해리의 막사를 찾아갔다. 임시 막사는 샌드위치 패널과 고강도 경량화 특수합금으로 이루어진 소재였다. 앞에 서자 경계병이 그의 신원을 확인하고 안쪽으로 향했다.

잠시 후 경계병이 나타나 말했다.

"들어가깁시오, 대위님."

경계병이 핸디툴로 대니의 정보를 입력하자 막사 입구의 오토 도어가 열렸다. 대니가 대충 고맙다고 말하곤 서둘러 안으로 향했다.

말끔한 전투복으로 갈아입은 해리 카를로스가 그를 알아보곤 말했다.

"돌아왔구나."

"할아버지."

"앉아라."

해리가 작은 협탁의 의자를 가리켰다. 대니가 앉자 맞은 편에 해리가 앉았다.

"지금 상황이 어떻게 돌아가고 있는지는 들었지, 대니? 외계인들이 나타났다. 모든 내막을 정확히 알진 못하지만 총통실에서 직속으로 명령이 하달됐다. 외계인들과 협력해서 반란군을 박멸한다. 나는 1시간 내로 바로 가네시로 출발할 거다."

"20년 전처럼 말인가요? 외계인들과 협력해서 인간들을 학살할 예정인가요?"

"지금 너와 괜한 말싸움하고 싶지 않다, 대니."

"저도 그러려고 온 게 아니에요."

"작전은 어떻게 된 거냐? 실패한 것 같긴 하다만."

"실패했죠."

"그럴 거라 생각했다."

"그게 다가 아니에요. 할아버지. 하나 물어볼게요. 아버지에 대해서요."

해리가 눈살을 찌푸렸다.

"갑자기 지금? 꼭 지금 말이냐?"

"절 믿어주셔야 해요. 지금 상황과도 연관된 내용이예요."

해리가 살짝 의아한 듯이 눈썹을 씰룩거리고는 말했다.

"그렇다면 빨리 말하거라."

'저 기억이 났어요. 아버지가 절 죽이려 했던 상황을 말이에요. 제발, 어떻게 기억났냐고는 묻지 마세요. 시간이 없으니까요."

대니가 급하게 말하며 손을 올리자 해리가 입을 다물었다. 대니는 그의 얼굴에서 놀라워하는 감정을 읽었다.

"넵투누스에 가서 알게 됐어요. 거기서 여러 가지 일이 있었지만 요약해서 말하면, 저는 그곳에서 외계인을 만났어요. 연합과 깊은 연관이 있는 외계인을요. 그 외계인은 모습도 자유자재로 바꿀 수 있었고, 우리 말도 구사했어요. 무엇보다 그놈은 핸들러 비서실장 이야기를 했어요."

해리는 놀란 기색이 아니었다.

"그곳에 외계의 테크놀로지가 있다고 말했잖으냐. 놀랍진 않구나.”

“맞아요. 그런데 그 외계인이 제 정신을 어디론가 아득히 먼 곳으로 연결시켜줬어요.”

“아득히 먼 곳?”

대니는 자신이 보고 들은 어둠과 음성을 생각하며 본인도 모르게 몸을 떨었다.

“제가 생각하기에 아마도 그건 미친 소리 같지만……. 그건 블랙홀이었어요.”

“블랙홀이라고? 그게 대체 무슨 소리냐?”

“우리 은하 중심에 있는 블랙홀. 그 안에 누군가 있었어요.”

“뭐? 그게 말이 되는 소리냐?”

해리의 어이없어하는 표정을 보며 대니가 다급히 말을 덧붙였다.

“그리고 함대들. 지금 나타난 외계인들의 함선들이 바로 제가 본 것들이에요.”

“지금 이게 무슨 상황인지 나는 전혀 이해가 되지 않는구나.”

“블랙홀 속에 있는 존재가 제게 말했어요. 어쩌면 외계인일 수도 있어요. 아니면 신일지도. 젠장, 그게 뭔지 아직도 모르겠지만 확실한 건 저 함대는 그 존재가 보냈다는 사실이에요. 그것의 이름도 알아요. 프로디토르. 또는 벨라오스라 불리는 존재에요. 들어본 적 있어요?”

해리가 고개를 저었다. 그는 혼란스러워하고 있었다.

“모르겠다. 들어본 적도 없다.”

"그놈이 말했어요. 행성 한에서 아버지를 만났다고. 그리고 자신의 힘 일부를 아버지가 가져갔다고 말이에요."

"맙소사."

해리가 자신의 코를 만지작거렸다. 그는 여러 가지 사실을 이어보려고 하며 어렵게 말을 계속했다.

'빅 크러시 이후 초능력을 가진 아이들이 태어났지……. 대부분은 살아남은 한의 주민들에게서. 일부는 당시 파견을 갔던 연합군인들에게서도 나타났지. 그 중에서 여럿은 정신이 불안정해졌고 스스로 자살하거나 사살당했다. 연합은 그런 염동력 능력을 가진 이들을 거두어 체계적으로 훈련시켰다……. 숀 역시 그랬고……. 인간들이 외계인의 능력을 흡수한 거야."

"그거예요. 제 아버지는 벨라오스라고 불리는 어떤 거대한 존재의 힘을 흡수했던 거예요."

"나는 숀 역시 그러한 능력을 가지게 되었고 그래서 정신이 불안정해졌다는 건 알고 있었다, 댄. 때로 너도 그랬고 네가 사살했던 조 밀리건도 그랬듯이."

"이 힘은 인간의 몸으로 제어하기엔 확실히 불안정한 게 맞아요. 그리고 그토록 거대한 존재의 힘을 담게 된 아버지 역시 그랬어요. 그래서 절 죽이려 한 거죠. 그리고……."

대니가 비통하게 말을 끝맺었다.

"연수 삼촌에게 사살당한 거죠."

대니는 고개를 떨구었다. 그의 손이 떨렸다. 자신이 평생 지녀왔던 짐이자 때로는 스스로를 보호해준 힘의 근원을 헤아려

보며 형언하기 힘든 감정이 느껴졌다.

대니가 고개를 들었을 때 그는 이상한 것을 보았다.

해리 카를로스는 마치 비밀을 들킨 어린 아이와 같은 눈길로 대니를 바라보고 있었다.

"왜 그래요, 할아버지?"

"대니, 잘못 알고 있다."

"뭐가요?"

"숀을 죽인 건 연수가 아니야."

"네? 그럼 누구죠? 제가 본 장면은 분명 연수 삼촌이었는데."

해리가 한숨을 내쉬었다. 대니는 가슴이 철렁하는 소리를 들은 것 같은 착각에 빠졌다.

"숀을 죽인 건 대니 보이 너였다."

대니가 되물었다.

"뭐라고요?"

해리는 아무 말도 하지 않았다.

"제가 아버지를 죽였다고……. 지금 그렇게 말씀하신 거세요?"

해리가 쓴 표정으로 고개를 끄덕였다.

"연수의 총탄은 숀을 전혀 위협하지 못했다. 말했잖니.

숀도 능력을 가지고 있었고, 총탄을 멈춘 것도 그 능력이었지. 그러나 미쳐버린 숀은 배후에 있던 두살배기 갓난아기가 자신을 초월하는 염동력을 발휘할 줄 몰랐을 거다."

"맙소사."

입 안이 깔깔해졌다. 대니는 멍한 표정을 지었다. 어떤 말도 나오지 않았다.

"거짓말."

그는 입을 다물어버렸다. 해리가 낮은 목소리로 조곤조곤 말했다.

"사실이다, 대니. 나도, 네 엄마도 너를 탓하지 않아. 그건 사고였어. 그리고 손을 놔뒀으면 네 엄마와 연수는 그 자리에서 죽었을 거야."

"거짓말……. 그건 거짓말이에요……."

대니가 고개를 떨구고 양손으로 얼굴을 감쌌다.

"거짓말이라고요 할아버지."

대니는 닐라를 생각했다. 그는 어린 시절 가끔씩 상처입은 표정으로 아들을 바라보던 여자를 본다. 항상 닐라와 대니의 주위에는 돌이킬 수 없는 상실감이 짙게 깔려 있었다.

그 상실감을 제공한 게 대니 보이였다니.

해리가 그의 어깨에 손을 얹었다.

"대니, 고개를 들거라. 네 마음은 이해한다만 지금은 그럴 때가 아니다. 나를 보거라."

대니가 눈물이 그렁그렁한 얼굴을 들어 할아버지를 본다. 노회한 군인이자 정치가.

평생 상실만을 겪어온 가여운 남자 해리 카를로스.

"그것 말고 또 얘기할 게 뭐가 있지? 그게 다가 아닐 거다,

대니.”

“전……”

“대니.”

대니가 한숨을 내쉬고 거칠게 양팔로 눈가를 닦았다. 그가 조금씩 떨리는 목소리로 말을 이었다.

“그리고 빅크러시를 일으킨 것도 자신이라고 그 목소리가 말했어요.”

“뭐?”

“외계인들의 테크놀로지. 할아버지. 그건 암흑 에너지를 이용한 테크놀로지였어요. 아직 잘은 이해할 수 없지만, 벨라오스는 생명체의 에너지를 수집하여 암흑 에너지로 변환하는 방법을 이용한 것 같아요. 그래서 빅 크러시를 일으켰고, 주민들을 학살하고, 수많은 주민들을 잡아갔어요. 넵투누스에는 그 에너지를 만드는 시설, 일종의 공장 같은 게 있었던 거예요.”

“말도 안 돼.”

“할아버지?”

“그건 헛소리야!”

대니는 해리의 얼굴에서 핏줄기가 튀어 나오는 느낌을 받았다.

해리 카를로스가 분노하고 있었다.

“빅 크러시는 총통 각하와 내가 일으킨 거야! 내가! 연합을 위해서!”

대니는 뒷통수를 얻어맞은 것 같았다. 정신적 충격이 너무

커서 자신도 모르게 휘청거렸다. 그가 가까스로 정신을 차리고 말했다.

"지금 뭐라고 그랬어요?"

해리는 대니는 보이지도 않는다는 듯이 아랑곳않고 분노를 계속해서 내뿜었다.

"그딴 외계인 놈들이 우리를 조종이라도 했다는 게냐! 웃기지 갈거라! 우리는 행성 한의, 광산 조합 정부의 워프 드라이브 테크놀로지를 탈취하려고 했다! 그렇지 않으면 우리가 나중엔 한 놈들에게 당하고 말았을 거야. 알겠니, 대니? 그래서 행성 한에 분란을 일으켰고 혼란을 틈타 인천 함을 탈취해온 거다. 그러기 위해서 칼 에이지를 인천 함으로 파견했지."

인천 함. 연수 카를로스가 칼 료마와 함께 탈취해서 사라진 '정화 함'의 옛 이름. 광산 조합 정부가 개발한 워프 드라이브 기술을 최초로 탑재한 함선. 대니는 비로소 알 것 같았다.

"그래서 연수 삼촌이 우릴 떠났던 거군요. 바로 할아버지가 행성 한을 그 모양으로 만든 학살자라는 걸 알게 됐기 때문에......."

맙소사. 정신적 쇼크가 연달아 오면 오히려 둔감해지는 모양이군. 대니가 생각했다. 그의 뇌는 갑자기 쏟아지는 정보들에 버거워하고 있었다. 그는 당장이라도 쓰러질 것 같았다.

"왜냐하면....... 아버지로 생각하고 수십년 간 살아왔던 사람이...... 자신의 원수였다는 걸 알아버렸기 때문에......."

해리가 충혈된 눈으로 그를 노려보며 소리쳤다.

"하! 대니 보이. 네가 이해할 수 있겠느냐? 내가 어떤 마음으로 그런 일들을 행했을지? 그건 완벽한 계획이었다. 소로스 총통과 내가 여러 단계까지 고려해서 세심하게 계획하고 실행한 플랜이었어! 광산 조합은 디우틴 어 통역가가 필요했지. 행성 연합을 도외시하고 자신들이 먼저 아돌라로 FTL(Faster Than Light) 도약을 감행해서 먼저 수교를 맺고 연합에 대한 주도권을 확보할 생각이었지. 그건 역사의 변곡점이었다. 그대로 놔두었다간 앞으로의 데지레 성계 역사는 행성 한을 중심으로 재편되었을 거야. 그걸 가만히 놔뒀어야 했을까? 모성 지구에서도 변두리 소국에 불과했던 놈들의 후손들이 그딴 짓을 하게 내버려뒀을 것 같냔 말이다, 대니. 소국이 대국을 거스르게 할 순 없지 않느냐. 데지레의 주인은 행성 연합이고 신상하이다."

대니는 고개를 저었다. 온갖 감정들이 치밀어 올랐다.

"그래서, 그래서 통역가를 파견했나요? 총통의, 아니 할아버지의 지령을 받은 통역가를? 그 자가 누구죠? 그 자가 뭘 한 거죠?"

대니는 진실을 깨달았다. 해리의 대답을 들을 필요도 없었다. 답은 하나였다.

"그 자가 아돌라에 선전포고를 했군요. 그래서 외계인들이 공격한 거였군요."

워프 드라이브를 통해 염원하던 디우틴의 모성 아돌라로 도약한 군산함, 로스엔젤레스함, 인천함은 아돌라 상공에 잠시 머물렀다. 그들은 행성연합, 에이먼 소로스가 파견해준 디우틴 어

통역사인 칼 에이지를 통해 친선의 메세지를 조심스럽게 아돌라 정부를 향해 띄웠다.

그리고 화답으로 되돌아온 것은 아돌라 방위군 함대의 공격이었다.

군산함과 로스엔젤레스함은 격추되었고, 인천함 한 척만 황급히 행성 한으로 되돌아왔다. 그리고 디우틴 함대가 뒤따라 한에 들이닥쳤다.

그 함대가 과연 디우틴이었을까? 아니면, 벨라오스의 하수인들이었을까?

"할아버지는 이용당한 거예요."

해리가 그를 보았다.

'그게 무슨 가당치도 않은 소리냐?"

'이용당했다고요. 벨라오스가 암흑 에너지를 얻기 위해 짠 각본에 놀아난 장기말이었단 말이에요. 어쩌면 총통도 놀아난 건지도 모르죠. 할아버지는 국가를 위해 옳은 일을 했다고 생각하고 있을지도 모르지만, 아니 그렇게 생각하고 있는 것 같지만 그건 헛소리에요. 결국 할아버지도 학살자일 뿐이에요. 무고한 사람들을 수천만 명 죽인 살인자란 말입니다!"

대니는 해리의 얼굴에 어린 광기가 분노로 번득이는 것을 보았다.

"닥쳐라!"

해리가 벌떡 일어났다. 대니도 지지 않고 일어나 소리쳤다. 분노가 광풍처럼 그의 마음 속에도 휘몰아쳤다. 어쩌면 해리가 그 일을 기획하지 않았더라면 숀은 죽지 않았을지도 모른다.

닐라도, 대니도 평생의 상실감을 느끼지 않고 살았을 것이다.

"할아버지는 항상 말했잖아요! 젊은 시절의 할아버지가 이름 전쟁에서 증조 조부모님을 잃었다면서요! 고작 '성씨를 계승하는 자들'이었다는 이유만으로 박탈자들에게 죽어간 사람들 이야기를 해주셨잖아요. 그런데, 그런데 그 아픔을 아시는 분이 대체 어떻게 그런 일을 벌일 수가 있죠?"

"나는 애국자였다! 이 국가를 위해서라면 어느 정도의 희생을 감내할 수밖에 없었다! 소로스 총통도 이해했어!"

"희생? 대체 무얼 위한 희생이죠? 대체 누굴 위한 희생이란 말인가요?"

"국가와 국민을! 멍청한 놈아! 국가와 국민을 위해서였다!"

"국가!"

대니가 실소했다.

"국가라고! 국가를 위해 수천만 명을 죽였다고 그렇게 얘기하는 거예요? 국민을 위해서 국가가 있는 것일 텐데?"

"넌 아무것도 몰라. 그렇게 해서라도 역사의 흐름을 바로 잡아야 했으니까. 그것은 더 큰 미래를 위한 정의였다! 나는 단지 누구도 하기 싫은 일을 맡을 결심을 했을 뿐이야! 수천 만의 목숨이 안됐지만, 결국 행성 연합의 미래 세대는 내 공로를 알 것이야! 내가 어떻게 애국을 하고, 행성 한으로부터 비롯될 분란을 막았는지를 높이 평가할 거라고!"

대니는 더 이상 참을 수 없었다.

"해리 카를로스!"

대니에게서 염동력 광풍이 일어나 해리 카를로스를 덮쳤다. 해리의 몸뚱이가 날아가 막사 벽에 부딪혀 떨어졌다.

순식간에 벌어진 일이었다.

해리가 신음하고 있었다. 대니의 분노가 사그라들었다. 그는 순간 자신의 몸을 제어한 분노에 어찌할 바를 모르고 잠시 서 있었다. 그러다가 정신을 차리고 쓰러진 해리에게 다가갔다.

"할아버지. 괜찮아요?"

해리가 끙, 하는 신음소리를 냈다. 생명엔 지장이 없는 것 같았다. 해리가 머리를 흔들곤 말했다.

"망할, 정말 아프구나."

"일어설 수 있겠어요?"

대니가 해리의 손을 잡아 몸을 부축했다. 해리는 의자에 몸을 기대고 앉아 한숨을 쉬었다. 잠시 그는 아무 말도 하지 않았다. 그는 천장을 올려다보았다. 방금 전 염동력의 영향으로 불빛이 흔들리고 있었다.

잠시 후 해리가 입을 열었다.

"내가 어떻게 했으면 좋겠느냐?"

대니는 대답하지 않았다. 해리가 고개를 들어 미동도 하지 않고 서 있는 자신의 손자를 보았다.

해리는 문득 두려워졌다.

"대니보이. 내가 어떻게 했으면 좋겠니."

대니가 고개를 흔들었다. 해리는 대니의 그림자를 보았다.

그는 그림자를 향해 말을 이었다.

"그래 맞아. 나는 학살자다. 범죄자고, 셀 수 없이 많은 죄를 저질렀다. 연수는 진실을 알게 되었던 거야. 그런데 말이다, 대니. 이제와서, 대체 이제와서 나보고 어떡하라는 거냐. 이 죄 많은 노인네가 불쌍하지도 않니? 내가 뭘 어떻게 해야 하는 거니? 사과라도 하라는 거냐? 응?"

그가 고개를 들어 대니를 바라보았다.

"응? 그런 거니?"

대니는 고개를 저었다.

"죄는 나중에 물어야죠. 지금은 더 늦기 전에 다른 사람들을 구해야 해요, 할아버지."

대니는 그 다음 하려던 말을 씹어 삼켰다. '당신의 죄를 조금이라도 가벼이 하길 원한다면.'

대니는 해리가 자신이 내뱉지 않은 말을 왠지 들은 것 같다는 생각이 들었다. 해리의 표정을 보며 그런 느낌이 들었다.

해리가 힘없이 고개를 떨구었다.

"네 말이 맞다, 대니."

대니가 그의 얼굴을 들여다 보았다.

"할아버지?"

"지옥에 떨어져야겠지. 네 말이 맞아 대니."

해리는 자신의 온 몸을 끌어안고 울기 시작했다. 그것은 너무도 갑자기 찾아온 감정이었다. 해리 자신도 놀랄 정도로 급격한 감정들.

수십 년간 해리 스스로를 괴롭혀왔던 것들.

가면이 벗겨진 것이다.

대니는 그런 해리의 얼굴을 보며 온갖 감정이 솟구쳐 올랐다. 혐오, 경멸, 사랑, 염려. 제어할 수 없는 감정의 소용돌이였다.

해리가 자신의 눈물을 닦아내며 말했다.

"연수, 네 삼촌이 사라지기 전 내 앞에 나타났었다."

"알아요."

해리가 고개를 끄덕였다.

"그 녀석이 총구를 겨눴을 때 차라리 그 녀석이 날 쐈음 했다. 녀석은 정말 내 아들이었다. 피는 통하지 않았지만 숀이 그렇게 죽어버린 뒤엔 녀석이 든든한 내 아들이었지. 그리고 내가 녀석의 신세를 그렇게 만들었지. 자기 고향을 그렇게 잿더미로 만든 날 아버지로 여기고 살아왔단 걸 알게 됐으니 그 녀석 심정이 어땠겠니? 그 자리에서 날 쏘지 않은 건 정말 나로서도 이해하기 힘들구나. 행성 한에서 부모도 아내도 잃어버린 녀석을 양자로 입양한 건 숀의 동정심이었고 동시에 나의 충동이었다. 어릴 때의 내 모습이 떠올랐으니까."

해리가 눈을 감고 깊은 한숨을 내쉬었다. 그것은 단순한 한숨이 아니었다. 해리 카를로스라는 남자의 60년 인생의 모든 회한이 담긴 한숨이었다.

해리는 어둠을 보았다.

"네 말대로 총통과 내가 외계인들의 책략에 놀아나서 한의 주긴들을 학살한 거라면 막아야 한다. 지금 나타난 외계인들도

그렇고. 어쩌면 그것들이 두 번째 빅 크러시를 가네시에서 일
으킬지도 모르겠구나.”

해리가 눈을 떴다.

“놈들을 막아야 한다.”

“그건 반역이에요, 할아버지.”

“망할, 그럼 어떻게 하라는 거야. 다른 수가 있느냐?”

“모르겠어요. 어떻게 해야 할 지 감도 잡히지 않아요. 너무
혼란스러워요.”

“나도 그렇다, 대니. 우린 반역죄로 사형당할 거야.”

대니와 해리는 상념에 빠졌다. 이제 곧 신상하이의 함대는
해리의 지휘 아래 가네시로 가야 한다. 외계인들의 함대와 함
께 가네시를 폭격하고 반군을 축출해야 한다.

“총통은 이용당한 게 아니다, 대니.”

대니가 생각에서 빠져나와 해리를 보았다.

“예?”

“총통은 이용당한 게 아니야. 믿기 힘들겠지만 그자는 모든
걸 알고 있었을 거다. 그는 외계인들에게 있어서 철저한 협력
자일 거야.”

대니는 입술을 질끈 깨물었다.

“만약 그게 맞다면…….”

“그래, 그를 막아야 돼. 그렇게라도 해야 조금이라도 내 죄
가 가벼워질 것 같구나.”

해리가 몸을 일으켰다.

“나가자. 뭐든 지금은 시간이 없다.”

대니도 황급히 해리를 따라 일어났다.

막사의 문이 열리고 경계병이 황급히 들어왔다.

“사령관님! 당장 이리로 오셔야 합니다!”

“무슨 일인가? 보고하라.”

“외계인들의 함대가 신상하이로 향하고 있다고 합니다. 지휘실로 바로 가셔야 할 것 같습니다!”

“뭐라고?”

해리가 경악스러운 표정으로 대니를 보았다.

“당장 안내해라.”

경계병이 경례를 붙였다.

해리와 대니가 경계병을 따라 걷기 시작했다.

“이게 대체 무슨 일이죠, 할아버지?”

“모르겠다. 일병. 대체 어떻게 된 거지?”

경계병이 말했다.

“모르겠습니다. 급보가 날아들었습니다. 그들의 행선지가 가네시가 아닌 신상하이로 보인답니다.”

“제길, 대니. 주민들을 대피시키고 뒤따라와라. 더 빨리 함대를 이륙시켜야겠다.”

대니가 고개를 끄덕였다.

“알겠어요.”

“그런데 여기가 어디지?”

해리가 문득 이상함을 느끼고 걸음을 멈췄다. 대니 역시 멈추었다.

경계병은 지휘실과 정확히 반대 방향으로 향하고 있었다. 그곳은 기지의 외곽 방면으로 향하는 길이었다.

어떤 인기척도 느껴지지 않았다.

"우릴 어디로 안내하는 건가, 일병?"

경계병이 되돌아왔다.

"죄송합니다, 사령관님. 제가 그만 정신줄을 놓았나 봅니다."

그리고 사령관에게로 달려왔다. 해리가 눈살을 찌푸리고 경계병의 경솔한 행동을 나무라려고 했다.

경계병의 팔에서 솟아난 검이 해리의 복부를 꿰뚫었다.

"할아버지!"

대니가 소리쳤다. 그가 허리에 찬 총기를 꺼내들었다. 해리의 복부에서 검이 빠졌다. 해리가 나뒹굴었다. 대니가 경계병을 향해 사격했다.

총탄이 허공에 멈췄다.

몇 초간 떠 있던 총탄이 바닥으로 후두둑 떨어졌다.

경계병이 대니를 향해 미소를 지었다.

"오랜만이예요, 카를로스 대위."

경계병의 외양이 일그러지더니 다른 인물로 변했다.

대니가 경악했다.

"비서실장?"

수라 핸들러가 검을 들어 대니를 가리켰다.

"각하께서 안부를 전하랍니다."

16.

대니는 쓰러진 해리를 바라본 뒤 수라 핸들러에게 시선을 옮겼다.

대니가 한쪽 손을 들어 수라 핸들러를 향해 손바닥을 펴보였다.

"당신, 사람이 아니었군."

비서실장이 살짝 웃으며 말했다.

"아니, 나도 사람입니다. 당신처럼. 단지 '장막 뒤의 세계'를 접했을 뿐입니다."

"뭐?"

"주인님께서 당신에게도 얼핏 보여주시지 않았나요?"

대니는 블랙홀을 떠올리며 한기를 느꼈다.

"정체가 뭐냐? 벨라오스의 하수인인가?"

비서실장은 팔을 내렸다. 그의 팔에서 검이 사라졌다.

"제 주인님과의 만남이 달갑지 않았나 보죠? 뭐, 상관없습니다. 개인적으로 당신에게 정말 고마움을 느끼고 있어요. 당신 덕택에 제 주인이 유배지를 뛰쳐나올 힘을 되찾게 됐으니까요. 물론 그 힘은 애초부터 제 주인님의 것이었지요."

"나를 만났을 때 그 사실을 안 건가?"

"그래요."

"그래서 날 메신저에게로 보낸 거군."

핸들러가 평온하게 말했다.

“당신과 싸울 맘은 없습니다. 당신은 아직 스스로의 힘의 크기도 제대로 인지하지 못하고 어떻게 사용해야 되는지도 몰라요. 당신은 중요한 사람입니다, 대니. 우리와 함께 주인님을 섬기세요.”

“그러고 싶지 않아. 네놈들은 미쳤어.”

“보는 관점에 따라 그렇게 느껴질지도 모르죠. 하지만 주인님은 당신이 생각하는 것 이상을 주실 겁니다. 모르겠어요, 대니? 그분은 전지전능합니다. 어떠한 것도 가능하죠. 다른 이로 모습을 바꿀 수 있는 이 힘도 주인님께서 내려주신 권능입니다. 대니, 정말 당신의 선택에 달린 겁니다. 당신이 원하기만 한다면 그 분은 영생불멸도 당신에게 줄 수 있어요.

대니는 자신의 귀를 의심했다.

“영생불멸이라고 말했나?”

“대니, 주인님은 이 은하계의 중심에 위치한 블랙홀에 갇혀 있었습니다. 주인님의 정당한 권좌를 빼앗고 배신한 미천한 자들이 그 분을 그곳으로 추방했죠. 우리의 시간으로 1,300년 전, 당신들의 시간으로는 2,600년 전 일입니다. 제 주인님이 그곳에서 얼마나 있었을 거라고 생각합니까? 2,600년?”

대니는 블랙홀과 목소리를 생각했다. 땀이 흐를 것 같았다.

“아니, 그보다 훨씬 오래되었을 거라고 생각했다.”

“블랙홀 안에서 시간은 의미를 잃습니다. 주인님은 그곳에서 찰나의 시간을 보냈지만 이곳으로 돌아오는 과정에서 수억 년, 아니 어쩌면 수십억년을 목도하였습니다. 그 분은 펄서와

퀘이사들이 준동하는 은하들의 탄생의 순간도 보았습니다. 우주의 시작도 보았지요.”

“믿을 수 없는 이야기로군.”

저 말이 사실이라면 상상도 할 수 없을 만큼의 오랜 시간 동안, 벨라오스는 그곳에 있었을 것이다. 벨라오스와 그의 함대 모두.

어떻게 그게 가능한 걸까? 물리적 법칙으로는 도저히 이해할 수 없는 일이었다. 그자는 블랙홀 안에서 시공간을 거스르고 다닌 것일까?

“이제 알겠습니까? 어때요? 우리와 함께 할 마음이 드나요?”

대니는 꿈틀거리는 해리를 보았다.

그가 염동력 폭풍을 개방시켰다.

“그럴 리가 있겠어?”

대니의 염동력이 비서실장을 휘어감았다. 그는 염동력으로 비서실장을 찢어버릴 생각이었다.

핸들러가 고개를 저었다.

“거림없습니다.”

대니는 몸에서 힘이 쭉 빠져나가는 것을 느꼈다. 그가 털썩 즈저앉아 계속해서 평온해보이는 비서실장을 보며 말했다.

“무슨 짓을 한 거야!”

“갈했잖아요, 대니. 당신은 당신 힘을 제대로 사용하지 못해요. 이제 막 정신 능력에 눈을 뜬 인류는 그 힘을 사용하는 데 있어서 걸음마 단계일 뿐입니다.”

대니의 숨이 막혀왔다. 그가 사지를 바들바들 떨었다.

"협력하지 않으면 당신을 죽일 수밖에 없어요."

피가 역류하는 게 느껴졌다. 체온이 이상온도로 올라가고 있었다. 대니는 본능적으로 위험을 감지했다. 정신이 아득해지는 느낌이었다.

"컥!"

침이 흘러나왔다. 눈알이 튀어나올 것처럼 강렬한 압박감이 느껴졌다.

이대로 압착되다가는 터져죽을 거야. 대니는 생각했다.

탕!

대니의 몸을 제어했던 힘이 사라졌다. 대니가 쓰러졌다. 그가 가까스로 고개를 드니, 비서실장의 몸에서 흘러나오는 피가 보였다. 쓰러진 해리의 몸에서 팔 하나가 튀어나와 있었다.

그 팔의 끝에는 리볼버가 쥐어져 있었다.

비서실장이 쓰러진 해리 쪽으로 고개를 비스듬히 돌렸다.

"수십 년간의 행성연합에 대한 당신의 헌신을 높이 평가합니다, 사령관."

핸들러의 손에서 솟아난 암흑검이 해리의 등을 뚫어버렸다. 대니가 비명을 질렀다.

"안 돼!"

해리가 미동을 멈췄다.

대니가 일어났다. 핸들러가 허공에 떠올라 있었다. 그가 대니를 보며 웃었다.

"잘 있어요, 대니. 부디 살아남길 바라요."

대니가 총을 갈겨대며 달렸다. 핸들러는 여유로운 동작으로 총탄을 피하고는 빠른 속도로 몸을 뒤집었다.

핸들러가 사라졌다.

대니는 해리를 향해 무너지듯 다가와 잡았다.

"할아버지!"

그가 사령관을 뒤집었다. 해리는 눈을 가늘게 뜨고 있었다. 사지가 축 늘어져 있었다. 힘이 하나도 들어가지 않는 게 틀림없었다.

"갑소사. 할아버지. 잠시만요. 의무병을 부를게요. 아니, 얼른 병원으로 모실게요."

대니가 허둥거리며 핸디툴을 들었다.

해리가 그의 손을 살짝 잡았다.

대니가 그를 내려다보았다. 해리가 바들바들 떨며 움직이지 않는 입술을 필사적으로 옴짝거렸다.

"예?"

대니가 귀를 가져갔다.

해리의 숨소리가 불규칙했다. 피를 너무 많이 흘린 상태였다.

해리는 끝없이 이어지는 무덤들을 보았다. 울고 있는 고아들과 파괴된 잿더미들 속에서 게걸스러운 주둥이를 훑고 다니는 들개들을 보았다. 그의 유년기를 지배했던 이미지였다.

그는 20년 전의 지옥도를 다시 목도했다. 감당하기 힘든 장면들.

해리 카를로스는 끝이 다가왔음을 직감했다.

"대니……."

그의 회백색 안구에서 눈물이 한 줄기 흘렀다.

"도망……쳐…… 바보…… 녀석아……."

해리가 숨을 거두었다.

대니는 그 자리에서 그만 얼어붙어 버렸다.

"할아버지?"

해리 카를로스는 말이 없었다.

죽어버렸다. 대니는 생각했다.

수많은 사람을 죽였고, 수십 년을 회한에 보냈던, 서릿발 같은 눈을 가지고 있던 고집스럽고 괴팍했던 자신의 할아버지. 2성계 방위사령관. 에이먼 소로스의 오른팔.

해리 카를로스는 너무도 쓸쓸한 모습으로 손자의 품에 안긴 채 죽었다.

그는 회색빛 해리의 얼굴을 내려다보았다.

믿기지가 않았다.

경보 사이렌이 울렸다. 발자국과 호버, 기관차의 소리가 들리기 시작했다.

"대니 카를로스! 꼼짝 마라! 머리에 양 손을 올리고 일어서라!"

어느 순간 대니의 주변에 헌병과 경계병들이 바이크와 호버를 타고 다가와 있었다.

"움직이면 사살하겠다! 다리만 움직여 일어서라!"

대니는 머리에 손을 얹은 채로 자리에서 일어났다. 그는 자신의 주변에서 일어나는 어떤 일도 인지하기가 힘든 상태였다.

헌병들이 해리의 시체를 살펴보았다. 그들이 몇 마디 말을 나누고는 대니에게 다가와 그의 양 손을 뒤로 돌려 구속 장치를 양 팔목에 입혔다.

"카를로스 대위. 당신을 해리 카를로스 사령관 살해 혐의로 체포한다."

테레지아의 지휘 아래 붉은 바람 형제단과 디스카디드, 뿌리복고파의 연합 함대가 가네시 상공에서 전투 준비를 갖추었다. 캔버라 함으로 통신이 들어왔다.

"테레지아. 준비는 끝났어."

다른 함선을 탑승해서 지휘 중인 쥬디였다.

"과연 저것들의 정체가 뭘까?"

"모르겠다, 쥬디. 다만 우리 아군이 아닌 건 확실해 보이는군."

그때였다. 통신병이 테레지아에게 메세지가 들어왔음을 알렸다. 테레지아는 그 메세지를 개봉하도록 지시했다. 그것은 유리의 음성 메세지였다.

"테레지아. 나 이바노바입니다. 지금 우리는 퓌레 호를 타고 전력을 다해 가네시로 귀환 중입니다. 일부 대원들이 사망하기도 했지만 형제들은 무사합니다. 다만 카란은 원인을 모르겠지만 몸이 좋지 않아요."

테레지아는 멈칫했다. 질문하고 싶었지만 메세지는 일방적인 전달에 불과했다.

"우리는 넵투누스에서 무슨 일이 벌어지고 있는지를 일부 파악했어요. 2성계에 정체불명의 함대가 나타난 것을 알고 있습니다. 아마도 우리가 유추하기에 그것은 디우틴의 함대일 거예요. 하지만 그 디우틴들은 우리가 알고 있는 디우틴과는 달라요. 그들은 프로파누스라 불리우는 디우틴 변절자들입니다. 그들을 지휘하고 있는 자는 벨라오스라고 부르는데, 아직 어떤 자인지 정확하게 파악하지는 못했어요. 그러나 그들이 암흑 에너지로 대표되는 불온한 의도로 은하 단위로 움직이며 생명들을 '수확'하는 무리들임은 확실히 파악했어요. 놈들은 생명 에너지를 암흑 에너지로 변환할 수 있다고 믿고 있고 실제로도 그래왔던 것 같아요. 20년 전 발생한 빅 크러시도 그것의 연장선이예요. 행성 한의 주민들이 넵투누스에 잡혀와 에너지원이 된 것을 발견했어요. 에이먼 소로스는 그 에너지를 원했던 건지 모르지만, 철저히 협력하고 있습니다. 그리고 그렇게 이용을 당한 생명들은 좀비처럼 재탄생해서 주위의 모든 것을 공격하는 괴물이 됩니다. 이곳에서 우리는 인간형, 그리고 도저히 이해할 수 없는 온갖 형태의 괴물들에게 죽을 뻔했어요.

테레지아, 상상하기도 싫지만 어쩌면10년 전 발할라 전쟁에서도 비슷한 짓을 행했을지도 몰라요. 끌려가서 돌아오지 못했던 우리 형제, 가족들에게 그런 일이 벌어졌을 개연성이 상당해요."

테레지아는 주먹을 꽉 쥐었다. 그는 '재앙의 날'을 생각했다.

“테레지아, 우리가 도착하기 전까지 가네시를 지켜줘요. 무슨 일이 있어도 적들을 막아내야 합니다. 그렇지 않으면 가네시에 제2의 빅크러시가 발생할 것 같은 예감이 들어요.”

유리가 긴박한 음성으로 말을 끝맺었다.

“죽지 말아요, 테레지아. 그리고 형제, 동료들 모두.”

메세지가 끝났다.

지휘통제실의 모든 인력이 메세지를 경청하고 있었다. 테레지아는 무거운 침묵이 내려앉은 것을 느꼈다.

테레지아가 입을 열었다.

“쥬디, 들었나?”

잠시 뜸을 들이는 쥬디의 목소리가 들려왔다.

“들었다, 테레지아. 워낙 대단한 내용이라 다 소화가 되지 않을 지경이군. 하지만 이바노바와 대장, 형제들이 거짓말을 할 리는 없겠지.”

“동의한다. 지금 당면한 과제는 다가오는 적들을 어떻게 상대하냐가 아닐까?”

테레지아는 입술을 질끈 깨물었다.

“빅 크러시가 다시 일어나게 할 수는 없지. 쥬디, 이 사실을 지상에 있는 사카이 지사와 김진수에게 전해라. 그리고 가능한 모든 병력을 우주로 보내라고 전달해라. 그리고 가네시 주민들은 벙커로 대피시키도록 하고.”

쥬디의 잠긴 목소리가 답변했다.

“알겠어, 테레지아.”

유리는 융커우를 향해 말했다.

“융커우, 얼마 남았지?”

“이제 4시간 정도면 가네시에 도착합니다.”

“모스크바 함은?”

“함장님의 승함 준비를 하고 있다고 합니다. 임시 지휘는 하늘 브라보가 하고 있다고 메세지를 받았습니다.”

“적들의 동태는?”

“곧 신상하이 궤도로 도달할 것 같습니다. 연합의 함대는 아직까지 반응이 없습니다.”

“제기랄, 로베스피에르 함이라면 이 정도 거리는 순식간이었을 텐데!”

유리가 욕설을 내뱉었다. 융커우는 자신의 함장이 이토록 안절부절하지 못하는 모습을 본 적이 없었다. 그러나 그도 이해했다.

우주적 규모의 생명 수확자들이 데지레 성계로 진입했다.

그리고 데지레 성계에는 수십 억의 수확 가능한 인류가 있다.

카무라는 거의 정신나간 사람처럼 중얼거리고 있었다. 그 역시 20년 전의 사건을 떠올리고 있었다.

그때 통신이 들어왔다. 유경의 목소리였다.

“유리 함장님. 와보셔야 할 것 같아요.”

“유경? 무슨 일이죠?”

그 후 들려온 목소리는 급박한 남자의 목소리였다. 예나였다.

“유리. 대장이 이상해요! 얼른 와봐요.”

10여 분 뒤, 유리가 선실 안에 들어가서 본 건 카란의 주위에 몰려든 대원들이었다. 유경, 데스먼드, 예나 그리고 다른 형제단들. 유리가 황급히 달려왔다.

"무슨 일이죠?"

누구도 입을 열지지 않았다. 유리는 멍한 표정을 짓고 있는 예나와 침통한 얼굴의 데스먼드를 차례로 돌아보고는 마지막으로 유경을 보았다. 유경이 떨리는 목소리로 말했다.

"제가 이번 시간 담당이었어요. 돌아눕히고 진정제를 놓으려고 다가갔는데 열이 펄펄 끓었어요."

유경은 더 이상 말을 잇지 못했다. 유리가 카란에게로 다가갔다.

"카란?"

대답이 없었다.

"카란 셰티?"

카란은 창백한 안색으로 누워 있었다. 마치 시체같은 빛깔이었다.

믿을 수가 없었다.

유리는 악몽을 꾸는 것 같았다.

한때 그녀의 연인이었던 남자가 그런 모습으로 누워 있었다. 유리가 그의 얼굴에 뺨을 가져다댔다.

'카란?'

숨소리가 들리지 않았다.

유리는 그의 몸을 주물렀다. 계속해서 주무르면서 이름을 불러대면서.

“카란? 카란? 뭐하는 거야? 자고 있는 거야?”

그녀는 주무르는 행위를 멈추지 않았다. 있는 힘을 다해서 카란의 누워있는 몸뚱이를 문질러댔다. 절대 멈추지 않을 것처럼. 데스먼드가 자신도 모르게 고개를 돌려버렸다.

보다 못한 예나가 그녀를 불렀다.

“유리. 그만해요.”

유리가 예나를 돌아보았다.

“예나?”

“대장은 죽었습니다.”

유리가 멍하니 고개를 저었다. 예나가 그녀의 어깨를 양손으로 잡았다.

“대장이 죽었어요, 유리. 받아들여야 합니다. 그리고 당면한 과제를 생각해야 합니다.”

유리는 몸을 돌려 카란을 다시 보았다.

눈물은 나오지 않았다.

그녀의 곁을 떠난 남자들처럼 카란 셰티도 떠났을 뿐이었다.

유리는 헛웃음이 나올 것만 같았다.

뒤따라 들어온 카무라가 그 모습을 보고는 혀를 찼다.

“이게 대체 무슨 일입니까…….”

예나가 유리를 조심스럽게 불렀다.

“유리?”

“5분만 이곳에 혼자 있게 해줘.”

“예?”

“5분만. 예나. 5분만 줄 수 있을까?”

예나는 잠시 그녀의 얼굴을 보다가 뒤로 돌았다. 그리고는 그곳에 모인 사람들에게 나가라는 손짓을 해보였다.

사람들이 나간 뒤, 방 안에는 카란과 유리만이 남았다.

유리가 카란의 곁에 무릎을 꿇고 그의 손을 잡았다.

그녀는 카란의 손을 자신의 이마에 갖다대었다.

그리고는 5분동안 가만히 있었다.

대니는 압송되면서 뒤를 돌아보았다. 해리의 시신이 운구차량어 실리는 모습이 보였다. 그의 팔을 잡은 헌병이 그를 앞으로 밀었다. 그는 다시 터덜터덜 걸었다.

불과 1시간 전만 해도 이런 일이 일어날 거라고 생각했던가?

대니는 입술을 깨물었다. 그는 생각했다. 생각해라, 대니 카를로스. 이대로 잡혀갈 수 없다.

생각해라. 생각해라. 생각해라. 생각해라.

이대로는 너는 죽는다. 그리고 모든 사실은 사라지고 성계의 인간들은 다시 한 번 외계인들에게 학살당할 것이다.

그와 헌병들은 비행장의 동쪽 방면을 어느새 지나고 있었다. 그때 대니는 비행장에 대기한 함선들이 한 척씩 수직으로 이륙하는 모습을 보았다. 사령관이 죽었는데 어떻게 저리도 신속하게 지휘체계를 회복한 것일까? 그는 멍하게 하늘로 멀어지는 점들을 보았다.

어디선가 웅웅거리는 목소리가 들렸다. 대니가 고개를 돌렸다.

커다란 빅 스크린이 영내의 중심부에 설치되어 있었고, 거기에는 소로스 총통의 상반신이 투사되고 있었다. 그가 말하고 있었다.

"다시 한 번 말씀드립니다. 2성계 방위군은 외계인들과 협력하여 가네시의 반군을 격퇴하고 여러분의 생명과 재산을 지킬 것입니다. 그러나 그 과정에서 어떤 소요 사태가 발생할 수도 있습니다. 그러니 신상하이의 주민들은 모두 자택에서 대기해주시기 바랍니다. 피신처나 벙커가 있는 구역은 군의 통제에 따라 움직여주시기 바랍니다. 정부를 믿고 움직여주셔야 합니다. 여러분께서 잠시만 협조해 주시면, 반군은 모두 일거에 소탕될 것입니다.

어려운 시절입니다만 새벽은 옵니다. 항상 정부를 믿고 지지해주는 시민들을 위해 성계 방위군은 반군과 싸울 것입니다."

대니는 그 말들을 이해할 수 없었다.

대니는 비행장 한 구석에 주차된 자신의 A윙을 보았다.

달아나야 했다.

하지만 어디로? 그는 추적당할 것이다. A윙만으로는 우주로 벗어날 수 없다. 그렇다고 여기서 함선을 훔칠 수도 없으며, 설령 함선을 얻는다고 해도 바로 추적당할 것이다. 그가 성계를 벗어나서 어딜 간단 말인가?

대니는 갑자기 한 가지 사실을 떠올렸다.

그는 신상하이의 수도 알트라에 있었다.

그곳에는 그라노트 사옥이 있다.

대니를 끌고 가던 헌병이 멈칫했다. 대니가 움직이지 않으려 반항한 것이다. 헌병이 총을 대니에게 겨누었다.

"움직여라, 대니 카를로스."

헌병은 바람 소리를 들었다. 그것이 헌병이 기억하는 마지막 소리였다.

헌병이 맞은편으로 날아가 합금 벽에 처박혔다.

주변의 공기가 끓어올랐다. 공기가 가상의 중심을 향해 모이는 듯하더니, 사방을 향해 칼날처럼 퍼져 나갔다. 어느 때보다도 강력한 염동력 폭풍이 대니 주변을 강타했다.

대니는 조 밀리건을 생각했다. 코네티컷의 쇼핑센터에서 자신을 슬피 바라보던 그의 눈을 떠올렸다. 그는 자신을 안고 콧노래를 흥얼거리던 젊은 숀 카를로스를 생각했고, 닐라를 생각했다. 차오차오 소장의 진급 기념파티에서 이브닝 드레스를 입은 유리 이바노바의 눈부신 미소와 그녀의 치아에 부서지던 고운 빛깔들을 보았고 죽어가던 해리 카를로스의 회한 가득한 눈동자를 보았다.

염동력 폭풍에 함선들이 갸우뚱했다. 총통의 얼굴을 방송하던 스크린이 터져버렸고, 군인들이 쓰러지거나 날아갔다.

대니는 거칠게 숨을 몰아쉬었다. 온몸이 피곤했다. 그는 비틀거리고는 주변을 둘러보았다.

온갖 기물이 부서졌고 군인들이 쓰러지거나 기절했다.

대니는 비틀거리며 자신의 A윙으로 달려갔다. A윙의 몸통 상체가 열리고 대니는 서둘러 몸을 실었다. 덮개가 닫히고 자동비행 모드로 A윙이 기동하기 시작했다.

A윙이 떠올랐다. 대니는 수동비행 모드로 전환했다. 그는 조종간을 잡고는 하늘을 향해 가속도를 붙였다. A윙이 갸우뚱 흔들리더니 하늘을 향해 내달았다. 미사일과 플라즈마가 그의 A윙을 스쳐 지나갔다.

그가 향할 곳은 한 군데 밖에 없었다.

캔버라 함과 마녀사냥꾼 함, 루 제독의 기함을 비롯한 수십 여척의 함선들이 가네시 상공에 떠 있었다.

테레지아는 긴장했다. 그는 말없이 계속 지휘실의 스크린을 주시했다.

그는 수십 척의 함선들이 나타나는 모습을 보았다. 함선들은 대다수가 타원형이었고 인간들의 함선과는 다른 기관을 사용하며 기분나쁘지만 빠르게 움직이고 있었다.

외계인들의 함선이었다.

그리고 테레지아는 그것들이 20년 전 행성 한에 나타난 함선들과 비슷한 형태임을 알았다.

테레지아는 품 속을 더듬거려 이가 빠진 금목걸이를 꺼냈다.

테레지아는 목걸이의 주인 이름을 나직하게 불렀다.

"날 지켜줘, 율리아."

17.

하늘 브라보는 외계인들의 함선 숫자를 세보았다. 그녀가 암담한 표정을 지었다.

"몇 척인가요?"

전탐병이 대답했다.

"60여척입니다, 임시함장님."

"맙소사."

스크린을 흑색과 진회색의 타원형 함선들이 가득 채웠다.

하늘의 얼굴이 하얗게 질렸다.

"퓌레 호가 도착하려면 얼마 남았죠?"

"어제 접했던 신호와 위치로 미루어보건대 3시간은 걸릴 것 같습니다."

"알겠습니다."

모스크바 함은 저항군 연합 함대의 일원으로 함께 진형을 구축했으나, 상대적으로 후미에 머물러 있었다. 하늘의 목적은 유리와 일행들이 돌아올 때까지 시간을 벌고 안전을 확보하는 것이었다.

저항군 함대는 약 50여척이 조금 안되었다. 선봉에는 형제단이 지휘하는 다수의 순양함과 강습함들이 자리했다. 중간에는 디스카디드와 나포한 연합군의 함선들이 층을 형성하고 있었고 후미에는 다수의 지원함과 기함 모스크바가 있었다.

적들의 전력이 어떨지 알 수 없기에 쉽사리 움직일 수가 없는 전황이었다.

잠시 후 전탐병이 긴장된 목소리로 보고했다.

"적들이 움직이기 시작했습니다."

외계인의 함선들의 양익이 먼저 움직였다.

"대체 어떻게 저런 식으로 움직일 수가 있지?"

하늘이 중얼거렸다.

함선들은 우주 공간 속을 미끄러지듯이 움직였다. 얼마 움직이지 않았는데도 어마어마한 공간을 잠식해 들어오고 있었다. 흉내낼 수 없는 속도였다.

테레지아의 통신이 들어왔다.

"모스크바 함. 후미에 머물러 있도록. 먼저 선제 공격을 진행하겠다. 여차하면 지원을 부탁한다."

하늘이 답했다.

"그러겠습니다."

형제단의 구축함이 선공을 시작했다. 테레지아는 전력을 알 수 없는 상대를 제압하려면 압도적인 화력이 중요하다고 믿고 있었다. 온갖 미사일과 대함포, 플라즈마 함포와 이온 캐논이 날아들었다.

"반격할 틈을 주지 말고 몰아붙여라."

제압포격을 실시하는 양익의 함선들은 쉬지 않고 포를 예열하고 쏘아댔다. 쥬디는 그토록 지속적인 포격을 본 적이 없었다. 그와 함께 승선해 있던 가진이 말했다.

"함선들의 포가 녹아내리지나 않을지 걱정될 지경이네요,

쥬디."

"동감이다."

포격 중인 배들의 측면으로 강습전투함들이 산개 기동을 들어갔다. 그들은 외계 함선들의 후방으로 들어가 근거리 포격을 진행하는 임무를 띠고 있었다.

포격은 20여분이 넘게 지속되었다.

테레지아가 명령을 내렸다.

"포격 중지!"

포격이 중지되었다.

테레지아는 입술을 깨물었다.

외계인들의 함선은 고작 몇 척만이 격파되었다. 얼마 되지 않는 함선들의 잔해가 우주 공간을 떠다녔다. 대부분의 함선은 아무런 이상없이 말끔했다.

"아무런 효과가 없었나?"

외계함선들의 역장들이 대부분의 공격을 막아낸 것을 발견했다.

그리고 반격이 시작되었다.

외계함선들에게서 빔이 날아들었다. 같은 플라즈마였지만 그 응축도와 열이 차원이 달랐다. 압도적인 수준의 빔에 피격된 몇몇 함선들이 순식간에 폭발하고 두 동강 났다.

우주 공간으로 불길이 치솟았다. 함선의 잔해들이 어지러이 떠다녔고 승조원들이 튕겨져 나갔다.

그리고 일부 외계 함선들은 미사일들을 발사했다. 테레지아는 그 미사일들이 저항군 함선 측에서 발사한 것들임을 알아채고 경악했다. 그가 전 함대에 통신을 보냈다.

"미사일과 포탄 형태의 함포는 쏘지 말도록!"

하늘이 되물었다.

"그게 무슨 말인가요?"

"저놈들은 물리적 형태의 공격은 그대로 돌려보낼 능력을 가지고 있다! 빔 형태의 공격만 해야 돼!"

하늘이 탄식했다.

"맙소사."

그녀는 일부 외계함선들의 전방 역장에 떠 있는 미사일이 그대로 반대편 저항군의 함선으로 날아가 명중하는 모습을 보았다.

'일종의 거대한 키네틱 필드가 포탄을 우리 쪽으로 되돌려 보내고 있어. 우리가 본 적 없는 기술이야, 젠장."

순식간에 십여 척이 넘는 저항군의 함선이 파괴되었다.

중앙에 가만히 있던 외계함선들이 기동을 시작했다.

외계함들의 뒷편으로 우회 기동했던 강습함들이 움직임을 멈췄다. 테레지아는 자리에서 박차고 일어났다.

"무슨 일이지? 함선들에 통신을 보내도록."

통신병들이 통신을 보냈으나 함선들에게선 아무 대답도 들어오지 않았다. 먹통이 되어버린 것이다.

"테레지아, 대체 무슨 일이야?"

"모르겠어. 우리의 강습함들이 한순간에 통제불능이 되었어. 응답도 하지 않아.”

“맙소사, EMP 필드인가?”

“이렇게 거대한 규모로? 쥬디, 제기랄. 가망이 없다.”

절망한 테레지아의 목소리가 전 함대에 들려왔다.

“캔버라 함의 함장 테레지아다. 저들은 포탄을 멈추고 접근하는 함선을 멈추는 역장을 구사한다.”

테레지아는 적들의 함대가 순식간에 캔버라 함의 지근거리로 다가온 것을 보면서 계속 말했다.

그는 결단을 내려야 했다.

“지휘체계는 지금부터 무의미하다. 모두 각자도생하도록.”

그는 잠시 말을 멈추었다가 고개를 들었다. 승조원들의 무거운 얼굴들이 보였다.

“행운을 빈다.”

테레지아는 통신을 끝맺었다.

하늘은 저항군의 함선들이 각개격파 당하는 모습을 보았다. 외계인의 함선들은 몇 척만이 격파되었을 뿐 대부분 온전한 모습으로 짓쳐들어왔다.

그곳에 있는 누구의 눈에도 저항군이 몰살당할 것은 자명해 보였다.

“함장님. 또 다른 함선들이 감지되고 있습니다.”

두려움에 질린 목소리였다. 하늘은 그 함선들이 어디서 온 함선들일지 알 것 같았다.

레이더에 새로운 함선들이 하나둘씩 나타났다. 인류의 함선이었다.

신상하이에서 이륙한 연합군 함선들이었다.

"명령을 내려주십시오, 함장님."

하늘은 어떤 명령을 내려야 할 지 알 수 없었다.

"이대로는 모두 전멸합니다."

하늘은 승조원들을 둘러보았다.

그녀는 곧 자신이 해야 할 일을 깨달았다. 최대한 전력을 보존해서 후일을 도모하는 것.

그녀는 통신병에게 말했다.

"제 말을 전 함대에게 전파해주세요."

곧 그녀의 떨리는 음성이 전 함대에 날아들었다.

"모든 디스카디드 대원과 저항군은 듣도록. 모두 가네시를 버리고 최대한 성계에서 먼 곳으로 이탈합니다. 지금부터 실시하세요."

그것이 하늘이 내린 마지막 명령이었다.

내부 통신을 끝낸 하늘은 모스크바 함의 구조 신호를 정해진 절차에 따라 송신토록 했다. 조슈아 권과 캐시 아이스도, 뿌리복고파를 향한 것도 아니었다. 그녀가 생각한 사람은 오로지 하나였다.

'와스프. 당신의 도움이 필요합니다.'

하늘이 어느 때보다도 간절하게 그 호칭을 중얼거렸다.

외계 함선들이 가네시를 향해 움직이기 시작했다.

"놈들이 온다, 아리."

가네시를 향한 외계 함선들의 폭격이 시작되었다. 가네시 지상의 저항군과 과거 연합군이었던 지사의 군대는 최선을 다해 방공망을 가동했다. 그러나 외계 함선들의 폭격은 무자비했다. 가네시의 여러 도시가 막대한 타격을 입었다. 곧 외계 함선들 중 일부가 강하하기 시작했다.

가네시 시티 주민들이 비명을 지르며 뛰기 시작했다. 도심부가 대혼란에 빠져들고 있었다. 교통이 마비됐고 주변에 버려진 차량과 A윙들이 즐비했다.

진수는 과거로 돌아간 것같은 착각이 들었다.

"내가 다시 이런 광경을 보게 될 거라고는 생각도 해본 적 없어."

그는 몸을 떨고 있었다. 아리는 그가 20년 전의 행성 한으로 되돌아가 있음을 알았다. 그의 정신적 외상과 옛 감정이 수면 위로 떠오르고 있었다.

죽음을 앞에 둔 생명체들이 느끼는 감정.

"진수."

아리가 그의 어깨를 잡았다. 그녀가 간절한 음성으로 호소했다.

"제발. 이러고 있을 시간이 없어! 우린 움직여야 돼. 우리가 아니면 누구도 저들을 지켜낼 수 없어!"

진수가 눈을 끔뻑거리며 그녀를 보았다. 아리는 그를 안아주고 싶었지만 동시에 때리고 싶기도 했다.

"정신 차려!"

진수의 눈에 초점이 서서히 잡혔다.

그가 고개를 끄덕였다.

"당신 말이 맞아, 아리."

진수가 처연하게 웃었다.

"가만히 죽음을 기다리는 건 우리 스타일이 아니지."

그들은 자신들을 기다리고 있는 게 무엇일지 생각하고 싶지 않았다.

호출소리가 집무실에 들렸다. 그라노트 사옥은 당직자만이 남아 있을 따름이었다. 그렇기에 여름은 약간의 짜증을 느꼈따. 그녀가 호출을 수신하자 비서가 말했다.

"사장님. 접견하고자 하는 방문인이 있습니다."

여름이 약간 짜증을 냈다.

"왕 페이. 지금이 몇 시지?"

"죄송합니다, 사장님. 하도 막무가내여서……."

여름은 한숨을 쉬었다.

"접견자가 누구지?"

"연합군의 대니 카를로스 대위입니다."

"뭐? 아니 그 사람이 왜 이 시간에 이곳엘?"

"모르겠습니다, 사장님. 그렇지만 사장님을 지금 꼭 봬야 한다고 계속 말하고 있습니다."

여름은 잠시 고민했다.

"알았어. 올려보내."

"알겠습니다."

여름은 서랍에서 거울을 꺼내 화장을 체크하고 옷매무새를 가다듬었다. 잠시 후 밖에 누군가가 도착했음을 알리는 인공지능의 음성이 들렸다.

"방문자가 도착했습니다."

"들여보내."

문이 열리고 대니 카를로스가 들어왔다.

그는 매우 지친 기색이었다. 또한 머리가 헝클어져 있었고 군복이 지저분해져 있었다. 여름은 약간 놀랐지만 겉으로는 전혀 흐트러진 기색을 드러내지 않으며 말을 던졌다.

"안녕하세요, 카를로스 씨."

그녀가 자리에서 일어났다.

"많이 지쳐 보이시네요."

"그럴 일이 있었습니다."

여름이 고개를 끄덕였다.

"무슨 일로 저를 보자고 하신 거죠? 그것도 지금 이 시국에? 행성 전체에 계엄령이 내려진 건 알고 계시죠?"

"알고 있습니다."

여름은 그의 안색이 너무도 창백한 것을 알아챘다. 대니가 정신나간 사람처럼 눈을 번득였다.

"긴 말 하지 않겠습니다, 사장님. 도움이 절실합니다."

"어떤 도움 말일까요?"

"워프 드라이브가 가능한 함선을 제게 빌려주십시오."

여름은 잠시 대니를 훑어보았다. 그녀는 비상한 감각으로 대 번어 무언가를 감지했다.

"쫓기고 있나요, 대위님?"

대니는 아무 말도 하지 않았다. 여름은 결론지었다.

"그렇군요. 그래서 제 도움이 필요하신 건가요?"

"그렇습니다."

"왜 제가 당신을 도울 거라 생각하죠?"

대니가 한숨을 쉬었다.

그가 총을 꺼내 여름을 겨눴다.

"안 그러면 이래야 하니까."

여름이 싸늘한 표정으로 대니를 바라보았다.

대니가 간곡하게 말했다.

"부탁이니, 나를 좀 도와주십시오."

대니는 지난 번에 사옥을 방문했을 때 내려갔던 지하 25층으로 승강기를 타고 내려갔다. 여름의 뒷편에 선 대니는 외투 주머니 속에 감춘 총구를 그녀의 등에 겨눈 채였다.

그들이 지하 격납고로 다가가자 격납고를 관리하는 안드로이드가 다가왔다. 지난 번에 홀로그램으로 본 G였다.

"안녕하세요, 사장님. 이 시간에 어쩐 일인지요?"

"문을 열어줘, G. 잠시 상품들이 어떤 상태인지 알고 싶어."

"이 시간에 말씀이신지요? 무슨 문제라도 있으신 겁니까?"

"아무 문제 없어, G. 그냥 갑자기 보고 싶어서 그래."

"상품들의 현황을 분석한 레포트를 집무실로 보내드릴까요? 그 편이 더 빠르게 파악 가능하실 겁니다."

"G, 필요 없으니 문을 열어줘."

짧은 헤어스타일의 안드로이드가 머리를 까딱거렸다. 대니는 왠지 모르게 소름돋는 행동이라는 생각이 들었다.

"알겠습니다."

안드로이드의 홍채가 주황색으로 빛났다.

"보안을 해제해 놓았습니다. 들어가시면 됩니다."

"고마워."

여름과 대니가 격납고 입구로 향했다. 대니는 뒤를 보았다. G가 무표정한 얼굴로 그를 바라보며 고개를 움직였다. 대니는 고개를 돌려버렸다.

그들은 십여 척이 넘는 프로토 타입 함선이 가득찬 격납고에 들어섰다. 함선들은 잘 관리되어 깨끗한 빛깔을 뿜어내고 있었다.

여름이 말했다.

"쿠도 급은 지금 없어요. 한 척은 당신이 가져갔고, 나머지 양산품은 연합군이 벌써 인수해갔습니다."

“그럼 소로스 급이 남아 있겠군요.”

“맞아요.”

“내가 혼자서 그 함선을 몰 수 있습니까?”

“소로스의 자동항해장치는 대부분의 연산과 작업을 혼자서 수행할 수 있습니다. 여러 테스트를 거치기도 했고, 웬만한 비행은 감당할 수 있어요.”

‘그거 참 다행이군요. 승선 프로토콜을 입력하고 제게 권한을 넘기세요, 사장님.”

여름은 입술을 깨물고는 핸디툴에 오른손을 갖다대고 조작했다. 잠시 후 대니는 자신의 핸디툴에 새로운 프로토콜과 권한이 넘어왔음을 확인했다. 소로스 함선의 제어 권한이었다. 그가 함선에 전원을 넣도록 지시했다. 곧 격납고 왼편 구석에 자리한 중형급 함선에 불이 들어오면서 엔진이 웅웅거리는 소리가 격납고 내부에 울려퍼졌다.

여름이 차가운 목소리로 말했다.

“코네티컷의 영웅이 이토록 비열한 인물일 줄은 몰랐어요, 대위님.”

“미안하게 됐습니다, 사장님. 그러나 난 이곳을 꼭 벗어나야만 합니다.”

여름은 아무 말도 하지 않았다. 대니가 뭐라 말하려다 고개를 젓고는 함선을 향해 움직이려 했다.

“멈춰라, 대니 카를로스!”

일단의 사설 무장 경비원들이 격납고 안으로 쏟아져 들어왔다.

대니가 한쪽 팔로 여름의 목을 휘감으며 총구를 꺼내 그녀의 관자놀이에 들이밀었다.

대니가 자신을 에워싼 중무장 경비들을 향해 말했다.

"사장의 목숨이 소중하다면 허튼 짓 하지 않는 게 좋을 것이다."

대니는 정말 싸구려 악당같은 대사라고 생각하며 자괴감에 빠졌다.

무장 경비원들의 앞으로 한 남자가 걸어나왔다. 대니는 그가 쳉 박사임을 알아보았다.

"사장님에게서 손떼십시오, 대위."

그의 목소리에서 분노가 묻어났다. 서슬퍼런 분노에 대니가 흠칫할 지경이었다.

"당신이 해리 카를로스 사령관을 살해하고 도주했다는 소식은 신상하이 전대륙에 순시간에 퍼졌습니다. 당신은 일급 수배 인물이예요."

여름이 깊게 숨을 들이마쉬는 것이 대니의 왼쪽 팔에 느껴졌다. 쳉 박사가 분명한 어조로 또박또박 말했다.

"연합군에 신고했습니다. 지금 행위는 당신의 죄를 더할 뿐입니다. 총을 내려 놓으세요."

대니는 천장으로 총구를 들어올리고 발사했다. 탕!

쳉 박사의 얼굴이 더욱 굳어졌다.

"내 길을 막으면 사장은 죽는다."

대니는 속으로 온갖 욕을 스스로에게 퍼부었다.

"길을 열어라."

쳉 박사가 가만히 그를 노려보았다. 대니가 그를 총구로 겨눈 뒤, 여름의 머리에 총구를 가져갔다.

"어서."

요지부동이던 쳉 박사가 나지막하게 말했다.

"절대 잊지 않겠다. 대니 카를로스."

대니는 잠시 할 말을 잃고 쳉의 불타는 눈동자를 잠시 바라볼 수밖에 없었다.

쳉 박사가 고개를 돌리더니 경비원들을 향해 말했다.

"길을 열어주도록."

경비원들이 길을 열었다. 대니는 그들이 틔워준 방향을 향해 움직였다. 그리고는 그들 쪽을 바라보면서 소로스 함선 쪽으로 조심스럽게 옆걸음질로 움직였다. 여름과 함께. 쳉 박사와 경비원들이 그를 노려보았고 대니는 그들을 견제하면서 계속해서 스로스로 가까워졌다.

"카를로스 대위! 사장님을 놓아주시오!"

"아직 안 돼!"

더니가 소리쳤다. 그는 계속 곁눈질로 경비들을 지켜보면서 여름과 함께 함선에 다가갔다. 여름은 그에게 저항하려 했지만 워낙 잡아끄는 힘이 강했다.

대니와 여름이 소로스의 30m 앞에 도착했다.

함선의 승강 도어가 내려왔다.

쳉이 대니의 이름을 부르며 달려왔다.

"대니 카를로스!"

대니는 승강기에 여름을 던졌다. 그리고는 쳉 박사의 아래쪽 하반신을 향해 총을 쏘았다.

"아버지!"

여름이 소리질렀다. 쳉 박사가 주춤하며 고꾸라졌다. 그가 신음을 흘렸다.

"이 나쁜 놈!"

여름이 대니에게 악다구니를 퍼부었다. 대니가 승강장에 오르자마자 승강기가 무서운 속도로 올라갔다.

진동소리와 함께 어느 순간 대니와 여름은 소로스 급의 지휘실로 탑승해 있었다. 여름이 얼굴을 잔뜩 일그러뜨리고 대니를 노려보았다. 그는 약간의 낭패감을 느끼며 말했다.

"쳉 박사가 당신 아버지였습니까? 몰랐습니다."

"그거 알아? 당신은 정말 나쁜 놈이야."

그 이지적이고 침착하던 미인의 얼굴은 온데간데 없고 짐승같이 표독스러운 표정이 대니를 향해 저주를 퍼붓고 있었다. 대니는 혀를 찼다. 물론 그는 뭐라고 변명할 거리도 없었다.

"미안하게 됐습니다, 사장님. 하지만 박사의 생명엔 지장이 없을 겁니다. 일부러 그다지 피해가 없을 부위로 쐈어요."

"그걸 말이라고 해!"

여름이 달려들었다. 대니는 그녀의 염동력이 개방되는 것을 느낄 수 있었다. 그는 잠시 탄식하고는 여름의 뒤통수를 강하게 가격했다.

여름이 숨넘어가는 소리를 내고는 대니의 품속으로 쓰러졌다. 대니는 그녀를 조수석에 앉히고 벨트를 메었다.

"미안해요. 당신을 인질로 데리고 있으면 쉽사리 날 죽일 수 없을 거예요. 그뿐이에요."

물론 대답은 없었다.

대니는 한숨을 쉬고는 자동항해를 설정했다.

소로스가 격납고 지붕을 뚫고 지상을 향해 솟구쳐올랐다. 지하 25층에서부터 여러 층의 구조를 파괴하면서 날아올랐다.

대니는 소로스가 지상으로 올라왔다는 걸 알자마자 방향을 바꿨다. 소로스가 그라노트 사옥의 입구 쪽 유리를 깨고 하늘을 향해 비행했다.

대니는 레이더에 여러 척의 함선이 나타나는 것을 보았다. 추격선들이었다.

그는 속으로 셋까지 센 뒤 워프 드라이브를 선택하고 레버를 잡아당겼다.

연합군 장성 제복 차림의 짧은 은발 남자가 가네시 상공에서 불타는 행성 표면을 내려다보고 있었다. 남자는 자신의 이름을 딴 워프 드라이브 함선의 함교에 서 있었다. 그는 자신의 부관에게 함선의 통제권을 맡기고는 함장실로 향했다.

함장실에 도착한 그는 제복을 벗어던지고 튜닉 차림이 되었다. 남자는 냉장고에서 와인을 꺼내어 잔에 따른 뒤 흔들 의자에 앉았다. 그가 책상에 부착된 콘솔의 버튼을 몇 개 누르자 가네시 행성의 모습과 우주 공간에서 쏟아져 내리는 외계함선들이 보였다.

남자가 잔을 들어 가네시 행성처럼 보이는 구체를 향해 건배를 보내고는 훌쩍 마셔버렸다.

산뜻하면서 약간 시큼한 산미가 그의 기분을 돋우었다.

에이먼 소로스가 잔을 책상에 내려놓고는 잠시 양손가락을 서로 마주하고 딱딱거렸다. 그의 입가엔 약간의 웃음기가 어려 있었다. 그러나 그의 눈은 살짝 슬퍼 보이리만치 진중했다.

데지레 성계의 1인자가 말했다.

"멋진 광경이야, 그렇지 않나, 킬리먼?"

혼잣말이었지만 에이먼은 개의치 않았다. 그는 흡사 상대가 대답하기라도 한 듯 계속해서 말을 이었다.

"아니라고? 나름 추억이 어려 있는 모습 아닌가? 20년이나 지났지만 말이야."

그는 홍소를 터뜨렸다.

"다들 그렇게 생각하지 않겠지만… 난 가끔씩 네가 정말 그리워. 너는 나를 이해할 수 있는 유일한 남자였거든."

에이먼이 두 손으로 얼굴을 감싸쥐었다. 숨이 거칠어졌다. 그의 등이 오르락내리락거렸다. 곧 그가 두 손을 다시 내리고는 한 잔을 더 따라 마셨다.

"어떤가? 네가 그리워할 거 같아서 다시 한 번 재연해봤어."

행성 곳곳이 불바다가 되었다.

북반구에 불길이 솟구치는 듯 하더니 남반구의 대척점에서 같은 일이 발생했다. 번쩍거리는 행성은 마치 축제날 밤하늘에 날리는 여러 빛깔의 연등을 연상케 하기도 했다.

"네가 그리워, 킬리먼. 너무도 그리워."

총통의 목소리에는 짙은 아쉬움이 서려 있었다.

"돌아오지 않을 세월을 위해 건배를 올리겠네. 한잔 하세나."

그가 잔을 따라서 높이 들어올렸다. 그가 콧노래를 부르며 건배 제의를 했다.

"킬리먼 이바노프를 위해 한 잔 올리겠네!"

그는 잔을 비우고는 다시 술을 따라 들었다.

"그리고 자네의 용감한 딸을 위해 한 잔!"

총통이 반복해서 술을 들이켰다. 그러나 그는 취하지 않았다. 그가 다시 술잔을 채웠다.

"돌아온 왼손의 숭배자들을 위해서 또 한 잔 하세!"

총통이 잔을 불타는 가네시 쪽으로 기울였다.

불길이 행성 전체를 집어삼키고, 외계인들이 인간들을 학살해대고 있었다.

웃음소리가 커졌다.

총통은 불타는 행성을 바라보았다. 그는 잔을 내려놓고는 몇 번 목청을 가다듬었다.

그가 입을 열었다.

노랫소리가 흘러나왔다. 처음엔 멈칫거렸지만 곧 노랫소리의 음계들이 데이터를 재생한 것처럼 제자리를 찾아 들었다. 총통은 만족스러웠다. 함장실을 노랫소리가 가득 메웠다.

…잠에 들지 못한 아이가 엄마에게 물었지. 엄마 저 불빛은 뭐예요?

아이가 가여워 엄마는 거짓말을 했지.

아가야, 저건 천사들이 내려온 거란다. 잠들지 못한 착한 아이들을 꿈나라로 데려가기 위해 내려온 빛의 천사들이거든. 봐. 저기 돌아다니는 천사들의 날개에서 반짝거리는 빛이 보이지 않니?

엄마. 천사들이 입으로 불을 뿜어요.

천사가 나쁜 사람들을 잡아가는가 보구나. 천사는 나쁜 짓을 저지른 사람들을 벌하고 우리처럼 착한 사람들에게는 상을 준단다.

그런데 엄마, 천사들이 우릴 봤어요. 그들이 우리에게 다가와요.

아가야, 얼른 잠들렴. 네가 잠에서 깨면, 우리는 다같이 천국에 있을 거란다. 천국의 푸른 초목과 꽃이 만발한 동산에서 너와 나는 시간이 가는 줄 모르고 뛰어 놀 거야.

엄마, 천사들이 우릴 봤어요. 천사들이 불을 뿜어요. 우리가 나쁜 짓을 했나 봐요.

사랑하는 아가, 천사는 나쁜 사람만 잡아간단다. 그러니 고이 잠들려무나. 꿈에서 깨면 우린 천국의 주민이 될 거야.

얼른 잠들렴.

세상의 모든 고통을 잊어버리고, 내 사랑하는 아가.

고이 잠들렴. 제발 영원한 어둠 속에, 고이 잠들렴, 아가야.

이 불길이 우리를 삼키기 전에. 우리의 영혼마저 모조리 태워버리기 전에, 꿈나라로 가려무나 내 사랑하는 아가.

작가의 말

저 자신의 이야기를 여기다 써보겠습니다. 제 첫 작품을 읽어주신 독자 분들께 감사의 말씀 전하고 싶습니다. 부족한 글이지만 즐기셨기를 바랍니다.

하고 싶은 말이 많았는데, 막상 하려니 어떤 말부터 해야 할지 잘 모르겠습니다. 그냥 두서 없이 이야기해보려 합니다. 우선 저항군의 리더 조슈아 권부터 얘기해볼까요? 조슈아 권이라는 캐릭터의 기존 이름은 조슈아 웡이었습니다. 네, 맞습니다. 홍콩 '우산 혁명'의 주인공 그 조슈아 웡과 동명이인입니다. 행성 한의 주민으로서 홍콩계스러운 이름을 생각하다가 우연히 확정했던 이름이었는데 글을 쓰고 얼마 안 가 실제 인물이 뉴스상에서 나타나버렸으니 얼마나 깜짝 놀랐는지 모릅니다. 게다가 저항의 심볼이라는 기가 막히는 우연까지 예사롭지 않았죠. 지금도 신기하게 느껴집니다.

그래서 이름을 한국계인 조슈아 권으로 바꿨습니다. 혹시나 만약에 미래에 있을지 모를 논란을 피하기 위해 캐릭터 이름을 수정한 게 맞습니다. 소시민인 저로선 걱정이 되지 않을 수가 없었거든요(대체 어떤? 상상에 맡기겠습니다.). 네, 저 무병장수하고 싶어요.

　어쨌든 다시 돌아와서, 조슈아 권(혹은 조슈아 웡)의 이야기를 왜 언급하려 했는지를 생각해보니, 결국 글을 쓰는 사람은 자신이 속한 역사와 사회 집단에 영향을 받지 않을 수 없기 때문입니다. 한국과 가장 밀접한 관계를 가진 국가들 즉, 미국, 중국, 일본, 러시아 등 인류사와 세계사에서 굵직한 역할을 해온 나라들과 비교해볼까요? 그 나라의 과학사, 그리고 그 나라의 국민들이 SF를 향유하고 만들어왔던 전통과 비교하자면 아직 그 거리감은 상당하다고 생각합니다. 그러나 그 와중에도 상대적인 소수자라 할 수 있는 우리가 우주로 나간다면 어떤 모습일까 생각해보았습니다. 지금의 지정학적 모습과 완전히 차단된 새로운 세상이 펼쳐질까요? 결론은 '아니다'였습니다. 세부적인 양상은 다를 수 있지만 개괄적으로 보았을 때 우주에서도 역사는 반복될 여지가 크지요. 하물며 지구와 고립된 새로운 세계에서라면, 어떤 일이 벌어질까요? 광속도 그 세계들과의 거리를 무려 200년이나 단절시키는 세계라면요? 우리 후손들이 먼 미래의 다른 세계에서 맞닥뜨릴 정치적 난관은 분명 홍콩 조슈아 웡의 이야기보다 더한 시련으로 점철돼있을 거라 생각합니다. 그러므로 먼 훗날, 인류가 외우주로 나서게 되면, 반드시 지구상에 일어났던 수많은 갈등과 전쟁의 역사를 다시 한번 복기해봐야 할 것입니다. 그것이 초강대국들 사이의 지정학적 위치를 가진 이 나라의 시민으로 상상해볼 법한 이야기였던 거죠. 어쩌면 이 이야기가 한국적 SF일 수도 있을까요? 판단은 독자 여러분들께 맡기겠습니다.

하드보일드. 나름 '하드보일드스럽게' 쓰려고 노력했지만 과연 독자 분들께서는 어떻게 느끼셨을까요?

모든 하드보일드 소설을 읽었다고 할 순 없지만 애호하는 작가는 있습니다. '미스틱 리버'와 '살인자들의 섬', '보스턴 3부작' 등을 쓴 데니스 루헤인을 좋아하고 그의 글을 베껴 직접 종이에 써보며 사숙하기도 했습니다(물론 번역자 분의 세련된 번역도 큰 역할을 했지요). 세상의 본질과 그 이면을 꿰뚫는 그의 스타일리시한 글을 정말 좋아했던 것 같습니다. 그러나 지금도 제 글을 읽다 보면 아직 멀었다는 생각이 듭니다. 세상의 거친 폭력, 괴로워하면서도 그에 맞서 싸우는 이들이 가득한 비정한 미래는 어떤 모습일까요? 미래 세계에도 필립 말로와 스페이드, 켄지와 같은 인물들이 존재할 수도 있지 않을까요? 디스토피아를 묘사한 SF란 그러한 통찰에서 하드보일드의 세계관과도 맞닿아 있다고 생각합니다. 그리고 그런 세계에서 아이러니하게도 희망은 드물기에, 더 귀한 궁극적 목표가 될 수 있고 인물들은 그것을 쟁취하기 위해 투쟁할 것입니다. 한정된 자원을 놓고 다투는 그 투쟁에서 배신, 폭력, 사랑, 정의에 대한 갈구가 끊임없이 변증법적으로 반복될 것입니다. 네, 저는 그것이 인간사의 본질이고 이 우주가 만들어진 방식이라고 생각합니다.

　2부작으로 끝맺을지, 3부작으로 끝맺을지는 아직 잘 모르겠습니다. 원래는 댄 시몬스의 '히페리온', '히페리온의 몰락'처럼 2부작을 생각했는데 3부작도 가능할 거 같네요. 다음 작에서는 지구와 행성 한의 세부적인 이야기가 펼쳐질 것입니다. 그 외에도 1부 이후 등장하지 않았던 인물들이 본격적으로 서사의 중심에 등장하게 될 예정입니다. 많은 관심 부탁 드립니다.

　끝으로, 이 글이 세상의 빛을 볼 수 있도록 도와주신 그래비티북스 직원 분들과 김현주 실장님께 감사의 말씀 전하고 싶습니다. 또한 어릴 적부터 소설 쓰겠다고 매일 졸문을 끄적일 때도 지켜봐 주신 어머니께 감사하단 말씀 전하고 싶습니다. 옆에서 묵묵히 절 응원해주고 제 꿈을 이어갈 수 있도록 힘이 되어준 제 반려자와 가족들에게도 고맙고 사랑한다고 말하려 합니다. 그 외에 제게 아낌없는 격려 보내주신 제 주변 지인 분들께도 애정 어린 말씀 전합니다.

　코로나로 뒤숭숭한 2020년 한 해가 지나가고 있습니다. 모쪼록 다들 건강하시고 하루빨리 다시 일상으로 돌아가실 수 있기를 바랍니다.

　감사합니다.

왼손의 숭배자

초판 1쇄 펴냄   2021년 1월 20일

지은이   민혜성
발행인   박민홍
기획총괄   김현주
편집   오서연
디자인   이채린
교정교열   임세진
인쇄   명일인쇄
발행처   그래비티북스
등록   2017년 10월 31일(제2017-000220호)
주소   06312 서울시 강남구 논현로 38 (개포동, 다우빌딩 2층)
전화   02-508-4501
팩스   02-571-4508
전자우편   say1@cremuge.com
ISBN   979-11-89852-18-4

그래비티북스는 (주)무게중심의 출판 전문 브랜드입니다.